Le Journal d'une femme de chambre

어느 하녀의 일기

어느 하녀의 일기

옥타브 미르보 장편소설

이재형 옮김

Le Journal d'une femme de chambre

책세상

차례

일러두기

1. 이 책은 옥타브 미르보Octave Mirbeau의 《어느 하녀의 일기*Le Journal d'une femme de chambre*》(Paris : Fasquelle, 1900)를 우리말로 옮긴 것이다.

2. 주는 모두 옮긴이의 주이다.

1

9월 14일

잔뜩 흐리고 이따금 빗방울이 떨어지기도 하지만 대체로 온화한 오늘, 9월 14일, 오후 세 시, 나는 새로운 일터에 들어간다. 2년 만에 열두 번째 일터다. 물론 그 전에 내가 일했던 일터에 대해서는 얘기하지 않겠다. 내가 일했던 곳을 모두 헤아린다는 것은 불가능한 일일 테니. 오! 나는 그 수많은 일터의 내부와 얼굴들, 비열한 영혼들을 봤다고 자랑스럽게 얘기할 수 있다. 그리고 이게 전부가 아니다. 나는 어디 한군데 정착하지 못한 채 정말 현기증이 날 만큼 계속해서 이곳저곳으로, 집에서 사무실로, 사무실에서 집으로, 불로뉴 숲에서 바스티유로, 파리 천문대에서 몽마르트르로, 테른에서 고블랭으로,

사방팔방으로 전전했다. 요즘 주인들은 꼭 그렇게 시중들기 까다로워야만 하는 것일까! 믿을 수가 없다.

　이 일은 내가 마님을 직접 만나지는 않고《르 피가로》신문의 광고란을 통해서 주선되었다. 우리는 서로 편지를 썼을 뿐이다. 이러한 방법은 우연이 개입할 여지가 많아서, 쌍방이 깜짝깜짝 놀라는 일이 종종 생기게 된다. 마님은 편지를 정말 잘 썼다. 그건 사실이다. 그렇지만 그 편지들은 좋게 말하면 세심하고 나쁘게 말하면 좀스러웠다. 아! 그녀는 계속해서 설명하고 해설했으며, 왜 그랬는지, 어째서 그렇게 됐는지 미주알고주알 따졌다. 나는 마님이 탐욕스러운 사람인지 아닌지 잘 모른다. 어쨌든 그녀가 큰맘 먹고 비싼 편지지를 사는 일은 거의 없었다. 그녀는 루브르에서 그걸 샀다. 부자가 아닌 내가 오히려 더 멋을 부린다. 나는 스페인산 양피지로 만들어진데다 그윽한 향기가 나는 편지지에 편지를 썼는데, 분홍색도 있고 연한 푸른색도 있는 그 아름다운 편지지들을 옛날에 모시던 마님들의 집에서 모았다. 백작부인의 화관花冠이 새겨진 편지지도 있다. 분명 마님은 그 편지지를 보고 깜짝 놀랐을 것이다.

　결국 나는 이렇게 노르망디 지방의 메닐-루아에 오게 되었다. 여기서 멀지 않은 마님의 저택은 르 프리외레˙라고 불린다. 이것이 내가 그곳에 대해 알고 있는 것의 거의 전부이고, 나는 앞으로 거기서 살게 될 것이다.

˙ Le Prieuré. 수도원장의 관사.

나는 경솔한 결정으로 인해 이 외딴 시골에 파묻히게 되어 불안하기도 하고 후회스럽기도 하다. 그래서 조금 두렵다. 여기서 과연 내게 무슨 일이 일어나게 될지 생각해본다. 좋은 일은 아예 없고, 늘 그랬듯이 골치 아픈 일만 일어날 게 틀림없다. 골치 아픈 일, 그것이야말로 우리가 누릴 수 있는 특권 중에서 가장 확실한 특권이다. 성공한 여자, 말하자면 착한 남자와 결혼한 여자나 나이 든 남자와 동거하는 여자도 있을 것이다. 하지만 운명적으로 불운해서 역경의 거친 소용돌이 속으로 휩쓸려 들어간 여자들이 그보다 훨씬 많다. 어쨌든 나로서는 선택의 여지가 없었다. 아무 일도 안 하는 것보다는 차라리 그게 낫다.

　내가 시골에 고용돼 일한 게 처음은 아니다. 4년 전에도 한 번 그런 적이 있었다. 아! 그다지 오래전 일은 아니다. 그리고 그건 정말 특별한 사정이 있어서였다. 나는 내가 겪은 그 일을 마치 어제 일이라도 되듯 생생하게 기억하고 있다. 물론 세세한 부분에서는 약간 외설적이기도 하고 심지어는 혐오스럽기까지 하지만, 그 일을 이야기하려 한다. 그런데 나는 자비롭게도, 이 일기를 쓸 때의 내 의도가 나 자신에 대해서나 다른 사람들에 대해서 뭔가를 감추고 말을 안 하는 것은 전혀 아니었음을 미리 알려주고자 한다. 그렇기는커녕 나는 내 솔직한 성격을 최대한 발휘할 것이며, 필요하다면 삶에 존재하는 거친 면모도 가차 없이 드러낼 것이다. 나로 인해 베일을 벗고 민낯을 보여주는 사람들에게서 참을 수 없을 만큼 부패의 냄새가 풍긴다고 해도, 그건 내 잘못이 아니다.

자, 이야기는 이렇다.

나는 한 직업소개소에서 집사 같은 분위기의 뚱뚱한 여자에 의해 투렌 지방에 있는 라부르라는 분의 하녀로 고용되었다. 조건이 받아들여져 나는 모일 모시에 모 기차역에서 기차를 타는 것으로 결정되었다. 이 일은 계획대로 진행되었다.

내가 기차표를 검표원에게 내밀자마자 역 출구에서 얼굴이 몹시 붉고 무뚝뚝한 마부 같은 사람이 내게 물었다.

"당신이 라부르 씨네 집에 새로 오는 하녀예요?"

"네, 맞습니다."

"짐 있어요?"

"네, 트렁크가 하나 있어요."

"짐표 나한테 주고 여기서 기다려요."

그가 플랫폼으로 걸어갔다. 기차역 직원들이 부지런히 움직이고 있었다. 그들은 우정과 존경이 섞인 어조로 그를 '루이 씨'라고 불렀다. 루이는 쌓여 있는 짐들 속에서 내 가방을 찾아내어 개찰구의 살문 근처에 놓여 있던 영국식 수레에 실어 나르게 했다.

"자… 이제 타요."

나는 긴 의자 위에 그와 나란히 앉았고, 우리는 출발했다.

마부가 곁눈질로 나를 보았다. 나 또한 그를 관찰했다. 나는 내 옆에 앉아 있는 남자가 시골 사람, 세련되지 못한 농부, 명문 가문에서 일해본 적도 없고 훈련도 받지 못한 하인이라는 것을 즉시 알아차렸다. 그래서 좀 짜증이 났다. 나는 잘생긴 하인들이 좋다. 꼭 끼어서 넓적다리의 힘줄이 툭툭 튀어나오는, 흰 피부 같은 짧은 바지보다 더 나를 미치게 하는 것은 없다. 이 루이라는 사람에게는 뭔가 근사하고 세련된 맛이 없다. 마차를 몰 때 끼어야 하는 장갑도 끼지 않은데다가 싸구려 모직으로 된 청회색 정장은 지나치게 크고, 두 개의 금줄로 장식된 가죽 제모制帽는 너무 납작하다. 아니, 이건 아니다! 이 동네에서는 모든 사람이 다 느리다. 게다가 잔뜩 찌푸린 채 거친 표정을 짓고 있는데, 알고 보면 나쁜 사람들은 아니다. 나는 이런 부류의 사람들을 잘 알고 있었다. 이런 사람들은 외지인이 오면 처음에는 심술궂게 굴지만, 그러다가 서로 사이가 좋아진다. 때로는 애초에 기대했던 것보다 더.

우리는 한참 동안 아무 말도 하지 않았다. 그는 꼭 노련한 마부처럼 고삐를 높이 들고 균형 잡힌 동작으로 채찍을 휘둘러댔다. 아, 얼마나 우스꽝스러워 보였던지! 나는 위엄 있는 자세로 주변 풍경을 바라보았는데, 특별한 게 전혀 없이 가도 가도 들판과 나무와 집뿐이었다. 언덕이 나타나자 그는 말을 천천히 몰더니 빈정거리는 듯한 미소를 지으며 불쑥 물었다.

"어쨌든 쓸 만한 구두 한 켤레는 챙겨 왔겠지요?"

"그럼요!" 나는 지금 상황에 전혀 맞지 않는 이 질문에 놀라고, 그가 내게 던지는 이 질문의 기묘한 어조에 더 놀라며 말했다. "왜 그런 걸 묻는 거죠? 좀 바보 같은 질문이라는 생각 안 드세요?"

그가 팔꿈치로 나를 살짝 밀쳤다. 그러더니 뭔가 날카로운 빈정거림과 즐거운 음란함이 섞인 기묘한 눈길을 내게 슬쩍 던지고는 히죽거리며 말했다.

"그럴 리가 있나! 아무것도 모르는 척해요! 당신은 좋은 사람 같아! 정말 좋은 사람 같아!"

그는 이렇게 말하고 나서 혀를 끌끌 찼고, 말은 다시 빠른 속도로 달리기 시작했다.

나는 어리둥절했다. 무슨 뜻으로 한 말일까? 어쩌면 아무 생각 없이 던진 말인지도 모른다. 내가 보기에 이 남자는 좀 멍청하고 여자들에게 예의를 갖춰 말하는 법을 전혀 모르는데다 대화를 이끌어갈 다른 무언가를 찾지 못한 듯했다. 나는 더 이상 대화를 이어가지 않기로 했다.

라부르 씨의 저택은 매우 넓고 아름다웠다. 밝은 초록색 페인트칠이 되어 있는 그 예쁜 집은 꽃이 만발한 넓은 잔디밭과 송진 향을 진하게 풍기는 소나무 숲으로 둘러싸여 있었다. 나는 시골을 좋아한다. 하지만 이상하게도 시골은 나를 슬프게 하고 지루하게 만든다. 파리의 직업소개소 사무실에서 나의 사적인 습관과 취미에 관해 무례한 질문들을 마구 던진 뒤에 나를 채용한 그 여자 집사가 나를 기다리고 있는 현관에 들어서는 순간 나는 머리가 멍해졌다. 그때 한번 의심을 해봤어야 하는 건데…. 하지만 매번 점점 더 심해지는 험한 꼴을 겪고 견뎌내지만 거기서 아무런 교훈도 얻어내지 못하는 게 인간이다. 직업소개소에서 그 집사를 처음 보았을 때부터 나는 그녀가 마음에 들지 않았다. 그리고 이 집에서도 역시 나는 그녀를 보는 순간 혐오감을 느꼈다. 그녀가 꼭 늙은 여자 포주처럼 역겹게 느껴졌다. 작달막하고 뚱뚱한 체구에 얼굴에는 누르스름한 기름이 번들거렸고, 머리에는 흰머리로 희끗희끗한 줄들이 나 있었다. 거대한 젖가슴이 이리저리 출렁거렸다. 그리고 손은 꼭 젤라틴처럼 물렁물렁하고 눅눅하고 창백했다. 그녀의 회색빛 눈에서는 냉혹하고 계산적이고 표독스러운 악의가 풍겼다. 그녀는 내 얼굴이 거의 빨개질 만큼 침착하면서도 냉혹한 눈길로 나의 영혼과 육체를 샅샅이 훑어보았다.

나를 작은 응접실로 안내한 그녀는 주인어른에게 내가 왔음을 알리겠다며 바로 방에서 나갔다. 내가 일을 시작하기 전에 주인어른이 나를 만나보고 싶어 한다는 것이었다.

"나리께서는 아가씨를 아직 못 보셨잖아요. 물론 내가 아가씨를 고용한 건 사실이지만, 어쨌든 나리 맘에 들어야 하니까." 그녀가 덧붙였다.

나는 응접실을 살펴보았다. 방은 먼지 하나 없을 정도로 깨끗하고 잘 정돈되어 있었다. 광을 내고 왁스로 닦고 니스를 칠한 놋그릇, 가구, 마룻바닥, 문이 유리처럼 반짝반짝 빛을 발하고 있었다. 파리의 집들에서 볼 수 있는 장식품과 무거운 장식 융단, 자수 같은 건 보이지 않았다. 그 대신에 그 근엄한 안락함에서 부유한 품위와 사치스럽고 규칙적이고 평온한 시골

생활의 분위기가 느껴졌다. 정말이지, 이런 데서 살면 얼마나 따분할까! 와!

나리가 응접실에 들어왔다. 오! 정말 이상하게 생겨서 보기만 해도 절로 웃음이 날 정도였다! 애써서 말쑥하게 차려입었고, 방금 면도를 했고, 마치 인형처럼 온통 장밋빛인 키 작은 노인을 상상해보라. 세상에! 그는 대단히 꼿꼿하고 활기차고 매력적이었다! 꼭 풀밭에 사는 작은 메뚜기처럼 깡충깡충하며 걸었다. 그가 최대한 예의를 갖추어 내게 인사했다.

"이름이 뭔가?"

"셀레스틴입니다."

"셀레스틴… 셀레스틴이라고? 세상에! 정말 예쁜 이름이군. 그건 부인할 수 없어. 그런데 너무 길어, 너무 너무 길다고. 자네가 괜찮다면, 난 앞으로 자네를 마리라고 부르겠어. 그것도 아주 예쁜 이름이고, 또 짧으니까. 게다가 난 내 하녀들을 모두 마리라고 불렀다네. 그건 포기하기 힘든 습관이야. 차라리 사람을 포기하고 말지."

그들 모두는 우리를 절대 진짜 이름으로 부르지 않는 이상한 괴벽을 갖고 있다. 하지만 달력에 나오는 모든 성녀의 이름들로 이미 불려본 적이 있는 나로서는 이런 사실이 별로 놀랍지 않았다. 그가 계속해서 얘기했다.

"그럼 내가 자네를 마리라고 부른다고 해서 기분 나쁜 건 아니지? 괜찮은 거지?"

"그럼요, 나리."

"얼굴도 예쁘고… 성격도 좋고…. 좋아, 좋아!"

그는 최대한 경의를 표하며 활기찬 어조로 이렇게 말할 뿐이었다. 그리고 대부분의 남자들과는 달리 내 얼굴을 뚫어지게 쳐다보거나 내 블라우스와 치마를 탐욕스러운 눈길로 샅샅이 훑어보지도 않았다. 아니, 나를 거의 쳐다보지 않았다. 응접실에 들어온 뒤로는 줄곧 시선을 고집스럽게 내 구두에만 고정시키고 있었던 것이다.

"다른 것도 갖고 있나?"

그가 짧은 침묵 후에 이렇게 물었다. 나는 그가 침묵하는 동안 그의 눈빛이 이상할 정도로 반짝거린다고 느꼈다.

"다른 이름 말인가요?"

"아니, 다른 구두 말일세."

이렇게 말하고 나서 그는 끝이 뾰족한 혀로 암고양이처럼 입술을 살짝 핥았다.

나는 즉시 대답할 수가 없었다. '구두'라는 단어를 듣는 순간 놀리는 것 같기도 하고 장난치는 것 같기도 했던 마부의 말이 떠올라 얼른 말이 나오지 않았던 것이다. 그렇다면 그 말에 무슨 의미가 있었던 것일까? 그가 집요하게 다시 한 번 묻자 결국 나는 대답을 했다. 그렇지만 내 입에서는 마치 금지된 사랑을 고백할 때처럼 조금 불안하고 쉰 목소리가 나왔다.

"예, 나리, 다른 구두가 있긴 합니다만….."

"에나멜 구두인가?"

"예, 나리."

"에나멜을 아주… 아주 두껍게 칠했나?"

"그렇습니다, 나리."

"좋아… 좋아… 노란 가죽으로 된 건?"

"그런 건 없습니다, 나리."

"노란 가죽 구두도 있어야 해. 내가 한 켤레 주지."

"감사합니다, 나리!"

"좋아… 좋아… 자, 이제 아무 말 말고 가만있도록!"

두려웠다. 그의 눈에서 희미하게 깜빡이는 빛이 지나가고 붉은 구름이 피어나듯 경련이 일어났던 것이다. 그리고 땀방울이 그의 이마 위로 굴러떨어지고 있었다. 나는 그가 졸도하는 줄 알고 소리를 질러 도움을 청하려 했다. 하지만 발작은 진정되었고, 몇 분 뒤에 그는 비록 침 거품이 아직 입가에 묻어 있긴 했지만 차분한 목소리를 되찾았다.

"아무것도 아냐. 이젠 됐어. 날 좀 이해해주게. 내가 편집증이 좀 있어. 근데 내 나이쯤 되면 이 정도는 괜찮잖아, 안 그래? 예를 들어 나는 여자가 자기 구두를 닦는 걸 좋게 생각하지 않는다네. 내 구두를 닦는 건 더더욱 그렇고. 나는 여자들을 진심으로 존중하기 때문에 그런 일은 용납할 수가 없어, 마리. 자네가 아끼는 구두는 내가 닦아줄 거야. 늘 반짝반짝 윤이 나게 닦아줄 거야. 내 말 잘 듣게. 매일 밤 잠자러 가기 전에 자네 구두를 내 방으로 가져와서 침대 옆에 있는 작은 책상 위에 올려놓았다가 아침마다 내 방 창문을 열어 왔을 때 다시 가져가게."

내가 깜짝 놀란 표정을 짓자 그가 덧붙였다.

"이보게! 내가 지금 자네한테 말도 안 되는 부탁을 하는 게 아냐. 이건 아주 정상적인 거야. 그리고 자네가 내 말을 잘 들으면…."

그가 호주머니에서 불쑥 20프랑짜리 금화 두 개를 꺼내어 내밀었다.

"자네가 얌전하게 굴고 내 말을 잘 들으면 가끔 작은 선물을 주겠어. 물론 집사가 매달 월급도 줄 거야. 마리, 자네에게만 얘기하는 건데… 종종 자네에게 작은 선물을 줄 생각이야. 그 대가로 나는 자네에게 뭘 부탁할까? 이봐, 그건 이상한 게 아냐. 구두 좀 신어보라는 것이 그렇게 이상한 부탁인가?"

나리가 또다시 흥분하기 시작했다. 말을 하면 할수록 그의 눈꺼풀은 마치 심한 비바람을 맞는 나뭇잎처럼 바들바들 떨렸다.

"왜 아무 말 없는 거야, 마리? 무슨 얘기건 좀 해봐. 왜 안 걷는 거지? 자네의 그 예쁜 구두가… 움직이는 걸… 살아서 움직이는 걸 내가 볼 수 있도록 좀 걸어봐."

그가 무릎을 꿇더니 내 구두에 입을 맞췄고, 잔뜩 흥분하여 손으로 구두를 문지르다가 구두끈을 풀었다. 그리고 다시 내 구두에 입 맞추고 구두를 문지르고 어루만지더니 애원하는 듯한 목소리로, 징징 짜는 어린아이의 목소리로 말했다.

"오! 마리… 마리… 자네의 예쁜 구두… 그걸 지금 당장 내게 줘. 지금 당장… 지금 당장… 난 지금 당장 그걸 원해. 그걸 내게 달라고."

몸에서 힘이 쭉 빠져나갔다. 나는 너무 놀라 온몸이 마비될 지경이었다. 꿈인지 생시인지 더 이상 알 수가 없었다. 나리의 눈에서 보이는 거라곤 오직 붉은색 줄이 좍좍 그어진 두 개의 흰자위뿐이었다. 그리고 그의 입은 비누 거품처럼 생긴 침으로 완전히 더럽혀져 있었다.

결국 그는 내 구두를 자기 방으로 가져가더니 거기서 두 시간 동안 틀어박혀 있었다.

여자 집사가 내게 집을 보여주며 말했다.

"나리께서는 당신을 몹시 맘에 들어 하세요. 나리가 앞으로도 그러실 수 있도록 노력하세요. 여기는 꽤 좋은 일자리니까."

나흘 뒤, 늘 그랬듯이 아침의 정해진 시간에 창문을 열러 나리의 방에 들어간 나는 너무 무서워서 하마터면 까무러칠 뻔했다. 나리가 죽어 있었던 것이다! 거의 벌거벗다시피 하고 침대 한가운데에 누워 있는 그는 이미 뻣뻣하게 굳어 있었다. 발버둥을 친 흔적은 전혀 없었다. 이불도 흐트러져 있지 않았다. 시트에는 싸운 흔적도, 경련을 일으킨 흔적도, 죽어가며 고통스러워한 흔적도, 죽음의 신을 물리치려 주먹을 불끈 쥔 흔적도 남아 있지 않았다. 그래서 만일 그의 얼굴이 보라색을, 소름 끼치는 보라색을, 가지의 그 불길한 보라색을 띠고 있지 않았더라면 난 그가 잠을 자고 있다고 믿었을 것이다. 그런데 그 얼굴보다 더 무시무시한 광경이 나를 공포에 빠뜨렸다. 나리가 내 구두들 중 하나를 입에 꽉 물고 있었던 것이다. 어찌나 세게 물고 있었는지, 아무리 애를 써도 구두를 빼낼 수가 없어서 결국 나는 면도칼로 구두 가죽을 잘라야만 했다.

나는 성녀가 아니다. 수많은 인간을 만나봤고, 경험을 통해 그들이 얼마나 미친 짓을 저지를 수 있는지, 얼마나 추잡한 짓을 저지를 수 있는지 잘 알고 있다. 그러나 나리 같은 사람은? 오! 세상에! 이런 인간들이 존재한다는 게 그래도 우스운가? 다른 모든 사람들처럼 얌전하게 서로 사랑하면 아주 간단하고 좋은데, 이런 인간들은 도대체 어디서 자신의 망상을 추구하는 것일까?

나는 여기서는 그런 일이 일어나지 않을 거라고 굳게 믿는다. 여긴 분명 뭔가 다르다. 하지만 더 나을까? 더 나쁠까? 전혀 모르겠다.

내가 고민하는 게 한 가지 있다. 어쩌면 나는 이런 지저분한 하녀 일을 완전히 그만두고 방향을 확 틀어, 내가 알고 지냈으며 나보다 조건이 '덜 유리한'(거만함 같은 것 없이 하는 말이다) 많은 사람이 그랬던 것처럼 화류계로 진출하는 게 나았을지도 모르겠다. 용모로 말하자면, 나는 아름답다고까지는 할 수 없지만 그래도 남들보다는 나은 편이다. 자만하는 것이 아니고, 나는 내가 많은 사교계 여성들과 고급 매춘부들이 나를 흔히 질투할 만큼의 매력과 세련미를 갖추고 있다고 말할 수 있다. 키는 좀 클지 몰라도 탄력 있는 피부와 날씬하고 잘 빠진 몸매를 가졌다. 진짜 아름다운 금발과 흥분시키고 희롱하는 정말 예쁜 감청색 눈, 도발적인 입술. 마지막으로, 남자들의 마음을 끄는 참신한 태도와 아주 발랄하면서도 우수가 깃든 기질. 나는 성공할 수도 있었을 것이다. 하지만 나는, 아마도 두 번 다시 찾아오지 않을 '기막힌' 기회들을 내 잘못으로 놓쳐버렸을 뿐만 아니라, 두려웠다. 그 기회들이 나를 어디로 데려갈지 알 수 없어서 두려웠다. 나는 그 분야의 너무나 많은 불행을 가까스로 모면했다. 나는 가슴 아픈 속내 이야기를 너무나 많이 들었다! 그리고 병원 물품보관소에서의 그 비극적이고 오랜 시련을 늘 모면할 수 있는 것은 아니다! 그리고 맨 뒤에는 생-라자르의 지옥●이 있다! 이런 것들이 깊이 생각하게 하고 전율하게 한다. 또 내가 하녀로서 거두는 성공을 여자로서도 거둘 수 있으리라고 그 누가 장담하겠는가? 우리가 남자들에게 발휘하는 너무나 특별한 매력은 단지 우리에게서만 생겨나는 것이 아니다. 우리가 아무리 예쁘다고 해도 그것은 우리가 살고 있는 환경에, 사치스러운 생활과 주변의 악덕에, 우리의 여주인들 자신과 그들이 자극하는 욕망에 상당 부분 기인한다는 사실을 나는 깨달았다. 남자들이 우리를 사랑할 때 그들은 우리 속에 존재하는 여주인들의 작은 부분과 여주인들이 갖고 있는 신비의 많은 부분을 사랑하는 것이다.

● 길거리의 창녀들을 사법 절차 없이 잡아 가두던 감옥을 가리킨다. 파리의 포부르 생-드니 거리에 있었으며 1940년에 철거되었다.

그렇지만 다른 게 또 있다. 나는 비록 자유분방한 생활을 하긴 하지만, 다행스럽게도 나를 완전히 타락하지 않도록 지켜주고 최악의 깊은 구렁 가장자리에 서 있는 나를 그 속으로 굴러떨어지지 않게끔 붙들어주는 아주 신실한 종교적 감정을 마음속에, 마음속 깊은 곳에 여전히 간직하고 있다. 오! 종교와 성당에서의 기도, 서글픈 가난과 정신적 비탄의 밤들이 없었다면, 성모 마리아와 파도바의 안토니오 성인 등등이 없었다면, 나는 지금보다 훨씬 더 불행해졌을 것이다. 그건 확실하다. 그리고 내가 어떻게 되었을지, 그리고 지금 내가 어떤 지경에 처해 있을지, 그건 악마밖에 모른다!

마지막으로(사실 이게 더 심각한 문제다) 나는 남자들에 대한 최소한의 방어책도 갖고 있지 않다. 나는 나의 사심 없는 성격과 그들이 추구하는 쾌락에 줄곧 희생될 것이다. 나는 지나칠 정도로 사랑에 약하기 때문에, 지나칠 정도로 사랑을 좋아하기 때문에, 사랑으로부터 그 어떤 이득도 얻어낼 수가 없다. 사랑은 나보다 더 강해서, 나는 내게 행복을 안겨주고 환하게 빛나는 희열의 문을 반쯤 열어준 사람에게 돈을 달라고 요구할 수가 없다. 그 끔찍한 인간들이 내게 말할 때, 그리고 내가 그들의 까칠한 수염과 뜨거운 입김을 목덜미에서 느낄 때(꺼져버려!) 나는 이제 무기력하기만 하다. 이와 반대로, 그들은 원하는 모든 것을 내게서 가져간다.

그럼 난 르 프리외레에서 도대체 뭘 기대하고 있는 것인가?

이런, 세상에! 도무지 모르겠다. 현명한 사람이라면 이따위 생각은 접고 되는 대로 살아가면서 소소한 행복에 만족할 것이다. 그러면 만사가 더 잘 되어갈지도 모른다. 나를 절대 놔주지 않는 그 가혹한 불행에 지금까지 쫓겨 다닌 내가 내일 마님의 한마디에 의해 다시 한 번 이 일자리를 어쩔 수 없이 포기해야 하는 지경에 이르지만 않는다면 말이다! 그렇게 되면 나는 난처한 상황에 처하고 말 것이다. 얼마 전부터 나는 허리와 배에 통증을 느꼈고, 온몸이 나른하고 피곤하기만 했다. 위는 손상되었고, 기억력은 희미해졌다. 나는 점점, 툭하면 짜증을 내는 신경질적인 사람이 되어가고 있다. 조금 전에 나는 거울 속의 내 모습을 보다가 너무나 피곤한 얼굴을, 안색(내가 그토록 자랑스러워했던 그 황갈색 안색)이 거의 회색으로 변해버린 것을 발견했다. 벌써 늙어버린 것일까? 나는 아직은 나이 들고 싶지 않다. 파리에서는 몸을 가꾸기가 쉽지 않다. 도대체 뭘 할 시간이 없는 것이다. 그곳 생활은 지나치게 열광적이고 너무나도 소란스럽다. 그곳에서는 너무 많은 사람과 너무 많은 것, 너무 많은 쾌락, 너무 많은 예기치 못한 일과 끊임없이 맞닥뜨린다. 그럼에도 견뎌내야 한다. 이곳은 한적하다. 그리고 깊고 깊은 침묵에 싸여 있다! 들이마시는 공기도 건강에 좋을 것이다. 아! 따분함을 무릅쓰더라도 조금 쉴 수 있다면 얼마나 좋을까.

애초에 나는 믿음이 없었다. 물론 마님은 나를 꽤 친절하게 대해주었다. 그녀는 나의 옷차림에 대해 몇 마디 찬사를 늘어놓고 싶어 했고, 자기가 받은 정보들을 만족스럽게 생각하는 듯했다. 오! 하지만 그것이 잘못된 정보라는 사실을 알았더라면 그녀는 어떤 표정을 지었을까? 특히 그녀를 깜짝 놀라게 만든 것은 나의 우아함이었다. 그리고 그 고약한 여자들은 대부분 첫날에는 친절하게 대해준다. 새것은 뭐든 좋아 보이기 마련이니까. 그건 익숙한 분위기다. 그렇다, 알다시피 다음 날이 되면 바로 분위기가 바뀐다. 마님이 내 마음에 들지 않는 아주 차갑고 냉혹한 눈을, 경찰 수사관처럼 강한 의심으로 가득 찬 수전노의 눈을 갖고 있다면 더욱 그렇다. 나는 희끄무레한 얇은 막으로 덮인 듯한 그녀의 얇고 건조한 입술도, 상냥한 단어를 사용해 대개 모욕하거나 창피를 주는 간결하고 단호한 말투도 맘에 안 든다. 나의 능력이나 과거 등등에 대해 캐물을 때마다 그녀는 늙은 세관원처럼 음험하며 냉정하고 뻔뻔한 눈길로 나를 쳐다보았다. 나는 생각했다.

'이번에도 역시 내 짐작이 틀리지 않았어. 뭐든 다 열쇠로 잠가야 하고, 저녁마다 설탕이 몇 조각이나 되나, 포도 알이 몇 개나 되나 세어보고, 병마다 표시를 해놔야 직성이 풀리는 여자가 또 한 명 있군. 아이고! 여전히 늘 이런 식이지.'

그렇지만 두고 봐야지 이러한 첫인상으로 모든 걸 판단해서는 안 될 것이다. 내게 말을 했던 수많은 입들 가운데서, 내 영혼을 샅샅이 뒤졌던 수많은 눈길들 가운데서 언젠가는 다정하고 친절한 입과 자비로운 눈길을 찾을 수 있을지도 모르는 것 아닌가? 희망을 품는 데는 돈이 전혀 안 든다.

마님은 네 시간씩이나 3등 열차를 타고 와서 여전히 얼떨떨한 나를, 도착하자마자 부엌으로 불러 버터 바른 빵 한 조각이라도 대접할 생각은 하지 않고, 앞으로 무슨 일을 해야 하는지 제대로 가르쳐준다며 지하실에서 지붕 밑 방까지 온 집 안으로 끌고 돌아다녔다. 오! 그녀는 자기 시간도, 내 시간도 허투루 낭비하지 않았다. 집이 엄청나게 넓었다! 그래서 일거리도 많았고 후미진 곳도 셀 수 없이 많았다! 아, 그래요! 감사드려요! 집을 양호한 상태로 유지하려면 하인 네 명으로도 충분치 않을 것 같았다. 집은 상당히 넓은 1층(작은 건물 두 개가 테라스처럼 덧붙어 이어져 있었던 것이다)말고도 두 개 층이 더 있어서 나는 이 두 개 층을 계속 오르락내리락해야만 했다. 식당 바로 옆의 작은 응접실에 머무르는 마님이 내가 일하게 될 세탁물 보관실을 맨 꼭대기 층에 있는 우리 방 옆에 만들겠다는 기발한 생각을 해냈던 것이다. 그리고 수많은 벽장과 장롱, 서랍, 창고가 있었다. 한마디로 온갖 종류의 물건들이 뒤죽박죽되어 있는 것이었다. 나는 다시는 그 모든 것들 속에 있지 않을 것이다.

마님은 일 분에 한 번씩 내게 뭔가를 보여주면서 이렇게 말하곤 했다.

"이건 진짜 조심해서 다뤄야 해, 아가씨. 이건 아주 예쁜 거야, 아가씨… 이건 아주 귀한 거야, 아가씨… 이건 아주 비싼 거야, 아가씨."

아니, 나를 시종일관 '아가씨'라고 부르는 대신에 내 이름을 불러줄 수는 없는 건가? 그녀는 아무리 강한 의욕도 꺾어놓을 뿐만 아니라 여주인들과 우리 사이에 그토록 거리감과 혐오감을 불러일으키는 모욕적인 말투로 나를 이래도 '아가씨', 저래도 '아가씨'라고 불렀다. 나도 그녀를 '아줌마'라고 부를까? 그리고 마님은 '아주 비싸다'라는 말을 입에 달고 살았다. 짜증스러웠다. 그녀에게 속한 것은 모두, 심지어 하찮고 가치 없는 물건까지도 그녀 말에 따르면 '아주 비쌌다'. 안주인의 허영심은 도대체 어디에 둥지를 틀고 있는 것인지 알 수가 없다. 민망하지도 않은지? 그녀는 다른 모든 램프와 하나도 다를 게 없는 램프가 어떻게 작동되는지 내게 설명하면서 이렇게 부탁했다.

"아가씨, 이 램프는 무척 비싸고 또 고장이 나면 영국에서밖에 못 고친다는 걸 알 거야. 그러니 아주 소중히 관리해줘."

그 말을 듣자 나는 이렇게 대답하고 싶었다.

"아, 그래요? 근데, 아줌마, 당신 방의 요강 말이에요, 그것도 아주 비싼 건가요? 그것도 금이 가면 런던으로 보낼 건가요?"

오, 세상에! 이 사람들은 아무것도 아닌 일에 그처럼 뻔뻔스럽게 굴고 잘난 척을 해댄다. 그게 다 우리를 모욕하고 기절초풍하게 만들려는 것이라고 생각하니 정말 기가 막힌다!

집은 상태가 뭐 썩 좋지는 않다. 집에 대해 그렇게까지 자랑스러워할 이유가 정말이지 없는 것이다. 집의 외관은 그래도 괜찮다! 큰 덤불숲이 집을 화려하게 둘러싸고 있는데다가 장

방형의 드넓은 잔디밭들로 장식된 정원이 완만한 경사를 이루며 강으로 이어져 있어서 꽤 괜찮아 보인다. 그런데 집 안으로 들어가 보면 음산하고, 낡고, 흔들거리고, 곰팡내가 난다. 그런 곳에서 사람이 살 수 있다는 게 당최 이해가 안 간다. 꼭 쥐들이 들락거리는 굴처럼 비좁고 지저분한 방들, 잘못하다가는 목이 부러질 정도로 가파른데다가 단段이 뒤틀려서 발을 디딜 때마다 흔들리며 삐걱거리는 나무 계단, 부드러운 양탄자 대신 몹시 미끄럽고 반들반들하고 붉은색으로 변색된 타일이 삐뚤빼뚤 깔려 있는 낮고 어두운 복도. 게다가 칸막이벽은 종잇장처럼 얇고 과하게 건조된 판자로 되어 있어서 꼭 바이올린의 내부처럼 소리가 울린다. 정말 촌스럽고 시시하다! 가구들도 확실히 파리 식으로 갖추어져 있지 않다. 어느 방에나 오래된 마호가니 가구와 벌레 먹은 낡은 옷감, 하도 오래돼서 다 해지고 퇴색한 양탄자, 우스꽝스러울 정도로 뻑뻑하고 용수철도 없고 벌레 먹고 흔들거리는 안락의자와 소파들…. 이것들은 우리 어깨를 고문하고 엉덩이에 찰과상을 입히고 말 것이다! 정말이지, 밝은 색깔의 벽지를, 방석을 쌓아놓고 그 위에 관능적인 포즈로 누울 수 있는 푹신푹신한 소파를, 눈부시도록 호화롭고 값비싸고 환한 멋진 최신 가구들을 너무나 좋아하는 나로서는 이런 낡은 가구들을 볼 때마다 죽을 만큼 우울해진다. 그리고 나는 이 같은 불편함에, 우아함의 결여에, 오래된 먼지와 생기 없는 형태에 영원히 익숙해지지 못할까 봐 두렵다.

마님의 옷차림도 파리에 사는 마님들의 옷차림과 다르다. 우선은 세련미가 부족하다. 또 그녀는 유명 양장점에 가서 옷을 맞춰본 적도 없다. 그녀는 옷 입는 감각이 떨어지는 여자다. 사치스럽게 옷을 입지만, 그 옷이 최소 10년은 유행에 뒤져 있다. 아니, 그녀가 유행이라는 걸 알기나 할까? 옷을 잘 못입긴 하지만, 사실 그녀도 맘먹고 꾸미기만 하면 좀 예뻐 보일 것이다. 어쨌든 못 봐줄 정도로 못생긴 건 아니니까. 그녀의 가장 큰 결점은 그녀가 눈곱만치도 호감을 불러일으키지 않으며 그 어떤 점에서도 여성적이지 않다는 것이다. 그렇지만 그녀는 고른 이목구비와 아름다운 선천적인 금발, 매끈한 피부를 가지고 있다. 그런데 사실 그녀의 피부는 꼭 속으로 나쁜 병을 앓고 있기라도 한 것처럼 이상하게 울긋불긋했다. 나는 이런 부류의 여성들을 잘 알고 있기 때문에 그들의 얼굴빛이 아무리 눈부시게 빛나도 절대 속아 넘어가지 않는다. 그렇다, 겉으로 보기에는 장밋빛이지만 속은 썩어 문드러진 것이다. 그들은 똑바로 서 있을 수도 없고 걸을 수도 없다. 그들은 오직 거들과 탈장대, 페서리, 무시무시하고 비밀스러운 물건들, 그리고 복잡한 장치들의 도움을 받아야만 살아갈 수가 있다. 그렇다고 해서 그들이 여러 사람 앞에서 잘난 척을 안 하는 건 아니다. 암, 그렇고말고! 그들은 은밀한 장소에서 남자들에게 교태를 부리고 시시덕거리며, 짙게 화장한 몸뚱이를 드러내 보여주고, 엉덩이를 씰룩거리며 추파를 던진다. 하지만 그들은 에탄올 병에나 담가놓으면 딱 어울리는 존재들이다. 오, 세상에! 그들과 함께 있으면 도무지 즐거워지지가 않는다. 그러니 그들의 시중을 드는 게 항상 썩 내키는 일은 아니다.

기질에 있어서든 체질적 이상에 있어서든 마님이 그 지경에 이르렀다는 사실이 참으로 놀랍다. 그녀의 얼굴 표정이나 둔한 동작, 뻣뻣해서 잘 안 숙여지는 몸을 보면 그녀가 사랑을 나누기를 좋아하지 않는다는 걸 알 수 있었다. 그녀는 마치 노처녀처럼 뭔가 성마르고 격한 성격의 소유자로서 너무 말라서 미라가 되어버린 것 같았는데, 금발 여성으로서는 정말 드문 일이었다. 〈파우스트〉처럼 아름다운 음악도 우리 마님 같은 여성을 우울증에서 벗어나 잘생긴 남자의 품 안에서 황홀해하도록 만들지는 못할 것이다. 그래, 그럴 리가 없다! 그녀는 아주 못생긴 축에 속하지는 않지만 이따금 섹스의 격정이 눈부신 생기와 매혹적인 아름다움으로 얼굴을 환히 밝혀주는 그런 여자가 아니다. 그렇지만 마님의 그런 분위기를 믿어서는 안 된다. 나는 그녀보다 더 엄격하고 까다로운 여자들을 알았는데, 그들은 욕망과 사랑에 관한 일체의 생각을 멀리했지만 하인이나 마부와 수없이 잠자리를 할 만큼 굉장히 방탕했다.

예컨대 마님은 상냥하게 굴려고 애쓰지만 내가 보았던 사람들처럼 요령 좋은 스타일은 분명 아니다. 나는 그녀가 무척 심술궂고 남의 행동을 줄곧 밀탐하며 끊임없이 잔소리를 늘어놓는 인물이라고 믿고 있다. 성격도 더럽고 마음 씀씀이도 고약한 것이다. 계속해서 사람들을 감시하고 온갖 방법으로 사람들을 들볶는 게 틀림없다. "이거 할 줄 알아?"… "저거 할 줄 알아?" 그녀는 묻는다. 아니면 "아가씨, 말썽쟁이야?… 아가씨, 조심성 있는 사람이야?… 아가씨, 기억력 좋아?… 아가씨, 정리정돈 잘해?"라고 묻는다. 질문은 끝없이 이어진다. 이렇게 묻기도 한다. "아가씨, 깔끔한 편인가? 나는 청결에 관한 한 무척 까다로운 사람이야. 난 다른 건 그냥 넘어갈 수 있어도 청결에 관해서는 절대 그냥 넘어가지 않아…" 그녀는 나를 농장에서 일하는 여자나 농부, 시골 하녀로 생각하는 것일까? 청결이라고? 오, 나는 지겹도록 되풀이되는 이 단어를 알고 있다. 그들 모두가 기회만 있으면 청결! 청결! 입을 모아 외쳐댔다. 하지만 내막을 알고 보면, 예를 들어 그들의 치마를 들어 올리고 속옷을 검사해보면 얼마나 더러운지 모른다! 역겨워서 토하고 싶을 때도 이따금 있을 정도다.

그렇기 때문에 나는 마님이 청결, 청결 얘기해도 믿음이 가지 않는다. 그녀가 내게 자신의 화장실을 보여주었을 때 나는 거기서 작은 비품이나 욕조 등 자기 몸 구석구석을 청결하게 관리하는 여성들이 필요로 하는 것들을 단 한 가지도 보지 못했다. 자질구레한 실내장식품이나 작은 병, 그리고 내가 만지작거리기를 너무나 좋아하는 비밀스럽고 향기 나는 물건들이 별로 없었다. 마님의 알몸을 보면 재미있을 것 같은데…. 볼만할 거야.

저녁에 식탁을 차리고 있는데 나리가 식당에 들어왔다. 사냥을 마치고 돌아온 것이었다. 키가 아주 크고, 어깨가 떡 벌어지고, 검은색 수염이 무성하고, 안색이 가무잡잡한 남자였다. 사람을 대하는 태도가 약간 서투르고 부자연스러웠지만, 그래도 좋은 사람인 것 같았다. 물론 그는 내가 크리스토프-콜롱 거리에 있는 집에서 자주 시중을 들었던 쥘 르메트르 씨처럼 천재도 아니고, 드 장제 씨처럼 우아한 사람도 아니었다. 아! 그렇지만 나리는 호감을 주는 사람이었다. 그의 무성한 곱슬머리와 황소를 연상시킬 만큼 굵은 목, 격투사처럼 굵은 장딴지, 미소 짓고 있는 두툼하고 새빨간 입술은 그가 힘이 세고 성격이 좋은 사람임을 증명해주었다. 단언컨대 그는 절대 무심한 사람이 아니다. 나는 끊임없이 움직이며 냄새를 맡는 그의 감각적인 코와 눈부시게 반짝이는 온화하면서도 익살스러운 눈을 보고 그 사실을 즉시 알아차렸다. 그의 눈썹은 음란하다고까지 말할 수 있을 만큼 두꺼웠고, 두 손에는 털이 수북했다. 그런 사람을 만나기는 처음이었다. 이 호인은 섹스도 잘할 것 같다! 근육은 우람하지만 머리는 별로 안 좋은 남자들이 거의 대부분 그렇듯이 그도 몹시 소심한 성격의 소유자였다.

그는 호감과 놀라움과 만족감이 뒤섞인, 그리고 뭔가 서투르지 않고 천천히 상대의 옷을 벗기는 듯한 아주 이상한 표정으로 나를 훑어보았다. 그는 나처럼 생긴 하녀에게는 익숙지 않은 게 분명하다. 그는 나를 보고 깜짝 놀랐으며, 처음 보자마자 깊은 인상을 받은 것이다. 그는 좀 당황스러워하며 내게 말했다.

"아! 아! 새로 온 하녀인가?"

나는 상체를 앞으로 내밀고 눈을 살짝 내리깐 다음 겸손한 동시에 반항적인 표정을 지으며 최대한 부드러운 목소리로 짤막하게 대답했다.

"예, 나리. 제가 바로….'

그러자 그가 말을 더듬었다.

"그러니까 우리 집에 온 거로군? 좋아… 아주 좋아….'

그는 뭔가 더 말하고 싶어 했지만 달변도 아니고 능수능란하지도 않은 탓에 더 이상 말을 이어나가지 못했다. 그가 쩔쩔매는 걸 보니 정말 재미있었다. 짧은 침묵이 흐른 뒤에 그가 다시 입을 열었다.

"그럼 파리에서 온 건가?"

"예, 나리."

"좋아… 아주 좋아….'

그가 용기를 내어 물었다.

"이름이 뭐지?"

"셀레스틴입니다… 나리….'

그는 버릇인 듯 손을 비비고는 말을 이었다.

"셀레스틴이라! 오! 오! 아주 좋아. 평범한 이름이 아니군. 예쁜 이름이야. 그렇고말고! 마님이 바꾸라고 하지만 않는다면 말이야. 마님은 그렇게 해야만 직성이 풀리는 편집증 같은 게 좀 있어서….'

나는 의연하면서도 순종적인 태도로 대답했다.

"저는 마님의 처분대로 하겠어요."

"아무렴, 그래야지… 그래야지…. 어쨌든 셀레스틴은 아주 예쁜 이름이야."

나는 하마터면 웃음을 터뜨릴 뻔했다. 나리가 식당 안을 걷기 시작하더니 별안간 의자에 앉아 두 다리를 길게 뻗은 다음 사과를 하는 듯한 표정과 기도를 하는 듯한 목소리로 말했다.

"자, 셀레스틴, 난 당신을 계속 셀레스틴이라고 부를 거야. 장화를 벗고 싶은데, 좀 도와주겠어? 어쨌든 당신을 귀찮게 하는 건 아니지?"

"천만에요. 그렇지 않습니다, 나리."

"왜냐하면… 보다시피… 이 망할 놈의 장화는 다루기가 정말 어려워서 잘 벗겨지지 않거든."

나는 조화롭고 유연하며 요염하기까지 한 동작을 취하려고 애쓰며 그의 앞에 무릎을 꿇었다. 그리고 그가 진흙투성이의 축축한 장화를 벗도록 도와주는 동안 나는 그의 코가 내 목덜미에서 풍기는 향기를 맡고 흥분하는 것을, 그의 눈이 내 블라우스의 윤곽과 옷을 통해 드러나는 나의 모든 것을 지켜보며 점점 더 흥미로워하고 있다는 것을 분명히 느꼈다. 문득 그가 이렇게 중얼거렸다.

"아니, 이런, 셀레스틴. 당신에게서 정말 좋은 냄새가 나."

나는 여전히 눈을 내리깐 채 짐짓 순진한 표정을 지었다.

"제게서요?"

"물론 당신에게서 나는 거지. 암, 그렇고말고! 내 발에서 좋은 냄새가 나지는 않을걸."

"오! 나리!"

나의 "오! 나리!"라는 외침은 그의 발에서도 좋은 냄새가 난
다는 항의의 표현인 동시에 그가 나를 대하는 허물없는 태도
에 대한 일종의 우호적인, 격려의 의미까지 담은 우호적인 질
책이었다. 그가 내 말을 알아들었을까? 나는 그렇다고 믿는다.
왜냐하면 그가 좀 더 큰 소리로, 그리고 심지어 사랑의 감정으
로 인해 떨리기까지 하는 소리로 같은 말을 되풀이했기 때문
이다.

"셀레스틴! 당신에게서 정말 좋은 냄새가 나… 정말 좋
은…."

오! 이 순진한 남자는 지금 자기 자신을 해방시키고 있는 거
야. 나는 그가 계속 같은 말만 되풀이해서 좀 화가 나기는 했
지만, 뭐라고 대꾸하지는 않았다. 나리는 원래 소심한데다 여
자들이 쓰는 속임수에 대해 전혀 모르기 때문에 정신이 혼란
스러워진 것이었다. 그는 자기가 너무 멀리 나갔다는 생각에
문득 겁이 난 듯 느닷없이 화제를 바꾸어 물었다.

"이곳에 익숙해지고 있나, 셀레스틴?"

뭐야, 이 질문은? 이곳에 익숙해지고 있느냐고? 여기 온 지
겨우 세 시간밖에 안 됐는데? 나는 터져 나오는 웃음을 참기
위해 입술을 깨물어야만 했다. 이 나이 든 양반은 정말 이상한
사람이다. 그리고 좀 바보 같다.

하지만 아무 상관 없다. 내 마음에 안 드는 건 아니니까. 그

는 좀 천박해 보이기는 했지만 뭔가 모를 힘을 발산했다. 또한 수컷의 냄새를, 뜨겁고 강렬한 야수의 체취를 풍겼고, 나는 그 게 싫지 않았다.

그의 장화가 벗겨지자 나는 그에게 좋은 인상을 남기기 위 해 이렇게 물었다.

"나리는 사냥꾼이신가 봐요. 오늘 사냥은 수확이 좀 있었나 요?"

그러자 그가 고개를 끄덕이며 대답했다.

"나는 사냥에서 수확을 많이 거둔 적이 한 번도 없어, 셀레 스틴. 그냥 걸으려고… 그냥 산책이나 하려고… 그냥 집에 있 으면 지루하니까 사냥을 하는 거지."

"오! 나리께서는 집 안에 계시면 지루하신가요?"

그는 잠시 침묵했다가 정중하게 자기 말을 정정했다.

"말하자면… 지루했다는 거지. 왜냐하면 지금은… 그러니 까… 다르거든!"

이렇게 말한 그는 바보 같아서 연민을 불러일으키는 미소를 지으며 말했다.

"셀레스틴?"

"예, 나리!"

"내 슬리퍼 좀 줘. 미안하지만…."

"천만에요, 나리. 미안해하실 거 없습니다. 제가 할 일인걸 요."

"그래… 근데… 내 슬리퍼는 계단 아래… 왼쪽에… 작은 검은색 벽장 안에 있어."

 이 사람에게서는 내가 원하는 건 뭐든지 얻어낼 수 있을 것 같다. 그는 약삭빠른 사람이 아니다. 아예 처음부터 내게 지고 들어왔다. 아! 그를 멀리까지 데리고 갈 수 있을 것 같다.

 전날 먹다 남은 음식으로 준비해서 그다지 호화롭지 않은 저녁식사는 다들 거의 침묵을 지키는 가운데 아무 문제 없이 끝났다. 나리는 게걸스럽게 먹어치웠고, 마님은 식욕이 없는 듯 뚱한 몸짓으로 거만하게 입을 삐죽거리며 음식을 깨지락거렸다. 그녀가 먹는 것은 알약, 시럽, 점적제, 환약 등 온갖 종류의 약으로서, 식사 때마다 잊지 말고 그녀의 음식 접시 옆에 그 약들을 놓아두어야만 했다. 그들은 거의 대화를 하지 않았고, 설사 대화를 하더라도 그들의 화제는 내게는 별로 흥미롭지 않은 그 지역 사람들이나 그 지역 일에 관한 것이었다. 내가 알게 된 것은, 그들이 손님을 거의 초대하지 않는다는 사실이었다. 그들의 말과 생각이 전혀 일치하지 않는 것은 분명했다. 그들은 각자 서로 다른 호기심을 느끼면서, 자신을 데려가고 인도하는 생각에 따라 나를 관찰하고 있었다. 엄하고 융통성 없고 남을 업신여기며, 심지어 점점 더 적대적으로 변해가는 마님은 벌써부터 어떻게 하면 나를 비열하게 골탕 먹일까 생각하고 있었다. 음흉한 나리는 무척이나 의미심장한 윙크를 하면서, 못 본 체하려 애쓰면서도 내 손을 이상한 눈으로 쳐다보았다. 사실 난 내 손의 무엇이 남자들을 그토록 흥분시키는

지 잘 모르겠다. 나는 그들의 수작을 전혀 눈치 못 챈 척 가만히 있었다. 속마음을 드러내지 않고 아무 말 없이 눈치를 보면서 멀찌감치에서 왔다 갔다 했을 뿐이다. 아! 내가 그들의 영혼을 보고 그들의 영혼에 귀 기울이듯이, 그들도 내 영혼을 보고 내 영혼에 귀 기울일 수 있다면!

나는 식탁에서 시중드는 것을 무척 좋아한다. 식탁이야말로 자기 주인이 얼마나 더러운 인간인지를, 그들의 내밀한 본성이 얼마나 비열한지를 간파할 수 있는 곳이기 때문이다. 주인들은 처음에는 신중한 태도를 유지하며 서로를 감시하지만 서서히 화장을 지우고 베일을 벗으면서, 자기들 주위에서 서성이고 귀 기울이면서 자기들의 결함과 마음의 혹, 자기네 삶의 은밀한 상처 등, 점잖은 사람들의 꽤 큰 뇌가 야비함과 비열한 꿈으로 인해 간직하게 된 모든 것을 기록하는 누군가가 있다는 사실을 잊어버린 채 자신을 드러내고, 자신의 모습을 있는 그대로 보여준다. 결전의 날에 그것들을 무시무시한 무기로 만들어 휘두르기를 기다리면서 이 같은 고백들을 그러모아 정리하고 기억 속에 분류하는 것이야말로 우리 직업이 제공하는 크고 강렬한 즐거움 중의 하나이며, 우리가 겪은 모욕에 대한 가장 값진 복수다.

새로운 주인들과의 첫 번째 접촉에서는 소중하고 확실한 정보를 수집할 수가 없었다. 그러나 나는 그들의 부부 생활이 정상적으로 이루어지지 않고 있으며, 마님이 주도권을 쥐고 있어서 나리는 있으나 마나 한 존재이고, 나리가 마님 앞에서는 고양이 앞의 쥐처럼 바들바들 떤다는 것 정도는 눈치챘다. 오!
이 불쌍한 남자는 하루하루가 괴로운 것이다. 분명 그는 온갖
종류의 일을 보고 듣고 겪을 것이다. 나는 내가 이따금 그런
일들을 목격하면서 재미있어하는 모습을 상상했다.

식사하는 내내 내 손과 팔, 블라우스에 코를 갖다 대고 킁킁
거리던 마님이 디저트 먹을 시간이 되자 분명하고 단호한 목
소리로 말했다.

"난 향수 뿌리는 거 안 좋아해."

나에게 한 말이라는 것을 모르는 척 내가 아무 대답도 하지
않자 그녀가 다시 말했다.

"내 말 알아들었어, 셀레스틴?"

"예, 잘 알겠습니다, 마님."

나는 향수를 좋아하는, 아니, 최소한 내가 뿌린 향수를 좋아
하는 불쌍한 나리를 몰래 힐끗 쳐다보았다. 그는 겉으로는 무
심한 듯했지만 내심으로는 무안해하고 애석해하며 두 팔꿈치
를 식탁 위에 세운 채 과일 접시를 떠나지 않고 그 위를 뱅뱅
날아다니는 말벌을 물끄러미 쳐다보고 있었다. 이제 우울한
침묵이 막 황혼 빛에 젖어들기 시작한 이 식당을 짓누르고 있
었다. 형용할 수 없을 정도로 슬픈 무언가와 말할 수 없을 만큼
부담스러운 무언가가 천장에서 이 두 존재에게 떨어져 내렸
다. 나는 이 두 사람이 과연 어디에 쓰일 수 있을까, 그들이 과
연 이 지구상에서 무슨 일을 하게 될까, 정말이지 궁금해졌다.

"램프 가져와, 셀레스틴!"

그것은 마님의 목소리였는데, 침묵과 어둠 속이라서 그런지 한층 더 날카롭게 들렸다. 이에 나는 소스라치게 놀랐다.

"날이 어두워진 거 안 보여? 내가 램프를 가져오라는 얘기까지 꼭 해야 하나? 이런 일이 다시는 되풀이되지 않았으면 해, 알겠지?"

영국에서만 고칠 수 있다는 그 램프에 불을 붙이면서 나는 불쌍한 나리에게 이렇게 소리치고 싶었다.

"조금만 기다려요, 이 양반아. 두려워하지도 말고 슬퍼하지도 말아요. 당신이 너무나 좋아하지만 맡을 수가 없는 향기를 마시고 먹게 해줄게요. 당신은 내 향기를 맡게 될 거예요. 약속할게요. 나의 머리칼과 나의 입, 나의 목, 나의 살에서 향기를 들이마실 수 있을 거라고요. 우리 둘이서 즐거워하는 모습을 저 잘난 척하는 여자에게 보여주자고요. 분명히 약속하겠어요!"

이 말없는 호소를 드러내기 위해 나는 램프를 식탁 위에 올려놓으면서 나리의 팔을 살짝 건드렸고, 그러고는 식당에서 나왔다.

부엌에 딸린 찬방의 분위기는 즐겁지가 않았다. 나 말고는 하인이 둘, 즉 계속 투덜거리기만 하는 여자 요리사와 아예 입을 다물고 있는 정원사 겸 마부뿐이었다. 요리사의 이름은 마리안이었고, 정원사 겸 마부의 이름은 조제프였다. 멍청한 농사꾼들…. 게다가 그 꼬락서니란! 마리안은 뚱뚱하고 물렁물렁하고 축 늘어졌고 팔다리를 아무렇게나 벌리고 있었으며, 목은 주전자를 닦는 데 쓰는 게 아닐까 싶을 정도로 더러운 스카프에서 세 겹을 이루며 솟아난 것처럼 보였다. 게다가 볼썽사나운 거대한 젖가슴은 기름에 전 푸른색 면 캐미솔 아래에서 흔들거렸다. 또 드레스가 너무 짧아서 굵은 발목과 회색 양털 양말을 신은 큼지막한 발이 그대로 드러났다. 조제프로 말하자면, 웃옷 없이 셔츠 바람으로 작업복을 걸치고 나막신을 신었으며, 머리를 짧게 깎았다. 그는 무뚝뚝하고 신경질적이었다. 또 기분 나쁠 정도로 입을 크게 벌려 비죽거리기 일쑤였고, 성격이 비비 꼬였으며, 행동거지가 음흉했다. 이런 사람들이 내 두 동료였다.

하인들이 식사하는 식당은 따로 없었다. 우리는 부엌에서, 하루 동안 요리사 마리안이 꼭 굵은 순대처럼 생긴 둥글고 살찐 손가락으로 고기도 자르고 생선 내장도 긁어내고 야채도 다듬으며 온갖 더러운 일을 다 하는 탁자에서 함께 밥을 먹었다. 정말이지, 이 탁자가 깨끗한 적은 거의 없었다. 화덕에 불을 때면 부엌 안은 금방이라도 숨이 막혀 죽을 것처럼 무덥고 갑갑해졌다. 부엌 안에는 오래된 기름 냄새와 역한 소스 냄새, 여간해서 안 없어지는 튀김 기름 냄새가 떠돌아다녔다. 우리가 식사를 하는 동안에는 개고기 수프가 부글부글 끓고 있는 냄비에서 목이 콱 잠겨 기침이 나올 만큼 역한 냄새가 풍겼다. 금방이라도 토할 것 같았다! 죄수는 감옥에서, 개는 개집에서 더 존중받는 법이다.

우리의 식사에는 삶은 양배추를 곁들인 돼지비계 요리와 고약한 냄새가 나는 치즈가 나왔다. 음료로는 시큼한 사과주가 나왔다. 다른 건 일체 나오지 않았다. 에나멜 입힌 부분에 금이 가고 기름 찌꺼기 냄새를 풍기는 접시와 양철로 만든 포크가 이 멋진 식사를 완성시켰다.

나는 이 집에서는 완전 신참이었으므로 불평을 늘어놓고 싶지 않았다. 그렇다고 해서 먹고 싶지도 않았다. 그런 걸 먹었다가는 위가 더 망가질 것이다!

"왜 식사 안 해요?" 요리사가 물었다.

"배가 안 고파서요."

나는 아주 위엄 있는 말투로 또박또박 말했다. 그러자 마리 안이 투덜댔다.

"아가씨한테는 송로버섯이 필요할 것 같은데?"

나는 화는 내지 않았지만 뾰로통하고 오만한 표정으로 대꾸했다.

"전 이미 송로버섯을 먹어봤답니다. 여기 있는 사람들 모두가 그렇지는 않을 것 같은데요."

그 말을 듣자 그녀는 입을 다물었다.

그동안 정원사 겸 마부는 큼지막한 비곗덩어리를 입에 넣은 채 몰래 나를 힐끔거리고 있었다. 나는 이 남자의 시선이 왠지 불편했다. 그리고 그가 아무 말 않고 있으면 나는 불안했다. 나는 그가 더 이상 젊지 않은데도 여전히 몸가짐이 유연하고 경쾌한 것에 놀랐다. 그의 허리는 파충류처럼 구불거렸다. 그의 모습을 더 상세히 묘사하도록 허락해주기 바란다. 희끗 희끗 변해가는 뻣뻣한 머리칼, 낮은 이마, 길쭉한 눈, 툭 튀어 나온 광대뼈, 크고 억세 보이는 턱, 길고 두툼하고 치켜 올라 간 윗입술, 이 모든 것이 내가 뭐라고 정의할 수 없는 그의 기 묘한 성격을 드러내 보여주는 듯했다. 그는 숙맥일까? 아니면 건달일까? 전혀 짐작이 가지 않는다. 그런데도 이 남자가 나 의 관심을 끌다니, 참으로 이상한 일이다. 하지만 시간이 지나 면서 이 같은 강박은 서서히 약해지더니 결국은 사라져버렸 다. 그리하여 나는 이것이 바로, 나로 하여금 사물이나 사람을 너무 아름답거나 너무 추하게 보게 하고, 또 그 가엾은 조제프 에 대해서 그의 진짜 모습인 멍청한 시골뜨기보다, 혹은 아둔 한 농사꾼보다 우월한 누군가를 반드시 만들어내려 하는 내 과도하고 부풀어가는 낭만적 상상력의 장난에 불과하다는 사 실을 깨달았다.

식사가 끝날 무렵 조제프가 여전히 아무 말 없이 작업복 주 머니에서 《라 리브르 파롤》* 신문을 꺼내어 주의 깊게 읽기 시작했고, 사과주를 두 병 가득 마신 마리안은 감정이 누그러 지고 더 친절해졌다. 그녀는 소매를 걷어 올려 팔을 드러내고 흐트러진 머리칼 위에 헝겊 모자를 약간 삐딱하게 쓴 채 의자

---

* La Libre Parole. 프랑스에서 1892년부터 1924년까지 발행된, 반유대적 성향의 정 치 신문이다.

위에 퍼질러 앉아서 내가 어디서 왔는지, 그 전엔 어디 있었는지, 좋은 데서 일했는지, 유대인들을 싫어하는지 물었다. 그리고 우리는 거의 우호적인 분위기에서 얼마 동안 얘기를 나누었다. 나도 손님들이 많이 찾아오는지, 어떤 부류의 손님들이 찾아오는지, 나리가 하녀들에게 마음을 쓰는지, 마님에게 애인이 있는지 등등 이 집에 관한 정보를 물었다.

오! 마리안의 표정이 어땠는지, 나의 이런저런 질문에 신문을 읽다 말고 이따금 나를 쳐다보던 조제프의 표정이 어땠는지 여러분이 봤어야 하는데…. 그들의 황당해하는 표정은 정말 우스꽝스러웠다! 시골 사람들이 얼마나 시대에 뒤떨어져 있는지 여러분은 짐작 못할 것이다. 그들은 아무것도 알지 못한다. 아무것도 보지 못한다. 아무것도 이해하지 못한다. 너무나 당연한 일에도 당황스러워한다. 나는 두 사람을 보는 순간 그들이 잠자리를 할 정도로 은밀한 관계라는 걸 눈치챘다. 오, 세상에! 얼마나 오랫동안 남자가 없었기에 저런 사람이랑 잠자리를 할 수 있는 거야?

"아가씨가 파리에서 왔다는 건 한눈에 알 수 있어. 파리 어디서 왔는지는 모르겠지만."

마리안이 살짝 나무라는 듯한 어조로 말했다.

그러자 조제프가 머리를 가볍게 흔들며 짧게 덧붙였다.

"그건 확실해!"

그는 다시 《라 리브르 파롤》을 읽기 시작했다. 마리안이 무거운 몸을 일으키더니 불 위의 냄비를 들어냈다. 우리는 더 이상 얘기를 나누지 않았다.

　그 순간 나는 바로 전에 일했던 집과 하인이었던 장 씨를 떠올렸는데, 그는 검은색 구레나룻과 꼭 여자 피부처럼 정성스레 가꾼 하얀 피부로 인해 단연 눈에 띄는 사람이었다. 오! 저녁에 우리에게《세기말》이라는 신문을 읽어주고, 야한 얘기나 감동적인 얘기를 해주고, 나리의 편지 내용을 알려줄 때의 장 씨는 진짜 미남인데다 너무나 유쾌하고 친절하고 섬세하고 재치 있는 남자였다. 그러나 지금은 모든 것이 변했다. 도대체 어찌하여 나는 사랑하는 모든 것으로부터 멀리 떨어진 이곳까지 와서 이런 사람들과 같이 살게 되었단 말인가?

　그냥 울고 싶을 뿐이었다.

　나는 사방에서 바람이 들이치고 겨울의 추위와 여름의 찌는 듯한 더위에 그대로 노출되어 있는 나의 작고 더러운 다락방에서 지금 이 글을 쓴다. 삐걱거리는 철제 침대와 문도 잘 안 닫히고 내 소지품을 넣어둘 만한 자리도 없는 조악한 흰색 나무 옷장뿐, 다른 가구는 일체 없다. 방을 밝힐 수 있는 것은 연기가 나고 촛농이 동 촛대로 흘러내리는 양초 하나뿐이다. 정말이지 한심하기 짝이 없다! 이 일기를 계속 써나가고 싶으면, 아니 그저 가져온 소설책을 읽거나 카드 점을 쳐서 내 운명을 알고 싶어도 직접 내 돈으로 양초를 사야 할 것이다. 마님의 양초, 그 여편네(장 씨는 이렇게 말하곤 했다)의 양초는 열쇠로 잠가 보관되고 있기 때문이다.

내일은 짐 정리를 좀 해볼 생각이다. 금박 입힌 작은 구리 십자가를 침대 위쪽 벽에 못으로 박아 걸어놓고, 벽난로 위에는 채색된 자기로 만든 성모 마리아 상과 작은 상자들, 자질구레한 실내장식품들, 장 씨의 사진을 올려놓아 이 작고 누추한 다락방에 내밀함과 즐거움을 불어넣을 것이다.

마리안의 방은 내 방과 붙어 있었다. 얇은 칸막이벽이 내 방과 그녀의 방을 나눠놓고 있어서 거기서 나는 소리가 다 들렸다. 나는 별채에서 잠을 자는 조제프가 어쩌면 마리안의 방에 올지도 모른다고 생각했다. 그러나 전혀 그렇지 않았다. 마리안은 자기 방에서 오랫동안 왔다 갔다 했다. 기침을 하고, 가래를 뱉고, 의자를 질질 끌고, 온갖 종류의 물건들을 움직였다. 지금은 드르렁드르렁 코를 골고 있다. 아마 낮에 그걸 했나 보다!

개 한 마리가 이 시골의 아주 멀리 떨어진 곳에서 짖어대고 있다. 두 시가 다 되어가니 내 방 촛불도 이제 곧 꺼질 것이다. 나도 잠자리에 들어야만 한다. 하지만 잠이 올 것 같지 않다.

아! 이 가축우리 같은 방에서 나는 또 얼마나 팍삭 늙어버릴까! 안 돼, 그럴 순 없어!

2

9월 15일

나는 주인 내외의 성姓을 지금까지 단 한 번도 쓰지 않았다. 그
들은 랑레르Lanlaire라는 우스꽝스럽고도 코믹한 성을 가지고
있다.˙ 랑레르 씨와 랑레르 부인. 이제 곧 당신은 이런 성에 내
포된, 이런 성이 반드시 유발하는 온갖 유쾌한 농담을 보게 될
것이다. 그들의 이름은 성보다 더 우스꽝스러우며, 감히 말하
자면 성을 보완한다. 나리의 이름은 이지도르이고, 마님의 이
름은 외프라지다. 외프라지! 이 이름이 왜 우스꽝스러운지 생
각 좀 해보시라!

● 프랑스어로 'Va te faire lanlaire !'라고 하면, '냉큼 꺼져버려!'라는 뜻이다.

오후에 내 실크 옷에 매치시킬 만한 게 뭐 없나 보러 잡화점에 다녀왔는데, 그곳 여주인이 내게 이 집에 관한 정보를 알려주었다. 마음에 드는 여자는 아니었다. 솔직히, 남의 뒷담화를 그렇게 해대는 사람은 생전 처음 본다. 내 주인 내외에게 물건을 파는 사람들이 그들에 대해 이런 식으로 말한다면 그들에게 물건을 팔지 않는 사람들은 도대체 그들에 대해 어떻게 얘기해야 한단 말인가? 오! 시골 사람들은 정말 말이 많은 것 같다!

나리의 아버지는 루비에르에서 고급 직물을 생산했고, 또 은행가이기도 했다. 그는 사기성이 농후한 파산을 해서 이 지방 사람들의 작은 지갑을 전부 탈탈 털어가는 바람에 10년 징역형을 받았는데, 이것은 위조나 배신행위, 절도 등 그가 저지른 온갖 종류의 범죄에 비하면 무척이나 가벼운 범죄였다. 하기야 부자들에게 이 정도는 아무것도 아니다.

마님의 아버지는 징역형을 선고받은 적도 없고 모든 점잖은 사람들에게 존경받으며 이 세상을 떠났음에도 불구하고 나리의 아버지보다 훨씬 더 악질이다. 그는 사람들을 사고파는 상인이었다. 잡화점 여주인은 나폴레옹 3세 치하에서는 지금처럼 모두가 군대를 간 건 아니고 '추첨을 해서 뽑힌' 부잣집 아들들은 '자신의 군복무를 남에게 대신 시킬' 권리를 가지고 있었다고 내게 설명해주었다. 그들은 전문 업체나 전문가에게 그 시점의 위험도에 따라 적게는 천 프랑, 많게는 2천 프랑까지 특별수당을 주고서, 7년 동안 그들 대신 군복무를 하고 전쟁이 나면 그들을 대신해 죽는 데 동의하는 불쌍한 청년을 찾아내는 일을 맡겼다. 이렇게 하여 아프리카에서 흑인 무역이 이루어진 것처럼 프랑스에서는 백인 무역이 이루어졌다. 가축 시장이 있었듯이 인간 시장이 있었지만, 인간 시장은 더욱더 무시무시한 살육을 위한 것이었다. 나로서는 이런 사실이 그다지 놀랍지 않다. 인간 시장이 오늘날에는 더 이상 없을까? 그렇다면 그 인력사무소나 매춘업소는 노예 전시회나 인육 진열대가 아니고 뭐란 말인가?

잡화점 여주인에 따르면 그것은 이익이 굉장히 많이 남는 장사였고, 도道 전체에서 이 장사를 독점했던 마님의 아버지는 놀랄 만한 수완을 보여주었다. 말하자면 특별수당의 거의 대부분을 자기 호주머니에 집어넣었던 것이다. 메닐-루아 시장, 치안판사의 대리인, 도의회 의원, 교구 위원회 위원장, 빈민 구호 사무소의 출납원, 훈장 수훈자였던 그가 세상을 떠난 지 10년이 되었다. 그는 헐값에 사들인 르 프리외레 영지 외에도 120만 프랑을 유산으로 남겼는데, 남동생이 잘못되어 행방불명되는 바람에 마님은 그중에서 60만 프랑을 받았다. 자, 하고 싶은 말이 있으면 해야 한다. 그건 결코 깨끗하지 않은 돈이다. 내가 보기에 그건 아주 간단한 사실이다. 나는 더러운 돈과 사악한 부자들밖에 보지 못했다.

그래서 랑레르 부부(이쯤 되면 그들이 혐오스럽지 않은가?)의 재산은 100만 프랑이 넘는다. 그들은 오직 아끼기만 하며, 수입의 3분의 1도 쓸까 말까. 이 부부는 다른 사람들에게 들어가는 비용은 물론 자신들에게 들어가는 비용도 뭐든 줄이고, 계산서가 나오면 별것도 아닌 걸로 트집을 잡아 악착같이 깎고, 자기가 한 말을 부인하고, 문서로 작성하고 서명한 합의조차 깨버리기 때문에 늘 눈에 불을 켜고 그들을 지켜봐야만 하며, 사업 관계에서는 이의 제기의 가능성 자체를 봉쇄해야만 한다. 이의 제기의 가능성이 있으면 그들은 즉각 그걸 이용하여, 특히 소송비용을 감당할 능력이 없는 소규모 상인들이나 아무런 방어 수단을 갖추지 못한 가난한 사람들에게 주어야 할 돈을 안 주고 떼먹는다. 천성적으로 그들은 절대 아무것도 주지 않는다. 매우 독실하기 때문에 이따금 교회에 헌금하는 것 빼고는 말이다. 가난한 사람들은 르 프리외레 영지의 문 앞에 가서 애원하고 신음하다 배고파서 죽을 수도 있다. 그러거나 말거나 문은 여전히 굳게 닫혀 있다.

"만일 거지의 바랑에서 뭔가를 훔쳐낼 수 있다면 그들은 아무런 양심의 거리낌 없이 야만인처럼 즐거워하며 그런 짓까지 할 거라니까요."

잡화점 여주인이 이렇게 말하고 끔찍한 예를 한 가지 들었다.

"우리 같은 사람들은 모두 힘겹게 살아가면서도 성찬식 빵을 바치고 브리오슈*를 사지요. 그것은 예의범절이나 자존심과 관련된 문제니까요. 하지만 그 인색한 사람들은 나눠 준답니다. 뭘 나눠 줄까요? 빵을 나눠 주는 거예요, 아가씨. 그런데

---

* brioche. 둥글게 부푼 모양에 둥근 꼭지가 달린 빵.

최고 품질의 빵이나 흰 빵을 나눠 주는 게 아니에요. 아니라고요. 노동자들이 먹는 빵을 나눠 주는 거예요. 부끄러운 일 아닌가요? 그처럼 돈이 많은 사람들이 그런다는 건? 심지어 통제조공의 아내인 포미에는 어느 날 신부님이 랑레르 부인의 인색함을 점잖게 나무라자 그녀가 이렇게 말하는 걸 들었대요. '신부님, 그런 사람들한테는 그런 빵도 감지덕지랍니다!'"

자기가 모시는 주인들이라 해도 공정해야 한다. 사람들은 마님에 대해서는 입을 모아 비난하지만, 나리에 대해서는 그러지 않다. 나리는 싫어하지 않는 것이다. 나리는 잘난 척하지도 않으며, 할 수만 있다면 모든 사람을 너그럽게 대할 것이고 좋은 일도 많이 할 것이라고 다들 입을 모아 말한다. 그러나 불행하게도 그는 그렇게 할 수가 없다. 나리는 자기 집에서 아무것도 아닌 존재다. 가혹하게 취급받는 하인들보다도 못하고, 뭐든지 허용되는 고양이들보다도 못하다. 평온하게 지내기 위해서 그는 가장으로서의 모든 권위와 남자로서의 모든 위엄을 아내의 손에 조금씩 넘겨주었다. 마님이 모든 것을 통솔하고 해결하고 조직하고 관리한다. 마님은 마구간과 가금 사육장, 정원, 지하실, 장작 광을 열심히 돌아다니며, 어디에서나 잘못된 것을 찾아낸다. 그러나 만사가 그녀가 바라는 대로 돌아가는 경우는 결코 없다. 그래서 그녀는 사람들이 자기 걸 훔쳐 가고 있다고 끊임없이 우겨댄다. 물론 사람들은 그녀에게 속임수를 쓰지 않는다. 그녀는 다 알아채기 때문이다. 청구된 금액을 지불하고, 토지 임대료와 소작료를 걷고, 계약을 체결하는 것은 그녀다. 그녀는 늙은 회계원의 교활함과 부패한 집달리의 야비함, 고리대금업자의 기발한 전략을 모두 갖추고 있다. 믿기 힘든 일이다. 물론 그녀는 돈주머니를 꽉 움켜쥐고 있다가 그 안에 더 많은 돈을 집어넣을 때만 그걸 연다. 그녀는 나리에게 동전 한 푼 쥐여주는 법이 없다. 그래서 이 불쌍한 인물에게는 담배를 사 피울 돈도 없다. 그는 부자인데도 이곳에 사는 다른 사람들보다 훨씬 더 궁핍하다. 그럼에도 그는 불만을 표시하지 않는다. 결코 표시하지 않는다. 그는 꼭 초등학교 학생처럼 고분고분 말을 잘 듣는다. 오! 귀찮아하면서도 복종하는 개의 표정을 짓고 있는 그는 이따금 참 이상해 보인다. 마님이 외출하고 없는 동안 소규모 상인이 청구서를 들고 나타나거나 가난한 사람이 한 푼만 달라고 애원하거나 심부름꾼이 봉사료를 요구할 때 나리가 어떻게 하는지를 봐야만 한다. 이럴 때 그는 정말 우스꽝스럽다! 호주머니를 뒤지고 자기 몸을 여기저기 만져보고 얼굴이 빨개지면서 미안해하다가 불쌍해 보이는 눈으로 이렇게 말한다.

"이런, 세상에! 가진 잔돈이 없네. 천 프랑짜리 지폐뿐이야. 천 프랑짜리 받고 거슬러줄 잔돈 있어? 없어? 그럼 한 번 더 와야겠네."

100수sou도 가져본 적 없는 그가 웬 천 프랑짜리 지폐? 마님은 심지어 편지지까지도 장롱 속에 넣고 자물쇠를 채운 뒤 열쇠를 자기만 가지고 있다가 투덜거리면서 인심 쓰듯 한 장씩 그에게 주곤 했다.

"고맙네요! 종이를 펑펑 써대 줘서. 도대체 누구한테 편지를 쓰길래 이렇게 종이가 많이 필요한 건지 모르겠네요."

그에 대한 사람들의 단 한 가지 비난 거리는, 사람들이 이해할 수 없어 하는 점으로서, 그가 어울리지 않게 약한 모습을 보여 이 악녀에게 늘 끌려다닌다는 것이다. 왜냐하면 그 사실을 모르는 사람이 아무도 없고, 더더구나 마님이 그 사실을 동네방네 떠들고 다니기 때문이다. 이제 나리와 마님은 서로에게 아무것도 아닌 존재가 되었다. 속병을 앓고 있어서 아이를 가질 수 없는 마님은 그 문제에 대해서 더 이상 언급하기 싫어한다. 그에 관해서는 이 지역에서 떠도는 아주 유명한 얘기가 있다.

어느 날, 마님은 고해 시간에 신부에게 자신의 상황을 설명하면서 자기가 남편과 '부정행위'를 해도 되는지 물었다.

신부가 물었다.

"'부정행위'라는 게 무슨 의미인가요?"

그러자 마님이 당황해서 대답했다.

"정확히는 모르지만, 신부님… 진한 애무…."

"진한 애무라고요? 진한 애무는… 치명적인 원죄라는 사실을… 모르시지 않으실 텐데요."

"바로 그것 때문에 제가 교회의 허락을 청원하는 거예요, 신부님."

"그래요! 그래요! 그런데 진한 애무를… 자주 하나요?"

"남편은 정말 건장한 사람이에요. 몹시 건강하기도 하고요.

아마도 일주일에 두 번 정도…"

"일주일에 두 번씩이나? 많은 편이네. 너무 많아. 그건 방탕입니다. 남자가 아무리 건장해도 일주일에 두 번씩이나 진한 애무를 할 필요는 없어요."

그는 순간적으로 당황스러워하다가 결국 이렇게 말을 이어 갔다.

"음… 일주일에 두 번씩 진한 애무를 하도록 허락합니다. 그렇지만 조건이 있어요. 첫 번째는, 진한 애무를 하는 동안 원죄에 해당하는 쾌락을 느끼지 않아야 하고…."

"아! 맹세합니다, 신부님!"

"두 번째는, 해마다 200프랑씩 성모 마리아 제단에 바쳐야 합니다."

마님이 소스라치게 놀랐다.

"200프랑씩이요? 그것 때문에? 아, 안 돼요!"

그러고는 마님은 신부를 슬그머니 돌려보냈다.

잡화점 여주인은 이런 얘기를 들려주고서 마지막으로 덧붙였다.

"도대체 왜 나리는 자기에게 돈도 안 주고 쾌락도 안겨주지 않는 그런 여자한테 그토록 잘해주고 그토록 겁을 내는 걸까요? 나 같으면 그런 여자는 인정사정없이 다잡아서 정신을 차리게 해줄 텐데."

자, 말하자면 이렇게 되는 것이다. 강한 성적 욕망을 가질 만큼 원기왕성하기도 하고 선량하기도 한 나리는 작은 사랑의 쾌락을 누리거나 가난한 사람에 대해 작은 자비를 베풀고 싶어 하지만 그때마다 우스꽝스러운 궁여지책과 조잡한 속임수를 동원하거나 체면을 구겨가며 돈을 빌릴 수밖에 없고, 그 사실을 마님이 알게 되면 무시무시한 부부싸움이 일어나서 두 사람 간에 불화가 몇 달씩이나 계속된다. 그때마다 나리는 들판으로 나가 꼭 미친 사람처럼 걷고 또 걸으며 분노에 가득 차 위협적인 동작을 취하기도 하고, 흙더미를 짓눌러 납작하게 만들기도 하고, 바람과 비와 눈을 맞으며 혼자서 뭐라고 중얼거리기도 한다. 그리고 그 어느 때보다 더 소심하고 순종적이며, 더 허약하고 패배주의적인 사람이 되어 저녁에 집으로 돌아온다.

그런데 잡화점 여주인이 거침없이 비난을 퍼붓는 가운데 이 입에서 저 입으로, 이 가게에서 저 가게로, 이 집에서 저 집으로 옮겨지고 드러나는 이 비열하고 천박하고 불명예스러운 소문을 들으며 내가 신기해하고 우울해한 점은 이 도시 사람들이 랑레르 부부를 경멸하기보다는 시샘한다는 것이다. 그들이 범죄를 저지른다고 말해도 될 만큼 무익하고, 사회적으로 악행을 저지르고, 그들이 가진 흉측한 100만 프랑의 무게로 모든 걸 짓누르는데도 불구하고 그 100만 프랑이 그들을 영광과 존경의 후광으로 둘러싸는 것이다. 사람들은 다른 사람들보다 더 깊숙이 허리를 숙여 그들에게 인사하고, 다른 사람들보다 더 열렬하게 그들을 맞아들인다. 이 사람들은 랑레르 부부가 자신들의 영혼의 쓰레기 속에서 살고 있는 그 더럽고 초라한 집을 '성'이라고 부르면서 얼마나 노예처럼 그들의 환심을 사려고 애쓰는지! 확신컨대, 이 지역의 명소가 어디냐고 묻는 이방인들에게 잡화점 여주인조차 속으로는 랑레르 부부를 혐오하면서도 이렇게 대답할 것이다.

"우리에게는 아름다운 교회와 아름다운 샘이 있고… 특히 아주 아름다운 것이 있는데… 그게 뭔가 하면 랑레르 부부랍니다. 100만 프랑이나 소유하고 있는 이 부부는 성에서 살고 있지요. 그들은 대단한 사람들이고, 우리는 그들을 무척 자랑스러워한답니다."

100만 프랑을 숭배하다니! 이것은 부르주아들뿐만 아니라 이 세상에 사는 하층민들과 서민들, 무일푼인 사람들 대부분이 역시 공통적으로 품고 있는 저열한 감정이다. 그리고 늘 가식 없이 행동하고 뭐든 다 부숴버리겠다고 위협하는 나 역시 이런 감정을 결코 버릴 수가 없다. 부자들에게 억압당하는 나조차, 부자들 때문에 불행을 겪고, 타락하고, 증오심을 느끼고, 쓰라린 모욕을 당하고, 꿈도 못 이루고, 삶이 끝날 때까지 계속될 고통을 당하고 있는 나조차 부자 앞에 서면 어느새 그를 특별하고 훌륭한 존재로, 일종의 경이로운 신으로 우러러보게 된다. 그리고 나도 모르는 사이에, 내 의지와 내 이성을 넘어서서 찬미의 향香 같은 것이 내 마음속 가장 깊은 곳에서부터 어리석고 위험하기 일쑤인 이 부자를 향해 올라오고 있는 것이 느껴진다. 이것이 바보 같은가? 그렇다면 왜? 왜?

내 실크 옷에 매치시킬 만한 것을 찾을 수 없었던 이 이상한 잡화점과 지저분한 여주인을 떠나면서 나는 이 여자가 내 주인 내외에 관해 해준 모든 얘기를 절망스러운 기분으로 생각해보았다. 가랑비가 내리고 있었다. 하늘은 꼭 이 험담하기 좋아하는 여주인의 영혼처럼 더럽고 지저분했다. 나는 길거리의 끈적끈적한 포석을 미끄러지듯 걸어가며 그 여주인과 내 주인들, 그리고 나 자신에 대한 반감으로, 이 시골 하늘에 대한 반감으로, 내 심장과 두 발이 힘겹게 걷고 있던 그 진흙탕에 대한 반감으로, 이 작은 마을의 치유될 수 없는 슬픔에 대한 반감으로, 계속 이렇게 같은 말을 되풀이했다.

"그래! 나한테 딱 맞는 곳에 온 거야. 나한테 아쉬운 건 이것뿐이었어. 제대로 온 거라고!"

오, 그렇고말고! 난 제대로 왔다. 게다가 새로운 것도 있다.

마님은 옷도 스스로 입고 머리도 스스로 했다. 그녀는 화장실에 들어가 문을 이중으로 단단히 잠그고 틀어박혔고, 나도 웬만해서는 그 안에 들어갈 수가 없었다. 그녀가 몇 시간씩 거기에 틀어박혀 도대체 뭘 하는지 아무도 몰랐다. 그날 저녁, 나는 더 이상 참지 못하고 단호히 문을 두드렸다. 마님과 나 사이에 이런 대화가 오갔다.

"똑똑!"

"누구지?"

오! 주먹으로 쳐서 다시 입속으로 돌려보내고 싶은 그 날카롭고 찢어지는 듯한 목소리.

"접니다, 마님."

"무슨 일이야?"

"화장실 좀 쓰고 싶은데요."

"지금 내가 쓰고 있으니까 다른 화장실로 가봐. 그리고 내가 벨을 눌러 부르기 전에는 오지 마."

그러니까 나는 여기서 심지어 하녀도 아닌 셈이다. 내가 여기서 어떤 사람인지도 모르겠고, 여기서 어떤 역할을 해야 되는지도 모르겠다. 그렇지만 내가 하녀로 일하면서 좋아하는 것은 오직 여주인들의 옷을 입히거나 벗기고, 머리를 손질해주는 일뿐이다. 나는 잠옷과 장신구, 리본을 갖고 노는 걸 좋아하고, 속옷과 모자, 레이스, 모피를 만지작거리는 것도 좋아한다. 또 목욕을 마친 여주인들의 몸을 닦아주고, 그들의 몸에 분을 뿌려주고, 부석浮石으로 그들의 발을 매끄럽게 문질러주고, 그들의 가슴에 향수를 뿌려주고, 그들의 머리칼을 탈색해주고, 그들의 슬리퍼 끝에서 틀어 올린 머리끝까지 그들을 샅샅이 알고, 홀라당 벌거벗고 있는 그들의 모습을 보기를 좋아한다. 이렇게 하면 그들은 주인과는 다른 그 무엇이, 말하자면 친구나 공모자, 그리고 대부분은 노예가 된다. 그러다 보면 어쩔 수 없이 절친한 친구가 되어 그들의 아픔과 타락 행위, 사랑의 환멸, 부부생활의 가장 은밀한 비밀, 그들이 앓고 있는 병 등 수많은 것들에 대해 알게 된다. 노련한 하녀 같으면 그들 자신도 알지 못하는 수많은 세세한 것들을 알아내어 그걸 이용함으로써 그들을 휘어잡을 수 있다는 건 두말할 필요도 없다. 거기서 훨씬 더 많은 걸 얻어낼 수 있는 것이다. 그건 이익이 되기도 하고 재미있기도 한 일이다. 자, 나는 하녀라는 직업을 이런 식으로 이해하고 있다.

심지어 정말 얌전하고 엄격하고 범접할 수 없으리만치 높은 덕성을 갖춘 것으로 소문난 여자들 중에도 사실은 음탕하고 야릇한 사생활을 하는 여자들이 얼마나 많은지, 독자 여러분은 상상하기 힘들 것이다. 오! 화장실에서는 얼굴에 쓰고 있던 가면이 단숨에 툭 떨어져 내린다! 그리고 가장 오만한 얼굴이 부스러지면서 균열을 보이게 된다!

어떤 마님은 참 이상한 행동을 했다. 그녀는 매일 아침 셔츠를 입기 전에, 그리고 매일 밤 셔츠를 벗고 나서, 벗은 모습 그대로 전신거울 앞에서 자기 몸을 오랫동안 꼼꼼하게 살펴봤다. 그러다가 가슴을 앞으로 내밀고 목을 뒤로 젖힌 다음 축 늘어진 빈약한 살덩어리에 불과한 젖가슴이 다시 조금이라도 끌어당겨질 수 있도록 두 팔을 불쑥 허공으로 들어 올리는 것이었다. 그러고는 내게 말했다.

"셀레스틴… 이것 좀 봐! 내 가슴, 아직도 탄력 있지?"

그럴 때마다 웃음이 터져 나왔다. 셔츠가 흘러내려 장갑裝甲과 지지물을 벗어버린 채 드러난 마님의 몸(오! 초라하기 짝이 없는 잔해!)은 금방이라도 끈적끈적한 액체가 되어 양탄자 위로 흘러내려 퍼질 것만 같았다. 배와 엉덩이, 젖가슴은 이제 공기가 빠진 가죽 부대에 지나지 않았고, 텅 비고 지방질의 주름만 남아 있는 주머니에 불과했다. 엉덩이는 흐물흐물 탄력이 없었고, 마치 오래된 스펀지처럼 표면에 구멍이 숭숭 뚫려 있었다. 몸매는 이렇게 망가졌지만 우아함은… 서글픈 우아함은… 아니, 더 정확히 말해 우아함의 추억은 여전히 사라지지 않았다. 그것은 옛날에는 아름다웠을 수도 있으며 평생 동안 사랑의 삶을 살았던 한 여성의 우아함이었다. 늙어가는 인간들 대부분이 그렇듯 그녀는 돌이킬 수 없을 정도로 시들어가는 자신의 모습을 보려고 하지 않았다. 그녀는 다시금 사랑을 부르기 위해 꼼꼼하게 몸단장을 하고 세련되게 추파를 던졌다. 그러자 사랑이 이 마지막 부름을 듣고 달려왔다. 그런데 어디서 달려온 것일까? 오! 그건 참으로 우울한 광경이었다!

이따금 마님은 좀 부끄러운 표정으로 숨을 헐떡이며 저녁식사 직전에 돌아오곤 했다.

"빨리… 빨리… 나, 늦었어… 내 옷 좀 벗겨줘."

피곤한 얼굴에 눈가가 거무스레해진 그녀는 도대체 어디서 오는 길이기에 기진맥진하여 화장실의 긴 의자에 무너지듯 털썩 주저앉는 것일까? 그리고 옷은 왜 이렇게 뒤죽박죽이 되어 있는 것일까? 셔츠는 엉망으로 더럽혀져 있었고, 속치마는 서둘러 다시 입은 듯했으며, 코르셋은 비스듬하게 풀려 있었다. 그리고 스타킹을 고정시키는 고무 밴드는 헐렁했으며, 스타킹은 둘둘 말려 있었다. 곱슬한 머리가 풀렸고, 머리칼 끝부분에서는 침대 시트 부스러기와 베개의 솜털이 아직도 잔잔히 흔들리고 있었다! 그리고 입맞춤을 하면서 그녀의 입과 뺨에서 화장품 부스러기가 떨어지는 바람에 얼굴의 흠과 주름이 마치 상처처럼 잔혹하리만치 그대로 드러나 있었다.

　내가 던지는 의심스러운 눈길에서 벗어나기 위해 그녀는 한
탄하듯 말했다.

　"무슨 일이 있었던 건지 모르겠어. 양장점에 앉아 있었는데
졸지에 그렇게 된 거야. 기절을 해버렸어. 그래서 사람들이 어
쩔 수 없이 내 옷을 벗긴 거야. 지금도 여기저기 아파."

　대부분의 경우에 그랬듯이 동정심을 느낀 나는 이 말도 안
되는 설명을 곧이곧대로 믿어주는 척했다.

　어느 아침나절, 내가 마님 옆에 있는데 초인종이 울렸다. 남
자 하인이 나가고 없어서 내가 문을 열어주러 나갔다. 처음 보
는 젊은 남자가 들어왔다. 왠지 수상쩍고 음침하고 거칠어 보
이는 남자였다. 일용노동자 같기도 했고 부랑자 같기도 했다.
두를랑에서 열리는 무도회에 가면 종종 만날 수 있을 듯한, 살
인 혹은 사랑으로 살아가는 이중 성격자들 중 한 명이었다. 그
는 안색이 몹시 창백했으며, 작게 검은 콧수염을 기르고 붉은
넥타이를 매고 있었다. 어깨는 너무 큰 상의 속에 파묻혀 있었
다. 오래된 습관인 듯 몸을 좌우로 건들건들 흔들어대던 그는
놀란 표정을 지으며 우선 거슴츠레한 눈으로 화려한 대기실
과 양탄자, 거울, 그림, 벽지를 면밀히 살펴보기 시작했다. 그
러고 나서 마님 앞으로 된 편지를 내게 내밀더니 r음을 목구
멍에서 발음하면서 길게 끌어 단조롭지만 강압적인 목소리로
말했다.

　"답장입니다."

자기가 쓴 편지를 직접 들고 온 건가? 그냥 심부름꾼인가? 나는 이 두 번째 가설을 버렸다. 다른 사람 대신에 오는 사람은 말투와 행동이 저렇게 단호하지 않기 때문이다.

나는 편지를 받아 들며 조심스럽게 말했다.

"마님이 계신지 볼게요."

그러자 그가 반박했다.

"계신 거 다 압니다. 농담은 그만해요! 급하다고요."

마님이 편지를 읽었다. 그녀는 안색이 창백해지더니 두려움에 사로잡혀 자기도 모르게 더듬거리며 말했다.

"그 사람이 우리 집에 찾아왔다고? 대기실에 혼자 내버려뒀어? 아니, 어떻게 우리 집 주소를 알았을까?"

그러더니 금방 다시 정신을 차리고 짐짓 초연한 말투로 말했다.

"아무것도 아냐. 난 그 남자 잘 몰라. 가난뱅이야. 무척 흥미로운 가난뱅이. 그 사람 어머니가 언제 죽을지 몰라."

그녀는 떨리는 손으로 허겁지겁 책상 서랍을 열더니 100프랑짜리 지폐 한 장을 꺼냈다.

"이걸 그 사람한테 갖다 줘. 빨리… 어서 빨리…. 불쌍한 사람!"

나는 너무 화가 나서 나도 모르게 이를 갈며 말했다.

"어머나! 마님, 오늘은 정말 너그러우시군요. 마님의 가난한 사람들은 참 운이 좋아요."

이렇게 말하면서 나는 신랄한 의도를 갖고 특히 '가난한'이라는 단어에 힘을 주었다.

"자, 어서 가봐!"

마님이 한자리에 가만있지 못하고 이리저리 움직이며 명령했다.

내가 다시 돌아왔을 때는 원래 깔끔하지가 않아서 자기 물건을 가구 위에 아무렇게나 늘어놓기 일쑤인 마님이 이미 편지를 갈기갈기 찢어 벽난로 속에 던져버려, 자디잔 종잇조각들이 이미 재가 되어 사라진 뒤였다.

그래서 나는 그 남자가 정확히 어떤 사람인지 결코 알 수가 없었다. 그리고 그를 다시 보지도 못했다. 그러나 내가 알고 있는 것, 내가 본 것은 그날 아침나절에는 마님이 셔츠를 입기 전에 전신거울에 비친 자신의 알몸을 바라보지 않았다는 것이다. 그리고 축 처진 젖가슴을 두 손으로 추어올리면서 "아직 제법 탄력 있지 않아?"라고 내게 묻지도 않았다. 그녀는 하루 종일 무시무시한 두려움에서 헤어나지 못한 채 불안하고 신경질적인 모습으로 자기 방에만 머물러 있었다.

이 순간부터 나는 마님이 밤늦도록 집에 들어오지 않을 때마다 혹시 그녀가 어느 누추하고 지저분한 집에서 누군가에게 살해당했을까 봐 불안해서 몸을 떨곤 했다. 내가 부엌에 딸린 찬방에서 이 같은 두려움에 대해 이따금 얘기할 때마다 키가 작고 무척 못생긴데다 추잡스럽고 이마에 포도주 얼룩이 묻은 나이 든 주방 하인이 투덜거리며 대꾸하곤 했다.

"흐음… 언젠가는 분명 그런 일이 일어나겠지. 어쩌겠어?

근데 그 갈보 할멈은 왜 집 안에 있는 절대로 안전하고 믿을 만한 남자를 찾지 않고 기둥서방을 쫓아다니는 거지?"

"당신 같은 남자 말인가요?"

나는 냉소를 지으며 대꾸했다.

그러자 그는 그 자리에 있던 모든 사람들이 킥킥거리는 것도 아랑곳하지 않고, 가슴을 쑥 내밀고 우쭐거리며 말했다.

"흠! 돈만 조금 주면 내가 만족시켜줄 수도 있는데 말이지."

참, 남자들이란….

나의 지지난번 여주인의 시련은 또 다르다. 우리는 저녁식사가 끝난 뒤 식탁에 둘러앉아 그녀의 험담을 실컷 늘어놓곤 했다! 하지만 지금 생각해보면 우리가 잘못한 것 같다. 마님은 못된 여자가 아니었기 때문이다. 그녀는 무척 온화하고 너그러웠지만 너무나 불행한 사람이었다. 그리고 그녀는 내게 선물도 자주 했다. 우리는 때때로 정말 너무 심술궂다는 말을 꼭 해야 한다. 게다가 우리는 꼭 우리를 친절히 대하는 여성들에게만 악의적으로 행동한다.

이 마님의 남편은 학자로서 이젠 기억나지 않는 무슨 학술원의 회원이었는데, 그녀를 노골적으로 무시했다. 그녀가 못생겨서가 아니었다. 그녀는 오히려 너무 아름다웠다. 그가 다른 여자들 뒤꽁무니를 쫓아다녀서 그런 것도 아니었다. 그는 모범적일 정도로 점잖은 사람이었다. 그는 몇 달씩이나 밤이 되어도 마님을 찾지 않았다. 마님은 낙담했다. 나는 매일 밤 그녀를 예쁘고 사랑스럽게 단장해주었다. 속이 훤히 비치는 잠옷, 정신이 몽롱해질 정도로 강한 향수, 그리고 그 밖의 모든 것. 그녀는 내게 묻곤 했다.

"그 사람, 오늘 밤에는 오겠지, 셀레스틴? 지금 그 사람이 뭐하고 있는지 알아?"

"나리께서는 지금 서재에서 공부하고 계세요."

그녀는 낙담한 몸짓을 보였다.

"세상에, 오늘도 서재에 있네!"

그녀는 한숨을 쉬었다.

"그래도 오늘 밤에는 올지도 몰라."

나는 그녀를 공들여 꾸미고 나서, 어느 정도는 나의 작품이기도 한 그녀의 아름다움에, 그녀의 관능에 자부심을 느끼며 감탄스러운 눈으로 그녀를 찬찬히 바라보았다. 나는 흥분하며 말했다.

"나리가 오늘 밤에 마님을 안 찾으신다면 정말 잘못하는 거예요. 마님의 고운 자태를 보시기만 하면 오늘 밤 내내 따분해하실 시간이 조금도 없을 테니까요!"

"오! 그만해… 그만하란 말이야." 그녀는 몸을 부르르 떨며 말했다.

당연히 그다음 날에는 슬픔과 탄식, 눈물이 되풀이되었다.

"오, 셀레스틴! 나리는 지난밤에 오지 않았어. 밤새도록 기다렸는데… 오지 않았어… 앞으로도 절대 안 올 거야!"

나는 정성을 다해 그녀를 위로했다.

"나리가 공부하느라 너무 피곤해서 못 오셨을 거예요. 학자들은 항상 머릿속에 공부 생각뿐이거든요. 나리랑 같이 춘화를 감상하시는 건 어때요? 아무리 냉정한 남자라도 저항할 수 없을 아름다운 춘화들이 있다고 하던데요."

"아냐… 아냐… 그래 봤자 무슨 소용이 있겠어?"

"아니면 매일 밤 나리께 양념을 듬뿍 한 가재 요리를 대접하는 게 어떨까요?"

"아냐! 아냐!"

그녀는 슬픈 표정으로 고개를 저었다.

"그 사람은 더 이상 날 사랑하지 않아. 바로 그게 나의 불행이야. 그는 더 이상 날 사랑하지 않아."

이렇게 말한 그녀는 머뭇거리면서, 반감 없이, 오히려 애원하는 듯한 눈길로 물었다.

"셀레스틴, 솔직하게 말해줘. 혹시 나리가 널 구석으로 밀어붙인 적 없어? 너를 껴안은 적은? 혹시 너를…."

아니, 어떻게 그런 생각을 할 수가 있지?

"말해줘, 셀레스틴!"

나는 소리쳤다.

"당연히 그런 적 없습니다, 마님. 오! 나리께서는 그따위 것들에는 전혀 관심이 없으세요! 제가 마님을 힘들게 하려 했을 거라고 생각하세요?"

그녀가 애원했다.

"내게 말해줘야 해. 넌 예쁘잖아. 네 눈도 너무 사랑스러워.

네 몸은 분명 아름다울 거야!…"

그녀는 나더러 자신의 장딴지와 가슴, 팔, 허리를 만져보라고 했다. 그녀는 자기 몸의 각 부분을 내 몸의 각 부분과 하나하나 대조해보았는데, 그녀는 부끄러움 따위는 완전히 잊고 있었지만 나는 불편하여 얼굴을 붉혔다. 그러면서 혹시 그녀가 나를 속이고 있는 것은 아닌지, 혹시 그녀가 남편에게 버림받아 불행한 척하면서 내심으로는 나에게 욕망을 품고 있는 것은 아닌지 자문했다. 그녀는 계속 한탄했다.

"세상에! 세상에! 그래도… 자, 이거 좀 봐! 난 늙지 않았어. 못생기지도 않았어. 배도 안 나왔잖아? 살도 여전히 탄탄하면서도 부드럽잖아? 그리고 내 마음엔 아직 얼마나 사랑이 가득한지 몰라!"

그녀는 툭하면 울음을 터뜨렸고, 그럴 때마다 울음소리를 억누르려고 긴 의자에 몸을 던져 쿠션에 얼굴을 파묻었다. 그녀는 더듬거리며 말했다.

"오! 넌 절대 사랑이라는 걸 하지 마, 셀레스틴. 누굴 사랑하지 말란 말이야. 너무… 너무… 너무 불행해지니까!"

그녀가 보통 때보다 더 서럽게 울었을 때, 나는 불쑥 이렇게 주장했다.

"제가 마님이라면 애인을 두겠어요. 마님은 그냥 이대로 허송세월을 하기에는 너무 아름다우세요."

내 말에 그녀는 경악했다.

"그만해… 오! 그만해…."

나는 물러서지 않았다.

"하지만 마님의 친구 분들은 모두 애인을 두셨잖아요."

"그만해… 오! 다시는 그런 말 마."

"하지만 마님은 너무 사랑스러우신걸요!"

나는 감히 용기를 내어, 집에 자주 찾아오는 아주 멋진 어떤 젊은 남자의 이름을 슬쩍 흘렸다. 그리고 이렇게 덧붙였다.

"마님께는 남자의 사랑이 필요해요. 그 남자는 여자들을 아주 능숙하게 다루고 또 여자들에게 세심하게 마음을 쏜답니다!"

"아냐… 아냐… 그만해. 대체 무슨 말을 하고 있는 거야."

"마님이 원하시는 대로 하세요. 전 마님을 위해 이런 말씀을 드리는 거예요."

그렇지만 그녀는 나리가 서재에서 램프를 켜놓고 총계總計를 내고 컴퍼스로 원을 그리는 동안에도 여전히 꿈에서 깨어나지 못하고 같은 말을 되풀이했다.

"그 사람, 오늘 밤에는 오겠지?"

이것은 매일 찬방에서 아침식사를 하는 동안 우리의 유일한 화제였다. 사람들이 내게 캐물었다.

"그래 어떻게 됐어? 나리가 드디어 움직이셨나?"

"천만에요, 그럴 리가."

그건 진한 농담과 음란한 암시를 던지고 모욕하고 비웃기에 너무나 좋은 주제였다. 나리가 어느 날 '움직이기로' 결심할지를 두고 내기가 벌어지기도 했다. 내가 전적으로 잘못한 무의

미한 말다툼 끝에 나는 마님 곁을 떠났다. 그녀가 자신의 영혼을, 욕망에 굶주린 애처롭고 아이 같고 매혹적인 자신의 영혼을 내게 보여주는 계기가 되었던 그녀의 온갖 비통한 이야기들을, 그녀의 온갖 내밀한 불행들을, 그녀의 온갖 비밀들을 그녀의 얼굴에, 놀라움을 금치 못하던 그녀의 불쌍한 얼굴에 내던진 다음 비열하게 그녀 곁을 떠났다. 그렇다, 나는 마치 진흙 덩어리를 던지듯 그렇게 이 모든 것을 그녀의 얼굴에 내던졌다. 해서는 안 될 짓을 한 것이다. 나는 그녀가 가장 더러운 방탕 행위를 저질렀다고, 역겨운 정욕을 발산했다고 비난을 퍼부었다. 정말 끔찍한 짓을 저질렀다.

아무것도 아닌 것을 돌이킬 수 없는 일로 만들도록 나를 부추기는 사악함이 하나의 욕구처럼, 위반의 광기처럼 내 안에 자리 잡는 순간들이 있다. 심지어 내가 나의 이익에 반하여 행동한다는 사실을, 내가 나 자신을 불행하게 만들고 있다는 사실을 의식할 때조차 나는 그 같은 욕구나 광기에 저항하지 못한다.

그때 나는 너무나 부당하고 비열하게 한 인간을 모욕했다. 나 스스로 그것을 인정한다. 마님의 집에서 나오고 며칠 뒤에 나는 그 집 사람들이 모두 읽을 수 있도록 마님에게 엽서를 써 보냈다. 그렇다, 나는 뻔뻔스럽게도 이렇게 썼다.

마님, 당신이 제게 주신 모든 선물을 운송료 착불로 되돌려 보낸다는 사실을 알려드립니다. 저는 가난한 여자이지만 지나칠 정도로 자존심이 강하기 때문에(저는 깔끔한 걸 너무 좋아한답니다) 당신이 길거리의 쓰레기통에 내버리는 대신 저에게 선물하는 것으로 처치해버리신 꾀죄죄하고 더러운 옷가지들(사실 쓰레기통에 버려야 마땅한 것들이었지요)을 더이상 갖고 있을 수가 없습니다. 예를 들면 좀이 슬고 당신이 오줌을 싸는 바람에 노랗게 변한 당신의 그 더럽기 짝이 없는 속치마를 제가 무일푼이기 때문에 입을 거라고는 생각하지 마세요. 그럼 이만.

이 정도면 잘 쓴 편지인가? 그러나 이미 말했듯이 마님은 항상 내게 너그러웠기 때문에 이건 정말 바보 같은 행동이었다. 그래서 나는 그다음 날 그 옷들(그녀에게 돌려보내려고 했던)을 어느 방물장수에게 400프랑을 받고 팔아버렸다.

그것은 단지, 하녀로 일하면서 자주 만날 수 없는 매우 쾌적한 일자리를, 우리가 꼭 공주라도 되는 듯 우리에게 모든 걸 얼마든지 주었던 집을 괜히 그만뒀다는 분한 마음의 신경질적인 표출일 뿐이었을까?

그러고 나서는, 빌어먹을! 주인들을 공정하게 대할 시간이 없다. 할 수 없지 뭐! 좋은 사람들이 나쁜 사람들을 대신해 대가를 치러야 한다.

그래, 여기서는 뭘 하지? 이런 벽촌에서 새침하고 까다로운 새 여주인을 모시면서는 그런 행운을 꿈꾸어서도 안 되고, 그런 소일거리를 가질 엄두를 내서도 안 된다. 지겨운 집 청소와 나를 녹초로 만들어놓는 바느질만 죽도록 해야 할 것이다. 다른 일은 아무것도 없을 것이다. 오! 내가 전에 일했던 집들을 다시 떠올리니 내 상황이 더더욱 우울하게 느껴진다. 견딜 수 없을 만큼 우울하게 느껴진다. 정말이지 이곳을 떠나고 싶다. 이 야만인들에게 작별을 고하고 이곳을 떠나고 싶다.

이따금 나는 계단에서 나리와 마주쳤다. 그는 사냥을 하러 가는 길이었다. 나리는 장난꾸러기 같은 표정으로 나를 쳐다보며, 전에 했던 질문을 또 했다.

"음, 셀레스틴… 이곳에 익숙해져가고 있나?"

그건 분명 편집증이었다. 나는 대답했다.

"아직 잘 모르겠어요, 나리."

그리고 뻔뻔스럽게 물었다.

"나리께서는 이곳에 익숙하신가요?"

나리가 웃음을 터뜨렸다. 나리는 농담을 잘 받아준다. 나리는 정말 착한 어린아이 같다.

"익숙해져야 해, 셀레스틴. 익숙해져야 한다고. 제기랄!"

나는 다시 한 번 대담함을 발휘해 그의 말에 대답했다.

"애써보겠어요, 나리. 나리께서 도와주신다면요."

나리는 뭔가 도저히 믿기 힘든 얘기를 내게 하고 싶어 했던 것 같다. 그의 눈이 잉걸불처럼 활활 타오르고 있었다. 그런데 그 순간 마님이 계단 위쪽에서 나타났다. 나리와 나는 각자 알아서 그 자리를 피했다. 유감스러웠다.

그날 밤, 마님이 수상쩍다고 여겨질 수 있으리만치 다정스러운 그 말투로 나리에게 하는 말이 응접실 문을 넘어 들려왔다.

"나는 당신이 내 하인들이랑 허물없이 지내는 걸 원하지 않아요."

내 하인들이라고? 그럼 마님의 하인들은 나리의 하인들이 아니라는 거야? 아, 정말?

3

9월 18일

일요일이었고, 나는 아침에 미사를 드리러 갔다.

앞에서 밝혔듯이, 나는 독실하지는 않지만 어쨌든 종교를 갖고 있다. 누가 뭐라든 종교는 항상 종교다. 부자들이야 종교 없이도 살아갈 수 있지만, 우리 같은 사람들에게는 종교가 꼭 필요하다. 나는 종교를 이상한 방식으로 이용하는 사람들이 있다는 것을, 많은 신부들과 수녀들이 종종 종교의 명예를 더럽힌다는 것을 잘 알고 있다. 하지만 상관없다. 우리가 불행할 때(하녀라는 직업을 가진 사람은 다른 직업을 가진 사람보다 훨씬 더 불행하다) 오직 종교만이 우리의 고통을 잠재워줄 수 있다. 그리고 사랑…. 그렇다, 사랑은 또 다른 종류의 위안이다. 그렇기 때문에 나는 신앙 없는 집에서 일할 때도 미사에 절대로 빠지지 않았다. 미사란 우선적으로 외출이자 기분전환이며, 또한 일터의 권태로운 일상에서 벗어날 수 있는 시간이다. 특히 미사를 드리러 가면 다른 하녀들도 만날 수 있고, 재미있는 얘기도 들을 수 있고, 사람을 사귈 기회도 가질 수 있다. 아! 성모승천수도회 예배당에서 나올 때마다 잘생긴 노인들이 이상한 시편詩篇을 내 귀에 대고 속삭이곤 했는데, 그때 그걸 잘 들었더라면 지금 내가 여기에 와 있지 않았을지도 모른다!

오늘은 날씨가 다시 좋아졌다. 모처럼 해가 나왔는데, 엷은 안개가 낀 것처럼 부유스름한 해라서 걷기에도 상쾌하고 슬픔도 나를 덜 짓눌렀다. 파란빛과 금빛을 띤 이 아침나절의 영향으로, 나는 왠지 모르게 마음이 즐거웠다.

성당은 집에서 1,500미터가량 떨어져 있었다. 성당으로 이어지는 오솔길은 산울타리 사이로 구불구불 이어져 있어서 걷기에 쾌적했다. 봄철에는 아마도 이 길이 야생 체리나무와 방향芳香을 풍기는 산사나무, 그리고 온갖 종류의 꽃들로 뒤덮일 것이다. 나는 산사나무를 좋아한다. 산사나무는 내가 어렸을 때 겪은 일을 떠올리게 한다. 그것만 빼면 이 시골은 다른 모든 시골과 다르지 않다. 근사한 건 눈을 씻고 봐도 없다. 골짜기는 상당히 넓었고, 저 아래쪽, 골짜기 끝에는 작은 언덕이 있었다. 골짜기에는 강이 있었고 언덕 위에는 숲이 있었다. 이 모든 것이 황금색을 띤 투명한 안개의 장막에 덮여 있었는데,

풍경이 너무 많이 가려져 아쉬웠다.

　이상하게도 나는 브르타뉴 지방의 자연을 여전히 사랑한다. 태어날 때부터 그러지 않았나 싶다. 그 어떤 곳의 자연도 브르타뉴 지방의 자연만큼 아름다워 보이지 않았고, 내 영혼을 울리지 못했다. 몹시 풍요롭고 기름진 노르망디 지방의 들판에서도 나는 내가 태어난 그 황야와 비극적이고 장엄한 바다에 대한 향수에 사로잡혔다. 갑작스럽게 떠오른 그 기억은 이 아름다운 아침의 즐거움 속에 우울의 구름을 드리워놓았다.

　길을 가는 도중에 나는 많은 여자들을 만났다. 그들 역시 기도서를 겨드랑이에 끼고 미사를 드리러 가는 것이었다. 몸집이 딱 벌어지고 둔해 보이는 요리사들과 하녀들, 가끔 사육장을 담당하는 하녀들이 마치 가축처럼 몸을 뒤뚱거리며 느릿느릿 걸어갔다. 모처럼 나들이옷을 차려입은 그들의 모습은 정말 괴상해서 꼭 괴나리봇짐 같아 보였다! 촌티가 너무 심한 것으로 보아 그들은 파리에서는 생전 일해본 적이 없는 듯했다. 그들이 경계와 호의가 뒤섞인 호기심 어린 눈으로 나를 쳐다보았다. 그들은 내 모자와 몸에 달라붙는 드레스, 베이지색 모닝코트, 그리고 초록색 비단으로 된 우산집에 말아 넣은 우산을 부러워하며 꼼꼼히 관찰했다. 그들은 나의 귀부인 같은 옷차림에 놀랐다. 특히 내가 멋지고 맵시 있게 옷을 입어서 그런 것 같았다. 그들은 나의 호화로운 의상과 세련된 스타일 좀 보라는 듯이 서로를 팔꿈치로 쿡쿡 찔렀고, 눈을 동그랗게 뜨고 입을 떡 벌렸다. 나는 끝이 뾰족한 구두를 신고 몸을 흔들면서 우아하고 경쾌하게 걸었다. 그러면서 이따금 대담하게 드레스를 걷어 올리곤 했는데, 그럴 때마다 드레스가 속치마와 부딪치면서 비단 구겨지는 소리가 났다. 더 이상 바랄 게 뭐 있겠는가? 그들이 나를 보고 감탄하는 걸 보니 한없이 만족스러웠다.

그들이 내 옆을 지나치면서 속닥이는 소리가 들렸다.

"르 프리외레에 새로 온 하녀래."

그중에서 키가 작고 뚱뚱하고 안색이 아주 붉고 천식을 앓고 있으며 틀림없이 균형을 잘 잡으려고 넓게 벌린 두 다리로 어마어마하게 큰 배를 무척이나 힘들게 지탱하고 있을 듯한 여자가 늙은 술꾼의 것 같은 입술에 끈적끈적하고 어색한 미소를 지으며 내게 접근했다.

"당신이 르 프리외레에 새로 온 하녀인가요? 이름이 셀레스틴이죠? 나흘 전에 파리에서 왔고요?"

그녀는 이미 모든 걸 알고 있었다. 나에 대해서 나만큼이나 잘 알고 있는 것이었다. 배가 불룩하게 나온 그 몸뚱이에서, 걸어 다니는 그 가죽 부대에서 테두리가 넓고 깃털이 미풍에 살랑살랑 흔들리는 검은색 펠트 모자 말고는 내 관심을 끄는 것이 없었다.

그녀가 말을 이었다.

"난 로즈라고 해요. 로즈 양이죠. 모제 씨 집에서 일해요. 당신이 지금 일하는 집 바로 옆이랍니다. 그분은 퇴역한 해군 대령이시죠. 그분을 벌써 봤나요?"

"아니요."

"두 저택 사이에 있는 산울타리 너머로 그분을 봤을 수도 있어요. 늘 정원을 가꾸시거든요. 여전히 멋진 분이시죠."

로즈가 숨차서 우리는 더 천천히 걸었다. 그녀는 꼭 기진 맥진한 짐승처럼 쌕쌕거렸다. 호흡할 때마다 그녀의 가슴은 부풀어 올랐다가 꺼져 내렸다가 또다시 부풀어 올랐다가 했다. 그녀가 단어를 짧게 짧게 끊으며 말했다.

"발작이… 시작됐어요… 오! 요즘은… 얼마나 많은… 사람들이… 고통받는지… 믿을 수가… 없어요!"

그리고 나서 그녀는 중간중간 쌕쌕거리기도 하고 딸꾹질도 하면서 나를 격려했다.

"한번 놀러 와요. 뭔가 필요한 게 있으면. 충고든 뭐든요. 부담 갖지 말고요. 나도 젊은 사람들 좋아하니까. 우리 복숭아 넣은 브랜디나 한 잔씩 하면서 얘기 나눠요. 다른 젊은 아가씨들도 우리 집에 많이들 놀러 온답니다."

그녀는 잠시 말을 멈추고 숨을 고르더니, 비밀스러운 이야기를 할 때처럼 목소리를 낮추며 말했다.

"자, 셀레스틴 양, 당신에게 오는 편지를 받을 주소를 우리 집으로 하는 게 어때요? 그렇게 하는 게 현명할 거예요. 이건 내가 해줄 수 있는 좋은 충고예요. 랑레르 부인은 자기 집으로 오는 편지를 하나도 빠짐없이 다 읽어보거든요. 한번은 그것 때문에 재판을 받아 징역을 살 뻔했답니다. 다시 한 번 말하는데, 부담 갖지 말아요."

나는 그녀에게 고맙다고 말했고, 우리는 계속 걸었다. 그녀의 몸이 마치 거친 바다를 헤치고 나가는 낡은 배처럼 앞뒤 좌우로 흔들리기는 했지만 이제 그녀의 호흡은 아까보다 수월해진 듯했다. 우리는 다시 얘기를 나누며 걸어갔다.

"아! 르 프리외레는 지금까지 당신이 일한 집들과는 분명 다를 거예요. 우선, 그 집에서 오래 버텨낸 하녀는 지금까지 단 한 명도 없어요. 마님이 해고하지 않으면 나리가 임신시켜 버리거든요. 늘 그렇죠. 랑레르 씨는 정말 무서운 사람이에요. 예쁜 여자, 못생긴 여자, 젊은 여자, 나이 든 여자, 안 가려요. 그럴 때마다 아이가 한 명씩 생기죠. 아! 그 집 모르는 사람은 아무도 없어요. 다른 사람들도 모두 나랑 똑같은 얘기를 할 거예요. 먹는 것도 제대로 못 먹고… 자유도 없고… 할 일은 산더미처럼 쌓여 있고…. 그리고 쉴 새 없이 이어지는 질책과 잔소리…. 진정 지옥 같은 곳이죠! 내가 보기에 이렇게 얌전하고 예의도 바른 당신 같은 사람이 그런 구두쇠의 집에서 일한다는 건 말도 안 돼요."

로즈는 잡화점 여주인이 했던 얘기를 좀 더 불쾌하게 변형시켜 내게 들려주었다. 이 여자는 수다를 떨고 싶은 욕구가 너무나 강한 나머지 자신의 고통도 잊어버렸다. 악의가 천식을 제압한 것이다. 랑레르 씨 부부에 대한 험담이 이웃 사람들의 사생활에 대한 폭로와 더불어 계속되었다. 모두 내가 이미 알고 있는 이야기이긴 했지만, 로즈의 이야기가 너무 우울하고 절망적이어서 나는 다시 깊은 슬픔에 빠졌다. 차라리 이곳을 떠나는 게 낫지 않을까? 내가 패배할 게 뻔한 시도를 도대체 왜 한단 말인가?

여자들 몇 명이 우리와 합류하더니 호기심을 표하며 이것저것 꼬치꼬치 캐물었고, 계속 수다를 떨고 있는 로즈가 아까보다 덜 헉헉대며 새로운 사실을 폭로할 때마다 "그래, 그래, 맞아!"라고 큰 소리로 맞장구를 쳤다.

"모제 씨는요, 진짜 좋은 사람이에요. 혼자이시죠. 말하자면 내가 여주인이나 마찬가지예요. 해군 대령을 지내다가 은퇴한 분이니 당연하잖아요? 그분은 집사도 없고, 집안일에 대해서는 아무것도 모르세요. 누군가가 자기에게 신경 써주고 자기를 돌봐주는 걸 좋아하시죠. 자신의 내의들이 잘 관리되고, 자신의 변덕이 존중되고, 맛있는 요리가 자신을 위해서 준비되고… 믿고 의지할 만한 사람이 옆에 없다면 그분은 가진 걸 다 뺏길 거예요! 도둑놈들이야 여기에 쌔고 쌨으니까요, 참!"

그녀의 문장을 짧게 끊어 말하는 어조와 눈을 찡긋거리는 모습은 그녀가 현재 모제 대령의 집에서 처해 있는 정확한 상황을 짐작게 했다.

"정말이지! 안 그래요? 그분은 혼자이시고, 아직도 나름의 생각을 갖고 계시죠. 어쨌거나 해야 할 일도 있고. 그래서 우리는 그분을 도울 남자아이를 한 명 구할 생각이랍니다."

이 로즈라는 여자는 운이 좋다. 나 역시 나이 든 사람의 시중을 들고 싶다는 생각을 자주 했었다. 물론 그건 역겨운 일이다! 하지만 평온하게 생활할 수 있고, 장래도 보장받을 수 있다. 그래도 아직도 나름의 생각을 갖고 있는 전직 대령이라면 상대하기 어렵지 않다. 그리고 둘이서 털 이불을 덮고 있으면 얼마나 재미있을까!

우리는 마을을 이쪽 끝에서 저쪽 끝까지 가로질러 갔다. 아, 솔직히 말해서 마을은 별로 예쁘지 않았다. 파리의 말제르브 대로와는 하나도 안 닮았다. 더럽고 좁고 구불구불한 거리, 집들이 똑바로 서 있지 않고 약간 비스듬하게 서 있는 광장, 오래전에 지은 듯, 높은 박공이 흔들리고 불룩하게 튀어나온 각 층들이 서로 앞서 나가려고 애쓰는 듯한, 썩은 나무로 된 검은색 집들…. 지나가는 사람들도 하나같이 못생겼다. 나는 잘생긴 남자를 단 한 명도 발견하지 못했다. 이곳 사람들은 주로 실내화를 만들어서 먹고산다. 실내화를 생산하는 사람들 대부분은 주중에만 일해서는 납품하지 못하기 때문에 아직도 일을 하고 있었다. 그래서 창문 너머에서 병색이 도는 얼굴과 굽은 등, 가죽으로 된 안창을 가볍게 두드리는 검은 손들이 보이는 것이었다.

이런 것이 이곳의 구슬프고 음울한 분위기를 증대시켰다. 꼭 감옥에 들어와 있는 것 같았다.

마침 잡화점 문지방에 나와 서 있던 여주인이 우리를 보고 웃으며 인사했다.

"여덟 시 미사에 가는 거예요? 난 일곱 시 미사에 갔다 왔어요. 아직 안 늦었으니 잠깐 들어왔다 갈래요?"

이에 로즈가 고맙다고 말했다. 그녀는 잡화점 여주인이 못

돼먹어서 모든 사람에 대해 험담을 늘어놓으니 경계하라고 주의를 주었다. 진짜 인간쓰레기라는 것이다! 그러고 나서 그녀는 자기 주인이 얼마나 훌륭한 사람인지, 자기가 얼마나 좋은 환경에서 일하는지 다시금 자랑을 늘어놓기 시작했다. 내가 물었다.

"그럼 대령님은 가족이 없는 건가요?"

그러자 그녀가 역정을 내며 큰 소리로 말했다. "가족이 없느냐고요? 당신은 이해하기 힘들겠지만, 물론 가족이 있지요. 오! 멀쩡한 가족들이 있고말고요! 조카들과 사촌들이 여러 명 있답니다. 하지만 다들 게을러서 돈 한 푼 없이 비참하게들 살죠. 그 사람들이 대령님의 재산을 조금씩 빼돌리고 도둑질해 갔어요! 당신이 그걸 봤어야 하는데…. 정말 가증스러웠죠. 아마도 당신은 내가 왜 질서를 잡지 않았을까, 왜 집에서 그 기생충들을 싹 쓸어버리지 않았을까 생각하겠지요. 하지만 내가 없었다면 대령님은 지금쯤 길거리에 나앉았을 거예요. 오! 불쌍한 양반! 지금은 만사가 잘 돌아가고 있어서 썩 만족스러워하신답니다."

나는 빈정거리는 어조로(그녀는 눈치채지 못했다) 물었다.

"로즈 양, 물론 대령님이 유언장에서 당신을 언급하시겠죠?"

그녀가 신중하게 대답했다.

"본인 하고 싶은 대로 하시겠죠. 자유로운 분이시니까. 당연히 내가 그분한테 무슨 영향을 미칠 수 있는 위치에 있는 것도 아니고. 난 그분한테 아무것도 요구하지 않아요. 심지어 급료도 달라고 하지 않는답니다. 그러니까 순전히 그분 댁에서 헌신하는 거지요. 하지만 그분은 인생이 뭔지 아시는 분이에요. 누가 자기를 사랑하는지, 누가 사심 없이 자기를 돌봐주는지, 누가 자기를 애지중지하는지 알고 계세요. 몇몇 사람들, 특히 우리에 관해 앞장서서 이러쿵저러쿵 떠들어대는 랑레르 부인 같은 사람은 그분이 바보라고 주장하지만, 절대 그렇지 않답니다! 오히려, 교활해서 이야기를 제멋대로 꾸며내는 게 랑레르 부인이지요. 당신도 조심해야 될걸요!"

그녀가 핏대를 올리며 대령을 옹호하는 소리를 듣다 보니 어느새 교회에 도착했다.

뚱보 로즈는 내 곁을 떠나지 않았다. 그녀는 나를 자기 옆자리에 앉히더니 중얼중얼 기도를 올리기 시작해, 무릎을 꿇고 십자성호를 그었다. 아, 그런데 이 교회는 참! 굵은 골조가 흔들거리는 둥근 궁륭을 가로지르며 받치고 있어서 꼭 창고 같았다. 또 신자들이 기침을 하고, 침을 뱉고, 긴 의자에 몸을 부딪치고, 의자를 끄는 것을 보고 있자니 마치 동네 카바레 같기도 했다. 사방에서 보이는 거라고는 오직 무지로 인한 바보 같은 얼굴들과 증오로 인한 오그라들고 떨떠름해하는 입들뿐이었다. 누군가에게 저주를 내려달라고 하느님께 기도하러 온 한심한 존재들뿐이었다. 명상을 하는 것은 불가능했다. 엄청난 냉기 같은 것이 나를 관통하고 둘러싸는 것이 느껴졌다. 어쩌면 이 교회에는 파이프오르간도 없는 것이 아닐까? 내가 이러는 게 이상한가? 나는 파이프오르간이 없으면 기도를 할 수가 없다. 파이프오르간 반주에 맞추어 부르는 성가는 내 가슴에 이어 배를 가득 채워준다. 그것은 마치 사랑을 할 때처럼 내게 원기를 가득 불어넣어 준다. 나는 만일 내가 항상 오르간 연주 소리를 듣는다면 결코 죄를 저지르지 않을 것이라고 믿는다. 그런데 여기서는 파이프오르간 대신에, 푸른색 안경을 쓰고 어깨에 작고 값싼 검은색 숄을 두른 나이 든 여성이 성가대석에서, 꼭 폐병에 걸린 것처럼 쌕쌕대는데다가 조율도 안 된 피아노 같은 것의 건반을 힘들게 누르고 있었다. 또 사람들이 기침을 하거나 가래를 뱉는 소리, 감기로 인한 소음이 신부의 시편 영창 소리와 성가대 아이들의 답창 소리를 덮어버렸다. 그 모든 것에서 견디기 힘든 악취가 풍겼다! 그것은 두엄과 외양간, 흙, 시큼한 밀짚, 물에 젖은 가죽, 그리고 변질된 향의 냄새가 뒤섞인 냄새였다. 정말이지 시골 사람들은 제대로 교육을 받지 못했다.

미사가 지루하게 계속되었다. 나는 영 따분했다. 특히 나는, 이 평범하고 추하고 내게 거의 관심을 기울이지 않는 세계의 한가운데 놓여 있는 것에 화가 났다. 내 생각에 휴식을 주고 내 눈을 즐겁게 해줄 멋진 구경거리도 없고 예쁜 의상도 눈에 띄지 않았다. 내가 우아함과 세련됨을 즐기기 위해 태어난 사람임을 이때보다 절실하게 깨달은 적은 없었다. 파리에서 미사에 참석했을 때처럼 한껏 고양되는 대신에 모욕을 당한 나의 모든 감각이 한꺼번에 항의를 하고 나섰다. 주의를 딴 데로 돌리기 위해 나는 미사를 주관하는 신부의 동작을 주의 깊게 지켜보았다. 아, 고맙기도 하지! 그는 매우 젊은 건장한 사내로서, 얼굴은 저속하게 생겼고 안색은 붉은 벽돌색이었다. 나는 그의 헝클어진 머리와 탐욕스러워 보이는 턱, 게걸스러워 보이는 입술, 음란해 보이는 작은 눈, 거무스레한 무리가 진 눈꺼풀을 보고 그가 어떤 사람인지 금방 판단했다. 그는 분명 식탁에서는 음식을 게걸스럽게 먹어치울 것이다! 그리고 고해실에서는 지저분한 얘기를 하고 여자들의 속치마를 걷어 올릴 것이다! 로즈는 내가 그를 쳐다보고 있는 걸 눈치채고서 내 쪽으로 몸을 기울여 아주 낮은 소리로 말했다.

"새로 부임한 보좌신부님이에요. 나는 저분을 당신에게 추천하고 싶어요. 여자들의 고해를 듣는 데는 저 보좌신부님만한 사람이 없답니다. 물론 주임신부님도 정말 믿음이 깊은 분이긴 하죠. 하지만 사람들은 주임신부님이 너무 엄격하다고 생각해요. 그 반면에 새로 온 보좌신부님은…."

그녀는 혀를 차더니, 기도대 위로 머리를 숙이고 다시 기도를 하기 시작했다.

음, 그래도 그 신임 보좌신부는 내 맘에 안 들 것이다. 그는 비열하고 난폭해 보였다. 신부라기보다는 꼭 짐수레꾼 같았다. 내게는 세련됨과 시정詩情, 그리고 그것들을 넘어선… 깨끗함이 필요하다. 나는 남자들이 장 씨가 그랬던 것처럼 친절하고 세련되었으면 좋겠다.

미사가 끝나자 로즈는 나를 식료품점으로 데려갔다. 그녀는 알아듣기 힘든 말로, 그곳의 여주인과 잘 지내야 하며, 모든 하녀가 그녀의 비위를 맞추기 위해 애쓴다고 설명했다.

또 한 명의 키 작고 뚱뚱한 여자가 눈앞에 나타났다. 분명 이곳은 뚱뚱한 여자들의 고장이었다. 그녀의 얼굴은 주근깨투성이였고, 퇴색하여 윤기가 없는 금발은 드문드문 나 있어서 두피가 부분부분 드러나 보였고, 머리 꼭대기에는 꼭 빗자루처럼 생긴 쪽찐 머리가 희한하게 곤두서 있었다. 그녀가 움직일 때마다 그녀의 가슴이 갈색 블라우스 아래서 마치 병 속에 든 액체처럼 움직였다. 가장자리에 빨간 테가 둘러쳐진 그녀의 눈에는 핏발이 서 있었고, 비열해 보이는 그녀의 입이 미소를 지을 때마다 그 미소는 찡그림으로 바뀌었다. 로즈가 나를 소개했다.

"구앵 부인, 르 프리외레에 새로 온 하녀를 데려왔어요."

식료품점 여주인이 나를 주의 깊게 관찰했다. 나는 그녀의 시선이 불편할 정도로 집요하게 내 허리와 배에 고정되어 있는 것을 눈치챘다. 그녀가 억양 없는 목소리로 말했다.

"편하게 있어요, 아가씨. 참 예쁘게 생겼네. 파리 아가씨죠?"

"맞아요, 구앵 부인. 저는 파리에서 왔어요."

"그래 보이네요. 한눈에도 그래 보여요. 두 번 볼 필요가 없겠어요. 난 파리 여자들이 정말 좋더라. 그들은 사는 것처럼 살죠. 나도 젊었을 때는 파리에서 하녀로 일했어요. 게네고 거리에 있는 산파産婆 트리피에 부인 집에서요. 혹시 그분을 알아요?"

"아니요."

"상관없어요. 아! 아주 오래전 일이에요. 어쨌든 들어와요, 아가씨."

그녀는 마치 무슨 의식을 치르듯 우리를 가게 뒷방으로 들여보냈다. 들어가 보니 원탁 주위에 네 명의 하녀가 이미 모여 있었다.

식료품점 여주인이 내게 의자를 내주며 탄식하듯 말했다. "앞으로 걱정거리가 많아질 거예요, 불쌍한 아가씨. 그 집이 나를 업신여기고 깔봐서 이런 말을 하는 게 아니에요. 난 그 집이 지옥이라고 말할 수 있어요. 지옥 같은 곳이라고. 안 그래, 아가씨들?"

"맞는 말씀이에요!"

질문을 받은 네 명의 하녀가 똑같이 얼굴을 찡그리고 똑같은 몸짓을 하면서, 미리 입을 맞추기라도 한 것처럼 대답했다.

구앵 부인이 말을 이었다.

"고마워요! 난 시도 때도 없이 무조건 물건 값을 깎으려 들고, 자기들이 도둑맞고 모욕당했다고 소리를 질러대는 사람들에게는 물건을 팔고 싶지 않아요. 그들은 그냥 제멋대로 하는 사람들이에요."

하녀들이 또 입을 맞춘 듯 여주인의 말을 그대로 따라 했다.

"진짜 그들은 제멋대로 하는 사람들이에요."

그러자 여주인은 로즈를 쳐다보며 단호한 말투로 덧붙였다.

"우리는 그 사람들 뒤를 쫓아다니지는 않지요, 로즈 양? 신의 가호 덕분으로 우리는 그 사람들을 필요로 하지 않잖아요?"

로즈는 그저 어깨를 으쓱했다. 마음속에 응축된 악의와 원한, 멸시를 그저 이 동작으로 표현하고 만 것이었다. 그녀의 거대한 검은색 펠트 모자에 달린 검은색 깃털이 제멋대로 흔들려 이 격렬한 감정이 얼마나 세찬지를 짐작게 했다.

잠시 침묵이 흐르고 나서 여주인이 말했다.

"자, 자! 이제 그 사람들 얘기는 그만해요! 그 사람들 얘기만 하면 속이 뒤집히는 것 같아."

작달막하고, 안색이 거무스레하고, 비쩍 말랐고, 입이 꼭 쥐의 주둥이처럼 툭 튀어나왔고, 얼굴이 부스럼투성이고, 눈에 물기가 축축한 한 하녀가 와자지껄 웃음소리가 터져 나오는 가운데 소리쳤다.

"맞아요! 그 사람들은 이제 그만 잊어버리자고요!"

이 말이 끝나기 무섭게 이야기와 잡담이 다시 시작되었다. 마치 하수구처럼, 불만 가득한 입들이 토해놓은 쓰레기가 끊임없이 밀려들었다. 가게 뒷방이 그것으로 악취를 풍기는 것만 같았다. 우리가 있는 방이 꽤 어두운데다 사람들의 얼굴이 이상하게 일그러져 있어서 나는 더더욱 불쾌한 느낌을 받았다. 그 방을 밝혀주는 것은 습하고 더러운 마당(말이 마당이지 사실은 이끼투성이의 벽 네 개가 형성하는 우물이나 다름없었다) 쪽으로 나 있는 좁다란 창문 하나뿐이었다. 소금물과 발효 중인 채소, 훈제 청어의 냄새가 우리 주변을 떠나지 않으면서 우리 옷에 배어들었다. 견딜 수가 없었다. 여자들은 각자 더러운 빨랫감을 연상시키는 몸뚱이를 의자 위에 올려놓고서 추잡한 짓거리와 추문, 범죄에 대해 열나게 떠들어대고 있었다. 나는 비겁하게도 그들과 함께 웃기도 하고 박수도 치려고 애썼지만, 뭔가 견디기 힘든 감정이, 뭔가 끔찍한 혐오의 감정이 느껴졌다. 욕지기가 위를 뒤집어놓더니 목구멍으로 벌컥 치솟아 올라 입 안에 씁쓸한 뒷맛을 남겨놓고 관자놀이를 있는 힘껏 죄었다. 당장 거기서 나가고 싶었다. 하지만 그럴 수가 없어서 그들처럼 의자에 엉덩이를 올려놓은 채 바보같이 그들과 같은 몸짓을 하고, 개수대와 배관을 통해 꾸르륵꾸르륵 소리를 내며 흐르다가 쏴 하고 빠져나가는 설거지물 소리처럼 들리는 그 날카로운 목소리들을 멍청하게 듣고 있었다.

나는 우리가 주인들에게 맞서 스스로를 방어해야 한다는 것을 잘 알고 있고, 단언컨대 나 자신이 이미 그렇게 한 경험이 있다. 아니다. 그렇지만 그건 상상 이상이었다. 내가 볼 때 그 여자들은 혐오스러울 정도였다. 나는 그들이 정말 싫었다. 그래서 나는 그 여자들을 전혀 닮지 않았다고 나지막하게 혼잣말을 했다. 교육, 세련된 사람들과의 접촉, 멋진 것들을 보는 습관, 폴 부르제*의 소설을 탐독하는 것 등이 나를 이 여자들의 파렴치한 언행에서 구해주었다. 오! 파리에서 일할 때 하인

---

* Paul Charles Joseph Bourget(1852~1935). 프랑스의 소설가이자 평론가. 심리 분석적인 소설로 유명하며 노년에는 보수적 전통주의의 경향을 띠었다.

들 방에서 했던 재미있고 재치 있는 험담은 이제 너무 먼 옛날 일이 되었다!

결단코 가장 큰 성공을 거둔 사람은 로즈였다. 그녀는 눈을 계속 깜박거리고 입술을 즐거움으로 적시며 이야기를 했다.

"그건 로도 부인네 집에서 일어나는 일에 비하면 아무것도 아니랍니다. 공증인 아내 말이에요. 오! 로도 부인 집에서는 별의별 일이 다 일어난다니까요."

하녀들 중 한 명이 말했다.

"그럴 줄 알았어."

또 다른 여자가 거의 동시에 말했다.

"그 여자는 욕먹어도 싸요! 나는 항상 로도 부인이 추잡하기 짝이 없는 여자라고 생각했었어요."

모든 사람이 눈알을 재빠르게 굴리면서 로즈 쪽으로 목을 쭉 빼자 로즈가 얘기를 시작했다.

"그저께 로도 씨가 시골에 갔어요. 하루 종일 있다가 저녁때 온다고."

그녀의 이야기는 잠시 옆으로 샜다. 로도 씨가 어떤 사람인지 내게 알려주기 위해서였다.

"좀 수상쩍고 비양심적인 공증인이죠. 그 사람에 대해 조사해보면 혼란스러운 게 한두 가지가 아니에요. 하지만 지금은 로도 씨 얘기를 하려는 게 아니니까…."

그녀는 다시 본론으로 돌아갔다.

"그래서 로도 씨는 시골에 가 있었어요. 그 사람은 도대체 시골에 그렇게 자주 가서 뭘 하는 걸까요? 모르긴 몰라도…
예를 들면…. 좌우지간 그 사람은 시골에 갔죠. 로도 부인은
남편이 출발하자마자 바로 젊은 수습 서기를 자기 방으로 올
라오게 했답니다. 쥐스탱이라는 젊은이죠. 방을 청소시킨다
는 핑계로요. 청소치고는 참 이상한 청소였죠! 로도 부인은 벌
거벗다시피 하고 사냥하는 암캐처럼 이상한 눈으로 쥐스탱을
맞았어요. 그녀는 그더러 가까이 오라고 했지요. 그러더니 그
를 껴안고 어루만지다가 벼룩을 잡아주겠다며 그의 옷을 벗
겼답니다. 그러고 나서 그녀가 무슨 짓을 했는지 아세요? 그
탐욕스러운 여자는 별안간 그에게 덤벼들어 그를 강제로 욕
보이고 말았어요. 강제로 말이에요, 아가씨들… 근데 그 여자
가 어떤 방법으로 수습 서기를 범했는지 아세요?"

"어떻게 범했는데요?"

키 작고 안색이 거무스레한 여자가 쥐의 주둥이처럼 생긴
입을 움직여 큰 소리로 물었다.

다들 초조한 표정이었다. 그렇지만 로즈는 다시 엄격하고
정숙한 모습으로 돌아가 이렇게 말했다.

"그건 결혼도 하지 않은 아가씨들한테 해줄 수 있는 얘기가
아냐!"

이 대답에 실망 가득한 "아!" 하는 탄성이 여기저기서 터져
나왔다. 로즈는 분노와 흥분을 번갈아 표시하며 하던 얘기를
계속했다.

"세상에, 열다섯 살짜리 아이를! 그게 가능한 일이에요? 그

순진무구하고 귀여운 아이가 불쌍하게 희생당하다니, 참! 어린아이들을 존중해줘야 되는데 그러기는커녕…. 그 여자 핏속에 음기淫氣가 가득한 게 틀림없어요! 그 아이는 집으로 돌아가면서… 바들바들 떨고… 떨고… 울고… 울고… 그 귀여운 아이가…. 가슴이 찢어지는 것 같지 않나요? 다들 어떻게 생각해요, 응?"

분노가 폭발했고, 여기저기서 쌍욕이 터져 나왔다. 로즈는 잠잠해질 때까지 기다렸다가 말을 이었다.

"그 애 어머니가 나를 찾아와서 얘기해줬어요. 나는 공증인과 그의 마누라에게 소송을 걸라고 충고해줬지요."

"암, 당연히 그래야죠! 그래야 하고말고요!"

"근데 쥐스탱이 주저하는 거예요. 결국 소송을 포기했답니다. 매주 로도 씨네 집에 가서 식사를 하는 신부님이 개입한 것 같아요. 어쨌든 그 여자는 두려웠을 거예요. 나라면… 물론 나도 신자지만… 신부님이 뭐라 하든 상관 않고 그 사람들이 돈을 몇백 프랑, 몇천 프랑, 아니 몇만 프랑이라도 토해내게 했을 텐데!"

"암요, 당연히 그렇게 해야죠!"

"그런 기회를 놓치다니… 세상에!"

그녀의 펠트 모자가 돌풍 속의 텐트처럼 탁탁 부딪치는 소리를 냈다.

식료품점 여주인은 아무 말도 하지 않았다. 뭔가 편치 않은 표정이었다. 공증인에게 식료품을 팔기 때문에 그러는 것이 틀림없었다. 그녀는 로즈가 퍼붓는 저주를 능숙한 솜씨로 중단시켰다.

"셀레스틴 양, 다른 사람들이랑 같이 카시스 술 한잔 할래요? 그리고 당신은요, 로즈 양?"

술 한잔 하겠느냐는 식료품점 여주인의 이 권유가 분노를 말끔히 잠재웠고, 그녀가 벽장에서 꺼내준 술병 하나와 술잔들을 로즈가 식탁에 늘어놓는 동안 하녀들의 두 눈은 반짝반짝 빛났고 뾰족한 혀는 입맛을 다시며 입술을 연신 핥았다.

식료품점 여주인이 미소를 띤 채 다정한 목소리로 내게 이렇게 말하고 방을 나갔다.

"신경 쓸 거 없어요. 당신 주인들은 우리 집에서 아무것도 안 사가거든요. 자, 그럼 또 놀러 와요."

나는 로즈와 함께 돌아왔고, 로즈는 이곳에 떠도는 모든 소문을 내게 얘기해주었다. 나는 그녀의 비열한 언행의 재고在庫가 이 정도면 다 떨어졌을 것이라고 생각했다. 그런데 전혀 그렇지 않았다. 그녀는 더 험악한 중상中傷의 말을 찾아내고 지어냈다. 험담 거리는 무궁무진했다. 그녀의 혀는 쉴 새 없이 움직였다. 모든 남자와 여자가 그 혀에 놀아났다. 이런 시골에서는 단 몇 분 만에 사람들을 욕보일 수 있다니, 참으로 놀라운 일이다. 그녀는 나를 르 프리외레의 철문까지 데려다주었다. 거기서도 그녀는 나와 헤어질 결심을 아직 하지 못한 듯계속 얘기를 늘어놓으면서 자신의 우정과 호의로 나를 감싸고 얼떨떨하게 만들려 애썼다. 나는 그때까지 들은 모든 얘기로 머리가 깨져버릴 것만 같았고, 르 프리외레를 보자 절망감이 엄습해왔다. 아! 꽃 한 송이 없는 그 널따란 잔디밭! 그리고 영락없이 군대 막사나 감옥처럼 생긴데다, 모든 창문 뒤에서 누군가가 우리를 염탐하고 있는 듯한 그 커다란 건물!

태양이 더 뜨거워지자 안개가 사라지면서 저 먼 곳의 풍경이 더욱 또렷해졌다. 들판 너머의 언덕에 자리 잡은 작은 마을들이 눈에 들어왔다. 붉은 지붕의 집들이 있는 그 마을들은 햇빛 속에서 황금색으로 물들어가고 있었다. 노란색과 녹색을 띤 들판을 가로질러 흐르는 강은 여기저기서 빛을 발하며 은빛 곡선을 이루었다. 그리고 몇 점의 구름이 섬세하고 매혹적인 벽화로 하늘을 장식했다. 그러나 나는 그 모든 걸 바라보면서도 아무런 즐거움을 느끼지 못했다. 내가 가지고 있는 건 오직 저 태양과 저 들판, 저 언덕, 저 집, 그리고 적의에 찬 목소리로 나를 미칠 지경으로 만들고 괴롭히는 이 뚱뚱한 여자로부터 도망치고 싶다는 단 한 가지 욕망과 의지, 강박뿐이었다.

드디어 그녀는 나를 그만 놓아주기로 했다. 그녀는 내 손을 잡아 장갑 낀 굵은 손가락으로 꼭 쥐면서 다정한 목소리로 말했다.

"당신도 느꼈겠지만 구앵 부인은 아주 친절하고 머리가 비상한 사람이니까 앞으로 자주 찾아가 봐야 할 거예요."

그녀는 여전히 능청을 부리면서 알 듯 모를 듯한 얘기를 덧붙였다.

"구앵 부인은 처녀들의 고민을 해결해줬어요. 다들 무슨 문제가 생기면 바로 구앵 부인을 찾아가죠! 아무도 모르게요. 구앵 부인은 믿을 수 있는 사람이에요. 그건 내가 보장할 수 있어요. 아주… 아주 노련한 사람이죠."

그러더니 그녀는 아까보다 더 눈을 반짝이며, 여전히 이상할 정도로 집요하게 시선을 내게 고정시킨 채 같은 말을 되풀이했다.

"아주 노련하고 머리 좋고 신중해요! 우리의 가호자加護者라고 할 수 있죠. 자, 아가씨, 시간 날 때 우리 집에 놀러 오는 거 잊어버리면 안 돼요! 구앵 부인도 자주 찾아가고. 후회 안 할 테니까. 그럼 안녕. 또 봐요!"

그녀가 떠났다. 그녀는 불안정해 보이는 걸음으로 벽을 따라가다가, 이어서 산울타리를 따라가다가, 갑자기 산책길로 접어들며 모습을 감췄다.

나는 정원사 겸 마부인 조제프의 앞을 지나갔다. 그는 오솔길에 떨어진 낙엽을 갈퀴로 긁어모으는 중이었다. 나는 그가 내게 말을 걸려니 생각했으나 그는 아무 말도 하지 않았다. 그는 그냥 내가 거의 두려움을 느낄 만큼 이상한 표정으로 나를 힐끗 쳐다볼 뿐이었다.

"오늘 아침은 날씨가 화창하네요, 조제프 씨."

조제프는 알아들을 수 없는 말로 뭐라고 투덜거렸다. 자신이 갈퀴로 청소해놓은 오솔길을 내가 감히 걸어가 화가 난 것이었다.

정말 이상한 사람이다. 게다가 무례하기 짝이 없다. 그리고 도대체 왜 이 사람은 내게 말을 한마디도 걸지 않는 걸까? 그리고 내가 말을 걸어도 왜 절대로 대답을 안 하는 걸까?

집에 가니 마님이 영 불만스러운 표정을 하고 있었다. 그녀는 다녀왔다는 내 인사에 대꾸도 않고 나를 밀치며 말했다.

"앞으로는 집 밖에 너무 오래 나가 있지 않으면 좋겠어."

나는 짜증도 나고 약도 오르고 흥분하기도 해서 대들고 싶었지만, 다행스럽게도 감정을 억누를 수 있었다. 그저 몇 마디 투덜댔다.

"뭐라고 그랬어, 지금?"

"아무 말 안 했는데요."

"그럼 다행이고. 이제부터는 모제 씨네 하녀하고 산책도 같이 하지 마. 그 여자, 아주 나쁜 여자야. 어쨌든 오늘 아침에는 너 때문에 모든 게 늦어졌어."

나는 마음속으로 소리쳤다.

'우웩! 정말 지겨워. 나는 내가 말하고 싶은 사람과 말을 할 거고 내가 만나고 싶은 사람을 만날 거야. 당신 말은 법이 아니라고, 이 못된 여자야!'

그녀의 날카로운 목소리를 다시 듣고, 그녀의 심술궂은 눈을 다시 보고, 그녀의 폭군 같은 명령을 다시 듣는 순간 내가 미사와 식료품점 여주인, 그리고 로즈에게서 받았던 나쁜 인상이, 혐오감이 순식간에 사라져버렸다. 로즈와 식료품점 여주인이 옳았다. 잡화점 여주인도 옳았다. 그들 모두가 옳았다.

나는 로즈를 만나겠다고, 자주 만나겠다고, 식료품점 여주인을 찾아가겠다고, 그 지저분한 여자를 나의 절친한 친구로 만들겠다고 다짐했다. 왜냐하면 마님이 그러지 말라고 했기 때문이었다. 나는 마음속으로 거칠게 외쳤다.

'못된 여자! 못된 여자! 못된 여자!'

하지만 내가 용기를 내어 그녀의 면전에서 큰 소리로 이런 욕을 퍼부어댔다면 내 마음은 훨씬 더 편해졌을 것이다.

나리와 마님은 그날 점심식사를 마친 다음 마차를 타고 외출했다. 화장실과 방들, 나리의 사무실, 모든 장롱, 모든 벽장, 모든 찬장에 자물쇠가 채워졌다. 내가 뭐랬나? 아, 고맙기도 하지! 편지 하나도 읽을 수가 없고, 작은 소포를 꾸릴 수도 없다.

그래서 나는 그냥 내 방 안에 머물러 있었다. 어머니와 장씨에게 편지를 쓰고,《가족끼리》라는 책을 읽었다. 정말 재미있는 책이다! 게다가 참 잘 쓰였다! 그렇긴 해도 좀 이상하다. 나는 좀 지저분한 이야기를 듣는 건 무척 좋아한다. 그러나 그런 걸 읽는 건 좋아하지 않는다. 나는 읽는 사람을 울리는 책만 좋아한다.

저녁식사 때는 고기와 야채로 만든 스튜가 나왔다. 나리와 마님은 냉전 중인 것 같았다. 나리는 마님 보란 듯이《르 프티 주르날》*을 읽었다. 그는 다정하고 익살스럽고 온화한 눈을 굴리며 신문지를 구겼다. 화가 나 있을 때조차 나리의 눈은 여전히 온화하고 소심해 보였다. 결국 대화를 시작하기 위한 것인 듯, 나리가 여전히 신문에 코를 박은 채 소리쳤다.

"이런, 세상에! 또 한 여자가 토막이 났군."

마님은 아무 대답도 하지 않았다. 검은 비단 드레스를 입은 그녀는 매우 뻣뻣하고 꼿꼿하고 근엄한 자세를 유지한 채 이마를 찌푸리고 딱딱한 눈길로 뭔가 깊은 생각에 잠겨 있었다. 뭘 생각하는 것일까?

마님이 나리에게 토라진 게 어쩌면 나 때문인지도 모르겠다.

● *Le Petit Journal*. 프랑스 파리에서 1863년부터 1944년까지 발행된, 보수 성향을 띤 일간 신문이다.

4

9월 26일

지난 일주일 동안은 일기를 단 한 줄도 쓸 수가 없었다. 저녁
이 되면 힘이 다 빠져 기진맥진하고 짜증이 나서 폭발할 지경
이 되었다. 누워서 자고 싶다는 생각밖에 들지 않았다. 잠을
잔다고? 잠이라도 제대로 잘 수 있으면 얼마나 좋을까?

아! 정말 낡은 집이었다. 얼마나 낡았는지 아마 상상도 하지
못할 것이다.

마님은 아무것도 아닌 일로 내가 그 빌어먹을 두 층을 오르
락내리락하게 만들었다. 세탁물 보관실에 잠깐 앉아 숨을 돌
릴 여유조차 없었다. 딸랑! 딸랑! 딸랑! 그럼 다시 의자에서 일
어나 내려가든지 올라가든지 해야만 했다. 몸이 안 좋다고 해

서 달라지는 건 없었다. 딸랑! 딸랑! 딸랑! 요 며칠 동안 나는 허리를 펴기가 힘들고 배가 뒤틀릴 만큼 허리 통증이 심해서 신음소리가 터져 나올 판이었다. 딸랑! 딸랑! 딸랑! 마님에게는 그 역시 아무것도 아니었다. 나는 아플 시간도, 고통스러워할 권리도 없었다. 아파하는 것, 그것은 주인들이나 누릴 수 있는 사치다. 우리 하녀들은 넘어질 위험을 무릅쓰고 빠르게 걷고 또 걸어야만 한다. 딸랑! 딸랑! 딸랑! 그리고 만일 종이 울렸는데 내가 조금이라도 늦게 나타나면 마님은 나무라고 화를 내고 난리를 피웠다.

"뭐야? 도대체 뭐 하는 거야? 종소리 못 들었어? 혹시 귀먹었어? 내가 벌써 세 시간 전부터 종을 울렸는데. 짜증 나게, 참."

다음과 같은 상황이 빈번하게 벌어진다.

"딸랑! 딸랑! 딸랑!"

그 소리에 내가 용수철에 튕겨 나가는 것처럼 의자에서 벌떡 일어난다.

"바늘 가져와."

나는 바늘을 찾으러 간다.

"좋아! 실 가져와."

나는 실을 찾으러 간다.

"좋아! 단추 가져와."

나는 단추를 찾으러 간다.

"이 단추는 뭐야? 이 단추를 가져오라고 한 게 아닌데. 말

귀를 전혀 못 알아듣네. 4번 흰색 단추를 가져오란 말이야. 어서!"

그러면 나는 4번 흰색 단추를 찾으러 간다. 나는 마음속 깊은 곳에서 투덜거리고 화내고 마님에게 욕설을 퍼붓는다. 내가 그렇게 왔다 갔다 하고 오르락내리락하는 사이에 마님의 생각이 바뀐다. 다른 것이 필요하게 되거나, 아니면 더 이상 아무것도 필요하지 않게 되는 것이다.

"아냐. 바늘이랑 단추는 다시 갖다 둬. 시간이 없어."

그쯤 되면 허리는 끊어질 듯 아프고 무릎은 금방이라도 마비될 듯해 나는 더 이상은 계속할 수 없는 지경에 이르게 된다. 마님에게는 그것으로 족하다. 그녀는 만족스러워한다.

저녁에 세탁물 보관실을 쭉 훑어보던 마님이 불같이 화를 냈다.

"이게 뭐야? 일을 하나도 안 했어? 도대체 하루 종일 뭘 한 거야? 아침부터 저녁까지 게으름이나 피우라고 내가 월급을 주는 줄 알아?"

나는 부당하기 짝이 없는 그녀의 말에 반감이 생겨 약간 퉁명스럽게 대꾸했다.

"하지만 마님이 저를 계속 방해하셨잖아요."

"내가 널 방해했다고? 우선, 나한테 말대답 같은 거 하지 마. 내게는 충고가 필요 없어, 알겠어? 내가 할 말은 내가 알아."

그녀는 이렇게 말하고는 문을 쾅 닫고 나가버렸다. 이어서 뭐라고 투덜대는 소리가 계속 들려왔다. 복도와 부엌, 정원에서 몇 시간 동안 그녀의 째지는 듯한 목소리가 이어졌다. 오! 정말 피곤한 여자다!

정말이지 마님은 까다로운 성격이다. 도대체 몸속에 뭐가 들어 있기에 저렇게 항상 화가 나 있는 것일까? 내가 당장 다른 일자리를 확실하게 구할 수만 있다면 저 여자 뒤통수를 한 대 때려주고 싶다.

평소보다 훨씬 더 고통스러울 때도 이따금 있었다. 고통이 얼마나 극심했는지 마치 내 몸속에서 어떤 짐승이 이빨과 발톱으로 나를 갈기갈기 찢어놓는 것만 같았다. 이미 아침에 일어나다가 현기증으로 기절한 적도 있다. 도대체 나는 어떻게 다시 일어나 간신히 몸을 추스르고 일하러 갈 용기를 냈을까? 정말이지 모르겠다. 이따금 나는 숨을 고르기 위해, 쓰러지지 않기 위해 걸음을 멈추고 층계 난간을 꽉 붙잡고 있어야만 했다. 내 안색은 창백해졌고, 식은땀이 머리칼을 적셨다. 고통에 겨운 고함을 내질러야 마땅한 상황이었다. 그러나 나는 고통을 잘 이겨냈고, 자존심을 지켜내기 위해 주인 내외 앞에서 결코 고통으로 신음하지 않았다. 마님은 내가 이러다가 기절하겠구나 생각하는 바로 그 순간에 느닷없이 모습을 나타냈다. 내 주변의 모든 것이, 층계참과 계단, 그리고 벽이 빙글빙글 돌았다.

그녀가 퉁명스럽게 물었다.

"무슨 일이야?"

"아무것도 아니에요."

나는 다시 몸을 일으키려고 애썼다.

마님이 말을 이었다.

"아무 일도 없다면서 왜 이러고 있는 거지? 난 누가 너처럼 금방이라도 죽을 것처럼 구는 거 좋아하지 않아. 네가 일하는 거 보면 영 마음에 안 들어."

나는 힘들고 아팠지만 그녀의 뺨을 한 대 갈기고 싶었다.

이 시련의 와중에 나는 늘 옛날에 일했던 집들을 다시 생각했다. 지금 내가 그만둔 걸 가장 후회하는 집은 링컨 거리에 있던 집이다. 그곳에서 나는 보조 하녀로 일했는데, 말하자면 할 일이 전혀 없었다. 낮에는 하루 종일 멋진 세탁물 보관실에서 시간을 보냈는데, 빨간색 펠트 양탄자가 바닥에 깔려 있고 천장에서 바닥까지 황금색 자물쇠가 달린 커다란 마호가니 장롱들이 가득 들어차 있었다. 여기서 우리는 웃고, 허튼소리를 하거나 책을 읽고, 마님이 접견하는 것을 흉내 내며 재미있어했는데, 이 모든 것이 영국인 여자 집사의 감독 하에 이루어졌고, 그녀는 마님이 아침식사 후에 마시려고 영국에서 사온 맛있는 차를 우리에게 대접하곤 했다. 이따금 주방 하인(요령이 좋은 사람이었다)이 케이크나 캐비어를 얹은 토스트, 얇게 자른 햄 등 맛있는 걸 잔뜩 내오기도 했다.

어느 날 오후, 옆에서 부추기는 바람에 나리(우리끼리는 이분을 '코코'라고 불렀다)의 아주 멋진 의상을 입어봤던 일이 기억난다. 물론 우리는 온갖 종류의 위험한 놀이를 했다. 너무

심하다 싶을 정도의 농담도 서슴지 않았다. 남자 옷을 입은 내 모습은 정말 이상했고, 그런 내 모습을 보고 웃음보를 터트리는 바람에 나는 코코의 바지에 축축한 자국을 남기고 말았다.

정말 좋은 일자리였다!

나는 나리를 더 잘 알아가기 시작했다. 그가 선량하고 너그러운 사람이라는 건 옳다. 나리가 그런 사람이 아니라면, 이 세상에는 더 나쁜 악당도 없을 것이고 더 완전한 사기꾼도 없을 것이기 때문이다. 자비로워야 할 필요성, 자비로워지고 싶은 열정이 오히려 그로 하여금 그다지 바람직하지 않은 행동을 하도록 충동질했다. 의도는 칭찬할 만하지만, 다른 사람들에게 미치는 결과는 흔히 재난에 가까웠다. 다음과 같은 사건에서 그의 추한 행동이 선의에서 비롯되었다고 말하지 않을 수 없다.

지난주 화요일, 아주 나이가 많은 순박한 팡투아 영감이 들장미를 가져왔다. 물론 나리가 마님 몰래 주문한 것이었다. 해가 질 무렵이었다. 나는 뒤늦게 몸을 비누로 씻기 위해 더운물을 가지러 내려갔었다. 시내에 나간 마님은 아직 돌아오지 않은 상태였다. 내가 부엌에서 마리안과 얘기를 나누는데 즐겁고 다정한 표정의 나리가 거리낌 없이 열심히 떠들어대며 팡투아 영감을 데리고 들어왔다. 그러고는 즉시 그에게 빵과 치즈, 사과주를 대접했다. 그리고 그와 얘기를 나누기 시작했다.

팡투아 영감을 보니 지쳐 빠졌고 비쩍 마른데다가 옷까지 더러워서 딱하다는 생각이 절로 들었다. 그가 입고 있는 바지는 넝마나 다름없었고, 그가 쓰고 있는 모자는 오물 덩어리나 마찬가지였다. 그의 상의 단추가 풀려 있어서, 마치 낡은 가죽처럼 갈라지고 주름지고 거무스름한 그의 가슴 맨살 일부가 그대로 드러나 보였다. 그는 게걸스럽게 음식을 먹어치웠다.

나리가 두 손을 문지르며 큰 소리로 말했다.

"음, 팡투아 영감님! 요즘 잘 지냅니까?"

그러자 팡투아 영감이 음식이 가득한 입으로 대답했다.

"정말 친절하십니다, 랑레르 씨. 보시다시피 오늘 아침 네 시에 집에서 나왔는데 지금까지 아무것도 못 먹었어요. 아무것도요."

"자, 어서 드세요, 팡투아 영감님. 맘껏 드세요!"

"정말 친절하십니다, 랑레르 씨. 그리고 어쨌든 죄송합니다."

팡투아 영감은 빵을 큼지막하게 잘라서 오랫동안 씹었는데, 이제 이가 다 빠져서였다. 그가 웬만큼 허기를 채웠다 싶을 때 나리가 물었다.

"들장미는 어때요, 팡투아 영감님? 좋습니까?"

"좋은 것도 있고 덜 좋은 것도 있고, 거의 모든 종류가 다 있습니다, 랑레르 씨. 그래서 고르기가 참 힘들지요. 뽑아내기도 쉽지 않고요. 게다가 포르슬레 씨는 제가 자신의 숲에서 들장미를 잘라 가는 걸 더는 바라지 않는답니다. 그래서 이제 들장미를 찾으러 더 멀리까지 가야 하지요. 훨씬 더 멀리까지요.

여기서 30리 넘게 떨어진 라용 숲에서 왔다고 제가 말했던가요? 그렇답니다, 랑레르 씨."

팡투아 영감이 얘기 하는 동안 나리는 식탁에서 영감의 옆 자리에 앉아 있었다. 그는 거의 어릿광대처럼 즐거운 표정으로 영감의 어깨를 툭툭 치기도 하고 감탄사를 내뱉기도 했다.

"50리 길을! 정말 대단하시네요, 영감님! 여전히 힘 좋으시고… 젊으시고…."

"아이고, 그 정도는 아닙니다, 랑레르 씨. 그 정도는 아니에요."

그러자 나리가 계속 말했다.

"무슨 겸손의 말씀을! 천하장사처럼 힘도 세시고 늘 유쾌하신데요! 이제는 영감님 같은 분을 보기 어렵죠. 영감님은 오래된 바위 같으십니다."

노인은 야위고 고목古木 같은 안색을 띤 얼굴을 흔들며 같은 말을 되풀이했다.

"아, 그 정도는 아닙니다. 다리가 약해졌어요, 랑레르 씨. 두 팔도 물러지고요. 그래서 허리도…. 아, 이 망할 놈의 허리! 이제는 거의 힘을 쓸 수가 없게 되어버렸어요. 게다가 마누라는 아파서 침대에서 일어나지도 못해요. 약값은 또 왜 그리 비싼지! 사는 게 도대체 즐겁지가 않아요. 즐겁지가 않다고요. 그러면 최소한 늙지는 말아야 할 텐데, 그것도 아니지요. 정말 최악입니다."

나리는 한숨을 쉬며 어정쩡한 제스처를 취하고 나서 이 문제를 철학적으로 요약했다.

"아, 그러세요? 하지만 팡투아 영감님, 그게 인생 아니겠어요? 과거와 현재를 동시에 살 수는 없잖아요. 다 그런 거지요, 뭐."

"물론입니다. 체념하고 받아들여야겠지요."

"맞는 말씀입니다!"

"때가 오면 결말이 나겠지요. 안 그렇습니까, 랑레르 씨?"

"아, 그렇고말고요!"

이렇게 말한 나리는 잠시 입을 다물고 있다가 우울해진 목소리로 덧붙였다.

"모든 사람은 자신만의 슬픔을 갖고 있답니다, 팡투아 영감님."

"아, 그렇지요."

침묵이 흘렀다. 마리안은 향신료용 풀을 잘게 자르고 있었다. 정원에는 어둠이 내리고 있었다. 문을 열어놓으면 볼 수 있는 키 큰 해바라기 두 그루가 빛깔을 잃고 어둠 속으로 사라졌다. 팡투아 영감은 계속 먹고 있었다. 그의 잔이 비어 있었다. 나리가 빈 잔에 사과주를 따르다가 갑자기 형이상학의 언덕에서 내려와 이렇게 물었다.

"금년에 들장미 값은 얼마나 합니까?"

"들장미요? 음, 금년에는 백 송이에 22프랑 정도 합니다. 조금 비싸다는 건 저도 잘 압니다. 하지만 그 이하로는 팔 수가 없어요. 정말이에요. 그래서….'

팡투아 영감이 자신의 입장을 정당화하는 설명을 막 시작하려는데, 너그럽고 돈 문제를 경멸하는 나리가 그의 말을 중단시켰다.

"됐습니다, 팡투아 영감님. 무슨 말인지 알겠어요. 제가 언제 영감님과 흥정한 적이 있었던가요? 그리고 심지어 저는 영감님이 가져오신 들장미의 값으로 22프랑이 아니라 25프랑을 지불할 겁니다."

"오, 랑레르 씨! 정말 좋은 분이십니다."

"아닙니다, 아니에요. 저는 당연히 해야 할 일을 할 뿐입니다. 저는 서민들을 위하고, 노동자들을 위합니다. 그렇고말고요!"

그는 식탁을 두드리며 더 높은 가격을 불렀다.

"25프랑이 아니라 30프랑을 드리죠! 30프랑을 드리겠어요. 아시겠어요?"

팡투아 영감은 가엾은 눈을 들어 놀랍기도 하고 고맙기도 한 표정으로 나리를 쳐다보더니 더듬거리며 말했다.

"예, 잘 알겠습니다. 당신을 위해 일하게 되어 기쁩니다, 랑레르 씨. 당신은 노동이 무엇인지 알고 계십니다, 랑레르 씨."

나리는 팡투아 영감의 감정이 분출하려는 것을 막았다.

"그 돈을 드리겠습니다. 오늘이 화요일이니까, 일요일에 드릴까요? 일요일 괜찮으세요, 영감님? 그날 사냥을 하러 갈 테니까 그때 드리면 좋을 것 같아서요. 아시겠지요?"

팡투아 영감의 눈 속에서 빛을 발하던 고마움의 미광微光이

꺼졌다. 그는 불편하고 당혹스러운지 더 이상 먹지 않았다.

마침내 그가 들릴락 말락 하는 목소리로 말했다.

"저기… 그냥 오늘 주시면 안 될까요? 제가 당장 돈이 꼭 필요해서요, 랑레르 씨. 그냥 22프랑만 주세요. 죄송합니다."

그러자 나리가 놀라울 만큼 자신 있는 말투로 대답했다.

"아, 그러세요? 그럼 당연히 당장 드려야죠! 제가 그렇게 얘기한 건, 한 바퀴 돌아보러 갈 때 영감님 댁에 들러서 돈을 드리려고 그런 거였죠."

그는 바지 주머니를 뒤지고 상의 주머니와 조끼 주머니를 더듬더니 놀라는 척하면서 큰 소리로 말했다.

"아, 이런! 또 잔돈이 없네. 천 프랑짜리 지폐밖에 없어."

그는 진짜 험상궂은 억지웃음을 지으며 물었다.

"천 프랑짜리 거슬러 줄 잔돈은 없으실 것 같은데… 그렇지요, 팡투아 영감님?"

팡투아 영감은 나리가 웃는 걸 보자 자기도 웃는 게 예의라고 생각해 활기찬 목소리로 대답했다.

"하하하! 저는 천 프랑짜리는 구경도 해본 적이 없습니다!"

그러자 나리가 결론지었다.

"아, 그러시구나. 그럼 일요일에 드릴게요!"

나리가 술잔에 사과주를 부어 팡투아 영감과 건배를 하는데 마님이 인기척도 없이 부엌으로 불쑥 들어왔다. 오, 나리가 가난한 팡투아 영감의 옆에 앉아 술잔을 부딪치고 있는 모습을 본 그녀의 표정이란!

그녀는 입술이 파랗게 질려 소리쳤다.

"아니, 지금 뭐 하는 거예요?"

나리가 말을 더듬으며 어름거렸다.

"들장미 때문에… 당신도 잘 알잖아… 들장미…. 팡투아 영
감님이 들장미를 가져오셨어. 장미나무들이 이번 겨울에 다
얼어 죽어서."

"난 들장미 주문 안 했는데. 우리 집은 들장미 필요 없어요."

그녀는 단호한 어조로 이렇게 말했다. 그러고는 돌아서더니
문을 쾅 닫고 욕설을 퍼부으며 가버렸다. 그녀는 너무 화가 나
서 미처 나를 보지 못했다.

들장미를 꺾어 온 그 불쌍한 노인과 나리가 자리에서 일어
났다. 그들은 난처한 표정으로 방금 마님이 사라진 문을 응시
하고 있었다. 그러더니 아무 말도 하지 못한 채 서로의 얼굴만
멀뚱멀뚱 쳐다보았다. 그 견디기 힘든 침묵을 먼저 깬 사람은
나리였다.

"자, 그럼 일요일에 만나요, 팡투아 영감님."

"예, 일요일에 뵙지요, 랑레르 씨."

"그때까지 잘 지내세요, 팡투아 영감님."

"당신도 잘 지내세요, 랑레르 씨."

"30프랑 드릴게요. 약속을 어기진 않을 겁니다."

"정말 친절하시군요."

노인은 이렇게 말하고 집 밖으로 나가 정원의 어둠 속으로
사라졌는데, 그의 다리는 휘청거렸고 그의 등은 잔뜩 굽어 있

었다.

불쌍한 나리! 그는 마님에게 심한 질책을 받았을 게 틀림없다. 팡투아 영감은 30프랑을 받게 될까? 운이 좋으면 받겠지.

나는 마님이 잘했다고 생각하지는 않는다. 그렇지만 나리가 자기보다 신분이 훨씬 낮은 사람과 가족처럼 허물없이 얘기를 나눈 건 잘못이라고 생각한다. 그건 나리에게 어울리는 행동이 아니다.

나는 그가 즐거운 삶을 살고 있지는 않지만 그럭저럭 견뎌 나가고 있다는 것을 잘 안다. 그건 언제나 까다로운 일이다. 그가 사냥을 마치고 느지막하게 온몸에 진흙을 묻히고 물에 젖은 채 스스로 용기를 북돋기 위해 노래하면서 돌아올 때, 마님은 영 마땅찮다는 표정으로 그를 맞는다.

"오! 하루 종일 나를 혼자 내버려두다니, 참 고맙네요."

"하지만 당신도 잘 알다시피⋯."

"닥쳐요."

그녀는 입을 심술궂게 비죽 내밀고 이마를 오만하게 쳐든 채 몇 시간 동안 토라져 있었다. 나리는 불안한 표정으로 마님 뒤를 졸졸 따라다니면서 더듬거리며 사과했다.

"하지만 당신도 잘 알다시피⋯."

"날 좀 가만 놔둬요. 귀찮다고요."

다음 날 당연히 나리는 외출하지 않았다. 그런 그를 보고 마님이 냅다 소리를 질렀다.

"도대체 왜 그렇게 집 안에서 뱅글뱅글 도는 거예요? 무슨 심각한 고민이라도 있는 것처럼."

"하지만, 여보."

"당신, 사냥을 하든 뭘 하든, 나가는 게 낫겠어요. 아무 데나 가고 싶은 데 가요. 성가시고 짜증 나니까. 당장 나가요!"

그래서 그는 자기가 어떻게 해야 하는 건지, 집에 머물러 있어야 하는 건지, 아니면 집에서 나가야 하는 건지 알 수가 없었다! 참으로 어려운 문제가 아닐 수 없었다. 하지만 집에 있든 나가든 마님이 소리를 지르는 건 마찬가지였으므로 나리는 가능한 한 집에서 나가는 쪽을 택했다. 그러면 마님이 지르는 소리는 듣지 않아도 되었던 것이다.

아! 불쌍한 양반!

어느 날 아침나절, 나는 산울타리에 빨래를 좀 널러 갔다가 나리가 정원에 있는 것을 보았다. 정원 일을 하는 중이었다. 밤새 바람이 불어 달리아 몇 그루가 땅바닥에 쓰러지자 그걸 받침목에 붙들어 매고 있는 것이었다.

나리는 점심식사 전에 외출하지 않을 때는 대부분 정원에서 일했다. 어쨌든 화단에서 무슨 일이든 열심히 하는 척하는 것이었다. 그래도 집 안에서 지루해하는 것보다는 이편이 훨씬 나았다. 이때만은 마님도 그와 다투지 않았다. 나리는 마님에게서 멀리 떨어져 있을 때는 다른 사람이 되었다. 얼굴이 환해지고 눈은 반짝반짝 빛났다. 원래 명랑한 그의 성격이 다시 나타나는 것이었다. 정말이지 그는 불쾌감을 주는 사람이 아니다. 그는 집에서는 예컨대 내게 거의 말을 하지 않았고, 자기 생각을 따라가느라 내게 주의를 기울이지도 않는 듯했다. 그러나 집에서 나가면 그는 일단 마님이 자신을 염탐할 수 없다는 것을 확인한 뒤에 꼭 내게 다정한 말 한마디를 건네곤 했다. 감히 말을 할 만한 상황이 안 되면 그냥 나를 쳐다보기만 했는데, 그의 눈길은 그의 말보다 더 설득력이 있었다. 나는 그와 관련해 아직 아무 결정도 내리지 않았지만, 갖가지 방법으로 그를 자극하고 부단히 흥분시키며 재미있어하고 있었다.

나는 오솔길에서, 라피아 야자수 잎에서 뽑은 섬유를 입에 문 채 허리를 숙여 달리아를 들여다보며 일하고 있는 그의 옆을 걸음을 늦추지 않은 채 지나가면서 말했다.

"아! 오늘 아침에는 나리께서 열심히 일을 하고 계시네요!"

그가 대답했다.

"응, 그래! 아, 이 망할 놈의 달리아! 이거, 참."

그는 내게 잠깐 쉬었다 가라고 권했다.

"자, 셀레스틴? 이젠 이곳에 익숙해졌겠지?"

그의 편집증은 여전하다! 대화를 시작하는 걸 어려워하는 것도 여전하다. 나는 그를 기쁘게 해주려고 웃으며 대꾸했다.

"그럼요, 나리. 그렇고말고요. 지금은 익숙해졌답니다."

"그 말을 들으니 나도 좋군. 여기서 지내는 것도 나쁘지 않아. 나쁘지 않다니까."

완전히 몸을 일으킨 그가 몹시 애정 어린 눈길로 나를 감싸더니 "나쁘지 않아"라는 말을 되풀이했다. 그러면서 내게 해 줄 기발한 얘깃거리를 찾아내려는 것이었다.

그는 입에 물고 있던 야자수 섬유를 빼내어 받침목 윗부분을 묶었다. 그러고 나서 두 다리를 벌리고 두 손바닥을 허리에 갖다 붙인 채, 다 안다는 듯, 노골적일 정도로 가늘게 뜬 음란한 눈으로 나를 바라보며 말했다.

"셀레스틴, 당신은 분명 파리에서 재미있게 살았을 거야. 재미있게 살았을 거라고."

나는 그가 이런 말을 하리라고는 예상하지 못했었다. 나는 아주 큰 소리로 웃고 싶었다. 그러나 이런 상황에 어울리도록 두 눈을 다소곳이 내리깔고 얼굴을 붉히려 애쓰면서 화난 표정을 짓고는 나무라는 듯한 어조로 대답했다.

"어머, 나리, 무슨 그런 말씀을 하세요?"

그러자 그가 계속 말했다.

"뭐가 어때서? 이런 눈을 가진, 당신같이 아름다운 여자가! 아! 그래, 당신은 틀림없이 재미있게 살았을 거야! 그렇게 살 수 있으면 그렇게 사는 게 좋지! 난 우리가 즐겁게 살아야 한다고 생각해. 사랑하며 살아야 한다고 생각해."

나리는 이상할 정도로 활기를 되찾았다. 나는 건장하고 매우 살팍진 그에게서 그가 사랑의 감정으로 고양되어 있음을 보여주는 가장 명백한 징후들을 식별해냈다. 그의 마음이 타오르고 있었다. 욕망이 그의 눈동자 속에서 이글거리고 있었다. 이 뜨거운 불에 차가운 물을 한 바가지 끼얹어야만 할 것

같았다. 나는 정감이 거의 느껴지지 않으면서도 매우 우아한
목소리로 말했다.

"나리께서 잘못 생각하시는 거예요. 저를 다른 하녀들처럼
보고 계시네요. 하지만 제가 얌전한 여자라는 걸 아셔야 해요."

나는 그 같은 모욕을 당해 얼마나 감정이 상했는지를 잘 보
여주기 위해서 매우 당당한 표정으로 이렇게 덧붙였다.

"나리가 이런 식으로 행동하시니 저는 당장 항의하러 마님
을 찾아가야 할 것 같아요."

그러고는 금방이라도 뛰어갈 것처럼 시늉을 했다. 나리가
허겁지겁 내 팔을 움켜잡았다.

그가 더듬거리며 말했다.

"안 돼, 안 돼!"

도대체 어떻게 나는 웃음을 터뜨리지 않고 이 모든 얘기를
할 수 있었을까? 도대체 어떻게 목구멍에서 종처럼 딸랑딸랑
울리며 입으로 올라오려는 웃음을 다시 목구멍으로 밀어 넣
을 수 있었을까? 정말 모르겠다.

나리는 대단히 우스꽝스러웠다. 그는 이제 얼굴이 백지장처
럼 창백해져서 입을 쩍 벌린 채(이것은 그가 한편으로는 자기
자신에게 짜증이 나 있고 다른 한편으로는 겁먹고 있다는 것
을 보여주는 표정이었다) 아무 말 없이 손톱으로 목덜미만 슬
쩍슬쩍 긁고 있었다.

우리 곁에는 오래된 배나무가 한 그루 서서 지의류와 이끼
에 먹혀들고 있는 피라미드 모양의 가지들을 배배 꼬꼬 있었

다. 배 몇 개가 손이 닿을 만한 높이에 매달려 있었다. 까치 한 마리가 옆에 있는 밤나무 꼭대기에서 빈정대듯 깍깍거렸다. 회양목 가두리 뒤에 웅크리고 숨은 고양이가 뒤영벌을 쫓아 내고 있었다. 나리는 침묵을 견디기가 점점 더 힘들어지는 모양이었다. 그는 고통스러울 만큼 애쓴 끝에, 입술을 우스꽝스럽게 찡그려가며 애쓴 끝에 내게 물었다.

"배 좋아해, 셀레스틴?"

"예, 좋아합니다, 나리."

나는 여전히 누그러지지 않았다. 그래서 오만하고 무관심한 말투로 대답했다.

그는 아내에게 들킬까 봐 겁이 나 잠시 망설였다. 그러더니 갑자기 남의 집 농작물을 훔치는 아이처럼 나무에서 딴 배 하나를 내게 주었다. 아! 얼마나 불쌍해 보였는지! 그의 무릎은 굽어지고 손은 바들바들 떨렸다.

"자, 받아, 셀레스틴. 앞치마 속에 감춰. 부엌에서는 배를 주는 사람이 없잖아?"

"그렇죠, 나리."

"음… 앞으로도 이따금 배를 따줄게. 왜냐하면… 왜냐하면… 나는 당신이 즐겁기를 바라니까."

그가 품은 욕망의 진실함과 열렬함, 그의 어색함, 그의 서투른 동작, 그의 겁먹은 듯 더듬거리는 말투, 그리고 또한 그가 수컷으로서 가진 힘, 이 모든 것이 나를 감동시켰다. 나는 얼굴 표정을 살짝 누그러뜨리고 내 시선의 딱딱함을 일종의 미소로 감춘 다음, 반쯤은 빈정거리는 듯하고 또 반쯤은 아양을 떠는 듯한 말투로 그에게 말했다.

"오, 나리! 마님이 보시면 어떡하시려고요?"

그는 또다시 당황스러워했으나, 무성한 밤나무가 장막처럼 집과 우리 사이를 갈라놓고 있었으므로 재빨리 정신을 차렸다. 그리고 내 표정이 아까보다 누그러진 걸 보고는 허세를 부리며 경쾌한 태도로 외쳤다.

"뭐라고? 마님? 마님이 뭐? 난 마님이 뭐라 하든 개의치 않아! 그 여자가 다시 한 번 날 짜증 나게 하면 가만두지 않겠어! 정말 지겨워! 이제 정말 마님이라면 진저리가 나."

나는 심각한 표정을 지으며 대답했다.

"나리께서는 지금 잘못하시는 거예요. 나리의 그 말씀은 옳지 않아요. 마님은 아주 상냥한 분인걸요."

그가 화들짝 놀랐다.

"아주 상냥하다고? 그 여자가? 말도 안 돼! 당신은 그 여자가 무슨 짓을 했는지 모르는 거지? 그 여자는 내 인생을 망쳐놨어. 난 더 이상 남자가 아니야. 더 이상 아무것도 아니라고. 여기 사람들은 다들 나를 무시하지. 그건 아내 때문이야. 아내가 어떤 여자냐고? 아내는… 아내는… 정말 고약한 여자야. 그래, 셀레스틴, 정말 고약한 여자라고. 아무렴, 그렇고말고!"

나는 그에게 일장 훈계를 늘어놓았다. 그리고 부드러운 목소리로 힘과 질서 등 마님이 집에서 발휘하는 미덕을 칭찬했는데, 물론 그건 마음에도 없는 소리였다. 내가 한마디 할 때마다 그의 분노는 더욱 격화되었다.

"아니야, 아니야! 고약한 여자라니까!"

그렇지만 나는 결국 그를 조금이나마 진정시키는 데 성공했다. 불쌍한 나리! 나는 그를 놀라울 정도로 쉽게 가지고 놀았다. 내가 그냥 바라보기만 했는데도 분노하던 그가 누그러졌던 것이다. 그가 더듬거리며 말했다.

"오! 당신은 정말 다정한 사람이야! 어찌나 친절한지! 당신은 좋은 사람임이 분명해. 반면에 그 못된 여자는….."

"자, 이제 그만하세요, 나리!"

그가 말을 이었다.

"당신은 정말 다정한 사람이야! 그렇지만… 당신은 하녀에 불과하지."

그가 내게 다가오더니 아주 낮은 목소리로 물었다.

"당신도 원하나, 셀레스틴?"

"원하다니요? 뭘요?"

"그러니까… 알잖아… 잘 알면서."

"나리께서는 제가 마님을 속이고 나리와 부정을 저지르기를 바라시는가 보군요? 제가 나리와 음란한 짓을 하기를 바라시는 건가요?"

그는 내 얼굴 표정을 보고 오해한 듯했다. 금방이라도 튀어나올 것 같은 눈, 부풀어 오른 목의 핏대, 침이 흘러나오는 축축한 입술. 그는 숨이라도 막힌 듯 갑갑한 목소리로 대답했다.

"그렇지! 그래!"

"그런 생각을 하시는군요?"

"그 생각뿐이야, 셀레스틴."

그의 얼굴이 상기되어 시뻘게졌다.

"오, 나리! 다시 시작하시려는 거예요?"

그는 내 손을 붙잡아 자기 쪽으로 끌어당기려 하며 급하게 중얼거렸다.

"그래, 맞아. 다시 시작하려는 거야. 다시 시작하려는 거라고. 왜냐하면… 왜냐하면… 나는 당신이 좋아 죽겠으니까, 셀레스틴. 내 머릿속에는 오직 그 생각뿐이니까. 더 이상 잠도 잘 수 없고… 몸도 아픈 것 같아. 날 겁내지 마. 날 두려워하지 마. 난 난폭한 사람이 아니야. 난… 난… 난 당신을 임신시키지 않을 거야. 절대 안 그럴 거야. 맹세해! 난… 난… 우리가… 우리가…."

"나리, 한마디만 더 하시면 이번에는 전부 다 마님께 말씀드리겠어요. 나리가 정원에서 이러고 계신 걸 누가 보기라도 하면 어쩌시려고요?"

그가 문득 동작을 멈췄다. 그는 수치스럽고 애석해 정신이 완전히 나가버린 듯, 손을 어떻게 해야 할지, 눈을 어떻게 해야 할지, 자기 자신을 어떻게 해야 할지 알지 못했다. 그래서 그는 발밑의 땅바닥과 오래된 배나무, 정원만 멍하니 바라보았다. 결국 전의를 상실한 그는 버팀목 윗부분을 묶었던 라피아 야자수 섬유의 매듭을 풀더니 바람에 쓰러진 달리아 쪽으로 몸을 다시 구부리고 한없이 서글픈 표정을 지으며 애원하는 듯한 목소리로 한탄했다.

"셀레스틴, 조금 전에… 내가… 내가 그런 얘기를 했는데 말이지… 다른 때처럼… 그냥 아무 얘기나 한 거야. 난 바보 같은 늙은이야. 날 원망하면 안 돼. 절대로 마님한테 얘기하면 안 돼. 그런데 우리가 정원에 함께 있는 걸 혹시라도 누가 봤으면 어쩌지?"

나는 웃지 않기 위해 그 자리에서 도망쳐야만 했다.

그렇다, 나는 마음껏 웃고 싶었다. 그렇지만 내 가슴속에서는 어떤 감정이 노래를 부르고 있었다. 그걸 어떻게 설명해야 할까? 모성적인 그 무엇. 물론 나리는 같이 자고 싶다는 생각이 들 정도로 내 마음에 들지는 않았다. 그렇지만 설사 그와 잠을 잔다고 한들 사실상 뭐가 대수겠는가? 나는 여자와 잘 기회가 거의 없는 이 불쌍한 뚱보 남자에게 행복을 안겨줄 수 있을 것이고, 나 역시 거기서 즐거움을 누릴 수 있을 것이다. 왜냐하면 사랑을 할 때 다른 사람에게 행복을 안겨주는 것이 다른 사람들로부터 행복을 얻는 것보다 더 나을 수도 있기 때문이다. 설사 우리의 살이 이 불쌍한 인간의 애무에 아무 반응을 안 보인다 하더라도 이 사람이 우리 품 안에서 황홀해하고 그의 눈이 돌아가는 걸 보면 얼마나 감미롭고 순수한 감동이 느껴지겠는가? 그리고 마님 때문에 재미있어질 것이다. 두고 보면 알겠지.

나리는 하루 종일 집 밖에 나가지 않았다. 바람에 쓰러진 달리아를 다시 일으켜 세우고, 오후에는 장작 광을 떠나지 않고 무려 네 시간이 넘도록 죽어라고 장작만 팼다. 세탁물 보관실에 있던 나는 일종의 자부심을 느끼며 망치가 쇠의 모서리에 닿으며 내는 소리에 귀를 기울였다.

어제 나리와 마님은 오후 내내 루비에르에서 시간을 보냈다. 나리는 자신의 소송 대리인과, 마님은 자신의 재단사와 약속이 있었다. 마님의 재단사라니!

나는 이렇게 주어진 휴식 시간을 이용해, 어느 일요일에 처음 본 뒤로 다시 만나지 못한 로즈를 찾아갔다. 모제 대령도 알아두면 손해 볼 일은 없을 것 같았다.

모제 대령은 보기 드물게 정말 이상하게 생긴 인물이었다. 꼭 잉어 대가리처럼 생긴 얼굴에 콧수염과 기다란 회색 염소수염이 나 있는 모습을 떠올려보라. 매우 무뚝뚝하고 매우 신경질적이고 매우 흥분되어 있는 그는 한시도 제자리에 가만있지 못하고, 정원 일을 하든, 아니면 작은 방에서 군가를 부르거나 군대의 트럼펫 소리를 흉내 내면서 목공일을 하든, 끊임없이 뭔가를 했다.

정원은 대단히 아름다웠다. 오래된 정원은 정사각형의 화단들로 나뉘어 있었고, 그 화단들에는 지금은 아주 오래된 들판이나 나이가 아주 많은 주임신부의 사택에서나 볼 수 있을 아주 오래된 옛날 꽃들이 심어져 있었다.

내가 도착했을 때 로즈는 아카시아나무 그늘에서, 반짇고리가 놓인 시골풍 탁자 앞에 편안히 앉아 긴 양말을 깁고 있었고, 대령은 옛날 경찰 모자를 쓴 채 잔디밭에 쭈그리고 앉아 그 전날 터져버린 살수용 호스의 새는 곳을 틀어막고 있었다.

그들은 열광적으로 나를 맞았다. 로즈는 과꽃 화단에서 잡초를 뽑고 있던 어린 하녀에게 복숭아주 한 병과 술잔들을 가져오라고 시켰다.

우리는 인사를 나누었다. 대령이 내게 물었다.

"음… 랑레르는 아직도 안 죽었나? 아! 당신은 그 유명한 악당의 시중을 드는 것에 자부심을 가질 수도 있겠지. 하지만 난 당신이 불쌍한걸."

그는 옛날에는 자기와 나리가 좋은 이웃이자 뗄려야 뗄 수 없는 친구였다고 설명해주었다. 그러나 로즈를 두고 말다툼을 벌이면서 사이가 완전히 틀어지고 말았다. 대령이 자기 하녀에게 지위에 걸맞은 위엄을 보여주지 못하고 같은 식탁에서 식사하는 것을 허용했다며 나리가 대령을 비난했던 것이다.

그는 자신의 이야기를 중단하고 나의 증언을 강요하다시피 했다.

"같은 식탁에서 식사를 하면 안 된다고? 그럼 내가 로즈를 내 침대에 들이려 한다면 어쩔 건데? 응? 내게 그럴 권리가 없다는 건가? 그게 자기랑 무슨 상관인데?"

"물론 아무 상관이 없지요, 대령님."

로즈가 한숨을 쉬며 얌전한 목소리로 말했다.

"혼자 사는 남자가 그러는 건 너무나 당연한 거 아니에요?"

하마터면 주먹질로 이어질 뻔했던 이 말다툼 이후에 두 옛 친구는 서로를 골탕 먹이기 위해 소송을 하고 짓궂은 장난을 치며 시간을 보냈다. 두 사람은 서로를 맹렬히 증오했다.

대령이 말했다.

"난 우리 집 정원에 있는 돌을 전부 주워서 산울타리 너머 랑레르의 정원으로 던져버리지. 그 돌이 화분에 씌운 유리 덮개나 유리창 위로 떨어진다 해도 어쩔 수 없지, 뭐. 아니면 더 잘된 것일 수도 있고. 오! 비열한 작자 같으니! 자, 내가 직접 보여주지."

그는 오솔길에 있는 어떤 돌을 보고 후다닥 달려가 주워 들더니, 마치 포복하는 사냥꾼처럼 살금살금 산울타리로 가서 있는 힘껏 우리 집 정원으로 던졌다. 유리 깨지는 소리가 들렸다. 그러자 그는 의기양양하게 우리 쪽으로 돌아와 몸을 흔들고 가쁜 숨을 몰아쉬었고, 웃음을 참느라 온몸을 배배 꼬면서 콧노래를 불렀다.

"창유리가 또 한 장 깨졌군. 유리 끼우는 사람을 불러야겠네."

로즈가 그를 어머니 같은 눈길로 바라보며 감탄스러운 표정으로 말했다.

"정말 재미있는 분이세요! 꼭 아이 같으세요! 나이에 비해 얼마나 젊으신지!"

우리가 복숭아주를 한 잔씩 마시고 나자 모제 대령은 내게 정원을 직접 보여주고 싶어 했다. 로즈는 천식 때문에 함께 갈 수 없어서 미안하다며, 정원에 너무 오래 머무르지는 말라고 충고했다.

그녀는 농담처럼 덧붙였다.

"내가 두 사람을 감시하고 있다는 사실을 잊어버리면 안 돼요."

대령은 나를 오솔길과 회양목으로 둘러싸인 정사각형 화단들, 꽃들이 만개한 화단들로 데려갔다. 그리고 그중에서도 가장 아름다운 꽃들의 이름을 가르쳐주면서 그때마다 꼬박꼬박 그 돼지 같은 랑레르네 집에는 이런 꽃들이 없다고 말했다. 그러던 그가 느닷없이 이상하지만 멋지게 생긴 작은 오렌지색 꽃 한 송이를 꺾더니 손가락으로 그것의 줄기를 살살 돌리고 나서 물었다.

"이거 먹어본 적 있나?"

나는 이 괴상한 질문에 깜짝 놀라 입을 다문 채 가만있었다. 대령이 딱 잘라 말했다.

"난 먹어본 적 있지. 맛이 아주 훌륭해! 나는 우리 집 정원에 피는 꽃을 모두 다 먹어봤지. 맛이 좋은 것도 있고 덜 좋은 것도 있어. 맛이 별로 없는 것도 있고. 어쨌든 나는 뭐든 다 먹지."

그는 윙크를 하고 혀를 차고 손바닥으로 배를 두드리더니 도발적인 말투의 더 강한 목소리로 같은 말을 되풀이했다.

"나는 뭐든 다 먹는다니까!"

대령이 큰 소리로 이렇게 이상한 고백을 하는 걸 보면서 나는 그의 인생에서 가장 큰 자랑거리가 뭐든 다 먹는 것이라는 사실을 알게 되었다. 나는 기꺼이 그의 괴벽을 부추겼다.

"옳은 말씀이에요, 대령님."

그러자 그가 빼기거나 하지 않고 대답했다.

"그렇고말고. 그런데 내가 식물만 먹는 건 아니야. 동물도 먹지. 아무도 먹어본 적 없는 동물들을. 사람들이 모르는 동물들을. 난 뭐든 다 먹어."

우리는 꽃이 만발한 화단 주위와 아름다운 푸른색, 노란색, 붉은색 꽃부리가 산들바람에 흔들리고 있는 좁은 오솔길을 계속 산책했다. 꽃을 바라보면서 대령의 배 속에서는 환희가 조금씩 솟아오르는 듯했다. 그의 혀가 축축하고 가느다란 소리를 내며 갈라진 입술을 핥았다.

그가 다시 내게 말했다.

"고백하는데, 내가 안 먹어본 곤충이나 새, 구더기는 없어. 족제비, 뱀, 쥐, 귀뚜라미, 애벌레도 먹어봤어. 뭐든 다 먹었지. 여기 사는 사람들은 다들 잘 알고 있어. 사람들은 정체 모를 동물을 발견하면 그게 죽었건 살았건 이렇게 생각해. '모제 대령한테 가져가야지.' 그래서 사람들이 가져오면 나는 먹는 거야. 특히 겨울에 아주 추울 때는 아마도 멀고 먼 아메리카 대륙에서 이름 모를 새들이 날아오는데 사람들이 그 새들을 가져오면 난 또 먹는 거지. 아마 이 세상에 나만큼 많은 걸 먹어본 사람은 없을 거야. 나는 뭐든 다 먹지."

우리는 산책을 마치고 아카시아나무 아래에 다시 앉았다. 그랬다가 내가 이제 그만 가야겠다 생각하고 인사를 하려는

데 대령이 외쳤다.

"아! 신기한 걸 한 가지 보여줘야겠군! 당신은 물론 한 번도 본 적이 없을걸."

그는 이렇게 말하고 큰 소리로 누군가를 불렀다.

"클레베르! 클레베르!"

그처럼 이름을 부르는 중에 그는 이렇게 설명해주었다.

"클레베르는 내 흰족제비야. 정말 희귀한 동물이지."

그가 다시 한 번 불렀다.

"클레베르! 클레베르!"

그러자 우리 위에 늘어진 나뭇가지에, 초록색과 황금색 잎사귀들 틈으로 분홍색 주둥이와 깜찍하고 생기 넘치는 작고 검은 눈 두 개가 나타났다.

"아! 이놈이 멀지 않은 곳에 있다는 걸 난 다 알고 있었지. 자, 이리 오너라, 클레베르! 쉿쉿!"

나뭇가지 위를 기어간 흰족제비는 위험을 무릅쓰고 나무줄기로 건너가더니 발톱을 나무껍질에 박아 넣으며 신중하게 내려왔다. 드문드문 황갈색 점이 있는 흰색 털로 뒤덮인 흰족제비의 몸은 마치 뱀처럼 우아하고 부드럽게 구불거리며 움직였다. 땅에 내려선 흰족제비가 두 번 도약해 대령의 무릎으로 올라가자 대령은 아주 유쾌한 얼굴로 흰족제비를 쓰다듬기 시작했다.

"오! 우리 착한 클레베르! 오! 우리 매력 넘치는 클레베르!"

그가 내 쪽으로 고개를 돌렸다.

"이 정도로 길이 잘 든 흰족제비를 본 적 있나? 이놈은 내가 정원 어디를 가든 강아지처럼 졸졸 따라다니지. 내가 부르기만 하면 즉시 나타나 머리를 들고 꼬리를 흔들어. 이놈은 우리랑 같이 밥도 먹고 우리랑 같이 잠도 자. 나는 여느 인간 못지않게 정말 이 작은 동물을 사랑한다네. 셀레스틴 양, 누가 이놈을 300프랑에 사겠다고 제안했는데 내가 거절했어. 천 프랑을 준다고 해도, 2천 프랑을 준다고 해도 난 안 팔 거야. 자, 클레베르…."

그러자 흰족제비가 머리를 들어 주인을 올려다보았다. 그런 다음 대령의 몸으로 폴짝 뛰어오르더니 다시 어깨로 기어 올라가, 그의 살을 귀엽게 수도 없이 어루만지고 나서 꼭 스카프를 휘감듯이 그의 목 주위를 뱅글뱅글 돌았다. 로즈는 아무 말도 하지 않았다. 짜증이 난 것 같았다.

그 순간 사악한 생각 한 가지가 내 뇌리를 스치고 지나갔다. 나는 불쑥 물었다.

"대령님, 설마 대령님의 흰족제비를 드시지는 않겠지요?"

대령이 처음에는 무척 놀란 것 같은 표정으로, 그다음에는 한없이 서글픈 표정으로 나를 바라보았다. 그의 두 눈은 똥그래졌고 입술은 떨렸다.

그가 더듬거리며 말했다.

"클레베르를? 클레베르를 먹는다고?"

무엇이든 다 먹었다는 그의 앞에서 이 질문은 단 한 번도 던져지지 않은 게 분명했다. 기이한 것을 먹는 새로운 세계가 그의 앞에 모습을 드러냈다.

나는 가차 없이 같은 질문을 던졌다.

"설마 대령님의 흰족제비를 드시지는 않겠지요?"

늙은 대령이 저항할 수 없는 은밀한 동요로 인해 당황하고 불안하고 혼란스러운 표정을 지으며 벤치에서 일어났다. 그는 놀라울 정도로 동요하고 있었다.

그가 더듬거리며 대답했다.

"다시 한 번 말해봐."

나는 한 단어씩 또박또박 발음하면서 강한 어조로 세 번째로 같은 질문을 던졌다.

"설마 대령님의 흰족제비를 드시지는 않겠지요?"

"내가 내 흰족제비를 먹지 않는다고? 무슨 말을 하는 거지? 내가 내 흰족제비를 먹지 않을 거라는 말이야? 그래? 자, 지금부터 보여주지. 난 못 먹는 게 없는 사람이니까."

그는 흰족제비를 움켜잡았다. 그러더니 꼭 빵을 부스러뜨리듯이 단번에 흰족제비의 허리를 부러뜨리더니 단 한 차례의 경련이나 수축도 없이 숨을 거둔 그 작은 동물을 오솔길의 모래 위로 집어던지며 로즈에게 소리쳤다.

"오늘 밤에 이걸로 스튜를 끓여 내와!"

이렇게 말한 그는 미친 듯이 손발을 움직이며 달려가 집 안으로 들어가 버렸다.

그리고 몇 분 동안 나는 정말이지 말로 표현할 수 없을 만큼 공포를 느꼈다. 내가 방금 저지른 가증스러운 행동에 완전히 얼이 빠진 나는 그 자리를 뜨려고 몸을 일으켰다. 얼굴이 창백해졌다. 로즈가 나를 배웅했다. 그녀가 미소를 지으며 털어놓았다.

"난 방금 일어난 일에 대해서 불쾌해하거나 유감스러워하지 않아요. 대령님은 그 흰족제비를 너무 좋아했어요. 난 그분이 뭔가 좋아하는 걸 원치 않아요. 벌써부터 그분이 자신의 꽃들을 너무 좋아한다고 생각하고 있었어요."

그녀는 잠시 침묵을 지키다가 이렇게 덧붙였다.

"하지만 그분은 당신을 절대 용서하지 않을 거예요. 누가 자신에게 도전하는 걸 용납하지 않는 분이거든요. 당신도 알다시피 군인 출신이잖아요!"

그러고는 몇 걸음 더 가서 또 이렇게 말했다.

"조심해요. 온 동네 사람들이 당신을 두고 수군거리기 시작할 거예요. 저번 날 당신이 정원에서 랑레르 씨랑 같이 있는 걸 누군가 본 것 같아요. 그건 경솔한 행동이었어요. 자, 이제 그분은 당신을 유혹할 거예요. 벌써 시작했는지도 모르지만. 어쨌든 조심해요. 그분은 정말이지… 대번에…."

그리고 살문을 닫으며 덧붙였다.

"그럼 잘 가요! 이제 난 흰족제비 스튜를 끓여야겠네요."

오솔길의 모래 위에 놓여 있던 불쌍한 흰족제비의 시체가 하루 종일 내 눈앞에서 어른거렸다.

그날 밤, 저녁식사가 끝나고 후식을 내갔더니 마님이 엄한 표정으로 내게 말했다.

"말린 자두를 좋아하면 내게 달라고 해. 자두를 줄 수 있을지 없을지는 그때 가봐야 알겠지만, 자두를 네 마음대로 가져가는 건 안 돼."

나는 대답했다.

"마님, 저는 도둑도 아니고 자두를 좋아하지도 않아요."

마님은 내 말에 아랑곳하지 않았다.

"네가 자두를 가져갔잖아."

나는 대꾸했다.

"마님이 저를 도둑년이라고 생각하신다면 그냥 제게 월급을 주고 내보내시면 돼요."

마님은 자두가 담긴 접시를 내 손에서 채 갔다.

"오늘 아침에 나리가 자두를 다섯 개 먹었어. 애초에 서른두 개가 있었고. 그런데 지금 보니 스물다섯 개뿐이야. 그러니 네가 두 개를 훔쳐 간 거지. 또 한 번 이런 일이 있으면 가만 안 두겠어!"

그건 사실이었다. 나는 자두 두 개를 먹었다. 그녀는 자두 숫자를 다 세어놓은 것이었다!

세상에! 말도 안 돼!

5

9월 28일

어머니가 돌아가셨다. 오늘 아침 고향에서 온 편지를 받고 그 사실을 알게 되었다. 어머니에 관해서는 얻어맞은 기억밖에 없지만, 그 소식을 듣자 마음이 아파져서 울고 울고 또 울었다. 내가 우는 걸 보고 마님이 물었다.

"오늘은 또 왜 이러는 거지?"

내가 대답했다.

"어머니가, 우리 불쌍한 어머니가 돌아가셨어요!"

그러자 마님은 평소와 다름없는 목소리로 말했다.

"안됐군. 그렇다고 해서 내가 뭘 어떻게 해줄 수 있는 건 아냐. 어쨌든 그것 때문에 일을 게을리 해서는 안 돼."

그게 다였다. 오, 세상에! 마님은 남이 무슨 일을 당했건 아랑곳하지 않는 사람이다.

내게 더할 수 없이 불행한 감정을 안겨준 것은 어머니의 죽음과 어린 흰족제비의 살해가 동시에 일어났다는 사실이었다. 나는 그것이 하늘이 내린 벌이며, 내가 대령으로 하여금 그 불쌍한 클레베르를 죽이게 하지만 않았다면 어머니가 지금 살아 있을지도 모른다고 생각했다. 어머니가 흰족제비보다 먼저 죽었다는 말을 속으로 되뇌어봐도 소용없었다. 전혀 소용이 없었다. 그 생각이 마치 회한처럼 온종일 나를 쫓아다녔다.

나는 정말 오디에른으로 가고 싶었다. 하지만 그곳은 너무 멀다. 이 세상 끝에 있다. 게다가 난 돈도 없다. 첫 달 월급을 받으면 우선 직업소개소에 소개비부터 줘야 한다. 그리고 일이 없어 길거리를 떠돌 때 진 얼마간의 빚도 나는 다 갚을 수가 없을 것이다.

더군다나 가서 뭐 하겠는가? 오빠는 해군에서 군복무 중인데, 아마 중국에 가 있을 것이다. 내가 이렇게 말하는 건, 그의 소식을 들은 지 무척 오래되었기 때문이다. 그리고 루이즈 언니는? 지금 어디에 있을까? 모른다. 우리 곁을 떠나 장 르 뒤프를 따라 콩카르노로 간 뒤로는 언니의 소식을 더는 듣지 못했다. 아마도 여기저기 전전하며 살았을 테지! 어쩌면 사창가에 있을지도 모르겠다. 죽었을지도 모르고. 오빠 역시 죽었을지도 모른다.

그러니 무엇 하러 거기에 가겠는가? 그래 봤자 내게 무슨 도움이 되겠는가? 거기서 특별히 만나고 싶은 사람도 없고, 어머니가 뭘 남겨놓았을 가능성도 전혀 없다. 어머니가 소유했던 옷가지와 가구 몇 점은 그녀가 외상으로 마셨을 게 분명한 브랜디 값을 갚기에도 모자랄 것이다.

그렇긴 해도 이상하다. 어머니가 살아 있을 때 나는 어머니 생각을 거의 하지 않았다. 어머니를 보고 싶은 마음이 들지 않았던 것이다. 내가 그녀에게 편지를 쓰는 건 일자리를 바꾸어 새 주소를 알려줄 때뿐이었다. 그녀는 나를 죽지 않을 만큼 두들겨 패곤 했다. 늘 술에 취해 있는 어머니 곁에서 나는 얼마나 불행했던가! 그런데 어머니가 돌아가셨다는 소식을 졸지에 듣고 보니 내 영혼이 커다란 슬픔에 잠기고 그 어느 때보다 더 혼자라는 느낌이 드는 것이었다.

내 어린 시절이 이상할 정도로 또렷하게 떠올랐다. 내가 삶을 힘들게 배우기 시작했을 때 내 주변에 있던 모든 존재와 사물이 생각났다. 정말이지 한쪽에는 너무나 큰 불행이, 다른 한쪽에는 너무나 큰 행복이 있다. 세상은 공정하지 않다.

어느 날 밤(내가 아주 어렸을 때다), 구조선의 뿔 나팔 소리에 소스라치게 놀라 잠에서 깨어났던 일이 기억난다. 오! 폭풍우와 짙은 어둠 속에서 울리던 그 소리는 얼마나 음울했는지! 그 전날부터 바람이 돌풍으로 바뀌었다. 항구의 둑은 온통 하얗게 되어 격렬하게 들썩이고 있었다. 작은 배 몇 척만 겨우 돌아올 수 있었다. 그보다 변변치 못한 다른 배들은 분명 위험에 처해 있었을 것이다.

아버지가 생 섬 주변의 해역에서 고기잡이 중이라는 걸 알고 있던 어머니는 그다지 불안해하지 않았다. 그녀는 아버지가 늘 그랬듯이 그 섬의 항구에 기항했기를 바랐다. 그렇지만 구조선에서 부는 뿔 나팔 소리가 들리자 어머니는 몹시 창백해지더니 부들부들 떨며 몸을 일으켰다. 그녀는 허겁지겁 나를 커다란 숄로 둘러싸 안더니 부두로 향했다. 이미 꽤 컸던 루이즈 언니와 그보다 어렸던 오빠는 어머니 뒤를 따라가며 외쳤다.

"오, 성모 마리아시여! 오, 예수님이시여!"

어머니도 외쳤다.

"오, 성모 마리아시여! 오, 예수님이시여!"

골목길은 여자들과 늙은이들, 그리고 아이들로 발 디딜 틈이 없었다. 배들이 구슬피 우는 듯한 소리가 들려오는 부두에 겁에 질린 그림자들이 서둘러 모여들었다. 그러나 너무 세찬 바람 때문에, 그리고 특히 돌이 박혀 있는 둑을 덮쳐 꼭 대포의 집중포격 같은 굉음을 내며 이쪽 끝에서 저쪽 끝으로 휩쓸고 지나가는 파도 때문에 부두에서는 서 있을 수가 없었다. 어머니가 오솔길로 접어들었다. "오, 성모 마리아시여! 오, 예수님이시여!" 어귀를 우회해 등대로 이어지는 오솔길로 접어든 것이었다. 땅 위의 모든 것이 검었고, 바다 위의 모든 것도 검었으며, 이따금 저 멀리서 등댓불이 빛날 때마다 집채만 한 파도가 부서져 하얀 포말을 만들어내곤 했다. "오, 성모 마리아시여! 오, 예수님이시여!" 천지가 그렇게 진동하는데도 어찌

보면 그 진동에 몸이 흔들려, 바람이 그렇게 세차게 부는데도 어찌 보면 그 바람에 얼떨떨해져서 나는 어머니의 품속에서 잠이 들고 말았다. 천장이 낮은 어떤 방에서 잠이 깬 나는 어두운 등짝들과 침울한 얼굴들, 휘두르는 팔들 사이에서 보았다. 양초 두 개가 밝혀주는 야전침대 위에 누운 거구의 시신을 보았다. "오, 성모 마리아시여! 오, 예수님이시여!" 벌거벗은 그 기다란 시신은 나무토막처럼 뻣뻣했고, 얼굴은 짓이겨져 있었으며, 팔다리에는 피가 흘러나오는 칼자국이 줄무늬처럼 나 있었고, 곳곳이 푸른색 멍으로 얼룩져 있었다. 그것은 우리 아버지였다.

아직도 생각난다. 머리카락은 두개골에 착 달라붙어 있었고, 머리카락 속에는 해초가 뒤엉켜 있어서 왕관을 씌운 것 같았다. 사람들이 아버지의 시신 쪽으로 몸을 기울인 채 뜨거운 플란넬 천으로 그의 살갗을 문질렀고, 입으로 그에게 숨을 불어넣었다. 군수도 있었다. 교육감도 있었다. 세관장도 있었다. 해양경찰도 있었다. 문득 두려움에 사로잡혀 솥에서 빠져나온 나는 물에 젖은 포도 위의 사람들 다리 사이로 달려가며 소리를 지르고 아빠를, 엄마를 부르기 시작했다. 이웃집 여자가 나를 안아서 데려갔다.

이때부터 어머니는 맹렬히 술독에 빠졌다. 물론 처음에는 정어리 가공공장에서 일하려 애썼지만, 어머니가 늘 취해 있었기 때문에 그 어떤 공장 사장도 그녀를 오래 고용하려 하지 않았다. 그리하여 그녀는 술에 취한 채, 툭하면 싸움을 걸면서 음울한 표정으로 늘 집에 머물렀다. 브랜디를 잔뜩 마셨을 때는 우리를 두들겨 팼다. 그녀가 어떻게 우리를 죽이지 않았는지, 그게 신기할 정도다.

나는 가능한 한 집 밖으로 돌았다. 부두에서 장난치고, 공원에서 서리하고, 썰물 시간이면 물웅덩이에서 절벅거리며 하루를 보냈다. 아니면 플로고프로 이어지는 도로 위에 있는, 관목이 빽빽이 우거져 바닷바람이 들이치지 않는 내리막길 끝의 회색 가시나무들 사이에서 남자아이들과 음란한 짓거리를 하곤 했다. 저녁때 집에 돌아오면 어머니는 입이 토사물로 더럽혀지고 손에 든 술병은 산산조각이 난 채 문지방 옆 타일바닥 위에 대자로 미동도 없이 누워 있었다. 그래서 대개 나는 그녀의 몸뚱이를 건너뛰어야만 했다. 어머니가 잠에서 깨어나면 끔찍한 일이 벌어졌다. 파괴의 광기가 그녀를 뒤흔들어놓는 것이었다. 내가 아무리 애원하고 소리쳐도 그녀는 아랑곳하지 않고 나를 침대에서 억지로 끄집어내고, 나를 쫓아다니고, 나를 짓밟고, 나를 가구들에 갖다 박았다.

"널 죽여야 해! 널 죽여야 한다고!"

이제 죽는구나 생각한 적이 한두 번이 아니었다.

그러다가 어머니는 술을 사기 위해 몸을 팔았다. 밤이면 밤마다 우리 집 문을 두드리는 소리가 나지막하게 들려오곤 했다. 선원이 들어와 방을 바닷물의 소금기와 진한 생선 냄새로 가득 메웠다. 그는 자리에 누워 한 시간가량 머무르다 떠나곤 했다. 그러고 나면 또 다른 선원이 와서 자리에 누워 한 시간 가량 머무르다 떠났다. 이 끔찍한 밤의 어둠 속에서 툭하면 싸움이 벌어지고 소름 끼치는 고함이 들려왔으며, 여러 번이나 경찰이 개입되었다.

　이런 식으로 몇 년이 흘러갔다. 그 어느 곳에서도 나를, 내 언니를, 내 오빠를 원하지 않았다. 사람들은 골목길에서 우리를 마주치면 비켜섰다. 웬만한 사람들은 우리가 서리를 하거나 구걸을 하러 찾아가면 우리에게 돌을 던져 쫓아냈다. 어느 날, 엄마처럼 선원들과 더러운 짓거리를 하던 루이즈 언니가 도망쳤다. 그다음은 견습 선원으로 고용된 오빠 차례였다. 나만이 어머니와 집에 남게 되었다.

　열 살 때 나는 더 이상 순결하지 않았다. 엄마가 보여준 비참한 본보기를 보며 사랑이라는 것에 대해 배우고, 남자아이들과 함께 몰두했던 온갖 음란한 행위들을 통해 타락한 나는 육체적으로 금방 조숙해졌다. 나는 궁핍과 엄마의 주먹질에도 불구하고 자유롭고 세찬 바닷바람을 계속 맞으면서 쑥쑥 자라나 열한 살 때 사춘기의 동요를 겪었다. 겉보기에는 소녀였지만 나는 거의 여자나 다름없었다.

　열두 살 때 나는 완전한 여자가 되었다. 더 이상 처녀가 아니게 된 것이었다. 성폭행을 당했느냐고? 아니, 꼭 그렇지는 않다. 합의하에 성관계를 했느냐고? 그렇다, 거의 그렇다고 말할 수 있다. 어쨌든 내 노골적인 부도덕과 순진한 일탈이 그렇게 하도록 허용했다고 말할 수 있다. 어느 일요일, 대大미사가 끝난 뒤에, 얼굴이 더부룩하고 더러운 수염과 머리칼로 뒤덮이고 온몸이 털투성이고 숫염소만큼이나 악취를 풍기는 나이든 정어리 가공공장 공장장이 나를 생장 쪽에 있는 모래사장으로 데려갔다. 그곳, 갈매기들이 둥지를 틀기 위해 날아오고 선원들이 이따금 바다에서 발견한 표류물을 감추어두는 절벽의 은신처, 그 어두운 구멍 속… 침대처럼 깔린 발효된 해초 위에서 그는 나를 가졌다. 나는 거부하지도, 발버둥 치지도 않았다. 그는 오렌지 하나로 나를 가진 것이었다! 그는 클레오파스 비스쿠유라는 이상한 이름을 갖고 있었다.

그런데 내가 그 어떤 소설에서도 관련 설명을 읽은 적이 없는 이해 불가능한 일이 일어났다. 비스쿠유 씨는 못생기고 거칠고 혐오감을 불러일으키는 사람이었다. 게다가 그는 나를 암벽의 검은 구멍 속으로 네다섯 차례나 끌고 갔지만, 내게 아무런 쾌락도 안겨주지 못했다. 오히려 그 반대였다. 그런데 어찌하여 나는 그를 떠올릴 때마다(나는 그를 자주 생각한다) 그를 조금도 증오하거나 저주하지 않는 것일까? 나는 만족스러운 기분으로 그 일을 상기할 때마다 깊은 감사와 애정을, 그리고 해초 침대 위에서 그 혐오스러운 인간을 다시는 보지 않겠다고 생각했던 것에 대한 깊은 후회의 감정을 느낀다.

그와 관련해, 내가 비록 하찮은 사람이지만 위인들의 전기에 개인적으로 조금이나마 끼어든 적이 있음을 여기서 이야기하게 해주기를 바란다.

　폴 부르제 씨는 내가 지난해에 하녀로서 시중들었던 파르댕 백작부인의 절친한 친구이자 정신적 지도자였다. 여자들의 복잡하기 짝이 없는 마음을 속속들이 아는 사람은 오직 그뿐이라는 말을 나는 항상 들었다. 나는 정욕과 관련된 심리에 대해 묻기 위해 몇 번이나 그에게 편지를 쓰고 싶었다. 하지만 감히 그렇게 하지 못했다. 내가 이런 문제에 심각할 정도로 집착했다는 점에 놀라지는 말기 바란다. 그런 문제가 하인들에게 익숙한 것이 아니라는 점을 나는 인정한다. 하지만 백작부인의 응접실에서는 오직 심리 상태에 대한 이야기만 오갔다. 우리의 정신이 우리 주인들의 정신에 따라 형성된다는 것은 인정된 사실이고, 응접실에서 언급된 것은 하인들이 식사하는 부엌 찬방에서도 역시 언급된다. 그러나 불행하게도 찬방에는 우리가 거기서 토론하는 페미니즘의 사례들을 명쾌하게 설명하고 해명해줄 수 있는 폴 부르제 같은 사람이 없었다. 장 씨의 설명도 나를 만족시키지는 못했다.

　어느 날, 내 여주인이 '급한' 편지를 이 유명한 스승에게 전하라고 나를 보냈다. 그는 내게 답장을 건넸다. 그때 나는 용기를 내어 나를 괴롭혀온 질문을 그에게 던졌지만, 그 외설스럽고 암울한 이야기의 주인공이 내 친구라고 둘러댔다. 그러자 폴 부르제 씨가 물었다.

　"당신 친구가 누구라는 거지? 서민 여성인가? 그럼 가난한 여자겠군?"

"저처럼 하녀입니다, 고명하신 주인님."

부르제 씨는 오만하게 얼굴을 찌푸리고 경멸하듯 입을 삐죽거렸다. 오, 맙소사! 그는 가난한 사람들을 좋아하지 않는 것이었다.

"난 그런 사람들에게는 관심 없다네. 그들은 너무 보잘것없는 영혼의 소유자들이야. 영혼을 가졌다고 말할 수도 없지. 그들은 내 심리학의 영역에 속하지 않아."

나는 그가 속한 계층에서는 연 수입이 최소한 10만 프랑은 되어야 영혼을 가진 것으로 간주된다는 사실을 알게 되었다.

그는, 역시 파르댕 백작부인 집의 단골손님인 쥘 르메트르 씨와는 다른 사람이었다. 쥘 르메트르 씨는 내가 같은 질문을 던졌을 때 내 허리를 살그머니 꼬집으며 다음과 같이 친절하게 대답했던 것이다.

"음, 매력 넘치는 셀레스틴, 당신 친구는 한마디로 말해서 좋은 사람이야. 만일 그 친구가 당신을 닮았다면 난 그 친구에게 딱 두 마디만 하겠어. 우와! 우와!"

그는 익살 부리는 곱사등이 호색한처럼 생기기는 했지만 최소한 잘난 척은 안 했다. 그는 선량한 사람이었다. 그런 사람이 여자를 잘못 만나 딴 길로 빠지다니, 참 유감이다!

이 모든 것으로 미루어 볼 때, 퐁크루아 수녀원의 수녀님들이 나를 총명하고 귀엽다고 여기며 동정심으로 나를 거두어주지 않았다면 내가 그 오디에른의 지옥에서 어떻게 됐을지 알 수 없다. 그들은 나의 나이와 무지, 나의 힘들고 치욕스러운 상황을 악용하지도 않았고, 자기들에게 이익이 되는 쪽으로 나를 감금해 이용하고 착취하지도 않았다. 사실 범죄나 다름없는 이런 일이 이 같은 종류의 기관에서는 너무나 흔했는데도 말이다. 그들은 풍족하지는 않았지만 지나가는 사람들에게 손을 내밀거나 집집마다 찾아다니며 구걸할 용기는 없는 순수하고 소심하고 동정심 많은 사람들이었다. 그들은 이따금 극도로 곤궁한 상황에 처하기도 했지만, 자기들끼리 그럭저럭 헤쳐나갔다. 사는 게 그처럼 힘들어도 그들은 늘 명랑했고 방울새처럼 끊임없이 노래를 불렀다. 생활에 대한 그들의 무지는 오늘날 나로 하여금 눈물을 흘리게 할 만큼 뭔가 감동적인 것이었고, 지금 나는 그토록 순수하고 무한한 그들의 선의를 더 잘 이해할 수 있다.

그들은 내게 읽는 법과 쓰는 법, 바느질하는 법, 살림하는 법을 가르쳐주었고, 내가 이 필요한 것들을 거의 다 배우자 나를 은퇴한 대령의 집에 보조 하녀로 취직시켜주었다. 이 대령은 매년 여름 아내와 두 딸을 데리고 콩포르 근처의 황폐화된 작은 성을 찾아왔다. 그들은 분명 친절하기는 했지만 늘 얼마나 침울했는지! 그리고 편집광들이었다! 그들의 얼굴에는 미소가 떠오르는 법이 없었고, 고집스러울 정도로 늘 검은색인 그들의 옷에서는 기쁨이 느껴지지 않았다. 대령은 다락방에 선반旋盤을 설치하고서 온종일 그것을 돌려 반숙 계란을 먹을 때 쓰이는 회양목 목제 잔을 만들거나, 아니면 '달걀'이라 불리는, 긴 양말을 꿰맬 때 쓰이는 타원형 목제품을 만들며 시간을 보냈다. 마님은 담배 가게를 열기 위해 온종일 진정서와 탄원서를 쓰곤 했다. 그리고 아무 말도 하지 않고 아무 일도 하지 않는 두 딸(한 명은 입이 꼭 오리 주둥이처럼 생겼고 다른 한 명은 얼굴이 꼭 토끼처럼 생겼는데, 둘 다 안색이 노랗고 말랐고 까다롭고 생기가 없었다)은 흙과 물과 햇볕 등 모든 것이 부족한 나무 두 그루처럼 그 자리에서 말라 비틀어져갔다. 그들은 나를 지독히도 따분하게 만들었다. 결국 나는 8개월 만에 일을 그만두겠다는 경솔한 결정을 내렸고, 그렇게 한 걸 두고두고 후회했다.

하지만 그게 어쨌단 말인가? 나는 파리가 내 주변에서 숨쉬며 살아가는 소리를 들었다. 파리가 내쉬는 숨이 내 심장을 새로운 욕망으로 가득 채웠다. 나는 외출을 자주 하지는 않았지만, 길거리와 쇼윈도, 인파, 호화로운 저택들, 반짝반짝 빛나는 마차들, 화려하게 차려입은 여인들을 보고 굉장히 놀라워하며 감탄했다. 그리고 밤이 되어 7층으로 잠을 자러 올라가서는 같은 집에서 일하는 다른 하인들에게 정욕을 느꼈고, 그들의 짓궂은 장난에 호감을 느꼈다. 그리고 그들의 이야기를 들으며 신기해하고 놀라워했다. 내가 그 집에서 일한 기간은 얼마 안 되지만 나는 밤이 되면 거기서 온갖 종류의 방탕한 행위를 목격했고, 나 또한 초심자들의 경쟁심을 발휘해 거기에 열심히 참여했다. 아! 그때 나는 그 쾌락과 방탕의 허망한 이상 속에서 어렴풋한 희망과 불확실한 야심을 얼마나 가득 품었던가.

그래, 맞아! 나는 아직 젊어. 인생에 대해서는 아무것도 몰라. 그저 상상하고 꿈꿀 뿐이지. 오, 꿈! 그건 바보짓이야. 내가 곧 언급할 대단한 성도착자 자비에 씨가 말했듯이, 나는 꿈도 조금씩 꾸고 바보짓도 조금씩 저질렀다.

그리고 나는 떠돌았다. 오! 나는 얼마나 많은 곳을 떠돌아다녔던가. 그 생각을 하면 정말 끔찍하다.

나는 나이가 많지 않다. 그렇지만 많은 것들을 가까이에서 보았다. 완전히 벌거벗은 사람들을 보았다. 그들의 속옷과 살갗, 그들의 영혼에 코를 갖다 대고 킁킁거렸다. 향수를 뿌렸음에도 그들에게서는 좋은 냄새가 나지 않았다. 존경받는 가정과 정직한 가족이 덕행의 외관 아래 얼마나 많은 추잡한 언행과 수치스러운 악행, 저열한 범죄를 감출 수 있는지! 오! 나는 그것을 알고 있다! 부자여도 소용없고, 비단과 벨벳으로 된 옷을 입고 있어도 소용없고, 금박 입힌 가구들을 갖고 있어도 소용없다. 은으로 된 욕조에서 몸을 씻고 허세를 부려도 소용없다. 나는 그들을 잘 안다! 그들은 깨끗하지 않다. 그리고 그들의 마음은 우리 어머니의 침대보다 더 더럽다.

오! 불쌍한 하녀를 가엾게 여겨야 한다. 그녀는 얼마나 외로운가! 늘 사람들로 북적이고 화기애애하고 소란스러운 집에서 살 수는 있지만, 그래도 그녀는 늘 외롭다! 혼자 살아서 외로운 게 아니다. 하녀에게 관심이 없는 사람들의 집에서 살아서, 맛있는 걸 배 터지도록 먹는 개라든가 부잣집 아이 돌보듯 소중하게 돌보는 꽃만큼도 하녀를 중요하게 생각하지 않는 사람들의 집에서 살아서 외로운 것이다. 그들은 하녀를 쓸모 없어진 헌 옷이나 먹고 남은 음식쓰레기 정도로 여긴다.

"이 배 먹어도 돼. 썩었거든. 이 닭고기, 부엌에 가서 다 먹어. 이상한 냄새가 나네."

한마디 한마디가 하녀를 멸시하고, 동작 하나하나가 하녀를 짐승보다 더 낮은 곳으로 끌어내린다. 그렇지만 아무 말도 하면 안 된다. 그저 웃으며 감사해야 한다. 배은망덕하거나 못된 사람 취급을 받지 않으려면 말이다. 여주인들의 머리를 빗겨 주다 보면 이따금, 손톱으로 그들의 목덜미를 긁고 젖가슴을 할퀴고 싶은 맹렬한 욕구가 치밀어 오른다.

다행스럽게도 늘 이렇게 우울한 생각만 하는 것은 아니다. 마음을 가라앉히고 즐거워지려고 마음을 딴 데로 돌리기도 한다.

그날 밤 저녁식사 후, 무척 슬퍼하는 나를 보고 마리안은 측은해하면서 나를 위로해주려 했다. 그녀는 찬장 깊숙한 곳에 잔뜩 쌓여 있는 낡은 서류들과 더러운 행주들 속에서 브랜디 한 병을 찾아 들고 왔다.

"그렇게 상심해 있으면 안 돼. 훌훌 털어버리고 기운을 차려야지."

그녀가 말했다.

그러고는 내게 술을 따라주더니 탁자에 팔꿈치를 괸 채 신음하는 듯 느릿느릿한 목소리로 한 시간에 걸쳐 병과 출산에 관한 울적한 이야기, 자기 어머니와 아버지, 언니의 죽음에 관한 이야기를 해주었다. 시간이 지나면서 그녀의 혀가 조금씩 꼬이기 시작했다. 그녀의 두 눈에 눈물이 글썽했다. 그녀는 술잔을 핥으면서 같은 말을 되풀이했다.

"그렇게 상심해 있으면 안 돼. 네 엄마의 죽음은… 오! 그건 큰 불행이지. 하지만 어쩌겠어? 우리는 모두 어차피 죽어야 할 운명인데. 오, 세상에! 우리 불쌍한 셀레스틴!"

그녀는 이렇게 말하고서 갑자기 울기 시작했고, 우는 동안에도 한탄스럽게 구시렁거리기를 그치지 않았다.

"그렇게 상심해 있으면 안 돼… 그렇게 상심해 있으면 안 돼…."

처음에 그것은 탄식이었다. 그러다가 얼마 안 있어 끔찍한 당나귀 울음소리 같은 것으로 변하더니 점점 더 커졌다. 불쑥 튀어나온 그녀의 배와 가슴, 그리고 세 겹을 이룬 턱이 흐느낌에 흔들리면서 들어 올려져 파도처럼 출렁거렸다.

나는 그녀에게 말했다.

"그만해요, 마리안. 마님이 듣고 쫓아올지도 몰라요."

그러나 그녀는 내 말은 들은 척도 하지 않고 더 큰 소리로 울었다.

"오! 얼마나 불행한 일이야! 얼마나 불행한 일이냐고!"

나 역시, 술 때문에 위에서 구역질이 올라오고 마리안의 눈물 때문에 가슴이 먹먹해지는 바람에 막달라 마리아처럼 흐느끼기 시작했다. 어쨌든 마리안은 나쁜 여자가 아니다.

그렇지만 이곳 생활은 지루하기만 하다. 지루하다, 지루해! 화류계 여성의 집에서 일을 하든지, 아니면 아메리카 대륙으로 떠나고 싶다.

6

10월 1일

불쌍한 나리! 내가 저번에 정원에서 그를 너무 뻣뻣하게 대한
것 같다. 내가 너무 과했는지도 모르겠다. 그는 진짜 숙맥이어
서, 자기가 나를 심하게 모욕했고, 내가 도저히 유혹할 수 없
을 만큼 정숙한 여자라고 상상할 것이다. 오! 그의 모욕당한
시선은 끊임없이 내게 애원하며 용서를 구하고 있었다!

내가 다시 도발적이고 상냥해졌지만 그는 그런 종류의 얘기
를 더 이상 입에 올리지 않았고, 새로운 직접 공격을 시도하겠
다는 결심도 하지 못했다. 심지어 바지 단추가 떨어졌으니 다
시 달아달라는 고전적인 수법조차 쓰지 못했다. 이건 좀 어설
프긴 하지만 나름대로 제법 효과를 발휘하는 수법인데. 세상

에! 나는 바지 단추를 얼마나 많이 달아봤는지 모른다!

하지만 그가 그러고 싶은 욕구를 점점 더 강하게 느끼고 있다는 것은, 그러고 싶어 죽을 지경이라는 것은 분명한 사실이었다. 그의 말 한마디 한마디에서 그의 속마음이 드러났다. 그의 말에 그의 욕망이 숨겨져 있었다. 그러나 그는 점점 더 소심해졌다. 결정을 내려야 하는데, 그게 두려운 것이었다. 그는 나와의 사이가 완전히 틀어져버릴까 봐 걱정했고, 그의 용기를 돋워주는 나의 시선을 신뢰하지 않았다.

한번은 그가 약간 정신이 나간 듯한 눈에 이상한 표정을 지으며 내게 다가와서 말했다.

"셀레스틴… 당신은… 당신은… 내 구두를… 정말… 정말… 잘… 닦아놓았군… 내 구두가… 이렇게… 잘 닦인… 적은… 처음이야…."

나는 그쯤에서 바지 단추 달아달라는 얘기가 나올 줄 알았다. 그러나 아니었다. 나리는 마치 너무 크고 과즙이 너무 많은 배를 먹기라도 한 것처럼 침을 흘리며 헐떡거렸다.

그리고 휘파람을 불어 개를 부르더니 나가버렸다.

그러나 이보다 센 것이 있었다.

어제 마님이 시장에 갔다. 그녀는 직접 장을 보기 때문이다. 나리는 새벽부터 총을 들고 개와 함께 집에서 나갔다. 개똥지빠귀 세 마리를 잡아가지고 일찌감치 돌아온 그는 늘 그랬듯이 욕조에서 목욕을 하고 옷을 갈아입기 위해 즉시 화장실로 올라갔다. 나리는 무척 깨끗한 사람이고 물을 두려워하지 않는다. 나는 이때를 이용해 그가 나를 편하게 대할 수 있도록 해주는 뭔가를 시도해봐야겠다고 생각했다. 나는 하던 일을 중단하고 화장실로 향했다. 그리고 잠시 화장실 문에 귀를 갖다 대고 소리를 엿들었다. 나리는 화장실 안에서 앞으로 갔다 뒤로 갔다 되풀이하고 있었다. 그는 휘파람을 불며 노래를 흥얼거렸다.

자, 갑시다, 쉬종 양!
부릉부릉, 부르릉, 프티 파타퐁….

그는 노래를 부르면서 여러 개의 후렴을 섞어 부르는 습관이 있었다.

의자들 움직이는 소리, 벽장이 열렸다 닫히는 소리, 물이 욕조 속으로 떨어지는 소리, 차가운 물이 나오자 깜짝 놀란 나리의 입에서 터져 나온 "아!", "오!", "헉!", "으으!" 소리가 들렸다. 바로 그때 나는 화장실 문을 벌컥 열었다.

나리는 온몸이 물에 젖어 추위로 바들바들 떨며 바로 내 앞에 서 있었고, 그가 손에 쥔 해면海綿에서는 꼭 샘처럼 물이 줄줄 흘러내리고 있었다. 아! 그의 얼굴, 그의 두 눈, 그의 부동不動! 나는 누가 그렇게 어리둥절해하는 모습은 본 적이 없었다. 벌거벗은 몸을 가릴 만한 옷이 없자 그는 본능적으로 신중하면서도 희극적인 동작을 취했다. 해면을 포도나무 잎사귀로 사용한 것이다. 그 모습을 본 나는 터져 나오려는 웃음을 참는데 강한 의지가 필요했다. 나는 나리의 어깨와 가슴에 마치 곰처럼 털이 무성한 것을 보았다. 그렇긴 해도 그는 잘생긴 남자였다.

물론 나는 한편으로는 놀라고 다른 한편으로는 부끄러워 죽겠다는 듯 고함을 지르며 문을 쾅 닫았다. 이런 상황에서는 당연히 그렇게 해야 하는 거니까. 그러나 문 밖에서 나는 이렇게 생각하고 있었다. '저 사람은 틀림없이 나를 부를 거야. 그러면 무슨 일이 벌어질까?' 나는 몇 분 동안 기다렸다. 더 이상 아무 소리도 들리지 않았다. 이따금 욕조 속으로 떨어지는 맑고 깨끗한 물방울 소리뿐. 나는 생각했다. '그는 지금 생각 중인 거야. 결정을 못 내리고 있어. 그렇지만 곧 나를 부를 거야.' 소용없었다. 얼마 안 있어 다시 물이 흐르기 시작했다. 뒤이어 나리가 몸을 문질러 씻는 소리, 물기를 제거하기 위해 몸을 흔드는 소리가 들려왔다. 실내화가 마룻바닥에 끌리는 소리도 들려왔다. 의자들이 움직였다. 벽장이 열렸다 다시 닫혔다. 마지막으로 나리가 다시 노래를 흥얼거리기 시작했다.

자, 갑시다, 쉬종 양!
부릉부릉, 부르릉, 프티 파타퐁….

"이럴 수가! 정말 바보 같은 남자야!"
나는 분하기도 하고 화가 나기도 해서 나지막이 중얼거렸다.
나는 나의 동정심이, 아니 나의 욕망이 이따금 그에게 안겨주기를 꿈꾸었던 행복을 이제 그에게 안겨주지 않을 거라고 굳게 다짐하며 세탁물 보관실로 건너갔다.

오후가 되자 나리는 매우 근심스러운 표정으로 계속 내 주변을 맴돌았다. 그는 내가 고양이 오물을 오물 더미에 버리러 나갔을 때 가끔 사육장에서 나와 마주쳤다. 나는 아침에 있었던 일에 대해 미안하다고 그에게 사과했다.

그가 소곤소곤 말했다.

"괜찮아… 괜찮아… 오히려…."

그는 나를 붙잡으려 하면서 뭐라고 중얼거렸다. 그러나 나는, 더 이상 말을 못하고 쩔쩔매는 그를 그냥 그렇게 세워두고서 엄한 목소리로 말했다.

"죄송해요, 나리. 지금은 나리랑 얘기할 시간이 없어요. 마님이 저를 기다리고 계세요."

"제발, 셀레스틴, 잠깐만 내 말 좀 들어봐."

"안 돼요, 나리."

나는 집으로 이어지는 통로의 모퉁이를 돌면서 나리를 보았다. 그는 같은 자리에 계속 서 있었다. 고개를 숙이고 다리를 휘청거리면서 목덜미를 긁으며 여전히 오물 더미를 바라보고 있었다.

저녁식사 후에 응접실에서 나리와 마님이 크게 다투었다.

마님이 말했다.

"분명히 말하는데, 저 애 조심해요."

나리가 대답했다.

"나 말이야? 대체 무슨 생각을 하는 거야? 이봐요… 그런 매춘부를… 나쁜 병에 걸렸을지도 모르는 그런 더러운 애를… 말도 안 돼…."

"내가 당신의 행실과 취향을 모른다고 생각하는 거예요?"

"자, 자, 나도 말 좀 하자고!"

"들로 산으로 다니면서 그 더러운 것들의 치마를 걷어 올렸잖아요?"

나리가 이 말을 듣고 흥분해 응접실을 이리저리 걸어 다니자 마룻바닥이 삐걱거렸다.

"내가? 말도 안 돼! 도대체 어디서 그런 얘기를 듣고 온 거지, 응?"

하지만 마님은 아랑곳하지 않고 자기 할 말만 계속했다.

"그럼 그 어린 제쥐로는 어떻게 된 거죠? 겨우 열네 살인데, 세상에! 그 아이한테 돈을 500프랑이나 줘야 했다고요! 안 그랬으면 아마 당신은 지금쯤 감옥에 가 있을걸. 당신의 그 도둑놈 아버지처럼."

나리는 걸음을 멈췄다. 그러고는 소파에 무너지듯 주저앉았다. 그는 입을 다물었다.

말다툼은 마님의 다음 같은 말로 끝이 났다.

"당신이 뭘 어떻게 하든 난 상관없어요! 난 질투 같은 거 하지 않으니까. 당신이 저 셀레스틴이랑 자든 안 자든 그건 당신 맘이에요. 하지만 난 그것 때문에 돈이 들어가는 건 원치 않아요."

오, 세상에! 나는 두 사람 다 죽여버리고 싶었다.

나는 마님이 주장한 대로 나리가 들판에서 어린 여자애들의 치마를 걷어 올렸는지 아닌지 모른다. 설사 그게 사실이라 해도 그것이 그의 즐거움이라면 그는 잘못한 게 아니다. 그는 건장한 남자이고 많이 먹는다. 그에게는 먹을 게 필요하다. 그런데 마님은 그에게 먹을 걸 결코 주지 않는다. 어쨌든 내가 이곳에 온 이후 나리는 뭔가 머리를 짜낼 수 있게 되었다. 난 그렇게 확신한다. 그런데 그들이 한 침대를 쓰고 있기 때문에 더더욱 놀랍다. 그러나 요령 좋고 눈썰미 있는 하녀는 자기 주인의 집에서 무슨 일이 일어나고 있는지 완벽하게 아는 법이다. 문에 귀를 갖다 대고 들어볼 필요도 없다. 화장실과 침실, 속옷, 그 밖의 여러 가지가 그녀에게 충분히 이야기해주기 때문이다. 다른 사람들에게 일장 설교를 늘어놓고 자기 하녀들에게 금욕을 요구할 때는, 자신이 사랑에 관해 가지고 있는 편벽성을 최대한 감추게 마련이다. 그와는 반대로 일종의 도발이나 무분별함, 이상한 저속화에 의해 그것들을 과시하고픈 욕구를 느끼는 사람들이 있다. 나는 정숙한 척하지 않는다. 나는 모든 사람이 그렇듯 웃는 것을 좋아한다. 그런데! 나는 혐오의 한도를 넘어서는, 최고로 존경받을 만한 부부들을 보았다.

옛날에, 처음 하녀로 일할 때, 그 후에, 그러니까 그다음 날에 내 주인 내외를 보면 이상한 기분이 들곤 했다. 정말 당혹스럽고 혼란스러웠다. 아침식사 시중을 들 때 나는 나도 모르게 그들을, 그들의 눈과 입, 손을 쳐다보곤 했다. 내가 그렇게 끈질기게 쳐다보면 나리나 마님이 내게 이렇게 말하곤 했다.

"무슨 일이야? 자기 주인을 그런 식으로 쳐다보다니. 앞으로는 주의해줬으면 좋겠어."

그렇다. 그들을 보면 어떤 생각과 모습이 내 마음속에서 깨어났다. 그걸 어떻게 설명할까? 그날 내내 욕망이 나를 괴롭혔고, 내가 원하는 대로 욕망을 충족시킬 수 없었기 때문에 그 욕망은 나를, 나 자신을 애무하는 어리석고 음울한 편집偏執 상태로 거칠게 몰아넣었다.

지금은 모든 것을 제자리에 돌려놓는 습관이 나에게 현실과 더 잘 부합하는 또 다른 행동을 가르쳐주었다. 반죽과 화장수, 분가루로도 지난밤의 타박打撲을 지울 수 없었던 이 얼굴들 앞에서 나는 그냥 어깨를 으쓱하고 만다. 그다음 날, 이 교양 있는 사람들은 점잖은 태도와 우아한 매너, 유혹에 넘어가 몸을 맡기는 여자들에 대한 경멸, 행동과 도덕에 관한 충고로써 나를 땀 흘리게 만든다.

"셀레스틴, 넌 남자들을 너무 노골적으로 쳐다보는 경향이 있어. 셀레스틴, 으슥한 데서 남자 하인들과 얘기하는 건 바람직하지 않아. 셀레스틴, 우리 집은 나쁜 곳이 아냐. 만약 네가 우리 집에서 시중드는 동안 이상한 행동을 하면…."

어쩌고저쩌고….

나리는 이렇게 훈계하며 군자 행세를 한다. 그렇다고 해서 그가 마음에도 없는 달콤한 유혹의 말을 생각나는 대로 주저리주저리 늘어놓으며 하녀를 소파에 넘어뜨리고 침대에 자빠뜨리지 않는 것은 아니다. 그러고 나면… 아기는 네가 알아서 없애… 알아서 아기를 지울 수 없다면 아기랑 같이 죽어… 나와는 상관없는 일이야.

나리들의 집! 아, 정말이지!

예를 들어 링컨 거리에서는 그 일이 금요일마다 일어났다. 그 점에 관한 한 잘못이 있을 수 없었다.

금요일은 마님의 날이었다. 수다스러운 여자, 경박한 여자, 뻔뻔한 여자, 짙게 화장한 여자 등등 온갖 부류의 여자들이 많이 왔다. 어쨌든 다들 근사했다. 아마도 그들은 자기들끼리 지저분한 얘기를 수도 없이 나눴을 것이고, 그게 마님을 흥분시켰을 것이다. 그러고 나서 밤이 되면 오페라 극장에 가고, 또 이어서 여기를 가든 저기를 가든, 확실한 것은 매주 금요일이면….

금요일은 마님의 날이었지만, 그건 또 나리의 밤, 코코의 밤이었다고도 말할 수 있다. 아, 그건 광란의 밤이었다! 그다음 날 화장실과 방, 뒤집어진 가구들, 여기저기 널려 있는 속옷, 세숫대야의 물이 쏟아져 있는 양탄자를 봤어야만 한다. 향수… 좋은 냄새가 나는 향수와 뒤섞인 이 모든 것의 지독한 냄새, 사람의 살 냄새. 마님의 화장실에는 커다란 거울이 벽 전체를 차지하고 걸려 있었다. 흔히 그 거울 앞에는 무너지고 짓이겨지고 눌려서 납작해진 방석들이 무더기를 이루고 있었으며, 거울 양쪽의 크고 높은 가지 많은 촛대에 꽂힌 양초에서는 흘러내린 촛농이 은으로 만든 촛대 가지에 엉겨 굳어 길게 늘어져 있었다. 아! 그 사람들에게는 그 같은 혼란이 필요했다! 그래서 나는 만일 그들이 결혼을 하지 않았다면 무슨 방법을 찾아낼 수 있었을까 생각해본다.

　그러고 보니 오스텐데에 가서 몇 주일을 보냈던 벨기에 여행의 기억이 떠오른다. 페니 기차역에서 세관을 통과해야만 했다. 밤이었다. 나리는 자기 자리에서 세상모르고 잠들어 있었다. 마님이 나와 함께 짐 검사소로 갔다.
　"신고할 게 있습니까?"
　한 뚱뚱한 세관원이 우리에게 이렇게 물었는데, 아마도 그는 우아하고 아름다운 마님을 보자 '장난이나 한번 쳐볼까, 재미있겠는걸' 하고 생각했을 것이다. 왜냐하면 자신의 굵은 손가락으로 아름다운 여성들의 바지와 셔츠를 뒤지는 것을 일종의 육체적 쾌락으로, 거의 소유 행위쯤으로 여기는 세관원들이 있기 때문이다.
　마님이 대답했다.
　"아니요, 전혀 없어요."
　"그래요? 이 트렁크를 열어보세요."
　그는 우리가 가지고 간 여섯 개의 트렁크 중에서 암퇘지 가죽으로 만들고 회색 천을 씌운 가장 크고 무거운 트렁크를 골랐다.

마님은 화를 내며 소리쳤다.

"아무것도 없다니까요!"

"그래도 열어봐요."

그 무례한 남자가 이렇게 명령했는데, 그는 우리 여주인이 저항하면 할수록 더 세세하고 엄격하게 짐 검사를 해보고 싶어 하는 게 분명했다.

마님(아, 그녀의 모습이 지금도 생생하다!)은 핸드백에서 열쇠 꾸러미를 꺼내 트렁크를 열었다. 세관원은 악의와 즐거움이 섞인 표정으로 거기서 풍겨 나오는 그윽한 향기를 킁킁거리며 맡더니, 즉시 값비싼 속옷들과 드레스들을 거무튀튀한 손으로 서투르게 뒤적거리기 시작했다. 마님은 화를 내고 소리를 질렀지만, 그러면 그럴수록 그 짐승은 더 악의적으로 우리가 너무나 정성껏 정돈해두었던 모든 것을 뒤적거리고 구겨놓았다.

세관 검사가 별다른 문제 없이 끝나는가 싶더니 세관원이 트렁크 밑바닥에서 붉은색 벨벳의 기다란 보석상자를 끄집어내며 물었다.

"이건? 이건 뭡니까?"

"보석상자예요."

마님이 아무 망설임 없이 자신 있게 대답했다.

"여세요."

"보석상자라고 했잖아요? 그런데도 열어 보일 필요가 있어요?"

"그래도 여세요."

"아니요, 열지 않겠어요. 이건 권력 남용이에요. 열지 않겠다고 난 분명히 말했어요. 게다가 난 열쇠도 갖고 있지 않아요."

마님은 이상하게 흥분하고 있었다. 그녀가 그 문제의 상자를 세관원의 손에서 낚아채려 하자 세관원이 뒤로 물러서며 위협했다.

"상자를 안 열겠다면 경찰을 부르겠습니다."

"이건 모욕이고 치욕이에요."

"부인이 열쇠를 갖고 있지 않다면 부술 수밖에 없습니다."

마님이 극도로 화가 나서 고래고래 소리를 질렀다.

"당신은 그럴 권리가 없어요! 대사관에 항의하겠어요! 관련 부처에도 항의할 거예요! 우리의 친구인 국왕 폐하께도 항의할 거예요! 당신을 파면시키겠어요, 알겠어요? 고소해서 감옥에 처넣을 거예요!"

그러나 이 분노의 외침은 그 냉정한 세관원에게는 아무런 영향도 미치지 못했다. 그는 한층 더 권위 있게 같은 말을 되풀이했다.

"상자를 여세요."

마님은 안색이 창백해져서 두 손을 꼬았다.

"안 돼요! 난 안 열 거예요! 열고 싶지 않아요. 열 수 없어요."

그러자 그 고집스러운 세관원이 다시 한 번 명령했다.

"상자 열어요!"

이 다툼으로 인해 세관 업무가 중단되었고, 우리 주변에는 호기심 어린 관광객들이 무슨 일인가 보려고 몰려들었다. 나로 말하자면, 이 돌발 사건에 깊은 흥미를 느꼈는데, 특히 내가 마님 집에서 단 한 번도 본 적이 없는 것으로 보아 마님이 나 모르게 트렁크에 집어넣은 게 분명한 그 작은 상자의 비밀에 대해 호기심이 발동했다.

마님이 갑자기 전략을 바꾸어 한결 부드러운 표정을 짓더니, 그 꼿꼿한 세관원을 금방이라도 어루만지고 자신의 입김과 향기로 그의 정신을 몽롱하게 만들기라도 할 것처럼 나지막한 목소리로 애원했다.

"제발 부탁이니, 저 사람들 좀 물리쳐주세요. 그럼 상자를 열겠어요."

세관원은 마님이 자기를 함정에 빠뜨리려 한다고 생각한 게 분명했다. 그는 고집스럽게 생긴 얼굴을 좌우로 흔들더니 경계하는 표정으로 말했다.

"말도 안 되는 허세 그만 부리고 어서 상자 열어요!"

그러자 체념한 마님은 부끄러운지 얼굴을 붉히며 동전 지갑에서 금으로 된 아주 작은 열쇠를 꺼내더니 주변 사람들이 보지 못하도록 애쓰며 세관원이 두 손으로 단단히 붙잡고 자신에게 내민 붉은 벨벳 상자를 열었다. 그녀가 상자를 여는 순간 세관원은 마치 살모사에게 물리기라도 한 것처럼 질겁하여

펄쩍 뛰며 뒷걸음쳤다.

그가 말을 내뱉었다.

"세상에!"

경악의 순간이 지나가자 그는 코를 벌름거리며 재미있다는 듯 소리쳤다.

"과부라고 진작 말씀하실 것이지, 참!"

이렇게 말한 그는 마님이 주변에 모여든 여행객들의 웃음소리와 속삭임, 무례한 언사를 듣고 그들이 분노하는 걸 보면서 그들이 자기 '보석'을 다 봤다는 사실을 깨달을 수 있게끔 천천히 상자를 닫았다.

마님은 난처한 표정이었다. 그렇지만 나는 그녀가 꽤 힘든 그런 상황에서도 강한 척 허세를 부리고 있다는 것을 쉽게 알 수 있었다. 아, 정말이었다! 그녀는 얼굴이 두꺼웠다. 그녀는 나를 도와 뒤죽박죽된 트렁크 안의 내용물을 다시 정리했다. 그리고 우리는 거기 모여든 여행객들의 모욕적인 휘파람소리와 웃음소리를 들으며 검사소를 떠났다.

나는 마님이 그 상자를 다시 집어넣은 트렁크를 들고 그녀와 함께 그녀의 객차까지 갔다. 마님이 플랫폼에 멈춰 서더니 내게 이렇게 막말을 했다.

"내가 멍청했어! 그 상자가 네 거라고 얘기했어야 하는데."

그래서 나도 막말로 받아쳤다.

"정말 감사해요, 마님. 마님은 항상 제게 잘해주세요. 하지만 저는 마님의 그 '보석'을 실물로 이용하고 싶네요."

"입 닥쳐! 바보 같으니."

마님이 화를 내지 않고 말했다.

그러더니 그녀는 객차로 올라가, 아무 눈치도 못 채고 있는 코코 옆에 앉았다.

어쨌든 마님은 운이 없었다. 부끄러운 걸 몰라서 그런 건지, 아니면 정리정돈을 잘 못해서 그런 건지는 모르겠지만, 그녀에게는 이런 일이 자주 벌어졌다. 나는 이와 관련해 시사하는 바가 훨씬 많은 이야기를 몇 가지 할 수도 있을 것이다. 그러나 이런 더러운 진창 속에서 허우적거리다 보면 혐오감이 치밀어 오르고 피곤해지는 순간이 있다. 게다가 나는 도덕적 추잡함이라고 부를 수 있는 것이 무엇인지를 가장 완벽하게 보여주는 실례라고 생각되는 그 집에 대해 충분히 얘기했다고 믿는다. 그러므로 몇 가지 단서만 제공하려 한다.

마님은 표지가 노란색 가죽으로 되어 있고 금도금된 쇠고리가 달려 있는 작은 책 열 권 정도를 장롱 서랍 중 하나에 숨겨 놓았다. 토요일 아침에 때때로 그녀는 깜박하고 이 책들을 침대 옆 탁자에 올려두거나 화장실의 방석들 사이에 놔두곤 했다. 책은 이상한 그림들로 가득했다. 나는 사실 정숙한 척, 얌전한 척하는 여자가 아니다. 그렇지만 자기 집에 그런 혐오스러운 책들을 놔두고 보며 즐거워하는 건 정말이지 헤픈 여자들이나 하는 짓이라고 생각한다. 나는 그걸 생각만 해도 얼굴이 다 화끈거린다. 여자들이 여자들이랑 하고, 남자들이 남자들이랑 한다. 격렬한 성교와 고조된 발정 속에서 뒤엉키고 뒤섞인 성기들. 벗은 몸들이 똑바로 서고, 활처럼 구부러지고, 눈이 가려지고, 누워 뒹굴며 떼와 무더기를 이루고, 복잡한 포옹과 불가능해 보이는 애무에 의해 엉덩이들이 차례로 접합된다. 남자들의 입이 문어의 촉수처럼 여자들의 젖가슴과 배에 달라붙어 빨아댄다. 허벅지들과 정강이들이 마치 정글 속의 나뭇가지들처럼 서로 묶이고 꼬인다. 오, 안 돼!

수석 하녀인 마틸드가 이 책들 중 한 권을 훔쳐냈다. 그녀는 마님이 자신에게 그걸 내놓으라고 요구할 만한 배짱은 없을 거라고 추측했다. 그렇지만 마님은 그걸 내놓으라고 요구했다. 장롱 서랍을 다 뒤지고 안 찾아본 데 없이 다 찾아보고 나서 그녀는 마틸드에게 말했다.

"방에서 어떤 책 못 봤어?"

"무슨 책이요, 마님?

"표지가 노란…."

"혹시 미사 경본 말씀하시는 건가요?"

그녀는 전혀 당황하지 않는 마님의 얼굴을 똑바로 쳐다보며 덧붙였다.

"마님 방의 침대 옆 탁자 위에서 금색 쇠고리가 달려 있고 표지가 노란색인 책을 한 권 본 것 같긴 합니다만."

"그래서?"

"마님이 그 책으로 뭘 하시는지 몰라서…."

"그 책을 가져갔어?"

"제가요?"

그러고는 마틸드는 엄청 불손한 태도로 소리쳤다.

"오, 아니에요! 말도 안 돼요! 마님께서도 제가 그런 책 읽는 걸 원치 않으실 거 아니에요?"

마틸드는 정말 대단한 여자였다! 그러자 마님은 더 이상 캐묻지 않았다.

그러고 나서 마틸드는 매일, 세탁물 보관실에서 이렇게 말하곤 했다.

"자, 집중해요! 이제부터 미사를 드릴 거니까."

그녀는 호주머니에서 작은 노란색 책을 꺼내 우리에게 읽혔다. 영국인 여자 가정교사는 처음에는 "닥쳐! 추잡한 여자들 같으니!"라고 투덜대며 항의하는 척하다가, 몇 분 동안 안경 아래의 눈을 동그랗게 뜨고서 책에 실린 그림에 코를 박고 쿵쿵거리며 냄새를 맡는 척했다. 정말이지 우리는 그 책을 가지고 참 재미있게 놀았다!

아! 그 가정교사! 나는 그런 술꾼을, 그렇게 이상한 사람을 평생 만나본 적이 없다. 그녀는 특히 여자들과 함께 있을 때 술에 취하면 부드럽고 다정하고 격정적인 사람이 되었다. 그녀가 술을 마시지 않았을 때 희극적인 엄격함의 가면 아래 숨겨져 있던 방탕함은 그때 그로테스크할 정도로 아름답게 모습을 드러냈다. 그러나 그 방탕함은 실제로 발휘되기보다는 머릿속에만 존재하는 경우가 더 많았으며, 나는 그녀가 그 방탕함을 실현했다는 말을 들어본 적이 없다. 마님의 표현에 따르면 이 영국인 가정교사는 스스로를 '실현하는' 것으로 만족하고 있었다. 정말이지 그녀는 매우 현대적인 이 집을 유명하게 만든 이상야릇하고 자유분방한 인간들의 집단에 속해 있지 않았다.

어느 날 밤, 나는 마님이 오기를 기다리고 있었다. 집 안의 다른 사람들은 모두 잠이 들었고, 나만 혼자 세탁물 보관실에서 꾸벅꾸벅 졸고 있었다. 새벽 두 시쯤 마님이 돌아왔다. 초인종이 울리기에 일어나 나가보니 마님이 자기 방에 있는 것이었다. 그녀는 양탄자에 눈을 고정시킨 채 장갑을 벗으며 깔깔대고 웃었다.

"가정교사가 또 만취했어, 글쎄."

그녀는, 두 팔을 활짝 펴고 한쪽 다리를 들어 올린 채 뒹굴면서 투덜거리고 한숨을 내쉬고 알아들을 수 없는 말을 중얼거리고 있는 가정교사를 가리켜 보였다.

마님이 말했다.

"자, 가정교사를 일으켜 세워서 재우자고."

그녀가 꽤 무거운데다 축 늘어져 있어서 마님이 나를 도와주었고, 우리는 그녀를 겨우겨우 일으켜 세우는 데 성공했다.

가정교사가 두 손으로 마님의 외투를 움켜잡고 말했다.

"난 당신 곁을 떠나고 싶지 않아. 이제 더 이상 당신 곁을 떠나고 싶지 않아. 당신을 사랑해. 당신은 내 아기야. 당신은 아름다워."

그러자 마님이 웃으며 대꾸했다.

"당신은 늙은 술꾼이야. 자, 어서 가서 자."

"아니, 아니, 당신이랑 자고 싶어. 당신은 아름다워. 당신을 사랑해. 당신에게 입 맞추고 싶어."

그녀는 한 손으로는 마님의 외투를 붙잡았고, 다른 한 손으로는 마님의 젖가슴을 쓰다듬으려 했다. 그녀가 축축한 입을, 늙은 입을 앞으로 내밀어 쪽쪽 소리가 나게 키스를 해댔다.

"우리 귀여운 돼지, 우리 귀여운 돼지…. 당신에게 키스하고 싶어! 쪽! 쪽! 쪽!"

결국 나는 마님을 껴안고 있는 가정교사를 겨우 떼어내어 방에서 데리고 나오는 데 성공했다. 그러자 이번에는 그녀의 격정적인 애정이 나를 향했다. 그녀는 비틀거리면서도 내 허리를 껴안으려 했고, 그녀의 손은 마님의 몸을 더듬을 때보다 더 대담하게 내 몸을, 더 정확하게 말해서 내 몸 구석구석을 더듬었다. 그녀는 실수를 저지르지 않았다.

"그만해요, 추잡한 할망구 같으니!"

"아냐! 아냐… 너도… 아름다워… 널 사랑해… 나랑 같이 가자…. 쪽! 쪽!"

자기 방으로 들어간 그녀가 딸꾹질을 하다가 고약한 냄새를 풍기는 오물을 토해내느라 집요한 열정을 어쩔 수 없이 포기하게 되어야만 나는 겨우 그녀에게서 벗어날 수 있었다.

마님은 이런 광경을 보며 무척 재미있어했다. 그녀는 더할 수 없이 혐오스러운 방탕함이라 할지라도 방탕함이 발휘되는 광경을 봐야만 진짜로 즐거움을 느꼈다.

언젠가 나는 마님이 그 전날 남편과 함께 특수 시설에 갔다가 두 명의 꼽추가 사랑을 나누는 모습을 보고 받은 느낌에 대해 화장실에서 어떤 친구에게 얘기하는 것을 우연히 듣게 되었다.

"꼭 봐야 해. 그보다 더 열정적인 건 없어."

오! 인간 존재들의 외관만 보고 표면적인 형태에만 현혹되는 사람들은 사교계가, '상류 사회'가 더럽고 썩었다는 것을 짐작도 하지 못한다. 상류 사회를 헐뜯을 생각은 없지만, 나는 그 사회가 오직 저열한 놀이와 외설스러운 행위를 위해서만 살아간다고 말할 수 있다. 나는 부르주아 사회와 귀족 사회에서 오랫동안 생활했지만, 그들의 사랑에 사랑을 위대하고 성스럽게 만드는 것들인 고결한 감정, 열렬한 애정, 이상적인 고통과 희생과 동정심이 수반되는 것은 거의 본 적이 없다.

마님에 대해 한마디 더 해야겠다. 마님과 코코는 사교 모임이나 만찬이 열리는 날을 제외하고는 매우 세련된 어떤 젊은 부부를 은밀히 초대해 그들과 함께 연극도 보러 가고 작은 음악회에도 가고 식당에도 갔다. 소문에 의하면 진짜 못된 곳에도 함께 간다고 했다. 남자는 정말 멋있게 생겼는데 여자처럼 유약해 보이고 얼굴에 수염이 거의 없었다. 여자는 빨강머리 미인으로 눈이 이상하게 이글이글 타오르는 듯했고, 그녀의 입으로 말하자면 나는 그렇게 관능적인 입은 생전 본 적이 없었다. 이 부부가 과연 어떤 사람들인지는 정확히 알려지지 않았다. 네 명이 함께 저녁식사를 하면서 나누는 대화가 너무나 소름 끼치고 가증스러운 방향으로 흘러가곤 했기 때문에, 결코 도덕군자가 아닌 주방 하인까지도 그들의 면상에 음식 접시를 집어던지고 싶은 생각이 들 때가 한두 번이 아니었다고 했다. 게다가 그는 그들이 자기들끼리 변태적인 관계를 맺으며, 마님의 작은 노란색 책에 그려진 것과 똑같은 파티를 벌인다고 믿어 의심치 않았다. 그런 일은 흔하지는 않지만 어쨌든 있는 일이다. 사람들은 정념 때문에 그 같은 방탕 행위를 하는 것이 아니고 속물근성 때문에 거기에 몰두하는 것이다. 정말 멋지다!

대주교와 교황대사를 접대한 인물이자, 미덕, 우아함, 자비심, 우아한 만찬, 그리고 프랑스의 순수 가톨릭 전통 고수를 이유로 매주《르 골루아》지의 칭송을 받는 인물인 마님이 이런 짓을 하리라고 과연 누가 생각할 수 있겠는가?

그 집에서는 방탕 행위가, 온갖 방탕 행위가 저질러졌다. 그렇기는 하지만 그곳에서는 모두가 자유롭고 행복했으며, 마님은 일하는 사람들이 무슨 짓을 하든 전혀 신경 쓰지 않았다.

오늘 밤에 우리는 부엌에 평소보다 오래 머물러 있었다. 나는 마리안이 계산 맞추는 걸 도와주었다. 계산이 맞아야 하는데 그게 잘 안 되었던 것이다. 모든 신뢰할 만한 사람들이 그러듯이, 마리안도 능력껏 여기서 몇 푼 챙기고 저기서 도둑질을 했다. 나는 그녀가 여러 가지 속임수를 동원하는 걸 보고 좀 놀랐다. 그렇기는 해도 계산을 맞춰놓아야만 했다. 숫자가 맞지 않아서, 그걸 귀신같이 금방 알아채는 마님과 얼굴을 붉히는 일이 이따금 일어나곤 했다. 조제프는 나를 조금씩 인간적으로 대해주기 시작했다. 그는 평소와는 달리 오늘 밤에는 절친한 친구인 성당 관리인 집에 가지 않았다. 마리안과 내가 일하는 동안 그는 《라 리브르 파롤》지를 읽고 있었다. 그것은 그가 즐겨 보는 신문이었다. 그는 사람들이 다른 신문을 볼 수도 있다는 것을 받아들이지 못했다. 나는 그가 신문을 보면서 나를 새로운 감정이 깃든 눈으로 수차례 관찰했다는 것을 눈치챘다.

신문을 다 읽은 조제프는 내게 자신의 정치적 견해를 들려주고 싶어 했다. 공화국이 자신에게 수치심을 안겨주고 자신의 희망을 무너뜨려서 이제는 공화국이 싫어졌다는 것이었다. 그는 검劍을 원했다.

"우리가 검을, 빨간색 검을 갖지 않는 한 아무것도 이루어질 수가 없어."

그는 종교 편이었다. 왜냐하면… 그러니까… 어쨌든… 그는 종교 편이었다.

"프랑스에서 종교가 옛날처럼 부활하지 않는 한, 모든 사람이 교회에 가서 미사를 올리고 고해를 하게끔 하지 않는 한, 아무것도 이루어질 수가 없어!"

그는 마구馬具 보관실에는 교황과 드뤼몽*의 초상화를, 자기 방에는 데룰레드*의 초상화를, 씨앗을 넣어두는 작은 방에는 게랭*과 메르시에* 장군의 초상화를 걸어놓았다. 이들이야말로 강하고 배짱 있는 애국자이며 진짜 프랑스인이라는 것이었다! 그는 모든 반反유대풍 노래와 장군들의 컬러 초상화, '할례받은 자들'의 캐리커처를 소중하게 수집했다. 조제프는 강경한 반유대주의자이기 때문이다. 그는 이 지방의 모든 종교 단체와 군국주의 단체, 애국 단체에 가입해 있다. 또 루앙 반유대 청년단과 루비에르 반유대 노인회의 일원이며, '전국 몽둥이 연합'이라든지 '노르망디 경종 협회', '백생 바야도 연맹' 같은 크고 작은 단체에도 소속되어 있다. 그가 유대인에 대해 얘기할 때 그의 두 눈은 음산하게 번득였고, 그의 제스처는 냉혹한 잔인성을 보여주었다. 그리고 그는 시내에 나갈 때마다 꼭 몽둥이를 들고 갔다.

"프랑스에 유대인이 남아 있는 한 아무것도 이루어질 수가 없어."

- Édouard Drumont(1844~1917). 프랑스의 언론인, 작가, 정치인. 반유대주의 신문인《라 리브르 파롤》을 창간했다.
- Paul Déroulède(1846~1914). 프랑스의 시인, 극작가, 소설가. 프로이센-프랑스 전쟁 패배 이후 독일에 보복할 것을 주장했고 애국자 연맹을 창설했다.
- Jules Guérin(1860~1910). 프랑스의 언론인. 반유대주의자로 유명하며 주간지《반유대론L'Antijuif》의 국장을 지냈다.
- Auguste Mercier(1833~1921). 프랑스의 장군. 드레퓌스 사건 당시의 국방장관으로, 드레퓌스에게 반역죄를 뒤집어씌웠다.

그러고는 이렇게 덧붙였다.

"아! 젠장, 내가 파리에서 살았다면! 그놈들 다 죽이고 다 불태워버렸을 텐데! 유대인 놈들을 창자를 끄집어내 다 죽여버렸을 텐데! 매국노들이 메닐-루아에 자리 잡을 위험은 없어. 그 배신자 놈들은 자기들이 무슨 일을 당할지 잘 알고 있거든."

그는 신교도들과 프리메이슨단 단원들, 자유사상가들, 교회에 생전 발을 들여놓지 않는 것으로 보아 변장한 유대인임이 틀림없다고 그가 생각하는 모든 사기꾼들도 역시 증오했다. 그러나 그는 성직자들을 지지하지는 않았다. 그냥 종교 편을 들 뿐이었다. 그게 다였다.

그의 말에 따르면, 그 비열한 드레퓌스는 악마의 섬을 떠나더라도 프랑스에는 돌아오지 않는 게 좋을 거라고 했다. 아, 안 돼! 그리고 그 더러운 에밀 졸라로 말하자면, 루비에르에 와서 강연을 한다는 소문이 있는데 오지 않는 게 신상에 좋을 거라고 했다. 또한, 졸라와 관련된 사건은 명백히 밝혀져야 할 것이며, 그 일을 자기가 해내겠다고 했다. 그 역겨운 매국노 졸라가 60만 프랑을 받고 프랑스군과 러시아군을 독일 놈들과 영국 놈들에게 넘겨주었다는 게 그의 주장이었다. 그런데 조제프에게 그것은 농담도 아니었고, 잡담도 아니었고, 허황된 얘기도 아니었다. 그는 그것이 분명한 사실이라고 굳게 믿고 있었다. 조제프는 이 얘기를 성당 관리인에게 들었고, 성당 관리인은 신부에게 들었고, 신부는 주교에게 들었고, 주교는 교황에게 들었다고 했다. 그리고 교황은 이 얘기를 드뤼몽에게 들었다는 것이었다. 오! 유대인들이 르 프리외레를 방문하게 될 수도 있다. 그들은 조제프가 지하실과 곡식 창고, 마구간, 연장 창고, 군복 안감, 그리고 심지어 빗자루에까지 써놓은 '프랑스군 만세! 유대인 놈들을 죽이자!'라는 구호를 발견하게 될 것이다.

마리안은 이따금 아무 말 없이 고개를 끄덕임으로써 조제프의 이 과격한 주장에 지지를 보냈다. 그녀 역시 공화국 때문에 수치를 느끼고 희망을 잃었나 보다. 그녀 역시 무기를 드는 것에 찬성하고 신부 편을 들었으며, 유대인들을 미워했다. 하지만 그녀는 유대인들에 대해 아무것도 몰랐다. 그들에게 뭔가가 부족하다는 것 말고는.

그리고 나 역시 군대를 지지했고, 조국을 지지했고, 종교를 지지했다. 그리고 유대인들을 미워했다. 서열 꼴찌에서 서열 1위까지의 우리 하인들 중에서 이 멋진 견해를 주장하지 않는 사람이 누가 있을까? 하인들에 대해 무슨 말이든 해도 좋다. 하인들은 많은 결점을 갖고 있을 수도 있다. 그러나 그들이 애국자라는 것은 부인할 수 없다. 예를 들어 나는 정치에 관심이 없다. 따분하게 여길 뿐이다. 그런데 이곳으로 떠나오기 여드레 전에 나는 라보리 씨* 집의 하녀 일자리를 단호히 거부했

---

* Fernand-Gustave-Gaston Labori(1860~1917), 프랑스의 변호사이자 법률가. '재판정의 당통'이라는 별명을 갖고 있었고, 놀랄 만한 용기로 대담하게 드레퓌스와 졸라를 변호했다.

다. 그리고 그날 직업소개소에 일자리를 구하러 나와 있던 다른 동료들도 그 집에 일하러 가는 걸 하나같이 거부했다.

"그 빌어먹을 인간 집에? 아! 안 가요! 절대 안 가요!"

그렇긴 하지만 나 자신에게 진지하게 물어보면, 나는 내가 왜 유대인들을 미워하는지 모르겠다. 왜냐하면 나는 옛날에 유대인들의 집에서 하녀로 일했었기 때문이다. 그때는 위엄 있게 그 일을 할 수가 있었다. 사실 유대교 여성들이나 가톨릭 여성들이나 다를 게 없다. 너나 할 것 없이 행실이 못됐고 성격이 더럽고 저열한 영혼을 갖고 있는 것이다. 그들은 같은 세계에 속해 있으며, 여기서 종교의 차이는 아무것도 아니다. 어쩌면 유대교 여성들이 더 허세를 부리고 더 소란을 떨어댈지도 모른다. 사람들은 유대인들이 경영 마인드를 갖고 있고 탐욕스럽다고 얘기하지만, 나는 가톨릭 가정보다 새어나가는 데가 훨씬 많은 유대인의 집에서 일하는 것도 나쁘지는 않다고 주장하고 싶다.

그러나 조제프는 아무 얘기도 들으려 하지 않았다. 그는 내가 사이비 애국자라고, 나쁜 프랑스인이라고 비난하더니, 학살을 예언하고 부서진 두개골과 튀어나온 내장에 대해 언급하고는 잠을 자러 가버렸다.

그가 사라지자마자 마리안은 찬장에서 브랜디 병을 꺼냈다. 우리는 다시 기운을 차려야만 했다. 그래서 다른 얘기를 했다. 시간이 지날수록 더욱더 신뢰할 만한 사람이 되어가는 마리안이 자신의 어린 시절과 힘들었던 사춘기에 대해, 그리고 캉이라는 도시의 담배 가게 여자 집에서 하녀로 일할 때 병원의 수련의가 어떻게 자기를 유혹했는지 얘기해주었다. 그 사람은 비쩍 말라서 가늘고 호리호리한 몸매에 금발과 푸른 눈, 짧고 뾰족하고 비단처럼 부드러운 수염을 갖고 있었다. 오! 수염이 정말 부드러웠지! 그녀는 아이를 뱄고, 수많은 남자들과, 근처에 주둔해 있던 군부대의 모든 하사관들과 잠을 잤던 담배 가게 여주인은 그녀를 쫓아냈다. 배 속에 애까지 있는데 그 어린 나이에 큰 도시의 길거리에 나앉게 된 것이었다! 오! 남자 친구가 돈이 없었으므로 그녀는 지독히 궁핍하게 살아야만 했다. 만약 그 수련의가 결국 의과대학에서 이상한 일자리를 찾아주지 않았다면 그녀는 굶어 죽고 말았을 것이다.

그녀가 말했다.

"원, 세상에. 실험실에서 토끼 죽이는 일을 했다니까. 기니피그 새끼를 죽이는 일도 했고. 내 참 기가 막혀서."

이렇게 기억을 더듬는 마리안의 두툼한 아랫입술에 미소가 떠올랐는데, 내게는 그 미소가 왠지 쓸쓸하게 느껴졌다.

나는 잠시 침묵한 뒤 그녀에게 물었다.

"그럼 아이는요? 아이는 어떻게 됐어요?"

마리안은 멍하고 얼빠진 듯한 태도를 취했고, 그녀의 아이가 잠들어 있는 지옥의 변방에서 무거운 베일을 걷어내는 듯한 태도를 취했다.

"음, 생각해봐. 그 아이를 내가 어떻게 했을 것 같아?"

"그럼 그 기니피그 새끼들처럼….."

"그래, 맞아."

이렇게 말하고 나서 그녀는 다시 잔에 술을 따랐다.

우리는 얼근히 취한 채 방으로 올라갔다.

7

10월 6일

완연한 가을이다. 예상보다 너무 일찍 서리가 내려, 정원에 마지막까지 피어 있던 꽃들이 다갈색으로 변했다. 나리의 소심한 사랑을 목격했던 달리아는 말라 죽어버렸다. 부엌 문 앞에서 보초를 섰던 키 큰 해바라기도 말라 죽어버렸다. 황량한 화단에는 비쩍 마른 제라늄만 여기저기 몇 그루 남아 있을 뿐이고, 대여섯 개의 과꽃 덤불은 죽기에 앞서서 다 썩어 칙칙해진 푸른색 꽃다발을 땅으로 기울이고 있었다. 내가 이따금 울타리 너머로 들여다보곤 하는 모제 대령의 화단도 재앙 수준이어서, 모든 것이 다 담배 색깔로 변해버렸다.

　들판에 서 있는 나무들은 노랗게 변하며 잎사귀들을 하나씩 떨어뜨리기 시작했고, 하늘은 음산했다. 나흘 동안 우리는 그 을음 냄새를 풍기며 오후가 되어도 사라지지 않는 짙은 갈색 안개 속에서 살았다. 지금은 고약한 북서풍이 강풍으로 바뀌면서 더 심해진 비가 얼음처럼 차갑게 사람 얼굴을 후려치며 내린다.

아! 나는 그야말로 사면초가였다. 내 방은 끔찍할 정도로 추웠다. 바람이 들이닥치고, 지붕에 생긴 틈 때문에 빗물이 스며들었는데, 이 어두운 다락방에 인색하게나마 햇빛을 나눠 주는 두 창의 창틀 주변이 특히 그랬다. 그리고 지붕의 청석돌이 쳐들리며 나는 소리, 지붕이 흔들리면서 진동하는 소리, 건물의 골조가 우지끈거리는 소리, 경첩이 삐걱거리는 소리 때문에 귀가 멍멍할 정도였다. 당장 보수를 해야 했지만, 나는 겨우겨우 마님을 설득해 그다음 날 아침에 기술자를 불러 보수를 하게 하는 데 성공했다. 나는 추위를 엄청 타기 때문에 견디기 힘들 정도로 추운 이 방에서 겨울을 날 수는 없을 것 같았지만, 감히 마님에게 난로를 설치해달라는 말은 하지 못했다. 밤이 되자 나는 헌 속치마로 창틀의 틈을 메워야만 했다. 내 머리 위에서는 풍향계가 녹슨 축 위에서 계속 돌아가며 때때로 어둠 속에서 쩨지듯 날카로운 소리를 냈는데, 꼭 마님이 나리와 다툰 후 복도에서 고래고래 소리를 지르는 것 같았다.

처음에 느꼈던 반항의 감정이 좀 누그러들자 생활은 차츰 단조로워지고 둔감해졌으며, 결국 나는 도덕적으로 그다지 고통받지 않고 그 생활에 조금씩 익숙해져갔다. 이 집에는 결코 사람이 찾아오지 않는다. 꼭 저주받은 집 같다. 그리고 내가 얘기한 집 안에서의 사소한 사건들 말고는 무슨 일이 일어나지도 않는다. 매일매일이 똑같다. 똑같은 일이 반복되고, 똑같은 얼굴과 마주친다. 죽음처럼 권태롭다. 그러나 나는 바보처럼 멍해지기 시작해서, 마치 권태를 타고나기라도 한 것처럼 이 권태로움을 받아들이고 있다. 심지어 사랑을 못 나누고 있는 상황조차 나를 그다지 고통스럽게 하지 않는다. 나는 내가 처한, 아니, 나 스스로 처한(왜냐하면 내가 나리를 포기하고 결국은 차버렸으니까) 이 금욕 상태를 특별히 고통스러워하거나 애써 이겨내려 하지 않고 그럭저럭 견뎌내는 중이다. 나리는 나를 지루하게 한다. 나는 비겁하게도 마님 앞에서 나를 완전히 깎아내린 나리가 원망스럽다. 그는 나를 포기한 것도 아니고, 나를 놓아준 것도 아니다. 그 반대다. 그는 눈을 점점 더 크게 뜨고 입에서 침을 점점 더 많이 흘리면서 내 주변을 집요하게 맴돌았다. 어떤 책에서 읽은 표현대로라면, 그는 자기가 품고 있는 욕망의 돼지들에게 물을 먹이려고 내 여물통 쪽으로 데려오는 것이었다.

낮이 짧아진 지금, 나리는 저녁식사 전까지 자기 사무실에서 낡은 서류를 아무 이유 없이 뒤적거리기도 하고, 씨앗 목록과 약국의 광고 전단을 살펴보기도 하고, 오래된 사냥 관련 책들의 페이지를 건성으로 넘기기도 하면서 시간을 보냈다. 밤이 되어 블라인드를 내리거나 난롯불이 잘 타고 있나 살펴보기 위해 내가 그의 방에 들어갔을 때 그가 어떻게 행동하는지

봐야 한다. 내가 들어가면 그는 일어나서 기침을 하고, 재채기를 하고, 몸을 부르르 떨고, 가구에 몸을 부딪치고, 물건을 뒤엎었다. 한마디로 말해서, 바보 같은 방법으로 내 관심을 끌려고 애쓰는 것이다. 포복절도할 일이다. 나는 아무 소리도 못 들은 척, 그의 어린애처럼 우스꽝스러운 행동을 전혀 이해 못한 척했고, 마치 그가 거기 있지도 않은 것처럼 그를 쳐다보지도 않은 채 아무 말 없이 오만한 표정으로 방에서 나와버렸다.

그렇지만 어제저녁에 우리는 몇 마디 대화를 나누었다.

"셀레스틴!"

"예, 나리. 뭐 필요한 게 있으세요?"

"셀레스틴! 당신은 나를 매몰차게 대하고 있어. 나한테 왜 그렇게 못되게 구는 거지?"

"나리, 나리께서는 제가 매춘부라는 걸 잘 알고 계시잖아요?"

"아니, 그건 말도 안 돼!"

"저는 더러운 계집이잖아요?"

"아니, 그게 아니라…. 이것 참."

"나쁜 병도 있고요."

"아니, 그게 아니야, 셀레스틴. 이봐, 셀레스틴, 내 말 좀 들어봐."

"빌어먹을!"

그렇고말고! 난 거침없이 이렇게 내뱉었다. 지겨웠다. 애교를 떨어서 그의 혼을 빼놓고 그의 가슴을 설레게 하는 것이 더 이상 즐겁지가 않다.

여기서는 그 어느 것도 나를 즐겁게 하지 않는다. 그리고 그보다 더 나쁜 것은, 여기서는 그 어느 것도 나를 따분하게 하지 않는다는 것이다. 그건 이 더러운 고장의 분위기 때문일까, 아니면 들판의 정적 때문일까, 그것도 아니면 위에 부담을 주는 조잡한 음식 때문일까? 무감각 상태가 나를 사로잡고 나를 매혹한다. 어쨌든 무감각 상태는 나의 감수성을 무디게 만들고, 나의 꿈을 가로막고, 내가 마님의 무례함과 잔소리를 더 잘 견뎌낼 수 있도록 도와준다. 마님 덕분에 나는 또한 저녁때 마리안, 조제프와 함께 몇 시간씩 수다를 떠는 것에 어느 정도 만족하기 시작했다. 그런데 이 이상한 조제프는 더 이상 외출을 하지 않았고 우리랑 같이 있는 걸 즐거워하는 듯했다. 어쩌면 그가 나를 좋아하는지도 모른다고 생각하니 기분이 우쭐해졌다. 음, 그런 건가? 그럴 수도 있지. 그리고 나는 소설책을 읽고 읽고 또 읽었다. 폴 부르제의 작품도 다시 읽었다. 그의 작품은 더 이상 옛날처럼 나를 열광시키지 않았다. 나는 그의 작품들이 다 거짓이고 깊이도 없다는 판단을 내렸다. 그것들은 내가 부와 사치와 접촉해 현혹되고 매료되었을 때 느껴본 바 있기에 잘 알고 있는 정신 상태에서 쓰였다. 지금 나는 더 이상 그런 사람이 아니다. 부와 사치는 더 이상 나를 놀라게 하지 않는다. 그러나 폴 부르제는 지금도 그런 것들을 보며 놀라워하고 감탄한다. 아! 나는 그에게 심리학적 설명을 요구하는 그런 바보가 되지 않을 것이다. 왜냐하면 응접실의 커튼 뒤에, 레이스 달린 드레스 아래 무엇이 있는지 그보다 더 잘 알기 때문이다.

　내가 익숙해질 수 없는 한 가지는, 파리에서 편지가 오지 않는다는 사실이다. 매일 아침 우편배달부가 들를 때마다 나는 내가 모든 사람들에게서 버려졌다는 걸 다시 한 번 확인하며 가슴이 찢어진다. 그리고 그걸 통해 내가 얼마나 외로운 신세인가를 더 잘 헤아려볼 수 있다. 나의 옛 동료들, 특히 장 씨에게 절박하고 간절한 마음을 담은 편지를 써 보냈지만 아무 소용 없었다. 내게 신경 좀 써달라고, 나를 이 지옥에서 구해달라고, 보잘것없는 일자리라도 괜찮으니 내가 일할 만한 곳을 파리에서 구해달라고 애원했지만 아무 소용 없었다. 아무도 답장을 하지 않았다. 그들이 내게 그렇게 무관심할 줄은, 그들이 그렇게 배은망덕하게 굴 줄은 꿈에도 몰랐다.
　그로 인해 어쩔 수 없이 나는 추억과 과거처럼, 내게 남아 있는 것에 더욱더 악착같이 매달리게 되었다. 기억 속에서는 어쨌든 즐거움이 고통보다 우세하다. 그리고 과거는 내게 나의 모든 것이 아직 끝나지 않았으며, 사고로 인한 추락이 곧 돌이킬 수 없는 파멸을 뜻하는 건 아니라는 희망을 다시 불어넣었다. 그런 이유로, 내게 현재에 대한 혐오감을 의미하는 마리안의 코 고는 소리가 칸막이 저편에서 들려오는 동안 나는 내 방에서 혼자 그 우스꽝스러운 소리를 내 옛 행복의 소리로 덮어버리려고 애썼으며, 여기저기 흩어진 과거의 파편들을 가지고 미래에 대한 환상을 재구성하기 위해 열심히 그 과거를 곱씹었다.

오늘, 10월 6일은 추억으로 가득한 날이다. 내가 이야기하려 하는 그 비극이 일어난 뒤 5년이라는 세월이 흘렀지만, 그것은 여전히 내 가슴속에 생생하게 남아 있다. 이 비극 속에는 어떤 불쌍한 이가, 내가 지나치게 애정 표시를 하고 즐거움을 주는 바람에, 지나친 생명을 주는 바람에 죽이고 만 상냥하고 매력적인 어떤 이가 있다. 나는 그가 죽고(나도 죽었다) 나서 5년 동안 해마다 10월 6일이 되면 그의 무덤에 꽃을 바쳤지만, 금년에는 그렇게 하지 않을 것이다. 나는 이 꽃을 그의 무덤에 바치지 않고 더 오래가는 꽃다발을 만들 것이고, 이 꽃다발은 그가 잠들어 있는 한 뼘의 땅을 무덤에 바쳐진 꽃보다 더 잘 장식하고 향기롭게 할 것이다. 왜냐하면 나는 내 마음의 정원에서, 죽음으로 이어지는 방탕의 꽃뿐만 아니라 하얀 사랑의 백합도 피어나는 내 마음의 정원에서 한 송이씩 꽃을 꺾어 그에게 줄 꽃다발을 만들었기 때문이다.

내 기억에 그날은 토요일이었다. 여드레 전부터 내가 일자리를 찾으러 매일 아침 들르곤 했던 콜리제 거리의 한 직업소개소는 나를 상복 차림의 어떤 노부인에게 소개해주었다. 나는 그때까지 그렇게 상냥한 얼굴과 그렇게 온화한 눈길을 본 적이 없었고, 그렇게 꾸밈없는 태도를 접한 적이 없었으며,

그렇게 듣는 사람의 마음을 사로잡는 말을 들어본 적이 없었다. 그녀는 내 마음이 훈훈해질 정도로 매우 정중하게 나를 맞았다.

그녀는 내게 말했다.

"폴라-뒤랑 부인(직업소개소 운영자의 이름이었다)이 아가씨 칭찬을 많이 하더군요. 나는 아가씨가 그런 칭찬을 받을 만하다고 생각해요. 왜냐하면 아가씨는 얼굴이 총명하게 생겨서 내 마음에 무척 들거든요. 내게는 헌신적으로 일해줄 믿을 만한 사람이 필요해요. 헌신적으로…. 내가 지금 너무 무리한 요구를 한다는 걸 알아요. 결국 아가씨는 나를 잘 모르고, 내게 헌신할 아무 이유가 없으니까요. 내가 지금 어떤 상황에 있는지 설명해줄게요. 근데 그렇게 서 있지 말아요, 아가씨. 자, 이리 와서 내 옆에 앉아요."

누가 내게 부드러운 목소리로만 얘기해줘도, 나를 다른 사람들의 밖에 있는 사람으로, 삶의 바깥쪽에 있는 사람으로, 개와 앵무새 중간에 있는 뭔가로 간주하지만 않아도 나는 즉시 감동한다. 나는 내 모든 원한과 증오, 분노를 기적적으로 잊어버리고, 내게 인간적으로 말하는 사람들에 대한 헌신과 사랑의 감정만을 느끼게 된다. 또한 나는 오직 불행한 사람들만이 보잘것없는 사람들의 고통을 자신들의 고통과 같은 높이에 놓는다는 것도 경험으로 알고 있다. 행복한 사람들의 선의에는 언제나 불손함과 거리가 존재한다.

매우 허약해 보이는 상복 차림의 노부인 옆에 앉는 순간, 나는 이미 그녀를 좋아하고 있었다. 정말 좋아하고 있었다.

그녀가 한숨을 쉬었다.

"내가 아가씨에게 제안하는 일이 즐겁게 해낼 수 있는 일은 아니랍니다."

나는 그녀가 분명히 느낄 정도로 진실하면서도 흥분한 목소리로 격하게 이의를 제기했다.

"상관없습니다, 부인. 부인이 원하시는 건 뭐든 하겠어요."

그건 진심이었다. 나는 무슨 일이든 할 준비가 되어 있었다.

그녀는 온화한 눈길로 내게 고맙다는 뜻을 전하고는 말을 이었다.

"음, 어떻게 된 건가 하면요, 난 지금까지 살아오면서 많은 시련을 겪었어요. 가족들을 다 잃고, 이젠 손자 하나밖에 안 남았지요. 그런데 그 아이 역시 다른 가족들을 죽인 무서운 병의 위협을 받고 있어요."

그 무시무시한 병의 이름을 입에 올리기가 두려운 듯 그녀는 검은색 장갑을 낀 여윈 손을 가슴에 갖다 댐으로써 그게 무슨 병인가를 암시했다. 그러고 나서 더욱더 고통스러운 표정을 지으며 말했다.

"불쌍한 우리 손자! 참 예쁘고 귀여운 아이인데⋯. 나는 그 아이에게 내 마지막 희망을 걸었답니다. 그 아이까지 잃으면 난 이 세상에 혼자 남게 돼요. 그렇게 되면 내가 살아서 뭐 하겠어요?"

그녀의 눈에 눈물이 그렁그렁했다. 그녀는 손수건으로 눈물을 닦고 나서 말을 이었다.

"의사들은 그 아이를 구할 수 있다고 자신한답니다. 병균이 아이 몸 깊숙이 침투하지는 않았다면서요. 의사들이 치료법을 처방해줬고, 아주 좋은 결과가 나타나기를 기대하고 있어요. 조르주는 매일 오후에 해수욕을 해야 해요. 아니, 바닷물에 잠시 몸을 담가야 하는 거예요. 그러고 나서 말총으로 짠 장갑을 가지고 아이의 온몸을 박박 문질러서 피가 잘 돌도록 해줘야 하죠. 그다음에는 아이가 오래된 포트와인을 한 잔 마시게 해야 해요. 아이가 포트와인을 마시고 나면 최소 한 시간 동안 뜨끈뜨끈한 침대에 눕혀놔야 하고요. 내가 아가씨에게 우선 원하는 건 바로 이거예요. 하지만 무엇보다 젊음과 친절함, 명랑함, 생기가 필요해요. 우리 집에서 그 아이에게 가장 부족한 게 바로 그런 것들이거든요. 무척 헌신적인 하인이 두 명 있긴 하죠. 하지만 그들은 나이가 많고 음울하고 성격이 너무 까다롭답니다. 조르주는 그들을 견뎌낼 수 없어요. 나 역시 백발의 쭈글쭈글한 얼굴에다가 계속 상복을 입고 있어서 그 아이가 나를 보며 슬퍼하는 게 느껴져요. 그보다 더 안 좋은 건, 내가 분명히 느끼듯이, 내가 곧잘 그 아이에게 나의 불안감을 감추지 못하고 드러낸다는 거예요. 오! 나는 당신처럼 젊은 여성이 조르주처럼 젊은 아이를 돌보는 게 정상적인 일은 아니라는 것을 알고 있답니다. 조르주는 이제 겨우 열아홉 살이거든요. 틀림없이 사람들이 뭐라고 수군거릴 거예요. 하지만 난 사람들이 뭐라든 신경 안 써요. 내가 신경 쓰는 건 오직 병에 걸린 내 손자뿐입니다. 난 당신을 믿어요. 당신은 좋은 사람인 것 같거든요."

"아! 알겠습니다, 부인."

나는 슬픔에 잠긴 할머니가 손자를 구하기 위해 찾으러 온 성녀가 되리라 미리 확신하며 소리쳤다.

"그 불쌍한 아이…. 지금 상태로 볼 때 그 아이에게 필요한 건 어쩌면 해수욕이라기보다는 절대 혼자 있지 않는 것, 그리고 예쁜 사람이 그 아이 주변에서 끊임없이 생기발랄하게 웃어주는 것인지도 몰라요. 그 아이의 마음속에서 죽음에 관한 생각을 쫓아내 줄 수 있는 사람, 그 아이에게 삶에 대한 믿음을 줄 수 있는 사람이 필요한 거예요. 괜찮겠어요?"

나는 마음 깊숙한 곳까지 감동이 전해지는 것을 느끼며 대답했다.

"말씀하신 대로 하겠어요. 제가 조르주 씨를 잘 돌볼 테니 믿어주세요, 마님."

내가 그날 밤 바로 그 집에 들어갔다가 다음다음 날 마님이 바닷가에 아름다운 별장을 빌려놓은 울가트로 함께 떠나는 것으로 이야기가 되었다.

할머니는 거짓말을 하지 않았다. 조르주 씨는 매력적이고 사랑스러운 젊은이였다. 수염이 하나도 안 난 그의 얼굴은 아름다운 여자의 얼굴처럼 우아했다. 그의 동작도 여자처럼 느릿했고, 그의 긴 손은 매우 희고 유연했으며, 그물 모양의 혈관이 투명하게 드러나 보였다. 그러나 눈은 이글이글 타오르는 듯했다! 검은 불이 동공을 순식간에 태워 휩쓸어버릴 듯했고, 불타는 듯한 눈빛이 푸른색 무리로 둘러싸인 눈꺼풀을 태워버릴 것만 같았다. 그 눈은 생각과 열정, 감성, 지성, 정신생활의 온상이었다! 그리고 붉은 죽음의 꽃이 이미 그의 광대뼈에 피어나 있었다. 그를 죽이는 것은 병이나 죽음이 아니라 그의 몸속에 살면서 인체 기관을 좀먹고 살을 수척하게 만드는 생의 과잉, 생의 열기인 것 같았다. 할머니가 나를 그의 옆으로 데려갔을 때 그는 향기 없는 장미꽃 한 송이를 기다란 흰 손에 든 채 긴 의자에 누워 있었다. 그는 나를 하녀가 아니라 기다리고 있던 여자 친구로서 맞아들였다. 그리고 나는 그를 처음 본 순간부터 내 영혼의 힘을 전부 다 끌어모아 그에게 집착했다.

울가트로 가 정착하는 것은 별다른 사고 없이 잘 이루어졌다. 도착해서 보니 이미 모든 것이 다 준비되어 있었다. 우리는 그 별장을 접수하기만 하면 되었다. 별장은 넓고 아취雅趣가 있었으며 밝은 빛이 가득했다. 별장과 바닷가 사이에는 버들가지로 만든 소파가 놓여 있었고, 알록달록한 천막으로 덮인 넓은 테라스가 있었다. 둑에 만들어놓은 돌계단을 통해 바다로 내려갈 수 있었으며, 밀물 때가 되면 파도가 맨 앞의 계단 몇 개에서 노래를 부르곤 했다. 1층에 있는 조르주 씨의 방에서는 넓은 내닫이창을 통해 무척 멋진 바다 풍경이 보였다. 밝은색의 무명천이 쳐진 내 방(하녀 방이 아니라 주인 방)은 복도를 사이에 두고 조르주 씨의 방과 마주 보고 있었으며, 가지만 앙상한 참빗살나무 몇 그루와 말라비틀어져 보잘것없는 장미나무 몇 그루가 자라고 있는 작은 정원과 면해 있었다. 나의 즐거움과 긍지, 감동, 그리고 내가 이렇게 취급받고 사랑받게 되면서, 갖게 되기를 오랫동안 갈구했지만 갖지 못했던 가족의 평안과 호사와 나눔을 하나의 인간으로서 누리게 되면서 자랑스럽게 느끼는 모든 순수하고 새로운 감정을 말로 표현하는 것. 기적을 행하는 이 요정이 선의善意라는 지팡이를 그냥 한 번 휘둘렀을 뿐인데 어떻게 하여 과거에 내가 당한 모욕의 기억이 그 즉시 사라져버렸는지를, 그리고 어떻게 하여 내가 인간으로서의 자존심을 갖게 되면서 내게 주어진 모든 의무를 그 즉시 받아들이게 되었는지를 설명하는 것. 나는 나 자신이 정말로 변모의 마술을 체험했다고 말할 수 있다. 내가 별안간 더 예뻐졌다는 것을 거울이 증명해줬을 뿐만 아니라 나의 가슴도 내가 실제로 더 나아졌다고 큰 소리로 외쳤다. 나는 내 안에서 샘들을, 샘들을, 샘들을, 헌신과 희생과 영웅적 행위가 분출하는, 결코 마르지 않는 샘들을 발견했다. 내게는 오직 한 가지 생각뿐이었다. 현명한 보살핌과 세심한 충직함, 놀라운 능란함으로 조르주 씨를 죽음으로부터 구해내는 것.

스스로 치료의 힘을 가졌다고 굳게 믿고 있던 나는 끊임없이 절망하며 옆에 있는 응접실에서 하루 종일 눈물을 흘리고 있는 불쌍한 할머니에게 이렇게 말했다.

"울지 마세요, 마님. 우리가 그분을 구할 거예요. 맹세컨대, 우리가 그분을 구할 겁니다."

실제로 조르주 씨는 보름 뒤에 훨씬 나아졌다. 그의 상태에 큰 변화가 일어난 것이었다. 기침 발작은 줄어들면서 뜸해졌다. 잠과 식욕도 규칙적으로 조절되었다. 그 전에는 밤새도록 땀을 줄줄 흘려 아침이면 완전 녹초가 되어 가쁜 숨을 몰아쉬곤 했는데, 이제는 그런 증상도 없어졌다. 힘을 되찾은 덕분에 그는 별로 피곤해하지 않고 나와 함께 오랫동안 드라이브도 하고 짧은 거리를 산책도 할 수 있게 되었다. 그건 어떻게 보면 부활이라고까지 말할 수 있었다. 날씨도 너무 좋았고, 공기가 무척 뜨겁긴 해도 바다에서 불어오는 산들바람에 의해 누그러졌기 때문에, 우리는 외출하지 않는 날이면 별장의 테라스에 쳐놓은 천막 아래서 해수욕할 시간을 기다리며 대부분의 시간을 보냈다. 그는 언제나 명랑했으며, 자신의 고통에 대해서는 결코 얘기하지 않았다. 죽음에 대해서도 결코 얘기하지 않았다. 나는 이 기간 동안 그가 죽음이라는 끔찍한 단어를 결코 입 밖에 내지 않았다고 굳게 믿고 있다. 그는 내가 수다 떠는 걸 보며 무척 재미있어했고, 필요하면 내가 수다를 떨도록 부추기기도 했다. 그의 눈은 내게 신뢰감을 주었고, 그의 심장은 나를 안심시켰으며, 그의 너그러움과 친절은 내 마음을 사로잡았다. 그래서 나는 농담이든 허튼소리든 머릿속에 떠오르는 대로 온갖 얘기를 다 해주었고 노래도 불러주었다. 나의 어린 시절, 나의 보잘것없는 욕망, 나의 크고 작은 불행, 나의 꿈, 나의 반항, 그리고 내가 별나거나 비열한 주인들과 겪은 일에 대해 사실 그대로 얘기해주었다. 왜냐하면 그는 비록 아직 어리고 늘 세상과 동떨어져 갇혀 있었지만 병을 앓는 사람들이 갖는 예지력과 놀라운 선견지명에 의해 삶이 무엇인지를 꿰뚫고 있었기 때문이다. 그와 나 사이에는 진정한 우정이 자리 잡게 되었다. 그가 성격이 좋아서 보다 수월하게 그렇게 되었고, 외로웠던 그가 그렇게 되기를 바라기도 했다. 특히 내가 그와 친하게 지내면서 그의 병든 몸을 즐겁게 해주다 보니 저절로 그렇게 되었다. 그래서 나는 뭐라 형용할 수 없을 만큼 기뻤고, 그의 정신과 계속 접촉하다 보니 내 영혼도 세련되어갔다.

조르주 씨는 시를 무척 좋아했다. 그는 몇 시간 동안 테라스에서 바다의 노랫소리에 맞추어, 혹은 저녁에 자기 방에서 나더러 빅토르 위고와 보들레르, 베를렌, 메테를링크의 시를 읽어달라고 부탁하곤 했다. 가끔 그는 두 눈을 감고 두 손을 교차시켜 가슴 위에 올려놓은 채 미동도 하지 않았고, 그러면 나는 그가 잠든 줄 알고 시 읽는 걸 멈추곤 했다. 그러나 그는 미소를 지으며 말했다.

"계속해요. 나 자는 거 아니에요. 이렇게 들으면 시가 더 잘 들려요. 더더구나 당신 목소리는 정말 매력적이에요."

이따금 그는 내가 시를 읽는 것을 중단시키기도 했다. 그는 잠시 깊은 생각에 잠겨 있다가 자기를 가장 열광시킨 시를 리듬을 길게 늘여가며 느리게 암송하면서 내가 그 시의 아름다움을 이해하고 느끼게 하려고 애썼다(나는 그러는 그가 너무 좋았다!).

어느 날 그가 내게 말했다. 나는 그의 그 말을 성유물처럼 간직했다.

"시에서 감탄할 만한 점이 있다면, 그건 박식한 사람만 시를 이해하고 사랑할 수 있는 게 아니라는 거예요. 아니, 그 반대죠. 박식한 사람들은 시를 이해하지도 못하고, 대부분은 시를 무시하거든요. 그들은 너무 거만하니까요. 영혼만 갖고 있으면 시를 사랑할 수 있어요. 마치 한 송이 꽃처럼 완전히 벌거벗은 영혼 말이에요. 시인들은 소박한 사람들과 슬픈 사람들, 병든 사람들의 영혼에 호소하죠. 시인들은 바로 그 점에서 영원불멸하는 존재들이에요. 감수성이 있으면 항상 어느 정도는 시인이 된다는 건 잘 알지요? 셀레스틴, 당신도 시처럼 아름다운 얘기를 나한테 자주 했어요."

"아! 조르주 씨, 지금 절 놀리는 거죠?"

"천만에요! 당신은 자신이 아름다운 얘기를 했다는 걸 모르는군요. 그건 정말 굉장한 거예요."

내게 그것은 너무나 소중한 시간이었다. 내게 어떤 운명이 닥치더라도, 내가 살아 있는 동안 그 시간은 나의 마음속에서 노래를 부를 것이다. 나는 내가 새로운 존재가 되었다는, 그리고 잘 안 알려진 나의 무엇인가가, 그렇지만 어쨌든 나인 무엇인가가 드러나는 것을 시시각각 목격하고 있다는, 말로 표현하기 힘들 만큼 달콤한 기분을 느꼈다. 최악의 추락에도 불구하고, 내 안에 존재하는 나쁜 것과 과격한 것에 다시 정복당했음에도 불구하고 내가 열렬한 독서 취미를 갖게 된 것은, 그리고 때때로 나의 사회적 환경과 나 자신보다 우월한 것을 지향하는 충동을 느끼게 된 것은, 내 성격의 자발성을 다시 신뢰하려고 애쓰면서 모든 것에 무지한 내가 감히 이 일기를 쓰기 시작한 것은 다 조르주 씨 덕분이다.

아! 나는 행복했다. 특히 그 친절한 환자가 서서히 다시 태어나는 걸 보며 행복했다. 그의 살은 다시 부풀어 올랐고, 새로운 그의 얼굴은 생기를 되찾으면서 다시 꽃을 피웠다. 그의 부활이 빠르게 이루어지면서 집 안 전체가 즐거움과 희망을 되찾고 안정되어 행복했다. 꼭 내가 이 집의 여왕이나 요정이 된 것만 같았다. 사람들은 언뜻 이해하기 힘든 이 기적이 내 덕분이라고, 내가 그를 지혜롭게 돌봤기 때문에, 내가 밤을 새워가며 그에게 헌신했기 때문에, 그리고 아마도 내가 그보다는 늘 명랑했기 때문에, 내가 매혹으로 충만한 젊음을 유지했기 때문에, 내가 조르주 씨에게 놀랄 만한 영향을 미쳤기 때문에 그 기적이 일어났다고 생각했다. 그리하여 그 불쌍한 할머니는 내게 감사의 말과 축복과 선물을 아끼지 않으면서, 마치 내가 다 죽어가는 아기를 맡아 아무것도 섞이지 않은 깨끗한 젖을 먹여서 다시 신체 기관을 만들어주고 희망과 생명을 불어넣어 주는 유모이기라도 한 것처럼 고마워했다.

때때로 그녀는 자신의 신분조차 잊어버린 채 나의 두 손을 잡아 어루만지고 입 맞추고 행복의 눈물을 흘리며 이렇게 말하곤 했다.

"내 그럴 줄 알았어… 아가씨를 봤을 때… 그럴 줄 알았어!"

1년 내내 해가 비치는 곳으로, 장미꽃이 만발한 시골로 여행을 가자는 계획이 벌써부터 세워져 있었다.

"이제 우리 곁을 떠나면 안 돼. 절대 떠나면 안 돼."

그녀의 열광이 나를 거북하게 만들곤 했지만, 결국 나는 내가 그럴 만한 자격이 있다고 믿게 되었다. 그리고 그녀의 관대함을 이용하려 했다. 다른 많은 사람들도 나와 같은 상황에 있었다면 그렇게 했을 것이다. 오, 불행하게도!

그리고 결국은 일어나게 될 일이 일어나고 말았다.

금방이라도 한바탕 비가 퍼부을 듯 갑갑하고 무더운 날이었다. 완전히 편편한 납빛 바다 위의 하늘이 숨 막히게 하는 구름을, 태풍도 흐트러뜨릴 수 없을 만큼 두터운 붉은색 구름을 굴리고 있었다. 조르주 씨는 집 밖에 나가지 않았다. 심지어 테라스에도 나가지 않았다. 그래서 우리는 그의 방에 머물러 있었다. 아마도 날씨 탓인지 평소보다 신경이 더 날카로워진 그는 내가 시를 읽어주는 것조차 거절했다.

"피곤해질 것 같아요. 게다가 오늘은 왠지 당신이 시를 아주 못 읽을 것 같은 느낌이 들어요."

그는 응접실로 건너가 피아노를 쳐보려고 했다. 하지만 피아노 치는 것도 짜증이 나는지 다시 자기 방으로 돌아온 그는 잠시 동안 내 옆얼굴 초상을 몇 장 그리면서 기분을 풀어보려고 애썼다. 하지만 얼마 지나지 않아 종이와 연필을 던져버리더니 안절부절못하며 이렇게 불평했다.

"할 수가 없어. 그럴 기분이 아니야. 손이 떨려. 왜 이러는지

모르겠어. 그리고 당신도 그래. 당신은 지금 마음이 싱숭생숭
해."

결국 그는 광활한 바다가 내다보이는 내닫이창 옆의 긴 의
자에 드러누웠다. 멀리 보이는 낚싯배들이 여전히 위협적인
폭풍우를 피해서 트루빌 항구로 돌아오고 있었다. 그의 시선
은 그 배들이 항해하는 모습과 회색빛 돛을 건성으로 좇고 있
었다.

조르주 씨가 말한 대로 사실 나는 안절부절못하고 있었다.
그가 몰두할 만한 무언가를 찾아내려고 초초하게 머리를 쥐
어짜다 보니 제정신이 아니었다. 물론 나는 아무것도 찾아내
지 못했다. 그리고 나의 동요는 환자의 동요를 진정시키지 못
했다.

그가 그런 나를 보고 말했다.

"왜 그렇게 안절부절못하는 거죠? 왜 그렇게 흥분돼 있는
거예요? 내 옆에 그냥 가만히 있어요."

나는 그에게 물었다.

"저기 보이는 저 작은 배 타고 싶지 않으세요? 저는 타고 싶
은데요!"

"말을 하기 위해서 하는 말은 하지 말아요! 아무 쓸모 없는
말을 해서 뭐 하겠어요? 내 옆에 그냥 가만히 있어요."

내가 그의 옆에 앉자마자, 바다가 보이는 게 문득 견딜 수
없어졌는지 그는 내닫이창의 블라인드를 내려달라고 했다.

"저 빛이 나를 자극해요. 저 바다가 무서워요. 저 바다를 보

고 싶지 않아요. 오늘은 모든 게 다 무서워요. 난 아무것도 보고 싶지 않아요. 오직 당신만 보고 싶어요."

나는 상냥한 목소리로 그를 나무랐다.

"오, 조르주 씨! 오늘은 점잖지 않으시네요. 이런 식으로 행동하시면 안 돼요. 만일 할머니께서 오셔서 조르주 씨가 이러고 계신 걸 보면 또 슬퍼서 우실 거예요!"

그러자 방석 위에 앉아 있던 그가 몸을 살짝 일으키면서 말했다.

"우선, 왜 나를 '조르주 씨'라고 부르는 거죠? 내가 안 좋아하는 거 알면서."

"그렇다고 해서 제가 도련님을 '가스통 씨'라고 부를 순 없잖아요?"

"그냥 조르주라고 불러요."

"그럴 수 없어요. 절대 그럴 수 없어요!"

그러자 그가 한숨을 쉬었다.

"거참 이상하네! 그러니까 당신은 계속 불쌍한 노예로 지내겠다는 거예요?"

그는 이렇게 말하고 나서 입을 다물었다. 그리고 그날의 나머지 시간은 절반은 무기력 상태에서, 또 절반은 침묵 속에서 지나갔는데, 이 침묵은 더욱 고통스러운 무기력 상태이기도 했다.

저녁식사 후에 드디어 폭풍우가 몰아쳤다. 돌풍이 불어닥쳤고, 바다는 굉음을 내며 제방을 후려치기 시작했다. 조르주 씨는 잠자리에 들고 싶어 하지 않았다. 그는 자기가 잠을 잘 수 없으리라는 것을 잘 알고 있었다. 침대 위에서 잠 못 드는 밤은 너무나도 길게 느껴질 것이다! 그는 긴 의자에 누워 있었고, 나는 갓이 씌워진 램프가 우리 주위에 아주 은은한 분홍색 빛을 퍼뜨리고 있는 작은 탁자 옆에 앉아 있었다. 우리는 아무 말도 하지 않았다. 조르주 씨는 비록 두 눈은 평소보다 더 반짝거렸지만 그래도 아까보다는 안정된 것 같았다. 전등의 분홍색 반사광이 그의 얼굴빛을 더욱 선명하게 만들어놓았고, 그의 섬세하고 매력적인 얼굴의 윤곽을 빛 속에 그려놓았다. 나는 바느질을 하고 있었다.

별안간 그가 말했다.

"셀레스틴, 하던 일 잠깐 중단하고 내 옆으로 와봐요."

나는 항상 그의 욕망에, 그의 변덕에 복종했다. 그는 과장되게, 열정적으로 우정을 표현했는데, 나는 그가 내게 고마움을 표하기 위해 그렇게 하는 거라고 생각했다. 나는 늘 그랬듯이 그의 말에 복종했다.

"더 가까이 와요. 더 가까이."

그러고 나서 그가 덧붙였다.

"이제 손 좀 줘봐요."

나는 조금도 경계하지 않고 그에게 손을 맡겼고, 그는 내 손을 쓰다듬었다.

"당신 손은 정말 예뻐요! 눈도 예쁘고요! 그리고 당신은 정말 예뻐요! 너무… 너무…."

내가 착하다고 그가 말한 적은 자주 있었다. 그러나 내가 예쁘단 말은 한 번도 한 적이 없었다. 어쨌든 그런 표정으로 그렇게 말한 적은 없었다. 놀라서, 그리고 그가 약간 헐떡이는 낮은 목소리로 이렇게 말하자 한편으로는 놀랍기도 하고 또 한편으로는 기쁘기도 해서, 나는 본능적으로 흠칫 뒤로 물러섰다.

　"아니, 아니, 가지 말아요. 내 옆에 그냥 있어줘요. 아주 가까이. 당신이 내 옆에 있으면 내가 얼마나 행복한지, 당신은 모를 거예요. 당신이 옆에 있으면 용기가 샘솟아요. 자, 난 더 이상 신경질적이지도 않고 불안에 사로잡혀 있지도 않아요. 더이상 아프지도 않고요. 모든 게 만족스러워요. 행복해요. 너무 너무 행복해요."

　이렇게 말한 그는 내 허리를 점잖게 감싸 안으면서 나를 자기 옆의 긴 의자에 앉혔다. 그리고 말했다.

　"이러고 있으면 불편해요?"

　나는 전혀 마음이 놓이지 않았다. 그의 눈 속에서는 전보다 더 뜨거운 불길이 타오르고 있었다. 그의 목소리도 더 떨렸다. 나는 그게 어떤 종류의 떨림인지 알고 있었다. 남자들은 격렬한 사랑의 욕망을 느낄 때 그렇게 목소리가 떨린다. 나는 마음이 크게 흔들렸다. 나는 비겁했다. 머리가 조금 어지러웠다. 그러나 그의 유혹으로부터 나를 지켜내기로, 그리고 특히 그를 그 자신으로부터 단호히 지켜내기로 굳게 결심한 나는 개구쟁이 같은 말투로 대답했다.

"예, 조르주 씨, 전 무척 불편해요. 그러니 제가 다시 일어나도록 해주세요."

그러나 그의 두 팔은 내 허리를 놓아주지 않았다.

"아니, 아니, 가만있어요."

그는 아양이라도 떨듯 부드러운 목소리로 덧붙였다.

"당신은 겁이 많은 사람이군요. 도대체 뭘 그렇게 겁내는 거죠?"

이렇게 말하면서 그는 얼굴을 내 얼굴에 접근시켰다. 뜨거운 입김과 함께. 그 입김에서 무미건조한 냄새가, 죽음의 향 같은 무언가가 느껴졌다.

뭔가 말로 표현할 수 없는 불안에 사로잡힌 내가 소리를 질렀다.

"조르주 씨! 아! 조르주 씨! 날 좀 놔줘요. 조르주 씨, 이러다가 또 아프면 어떡해요? 제발 부탁이에요! 날 놔줘요."

그가 튼튼하지 못해서, 그의 팔다리가 허약해서 나는 감히 몸부림을 칠 수가 없었다. 그저 주저하고 벌벌 떨면서 서투르게 내 블라우스 단추를 끌러 내 젖가슴을 만져보려 하고 있는 그의 손을 무척 조심스럽게 떼어내려고 애썼을 뿐이다. 그러면서 같은 말을 되풀이했다.

"날 놔줘요! 당신은 지금 옳지 않은 행동을 하고 있는 거예요, 조르주 씨! 놔줘요."

나를 놓아주지 않으려 애쓰다 보니 그는 지치고 말았다. 나를 껴안고 있던 그의 두 팔에서 힘이 빠졌다. 잠시 그는 더 힘겹게 숨을 쉬더니 가슴이 들썩일 정도로 마른기침을 해댔다.

그 모습을 본 나는 어머니처럼 온화한 목소리로 나무라듯 말했다.

"아! 그거 보세요, 조르주 씨. 당신은 고의적으로 당신 자신을 아프게 만든 거예요. 제 말은 들은 척도 안 하고요. 모든 걸 다 다시 시작해야 해요. 그러면 결과가 아주 좋을 거예요. 제발 부탁이니 점잖게 계세요. 조르주 씨가 상냥하게 행동한다면 뭘 하게 될지 아세요? 곧바로 잠자리에 드시게 될 거예요."

그는 나를 감싸 안고 있던 팔을 풀더니 긴 의자 위에 드러누웠다. 그리고 내가 미끄러져 내린 방석을 그의 머리 밑에 다시 넣어주는 동안 그가 무척 슬픈 표정을 지으며 한숨을 쉬었다.

"어쨌든 당신 말이 옳아요. 사과할게요."

"제게 사과하실 필요 없어요, 조르주 씨. 조르주 씨는 안정을 찾아야 해요."

그는 램프가 원 모양의 움직이는 빛을 만들어내는 천장을 뚫어지게 쳐다보며 말했다.

"알았어요, 알았어. 당신이 나를 사랑할 수도 있다고 생각하다니. 내가 잠시 제정신이 아니었나 봐요. 나는 사랑이라곤 생전 해본 적이 없는 사람인데, 무엇 하나 가져본 적이 없는 사람인데, 오직 고통밖에 못 느껴본 사람인데, 당신이 왜 나를 사랑하겠어요? 당신을 사랑하게 되면서 나는 치유되었어요. 당신이 내 옆에 머물고, 내가 당신을 욕망하게 된 이후로. 젊음과 생기, 아름다운 눈, 부드러운 손…. 나를 너무나 부드럽게 쓰다듬으며 치료해주는 비단결 같은 손을 가진 당신이 온 후 나는 오직 당신만을 꿈꿨어요. 내 영혼과 내 몸속에서 새로운 기운이 느껴져요. 처음 느껴보는 생명력이 부글부글 끓어오르는 것 같아요. 말하자면, 그걸 느꼈다는 거예요. 왜냐하면 지금…. 자, 당신이 뭐라고 했더라? 내가 정신이 나갔었어요! 그리고 당신이, 당신이 옳아요."

나는 크게 당황했다. 무슨 말을 해야 할지 알 수가 없었다. 어떻게 해야 할지 알 수가 없었다. 강렬하고 모순되는 여러 가지 감정이 사방에서 나를 마구 잡아당겼다. 어떤 충동이 나를 그에게 떠밀었지만, 성스러운 의무감이 나를 밀어냈다. 그렇지만 나는 솔직하지 않았으므로, 똑같은 힘을 가진 욕망과 의무감이 맞서는 이 싸움에서 솔직할 수가 없었으므로, 바보같이 더듬거리며 이렇게 말했다.

"조르주 씨, 제발 점잖게 행동하세요. 나쁜 생각 마시고요. 그런 생각 하면 다시 병이 날 거예요. 자, 조르주 씨, 점잖게 행동하셔야 해요."

그러나 그는 같은 말을 되풀이했다.

"하기야 당신이 왜 나 같은 사람을 좋아하겠어요? 그건 사실이죠. 당신이 나를 좋아하지 않는 건 당연해요. 당신은 내가 아프다고 생각해요. 당신은 당신의 입이 내 입의 독과 접촉해 독을 마시게 될까 봐, 나와 입을 맞추다가 나를 죽이고 있는 그 병에 걸리게 될까 봐 두려워하죠. 안 그래요? 그렇지만 당신이 옳아요."

이 말의 잔혹한 부당함이 나의 마음을 인정사정없이 후려쳤다.

나는 미친 사람처럼 소리쳤다.

"그런 말 마세요, 조르주 씨! 당신은 지금 무섭고 위험한 얘기를 하고 있어요! 당신은 저를 너무 힘들게 해요! 당신 때문에 너무 힘들다고요."

나는 그의 손을 움켜잡았다. 그의 손은 축축하면서도 몹시 뜨거웠다. 나는 그에게로 몸을 숙였다. 그의 입김에서는 대장간의 거칠고 타는 듯 뜨거운 열기가 느껴졌다.

"무섭다고… 무섭다고!"

그는 말을 계속했다.

"당신의 입맞춤, 그건 곧 나의 부활을 의미해요. 생명을 완전히 회복하는 거죠. 오! 당신은 당신의 해수욕과 당신의 포트와인, 당신의 말총 장갑을 믿지요. 불쌍한 사람! 나는 당신의 사랑 속에서 해수욕을 했어요. 내가 마신 건 당신의 사랑으로 만든 포도주예요. 그리고 나의 살 아래로 새로운 피가 흐르게 만든 것도 당신의 사랑이고요. 내가 다시 살 수 있게 된 건, 강해질 수 있게 된 건, 왜냐하면 지금 나는 강해졌으니까요, 내가 당신의 입맞춤을 너무나 절실하게 원했고 간절히 기다렸기 때문이에요. 하지만 당신이 내게 입 맞추는 걸 거절했다고 해서 당신을 원망하지는 않아요. 거절할 충분한 이유가 있으니까. 이해해요, 이해한다고요. 당신은 소심하고 용기 없는 사람이에요. 이 나뭇가지에서 노래했다가 저 나뭇가지로 날아가

노래하는 한 마리 작은 새이기도 하죠. 아주 작은 소리만 나도, 획!"

"조르주 씨, 당신은 지금 끔찍한 얘기를 하고 있어요."

나는 초조함으로 두 손을 비벼댔고, 그는 말을 계속했다.

"왜 내 얘기가 끔찍하다는 거죠? 천만에요. 내 얘기는 끔찍하지 않아요. 내 얘기는 진실이라고요. 당신은 내가 아프다고 믿고 있어요. 당신은 사람이 사랑을 하면 아픈 거라고 생각하죠. 당신은 사랑이 곧 생명이라는 걸 몰라요. 사랑은 영원한 생명이에요. 그래요, 그래요, 난 이해해요. 당신의 입맞춤이 내게는 곧 생명이니까요. 그게 당신에게는 어쩌면 죽음일 수도 있다고 당신은 생각하겠죠. 그 얘기는 이제 그만해요."

나는 그의 말을 더 이상 들을 수가 없었다. 그건 동정심이었을까? 그의 끔찍하고 신성모독적인 말에 내포된 것은 통렬한 비난과 격렬한 도발이었을까? 별안간 나를 사로잡은 것은 그냥 충동적이고 세련되지 못한 사랑이었을까? 모르겠다. 어쩌면 이 모든 걸 다 합친 것일 수도 있다. 내가 아는 건, 내가 긴 의자에 털썩 주저앉아 두 손으로 그의 근사한 얼굴을 들어 올리며 미친 듯이 소리쳤다는 것이다.

"자, 못된 도련님! 제가 얼마나 무서워하는지 보세요! 제가 얼마나 겁먹고 있는지 보세요!"

나는 내 입을 그의 입에 찰싹 갖다 붙이고 내 이를 그의 이에 부딪쳤다. 몸이 살짝 흔들릴 정도로 세게 부딪쳐서, 마치 나의 혀가 그의 가슴에 난 깊은 상처 속으로 들어가 독이 든 피와 치명적인 고름을 한 방울도 남김없이 핥고 빨아들이는 것만 같았다. 그의 두 팔이 나를 껴안느라 벌어졌다가 다시 닫혔다.

그리고 일어나게 되어 있던 일이 일어났다.

아니, 그렇지 않다. 그 일을 생각하면 할수록 나는 나를 조르주의 품에 안기게 한 것, 내 입술과 그의 입술을 접합시킨 것은 내가 그를 거부한 이유라고 그가 생각한(아마도 술책에 의해) 저열한 감정에 대한 절대적이며 자발적인 저항의 움직임이었다고 확신한다. 특히 그건 정열적이고 사심 없고 매우 순수한 동정 행위였으며, 그 행위가 말하려는 바는 이런 것이었다.

"아니에요, 당신이 아프다고 생각하지 말아요. 아니에요, 당신은 아프지 않아요. 제가 저의 입김을 당신의 입김과 뒤섞고, 그 입김을 호흡하고 마시고, 그것으로 제 가슴을 적시고, 그것을 제 살에 한껏 뿌리는 게 당신이 아프지 않다는 증거예요. 비록 당신이 실제로는 아프고, 당신의 병이 가까이 있는 사람에게 전염되어 그를 죽일 수도 있지만, 제가 그 병에 걸려서 고통받고 죽을까 봐 무서워하고 있다는 그런 끔찍한 생각은 부디 하지 말아요."

나는 이 입맞춤의 결과를, 내가 일단 그의 품에 안기고 나면, 일단 내 입술을 그의 입술에 포개고 나면, 포옹을 뿌리치고 입맞춤을 거부할 힘이 사그라지고 말리라는 것을 예측하거나 계산하지 못하고 있었다. 그리하여 결국! 한 남자가 나를 껴안자마자 내 살은 나를 불태웠고 머리는 돌고 또 돌았다. 나는 몽롱해졌다. 미쳐버렸다. 난폭해졌다. 나는 오직 내 욕망의 의지만을 따랐다. 오직 그만을 보았다. 오직 그만을 생각했다. 그가 이끄는 데로 고분고분 끌려가다가, 결국 큰 잘못을 저지르고 말았다!

아! 조르주 씨와의 첫 관계! 그의 애무는 서투르면서도 감미로웠다. 그의 모든 동작은 열정적이면서도 천진난만했다. 그는 드디어 베일이 벗겨진 여성과 사랑의 신비를 감탄스러운 눈으로 바라보았다. 이 첫 번째 관계에서 나는 그 어느 것도 남지 않을 만큼 격정적으로, 힘센 수컷들을 복종시키고 녹초로 만들어 내게 자비를 구하게 만들 만큼 창의적이고 견고하고 파괴력 있는 관능을 발휘해 그에게 나 자신을 주었다. 그러나 이런 도취 상태가 지나간 뒤 가쁜 숨을 몰아쉬며 내 품에서 거의 기절하다시피 하고 있는 불쌍하고 허약한 아이의 모습을 보자 끔찍한 후회가 밀려들었다. 어쨌든 그것은 내가 방금 살인을 저질렀다는 격한 공포감이었다.

"조르주 씨, 조르주 씨! 제가 당신을 힘들게 했군요. 오! 불쌍해라!"

그러나 그는 마치 보호받으려는 것처럼 내 곁에서 몸을 둥글게 웅크렸다. 그리고 황홀한 눈으로 나를 바라보며 말했다.

"나 지금 행복해요. 이제 죽어도 여한이 없어요."

그리고 내가 절망하며 나의 허약함을 저주하자 그는 같은 말을 되풀이했다.

"나 지금 행복해요. 오! 나랑 같이 있어요. 가지 말고 밤새도록 내 옆에 있어줘요. 혼자서는 지금 느끼는 행복의 격렬함을, 물론 나의 이 행복이 너무나 감미롭기는 하지만, 견뎌낼 수 없을 것 같아요."

그의 잠자리를 봐주는데 그가 기침 발작을 했다. 다행스럽게도 발작은 금방 끝났다. 발작이 짧기는 했지만, 나는 그걸 보고 가슴이 찢어지는 듯했다. 그를 진정시켜 치료해놓고는 이제 나는 그를 죽이려는 것인가? 도저히 눈물을 참을 수 없을 것 같았다. 내가 미웠다.

그가 웃으며 말했다.

"괜찮아요. 정말 괜찮아요. 가슴 아파할 거 없어요. 난 너무나 행복하니까. 그리고 나 아프지 않아요. 이제 안 아파요. 내가 당신 곁에서 얼마나 잘 자는지, 이제 보게 될 거예요. 당신 가슴 사이에서 잠들고 싶어요. 당신 아이가 된 것처럼요. 내 얼굴을 당신 가슴 사이에 파묻고."

"마님이 오늘 밤에 종을 울려 날 부르면 어떡하죠, 조르주 씨?"

"천만에요, 천만에요, 할머니는 종을 안 울릴 거예요. 당신에게 안겨 자고 싶어요."

어떤 환자들은 다른 사람들이 갖지 못한 사랑의 힘을, 심지어 가장 강렬한 사랑의 힘을 갖고 있다. 왜냐하면 나는 죽음에 대한 생각이, 정욕의 침대에 누워 있는 죽음의 존재가 사실은 은밀하고 무시무시하게 관능을 자극한다고 실제로 믿고 있기 때문이다. 이 기억할 만한 밤(감미로우면서도 비극적인 밤)이 지나고 보름 동안 우리는 일종의 격정에 사로잡혀 우리의 육체와 영혼을 뒤섞으며 끝없이 서로를 소유했다. 우리는 잃어버린 과거를 보상하기 위해 서둘러 쾌락을 즐겼고, 죽음으로 인한 종말이 가까워졌음이 느껴지는 이 사랑을 거의 쉼 없이 나누고 싶었다.

"더… 더… 더!"

내 안에서 큰 변화가 일어났다. 나는 더 이상 후회를 안 하게 되었을 뿐만 아니라, 조르주 씨가 약해졌다 싶으면 내가 더 예민한 새 방법으로 그를 애무해, 몹시 피로해진 그의 팔다리를 잠시나마 소생시키고 힘 있어 보이게 만들었다. 나의 입맞춤은 마치 뜸을 뜨는 것처럼 몸을 욱신거리게 만들어 활기를 불어넣는 자극적인 효능을 발휘했다.

"계속… 계속… 계속!"

나의 입맞춤에는 뭔가 불길하고 극도로 사악한 것이 있었다. 내가 조르주를 죽이고 있다는 걸 알고 있던 나는 똑같은 행복과 똑같은 불행 속에서 나 자신도 죽이려고 악착같이 애썼다. 나는 일부러 그의 생명과 나의 생명을 희생시켰다. 오르가슴의 강도가 현저히 증가할 정도로 거칠고 격렬하게 흥분하며 나는 그의 입에서 죽음을 들이마셨다. 그리고 나의 입을 그의 독毒으로 더럽혔다. 그가 내 품에 안긴 채 평소보다 더 심하게 기침 발작을 할 때면 그의 입술에서는 피가 섞인 크고 더러운 가래가 거품처럼 일곤 했다.

"이리 줘요! 이리 줘요! 나한테 줘요!"

나는 마치 생명의 영약을 먹듯이 그 가래를 게걸스럽게 삼켰다.

조르주 씨는 얼마 지나지 않아 몸이 쇠약해지기 시작했다. 더 심각하고 더 고통스러운 발작이 더 잦아졌다. 그는 피를 토하고는, 죽은 사람처럼 오랫동안 기절해 있었다. 그의 몸은 말라가고 움푹 들어가고 해쓱해져서 꼭 해부학 표본 같았다. 그리고 이 집을 정복했던 즐거움은 금세 침울한 고통으로 바뀌었다. 할머니는 다시 응접실에서 울고, 기도하고, 손자 방의 문에 귀를 댄 채 무슨 소리가 나는지 살피고, 고함 소리가, 헐떡이는 소리가, 한숨 소리가 들려올까 봐 줄곧 끔찍할 정도로 불안해하며 하루를 보냈다. 내가 방에서 나가자 그녀는 나와 걸음을 맞추어 걸으면서 울먹였다.

"오, 대체 어째서? 왜? 그 아이에게 무슨 일이 일어난 걸까요?"

또 그녀는 다음과 같이 말했다.

"매일 밤 이렇게 조르주 옆에서 밤을 새우다가는 큰일 나겠어요. 대신 일할 사람을 찾아볼게요."

그러나 나는 그녀의 제안을 거절했다. 내가 이 제안을 거절하자 그녀는 내게 한층 더 고마워했다. 내가 이미 한 가지 기적을 이루어냈으니 또 다른 기적도 이루어낼 수 있으리라고 생각했을 것이다. 놀랍지 않은가? 나는 그녀의 마지막 희망이었다.

파리에서 불러온 의사들은 병이 이렇게 진행된 것에, 병이 그 짧은 기간 동안 조르주를 그처럼 초췌하게 만들어놓은 것에 놀랐다. 그러나 그들을 비롯한 어느 누구도 무서운 진실이 숨어 있을지 모른다는 의심은 하지 않았다. 그들의 개입은 진정제를 처방해주는 것으로 제한되었다.

오직 한 사람, 조르주 씨만 여전히 명랑하고 행복했다. 그는 늘 명랑하고 변함없이 행복했다. 그는 결코 불평을 늘어놓지 않았을 뿐만 아니라 영혼에서 우러나오는 감사의 말을 마음껏 토로했다. 그는 입만 열면 자신의 즐거움을 표현했다. 때때로 그는 저녁때 자기 방에서 끔찍한 발작을 일으킨 뒤에 내게 이렇게 말하곤 했다.

"나는 행복한데 당신은 왜 슬퍼하고 눈물을 흘리는 거죠? 당신의 눈물이 내 즐거움을 깨뜨려요. 나는 격렬한 즐거움으로 충만해 있어요. 단언하는데, 당신이 내게 안겨준 초인간적인 행복을 생각하면 죽음 정도는 그다지 비싼 대가가 아니에요. 나는 회복될 가망이 아예 없었어요. 죽음의 신이 내 안에 살고 있었으니까요. 그 무엇도 죽음이 내 안에 사는 걸 가로막을 수는 없었죠. 당신은 축복받아 환히 빛나는 죽음을 내게 돌려주었어요. 그러니 울지 말아요, 셀레스틴. 당신이 너무 좋아요. 그리고 당신에게 감사해요."

나의 파괴 욕구는 이제 많이 줄어들었다. 나는 나 자신에 대한 끔찍한 혐오 속에서, 내가 저지른 범죄와 살인에 대한 형용할 수 없는 두려움 속에서 살았다. 이제 내게 남은 것은 내 친구가 걸린 병에 나도 걸려 그와 함께, 그와 동시에 죽는다는 희망과 위안, 혹은 구실뿐이었다. 조르주가 빈사 상태의 팔로 나를 끌어당길 때, 죽어가는 자신의 입을 내 입에 갖다 붙일 때, 그가 또다시 사랑을 원할 때, 내가 거부할 용기가 없고 심지어 거부할 권리도 이제 없는(새로운 범죄를, 더 잔혹한 살인을 저지르지 않고는) 사랑을 또다시 원할 때 두려움은 최고조에 달했고, 나는 현기증을 불러일으키는 광기에 빠진 듯한 기분을 느꼈다.

"당신의 입을 또 원해요! 당신의 눈을 또 원해요! 당신의 즐거움을 또 원해요!"

그에게는 애무와 근육의 수축을 견뎌낼 힘이 더 이상 남아 있지 않았다. 그는 자주 내 품 안에서 혼절했다.

그리고 일어날 일이 일어나고야 말았다.

10월, 정확히 말하면 10월 6일이었다. 그해에는 가을 날씨가 유난히 온화하고 따뜻해서, 의사들은 그에게 남프랑스 지역으로 옮겨 가는 것을 미루고 바닷가에 좀 더 머물러 있으라고 충고했다. 조르주 씨는 10월 6일 내내 여느 때보다 더 차분했다. 나는 방에 난 커다란 내닫이창을 활짝 열어놓았고, 그는 따뜻한 담요를 둘러 바람으로부터 몸을 보호한 채 내닫이창 가까운 곳의 긴 의자에 누워 적어도 네 시간 동안 바닷가의 요오드가 함유된 공기를 들이마셨다. 그는 생기를 불어넣어 주는 햇빛과 향기로운 바다 냄새, 조개를 채취하는 사람들 말고는 아무것도 없는 해변을 보며 몹시 즐거워했다. 그가 그렇게 즐거워하는 걸 본 것은 처음이었다. 그런데, 시간이 지나면서 점점 더 야위어 피부가 마치 투명하고 얇은 막처럼 뼈 위에 얹혀 있는 그의 마른 얼굴에 떠오른 그 즐거운 표정은 음산하고 보기에 너무 고통스러운 뭔가를 담고 있어서 나는 몇 번이나 그의 방에서 뛰쳐나와 실컷 울곤 했다. 그는 내가 시를 읽어주는 것도 거부했다. 내가 시집을 펴면 그는 이렇게 말했다.

"괜찮아요! 당신이 나의 시詩인걸요. 당신이 나의 모든 시예요. 훨씬 더 아름다운 시죠!"

그는 이제 말을 하면 안 되었다. 그는 몇 마디만 대화를 나눠도 피곤해했으며, 자주 기침 발작을 일으켰다. 게다가 이제 말을 할 힘조차 없었다. 그나마 그에게 남아 있는 생명과 생각, 표현하겠다는 의지, 감수성은 이제 불길이 맹렬히 타오르는 화덕처럼 변한 그의 눈길 속에 응축되어, 이 화덕에서는 영혼이 놀라운 초자연적인 힘으로 끊임없이 불을 쑤셔 일으켰다. 그날, 10월 6일 밤, 그는 더 이상 고통스러워하지 않는 것 같았다. 오! 베개를 베고 침대에 누워 길고 야윈 손으로 푸른색 커튼 술 장식을 만지작거리며 내게 미소 짓기도 하고, 침대의 어둠 속에서 마치 램프처럼 빛을 발하며 타오르는 눈길로 내가 오가는 것을 바라보기도 하던 그의 모습이 아직도 눈에 선하다.

그의 방에는 내가 쓸 간호인용 작은 간이침대와 내가 옷을 갈아입을 수 있도록 가려줄 병풍이(이런 아이러니가 있나? 그와 내가 혹시라도 부끄러워할까 봐 병풍을 설치한 것이었다)

설치돼 있었다. 그러나 나는 간이침대에는 거의 눕지 않았다. 내가 옆에 있기를 조르주 씨가 원했기 때문이었다. 그는 사실 내가 옆에 있을 때만, 나의 벌거벗은 살이 그의 살에, 벌거벗었지만, 아, 슬프게도 뼈만 앙상하게 드러난 그의 살에 닿아 있을 때만 편안해했고 행복해했다.

그는 두 시간 동안 편안한 잠을 자고 나서 정오쯤에 깨어났다. 열이 약간 있었다. 내가 두 뺨이 눈물로 얼룩진 채 자신의 침대 머리에 앉아 있는 걸 본 그는 부드럽게 나무라는 어조로 말했다.

"오! 또 울고 있네요! 날 슬프게 하고 고통스럽게 하려는 건가요? 왜 그렇게 앉아 있어요? 자, 이리 와서 내 옆에 누워요."

나는 고분고분 그의 말을 따랐다. 그를 조금만 불편하게 해도 안 좋은 일이 벌어질 수 있기 때문이었다. 그는 뭐가 조금만 불만스러워도 충혈이 되었고, 그러면 그 뒤에 무슨 일이 벌어질지 아무도 알 수가 없었다. 내가 그 점을 두려워한다는 걸 잘 아는 그는 그 점을 이용했다. 내가 침대에 눕자마자 그의 손이 내 몸을, 그의 입이 내 입을 찾았다. 나는 저항하지 않고 머뭇거리며 애원했다.

"제발 부탁인데, 오늘 저녁에는 안 돼요! 오늘 저녁엔 얌전히 계셔야 돼요!"

그는 내 말에 귀 기울이지 않았다. 그는 떨리는 욕망과 죽음의 목소리로 대답했다.

"오늘 저녁엔 안 된다고? 당신은 늘 같은 말을 하는군요. 오늘 저녁엔 안 돼요! 내가 기다릴 시간이 있나요?"

나는 울음을 터뜨리며 소리쳤다.

"아, 조르주 씨! 당신은 제가 당신을 죽이기를 바라는 건가요? 제가 당신을 죽였다는 회한에 평생 시달리기를 바라는 건가요?"

평생이라니! 이미 나는 그와 함께, 그로 인해, 그처럼 죽으려는 것을 잊은 것이었다.

"조르주 씨! 조르주 씨! 제발 절 불쌍히 여겨줘요!"

그러나 그의 입술이 내 입술 위에 있었다. 죽음이 내 입술 위에 있었다.

그가 숨을 헐떡이며 말했다.

"닥쳐요! 난 오늘 저녁처럼 당신을 사랑한 적이 없었어요."

그리고 우리의 몸은 뒤섞였다. 그리고 내 안에서 욕망이 깨어났다. 내 밑에서 조르주의 뼈들이 마치 해골의 뼈들처럼 부딪치는 소리가 그의 한숨 소리와 작은 고함 소리에 섞여 들려오자 나는 극심한 고통과 견디기 힘든 쾌감을 동시에 느꼈다.

나를 안고 있던 그의 두 팔이 별안간 풀리더니 침대 위로 축 늘어져 꼼짝하지 않았다. 그의 입술이 내 입술에서 떨어져 나갔다. 그리고 그의 입에서 비탄의 외침이 흘러나왔다. 그러더니 그의 목구멍에서 뜨거운 피가 울컥 뿜어져 나와 내 얼굴에 튀겼다. 나는 침대에서 펄쩍 뛰어 일어났다. 바로 앞에 걸려 있던 거울이 피로 적셔진 내 붉은 얼굴을 보여주었다. 나는 공포에 사로잡혀 방 안을 미친 듯이 왔다 갔다 했다. 나는 도움을 청하려고 했다. 그러나 자기 보호의 본능과 내가 살인을 저질렀음이 드러나 책임을 지게 될지도 모른다는 두려움, 비겁하고 계산적인 그 무엇이 내 입을 막았고, 나의 이성이 침몰해 가던 깊은 구렁의 가장자리에서 나를 붙잡았다. 조르주와 내가 알몸인 상태에서, 이렇게 무질서한 상태에서, 그와 내가 사랑을 나누던 상태에서 누군가 방에 들어와서는 절대 안 된다는 것을 나는 아주 분명하게 깨달았다.

오, 인간이란 얼마나 비열한 존재인지! 나의 고통보다 더 본능적인 것, 나의 두려움보다 더 강한 것은 바로 나의 역겨운 신중함과 비열한 계산이었다. 그 같은 두려움 속에서도 나는 평정을 되찾아 응접실에 이어 대기실의 문을 열고 귀를 기울였다. 아무 소리도 들려오지 않았다. 집 안의 모든 것이 잠들어 있었다. 나는 다시 침대 옆으로 돌아갔다. 그리고 깃털처럼 가벼운 조르주의 몸을 일으켰다. 두 손으로 그의 머리를 똑바로 들어 올렸다. 끈적끈적한 피가 계속 그의 입에서 가느다랗게 흘러나왔다. 그의 가슴이 마치 물을 마실 때 병에서 나는 것과 같은 소리를 내며 목구멍을 통해 비워져 갔다. 뒤집힌 그의 두 눈에서는 이제 확장된 눈꺼풀 사이로 불그스레한 안구밖에 보이지 않았다.

"조르주! 조르주! 조르주!"

조르주는 이 부름에, 이 외침에 대답하지 않았다. 그에게는 나의 부름이, 나의 외침이 들리지 않았다. 지상의 그 어떤 부름도, 그 어떤 외침도 들리지 않았다.

"조르주! 조르주! 조르주!"

나는 그에게서 손을 뗐다. 그의 몸이 침대 위로 무너지고 그의 머리가 베개 위로 축 늘어졌다. 나는 그의 심장에 손을 대보았다. 심장이 뛰지 않았다.

"조르주! 조르주! 조르주!"

그의 침묵과 그의 입술, 꼼짝 않는 그의 붉은 시신, 그리고 나 자신이 불러일으키는 두려움에 짓눌려, 그리고 나의 슬픔을 억눌러야만 한다는 생각과 고통에 짓눌려, 나는 양탄자 위로 쓰러지며 기절하고 말았다.

몇 분 동안, 혹은 몇 세기 동안 그렇게 정신을 잃고 있었던 것일까? 모르겠다. 내가 다시 정신을 차렸을 때는 내게 불리하게 작용할 수도 있는 증거들을 모두 없애야 한다는 생각이 다른 모든 생각을 지배했다. 나는 우선 얼굴부터 씻었다. 그리고 옷을 갈아입었다. 침대와 방을 정리했다. 이 모든 일을 끝낸 다음 나는 집 안에 있는 사람들을 깨웠다. 그리고 조르주 씨가 죽었다는 끔찍한 소식을 큰 소리로 알렸다.

아, 그날 밤은 정말 끔찍했다! 그날 밤 나는 지옥에서나 겪을 법한 끔찍한 고통을 견뎌내야 했다.

그리고 지금 이곳, 르 프리외레에서 겪는 고통이 그때의 그 고통을 상기시킨다. 내가 그의 빈약한 육체를 파괴하기 시작했던 그날 밤처럼 오늘 밤에도 세찬 비바람이 분다. 그리고 정원의 나무들 사이로 부는 바람의 울부짖음은 마치 영원히 저주받은 그 울가트 별장의 제방에 넘실거리던 바다의 울부짖음처럼 느껴진다.

조르주 씨의 장례식을 마치고 파리로 돌아온 나는 그 불쌍한 할머니의 거듭된 애원에도 불구하고 더 이상 그녀의 시중을 들고 싶지 않았다. 어서 빨리 그 집에서 나가고 싶은 생각뿐이었다. 눈물에 젖은 그녀의 얼굴을 더 이상 보고 싶지 않았고, 내 가슴을 갈기갈기 찢어놓는 그녀의 흐느낌도 더 이상 듣고 싶지 않았다. 특히 그녀가 내게 표하는 감사로부터, 그리고 지루하게 반복되는 비탄 속에서 나의 헌신과 영웅적 행위에 대해 끊임없이 내게 감사하고 싶어 하고, 내게 무한한 애정을 표하며 나를 '내 소중한 손녀'라고 부르고 싶어 하고, 나를 껴안고 싶어 하는 그녀로부터 어서 빨리 벗어나고 싶었다. 그녀가 하도 애걸복걸해서 그녀 곁에 머물기로 했던 보름 동안 내영혼을 무겁게 짓누르며 나를 숨 막히게 하는 그 모든 것을 고백하고 용서를 구하고 싶은 적이 한두 번이 아니었다. 하지만 그래 봤자 무슨 소용이 있겠는가? 내가 그렇게 한다고 해서 그녀가 위안을 받을까? 그래 봤자 그녀의 다른 수많은 고통에 또 하나의 고통을 덧붙이는 결과밖에 안 될 것이다. 내가 없었다면 그녀의 소중한 손자가 죽지 않았을 거라는 그 소름 끼치는 생각과 진정시킬 수 없는 회한. 그리고 사실을 고백해야 했지만 내게는 그럴 용기가 없었다. 나는 나의 비밀을 가슴에 묻은 채 값비싼 선물과 사랑을 가득 안고 성녀처럼 숭배받으며 그녀의 집을 떠났다.

그 집을 떠난 바로 그날, 폴라-뒤랑 부인의 직업소개소에서 일을 보고 돌아오던 나는 샹젤리제에서 전에 같은 집에서 6개월간 함께 일했던 남자 하인을 우연히 만났다. 2년도 넘어 그를 다시 본 것이었다. 이런저런 얘기를 나누던 나는 그 역시 나처럼 일자리를 찾고 있다는 것을 알게 되었다. 다만 그는 당분간은 돈벌이가 제법 되는 일거리가 있어서 서둘러 일자리를 찾으려고 하지는 않았다.

그는 나를 만난 것을 기뻐하며 말했다.

"오, 셀레스틴! 여전히 멋지군!"

그는 먹고 마시며 노는 걸 좋아하는 명랑한 익살꾼 남자였다. 그가 제안했다.

"저녁 같이 할까?"

나는 기분을 풀면서 너무 슬픈 수많은 이미지들과 뇌리에서 떠나지 않는 수많은 생각들을 멀리멀리 쫓아버리고 싶었다. 나는 그의 제안을 받아들였다.

그가 말했다.

"좋았어!"

그는 내 팔을 잡고 나를 캉봉 거리의 포도주 가게로 데려갔다. 나는 그의 부담스러운 명랑함과 상스러운 농담, 저속한 음란함을 흠뻑 느꼈다. 그런 점들은 내게 아무런 충격도 주지 않았다. 오히려 나는, 잊어버렸던 습관을 다시 시작할 때처럼 모종의 불량스러운 즐거움과 천박한 안도감 같은 것을 느꼈다. 사실대로 말하자면, 풀어진 그 눈꺼풀에서, 수염 없는 그 얼굴에서, 비굴한 비죽거림과 거짓의 주름살과 쓰레기 같은 정욕을 드러내는 그 입술에서 나는 나 자신을, 나의 삶과 나의 영혼을 알아보았다.

저녁식사를 마친 뒤 우리는 넓은 가로수 길을 잠시 거닐었다. 그런 다음 그는 순회 상영 중인 영화를 보여주었다. 나는 소뮈르산 포도주를 너무 많이 마셔서 힘이 좀 빠진 상태였다. 영화관의 어둠 속에서, 환히 빛나는 스크린 위로 프랑스군이 열 지어 지나가는 것을 보며 관객들이 박수갈채를 보내는 동안 그는 내 허리를 움켜잡고서 내 머리가 헝클어지도록 내 목덜미에 입을 맞추었다.

그가 거친 숨을 내쉬며 속삭였다.

"당신은 정말 근사해. 당신한테서 얼마나 좋은 냄새가 나는지….."

그는 나를 내가 묵는 호텔까지 데려다주었고, 우리는 호텔 앞 인도에서 바보들처럼 잠시 침묵을 지키고 있었다. 그는 지팡이 끝으로 자신의 구두 끝을 톡톡 두드렸다. 나는 두 손을 토시 속에 집어넣은 채 고개를 숙이고 발밑에 있는 오렌지 껍질을 짓이겼다.

내가 말했다.

"그럼 잘 가요!"

그가 응수했다.

"같이 올라가면 안 될까, 셀레스틴?"

나는 그냥 건성으로 안 된다고 말했다. 그러나 그는 올라가게 해달라고 끈질기게 요구했다.

"이봐, 무슨 일 있어? 실연의 아픔이라도 겪은 거야? 지금
이 바로… 그 아픔을 잊을 기회야."

그가 나를 따라왔다. 그 호텔에서는 저녁에 돌아오는 사람
들을 너무 뚫어지게 쳐다보지 않았다. 좁고 어두운 계단과 끈
적끈적한 난간, 구질구질한 분위기, 역한 냄새는 이 호텔을 뜨
내기손님들이 드나드는 위험한 장소로 만들었다. 내 동행이
나를 안심시키려는 듯 연신 기침을 해댔다. 나는 환멸을 느끼
며 생각했다.

'오, 맙소사! 울가트의 별장이나 링컨 거리에 있는 그 따뜻
하고 꽃으로 장식된 집들과는 도저히 견줄 수가 없는 곳이구
나.'

방에 들어와 내가 자물쇠를 잠그기가 무섭게 그가 내게 달
려들더니, 나를 치마가 들려 올라갈 정도로 침대에 힘껏 내던
졌다.

그리고 나의 삶은 다시 시작되어, 늘 그랬듯이 부침과 변덕
이 되풀이되었고, 관계는 시작되자마자 끝이 났고, 호화로운
집에서 느닷없이 길거리로 내쫓기는 일이 다반사로 일어났다.

이상한 일이다! 사랑의 열광 속에서, 열렬한 희생의 갈망 속
에서 진심으로, 열렬히 죽기를 바랐던 내가 혹시라도 조르주
씨와의 입맞춤으로 병이 전염되었을까 봐 오랫동안 두려워했
다니. 그래서 조금만 몸이 불편해도, 아무리 일시적인 통증이

찾아와도 나는 놀라서 겁을 냈다. 한밤중에 식은땀을 흘리며 깨어나 끔찍한 두려움에 시달린 게 한두 번이 아니었다. 가슴을 만져보던 나는 암시에 의해 가슴이 찢어지는 듯한 통증을 느꼈다. 침을 검사해보면 피가 섞인 듯 붉은 선들이 보였다. 또 맥박을 재고 있으면 몸에서 열이 났다. 거울에 비친 내 모습을 바라보고 있으면 두 눈이 움푹 들어가고 양쪽 광대뼈는 조르주 씨의 뺨을 물들였던 그 죽음의 장밋빛으로 변했다. 어느 날 밤, 댄스홀에서 춤을 추고 나온 나는 감기에 걸려 일주일 동안 기침을 했다. 나는 이제 죽나 보다 생각했다. 등에 온통 반창고를 바르고 온갖 이상한 약을 마구 먹었다. 심지어 파도바의 안토니오 성인에게 성물을 바치기까지 했다. 그렇지만 두려움에도 불구하고 나는 여전히 건강해서, 내가 힘든 하녀 일과 쾌락이 안겨주는 피로를 여전히 잘 버텨내고 있음을 보여주었다. 삶은 그렇게 흘러갔다.

매년 이 슬픈 날에 그랬듯이 작년 10월 6일에도 나는 조르주 씨의 무덤을 찾아가 꽃을 바쳤다. 그의 무덤은 몽마르트르 묘지에 있다. 넓은 통로에서 나는 그 불쌍한 할머니가 나보다 몇 발짝 앞서서 걸어가는 것을 보았다. 아! 그녀는 팍삭 늙어 있었다! 그리고 그와 동행한 두 명의 하인 역시 늙어 있었다. 등이 굽은 그녀는 자기네 주인처럼 등이 굽고 비틀거리는 하인들의 부축을 받으며 비틀비틀 힘겹게 걷고 있었다. 묘지 직원 한 사람이 흰색과 붉은색 장미꽃으로 만든 커다란 화환을 들고 그들 뒤를 따라갔다. 나는 그들을 지나쳐 가는 것도, 그들이 나를 알아보는 것도 원치 않았으므로 걸음을 늦추었다. 그리고 위령탑의 높은 벽 뒤에 몸을 숨긴 채 한없이 슬퍼 보이는 그 불쌍한 늙은 여인이 손자의 무덤에 화환을 바친 다음 눈물 속에서 묵주를 돌리며 기도를 끝내기를 기다렸다. 그들은 휘청거리는 걸음으로 작은 길을 통해 돌아가면서 내가 서 있던 지하 묘소의 벽을 스쳐 지나갔다. 나는 그들을 보지 않으려고 좀 더 깊숙이 몸을 숨겼다. 내게는 내 앞으로 지나가는 그들이 내 회한, 내 회한의 유령들로 보였기 때문이었다. 그녀는 나를 알아봤을까? 아! 그런 것 같지는 않다. 그들은 아무것도 쳐다보지 않고, 지상에 있는 건 아무것도 보지 않고, 주변에 눈도 돌리지 않고, 그냥 걷기만 했기 때문이다. 그들의 눈은 맹인의 눈처럼 고정되어 있었다. 그들의 입술은 움직였지만, 거기서는 말이 단 한 마디도 나오지 않았다. 꼭 죽어버린 세 늙은 영혼이 자기 묘지를 찾다가 미로 같은 묘지에서 길을 잃어버린 것 같았다. 그 비극적인 밤이 다시 생각났다. 온통 피로 물든 내 얼굴, 조르주의 입에서 흘러나오던 피. 온몸에 전율이 느껴졌다. 마침내 그들의 모습이 사라졌다.

그 애처로운 세 유령은 지금 어디 있을까? 아마 조금 죽었을지도 모르고, 완전히 죽었을지도 모른다. 밤낮없이 떠돌다가 결국은 자신들이 찾던 침묵과 휴식의 묘혈을 발견했는지도 모른다.

여하튼! 그 불행한 할머니는 어떻게 조르주 씨처럼 그토록 젊고 잘생긴 청년을 돌볼 사람으로 나를 선택하겠다는 이상한 생각을 했을까? 정말이지, 다시 생각해보면, 그녀는 정말 아무것도 의심하지 않았고, 정말 아무것도 보지 못했고, 정말 아무것도 이해하지 못했던 것 같다. 내가 가장 놀라워하는 건 바로 그 점이다! 아! 나는 이제 말할 수 있다. 그들 세 사람은 예리한 사람들이 아니었다. 그들은 나를 전적으로 신뢰했다.

나는 산울타리 너머로 모제 대령을 다시 보았다. 그는 새로 가래질을 해놓은 화단 앞에 쭈그리고 앉아 삼색제비꽃과 향꽃무 모종을 옮겨 심고 있었다. 그는 나를 보자마자 하던 일을 멈추고 산울타리 쪽으로 걸어왔다. 내가 그의 흰족제비를 죽인 일에 대해서는 더 이상 원망하지 않았다. 그는 심지어 매우 즐거워 보였다. 자기가 오늘 아침에 랑레르 씨네 흰색 고양이의 목을 비틀어놓았다고 말하며 웃음을 터뜨렸다. 어쩌면 흰족제비에 대한 보복이었는지도 모르겠다.

그는 자신의 허벅지를 치면서, 그리고 흙이 묻어 까만 두 손을 문지르면서, 몹시 즐거워하며 소리쳤다.

"내가 그 집 고양이를 아무도 모르게 죽인 게 이번으로 열 번째거든. 아! 이제 다시는 그 못된 고양이가 우리 집 온상의 부식토를 파헤치지 못할 거야. 내 모판을 엉망으로 만들어놓지 못할 거야. 랑레르와 그의 마누라 목도 비틀 수 있으면 좋을 텐데, 안 그래? 아! 아! 그 돼지들의 목을 딸 수 있으면 얼마나 좋을까? 그거 아주 좋은 생각인데!"

이런 생각을 하며 그는 좋아서 자지러지게 웃어댔다. 그리고 문득 눈을 음험한 장난기로 빛내며 말했다.

"왜 당신은 그 인간들의 침대에 털가시를 슬쩍 집어넣지 않는 거지? 그 더러운 인간들의 침대에다가 말이야. 내가 그걸 한 보따리 줄 수 있는데! 흠, 그것 참 좋은 생각인데!"

그러고 나서 이렇게 덧붙였다.

"그런데 말이야…. 알지? 클레베르? 내 흰족제비?"

"네. 그런데요?"

"음, 내가 그놈을 먹어치웠지. 하하하!"

"별로 맛있었을 것 같지 않은데요. 안 그래요?"

"흐음, 맛없는 토끼고기 같더군."

그것이 그 불쌍한 동물에게 바쳐진 유일한 조사弔辭였다.

대령은 또 지난주에 나뭇단 속에서 고슴도치 한 마리를 잡았다고 얘기해주었다. 지금 길들이는 중이라고 했다. 고슴도치의 이름은 부르바키*였다. 그거 참 좋은 생각이다! 못 먹는 것 없이 다 먹어치우는, 영리하고 장난스럽고 특이한 동물!

그가 감탄하며 말했다.

"원, 세상에! 그 고슴도치는 하루 사이에 비프스테이크와 강낭콩 곁들인 양고기, 베이컨, 그뤼예르 치즈, 과일 잼을 다 먹어치우더라니까. 기가 막혀서! 그놈을 배부르게 할 도리가 없

---

* Charles Denis Sauter Bourbaki(1816~1897). 프랑스 제2제정기의 장군으로, 프로이센-프랑스 전쟁 당시 동부 전선의 전투를 지휘했으나 패배했다.

어. 영락없이 나를 보는 것 같아. 못 먹는 게 없는 걸 보면."

그때 어린 하녀가 돌, 빈 정어리 통조림 깡통, 쓰레기 더미를 쓰레기 구덩이에 내다 버리기 위해 외바퀴 손수레에 싣고 통로를 지나갔다.

대령이 소리쳐 나를 불렀다.

"이리 와봐!"

나는 그가 캐묻기라도 한 듯, 나리는 사냥하러 나갔고 마님은 시내에 나갔고 조제프는 심부름을 갔다고 말했다. 그러자 그는 외바퀴 수레에서 돌을 하나씩 집어 들어 랑레르 씨네 정원으로 던졌고, 쓰레기도 하나씩 집어 들어 던졌다. 그러면서 큰 소리로 이렇게 외쳤다.

"받아라, 이 돼지야! 받아라, 이 못돼먹은 인간아!"

전날 조제프가 정성스럽게 갈아엎어 콩을 심어놓은 채소밭에 돌이 날아가고 쓰레기가 떨어졌다.

"또 날아가라! 다시 한 번! 다시 한 번!"

채소밭은 얼마 지나지 않아 쓰레기로 뒤덮여 엉망이 되었다. 대령의 즐거움은 새 울음소리 같은 소리와 무질서한 동작으로 표현되었다. 그러고 나서 그는 수염을 쓸어 올리며 자신만만하고 음탕한 표정으로 말했다.

"셀레스틴, 당신은 정말 예뻐. 로즈 없을 때 한번 와, 응? 이거 좋은 생각인데."

말도 안 돼! 이 양반은 정말 뻔뻔하군!

8

10월 18일

드디어 장 씨의 편지를 받았다. 내용은 매우 건조했다. 그걸 읽어보니 우리 사이에 내밀한 일이 전혀 없었던 것 같은 느낌이 들 정도였다. 우정을 표현하는 단어도, 애정도, 추억도 찾아볼 수 없었다. 편지에서 그는 처음부터 끝까지 자기 얘기만 했다. 장의 얘기를 곧이곧대로 믿는다면, 그는 중요 인사가 된 것 같았다. 편지 첫 부분부터 그가 나에 대해 취한 보호자처럼 구는 태도와 약간 경멸적인 어조에서 그게 분명히 느껴졌다. 요컨대 그는 나를 납작하게 만들기 위해 편지를 써 보낸 것이었다. 그가 자만심 많은 사람이라는 건(그는 정말 미남이었다!) 알고 있었지만, 결코 이 정도는 아니었다. 남자들은 성공이나 명예를 감당할 줄을 모른다.

장은 여전히 파르댕 백작부인 집의 수석 하인인데, 파르댕 백작부인은 아마도 현재 프랑스에서 사람들 입에 가장 많이 오르내리는 여성일 것이다. 장은 수석 하인 역할에 정치 시위자와 왕당파 음모자의 역할을 덧붙였다. 그는 코페, 르메트르, 케네 드 보르페르와 함께 시위를 했고, 메르시에 장군과 함께 공화국을 무너뜨릴 음모를 꾸몄다. 어느 날 밤에는 코페와 함께 '조국 프랑스Patrie Française' 집회에 가기도 했다. 그는 거물 애국지사인 코페 뒤에서 으스대며 연단 위를 걸어갔고, 저녁 내내 그의 외투를 들고 있었다. 그는 이 시대의 모든 거물 애국지사들의 외투를 들어주었다고 할 만하다. 그의 인생에서는 그게 중요한 일이었다. 또 그는 어느 날 밤 '세계주의자들의 아가리를 깨부수라'는 백작부인의 지시를 받고 드레퓌스 대위를 지지하는 모임에 쳐들어가 무국적자들을 야유하고 "유대인들에게 죽음을! 국왕 폐하 만세! 프랑스군 만세!"라고 고래고래 소리를 질러 경찰서에 연행된 적도 있었다. 그러나 그는 백작부인이 힘을 써준 덕분에 바로 풀려났다. 게다가 그녀는 그가 큰일을 해냈다며 월급을 20프랑이나 올려주었다. 또 아르튀르 메예르 씨는《르 골루아》신문에 그의 이름을 실어주었다.《라 리브르 파롤》신문의 앙리 대령*을 위한 기부자 명

• Hubert Henry(1846~1898). 드레퓌스 대위를 고발한 주요 인물 중 한 명. 증거를 조작해 드레퓌스 대위가 복권되지 못하도록 막았다. 결국 감옥에 갇혔다가 자살했

단에 100프랑을 낸 것으로 그의 이름이 실리기도 했다. 코페가 직권으로 그의 이름을 올려준 것이었다. 코페는 또 그를 놀라운 단체인 '조국 프랑스'의 명예회원으로 임명했다. 오래된 가문의 하인들은 모두 이 단체에 소속되어 있었다. 백작도 있고 후작도 있고 공작도 있는 단체였다. 어제 점심을 먹으러 온 메르시에 장군은 장에게 이렇게 말했다. "여보게, 장?" 여보게, 장이라니!《반유대론》이라는 주간지에서 쥘 게랭은 '유대인들의 희생자가 또 있다!'라는 제목 아래 '우리의 용맹한 반유대파 동료, 장 등등'이라고 썼다. 마지막으로 더 이상 집에서 나갈 수가 없는 포랭 씨°는 장이 조국의 영혼을 상징해야 한다며 장을 그리기 위해 그로 하여금 포즈를 취하게 했다. 포랭 씨는 장이 '거기에 적당한 얼굴'을 갖고 있다고 생각했다. 이때 그는 유명한 훈장과 큰 액수의 팁, 매우 기분 좋고 명예로운 특전을 받았다. 그리고 모든 정황으로 미루어 볼 때, 만약 메르시에 장군이 장을 끌어들여 졸라의 재판에서 위증을 시키기로 결정한다면 그는 영광의 절정에 서게 될 것이었다. 금년에 상류 사회에서 위증만큼 유행하고 효과를 발휘한 것은 없었다. 위증자로 선택되면 금방 이름을 널리 알릴 수 있을 뿐만 아니라 엄청난 액수의 복권에 당첨될 수도 있었다. 장 씨

다. 민족주의자들이 그의 동상을 세우기 위해 기부금을 모았다.

● Jean-Louis Forain(1852~1931). 프랑스의 화가.《어이, 이것 좀 봐*Psst...!*》라는 신문을 만들어 반동적인 정책을 지지했다.

는 자기가 샹젤리제 구역에서 점점 더 큰 센세이션을 일으키고 있음을 잘 알고 있었다. 저녁에 그가 프랑수아 1세 거리에서 당구를 치거나 길가에서 백작부인네 집 개들을 오줌 누이고 있으면 그는 모든 사람의 호기심과 존경의 대상이 되었고, 그 개들까지도 호기심의 대상이 되었다. 그래서 그는 동네에서 파리 전역으로, 파리에서 프랑스 전역으로 퍼져 나가는 명성을 얻기 위해, 백작부인처럼, 신문 기사를 발췌해 제공하는 《아르귀스 드 라 프레스》의 정기 구독자가 되었다. 그는 자기에 관해 가장 잘 쓰인 기사를 내게 보낼 것이다. 그가 나를 위해 할 수 있는 것은 이게 전부다. 나는 그가 내 상황에 대해 신경을 쓸 시간이 없다는 것을 이해해야만 하는 것이다. 그는 나중에 '우리가 권력을 잡으면' 다 알게 될 것이라고 편지에 썼다. 내게 일어나는 일은 모두 내 탓이다. 나는 사람들을 선도한다는 생각을 해본 적이 없었다. 일관된 사고방식을 가져본 적이 없었다. 나는 많은 명문 가정에서 일했지만, 거기서 아무 이득도 얻지 못하고 좋은 기회를 흘려보냈다. 만일 내가 성급하고 다혈질적인 사람이 아니었다면 나 역시 메르시에 장군이나 코페, 데룰레드와 좋은 관계를 유지했을 것이다. 그리고 어쩌면 하인 신분을 가진 모든 사람들의 힘을 북돋워주는 《르 골루아》 신문의 기사에서 내 이름이 빛나는 것을(비록 내가 여자이기는 하지만) 보게 되었을 것이다.

나는 편지를 읽으며 거의 울다시피 했다. 장 씨가 내게서 완전히 멀어졌고, 이제는 그에게 기대를 갖지 말아야 한다고 느겼기 때문이다. 그를 비롯해 어느 누구에게도 기대를 갖지 말 아야 한다! 그는 내 후임 하녀에 대해서는 단 한 마디도 언급하지 않았다. 아! 여기서도 그녀의 모습이 보인다. 내가 너무나 잘 아는 그 방에서 나와 그가 그랬듯이 입을 맞추고, 서로의 몸을 어루만지고, 무도회장과 극장을 돌아다니는 두 사람의 모습이 보인다. 그리고 담황색 외투를 입은 그가 경마에서 돈을 다 잃고 돌아와 내게 수없이 말했던 것처럼 그 여자에게도 "보석이랑 시계 좀 빌려줘. 전당포에서 돈 좀 융통하게"라고 말하겠지. 그가 정치 시위자와 왕정을 지지하는 음모자라는 새로운 역할을 맡으면서 새로운 야심을 품지 않는다면, 그리고 그가 하인들의 찬방을 버리고 상류 사회의 살롱을 좇지 않는다면, 그는 하인들에게 다시 돌아갈 것이다.

내게 일어나는 일은 과연 다 내 탓일까? 어쩌면 그럴지도 모른다. 그렇지만 내가 단 한 번도 주인인 적이 없었던 운명은 내 삶 전부를 무겁게 짓눌렀고, 내가 같은 집에 6개월 이상 머무르는 걸 원하지 않았다. 주인이 나를 해고하지 않으면 내가 더 이상 혐오감을 참을 수가 없어서 떠났다. 이상하고 슬프다. 나는 항상 '다른 곳에 있기 위해' 안달했고, '이 가공架空의 다른 곳'에 있고 싶다는 터무니없는 희망을 근거 없는 시정詩情과 먼 곳에 대한 허망한 환상으로 포장해 품고 살았다. 특히 그 불쌍한 조르주 씨와 함께 울가트에 살 때부터 이렇게 된 것 같다. 그때 이후로 나는 뭔지 모를 불안 속에서 살았다. 나는 도달할 수 없을 만한 생각과 모습으로까지 나를 드높여야겠다는 욕구를 느끼며 번민했지만, 결코 그러한 욕구를 충족시키지 못했다. 내가 더 잘 알 수는 없는 세계이므로 차라리 모르는 게 나았을 한 세계를 너무 갑작스럽게 언뜻 본 것이 내게 매우 해로운 영향을 미쳤다고 나는 굳게 믿는다. 아! 미지의 세계로 가는 길은 얼마나 실망스러운가! 걷고 또 걸어도 늘 똑같다. 저 멀리 먼지 이는 지평선을 보라. 푸른색이고, 분홍색이고, 서늘하고, 꿈처럼 밝고 가볍다. 거기서 살면 좋을 것 같다. 그래서 가까이 다가간다. 거기에 도착한다. 아무것도 없다. 모래, 조약돌, 벽처럼 음산한 언덕뿐. 다른 건 아무것도 없다. 그리고 이 모래와 조약돌, 언덕 위에는 무겁게 짓누르는 듯한 불투명한 회색빛 하늘이, 햇빛이 상처를 입고 그을음처럼 더러운 눈물을 흘리는 하늘이 있다. 아무것도 없다. 내가 찾고자 했던 것은 없다. 게다가 나는 내가 뭘 찾으러 왔는지도 모른다. 또 나는 내가 누구인지도 모른다.

하인은 정상적인 존재도 아니고, 사회적인 존재도 아니다. 하인은 서로 맞춰질 수도 없고 포개질 수도 없는 잡다한 토막들과 조각들로 만들어진 누군가다. 하인은 그보다 더 나쁜 그 무엇, 인간과 괴물의 잡종이다. 그는 서민 출신이지만, 그 계급에서 빠져나왔다. 또 그는 부르주아들 속에서 살고 부르주아가 되기를 바라지만, 그렇다고 해서 부르주아는 아니다. 그는 자기가 버린 서민들의 그 관대한 피와 소박한 힘을 잃어버렸다. 또한 그는 부르주아지로부터는 수치스러운 방탕함을 얻어냈으나 그것을 만족시킬 수단을 획득하는 데는 성공하지 못했다. 그리고 비열한 감정, 비겁한 두려움, 범죄적 취향. 이 점 잖은 부르주아 사회를 통과하는 가운데 그의 영혼이 완전히 더러워지며, 이 썩어가는 시궁창에서 올라오는 치명적인 악취 를 들이마시는 것만으로 그는 정신의 안전은 물론 심지어 자 아의 형태 자체까지 영원히 잃어버린다. 그리고 그가 자기 자 신의 유령이 되어 수많은 사람들 사이를 배회하며 만든 이 모 든 기억의 밑바닥에서 발견한 것은 오직 쓰레기, 즉 고통뿐이 다. 그는 자주 웃었지만, 그것은 억지웃음이다. 그의 웃음은 우 연히 발견한 즐거움과 실현된 희망에서 나오는 것이 아니며, 그는 반항으로 쓸쓸하게 일그러진 표정과 빈정거림의 거칠 고 어색한 주름을 여전히 간직하고 있다. 그의 웃음보다 더 고 통스럽고 추한 웃음은 없다. 그것은 불태우고 말라 죽게 한다. 어쩌면 그냥 우는 게 나을지도 모르겠다. 그리고 나서는… 모 르겠다. 그러고 나서는… 젠장! 일어나게 되어 있는 일이 일어 나겠지.

그러나 아무 일도 일어나지 않는다. 결코 아무 일도 일어나 지 않는다. 그리고 나는 이런 상황에 익숙해질 수가 없다. 내 가 견디기 가장 힘든 것은 삶의 이 단조로움, 이 정체停滯다. 여 기서 떠나고 싶다. 떠난다고? 하지만 어디로, 어떻게 떠난단 말인가? 모르겠다. 그냥 남아 있는 수밖에.

마님은 늘 한결같았다. 충동도, 변덕도, 솔직함도 없이, 대리석처럼 무표정한 얼굴이 즐거움의 빛줄기로 환해지는 법도 없이, 여전히 의심 많고 체계적이고 엄격하고 탐욕스러웠다. 나리는 예전의 습관을 되찾았고, 나는 그의 음흉한 표정을 보고 그가 여전히 내가 엄하게 군 것에 대해 앙심을 품고 있음을 알아차렸다. 그러나 그의 앙심은 위험하지 않았다. 점심식사를 마친 그는 무장을 하고 각반을 찬 다음 사냥을 떠났다가 밤이 되어서야 돌아왔는데, 더 이상은 장화 벗는 걸 도와달라고 부탁하지 않고 그냥 아홉 시에 잠자리에 들었다. 그는 여전히 겁 많고 희극적이고 결단력도 없었다. 그는 점점 더 뚱뚱해져갔다. 도대체 왜 그처럼 돈 많은 사람들이 그렇게 울적하게 살아가는 것일까? 이따금 나는 나리에 대해 생각해보곤 했다. 나리랑 어떻게 지낼 것인가? 그는 돈도 없고, 내게 쾌락을 안겨주지도 못할 것이다. 특히나 마님은 질투를 하지 않는다!

이 집에서 특히 견디기 힘든 건 침묵이다. 그 침묵에는 도저히 익숙해질 수가 없다. 그렇기는 하지만 나는 미끄러지듯 걷는 것에, 조제프의 표현을 따르면 '허공에 떠서 걷는 것'에 나도 모르게 익숙해졌다. 대개 나는 어두운 복도를 걷거나 차가운 벽을 따라 걸을 때 유령이나 귀신처럼 행동했다.

나의 유일한 오락은 일요일마다 미사 후에 식료품점 주인인 구앵 부인을 찾아가는 것이었다. 사실 나는 거부감이 들어 그곳을 멀리하고 싶었지만, 그보다 더 강한 감정인 지겨움이 나를 그곳으로 데려갔다. 어쨌든 거기 가면 모두 함께 있을 수 있었던 것이다. 우리는 화주와 카시스 술을 섞어 작은 잔으로

홀짝홀짝 마시면서 함께 남의 험담을 하고, 우스갯소리를 하고, 시끄럽게 떠들어댔다. 그곳에서는 삶의 환상 같은 걸 약간이나마 품을 수 있었다. 그리고 시간이 흘러갔다. 어느 일요일에는 눈에 물기가 축축하고 입이 꼭 쥐의 주둥이처럼 생긴 하녀가 보이지 않았다. 나는 어떻게 된 일인지 물어봤다.

식료품점 여주인이 비밀스러운 분위기를 풍기려 애쓰며 대답했다.

"별일 아니에요. 별일 아니에요."

"아픈 거예요?"

"응. 하지만 별일 아니에요. 이틀만 지나면 잠잠해질 거예요."

로즈 양이 '내 말이 맞지?' 하는 듯한 눈빛으로 나를 쳐다보았다. 그녀는 이렇게 말하는 것 같았다.

'봤지요? 정말 노련한 여자라니까.'

바로 오늘 나는 식료품점에서, 사냥꾼들이 어제 라용 숲의 가시덤불과 낙엽 속에서 끔찍하게 성폭행당하고 살해된 소녀의 시신을 발견했다는 이야기를 들었다. 소녀는 도로 보수하는 일을 하는 남자의 딸로 추정되었다. 이 지역에서는 그 소녀를 '꼬마 클레르'라고 불렀다. 좀 모자라는 편이었지만, 유순하고 귀여운 아이였다. 클레르는 열두 살도 채 안 되었다. 독자여러분도 짐작하겠지만, 매주 같은 이야기를 가지고 이러쿵저러쿵 수다를 떨어대는 식료품점 모임에서는 이것이야말로 뜻밖의 횡재라고 할 수 있었다. 그리하여 혀들이 떠벌리기 시작했다.

항상 다른 여자들보다 더 정확한 정보를 입수하는 로즈에 따르면, 범인이 칼로 꼬마 클레르의 배를 갈랐고, 그래서 내장이 쏟아져 나왔다고 했다. 그리고 클레르의 목덜미와 목에는 범인이 목을 조른 자국이 또렷하게 남아 있었다고 했다. 범인이 나무꾼들이 쓰는 엄청 굵은 도끼 자루로 때려 죽인 듯(이것은 로즈의 비유다) 클레르의 온몸이 여기저기 짓이겨져 있었다고 했다. 범행 장소인 키 작은 히스 수풀 속에는 살인자가 발로 구르고 밟아 다진 자국이 여전히 남아 있었다고 했다. 시신이 거의 완전히 부패한 것으로 보아 사건은 적어도 8일 전에 일어난 것으로 추정되었다.

나는 거기 모여 있는 여자들 대부분이 성폭행이 상기시키는 외설적인 이미지 때문에 이 살인 사건에 대해 생각보다 덜 공포를 느낀다는 것을 확실히 알 수 있었다. 성폭행이란 어떻게 보면 사랑의 감정에서 비롯되는 것이기 때문이다. 하녀들은 수많은 걸 얘기했다. 그들은 꼬마 클레르가 하루 종일 숲 속에 있었다는 사실을 기억해냈다. 봄철이 되면 클레르는 황수선화와 은방울꽃, 아네모네를 꺾어 도시 여자들을 위한 예쁜 꽃다발을 만들었다. 또 숲에서 샷갓버섯을 따서 일요일에 열리는 시장에 내다 팔았다. 여름에는 또 온갖 종류의 버섯을 따고 또다른 꽃들을 꺾었다. 그러나 지금 이 계절에는 숲에서 따거나 꺾을 게 없는데 클레르는 대체 뭐 하러 숲에 간 것일까?

한 하녀가 조심스럽게 말했다.

"왜 그 아이의 아버지는 딸이 사라졌는데도 불안해하지 않았을까요? 혹시 그 사람이 그 짓을 한 게 아닐까요?"

그러자 또 다른 하녀가 역시 조심스럽게 말했다.

"하지만 그 사람이 그 짓을 하고 싶었다면 굳이 딸을 숲 속으로 데려갈 필요가 없지, 안 그래?"

로즈 양이 끼어들었다.

"모든 게 다 석연치 않아. 난…."

그녀는 이렇게 말하고서 다 알고 있다는 듯한, 무시무시한 비밀을 잘 알고 있다는 듯한 표정을 짓더니 더 낮은 목소리로, 위험한 비밀 이야기를 하는 듯한 목소리로 덧붙였다.

"나는 당최 모르겠어. 아무것도 주장하고 싶지 않아. 하지만…."

그녀는 '하지만'이라고 말한 다음 입을 다묾으로써 우리의 호기심을 한층 더 자극했다.

그러자 사방에서 목을 길게 빼고 입을 크게 벌려 외쳐댔다.

"하지만 뭐요? 어쨌다고요?"

"하지만 난 놀라지 않을 것 같아. 설사 범인이…."

우리는 조마조마했다.

"랑레르 씨라 해도."

그녀는 잔인하고 비열한 표정을 지으며 가차 없이 이렇게 말을 마쳤다.

여러 사람이 이의를 제기했다. 어떤 사람들은 판단을 보류했다. 나는 랑레르 씨가 그런 범죄를 저지를 만한 능력도 없는 사람이라고 주장하며 외쳤다.

"그분이 살인을 했다고요? 말도 안 돼. 오! 그 딱한 양반이… 아마 너무 겁이 나서….";

그러자 로즈는 증오심을 한층 더 표출하며 자기 의견을 고집했다.

"살인을 저지를 만한 능력도 없는 사람이라고? 이런, 이런! 그럼 제쥐로는? 발랑탱에 살던 그 어린애는? 또 두제르는? 다들 기억하지? 그런 사람이 살인을 저지를 만한 능력이 없다고?"

"그건 다른 문제죠. 다르고말고요."

하녀들은 비록 나리를 증오하긴 했지만 로즈처럼 그를 살인자로 단정 지으려고 하지는 않았다. 그가 그냥 가만히 있는 소녀들을 욕보였다고? 그거야 있을 수 있는 일이다. 그가 그들을 죽였다고? 그건 도저히 믿을 수가 없다. 로즈는 화를 내며 자기 생각을 굽히지 않았다. 그녀는 입에 거품을 물면서 굵고 물렁물렁한 손으로 탁자를 두드렸다. 그녀는 길길이 날뛰며 소리쳤다.

"랑레르 씨가 죽였다니까. 난 확신해!"

깊은 생각에 잠겨 있던 구앵 부인이 결국 억양 없는 목소리로 이렇게 말했다.

"아! 아가씨들, 이런 일에서는 뭐든 절대 단정할 수 없어요. 제쥐로로 말하자면, 분명히 말하는데, 랑레르 씨가 그 아이를 죽이지 않은 건 정말 행운이라고 할 수 있지요."

식료품점 여주인의 권위에도 불구하고, 화제를 바꾸는 걸 용납하지 않으려 하는 로즈의 고집에도 불구하고, 하녀들은 클레르를 죽였을 가능성이 있는 주변 사람들을 한 명씩 떠올렸다. 수많은 사람들이 등장했다. 그들이 싫어하는 사람들, 그들이 질투하는 사람들, 그들이 원한을 갖고 있는 사람들, 그들이 경멸하는 사람들이 그들의 입에 올랐다. 마지막으로 키가 작고 얼굴이 창백하고 입이 쥐의 주둥이처럼 생긴 하녀가 말했다.

"다들 알고 있어요? 지난주에 호감이 하나도 안 가게 생긴 얼굴에 더러운 수염까지 난 성 프란체스코회 수도사 두 명이 사방으로 구걸하러 다닌 거? 혹시 그들이 그런 거 아닐까요?"

하녀들이 들고일어났다.

"선량하고 독실한 수도사들이 그럴 리가요? 하느님의 성스러운 영혼들이 그럴 리가요? 말도 안 돼요!"

우리가 모든 사람들을 한 번씩 다 의심해보며 수다를 떠는 동안 로즈는 열을 내며 같은 말을 되풀이했다.

"범인은 랑레르 씨라니까."

방으로 돌아가기 전에 나는 조제프가 마구馬具를 반들반들 윤이 나게 닦고 있는 곳에서 잠시 걸음을 멈추었다. 니스 병과 구두약 통이 대칭을 이루어 장 속에 가지런히 정리돼 있었고, 그 장 위의 소나무 장식판에서 드뤼몽의 초상화가 반짝거리고 있었다. 아마도 그에게 더 큰 권위를 부여하기 위해서인 듯 조제프는 최근에 이 초상화를 협죽도 화관으로 장식해놓았다. 정면에 걸린 교황의 초상화는, 못을 박아 걸어놓은, 말을 덮어주는 모포에 가려서 잘 보이지 않았다. 반反유대 팸플릿과 애국주의를 선동하는 노래의 악보들이 마룻바닥에 산더미처럼 쌓여 있었고, 한쪽 구석에는 곤봉이 빗자루들 사이에 놓여 있었다.

나는 오직 호기심에서 불쑥 조제프에게 물었다.

"조제프, 꼬마 클레르가 성폭행당하고 살해당한 채로 숲 속에서 발견됐다는데, 알고 있어요?"

처음에 그는 자기도 모르게 깜짝 놀라는 모습(그것은 과연 놀란 것이었을까?)을 드러냈다. 정말 빠르고 순간적이긴 했지만, 내가 보기에 그는 클레르라는 이름을 듣자마자 뭔가 충격을 받은 듯 동요하는 것 같았다.

그가 단호한 목소리로 대답했다.

"응, 알고 있어. 오늘 아침에 누가 얘기해주더군."

이제 그는 무관심하고 평온해졌다. 그는 검은색 걸레를 가지고 마구를 체계적으로 문지르고 있었다. 나는 맨살이 드러난 그의 팔의 근육과 균형이 잘 잡힌 유연하고 힘찬 이두근을 보며 감탄했다. 그가 눈을 내리깔고 자기가 닦아놓은 마구만 뚫어지게 쳐다보고 있어서 그의 두 눈은 잘 보이지 않았다. 그러나 그의 입은 보였다. 커다란 그의 입. 꼭 짐승의 입처럼 냉혹하고 관능적인 그의 커다란 턱. 가슴이 살짝 죄어오는 것 같았다. 나는 다시 한 번 그에게 물었다.

"누가 그 아이를 죽였는지 알아요?"

조제프는 어깨를 으쓱해 보였다. 그리고 절반은 빈정대는 표정으로, 또 절반은 진지한 표정으로 대답했다.

"어떤 떠돌이가 그랬든지, 아니면 어떤 더러운 유대인 놈이 그랬겠지."

그러고는 잠시 침묵했다가 이렇게 덧붙였다.

"흥! 두고 보면 알겠지만, 범인들은 절대 안 잡힐걸! 경찰 놈들이 다 매수당했거든!"

그는 다 닦은 마구를 다시 안장 위에 올려놓더니, 협죽도로 둘러싸여 신격화된 드뤼몽의 초상화를 가리키며 덧붙였다.

"이제 남은 건 저분뿐인가? 참, 세상이 어쩌다 이렇게 됐는지!"

나는 내가 왜 이상하게 불편한 마음으로 마구 보관실을 나왔는지 모르겠다.

결국 이번 사건으로 인해 사람들에게는 이야깃거리와 기분 전환 거리가 생겼다.

마님이 외출했을 때 도저히 참을 수 없을 정도로 심심해지면 나는 이따금 길 위의 철문으로 갔고, 그러면 로즈 양이 나를 만나러 왔다. 그녀는 늘 관찰을 게을리하지 않아서, 누가 우리 집에 들어가고 누가 거기서 나오는지 등등 우리 집에서 일어나는 모든 일을 훤히 꿰뚫고 있었다. 그녀는 전보다 더 붉어지고 더 뚱뚱해지고 더 물렁물렁해졌다. 앞으로 내민 두툼한 아랫입술은 더 축 늘어졌고, 출렁거리는 젖가슴은 그녀의 블라우스를 뚫고 나올 듯했다. 그리고 그녀는 점점 더 음란한 생각에 시달리고 있었다. 그녀는 오직 그것만 봤고, 오직 그것만 생각했다. 그리고 오직 그것만을 위해 살았다. 우리가 만날 때마다 그녀는 우선 내 배부터 쳐다봤고, 대뜸 불분명한 발음으로 이렇게 말했다.

"내가 했던 충고 잊지 말아요. 무슨 이상한 낌새가 있으면 즉시 구앵 부인을 찾아가도록 해요. 즉시."

그것은 진짜 강박이요 편집偏執이었다. 나는 좀 짜증이 나서 대꾸했다.

"근데 왜 내게 무슨 이상한 낌새가 있을 거라고 말하는 거죠? 나는 여기서 아는 사람이 아무도 없는데?"

"오! 불행은 순식간에 찾아오죠. 그리고 잊히겠죠. 그게 자연스러운 일이니까. 그럼 뭐 된 거지만. 그런데 어떻게 해서 그렇게 된 건지 모를 때도 있어요. 난 당신 같은 경우를 많이 봤어요. 아무 일 없을 거라 굳게 믿지만, 뜻밖에 그런 일이 일어나는 거죠. 하지만 구앵 부인이 있으면 아무 문제 없이 지낼 수 있어요. 그렇게 유식한 여자가 여기 살고 있다는 건 진짜 축복이라고 말할 수 있어요."

이렇게 말한 그녀는 추악한 표정을 지으며 단연 활기를 띠었고, 그 순간 그녀의 살덩어리가 저열한 관능으로 쳐들렸다.

"옛날에는 여기서 아이들밖에 안 보였어요. 마을 전체가 아이들로 오염돼 있었죠. 정말 혐오스러웠어요! 꼭 닭장 속의 닭들처럼 그것들이 온 거리에 우글거렸답니다. 그것들이 문지방에서 삐악거리고 있었죠. 게다가 또 얼마나 시끄러웠는지 몰라요! 아이들밖에 안 보였다니까요, 글쎄! 당신이 눈치챘는지못 챘는지는 모르겠지만, 지금은 아이들이 안 보여요. 거의 안보이죠."

그녀는 더욱더 끈적끈적한 미소를 지으며 말을 이었다.

"여자들이 덜 즐겨서 그런 게 아니에요. 오, 세상에! 아니에요. 오히려 그 반대죠. 당신은 밤에는 외출을 안 하죠? 하지만아홉 시쯤 마로니에 나무 가로수 길을 산책하면 그걸 볼 수 있답니다. 어디를 가나 벤치 위에 커플들이 앉아 서로 입 맞추고껴안고…. 정말 멋진 광경이죠. 나는 사랑이 아름다운 거라고생각해요. 사랑 없이는 살 수가 없죠. 이해해요. 이해하고말고요. 하지만 아이들을 줄줄이 달고 살아야 한다면 사랑은 또한골칫거리이기도 하죠. 그런데 이 마을에는 아이들이 없어요.더 이상 아이들이 없다니까요. 그런데 그게 다 구앵 부인 덕분이에요. 보내기 힘든 순간이 있지요. 하지만 아무리 그래도 바닷물을 다 마셔야 할 정도로 힘들지는 않아요. 내가 당신이라면 주저하지 않겠어요. 당신처럼 아름답고 우아하고 늘씬해야하는 여성들에게는 아이가 살인자나 마찬가지예요."

"안심하세요. 난 아기 가질 생각 없으니까."

"그래요, 그래요, 아기를 갖고 싶어 하는 사람은 아무도 없어요. 다만… 말해봐요. 나리가 당신에게 뭔가를 제안하지 않던가요?"

"아니요, 그런 적 없어요."

"이상하군요. 그 사람은 그걸로 잘 알려져 있는데. 아침에 정원에서 허리를 껴안은 적도 없어요?"

"예, 없어요."

로즈 양이 고개를 저었다.

"말하고 싶지 않은가 보군요. 날 경계하는 거예요. 그건 당신 일이에요. 하지만 우리는 다 알고 있답니다."

결국 나는 더 이상 참을 수 없는 지경에 이르렀다. 그래서 소리쳤다.

"아, 참, 왜 이러시는 거죠? 지금 제가 세상 모든 남자와 닥치는 대로 잠자리를 한다고 생각하시는 거예요? 역겨운 늙은이들하고도?"

그녀는 냉정한 어조로 대답했다.

"이봐요, 아가씨, 그렇게 열 내지 말아요. 젊은이 못지않은 늙은이도 있답니다. 사실 당신 일은 나랑은 아무 상관 없어요. 내가 아까 말했잖아요?"

그리고 그녀는 조금 전까지의 달콤한 목소리를 버리고, 신랄한 목소리로 악의를 담아 다음과 같이 마무리했다.

"어쨌든 그런 일은 흔히 일어날 수 있어요. 당신의 그 랑레르 씨가 덜 익은 과일을 좋아하는 건 분명해요. 사람들은 각자 생각이 다른 법이에요, 아가씨."

농부들이 지나가면서 로즈 양에게 인사했다.

"안녕하세요, 로즈 양? 대령님도 잘 지내시지요?"

"예, 잘 지내세요. 지금 포도주를 뽑아내고 계신답니다."

부르주아들도 지나가면서 로즈 양에게 인사했다.

"안녕하세요, 로즈 양? 대령님은 좀 어떠신가요?"

"여전히 원기왕성하세요. 대령님 안부 물어주셔서 감사합니다."

신부가 머리를 가볍게 흔들며 느린 걸음으로 지나갔다. 로즈 양을 보자 그는 인사를 하고 미소를 짓더니 성무일과서를 닫고 걸음을 멈추었다.

"아, 당신이로군요? 대령님은 잘 지내시나요?"

"감사해요, 신부님. 대령님은 잘 지내세요. 지금은 지하실 포도주 저장고에서 일하고 계십니다."

"참 잘됐군요. 잘됐어요. 대령님이 아름다운 꽃을 심으시면 좋겠네요. 그러면 내년 성체축일에 우리가 다시 한 번 멋진 성체 가假안치소를 갖게 되겠지요?"

"물론입니다, 신부님."

"대령님께 인사 전해줘요."

"네, 알겠습니다, 신부님."

"잘 가요. 우리 교구에 당신 같은 신자가 많으면 좋을 텐데."

다시 성무일과서를 편 신부가 이렇게 말하고는 가던 길을 갔다.

나는 이 가증스러운 로즈가 모든 사람으로부터 인사를 받고 존경받으면서 흉측한 표정으로 행복해하고 자신이 거둔 승리를 즐기도록 내버려둔 채 조금은 서글픈 심정으로, 조금은 실망스러운 심정으로, 그리고 조금은 증오에 찬 심정으로 집에 돌아갔다. 나는 머지않아 신부가 그녀를 후광으로 둘러싼 다음 자기 교회의 벽감壁龕에, 두 개의 양초 사이에 성녀로 모실 것이라고 확신한다.

9

10월 25일

나를 혼란스럽게 만드는 사람은 조제프다. 그는 정말 비밀스럽게 행동하며, 나는 침묵에 싸인 이 난폭한 영혼의 깊은 곳에서 무슨 일이 일어나고 있는지 도무지 알 수가 없다. 그러나분명 뭔가 놀라운 일이 벌어지고 있다. 이따금 그의 시선은 견디기 힘들 만큼 무겁고, 그래서 나의 시선이 그의 위협적인 응시 앞에서 슬그머니 사라지고 만다. 나는 그가 미끄러지듯 천천히 걷는 걸 보면 무섭다. 그는 꼭 발목에 포탄을, 아니 포탄에 대한 기억을 매달고 가는 것 같다. 그건 감옥이나 수도원의유물일까? 어쩌면 두 곳 모두의 유물일지도 모른다. 낡은 가죽처럼 볕에 타서 갈색으로 변하고, 작은 동아줄처럼 팽팽한 힘줄로 뻣뻣해진 그의 굵고 튼튼한 목도, 그리고 그의 등도 나를 두렵게 한다. 나는 아가리 속에 무거운 먹이를 물고 달려야 하는 야생동물들처럼 그의 목덜미에도 단단한 근육 덩어리가 지나칠 정도로 툭 튀어나와 있는 것을 눈여겨보았다.

조제프는 난폭함과 잔혹함을 드러내는 반유대주의자로서의 광기를 제외하면, 다른 세상사에 대해서는 상당히 신중했다. 심지어 그가 무슨 생각을 하는지조차 알 수가 없었다. 그는 하인으로서 지나치게 으스대지도 않았고 비굴할 정도로 겸손을 떨지도 않았는데, 이것이야말로 진짜 하인의 특징이었다. 그는 또한 주인들에게 불평을 늘어놓지도 않았고, 그들을 헐뜯지도 않았다. 그는 주인들을 존경하되 비굴하게 굴지 않았고, 그들에게 헌신하되 빼기지 않았다. 그는 맡겨진 일에 대해서 불만을 드러내지 않았으며, 심지어 따분하기 짝이 없는 일도 아무 불만 없이 해냈다. 그는 재주가 많은 사람이었다. 원래 그가 할 일이 아닌, 정말 어렵고 완전히 새로운 일들도 척척 해냈다. 그는 르 프리외레가 자기 것이기라도 한 듯 그걸 다루고 감시하고 조심스럽게 지키고 방어했다. 그는 르 프리외레에서 꼭 불도그처럼 코를 킁킁거리며 위협적으로 가난한 사람들과 떠돌이들, 귀찮게 구는 사람들을 쫓아냈다. 그는 옛날의 하인들, 말하자면 프랑스 혁명 이전의 하인들의 전형이었다. 여기 사람들은 조제프에 대해 이렇게 얘기했다. "이젠 조제프 같은 사람 없어! 정말 보기 드문 사람이지!" 나는 사람들이 그를 랑레르 부부에게서 빼내 가려 한다는 사실을 알고

있다. 그는 루비에르, 엘뵈프, 루앙으로부터 매우 좋은 조건의
제의를 받았다. 그러나 그 제의들을 거절했으며, 그런 제의들
을 거절했음을 떠벌리며 자랑하지도 않았다. 그는 15년 전부
터 여기서 일했고, 이 집을 자기 집으로 생각했다. 주인이 원
하는 한 그는 이 집에 머물러 있을 것이다. 의심이 진짜 많고
사방팔방 돌아다니며 나쁜 점만 찾아내는 마님도 조제프만은
맹목적으로 신뢰했다. 아무도 안 믿는 그녀도 조제프와 그의
정직, 그의 헌신만은 믿었다.

그녀는 말했다.

"보석 같은 사람이지! 우리를 위해서라면 불 속에라도 뛰어
들 사람이야!"

그리고 탐욕스러운 그녀도 그에게만은 소소하게 인심을 베
풀고 작은 선물들을 안겼다.

그렇지만 나는 이 남자를 믿지 않는다. 이 남자는 나를 불
안하게 하는 동시에 나의 큰 관심을 끈다. 나는 그의 눈을 채
우고 있는 뿌연 물 속에, 고인 물 속에 무시무시한 것들이 들
어 있음을 자주 본다. 그를 관찰하면서 나는 내가 처음 이 집
에 들어올 때 그에 대해 했던 판단을, 즉 그가 거칠고 어리석
고 굼뜬 농부라는 판단을 거두기로 했다. 그를 좀 더 면밀히
관찰해야만 했었다. 이제 나는 그가 상황 판단이 빠르고 교활
하다고 생각한다. 놀라울 정도로 상황 판단이 빠르고 상당히
교활한 것이다. 그에 대해 어떻게 표현해야 할지 모르겠다. 나
는 이제 더 이상 그가 너무 못생겼다거나 너무 늙었다고 생각

하지 않는다. 습관은 사물과 존재에 마치 안개처럼 작용한다. 그것은 결국 얼굴 윤곽을 조금씩 지우고, 변형된 부분을 희미하게 만든다. 그것은 매일 함께 사는 꼽추가 어느 정도 시간이 지나면 더 이상 꼽추가 아니게 만든다. 그러나 다른 게 있다. 나는 조제프에게서 새롭고 심오한 어떤 것을 발견했는데, 그것이 나를 당황하게 만들었다. 남자가 아름답다고 여자가 느끼는 것은 조화로운 용모 때문도 아니고 완벽한 몸매 때문도 아니다. 그것은 눈에 덜 띄고 덜 명확한 무엇, 일종의 친화력, 감히 말하자면, 일부 여성들이 자신도 모르게 강박처럼 체험하게 되는, 일종의 섹시하고 자극적이고 무시무시하고 도취시키는 분위기 때문이다. 그런데 조제프가 바로 이런 분위기를 자기 주변에 퍼뜨렸다. 어느 날 나는 그가 포도주 통을 들어 올리는 것을 보며 감탄하기도 했다. 그는 꼭 어린아이가 공을 갖고 놀듯 그렇게 포도주 통을 자유자재로 갖고 놀았다. 그의 놀라운 힘, 그의 유연함과 능숙함, 어마어마한 지렛대 역할을 해내는 그의 허리, 운동선수 같은 그의 어깨, 이 모든 것이 나를 꿈꾸게 만들었다. 그의 수상쩍은 행동과 꼭 다문 입, 인상적인 눈길이 내게 불러일으키는 기묘하고 병적인 호기심은 두려움만큼이나 매혹으로도 이루어져 있었고, 그가 가진 근육의 힘과 황소 같은 그의 어깨로 인해 더욱더 강해졌다. 더 이상은 설명할 길이 없지만, 나는 조제프와 나 사이에 뭔가 비밀스러운 유사성이 존재한다고 느낀다. 이 신체적, 정신적 관계는 매일매일 조금씩 더 긴밀해진다.

나는 세탁물 보관실에서 일하다가 창문을 통해 정원에서 일하는 그를 지켜본 적이 몇 번 있다. 그는 얼굴이 땅에 닿을 정도로 허리를 숙이거나, 작은 나무들이 타고 자라고 있는 벽에 몸을 기댄 채 무릎을 꿇고 일에 몰두하고 있었다. 그러다가 갑자기 그의 모습이 내 시야에서 사라졌다. 연기처럼 사라졌다. 잠깐 고개를 숙였다가 들었는데 아무도 없는 것이었다. 그는 땅 속으로 들어간 것일까? 벽을 뚫고 나간 것일까? 때때로 나는 마님의 지시를 그에게 전달하기 위해 정원으로 나갔다. 어디에서도 그의 모습이 보이지 않아 나는 그를 불렀다.

"조제프! 조제프! 어디 있어요?"

아무 대답도 들려오지 않았다. 다시 한 번 불렀다.

"조제프! 조제프! 어디 있어요?"

조제프가 나무 뒤에서, 채소밭 뒤에서 아무 소리 없이 불쑥 나타나 내 앞에 모습을 드러냈다. 엄격하고 무감각해 보여서 꼭 가면을 쓴 것 같은 얼굴, 머리에 착 달라붙은 머리칼, 셔츠 단추가 몇 개 풀려 털이 다 보이는 가슴으로 그가 햇빛 속에서 내 앞에 별안간 나타나는 것이었다. 어디서 온 것일까? 어디서 빠져나온 것일까? 어디서 떨어진 것일까?

"아, 조제프! 놀랐잖아요?"

조제프의 입술과 눈에는 단도처럼 짧고 빠른 섬광이 번득이는 무시무시한 미소가 떠돌고 있었다. 나는 이 남자가 악마라고 믿게 되었다.

꼬마 클레르의 성폭행은 여전히 이 마을 사람들에게 화젯거리였으며, 그들의 호기심을 강하게 자극했다. 사람들은 이 사건을 보도한 이 지역 신문과 파리 신문을 먼저 보려고 서로 다투었다. 《라 리브르 파롤》 신문은 유대인들을 통틀어 노골적으로 비난했고, 클레르의 성폭행은 '살인 의식'이라고 주장했다. 경찰들이 범행 현장에 나와 수사를 했고, 많은 사람들을 신문했다. 그러나 수사는 미궁에 빠졌다. 클레르를 죽인 사람은 랑레르 씨라고 로즈가 주장했지만, 그녀의 말을 들은 사람들은 모두 다 믿기 어렵다며 어깨를 으쓱했다. 어제는 경찰이 가난한 행상 한 사람을 체포했지만, 그 사람은 범죄 발생 시간에 자기가 이 지역에 없었다는 것을 쉽게 증명할 수 있었다. 여론이 범인으로 지목한 클레르의 아버지 역시 자신의 결백을 밝혔다. 게다가 그는 평판이 좋은 사람이었다. 그래서 경찰이 범인의 흔적을 찾을 단서는 어디서도 발견되지 않았다. 이 범죄는 분명 프로들에 의해, 아마도 파리 사람들에 의해 놀랄 만큼 능숙한 솜씨로 저질러진 듯했고, 경찰들은 그 점에 감탄하는 듯했다. 또한 검사는 이 사건의 수사를 그냥 설렁설렁 흉내만 내며 하는 것 같았다. 가난한 소녀가 살해당한 건 그다지 흥미로운 사건이 아니었던 것이다. 그러므로 이 사건도 비밀이 드러나지 않은 다른 많은 사건들처럼 아무런 단서가 발견되지 않은 채 얼마 안 있어 미제未濟로 분류될 가능성이 아주 높았다.

마님이 자기 남편이 범인이라고 믿는다 해도 나는 놀라지 않을 것이다. 우스운 상황이지만, 그녀는 나리를 좀 더 잘 알아야 할 것이다. 그 소식을 들은 후 정말 이상해진 그녀는 나리의 자연스럽지 않은 행동을 눈여겨보았다. 나는 식사 중에 초인종만 울리면 그녀가 소스라치게 놀란다는 것을 알아챘다.

오늘 아침식사를 마치고 나리가 외출하려고 하자 그녀가 말렸다.

"그냥 집에 있어요. 그렇게 항상 집 밖으로 나돌아야 해요?"

심지어 그녀는 나리와 함께 정원을 꽤 오랫동안 산책하기도 했다. 물론 나리는 아무것도 눈치채지 못했다. 그는 여전히 고기 요리를 게걸스럽게 먹어치우고 담배를 뻐끔뻐끔 피워댔다. 그야말로 진짜 바보 멍청이다!

그들이 단둘이 있을 때 도대체 무슨 얘기를 하는지 정말 궁금하다. 어젯밤에 나는 20분 넘게 응접실 문에 귀를 기울이고 있었다. 나리가 신문을 구기는 소리가 들렸다. 마님은 작은 책상 앞에 앉아 계산을 하고 있었다.

마님이 물었다.

"어제 내가 얼마 줬지요?"

나리가 대답했다.

"2프랑."

"확실해요?"

"그럼."

"근데 왜 39수가 부족한 거지?"

"내가 훔친 거 아냐."

"그래요? 그럼 고양이가 훔쳐 갔나?"

두 사람은 더는 아무 얘기도 하지 않았다.

조제프는 부엌에서 꼬마 클레르 얘기를 하는 걸 좋아하지
않았다. 마리안이나 내가 이 주제로 대화를 시작하면 그는 즉
시 화제를 바꾸든지, 아니면 아예 대화에 끼지 않았다. 지겨
운 모양이었다. 조제프가 클레르를 죽였다는 생각이 왜 들었
는지(왜 그 생각이 내 마음속에 점점 더 확실하게 자리를 잡았
는지) 모르겠다. 그를 의심할 만한 증거도, 단서도 없었다. 내
가 식료품점 모임에서 돌아오는 길에 마구 보관실로 그를 찾
아가 성폭행당한 후 살해된 클레르의 이름을 불시에 그의 면
전에서 꺼냈을 때의 그 눈빛 말고는 다른 증거가 없었고, 가볍
게 놀라던 그 동작 말고는 다른 단서가 없었다. 그렇지만 순전
히 직관적인 이 의심은 점점 커져서 하나의 가능성이 되더니,
이어서 하나의 확신으로 변했다. 물론 내가 잘못 생각한 것이
틀림없다. 나는 조제프가 '보석 같은 사람'이라고 스스로를 설
득하려 애썼다. 나는 내 상상력이 지나치게 발휘되어, 내 안에
자리 잡고 있는 그 공상적이고 병적인 악의 영향에 굴복한
것이라고 속으로 되뇌었다. 하지만 그래 봤자 소용없었다. 이
같은 느낌은 내 안에 계속 존재하며 나를 단 한 순간도 떠나지
않았고, 골똘한 생각에 빠져 얼굴을 잔뜩 찡그리게 만들었다.
나는 조제프에게 이렇게 묻고 싶은 욕구를 억누르느라 힘들

었다.

"조제프, 꼬마 클레르를 숲 속에서 성폭행하고 살해한 게 당신이지? 당신이지, 이 나쁜 놈아?"

범죄는 어느 토요일에 일어났다. 나는 거의 같은 날 조제프가 히스 부식토를 찾는다며 라용 숲에 갔던 것을 기억한다. 그는 하루 종일 집에 없었고, 저녁 늦게야 흙을 가지고 르 프리외레에 돌아왔다. 분명하다. 그리고 나는 그날 저녁 집에 돌아왔을 때의 그의 불안해하던 태도와 심하게 흔들리던 눈길을 기억한다. 하지만 그때는 그 태도와 눈길을 눈여겨보지 않았다. 왜 그랬을까? 그의 얼굴 표정이 세세한 부분까지 떠오른다. 그런데 조제프가 라용 숲에 간 것이 정말 범죄가 일어난 바로 그 토요일이었던가? 그가 집을 비웠던 날이 언제인지를 정확히 기억해내려고 애썼지만 소용없었다. 그리고 내가 주장하고 고발하는 것처럼 정말로 그가 불안해 보였고 그의 눈길이 죄를 지은 사람의 눈길 같았던가? 그의 태도와 눈길이 이상했다고 열심히 내게 암시하는 것은, 살인을 저지른 사람이 조제프이기를 아무 이유 없이 바라는 것은 바로 내가 아닌가? 숲에서 일어난 비극을 재구성할 수 없다는 사실이 나를 짜증나게 하는 동시에 불안에 빠진 나를 붙들어주었다. 경찰 수사가 주변의 낙엽과 히스에 아직 또렷하게 남아 있는 마차 바퀴 자국만 찾아냈어도 상황은 달라졌을지 모른다. 그러나 아니었다. 경찰은 이런 걸 일체 밝혀내지 못했다. 한 소녀의 성폭행과 살해만을 밝혀냈을 뿐이다. 그게 전부였다. 그런데 바로 그 사실이 나를 극도로 흥분시켰다. 범죄의 증거를 단 한 가지도 남겨놓지 않는 살인자의 능숙함에서, 이 악마 같은 불가시성不可視性에서 나는 조제프의 존재를 느꼈고, 그의 존재를 보았다. 흥분한 나는 잠시 침묵을 지키다가 감히 그에게 불쑥 물었다.

"조제프, 라용 숲으로 히스 부식토를 가지러 간 게 언제였죠? 기억나요?"

조제프는 서두르지도, 놀라지도 않고 읽던 신문을 내려놓았다. 그의 영혼은 이제 놀라움을 이겨낼 정도로 단단해져 있었다.

그가 물었다.

"왜 그걸 묻는 거지?"

"그냥 알고 싶어서요."

조제프는 뭔가를 탐색하는 듯한 무거운 눈길로 나를 훑어보았다. 그러고는 이미 오래된 기억을 다시 발견하기 위해 기억을 뒤지는 사람의 표정을 자연스럽게 취했다. 그는 대답했다.

"음, 정확하진 않지만 토요일이었던 것 같은데."

"꼬마 클레르의 시신이 숲 속에서 발견된 그 토요일 말인가요?"

나는 공격적인 말투로 재빨리 이렇게 물었다.

조제프는 눈을 내리깔지 않고 내 눈을 똑바로 쳐다봤다. 그의 눈길이 너무나 날카롭고 무시무시해서, 평소에는 뻔뻔한 편인 나조차 고개를 돌려야 했다.

"그럴 수도 있지. 맞아! 그 토요일이었던 것 같아!"

그리고 그가 덧붙였다.

"아! 여자들이란, 참! 당신, 다른 걸 생각하는 게 더 좋을 거야. 신문을 읽어보면 알제리에서 또 유대인들을 죽였다는 기사를 볼 수 있어. 어쨌든 그건 할 만한 가치가 있는 일이지."

눈길만 제외하면 그는 침착하고 자연스러워서 거의 성격 좋은 호인처럼 보일 정도였다. 그의 행동은 편안해 보였고, 그의 목소리는 더 이상 떨리지 않았다. 나는 입을 다물었다. 조제프는 탁자 위에 올려놓았던 신문을 집어 들더니 이 세상에서 가장 차분한 모습으로 다시 읽기 시작했다.

나는 다시 공상을 하기 시작했다. 내가 여기 온 이후 조제프가 잔인성을 실제로 발휘한 적이 있는지를 알아내고 싶었다. 그의 유대인 증오, 그리고 유대인들을 고문하고 죽이고 불태우겠다는 그의 위협, 이 모든 것은 사실 허풍에 지나지 않을지도 모른다. 그것은 특히 정치의 영역에 속한다. 나는 조제프의 범죄적 기질에 관한 더 정확하고, 더 명백하고, 틀리려야 틀릴 수가 없는 뭔가를 찾고자 했다. 그러나 내가 발견한 것은 항상 어렴풋한 심적心的 인상, 그리고 그것이 명백한 현실이었으면 좋겠다는 나의 욕망이나 그것이 의심의 여지가 없는 현실일지도 모른다는 나의 두려움이 중요성과 의미를 부여하지만 실제로는 중요성도 없고 의미도 없는 그런 가설뿐이었다. 나의 욕망 혹은 나의 두려움? 이 두 가지 감정 중에서 어떤 감정이 나를 부추기고 있는지 나는 모른다.

그렇지만 한 가지는 사실이다. 실제 사실, 끔찍한 사실, 뭔가 의미심장한 사실. 나는 이 사실을 지어내지 않았다. 과장하지도 않았다. 터무니없는 소리를 하는 것이 아니다. 그냥 있는 그대로 얘기할 뿐이다. 조제프는 닭, 토끼, 오리를 죽이는 일을 맡고 있다. 그는 노르망디 지방에서 옛날부터 전해지는 방법에 따라 오리의 머리를 핀으로 찔러 죽인다. 오리가 고통스러워하지 않도록 단번에 죽일 수도 있을 텐데, 그는 능숙하고 치밀한 고문 방법을 사용해 오리의 고통을 연장시키는 것을 좋아한다. 자기 손 안에서 오리의 살이 부르르 떨리고 심장이 뛰는 것을 느끼기를 좋아한다. 자기 손 안에 있는 오리의 고통과 단말마의 몸서리, 죽음을 지켜보는 것을 좋아한다. 나는 조제프가 오리를 죽이는 걸 본 적이 한 번 있다. 그는 오리를 자기 무릎 사이에 놓았다. 그러고는 한 손으로는 오리의 목을 잡고, 다른 한 손으로는 핀을 집어 오리의 머리를 찌른 다음 천천히 돌렸다. 꼭 커피를 가는 것 같았다. 핀을 돌리면서 조제프는 즐거운 표정으로 말했다.

"오리가 고통스러워해야 해. 고통스러워할수록 피 맛이 좋아지거든."

오리는 조제프의 무릎에서 날개를 빼내 파닥거렸다. 오리의 목이 조제프에게 꽉 붙잡혀 있는데도 비틀려 꼬이더니, 끔찍하게도 나선형을 이루며 소용돌이쳤다. 깃털에 덮인 오리의 살덩어리가 심하게 흔들렸다. 그러자 조제프는 오리를 부엌에 내팽개치더니 팔꿈치를 무릎에 괴고 두 손을 모아 턱을 감싼 채 만족스러운 눈으로 오리가 튀어 오르는 모습과 경련하는 모습, 노란색 발로 바닥을 미친 듯이 긁어대는 모습을 지켜보았다.

나는 소리쳤다.

"조제프, 그만하고 죽여요! 당장 죽이라고요! 짐승을 그렇게 고통스럽게 하다니, 정말 끔찍해요."

그러자 조제프가 대답했다.

"난 이러는 게 재밌어. 이러는 게 좋아."

나는 이 기억을 떠올리고, 이 기억의 모든 음산한 세부를 환기하고, 이 기억에 등장하는 모든 말을 듣는다. 그러자 조제프에게 이렇게 소리치고픈 욕구가 한층 더 강렬해진다.

"숲에서 꼬마 클레르를 죽인 건 당신이야! 그래 맞아, 난 이제 확신해! 당신이 죽인 거야, 당신이 죽인 거라고! 이 나쁜 놈아!"

더 이상 의심의 여지가 없다. 조제프는 무시무시한 악당임이 틀림없다. 그런데 내가 그의 도덕적 인격에 대해 갖게 된 이 견해는 나로 하여금 그를 멀리하거나 혐오하게 하는 대신 그에게 큰 관심을 갖게 했다. 이상하게도 나는 항상 악당들에게 맥을 못 추었다. 그들은 예측 불가능한 무언가를 갖고 있는데, 그것이 여자를 흥분시킨다. 또 그들은 나를 도취시키는 특별한 냄새를, 나를 성적으로 사로잡는 강하고 격렬한 그 무엇을 갖고 있다. 그들이 아무리 비열해도, 점잖은 사람들만큼 비열하지는 않다. 조제프가 점잖은 사람이라는 명성을 누리고 있고, 또 그렇게 행동하는 걸 보면 짜증이 난다. 그가 솔직하고 무례한 악당이었다면 나는 그를 더 좋아했을 것이다. 이제 그가 나를 감동시키고 나를 동요시키고 나를 이 늙은 괴물에게로 끌어당기는 그 비밀스러움의 후광을, 그 미지의 위엄을 더 이상 갖지 못하리라는 것은 사실이다.

이제 나는 더 편안하다. 왜냐하면 나는 확신을 갖게 되었고, 앞으로는 숲에서 꼬마 클레르를 살해한 자가 바로 그라는 확신을 그 무엇도 내게서 제거할 수 없을 것이기 때문이다.

얼마 전부터 나는 내가 조제프의 마음에 엄청난 인상을 남겼다는 것을 알아차리고 있었다. 그는 더 이상 나를 냉대하지 않았다. 그의 침묵도 더 이상 내게 적대적이거나 경멸적이지 않았고, 그가 나를 팔꿈치로 살짝살짝 찌를 때도 애정 같은 게 느껴졌다. 그의 시선에는 더 이상 증오심이 담겨 있지 않았고 (그런 게 담겨 있긴 했던가?), 이따금 그 시선이 여전히 무섭게 느껴지는 것은, 그가 나를 더 잘 알려고 하기 때문이며, 나를 시험해보려 하기 때문이다. 대부분의 농부들처럼 그 역시 극도로 의심이 많았고, 남에게 마음을 털어놓으려 하지 않았다. 사람들이 자기를 궁지에 몰아넣으려 한다고 생각하기 때문이었다. 그는 많은 비밀을 갖고 있었지만, 튼튼한 빗장과 불가사의한 자물쇠가 채워진 금고 속에 보물을 감추듯, 그것을 엄격하고 난폭하고 찌푸린 표정의 가면 아래 조심스럽게 감추었다. 그렇지만 그의 경계심도 나에 대해서는 완화되었다. 그는 자기 나름의 방식으로 내게 매력을 발휘했다. 내게 우정을 표하고 내 마음에 들기 위해 할 수 있는 일은 모두 했다. 그는 내게 맡겨진 일 중에서 너무 힘들거나 큰 일은 나 대신 해주었는데, 그렇지만 그걸 핑계로 내게 시망스럽게 굴지도 않았고, 나를 꼬여보겠다는 흑심을 품지도 않았으며, 내게서 감사 인사를 받아내려고 애쓰지도 않았고, 거기서 어떤 이득을 얻어내려 하지도 않았다. 그에 대한 보답으로 나는 더 정성스럽게 마님보다 더 멋지게 그의 소지품을 정리해주고, 그의 양말과 바지를 수선해주고, 그의 셔츠를 기워주고, 그의 옷장을 정돈해주었다. 그러자 그는 만족스러운 눈길로 내게 말했다.

"고마워, 셀레스틴. 당신은 좋은 여자야. 정리정돈을 잘하는 여성이라고 할 수 있겠군. 알아? 정리정돈을 잘한다는 건 곧 돈을 잘 번다는 걸 의미하지. 게다가 여자가 상냥하고 예쁘기까지 하면 더 바랄 게 없는 거지."

지금까지 우리는 오랫동안 얘기를 나눠본 적이 없다. 밤에 부엌에서 마리안도 함께한 가운데 나누는 대화는 평범한 것일 수밖에 없다. 우리 두 사람 사이에 내밀함이 끼어들 수가 없는 것이다. 그리고 설사 그가 혼자 있는 것을 봤다 해도, 그에게 말을 시키는 것만큼 어려운 일은 없다. 그는 긴 대화를 일체 거부했는데, 아마도 골치 아픈 일에 끼어들게 될까 봐 그러는 것 같았다. 다정하거나 퉁명스러운 말을 여기서 두 마디, 저기서 두 마디, 그게 전부였다. 그러나 그의 입이 침묵을 지키는 대신 그의 눈이 말을 했다. 그리고 그의 눈은 내 주변을 배회하고 나를 감쌌으며, 내 영혼을 뒤집어 그 아래에 뭐가 있는지 알아내려고 나의 가장 깊숙한 곳으로 내려왔다.

어제 우리는 처음으로 오랫동안 얘기를 나누었다. 저녁때였다. 주인 내외는 잠자리에 들었다. 마리안은 평소보다 일찍 자기 방으로 올라갔다. 책을 읽거나 편지를 쓸 마음이 없던 나는 혼자 있는 게 지겨워졌다. 여전히 꼬마 클레르 생각을 떨치지 못한 채 마구 보관실로 조제프를 찾아가 보니, 그는 어두운 초롱불 아래서 흰색 나무 탁자에 앉아 씨앗을 고르고 있었다. 그의 친구인 성당 관리인이 붉은색, 초록색, 푸른색의 소책자들을 두 팔에 안고 그의 옆에 서 있었다. 튀어나온 크고 둥근 눈, 납작한 머리, 오톨도톨하고 주름이 잡힌 누르스름한 피부의 그는 영락없이 두꺼비처럼 생겼다. 그 무거운 몸으로 깡충깡충 뛸 때도 역시 두꺼비를 연상시켰다. 탁자 아래에서는 개 두 마리가 몸을 동그랗게 말고 머리를 털 속에 파묻은 채 잠을 자고 있었다.

조제프가 말했다.

"아, 셀레스틴, 당신이군!"

성당 관리인이 책들을 감추려 하자 조제프가 괜찮다고 안심시켰다.

"이 아가씨 앞에서는 말해도 돼. 정리정돈을 잘하는 여성이니까."

그러고 나서 그는 성당 관리인에게 부탁했다.

"자, 내 말 알아들었지, 응? 바조세에도 가고 쿠르탱에도 가고 플뢰르-쉬르-티유에도 가라고. 내일 낮에 다 나눠 줘야 해. 그리고 정기 구독자 좀 확보하도록 애써봐. 또, 다시 말하는데, 여기저기 다 가봐. 집집마다 찾아다니란 말이야. 공화주의자들 집도. 어쩌면 문도 안 열어줄지 몰라. 상관하지 마. 문 열어줄 때까지 버텨. 자네가 그 더러운 돼지들을 한 명이라도 더 이기면 더 많은 돈을 벌게 되는 거야. 공화주의자 한 명당 100상팀이라는 거 잊지 마."

성당 관리인은 알아들었다는 뜻으로 고개를 끄덕였다. 그는 책자들이 떨어지지 않게 잘 끌어안고 출발했고, 조제프가 그를 대문까지 배웅했다.

다시 돌아온 그는 내 얼굴이 호기심으로 가득 차 있고 내 눈이 의문을 품고 있는 것을 보았다.

그가 말했다.

"유대인들에게 반대하는 노래를 하고, 그림을 그리고, 팸플릿을 배포하고… 선전 활동을 하는 거지. 신부님들이랑 다 얘기가 됐어. 난 신부님들의 지시로 일하고 있거든. 내 이념을 따르는 일이기도 하지만, 돈도 꽤 많이 받는다는 얘기를 해야겠군."

그는 씨앗을 고르던 그 작은 탁자에 다시 앉았다. 잠에서 깨어난 개 두 마리가 방을 한 바퀴 돌더니 좀 더 먼 곳에 다시 누웠다.

그가 같은 말을 되풀이했다.

"그래, 그래, 꽤 많이 받아. 아! 신부님들은 돈이 많으니까 뭐."

그러고는 자기가 말을 너무 많이 한 게 걱정되는 듯 이렇게 덧붙였다.

"내가 당신에게 이런 말을 하는 건, 셀레스틴, 당신이 좋은 여자이고 정리정돈을 잘하는 여자이기 때문이야. 또 내가 당신을 믿기 때문이야. 우리끼리만 알고 있어야 해, 알았지?"

그는 잠시 침묵한 뒤 말했다.

"오늘 밤에 여기 오기로 한 건 참 좋은 생각이었어. 이렇게 와줘서 고마워. 나도 기분이 좋아."

나는 그가 이렇게 상냥하게 구는 것을, 이렇게 말을 많이 하는 것을 한 번도 본 적이 없었다. 나는 그의 바로 옆에서 탁자로 몸을 숙여 접시에 골라놓은 씨앗들을 뒤적거리며 애교 어린 목소리로 대답했다.

"저도 그래요. 저녁식사를 마치고 바로 나가버리시는 바람에 얘기를 나눌 시간이 없었어요. 씨앗 고르는 거 도와드릴까요?"

"고마워, 셀레스틴. 근데 그 일은 다 끝났어."

그가 머리를 긁적이며 난처한 표정으로 말했다.

"이런, 젠장! 가서 온상을 좀 살펴봐야겠어. 안 그러면 고약한 들쥐들이 채소를 가만 안 둘 거야. 아, 아니야, 그냥 당신이랑 얘기나 나눠야겠어, 셀레스틴."

조제프가 일어나 살짝 열려 있던 문을 닫더니 나를 마구 보관실의 안쪽으로 데려갔다. 나는 잠시 두려움에 휩싸였다. 내가 잊고 있던 꼬마 클레르가 백지장처럼 창백한 얼굴에 피범

벅을 하고서 숲 속의 히스를 배경으로 나타났다. 그러나 조제프의 눈길은 적의를 품고 있지 않았다. 아니, 적의를 품기는커녕 왠지 수줍어하는 것 같았다. 어렴풋한 초롱불이 희미하고 음산하게 밝혀주는 이 어두운 방에서는 서로의 모습을 잘 볼 수가 없었다. 그때까지는 조제프의 목소리가 떨렸다. 그런데 그의 목소리가 갑자기 자신감을 띠더니 심각하게 변했다.

그가 입을 열었다.

"셀레스틴, 사실은 벌써 며칠 전부터 당신한테 이 얘기를 하려고 했는데… 음, 그러니까 말이야… 난 당신에게 호의를 느끼고 있어. 당신은 좋은 여자야. 정리정돈을 잘하는 여자이지. 이제는 당신을 잘 알 거 같아."

나는 장난스럽고 짓궂게 한 번 웃어줘야 한다고 생각했고, 이렇게 대꾸했다.

"뜸깨나 들이고 말씀하시네요. 근데 그동안 왜 그렇게 나한테 못되게 군 거죠? 나한테 말도 잘 안 하고, 항상 나를 거칠게 대했어요. 저번에 내가 당신이 막 낙엽을 치워놓은 길로 걸어갔다고 한바탕 난리 쳤던 거 기억나요? 정말 퉁명스러웠지요!"

조제프는 어깨를 으쓱하더니 웃기 시작했다.

"음… 사람을 처음부터 잘 알 수는 없는 법이야. 특히 여자들은 정말 알기 힘들어. 게다가 당신은 파리에서 왔잖아! 이제는 당신을 잘 알 거 같아!"

"조제프, 나를 잘 안다니 내가 어떤 사람인지 좀 말해주세요."

그는 진지한 눈길로 말했다.

"당신이 어떤 사람이냐고, 셀레스틴? 당신은 나 같은 사람이야."

"내가 당신 같은 사람이라고요?"

"그래. 물론 얼굴이 같은 건 아니지. 당신과 나의 영혼 저 깊숙한 곳에는 똑같은 것들이 있어. 암, 그렇고말고. 난 내 말이 무얼 뜻하는지 잘 알아."

또다시 침묵이 잠시 흘렀다. 그가 덜 엄격한 목소리로 말을 이었다.

"난 당신에게 우의友誼를 느껴, 셀레스틴. 그리고 또…."

"그리고 또 뭐요?"

"난 돈도 있어. 돈도 좀 있다고."

"아, 그래요?"

"그래, 좀 있어. 명문가에서 40년이나 하인으로 일했으니 저금 좀 하지 않았겠어? 안 그래?"

나는 조제프의 말과 행동에 점점 더 놀라면서 대답했다.

"그거야 그렇죠. 근데 돈이 많아요?"

"아, 그냥 조금."

"얼마요? 보여주세요!"

조제프가 살짝 비웃었다.

"돈이 여기 없다는 건 당신도 잘 알 텐데? 돈은 돈이 새끼를 치는 장소에 있어."

"아, 그래요? 얼마나 되는데요?"

그러자 그가 나지막한 목소리로 속삭였다.

"한 만오천 프랑쯤. 어쩌면 더 될지도 모르고."

"어머, 세상에! 당신은 이제 걱정할 게 없겠군요!"

"아냐! 어쩌면 그보다 적을지도 몰라. 정확히 모르겠어."

이때 별안간 개 두 마리가 동시에 고개를 들더니 문으로 뛰어오르며 짖기 시작했다. 나는 화들짝 놀라는 몸짓을 했다.

그러자 조제프가 개들의 옆구리를 발로 한 대씩 차며 나를 안심시켰다.

"아무것도 아냐. 사람들이 길을 지나가는 거지. 저건 로즈가 집으로 돌아가는 거고. 난 그녀의 발소리를 구분할 수 있거든."

과연 몇 초 뒤에 발을 질질 끌며 길을 걸어가는 소리에 이어 철문 닫히는 소리가 그보다 더 멀리서 들려왔다. 개들이 입을 다물었다.

나는 마구 보관실 한쪽 구석에 있는 나무 의자에 앉았다. 조제프는 두 손을 호주머니에 넣은 채, 가느다란 가죽 끈들이 매달려 흔들리는 전나무 모양 장식에 팔꿈치가 부딪칠 정도로 좁은 방 안을 천천히 거닐었다. 우리는 더 이상 아무 말도 하지 않았다. 나는 끔찍할 정도로 거북스러워서 여기 온 걸 후회하고 있었다. 조제프는 내게 또 다른 얘기를 해야 할지 말아야 할지 눈에 띄게 망설였다. 몇 분 뒤, 그가 결심을 했다.

"한 가지 더 말해야겠어, 셀레스틴. 난 셰르부르 출신이야.

셰르부르는 몹시 거친 도시지. 선원들과 군인들, 그리고 쾌락을 마다하지 않는 대담한 사나이들로 넘쳐나지. 거기서 장사를 하면 대박이 날 거야. 지금 거기서 무슨 장사를 하면 좋을지 난 잘 알고 있어. 항구 근처의 요지에서 카페를 하면 돼. 지금쯤이면 군인들이 엄청 퍼마실 거야. 애국자들이란 애국자들은 다 길거리로 쏟아져 나왔겠지. 그렇게 큰 소리로 떠들고 소리 지르다 보면 목이 마르게 돼 있어. 지금이야말로 돈을 긁어모을 기회야. 내 장담하는데, 하루에 몇백 프랑은 벌 수 있어! 한 가지 문제는, 여자가 한 명 필요하다는 거야. 정리정돈 잘하고, 상냥하고, 옷 잘 입는 여자. 그리고 야한 농담 따위는 신경 안 쓰는 여자. 선원들과 군인들은 잘 웃고 장난 잘 치는 어린애 같은 사람들이야. 아무것도 아닌 걸로 취하는 사람들이지. 그들은 섹스를 좋아해. 섹스를 위해서라면 큰돈 쓰는 것도 아까워하지 않지. 당신 생각은 어때, 셀레스틴?"

나는 어안이 벙벙했다.

"나요?"

"그래. 지금 내가 제안을 하는 거야. 어때, 맘에 들어?"

"나요?"

나는 도대체 그가 뭘 노리고 이런 말을 하는지 이해가 안 됐다. 너무 놀라서 정신이 하나도 없었다. 당황한 탓에 뭐라고 대답해야 할지 알 수가 없었다.

"물론 당신이지. 그 카페에 어울리는 사람이 당신 말고 또 누가 있겠어? 당신은 좋은 여자야. 정리정돈도 잘하고. 당신

은 농담을 받아칠 줄도 모르고 새침만 떠는 그런 숙맥이 아니
야. 게다가 애국자고. 또 상냥한데다가 엄청 친절하기까지 하
지. 당신은 셰르부르에 주둔한 군인들 전부를 미치게 할 만한
눈을 가졌어. 바로 이거야! 내가 당신을 잘 알게 된 뒤로, 당신
이 어떤 일들을 할 수 있는지 알게 된 뒤로 이 생각이 내 머릿
속에서 떠나지 않았다니까."

"그래요? 그럼 당신은요?"

"물론 나도 좋지! 우리 좋은 친구로서 결혼하자고."

나는 울컥 분노가 치밀어 소리쳤다.

"그러니까 당신이 돈을 벌 수 있도록 나더러 매춘부 노릇을
하라는 건가요, 지금?"

조제프가 어깨를 으쓱하더니 침착하게 말했다.

"생각하기 나름이지, 셀레스틴. 어쨌든 내 말이 무슨 뜻인지
이해한 것 같으니 됐네."

이렇게 말한 그는 내게 다가와 내 두 손을 잡더니 내가 아프
다고 고함칠 정도로 세게 움켜쥐었다. 그러고는 더듬더듬 말
했다.

"나는 당신의 모습을 꿈꾸고 있어, 셀레스틴. 당신이 카페
안에 있는 모습을 꿈꾸고 있다고. 난 당신에게 미쳐버렸어."

그의 고백을 들은 내가 겁에 질려 아무 말도 못 하고 아무
동작도 못 취하고 있자 그가 말을 이었다.

"그리고 아마 만오천 프랑 이상 있을 거야. 어쩌면 만팔천
프랑 넘게 있을지도 몰라. 그게 또 어떻게 새끼를 쳤는지 모르

니까. 그 돈도 있고, 또 이것저것 보석도 있어. 당신, 카페에 있으면 정말 행복할 거야."

그는 바이스처럼 강력한 두 팔로 내 허리를 힘껏 껴안았다. 그리고 나는 그의 온몸이 나에 대한 욕망으로 떨리는 것을 느꼈다. 그가 원하기만 하면 그는 내가 저항할 새도 없이 나를 가질 수도 있었을 것이고, 나를 목 졸라 죽일 수도 있었을 것이다. 그는 계속해서 내게 자신의 카페를 묘사했다.

"카페는 아주 아름답고, 아주 깨끗하고, 반짝반짝 윤이 날 거야. 계산대의 커다란 거울 뒤에는 알자스-로렌 지방의 전통 의상 차림에 아름다운 비단 블라우스를 입고 넓은 벨벳 리본을 단 예쁜 여자가 서 있을 거고. 어때, 셀레스틴? 생각해봐. 이 일에 대해 조만간 다시 얘기할게. 다시 얘기할게."

나는 전혀 할 말이 없었다. 전혀, 전혀, 전혀 없었다! 나는 내가 단 한 번도 생각해본 적이 없는 이 일에 아연실색했다. 그러나 나는 이 남자의 파렴치함에 대해 어떤 증오나 두려움도 느끼지 않았다. 조제프는 숲 속에서 꼬마 클레르를 껴안고 입을 막고 목 조르고 살해한 바로 그 손으로 내 허리를 껴안으면서, 피로 얼룩진 클레르의 상처에 입맞춤을 하던 바로 그 입으로 같은 말을 되풀이했다.

"이 일에 대해 다시 얘기할게. 난 늙었어. 난 못생겼어. 그럴지도 몰라. 하지만 셀레스틴, 이 점은 꼭 기억해야 해. 여자를 정하는 데는 나만 한 사람이 없어. 나중에 다시 얘기하지."

여자를 정한다고? 이건 위협인가? 아니면 약속인가?

오늘 조제프는 다시 이전의 습관으로 돌아가 침묵을 지키고 있다. 어젯밤 우리 사이에 아무 일도 없었던 것처럼 행동한다. 매일 그랬던 것처럼 왔다 갔다 하고, 일을 한다. 먹는다. 신문을 읽는다. 나는 그를 쳐다본다. 그를 증오하고 싶다. 내 눈에 그가 너무나 못생겨 보여서 엄청난 혐오감이 그와 나를 영원히 떼어놓았으면 좋겠다. 그런데 그렇게 안 된다. 아! 정말 이상한 일이다! 이 남자를 보면 내 몸이 전율한다. 그리고 혐오감이 안 든다. 혐오감이 안 들다니, 이건 무서운 일이다. 왜냐하면 그는 숲 속에서 꼬마 클레르를 성폭행하고 죽인 사람이기 때문이다!

10

11월 3일

내가 하녀로 일했던 집 주인의 이름을 신문에서 보는 것만큼 나를 즐겁게 하는 일은 없다. 빅토르 샤리고 씨가 얼마 전에 새로운 책을 펴내어 큰 성공을 거두었고 모든 사람이 이 책에 대해 감탄하며 얘기한다는 소식을 《르 프티 주르날》신문에서 읽었을 때 나는 그 어느 때보다 큰 즐거움을 느꼈다. 이 책의 제목은 '다섯에서 여섯까지'였으며, 좋은 의미로 큰 소란을 일으켰다. 기사에 따르면, 그것은 사교계에 관한 예리하고 탁월한 연구로서, 겉으로는 가벼워 보이지만 사실은 심오한 철학을 감추고 있었다. 오, 이것은 분명한 사실이니 믿어야 한다! 사람들은 빅토르 샤리고 씨의 재능 외에 그의 우아함과 높은 사회적 지위, 그리고 그의 살롱도 열렬히 찬양했다. 그의 살롱에 대해서 말해보자. 나는 8개월 동안 샤리고 집안에서 하녀로 일했으며, 그런 상놈들은 결코 만나본 적이 없다고 믿어 의심치 않는다.

빅토르 샤리고라는 이름을 모르는 사람은 없다. 그는 이미 많은 책을 써서 큰 반향을 불러일으켰다. 《그들의 고무밴드》와 《그들은 어떻게 잠을 자는가》, 《감정의 컬 클럽》, 《벌새와 앵무새》는 그중에서 가장 널리 알려진 작품이다. 그는 무한한 재기才氣와 재능을 갖춘 인물이었지만, 불행하게도 성공과 부가 그를 너무 빨리 찾아왔다. 그의 초기 작품들은 큰 기대를 모았다. 독자들은 그의 탁월한 관찰력과 뛰어난 풍자, 인간의 우스꽝스러움을 깊숙이 파고드는 무자비하고 적확한 조롱에 깊은 인상을 받았다. 그는 박식하고 자유로운 정신의 소유자로서, 그가 볼 때 사교계의 관습은 거짓과 비굴함에 불과했다. 그의 관대하고 통찰력 있는 영혼은 굴욕적인 편견에 복종하지 않고, 그의 충동을 고상하고 순수한 사회적 이상으로 과감하게 인도했다. 어쨌든 그의 친구인 한 남자는 빅토르 샤리고를 내게 이렇게 묘사했다. 나는 내게 홀딱 반한 그 남자를 몇 번 만나주었는데, 그에게서 이 저명인사의 문학과 생활에 관해 방금 얘기한 것과 그 밖의 세세한 것들을 전해 들어 알게 되었다.

샤리고는 우스꽝스러운 것들 중에서 특히 속물근성을 혹독하게 비난했다. 책에서보다 훨씬 더 많은 사례들이 동원되는 재기 넘치는 대화에서 그는 속물근성의 특징으로 도덕적 비열함과 지적 빈곤함을 지적했는데, 이때 그는 생생하고 정확하고 신랄한 묘사, 포괄적이고 무자비한 철학, 예리하고 심오하고 빼어난 단어들을 보여주었으며, 이런 단어들은 수집되고 확산되고 파리 구석구석에서 되풀이되어 즉시 고전이 되었다. 그의 독창성이 지치는 법 없이 계속 갱신하고 아낌없이 주는 그 인상과 특징과 외형과 윤곽으로 속물근성의 놀라운 심리 상태를 묘사할 수 있을 것이다. 그러므로 만일 누군가 살롱들에 창궐하고 있는 이런 종류의 정신적 인플루엔자를 확실히 피했다면, 그건 바로 다른 누구보다도 빈정거림이라는 놀라운 살균제 덕분에 전염으로부터 자신을 더 잘 보호할 수 있는 빅토르 샤리고였다. 그러나 그 사람은 놀라움과 모순, 지리멸렬, 광기에 불과한 존재다.

성공의 첫 번째 애무가 끝났음을 느끼자마자 그의 안에 자리 잡고 있던 속물근성(그래서 그는 엄청난 표현력을 발휘해 그걸 묘사했던 것이다)이 드러나더니, 막 전기 충격을 받은 엔진처럼 폭발했다. 가장 먼저 그는, 자신을 거추장스럽게 하거나 자신의 이름을 더럽힐 가능성이 있는 친구들은 버리고, 인정받을 정도로 뛰어난 재능을 갖추고 있거나 언론계에서 다진 입지 덕분에 자신에게 쓸모가 있거나 오랫동안 지속적으로 자신을 칭찬해줌으로써 자신의 명성을 유지시켜줄 수 있는 친구들은 계속 옆에 두었다. 동시에 그는 몸치장과 유행을 그가 가장 열중하는 관심사로 만들었다. 루이 필리프 풍의 대담한 프록코트, 과장된 형태의 1830년대 옷깃과 넥타이, 매혹적인 둥근 윤곽의 벨벳 조끼를 차려입고 화려한 보석을 걸친 그는 너무나 비싼 보석들이 박힌 담뱃갑에서 금종이에 정성스럽게 만 담배를 꺼냈다. 그러나 팔다리가 무겁고 몸짓이 어색한 그는 이 모든 것에도 불구하고 동향 사람들인 오베르뉴 지방 사람들의 외양을 여전히 간직하고 있었다. 그가 왠지 모르게 불편해하는 이 지나치게 갑작스러운 우아함으로 인해 너무 새로워 보이는 그는 자신을 연구하고, 또 파리의 세련미를 가장 완벽하게 보여주는 모델도 연구했지만, 아무 소용이 없었다. 클럽과 경마장, 극장, 식당을 드나드는 우아한 젊은이들에게는 있지만 자기에게는 없어서 부러워했던 그 자연스러움을, 그 유연하고 섬세하고 곧은 선을 도저히 얻어낼 수가 없었던 것이다. 파리 시내에서 가장 유명한 양복점과 기억해야 할 셔츠 가게, 그리고 고급 제화점에만 드나든 그로서는 놀라운 일이었다! 거울에 비친 자기 모습을 유심히 살피던 그는 절망스러운 심정으로 자신에게 욕설을 퍼부었다.

"아무리 벨벳과 비단과 새틴으로 꽁꽁 싸매도 소용없어. 이러나저러나 난 여전히 상놈이야. 뭔가가 이상해."

샤리고 부인도 원래는 수수하고 소박한 사람이었으나, 이제는 남편처럼 남의 이목을 집중시킬 정도로 환하게 몸치장을 하고, 머리를 너무 빨갛게 물들이고, 너무 큰 보석을 달고, 너무 값비싼 비단옷을 걸쳐서 영락없이 빨래터의 여왕이나 '참회의 화요일'*의 황후처럼 보였다. 사람들은 그런 그녀를 때로는 혹독하게 조롱했다. 지나친 사치와 좋지 못한 취향에 한편으로는 모욕감을 느끼고 다른 한편으로는 즐거움을 느낀 친구들은 빅토르 샤리고에 대해 이렇게 익살스럽게 말하는 것으로 복수했다.

"정말이지 그는 풍자가로서는 운이 없는 사람이야."

운 좋은 묘책과 끊임없는 책략, 그보다 더 끊임없는 비굴한 행동 덕분에 샤리고 부부는 자신들이 '진짜 사교계'라고 부르는, 유대인 은행가들과 베네수엘라 공작들, 여기저기 떠돌아다니는 대공들, 문학과 매춘 알선과 아카데미에 미쳐 있는 나이 든 귀부인들의 집에 초대받을 수 있었다. 이제 그들의 머릿속에는 이 새로운 관계를 돈독히 하여 발전시키고, 더 부럽고 더 어려운 관계를 더 많이, 더 많이 맺어보겠다는 생각뿐이었다.

어느 날, 샤리고는 별 볼일 없다고 생각되기는 하지만 아직은 관계를 끊고 싶지 않은 한 친구의 초대를 거절하기 위해 다음과 같은 편지를 썼다.

아, 친구, 유감이네. 미안하지만, 월요일 약속을 지킬 수가 없게 되었네. 우리는 방금 로스차일드 씨로부터 오늘 저녁식사 초대를 받았다네. 처음이지. 자네는 우리가 이 초대를 거

• mardi-gras. 부활 주일 전에 40일 동안 금식과 속죄를 행하는 사순절四旬節을 앞두고 벌이는 사육제謝肉祭의 마지막 날. 술과 기름진 음식을 먹고 가장행렬을 하며 즐긴다.

절할 수 없다는 걸 잘 알 거야. 거절했다가는 참담한 결과를 맞게 될 테니까. 다행스럽게도 나는 자네가 친절한 사람이라는 걸 잘 알고 있네. 나는 자네가 우리를 원망하기는커녕 우리의 즐거움과 자부심을 함께 나눌 것이라고 확신하네.

어느 날, 그는 도빌의 별장을 산 얘기를 했다.

"정말이지, 그 사람들이 우리를 뭘로 보고 그랬는지 모르겠어. 아마도 저널리스트나 보헤미안으로 봤나 봐. 하지만 나는 내 뒤에 공증인이 있음을 그들에게 알려주었지."

그는 아직 친구로 남아 있던 젊은 시절의 친구들을, 그냥 자기 집에 나타나는 것만으로 과거를 지속적으로 상기시켜 불쾌한 기분을 안겨주고, 결함과 사회적 열등함을 드러내 보여주는 그 친구들을 서서히 멀리했다. 또한 그는 자신의 머릿속에서 타오르는 불길을 꺼버리려고, 완전히 죽었다고 믿었는데 느닷없이 되살아날까 봐 불안한 이 저주받은 정신을 완전히 억누르려고 애썼다. 그러고 나자 그는 다른 사람들의 집에 초대받는 것으로는 성이 차지 않아 이번에는 다른 사람들을 자기 집에 초대할 생각을 했다. 그가 얼마 전에 오퇴유에서 사들인 새로운 집의 집들이 사람들을 만찬에 초대하는 계기가 될 수 있었다.

나는 샤리고 부부가 이 만찬을 갖기로 결정했을 때 그들의 집에 도착했다. 그들은 자신들이 자주 열었던, 몇 년 동안 그들의 집을 아주 유쾌한 곳으로 만들었던 그런 내밀하고 즐겁고 허식 없는 만찬이 아니라, 정말 우아하고 엄숙한 만찬, 부자연스럽고 서먹서먹한 만찬, 사교계와 문학계와 예술계의 유명 인사 몇 명만 엄선해 초대하는 만찬을 계획한 것이었는데, 자신들의 광채가 조금이나마 손님들에게 전달될 수 있도록, 너무 까다롭거나 너무 반듯한 사람은 제외하고 만찬을 충분히 돋보이게 할 수 있는 사람들을 골랐다.

빅토르 샤리고가 말했다.

"왜냐하면 시내에서 만찬을 갖는 게 어려운 일이 아니라 자기 집에서 만찬을 베푸는 게 어려운 일이니까."

빅토르 샤리고는 이 계획에 대해 오랫동안 생각해보고 나서 이런 구상을 내놓았다.

"자, 됐어! 내 생각에 처음에는 이혼한 여자들만 부르되, 애인들과 함께 부르는 거야. 반드시 무게감 있는 사람들부터 시작해야 돼. 아주 점잖고, 가톨릭 계열의 신문들이 감탄하며 인용하는 사람들 있잖아. 나중에 우리가 좀 더 정선된 사람들과 폭넓은 교제를 하게 되면 이혼녀들은 제외시켜야지."

샤리고 부인이 남편 말에 맞장구를 쳤다.

"맞아요. 당장 중요한 건 이혼녀들 중에서 그나마 나은 여자들을 골라내는 거예요. 이제는 이혼도 남부끄러운 게 아닌 시대가 됐어요."

그러자 샤리고 씨가 냉소 지으며 말했다.

"최소한 간통을 없애는 장점은 있지. 간통은 아주 오래된 유희야. 지금 간통(기독교도의 간통)의 존재를 믿는 사람은 친구인 부르제밖에 없어. 간통의 존재를 믿는 건 영국제 가구의 존재를 믿는 거나 똑같은 거지."

이 말을 들은 샤리고 부인이 짜증 난 목소리로 대꾸했다.

"악의적이고 못된 당신 말에 진저리가 나요! 두고 봐요. 당신이 그런 식으로 말을 하는 한 우리는 절대로 품위 있는 살롱을 만들 수 없을 테니."

그리고 이렇게 덧붙였다.

"진정 사교계 인사가 되고 싶으면 우선 바보가 되는 법을 배우거나, 아니면 입을 꼭 다물고 가만히 있는 법을 배워요."

초대 손님의 명단은, 작성했다가 고쳤다가 다시 작성하기를 되풀이한 끝에 결국 다음과 같이 정해졌다.

이혼녀인 페르귀 백작부인과 그녀의 남자 친구인 경제학자 겸 국회의원 조제프 브리가르.

이혼녀인 앙리 고그스탱 남작부인과 그녀의 남자 친구인 시인 테오 크랑프.

오토 뷔칭겐 남작부인과 그녀의 남자 친구인 라이레 자작. 라이레 자작은 클럽 회원이자 스포츠맨, 노름꾼, 협잡꾼이다.

이혼녀인 드 랑뷔르 부인과, 이혼 소송 중인 그녀의 여자 친구 티에르슬레 부인.

상징주의 음악가이자 열렬한 동성애자인 해리 킴벌리와, 여자처럼 아름답고 스웨덴산 가죽 장갑처럼 유연하며 여송연처럼 날씬하고 금발인 그의 젊은 남자 친구 뤼시앵 사르토리.

두 아카데미 회원인 조제프 뒤퐁 드 라 브리(음란한 메달 전문가)와 이지도르 뒤랑 드 라 마른(회상록 저작자이자 아카데미의 중국 전문가).

초상화가인 자크 리고.

심리 소설을 쓰는 작가 모리스 페르낭쿠르.

사교계의 리포터인 풀트 데수아.

초대장을 여기저기 보냈고, 영향력 있는 사람들이 중간에 끼여 도와준 덕분에 모두가 초대를 받아들였다.

오직 한 명, 페르귀 백작부인만이 망설였다.

그녀가 말했다.

"샤리고 부부? 초대를 수락해도 좋은 집안인가? 그 샤리고 라는 사람, 옛날에 몽마르트르에서 온갖 직업을 전전한 사람 아니야? 석고로 만든 인공 상반신을 걸치고서 음란한 포즈로 사진을 찍어 직접 팔았다던데 그게 사실인가? 또 그 샤리고 부인에 대해서도 좋지 않은 소문이 떠돌던데 그게 사실인가? 결혼 전에 남자관계가 복잡했다던데? 그리고 누드모델을 한 적이 있다는 소문도 있어. 아니, 어떻게 그럴 수가 있지? 어떻게 여자가 자기 애인도 아닌 남자 앞에서 옷을 홀라당 벗고 있을 수가 있어?"

결국 그녀는, 샤리고 부인이 단지 얼굴 모델을 했을 뿐이고, 앙심을 잘 품는 샤리고 씨가 책을 써서 그녀의 명예를 훼손시킬지도 모르며, 킴벌리가 이번 만찬에 참석한다는 얘기를 듣고 초대를 받아들였다. 오! 킴벌리가 만찬에 참석하기로 했다니! 킴벌리, 너무나 완벽하고 너무나 섬세하고 너무나 매력적인 신사!

샤리고 부부는 이 같은 협상과 망설임에 대해 훤히 알고 있었다. 그들은 그걸로 기분 나빠하기는커녕 오히려 자기들이 어떤 사람들은 잘 조종했고 또 어떤 사람들에 대해서는 승리를 거두었다며 기뻐했다. 이제부터는 행동을 조심하고, 샤리고 부인이 말했듯이 진짜 사교계 인사로서 행동하는 것만이 중요했다. 능란한 협상 과정을 거쳐 완벽하게 준비되고 계획된 이 만찬은 그들이 자신들의 우아한 운명과 사회적 야망을 펼쳐나가기 위해 새롭게 변신한다는 것을 보여주는 최초의 행사였다. 그러므로 이 만찬은 멋지고 근사해야만 했다.

만찬이 열리기 여드레 전, 집 안은 모든 게 뒤죽박죽이었다. 집을 완전히 새로 꾸며야 했다. 조그마한 사고라도 일어나서는 절대 안 되었다. 최악의 순간에 당황하지 않기 위해서 여러 가지 방법으로 조명도 조절해보고 식탁도 장식해보았다. 이와 관련해 샤리고 씨와 샤리고 부인은 서로 상스럽게 다투었다. 두 사람은 생각도 다르고, 심미관 역시 모든 점에서 달랐다. 그녀는 감성적인 배치를 선호했고, 그는 엄격하고 '예술적인' 분위기를 원했던 것이다.

샤리고 씨가 소리쳤다.

"멍청하긴! 손님들이 어느 여직공 집이라고 생각하겠어! 결국 우리는 만천하에 웃음거리가 되고 말겠지!"

극도로 짜증이 난 샤리고 부인이 대꾸했다.

"당신은 차라리 입 다물고 있는 게 나아. 싸구려 술집을 전전하던 옛날의 건달에서 하나도 나아진 게 없어. 지겨워! 치가 떨리도록 지겨워!"

"오, 그래? 그럼 이혼하면 되겠네! 이혼하자고! 그럼 우리도 손님들처럼 이혼남 이혼녀가 되어 그 사람들이랑 허물없이 어울릴 수 있겠군!"

그들은 은제품과 식기류, 크리스털 제품이 부족하다는 것을 알게 되었다. 이런 것들을 빌리고, 의자도 빌려야만 했다. 그들이 갖고 있는 의자는 열다섯 개뿐이었고, 그나마 성한 게 없었다. 마지막으로 그들은 시내에서 가장 유명한 레스토랑에 음식을 주문했다.

샤리고 부인이 이렇게 부탁했다.

"최고로 멋지게 준비해주세요. 그리고 손님들이 자기가 먹는 게 뭔지 절대로 알 수 없게 해주세요. 새우, 푸아그라, 불치는 햄처럼 보이게 해주시고, 햄은 케이크처럼 보이게 해주세요. 또 송로버섯은 생크림처럼, 으깬 감자는 나뭇가지처럼 보이게 해주시고요. 체리는 정사각형으로, 복숭아는 소용돌이 모양으로 놓아주시면 좋겠어요. 요컨대 아주 세련되게 준비해 달라는 얘기예요."

그러자 레스토랑 경영자가 그녀를 안심시켰다.

"걱정 마세요. 저는 먹는 사람이 음식 재료를 알아보지 못하게 하는 법을 너무나 잘 알고 있답니다. 누구든 자기가 지금 먹는 게 뭔지 알아맞히는 시합을 저와 해도 좋습니다. 그게 우리 가게의 전문 분야랍니다."

드디어 그날이 왔다.

나리는 일찌감치 일어나서 불안하고 동요된 표정으로 안절부절못했다. 전날 온갖 종류의 준비를 하느라 발에 불이 나도록 뛰어다녀 피곤했는데도 밤새 한숨도 못 잔 마님은 제자리에 가만있지를 못했다. 그녀는, 그녀의 표현을 빌리자면 배가 발뒤꿈치에 붙을 만큼 피곤한데도 이마를 잔뜩 찌푸린 채 가쁜 숨을 몰아쉬며 대여섯 차례나 집을 훑어보았고, 자질구레한 실내장식품과 가구를 괜히 한번 흐트러뜨렸다가 다시 정리했고, 꼭 미친 여자처럼 이유도 없이 이 방 저 방 왔다 갔다 했다. 그녀는 혹시라도 요리사가 안 나타나면 어쩌나, 플로리스트가 약속을 어기면 어쩌나, 손님들이 엄격한 에티켓에 따라 식탁에 자리를 잡아야 하는데 그렇게 하지 않으면 어쩌나 걱정하며 불안해했다. 나리는 핑크색 실크 팬티만 입은 채 마님 뒤를 졸졸 따라다니면서 이건 좋고 저건 안 좋고 하며 토를 달았다.

그가 말했다.

"다시 생각해보니, 식탁을 장식하려고 수레국화를 주문하다니, 당신 정말 이상한 생각을 했군. 내 장담하는데, 푸른색이 불빛을 받으면 검은색으로 보일 거야. 그리고 어쨌든 수레국화는 수레국화일 뿐이야. 꼭 밀밭에서 꺾어 온 것처럼 보일 거라고."

"오, 또 그놈의 수레국화 얘기! 당신은 정말 짜증 나는 사람이야!"

"그래, 바로 그 수레국화 말인데, 언젠가 킴벌리가 로스차일드 씨 집에서 얘기하기를, 수레국화는 사교계의 꽃이 아니라고 했거든. 수레국화 대신 개양귀비로 하면 안 되나?"

그러자 마님이 대답했다.

"날 좀 가만히 내버려둬요. 당신의 그 말도 안 되는 얘기를 듣고 있으면 정말 머리가 돌아버릴 것 같아! 아니 지금 한가하게 그런 소리나 하고 다닐 때예요?"

나리는 마님이 그러거나 말거나 자기 얘기를 계속했다.

"좋아, 좋아! 두고 보면 알겠지. 모든 게 다 별 탈 없이 진행되도록 기도해야겠군. 근데 사교계 사람이 된다는 게 이렇게 어렵고 피곤하고 복잡한 일인 줄은 미처 몰랐네. 어쩌면 우리는 그냥 건달로 사는 게 더 나을지도 몰라."

그러자 마님이 으르렁거리듯 말했다.

"오, 세상에! 이 세상 그 무엇도 당신이라는 사람을 바꿔놓을 수 없다는 걸 이제 정말 잘 알겠어요. 당신은 여자에게 자랑거리가 될 만한 사람이 아니에요."

주인 내외는 내 외모가 예쁘고 아주 우아하다고 생각해서, 이 코미디에서 내게 아주 중요한 역할을 맡겼다. 나는 우선 탈의실 관리를 맡았고, 그다음에는 이 특별한 만찬의 시중을 맡기기 위해 여러 직업소개소에서 뽑아 온 네 명의 하인을 돕기도 하고 감시하기도 해야 했다.

처음에는 모든 게 잘 돌아갔다. 그러나 한 가지 돌발 상황이 발생했다. 8시 45분이 되었는데도 페르귀 백작부인이 도착하지 않는 것이었다. 그녀가 마지막 순간에 생각을 바꿔 오지 않기로 결심했다면? 그런 굴욕이 어디 있겠는가? 만약 그렇다면 그건 재앙이다! 샤리고 부부는 망연자실한 표정을 지었다. 조제프 브리가르가 그들을 안심시켰다. 그날은 백작부인이 '육군과 해군 병사들에게 보낼 시가 꽁초 모으기 협회'의 행사를 주재하는 날이었는데, 행사가 상당히 늦게 끝나는 날이 이따금 있다는 것이었다.

"아, 얼마나 매력이 넘치는 여성인지!"

샤리고 부인이 감탄하며 말했다. 마치 이 찬사가 내심으로 저주하는 '이 빌어먹을 백작부인'이 더 빨리 도착하도록 마술을 발휘할 수 있다는 듯이 말이다.

샤리고가 그녀와 같은 감정에 사로잡혀 한술 더 떴다.

"게다가 머리는 또 얼마나 좋은데! 저번에 로스차일드 씨네 집에 초대받아 갔을 때 나는 그렇게 완벽하게 우아하고 우월한 여성은 지난 세기로 거슬러 올라가지 않는 한 다시 만나볼 수 없을 것 같은 느낌을 받았다니까."

조제프 브리가르는 한 걸음 더 나갔다.

"그 이상이죠! 친애하는 샤리고 씨, 평등에 기초한 민주주의 사회에서는…."

그가 살롱을 여기저기 돌아다니며 전파하기 좋아하는, 절반은 연애담이고 절반은 사회학적 이야기인 연설을 시작하려는 순간에 페르귀 백작부인이 흑옥黑玉색과 강청鋼靑색 수가 놓여 어깨의 기름진 하얀색과 부드러운 아름다움을 더욱 돋보이게 하는 검은색 옷을 입고 등장했다. 그러자 사람들은 감탄 어린 웅성거림과 소곤거림 속에서 식당으로 향했다.

만찬의 시작 분위기는 좀 냉랭했다. 성공을 거뒀는데도 불구하고, 아니, 어쩌면 성공을 거뒀기 때문에 페르귀 백작부인은 좀 거만해 보였다. 어쨌든 그녀는 말을 잘 하지 않았다. 그녀는 자신의 존재로써 '이 신분 낮은 사람들'의 보잘것없는 집을 영광스럽게 해주었다고 생각하는 듯했다. 샤리고는 백작부인이, 빌린 은제품과 식탁 장식, 샤리고 부인의 초록색 옷차림, 구레나룻이 너무 길어서 음식 접시 안에 빠질 지경인 네 명의 하인을 유심히 살피며 조심스럽지만 눈에 띄게 경멸적으로 입을 삐죽거리는 것을 봤다고 믿었다. 그는 식탁의 차림새와 아내의 옷차림에 대해 막연한 공포와 불안한 회의를 느꼈다. 오! 그것은 끔찍한 순간이었다!

시시껄렁한 뉴스에 대해 몇 차례 힘들게 말이 오가고 나서 대화는 점점 보편적인 화제로 옮겨 가게 되었고, 마침내 사교계 생활에서 예절 바른 행동은 어떤 것인지에 화제가 고정되었다.

이 모든 불쌍한 남자 악마들과 여자 악마들, 이 모든 불쌍한 연놈들은 자기들의 사회적 부정행위는 깡그리 잊어버린 채, 어떤 결함이나 흠이 있다고 의심받는 것이 아니라 단지 따라야 할 유일한 법인 사교계의 법에 복종하지도 않고 이 법을 존중하지도 않는다고 오래전부터 의심받는 사람들에 대해 이상하리만큼 가혹하고 엄격한 태도를 보였다. 자신들이 품은 사회적 이상의 외부에서 살고 있는, 사교계의 변경으로 내던져진 채 사교계의 시대에 뒤진 예의범절과 단정한 품행을 종교처럼 숭배하는 그들은 다른 사람들을 쫓아냄으로써 그러한 사교계로 돌아가기를 희망하고 있었다. 이것의 희극성은 정말 강렬하고 흥미로웠다. 그들은 세계를 두 부분으로 나누었다. 한쪽에는 규칙적인 세계가, 다른 한쪽에는 그렇지 않은 세계가 있었다. 여기 있는 사람들은 받아들일 수 있고, 저기 있는 사람들은 받아들일 수 없다. 그리고 이 두 부분은 얼마 지나지 않아 조각들이 되고, 그 조각들은 아주 작고 얇은 조각들이 되고, 그 작고 얇은 조각들은 더 작은 조각들로 무한히 나뉜다. 가서 만찬을 즐길 수 있는 집이 있고, 가서 그냥 저녁 시간만 보내고 올 수 있는 집이 있다. 식탁에 초대할 수 있는 사람들이 있고, 그냥 응접실에 들어오는 것만 허용할 수 있는(명확히 정해진 일정한 경우에만) 사람들이 있다. 또한 만찬에도 초대할 수 없고 집에 받아들여서도 안 되는 사람들이 있고, 집에 받아들일 수는 있지만 만찬에는 초대할 수 없는 사람들이 있다. 점심식사에는 초대할 수 있지만 만찬에는 결코 초대할 수 없는 사람들도 있다. 이 모든 것은 항변의 여지가 없을 만큼 설득력 있는 실례實例에 근거하며, 잘 알려진 이름들에 의해 예시된다.

클럽 회원이자 스포츠맨, 노름꾼, 협잡꾼인 라이레 자작이 말했다.

"미묘한 차이, 모든 게 바로 그것에 달려 있습니다. 이 미묘한 차이를 중히 여기느냐 아니냐에 따라 사교계에 속할 수도 있고 그러지 못할 수도 있어요."

나는 그렇게 따분한 얘기는 들어본 적이 없었다. 그들의 얘기를 듣다 보니 이 불쌍한 인간들이 그렇게 측은하게 여겨질 수가 없었다.

샤리고는 먹지도 않고, 마시지도 않고, 말도 하지 않았다. 대화에는 거의 끼지 않았지만, 그럼에도 그는 자기 머리 위에 어떤 무거운 것이, 어마어마하고 으스스한 어리석음이 무거운 추처럼 놓여 있는 걸 느끼고 있었다. 그는 열병 환자처럼 창백해져서 초조한 표정으로 만찬 시중이 진행되는 상황을 지켜보고 있었고, 손님들의 얼굴에 떠오르는 호의적이거나 빈정거리는 표정을 포착하려 애쓰고 있었다. 또 그는 샤리고 부인이 경고를 보내는데도 불구하고 점점 더 빠른 동작으로 빵의 속살을 손가락으로 돌돌 말아 공을 만들고 있었다. 그는 질문을 받을 때마다 놀라서 건성으로 막연하게 대답하곤 했다.

"그렇지요, 그렇고말고요. 확실합니다."

그의 앞에서는 작은 초록색 구슬이 번쩍거리는 초록색 드레스를 입고 머리에는 빨간색 깃털 장식을 한 샤리고 부인이 어색하게 연신 좌우로 몸을 기울이며, 아무 말 없이, 꼭 입술에 그려놓은 듯 영원히 움직이지 않는 미소를 짓고 있었다.

샤리고는 생각했다.

'영락없이 창녀 같아! 왜 저리 바보 같고 우스꽝스러울까? 꼭 가면무도회에서처럼 옷을 차려입었어. 저 여자 때문에 당장 내일 우리는 파리 사람들의 비웃음거리가 되겠군!'

한편 샤리고 부인도 입가에 부동의 미소를 띤 채 같은 생각을 하고 있었다.

'저런 바보 멍청이. 저걸 옷이라고 입은 거야? 이제 내일이면 저 인간이 둥글둥글하게 뭉쳐놓은 빵 때문에 큰 망신을 당하겠군.'

사교계와 관련된 이야깃거리가 다 떨어지자 사람들은 잠시 사랑에 관해 여담을 나눈 다음 골동품에 관해 얘기를 나누기 시작했다. 이 분야에서는 감탄할 만한 골동품들을 소장하고 있는 젊은 뤼시앵 사르토리가 항상 뛰어났다. 그는 매우 능숙하고 탁월한 수집가라는 명성을 갖고 있었다. 그의 진열장은 아주 널리 알려져 있었다.

드 랑뷔르 부인이 물었다.

"그런데 그 진귀한 골동품들은 다 어디서 구하나요?"

"베르사유에 사는 분들한테서요. 한 분은 지체 높은 집안의 나이 든 부인인데 시를 아주 좋아하시고, 또 한 분은 대성당 참사회원의 부인인데 아주 감상적인 분이세요. 그 나이 든 귀부인들의 집에 보물이 감춰져 있으리라고는 아무도 상상을 못하죠."

드 랑뷔르 부인이 다시 한 번 물었다.

"도대체 당신이 어떻게 했기에 그 사람들이 그걸 당신에게 팔기로 결심한 거죠?"

그는 상대를 놀라게 하려는 욕구가 분명하게 드러난 얼굴로 마른 상체를 뒤로 젖히면서 대꾸했다.

"그들에게 추파를 던진 다음, 반反자연적인 행위를 통해 내 몸을 허락했지요."

이 대담한 말이 격렬한 항의를 불러일으켰지만, 사르토리는 모든 게 다 용서되는 사람이었기 때문에 모두들 그냥 웃어넘기기로 했다.

그때 외설스러운 상황을 즐기는 고그스탱 남작부인이 외설스러운 의도로 인해 더욱 아이러니하게 느껴지는 어조로 물었다.

"도대체 뭘 반자연적인 행위라고 부르는 건가요?"

그러나 뤼시앵 사르토리는 킴벌리의 눈짓에 입을 다물었다. 모리스 페르낭쿠르가 남작부인 쪽으로 몸을 기울여 낮은 소리로 말했다.

"그건 사르토리가 자연을 어느 쪽에 위치시키느냐에 따라 달라집니다."

모든 사람의 얼굴이 새로운 즐거움으로 환하게 빛났다. 이 성공에 대담해진 샤리고 부인이, 매력적인 제스처를 취하며 항의하는 사르토리에게 직접 큰 소리로 물었다.

"아, 그럼 그게 사실인가요? 소문으로만 들었는데, 정말이었군요."

이 말은 찬물을 끼얹는 효과를 발휘했다. 페르귀 백작부인이 빠른 속도로 부채질을 했다. 각자가 분노해 거북한 표정으로 서로를 바라봤지만, 그래도 웃고 싶은 욕구는 억제할 수가 없었다. 샤리고는 입술을 꽉 깨물고 이마에 땀을 뻘뻘 흘리면서, 희극적일 정도로 험상궂은 눈과 빵의 속살로 만든 공을 격렬하게 굴려대고 있었다. 킴벌리가 이 어려운 순간과 위험한 침묵을 틈타 자신의 런던 여행 얘기를 꺼내지 않았다면 무슨 일이 일어났을지 모른다.

그가 말했다.

"그렇습니다. 저는 런던에서 황홀한 8일을 보내면서 아주 특이한 걸 봤습니다. 위대한 시인 존-지오토 파르파데티가 자기 친구인 프레더릭-오시안 핑글턴의 아내와의 약혼식을 축하하기 위해 마련한 만찬이었지요."

페르귀 백작부인이 선웃음을 지으며 말했다.

"얼마나 멋졌을까!"

"상상도 못하실걸요."

눈길과 몸짓, 그리고 심지어 입고 있는 옷의 단춧구멍을 장식한 난초까지도 열렬한 도취감을 표현하고 있는 듯이 보이는 킴벌리가 이렇게 말했다.

그가 말을 이었다.

"흰 공작들과 황금색 공작들이 푸른색 벽을 장식하고 있는 넓은 방을 상상해보세요, 부인. 비취로 만든 멋진 타원형 식탁도 상상해보세요. 식탁 위에는 잔이 몇 개 놓여 있고, 이 잔들에는 노란색 사탕과 보라색 사탕이 조화를 이루며 담겨 있습니다. 그리고 식탁 한가운데에는 뉴칼레도니아의 토착민들이 만든 잼으로 채워진 분홍색 크리스털 수반이 놓여 있죠. 더도 덜도 아니고 딱 이랬습니다. 우리는 길고 헐렁한 흰옷 하나만 걸치고 차례차례 천천히 식탁 앞을 지나가면서 손에 든 황금색 칼의 끝에 이 신비한 잼을 약간 묻힌 다음 입으로 가져갔지요. 더도 덜도 아니고….”

백작부인이 감탄하며 말했다.

“오! 감동적이에요! 너무나 감동적이에요!”

“상상하기 힘드시겠지만, 정말 감동적이었습니다! 그러나 가장 감동적인 것은, 그 감동을 정말이지 우리 영혼의 찢어지는 아픔으로 만들어버린 것은, 바로 프레더릭-오시안이 자기 아내와 자기 친구의 약혼식을 축하하는 시를 낭송한 것이었습니다. 저는 그 시보다 더 비극적이고 더 초인적으로 아름다운 건 알지 못합니다.”

그러자 페르귀 백작부인이 애원했다.

“오! 제발 부탁이에요. 그 경이로운 시를 우리에게 들려주세요.”

“아, 유감입니다. 그럴 수는 없고, 백작부인께 그 시의 정수만 들려드릴까 합니다.”

“그래요, 바로 그거예요, 정수.”

킴벌리는 여성들과 아무 상관이 없고 여성들에게 아무 쓸모가 없는 도덕관념의 소유자였지만, 그럼에도 여성들은 그에게 미친 듯이 열광했다. 왜냐하면 그는 원죄와 놀라운 감각에 관한 미묘한 이야기를 들려주는 장기를 가지고 있었기 때문이다. 갑자기 가벼운 전율이 식탁 주변을 가득 채웠고, 꽃들과 보석들, 그리고 식탁보 위의 크리스털 제품들도 영혼들의 상태와 조화를 이루었다. 샤리고는 자신의 영혼이 자신을 피해 달아나는 것을 느꼈다. 그는 자기가 졸지에 미치광이들의 집에 굴러떨어졌다고 생각했다. 그렇지만 그는 의지력을 발휘해 아직은 미소 짓고 말할 수 있었다.

"그렇지요, 그렇고말고요."

하인들이 햄처럼 생긴 뭔가를 내왔는데, 그 안에서 빨간색 애벌레처럼 생긴 체리들이 노란색 크림에 섞여 흘러나와 있었다. 반쯤 넋을 잃은 페르귀 백작부인은 이미 별나라에 가 있었다.

킴벌리가 얘기를 시작했다.

"프레더릭-오시안 핑글턴과 그의 친구 존-지오토 파르파데티는 둘이 함께 쓰는 아틀리에에서 일과를 마쳤지요. 한 사람은 위대한 화가였고, 다른 한 사람은 위대한 시인이었습니다. 화가는 키가 크고 포동포동하며, 시인은 키가 크고 비쩍 말랐습니다. 두 사람 다 거친 모직물로 만든 헐렁하고 긴 옷을 입었고, 똑같이 챙이 없는 피렌체 모자를 썼지요. 그리고 둘 다 신경쇠약증 환자였습니다. 두 사람은 서로 다른 몸에 똑같은 영혼과 쌍둥이처럼 꼭 닮은 정신을 갖고 있었지요. 존-지오토 파르파데티가 친구인 프레더릭-오시안 핑글턴이 화폭에 그려놓은 경탄스러운 상징들을 운문으로 노래했는데, 너무나 감동적이어서 이 시인의 영광이 더 이상 이 화가의 영광과 분리될 수 없었으며, 사람들은 결국 두 사람의 작품과 불멸의 재능을 뒤섞어 똑같이 숭배하기 시작했습니다."

킴벌리는 잠시 뜸을 들였다. 침묵은 종교적이라고 해도 될 만큼 경건했다. 뭔가 성스러운 것이 식탁 위를 떠돌고 있었다. 그가 계속했다.

"땅거미가 내리고 있었습니다. 부드러운 황혼 빛이 아틀리에를 마치 달빛처럼 희미하고 어스름한 그늘로 에워싸고 있었습니다. 구불구불 기다란 황금색 해초가 깊고 마술적인 물의 떨림에 따라 보라색 벽 위를 이리저리 움직이는 것이 희미하게 보였습니다. 존-지오토 파르파데티는 자신의 영원불멸한 시를 써놓은, 아니, 새겨놓은 독피지犢皮紙를 마치 미사 음악집을 집어 들듯 경건하게 집어 들었습니다. 프레더릭-오시안 핑글턴은 리라 모양의 화가畫架를 장식 휘장 쪽으로 돌려놓은 다음 부서질 듯한 어떤 가구 위에 심장 모양의 팔레트를 올려놓았습니다. 그러고 나서 두 사람은 서로 마주 본 상태에서 일렬로 늘어놓은 세 개의 해초 색깔 방석 위에 엄숙하고 지친 포즈로 누웠습니다."

그 순간 티에르슬레 부인이 경고의 뜻을 담아 작게 기침을 했다.

"에헴!"

그러자 킴벌리가 그녀를 안심시켰다.

"아닙니다, 전혀 아닙니다. 부인께서 생각하시는 그런 게 아니에요."

그런 다음 그가 계속했다.

"아틀리에 한가운데서는 장미꽃잎들이 잠겨 있는 대리석 수반으로부터 강한 향기가 올라오고 있었습니다. 그리고 작은 탁자 위에서는 줄기가 아주 긴 수선화가, 마치 영혼이 죽어가는 것처럼, 병목이 이상하게 비틀린 초록색의 백합 꽃받침처럼 생긴 좁은 꽃병 속에서 그렇게 죽어가고 있었습니다."

"아, 잊을 수 없을 거야!"

백작부인이 전율하면서 너무 작아서 잘 들리지 않는 목소리로 말했다.

킴벌리가 멈추지 않고 계속했다.

"집 밖의 길거리는 인적이 뜸해진 듯 더 조용해졌습니다. 템스 강 쪽에서는 산란한 사이렌 소리가, 배의 기관汽罐에서 나는 헐떡이는 듯한 소리가, 거리 때문에 약해져서 희미하게 들려왔지요. 꿈에 사로잡힌 두 영혼이 말로 표현할 수 없을 정도로 침묵하고 있었습니다."

"오! 그분들의 모습이 눈에 선해요!"

티에르슬레 부인이 이렇게 감탄했다.

페르귀 백작부인도 환호했다.

"그리고 그 '말로 표현할 수 없을 정도로'라는 단어는 너무나 많은 걸 환기해요. 게다가 얼마나 순수한지!"

킴벌리는 여기저기서 찬사가 쏟아지는 틈을 이용해 샴페인을 한 잔 마셨다. 그러고는 자신에게 열정적인 관심이 쏠려 있는 것을 의식하면서 같은 말을 되풀이했다.

"말로 표현할 수 없을 정도로 침묵하고 있었습니다. 그러나 그날 밤에 존-지오토 파르파데티는 이렇게 중얼거렸습니다. '내 마음속에는 독이 든 꽃 한 송이가 피어 있다네.' 그러자 프레더릭-오시안 핑글턴이 응답했지요. '오늘 밤, 슬픈 새 한 마리가 내 마음속에서 노래하네.' 아틀리에가 이 기이한 대화에 감동한 것 같았습니다. 조금씩 퇴색해가는 보라색 벽 위에서 황금색 해초가 기묘한 파동의 새로운 리듬에 따라 펼쳐졌다가 접혀졌다가 되풀이했습니다. 인간의 영혼이 사물의 영혼에 자신의 괴로움과 정념, 열정, 원죄, 삶을 전달하는 것은 분명한 사실이니까요."

"그건 정말 사실이에요!"

여러 사람의 입에서 이러한 외침이 터져 나왔지만 킴벌리는 개의치 않고 이야기를 계속했다. 그다음 이야기는 듣는 사람들의 조용한 감동 속에서 전개되었다. 그의 목소리는 한층 더 신비로워졌다.

"이 침묵의 순간은 감동적이고 비극적이었습니다. 존-지오토 파르파데티가 애원했지요. '오, 친구여, 내게 모든 걸 다 준 자네, 내 영혼과 놀랍도록 닮은 영혼을 가진 자네, 자네는 내가 아직 갖지 못한, 그래서 나를 죽도록 괴로워하게 만드는 자네의 무엇인가를 내게 줘야 한다네.' 그러자 화가가 물었습니다. '그렇다면 자네가 원하는 건 내 목숨인가? 내 목숨은 자네 것일세. 자네는 그걸 가질 수 있네.' '아니야, 내가 원하는 건 자네의 목숨이 아니야. 난 자네의 목숨보다 더한 걸, 자네의 아내를 원한다네!' 그러자 화가가 소리쳤습니다. '보티첼리나를!' '그래, 보티첼리나를 원하네. 자네 살肉의 살을, 자네 영혼의 영혼을, 자네 꿈의 꿈을, 자네 고통의 불가해한 꿈을!' '보티첼리나를! 오, 이런! 일어날 일이 일어나고 말았군. 자네는 그녀에게 빠지고, 그녀는 자네에게 빠지고. 마치 달빛 아래 바다 없는 호수에 빠지듯이. 오, 이런! 오, 이런! 일어날 일이 결국 일어나고야 말았어!' 화가의 눈에서 두 줄기 눈물이 어슴푸레한 빛 속에서 반짝반짝 빛나며 흘러내렸습니다. 시인이 대답했습니다. '내 말 좀 들어보게, 친구여! 난 보티첼리나를 사랑한다네. 보티첼리나도 나를 사랑하고. 우리 두 사람은 죽도록 서로 사랑하지만, 서로에게 감히 그 말을 하지 못하고 서로 결합하지 못해 죽을 지경이라네. 그녀와 나는 옛날에 한 생명체로부터 분리돼 나온 두 부분이라고 할 수 있네. 이 두 부분은 아마도 2천 년쯤 서로를 부르며 찾아 헤매다가 결국 오늘 다시 만났지. 오, 나의 친애하는 핑글턴, 미지의 삶은 기묘하고 무시무시하고 감미로운 운명을 가진다네. 우리가 오늘 밤 겪고 있는 것보다 더 장엄한 시가 과연 있었던가?' 그러나 화가는 점점 더 고통스러워지는 목소리로 계속 외치기만 했습니다. '보티첼리나! 보티첼리나!' 그는 누워 있던 방석에서 일어나 열기에 들뜬 듯 아틀리에 안을 걸어 다녔습니다. 몇 분 동안 불안하고 동요된 표정을 짓고 있던 그가 말했습니다. '보티첼리나는 내 여자였네. 그런데 앞으로는 자네 여자가 되어야 한단 말인가?' 그러자 시인이 명령조로 대꾸했습니다. '그녀는 우리의 여자가 될 걸세! 신께서는 자네를 그녀이자 나인 이 가지 없는 영혼의 접합점이 되도록 선택하셨으니까. 그렇지 않으면, 보티첼리나는 꿈을 흩뜨리는 마법의 구슬을 갖고 있고 나는 육체를 구속하는 사슬을 끊어버리는 검을 갖고 있지. 만일 자네가 거절한다면 우리는 죽음 속에서 서로 사랑할 걸세.' 그리고 그는 마치 심연의 목소리처럼 아틀리에를 울리며 심오한 어조로 덧붙였습니다. '어쩌면 그게 더 아름다울지도 모르겠네.' 그러자 화가가 소리쳤습니다. '아냐, 자네는 살게 될 거야. 보티첼리나는 내 것이었듯이 이제 자네의 것이 될 것이네. 나는 내 살을 갈기갈기 찢고, 내 가슴에서 심장을 떼어낼 것이네. 내 머리를 벽에 부딪쳐 부숴버릴 것이네. 그러나 내 영혼은 행복할 거야. 난 고통스러워할 수 있어. 고통은 또한 관능이기도 하니까!' 존-지오토 파르파데티가 경탄했습니다. '그리고 그것은 모든 관능 중에서 가장 강력하고 가장 씁쓸하고 가장 거친 관능이지! 나는 자네의 운명이 부럽네! 난 내가 내 사랑의 즐거움으로 죽든지, 아니면 내 친구의 고통으로 죽을 거라고 굳게 믿네. 그 시간이 왔네. 그럼 안녕!' 그는 마치 대천사처럼 몸을 일으켰습니다. 그 순간, 장식 휘장이 움직이며 열리더니, 환하게 빛을 발하는 어떤 환영을 등장시켰습니다. 그것은 달빛을 띤 헐렁헐렁한 드레스를 입은 보티첼리나였습니다. 그녀의 헝클어진 머리칼이 그녀의 얼굴 주위에서 꼭 불꽃 다발처럼 눈부시게 빛났습니다. 그녀는 손에 금 열쇠를 들고 있었습니다. 그녀의 입술에는 황홀이, 눈에는 밤의 하늘이 자리 잡고 있었습니다. 존-지오토가 그리로 달려들어 장식 휘장 뒤로 사라졌습니다. 그러자 프레더릭-오시안 핑글턴은 바닷속 깊은 곳에서 자라는 모자반 색깔의 방석 위에 다시 누웠습니다. 그가 손톱을 살에 박아 넣어 피가 샘처럼 줄줄 흐르는 동안, 서서히 어둠으로 덮여가는 벽 위에서 황금색 해초들이 가볍게 흔들렸습니다. 그리고 하프 모양의 팔레트와 리라 모양의 화가畫架가 오랫동안 혼례의 노래로 울렸습니다."

킴벌리는 잠시 입을 다물었다. 그러고 나서, 감동이 식탁 주변을 물들이며 목을 메이게 하고 가슴을 먹먹하게 하는 가운데 마무리를 했다.

"바로 이것이 제가 그 약혼식에 경의를 표하는 뜻에서 금으로 만든 칼의 끝을 뉴칼레도니아의 토착민 처녀들이 준비한 잼 속에 담근 이유입니다. 아름다움을 알지 못하는 우리 시대는 이처럼 멋진 약혼식을 결코 본 적이 없습니다."

만찬이 끝났다. 사람들은 종교적 침묵 속에서, 그러나 고조된 감정으로 충만하여 식탁에서 일어났다. 응접실에서 사람들은 킴벌리를 둘러싸고 치하했다. 모든 여성의 시선이 짙게 화장한 그의 얼굴에 집중되어, 그가 마치 황홀의 후광에 둘러싸인 것만 같았다.

드 랑뷔르 부인이 열을 내어 소리쳤다.

"아! 난 프레더릭-오시안 핑글턴이 그린 내 초상화를 꼭 갖고 싶어요! 그런 행복을 누릴 수만 있으면 뭐든 다 줄 수 있어요!"

킴벌리가 대답했다.

"오, 정말 유감입니다! 제가 방금 얘기한 그 고통스럽고 숭고한 사건 이후로 프레더릭-오시안 핑글턴은 아무리 매력적인 얼굴이라 해도 더 이상은 사람 얼굴을 그리려 하지 않습니다. 이제는 오직 영혼만을 그리고 있습니다."

"그 사람이 옳아요! 나는 꼭 영혼으로 그려지고 싶어요!"

"어떤 성별로 말입니까?"

킴벌리의 성공을 질투하는 게 역력한 모리스 페르낭쿠르가 살짝 빈정거리는 듯한 어조로 물었다.

킴벌리가 간단하게 말했다.

"영혼에는 성별이 없습니다, 친애하는 모리스. 영혼은…."

그러자 빅토르 샤리고가 그 심리 소설가에게 시가를 권하면서 오직 그만이 들을 수 있도록 낮은 목소리로 말했다.

"다리에 털을 갖고 있지요."

그리고 그를 흡연실로 데려가며 말했다.

"오, 친구! 저 모든 사람들 앞에서 벼락 치듯 욕이라도 한 바가지 퍼붓고 싶군요! 그들의 영혼과 그들의 타락한 사랑, 그들의 신기한 잼이 이제 지긋지긋합니다. 그래요, 그래요, 15분 동안 상스러운 말을 내뱉고 자기 얼굴을 악취 나는 새까만 진흙으로 더럽히면 얼마나 감미롭고 마음이 편해질지! 그리고 그렇게 하면 그들이 내 가슴에 심어놓은 그 구역질 나는 백합이 뽑혀 나가겠지요. 당신은 어때요?"

그러나 충격은 너무나 컸고, 킴벌리의 얘기가 남겨놓은 인상은 여전히 사라지지 않았다. 이제 그들은 지상의 저속한 것들과 사교계 인사들이 나누는 예술과 연애에 관한 잡담에 더 이상 관심을 기울일 수가 없었다. 클럽 회원이자 스포츠맨, 노름꾼, 협잡꾼인 라이레 자작조차 자기 몸 여기저기에 날개가 돋아난다고 느꼈다. 모든 사람이 명상과 고독을 필요로 했고, 꿈을 연장하거나 꿈을 실현하고픈 욕구를 느꼈다. 킴벌리가 여자들에게 "담비 젖을 드셔본 적이 있나요? 오! 검은담비의 젖을 드세요. 정말 황홀합니다!"라고 말하며 애를 썼지만 대화는 재개될 수 없었다. 그래서 손님들이 한 명 한 명 미안하다고 말하며 돌아갔다. 열한 시가 되자 손님들이 다 떠나고 없었다. 나리와 마님은 둘만 남게 되자 서로 적대적인 눈길로 오랫동안 뚫어지게 쳐다보다가 각자의 인상을 이야기했다.

나리가 먼저 입을 열었다.

"완전 실패야. 완전 실패라고, 참."

그러자 마님이 나리를 신랄하게 비난했다.

"당신 잘못이에요."

"아, 그래? 당신 잘못은 없고?"

"그래요, 모든 게 당신 잘못이에요. 당신은 전혀 신경을 안 썼어요. 굵은 손가락으로 빵 속살만 동글동글 뭉치고 있었지요. 말 한마디 안 하고 말이에요. 당신은 정말 우스꽝스러웠다고요! 창피해."

나리가 대꾸했다.

"남 말 하고 계시네. 당신의 그 초록색 옷차림, 웃음, 그리고 사르토리에게 저지른 실수는 어떻고. 핑글턴의 고통에 대해 얘기하고 뉴칼레도니아 토착민들이 만든 잼을 먹고 영혼을 그린 것도 나인가? 내가 동성애자이고 백합인가?"

그러자 마님이 있는 대로 짜증이 나서 소리쳤다.

"당신은 그럴 능력도 없어요!"

그들은 오랫동안 서로에게 욕설을 퍼부었다. 그리고 마님은 은그릇과 마개 딴 술병들을 찬장에 정리한 다음 자기 방으로 들어가 문을 잠갔다.

나리는 극도의 흥분 상태에서 온 집 안을 돌아다녔다. 내가 식당에서 이것저것 정리하고 있는 걸 본 그가 별안간 다가와 내 허리를 안았다.

그가 내게 말했다.

"셀레스틴, 내 부탁 하나 들어주겠어? 나한테 큰 즐거움을 안겨줘."

"예, 나리."

"내 얼굴에 대고 '빌어먹을!'이라고 열 번, 스무 번, 백 번 외쳐줘!"

"아, 나리! 어떻게 그런 이상한 생각을… 저는 감히…."

"해봐, 셀레스틴! 한번 해보라니까! 제발."

내가 웃으면서 그가 요구한 대로 하자 그는 이렇게 말했다.

"오, 셀레스틴! 넌 네가 나를 얼마나 행복하게 하는지, 내게 얼마나 큰 즐거움을 주는지 몰라. 게다가 영혼이 아니라 한 여성을 보다니! 백합이 아니라 한 여성을 만지다니! 키스해줘."

내가 이걸 기대하고 있었는지 아닌지는 독자 여러분이 알아서 판단하기 바란다.

그러나 다음 날 《르 피가로》 신문에 그들이 베푼 만찬과 그것의 우아함, 그것의 세련됨, 그것의 정신, 그것의 교제를 과장되게 상찬하는 기사가 실리자 그들은 모든 걸 깡그리 잊어버리고 오직 자기들이 거둔 대성공에 대해서만 이야기했다. 그리고 그들의 영혼은 더 혁혁한 정복과 더 화려한 속물근성을 향해 나아갈 준비를 했다.

마님이 점심식사 때 전날 먹고 남은 음식을 먹어 치우면서 말했다.

"페르귀 백작부인은 정말 매력적인 여성이에요."

나리가 그녀의 말에 힘을 보탰다.

"영혼은 또 얼마나 고결한데!"

"킴벌리는 어떻고요? 그 사람 정말 훌륭한 이야기꾼이라고 생각하지 않아요? 매너는 또 얼마나 세련됐는지."

"그 사람한테 농담을 한 건 잘못이야. 어쨌든 그가 방탕하든 아니든 우리가 신경 쓸 필요 없잖아. 우리랑은 아무 상관 없는 일이야."

"물론이죠."

그녀가 너그러운 표정으로 덧붙였다.

"아! 초대한 손님들에 관해 더 자세히 조사했어야 했는데!"

그리고 나는 하루 종일 세탁물 보관실에서 이 집에서 일어났던 이상한 이야기를 떠올리며 혼자 재미있어했다. 유명해지고 싶은 마음에, 더러운 기자들이 남편의 책이나 자신의 옷차림, 자신의 살롱에 대해 기사만 써준다면 그들에게 몸을 주는 것도 서슴지 않았던 마님. 자기 아내가 이러는 걸 다 알면서도 그냥 내버려두었던 나리의 안일함. 그는 "어쨌든 기자들에게 돈을 찔러주는 것보다는 싸게 드니까"라고 냉소적으로 말하곤 했다. 나리는 비양심과 비열함의 바닥까지 굴러떨어졌다. 그는 그것을 살롱의 정치학이라고, 사교계의 외교술이라고 불렀다.

나는 내 옛 주인이 쓴 신간을 한 권 보내달라고 파리로 편지를 부칠 생각이다. 하지만 그 책은 보나마나 형편없는 싸구려일 것이다.

11

11월 10일

이제 더 이상은 꼬마 클레르 얘기를 하지 않는다. 예상했던 것처럼 이 사건은 미제로 분류되었다. 그러니 라용 숲과 조제프는 영원히 자신들의 비밀을 간직하게 될 것이다. 앞으로 사람들은 클레르라는 그 불쌍한 인간 존재에 대해서 숲 속의 잡목림 아래서 죽어간 티티새만큼도 말하지 않으리라. 클레르의 아버지는 아무 일 없었던 것처럼 계속 도로에서 자갈을 깨고 있으며, 이 범죄로 인해 잠시 동요하고 소란스러웠던 마을은 원래의 모습으로, 겨울이라서 더 음산한 모습으로 돌아갔다. 사람들은 강추위 때문에 집에 틀어박혀 나오지 않았다. 김 서린 유리창 뒤로 사람들의 창백하고 졸린 듯한 얼굴이 얼핏얼

핏 보였으며, 길거리에서 만날 수 있는 건 누더기를 걸친 떠돌이들과 추위를 많이 타는 개들뿐이었다.

마님은 정육점에 가서 고기를 사오라고 나를 보냈고, 나는 개들을 데리고 갔다. 내가 정육점에 있는 동안 한 노파가 머뭇거리며 들어오더니, 병이 난 아들에게 고깃국이라도 끓여주려 하니 고기를 조금만 달라고 했다. 정육점 주인은 구리 냄비에 쌓인 고깃덩어리들 속에서 절반은 뼈고 또 절반은 비계인 덩어리를 고기랍시고 하나 골라 신중하게 저울에 달았다.

주인이 말했다.

"15수 내세요."

노파가 놀라서 물었다.

"15수요? 말도 안 돼! 아니, 지금 이걸로 국을 끓이라는 거예요?"

정육점 주인이 고깃덩어리를 냄비 속으로 집어던지면서 말했다.

"맘대로 해요! 어쨌든 나는 오늘 부인에게 계산서를 보낼 테니까! 내일까지 지불이 안 되면 집행관이 찾아갈 겁니다!"

그러자 노파가 체념한 듯 말했다.

"줘요!"

그녀가 나가자 정육점 주인이 내게 설명했다.

"사실 질 나쁜 부위를 가난한 사람들한테 안 팔면 소 한 마리 팔아도 남는 게 없어요! 하지만 가난한 사람들도 이제는 까다롭게 굴죠!"

그는 이렇게 말하고서 선홍색을 띤 질 좋은 부위의 소고기를 길게 두 조각 잘라 개들에게 던져주었다.

그건 물론 부자들의 개였다. 그 개들은 가난하지 않았다.

르 프리외레에서는 사건들이 계속되었다. 사건들은 비극에서 희극으로 바뀌었다. 계속 전전긍긍하며 살 수는 없는 것이다. 대령의 짓궂은 장난이 지겹기도 하고 또 마님의 충고도 있어서 나리는 '그를 법정으로 불러냈다'. 나리는 종 모양의 유리 덮개와 온실 유리를 파손하고 정원에 큰 피해를 입힌 데 대한 손해 배상을 요구했다. 두 원수는 판사 사무실에서 만났는데, 왠지 굉장했을 것 같다. 그들은 마치 넝마주이들처럼 서로 으르렁댔다. 물론 대령은 랑레르의 정원에 돌은 물론 그 어떤 것도 던진 적이 없다고 극구 부인했다. 그는 오히려 랑레르가 자기 집 정원에 돌을 던졌다고 주장했다.

대령이 외쳤다.

"증인 있어? 증인이 어디 있어? 증인 한번 만들어보시지?"

그러자 나리가 응수했다.

"증인? 돌이 증인이야. 당신이 끊임없이 내 땅에 집어 던진 그 더러운 것들이 증인이라고! 그 낡은 모자 하며, 낡은 실내화 하며, 내가 매일 주워서 모아놓았다고. 그게 당신 거라는 건 세상 사람들이 다 알아!"

"거짓말!"

"너절한 인간, 사기꾼!"

그러나 나리가 설득력 있고 받아들여질 만한 증거를 제시하지 못했으므로 대령과 친구 사이인 판사는 고소를 철회할 것을 권유했다.

판사는 이렇게 결론지었다.

"그리고 내가 한마디 하겠습니다. 싸움터에서 용맹을 떨친 병사가, 용감한 장교가 어린아이처럼 남의 집 정원에 돌과 낡은 모자를 집어 던지며 재미있어했다는 건 도저히 있을 법하지 않은 일이고, 용납할 수도 없는 일입니다."

대령이 고래고래 소리를 질렀다.

"아무렴! 이자는 드레퓌스를 지지하는 비열한 인간이라니까! 이자는 군대를 모욕하고 있어."

"내가?"

"그래, 당신! 이 더러운 유대인아, 당신이 바라는 건 프랑스군의 명예를 더럽히는 거지. 프랑스군 만세!"

두 사람은 하마터면 서로 머리칼을 붙잡고 싸울 뻔했으며, 판사가 간신히 뜯어말렸다. 그 뒤로 나리는 대령을 감시하기 위해 정원에 판자로 오두막 같은 걸 짓고서, 거기에 사람 눈 높이에 맞게 둥근 구멍을 네 개 뚫어놓았다. 그러나 대령이 눈치를 채고 몸을 사리는 바람에 나리는 결국 돈만 날리고 말았다.

나는 산울타리 너머로 대령을 두세 차례 보았다. 영하의 기온이었지만 그는 하루 종일 정원에 머무르면서 온갖 일을 열심히 해냈다. 그는 장미나무에 커다란 기름종이를 씌우는 중이었다. 로즈는 감기와 천식으로 고생하고 있었다. 부르바키는 코냑을 너무 많이 마셔서 폐가 충혈되어 죽고 말았다. 대령은 정말이지 운이 없다. 분명 그 탐욕스러운 랑레르가 그에게 저주를 퍼부었을 것이다. 대령은 어떻게 해서든 랑레르를 이겨 그를 마을에서 쫓아내고 싶어 했다. 대령이 기가 막힌 전투 계획을 내게 알려주었다.

"셀레스틴 양, 당신이 할 일이 뭔가 하면, 랑레르를 루비에르 법원에 고소해야 해. 미풍양속을 해치고 성추행을 한 죄로. 좋은 아이디어라고 생각하지 않아?"

"하지만 대령님, 나리는 저의 미풍양속을 해친 적도 없고 저를 성추행한 적도 없는데요."

"그건 중요한 게 아니고, 좌우지간…"

"전 그렇게 할 수 없어요."

"아니 왜 할 수 없다는 거지? 너무나 간단한 일인데. 소송을 제기하고 나와 로즈를 소환하도록 하면 되는 건데. 그럼 우리가 가서 당신 말이 맞다고 증언할 테고. 우리가 다, 다, 다 봤다고 법정에서 증언한다니까! 하나도 빠짐없이. 지금 같은 시대에는 군인의 한마디 한마디가 큰 반향을 불러일으킬 수 있다고. 그러고 나면 클레르 성폭행 살해 사건에 대한 관심을 다시 불러일으켜서 랑레르를 거기 연루시키는 게 쉬워진다니까. 이건 정말 좋은 아이디어야! 잘 생각해봐, 셀레스틴 양. 잘 생각해보라고."

아! 나는 지금 생각해야 할 게 많다. 너무 많다. 조제프는 나더러 결심하라고 재촉하고 있다. 더 이상 기다릴 수 없다는 것이다. 그는 다음 주에 작은 카페의 매각이 있을 것이라는 소식을 셰르부르로부터 받았다. 그러나 나는 불안하고 혼란스럽다. 가고 싶기도 하고, 가고 싶지 않기도 하다. 어느 날엔 그를 따라가고 싶었다가, 또 그다음 날엔 그러기 싫어졌다. 특히 나는 조제프가 내게 끔찍한 일을 시킬까 봐 두렵다. 그래서 결정을 내리기가 힘들다. 그는 나를 심하게 다그치지 않고 논리적으로 설득하려 애썼으며, 자유와 멋진 옷, 행복이 보장된 성공된 삶 등을 약속하며 나를 유혹했다.

그가 내게 말했다.

"그렇지만 난 그 작은 카페를 사야 해. 이런 좋은 기회를 놓칠 수는 없어. 그리고 만약 혁명이 일어나면? 생각 좀 해봐, 셀레스틴. 그 즉시 큰돈을 버는 거야. 누가 알아? 혁명이 일어나면…. 아! 항상 그 생각을 하고 있어야 해. 카페를 해서 돈을 벌려면 혁명만큼 좋은 게 없어."

"어쨌든 카페는 사세요. 제가 아니더라도. 다른 사람을 구하면 되잖아요."

"안 돼. 반드시 당신이어야 해. 당신 아닌 다른 사람은 필요 없어. 난 당신이 미치도록 좋은데 당신은 날 경계하고 있어!"

"아니에요, 조제프. 그렇지 않아요."

"내 말이 맞아. 맞는다고. 당신은 나를 안 좋게 생각해."

"그런데 조제프, 숲에서 꼬마 클레르를 성폭행하고 죽인 게 당신인지 아닌지 말해주세요."

바로 그 순간 나는 이렇게 물었는데, 도대체 어디서 그런 용기가 솟았는지 모르겠다.

조제프는 너무 충격을 받았는지 오히려 놀라울 정도로 차분했다. 그냥 어깨를 한 번 으쓱하더니 잠시 몸을 좌우로 흔들고 살짝 흘러내린 바지를 다시 끌어올리고는 이렇게 간단히 말했다.

"내가 저번에 얘기했을 때 잘 알아들은 줄 알았는데! 나는 당신이 무슨 생각을 하는지 다 알아! 당신 마음속에서 무슨 일이 일어나고 있는지 다 안다고!"

그는 목소리를 누그러뜨렸지만, 그의 눈길이 너무나 무섭게 변해서 나는 감히 말을 할 수가 없었다.

"클레르가 문제가 아니라 당신이 문제야."

저번 날 밤처럼 그는 이번에도 나를 품에 안았다.

"나랑 같이 작은 카페에 갈 거지?"

나는 몸을 벌벌 떨고 더듬거리면서 가까스로 대답했다.

"두려워요. 당신이 두려워요. 조제프, 왜 내가 당신을 두려워하는 거죠?"

그는 나를 품에 안고 흔들어댔다. 그리고 자신을 정당화해야 한다는 것이 자존심 상하는 듯, 그리고 아마도 나의 두려움을 증폭시키는 것이 즐거운 듯, 아버지 같은 말투로 말했다.

"음, 그러니까 말이야… 왜냐하면… 그 문제는 다시 얘기하기로 하지… 내일…."

독신자篤信者들 사이에 소란을 일으킨 어떤 기사가 실린, 루앙에서 발행되는 어떤 신문이 동네에 돌아다니고 있었다. 그것은 여기서 30리가량 떨어진 포르-랑송이라는 아름다운 고장에서 최근에 일어난 실화로서, 너무 이상해서 믿기 힘들 정도였다. 이 사건의 묘미는 등장인물들이 모두가 다 아는 사람들이라는 데 있다. 이제 며칠 동안 사람들은 이 사건을 두고 이러쿵저러쿵 입방아를 찧어댈 것이다. 어제 누군가 마리안에게 신문을 가져다주었고, 저녁때 식사가 끝난 후 내가 그 유명한 기사를 큰 소리로 읽었다. 처음 몇 문장을 읽자마자 조제프가 매우 위엄 있고 준엄한 표정으로, 그리고 심지어 약간 화가 난 표정으로 일어섰다. 그는 자신은 그런 더러운 걸 좋아하지 않으며, 자기 앞에서 종교가 공격당하는 건 참을 수 없다고 큰소리로 말했다.

"그런 기사를 읽다니, 마음에 안 들어, 셀레스틴. 마음에 안 든다고."

그리고 그는 잠을 자러 갔다.

나는 여기에 이 이야기를 옮겨 적는다. 내가 보기에 이 이야기는 많은 사람에게 전해져야 마땅하다. 그리고 나는 너무나 슬픈 이 이야기를 내가 거침없는 폭소로 재미있게 꾸밀 수 있다고 생각했다.

포르-랑송 교구의 수석 사제는 다혈질에 적극적이고 광신적이었으며, 그가 웅변에 능하다는 것은 인근 지역까지 널리 알려져 있었다. 종교가 없는 사람들과 자유사상가들도 오직 그가 설교하는 걸 듣기 위해 일요일에 교회에 갔다. 그들은 자기들이 교회에 가는 건 그의 설교가 꼭 웅변처럼 들려서라며 이렇게 변명하곤 했다.

"물론, 그의 견해에 동조해서 교회에 가는 건 아니야. 그 같은 사람이 말하는 걸 들으면 재미있어서 가는 거지."

그리고 그들은 생전 입을 안 여는 자기네들의 의원議員과는 너무나 다른 수석 사제의 '달변'을 부러워했다. 수석 사제는 시市의 일에 개입해 온갖 혼란과 뒤죽박죽을 야기함으로써 이따금 시장을 곤란하게 만들고 흔히 다른 관계 기관들을 짜증나게 만들었지만, 이 달변 덕분에 모든 사람의 말문을 막아버리고 항상 논쟁에서 승리를 거두었다. 그는 아이들의 교육이 잘 이루어지지 않고 있다고 역설했다.

"학교에서 아이들에게 뭘 가르칩니까? 아무것도 안 가르칩니다. 중요한 문제에 관해 그들에게 질문을 해보면 정말 딱합니다. 그들은 답을 모른다니까요."

그는 이 유감스러운 무지 상태를 볼테르와 프랑스 혁명 탓으로, 그리고 정부와 드레퓌스 지지자들 탓으로 돌렸는데, 물론 설교 시간이나 여러 사람이 모인 데서가 아니라 확실한 친구들 앞에서만 그렇게 말했다. 그가 비록 광신적이고 비타협적인 사람이긴 했지만 이런 발언이 어떤 여파를 미칠지 알 수가 없었던 것이다. 그래서 그는 매주 화요일과 목요일에 자기가 사는 사제관 마당에 최대한 많은 아이들을 모아놓고 두 시간 동안 훌륭한 지식들을 가르쳐주었고, 공립학교 교육에서 생긴 공백을 놀라운 교육으로 메웠다.

"자, 얘들아, 너희 중에 옛날에 지상 낙원이 어디 있었는지 아는 사람 있니? 아는 사람 손 한번 들어볼래? 자…."

아무도 손을 들지 않았다. 모든 아이의 눈에서 물음표가 환하게 빛을 발했고, 수석 사제는 어깨를 으쓱하며 소리쳤다.

"이거 정말 큰일이군! 도대체 선생이란 사람은 너희에게 뭘 가르쳐준단 말이냐? 오! 무상 의무 공립 교육은 정말 엉망이구나! 진짜 한심하다니까! 자, 이제 내가 지상 낙원이 어디 있는지 말해주겠다. 집중!"

그리고 그는 얼굴을 찡그리며 단호하게 말했다.

"얘들아, 누가 뭐라든 지상 낙원은 포르-랑송에 있는 것도 아니고, 센-앵페리외르 지역에 있는 것도 아니고, 노르망디에 있는 것도 아니고, 파리에 있는 것도 아니고, 프랑스에 있는 것도 아니란다. 그건 유럽에도 없고, 아프리카나 아메리카 대륙에도 없지. 오세아니아에 있는 것도 아니고. 지상 낙원이 이탈리아에 있었다고 주장하는 사람들도 있고, 스페인에 있었다고 주장하는 사람들도 있지. 이런 나라에서 오렌지나무가 자란다는 이유에서 말이야. 그건 다 거짓말이란다. 새빨간 거짓말이지! 우선, 지상 낙원에는 오렌지나무가 없었거든! 사과나무뿐이었지. 그래서 우리가 불행해진 거란다. 자, 이만큼 알려줬으니 누가 대답해보렴. 대답해봐."

아무도 대답을 하지 않자 그는 분노에 찬 우렁찬 목소리로 소리쳤다.

"지상 낙원은 아시아에 있었단다. 옛날에 아시아에는 비도 안 오고, 우박도 안 쏟아지고, 눈도 안 내리고, 번개도 안 쳤단다. 아시아에서는 모든 것이 푸르고 향기로웠지. 꽃들은 나무들만큼이나 키가 컸고, 나무들은 산만큼이나 키가 컸어. 지금 아시아에는 더 이상 이런 것들이 없지. 우리가 원죄를 저지르는 바람에 아시아에는 오직 중국인들과 코친차이나인들, 터키인들, 흑인 이단들, 성인聖人 선교사들을 죽이고 지옥에 간 황인종 이교도들밖에 없게 됐단다. 자, 이제부터는 다른 얘기를 할 거야! 너희들, 믿음이 뭔지 아니? 믿음이 뭐지?"

아이들 중 한 명이 꼭 성서의 구절을 암송하듯 매우 진지한 어조로 더듬거리며 대답했다.

"믿음, 희망, 자비, 이것이 세 가지 신학적 덕성입니다."

수석 사제가 아이를 야단쳤다.

"그걸 물어본 게 아니야. 믿음이 뭔지를 물어본 거지. 오! 그것도 몰라? 믿음이란 신부님이 너희에게 말씀하시는 것을 그대로 믿는 거란다. 그리고 너희 선생님이 말하는 것은 단 한마디도 안 믿는 거란다. 너희 선생님은 아무것도 모르니까. 그러므로 선생님이 너희에게 말하는 그런 일은 절대 일어나지 않았단다."

포르-랑송 성당은 고고학자들과 관광객들에게 잘 알려져

있다. 감탄할 만한 종교 건축물이 수없이 많은 노르망디 지방의 이쪽 지역에서도 그것은 단연 가장 흥미로운 종교 건축물이었다. 서쪽 정면의 고딕식 중앙 문 위에는 장미꽃 모양의 원화창이 활짝 피어나 한없이 우아하고 경쾌한 아케이드 모양의 3엽 장식 위에 살짝 올려져 있었다. 어둡고 좁은 길을 따라 길게 이어진 북쪽 측랑의 끝 부분은 더 빽빽하고 덜 엄격한 장식들로 꾸며져 있었다. 거기서는 악마의 얼굴을 한 이상한 인물들과 상징적인 동물들, 프리즈의 채광창 뚫린 가장자리 장식에서 꼭 악당들처럼 기묘한 몸짓을 하고 있는 성인들이 눈에 띄었다. 불행하게도 대부분은 목이 잘려 나가고 손상되어 있었다. 시간과 겸임사제들의 수치심이 마치 라블레* 작품의 한 장章처럼 풍자적이고 즐겁고 외설적인 이 조각들을 계속해서 훼손시켰다. 풍화 중인 돌로 돼 있는 이 몸뚱이에서 우중충한 색깔의 이끼가 자라고 있어서 얼마 안 있으면 오직 다시 어쩔 수 없는 폐허밖에는 알아보지 못하게 될 것이다. 성당 건물은 대담하고 가느다란 아치형 통로에 의해 두 부분으로 나뉘어 있었으며, 창문들은 남쪽 정면에서는 방사상의 양식을, 북쪽 측랑에서는 불꽃 양식을 취하고 있었다. 거대한 붉은색 원화창으로 되어 있는 제단의 중앙 창유리도 저물어가는 가을

● François Rabelais(1483?~1553). 프랑스의 인문학자이자 풍자작가. 몽테뉴와 함께 16세기 프랑스 르네상스 문학의 대표 작가로 손꼽히며《가르강튀아 Gargantua》,《팡타그뤼엘 Pantagruel》등을 남겼다.

해처럼 타오르며 섬광을 발하고 있었다.

수석 사제는 오래된 마로니에 나무들이 서 있는 성당 안의 마당에서 최근에 만든, 측랑으로 나 있는 작고 낮은 문을 열고 나가 바로 양육원 원장인 앙젤 수녀를 만날 수 있었는데, 이 문의 열쇠는 오직 그와 앙젤 수녀만 가지고 있었다. 시들어가는 젊음을 아직까지는 유지하고 있는 비쩍 마른 몸매의 앙젤 수녀는 엄격하고 성마르고 남의 험담 잘하고 적극적이고 꼬치꼬치 캐고 다니는 성격의 소유자로서, 수석 사제의 절친한 친구이자 그와 은밀한 얘기를 나눌 수 있는 조언자였다. 그들은 날마다 만나서 시市의 선거구를 새로 짜고, 포르-랑송의 각 가정에서 알아낸 비밀을 서로에게 알려주고, 도道의 명령이나 행정 법규를 사제 계급에 이롭도록 능숙하게 조작하는 데 몰두했다. 이 도시를 떠도는 온갖 추잡한 이야기는 바로 여기서 나왔다. 그걸 모르는 사람은 없었지만, 너그럽지 못하고 복수심 강한 변덕으로 양육원을 이끌어나가는 앙젤 수녀의 널리 알려진 악의와 그 어느 것에도 흔들리지 않는 수석 사제의 정신을 다들 잘 알고 있었으므로 아무 말 하지 않았다.

지난주 목요일, 수석 사제는 사제관 마당에서 아이들에게 놀라운 기후학 개념들을 가르치고 있었다. 그는 번개, 우박, 바람, 천둥에 관해 설명했다.

"그럼 비는? 너희들, 비가 뭔지 제대로 알고 있니? 비가 어디서 오는지, 누가 비를 만드는지? 오늘날의 학자들은 수증기가 응축되어 비가 내리는 거라고 말할 거야. 그들은 이런저런 얘기를 하겠지. 하지만 거짓말을 하는 거야. 그들은 무시무시한 이단자들이란다. 악마의 앞잡이들이라고. 얘들아, 비는 신께서 분노하셔서 내리는 거란다. 신께서는 오래전부터 삼천三天 기도를 더 이상 드리지 않는 너희 부모들에게 불만을 품고 계신 거야. 그래서 이렇게 생각하신 거지. '오! 너희는 선한 신부가 교회 지기와 성가대원들과 함께 도로와 오솔길에서 목이 빠지게 기다리도록 내버려두고 있구나. 좋아, 좋다고! 너희의 수확물을 조심해야 할 거다, 이 무뢰한들 같으니!' 그리고 신은 비더러 내리라고 명령하시지. 자, 바로 이게 비란다. 너희 부모들이 충실한 기독교인이라면, 종교적 의무를 충실히 이행한다면 비는 결코 내리지 않을 거야."

바로 그 순간, 앙젤 수녀가 성당의 작고 낮은 문턱에 나타났다. 그녀는 평소보다 얼굴빛이 훨씬 더 창백했으며 크게 동요하고 있었다. 그녀의 수녀 모자가 풀린 흰색 머리띠 위로 살짝 미끄러져 내려와 있었다. 수석 사제 주변에 둥그렇게 모여 있는 학생들을 본 그녀가 처음 보인 반응은 돌아서서 문을 잠그는 것이었다. 그러나 앙젤 수녀가 수녀 모자를 삐딱하게 쓰고 얼굴이 창백해져 그렇게 느닷없이 들어오는 걸 본 수석 사제는 입술을 찌푸리며 불안한 눈으로 이미 그녀에게 다가가고 있었다.

앙젤 수녀가 애원하듯 말했다.

"당장 아이들을 돌려보내세요, 당장. 드릴 말씀이 있어요."

"오, 세상에! 대체 무슨 일인가요? 응? 무척 흥분하고 계신

데."

앙젤 수녀가 같은 말을 되풀이했다.

"아이들을 돌려보내세요. 큰일이 일어났어요. 심각한… 아주 심각한 일이에요."

학생들이 떠나자 앙젤 수녀는 벤치에 무너지듯 주저앉더니 풀을 먹여 빳빳한 가슴 장식 위에서 쨍그랑거리며 수태하지 못해 편편한 그녀의 가슴을 덮고 있는 구리 십자가와 축성 메달을 잠시 동안 신경질적으로 만지작거렸다. 수석 사제는 불안했다. 그는 급격하고 불규칙한 목소리로 물었다.

"수녀님, 빨리 좀 말해보세요. 왜 날 그렇게 불안하게 하는 거예요? 무슨 일이에요?"

그러자 그녀가 아주 짧게 얘기했다.

"조금 전에 골목길을 지나가다가 신부님의 교회에서 벌거벗은 어떤 남자를 봤어요!"

수석 사제는 얼굴을 찡그리며 입을 쩍 벌리더니, 그 입을 다물지 못한 채 경련했다. 그가 더듬거리며 말했다.

"벌거벗은 남자? 우리 교회에서… 벌거벗은… 남자를… 봤다고요? 우리 교회에서? 확실해요?"

"예, 제가 봤어요."

"우리 교구에 너무나 파렴치하고 너무나 성적인 신자가 있어, 벌거벗고 우리 교회를 활보한다는 얘기인가요? 믿을 수가 없군! 오! 오! 오!"

그의 얼굴이 분노로 인해 붉게 물들었다. 그의 수축된 목구멍이 단어들을 잘게 나누었다.

"우리 교회에서 벌거벗고? 오! 도대체 지금이 몇 세기지? 도대체 그 사람은 우리 교회에서 뭘 하고 있었던 거지? 혹시 성행위를 하고 있었나? 그 사람…."

앙젤 수녀가 그의 말을 중단시켰다.

"신부님은 지금 오해하고 계세요. 저는 벌거벗은 그 남자가 교구 신자라고 말씀드린 적이 없어요. 그 남자는 돌로 되어 있었거든요."

"뭐라고요? 돌로 되어 있었다고요? 그렇다면 그건 문제가 다르지요, 수녀님."

수녀가 이야기를 바로잡자 수석 사제는 안심이 되는 듯 크게 한숨을 쉬었다.

"아! 십년감수했네!"

앙젤 수녀가 갑자기 위협적인 표정을 취했다. 그녀의 목소리가 더욱 얇고 창백해진 입술 사이에서 휘파람 같은 소리를 냈다.

"그렇다면 모든 게 다 문제없다는 거네요. 신부님께서는 그 남자가 돌로 만들어졌기 때문에 덜 벌거벗었다고 생각하시는 건가요?"

"그렇게 말하지는 않았어요. 다만 문제가 다르다는 거지."

"하지만 그 돌로 된 인간이 신부님이 생각하시는 것보다 더 벌거벗고 있다는 걸 아신다면…. 그 사람은… 그러니까… 그… 음란의 도구를… 엄청나게 크고… 끔찍하고… 뾰족하게 솟아난 그 괴물 같은 것을… 보여주고 있어요. 오, 신부님! 제가 그런 추잡한 것에 대해 얘기하지 않도록 해주세요."

그녀는 격렬하게 동요하며 일어섰다. 수석 사제는 심한 충격을 받은 모양이었다. 앙젤 수녀의 이 폭로가 그를 경악시켰다. 그의 생각이 뒤죽박죽이 되었고, 그의 이성은 혼란에 빠져 견디기 힘든 음욕과 가증스러운 지옥의 환상을 보고 있었다. 그는 어린애처럼 우물거렸다.

"오, 그게 정말인가요? 엄청나게 큰… 뾰족하게 솟아난… 그래, 맞아요! 그건 있을 수 없는 일이에요. 그건 정말 추잡한 거예요, 수녀님. 수녀님이 뾰족하게 솟아난… 그 엄청 큰 것을… 분명히… 분명히 본 거지요? 잘못 본 건 아니지요? 농담 아니지요? 오! 있을 수 없는 일이야!"

앙젤 수녀가 발로 땅바닥을 찼다.

"수백 년 전부터 그것이 신부님의 교회를 더럽혀왔습니다. 신부님은 아무것도 못 보셨나요?. 여성인 제가… 수녀인 제가… 순결 서원을 한 제가… 그런 제가 이러한 불경을 고발해야 한다니요. 그런 제가 신부님을 찾아와 '신부님, 신부님의 교회 안에 악마가 있습니다!'라고 소리쳐야 한다니요."

그러나 수석 사제는 앙젤 수녀가 열을 내며 하는 얘기를 듣자 금방 정신을 차렸다. 그가 단호한 목소리로 말했다.

"우리는 그런 추문을 그냥 넘길 수가 없어요. 악마를 쓰러뜨려야 해요. 내가 그 일을 하겠어요. 포르-랑송 사람들이 다 잠든 자정에 다시 와요. 그리고 나를 안내해요. 성당 관리인에게

미리 얘기해서 사다리를 준비해두도록 할 테니까. 좀 높은가
요?"

"꽤 높습니다."

"정확히 어디 있는지 알고 있지요, 수녀님?"

"눈을 감고도 찾아낼 수 있는걸요. 그럼 자정에 뵐게요, 신
부님!"

앙젤 수녀가 성호를 긋더니 낮은 문 쪽으로 가 모습을 감추
었다.

밤은 달이 뜨지 않아 한층 더 어두웠다. 골목길의 창문들에
마지막까지 남아 있던 빛은 이미 오래전에 꺼졌다. 가로등도
불이 다 꺼진 채, 삐걱거리는 몸통을 눈에 안 보이게 이리저리
흔들어대고 있었다. 포르-랑송의 모든 것이 다 잠들어 있었다.

앙젤 수녀가 말했다.

"저기예요."

성당 관리인은 너른 창문 옆의 벽에 사다리를 걸쳐놓았고,
이 창문의 채색 유리창을 통해 성당을 밤새워 지키고 있는 매
우 희미하고 짧은 등불이 아주 희미하게 반짝거리고 있었다.
그리고 성당은 여기저기서 별들이 몸을 떨며 깜빡이고 있는
보라색 하늘에 자신의 고통스러운 실루엣을 잘게 찢어 뿌려
놓았다. 망치와 끌, 초롱을 든 수석 사제가 사다리를 기어 올
라갔고, 수녀 모자가 짧고 헐렁헐렁한 외투의 주름 아래로 모
습을 감춘 상태로 앙젤 수녀가 그 뒤를 따랐다.

그가 중얼거렸다.

"압 옴니 페카토."

앙젤 수녀가 응답했다.

"리베라 노스, 도미네."

"압 인시디스 디아볼리."

"리베라 노스, 도미네."

"아 스피리투 포르니카티오니스."

"리베라 노스, 도미네."

그들은 프리즈 높이에서 멈췄다.

앙젤 수녀가 말했다.

"저기예요, 신부님. 왼쪽."

그러자마자 그녀는 어둠과 침묵에 마음이 혼란스러워져서 속삭이듯 말했다.

"아그누스 데이, 퀴 톨리스 페카타 문디."

그러자 수석 사제가 대답했다.

"에그자우디 노스, 도미네."

그는 초롱으로 악마들과 성인들의 종말론적 형상들이 펼쳐져 있는 프리즈를 비춰보았다.

그가 별안간 소리를 질렀다. 자기 쪽으로 향해 있는 음란한 원죄의 형상을 본 것이었다.

앙젤 수녀가 사다리 위에서 머리를 숙인 채 중얼거렸다.

"마테르 푸리시마… 마테르 카스티시마… 마테르 인비올라타…."

수석 사제가 '오라 프로 노비스(저희를 위해 기도드리옵소서)'를 되뇌듯이 욕설을 퍼부었다.

"오, 추잡해! 추잡해!"

앙젤 수녀가 뒤에서 계속 성모 마리아의 신도송信徒頌을 암송하고, 성당 관리인이 사다리 아래쪽에 몸을 기댄 채 푸념하듯 기도를 올리고 있는 동안, 수석 사제는 망치를 휘둘러 그 음란한 성상을 후려쳤다. 돌 파편 몇 개가 그의 얼굴에 튀었고, 단단한 사람 몸뚱이가 지붕 위로 떨어졌다가 빗물받이 홈통 속으로 미끄러져 내려갔다가 다시 튀어 올랐다가 골목길로 떨어졌다.

다음 날, 미사를 올리고 성당에서 나오던 경건한 여성 로비노 양은 골목길 땅바닥에서 성유물함 속의 성유골처럼 기괴한 형상, 이상한 모습을 하고 있는 어떤 물체를 발견했다. 그녀는 그걸 주워 이리저리 살펴보았다.

그녀는 생각했다.

'성유물인지도 몰라. 성스럽고 이상하고 소중한 유물. 어떤 기적의 우물 속에서 석화된 성유물일 거야. 신의 길은 정말 너무나 신비로워!'

처음에 그녀는 그걸 수석 사제에게 선물하려 했으나, 그 성유물이 자기 가정을 보호해주고 불행과 원죄를 쫓아줄지도 모른다는 생각을 했다. 그래서 그냥 자기가 들고 갔다.

집에 도착한 로비노 양은 자기 방에 틀어박혔다. 그녀는 흰색 보가 깔린 탁자에 황금색 장식 끈이 달린 붉은색 벨벳 방석을 올려놓았다. 그리고 방석 위에 그 귀중한 성유물을 조심스럽게 눕혔다. 그러고는 이 모든 것을 둥근 유리그릇으로 덮은 다음 이 그릇 양쪽에 조화가 가득 꽂힌 꽃병을 하나씩 놓았다. 그리고 이 임시 제단 앞에 무릎을 꿇고, 아마도 아주 오랜 옛날에 이 비종교적이지만 정화된 물체의 주인공이었을 미지의 경탄할 만한 성인에게 열심히 기도를 올렸다. 그러나 얼마 지나지 않아 그녀는 마음이 왠지 혼란스러워지는 것을 느꼈다. 인간적인 어떤 면모와 지나치게 일치하는 것에 대한 염려가 그녀가 올리는 기도의 열정, 그녀가 느끼는 황홀감의 순수한 기쁨에 뒤섞였다. 심지어 머리를 맴돌며 괴롭히는 끔찍한 의심이 그녀의 영혼 속으로 슬그머니 기어들었다.

그녀는 생각했다.

'저게 정말 성유물일까?'

그리고 그녀는 입으로는 계속 '파테르'와 '아베'를 말하지만 자기도 모르게 어떤 음란한 것을 생각하지 않을 수 없었고, 자신의 기도보다 더 크게 들려오는 어떤 목소리에 귀를 기울이지 않을 수 없었다. 처음 들어보는 그 목소리가 그녀의 안에서 이렇게 말했다.

"그렇긴 해도 그건 아주 잘생긴 남자였을 거야!"

불쌍한 로비노 양! 그녀는 이 돌 조각이 뭘 의미하는지를 사람들에게 들어 알게 되었다. 그녀는 죽도록 창피했다. 그리하여 계속 이렇게 되뇔 뿐이었다.

"거기에 수없이 입을 맞추었는데!"

오늘 11월 10일, 우리는 하루 종일 은그릇을 닦았다. 그건 일대 사건이었다. 랑레르 가에는 상당히 오래되고 희귀하고 아주 아름다운 은그릇들이 있었다. 원래 이 은그릇들은 마님의 아버지 것이었는데, 어떤 사람들은 그가 위탁받은 것이라고 하고 또 어떤 사람들은 인근에 사는 귀족에게 돈을 빌려주고 받은 담보물이라고 했다. 이 허세꾼들은 단지 징병을 위해 젊은이들을 돈으로 사기만 한 게 아니었다. 그는 돈이 되는 일이라면 앞뒤 가리지 않는 사기꾼이나 다름없는 인물이었다. 식료품점 여주인의 말에 따르면, 이 은그릇 이야기는 짙은 의혹에 싸여 있다고 말할 수도 있지만, 보기에 따라서는 실체가 가장 분명하다고 말할 수도 있었다. 마님의 아버지는 빌려준 돈도 받아냈고, 나는 잘 모르는 어떤 사정 덕분에 은그릇도 돌려주지 않았다. 모르긴 해도 기가 막히게 사기를 쳤겠지!

물론 랑레르 부부는 이 은그릇을 단 한 번도 사용하지 않았다. 은그릇은 식당 옆 찬방의 벽장 맨 안쪽에 있는 세 개의 커다란 궤짝에 모셔져 있고, 이 궤짝은 붉은색 벨벳에 싸여 단단한 갈고리쇠로 벽에 단단히 고정되어 있다. 매년 11월 10일이 되면 궤짝에서 은그릇들을 꺼내 마님이 감시하는 가운데 닦는다. 그러고 나면 은그릇을 다음 해까지는 더 이상 보지 못하게 된다. 오! 자신의 은그릇을 바라보는 마님의 눈빛! 우리가 자신의 은그릇을 문지를 때 그것을 바라보는 그녀의 눈빛! 나는 여성의 눈빛에서 이 같은 공격적인 탐욕스러움을 본 적이 없다.

그들이 가진 돈과 보석, 그들의 부, 그들의 행복 등 모든 걸 감추고, 사치와 즐거움 속에서 살 수 있는데도 악착같이 궁색함과 권태로움 속에서 사는 이 사람들은 정말 이상하다.

일이 다 끝나면 은그릇들을 다시 궤짝에 집어넣은 다음 자물쇠를 채웠고, 마님은 우리 손가락에 은가루가 하나도 묻지 않았음을 확인한 뒤에 찬방에서 나갔다. 조제프는 이상한 표정으로 내게 말했다.

"정말 아름다운 은그릇이야, 셀레스틴. 그중에는 특히 루이 16세의 기름 그릇도 있어. 아, 제기랄! 진짜 무겁지! 내다 팔면 아마 2만 5천 프랑은 받을 수 있을 거야, 셀레스틴. 더 될지도 모르지. 정확히는 몰라."

그러고는 내 영혼의 밑바닥까지 들여다보려는 듯 나를 뚫어지게 쳐다보았다.

"나랑 같이 작은 카페에 갈 거지?"

마님의 은그릇과 셰르부르의 작은 카페 사이에 무슨 관계가 있는 거지? 진짜, 나는 조제프가 무슨 말만 하면 왜 그렇게 두려워서 몸이 떨리는지 모르겠다.

12

11월 12일

나는 자비에 씨에 대해 얘기하겠다고 말한 바 있다. 이 남자에
대한 기억은 늘 나를 따라다니며 내 뇌리를 뚫고 지나가곤 했
다. 수많은 얼굴들 가운데 그의 얼굴이 내 마음속에 가장 자주
떠오른다. 그럴 때마다 나는 이따금 후회하기도 하고, 또 이따
금 분노하기도 한다. 그렇지만 그는 진짜 재미있고 진짜 방탕
한 사람이었다. 자비에 씨의 뻔뻔해 보이는 황금색 얼굴은 누
더기처럼 구겨져 있었다. 오, 너절한 인간! 그에 대해서는, 그
가 그의 시대에 딱 맞는 사람이었다고 말해도 좋을 것 같다.

어느 날, 나는 바렌 거리에 있는 드 타르베 부인의 집에 고
용되었다. 집도 근사했고, 다른 하인들도 친절했으며, 월급도

꽤 많은 100프랑에다가 세탁과 포도주도 포함되어 있었다. 내가 흡족한 기분으로 그 집에 도착한 날 아침, 마님은 나를 자기 화장실로 들어오게 했다. 크림색 벽지를 바른 멋진 화장실이었다. 키가 큰 마님은 지나치게 화장을 해서 피부는 너무 하얗고, 입술은 너무 빨갛고, 머리칼은 너무 황금색이었지만, 여전히 아름답고 날씬했다. 그리고 기품 있고 우아했다. 그 점에 관해서는 더 이상 할 말이 없을 정도였다.

나는 이미 매우 날카로운 눈을 가지고 있었다. 파리에 있는 어느 집의 내부를 빠르게 한 번 통과하기만 해도 그 집의 습관과 풍습을 짐작할 수 있었으며, 설사 가구가 얼굴만큼이나 거짓말을 한다 해도 내가 잘못 생각하는 일은 거의 없었다. 이 집의 화려하고 점잖은 외관에도 불구하고 나는 삶의 붕괴와 깨진 관계, 음모, 초조, 삶의 열기, 감춰져 있는 내밀한 비열함을 즉시 느꼈다. 그 비열함은 완전히 감춰져 있지는 않아서, 나는 그 냄새를 금방 알아차릴 수 있었다. 새로 온 하인들과 오래된 하인들이 교환하는 눈길 속에는 그 집의 일반적인 정신을 알게 해주는 일종의 프리메이슨단의 신호 같은 것이 존재하는데, 이 신호는 대개 본능적이고 무의지적이다. 다른 모든 직업들과 마찬가지로 하인들도 서로를 상당히 시샘하며, 새로운 틈입자가 나타나면 자신을 극렬하게 방어한다. 너무 안이하게 살아가는 나 역시 이런 질투와 증오를 느꼈으며, 나의 미모를 보고 화를 내는 여자들에 대해서는 특히 그랬다. 그러나 남자들은 상반되는 이유로 나를 항상 반갑게 맞아주었다.

드 타르베 부인 집에서 내게 문을 열어준 남자 하인의 눈길을 보고 나는 분명히 다음과 같은 말을 읽었다. '이 집은 기묘한 상자 같은 곳이야. 높은 곳도 있고 낮은 곳도 있지. 안전은 거의 보장되지 않아. 하지만 재미있게 지낼 수는 있어. 자, 들어와.' 그래서 나는 이 어렴풋하고 피상적인 느낌에 따라 뭔가 특별한 일을 할 마음의 준비를 하고 화장실로 들어갔다. 하지만 솔직히 말해서 나는 거기서 실제로 무슨 일이 나를 기다리고 있는지에 대해 전혀 짐작하지도 못하고 있었다.

마님은 작은 책상의 보석 앞에 앉아 편지를 쓰고 있었다. 커다란 흰색 아스트라한 모피가 이 방의 양탄자로 쓰이고 있었다. 나는 크림색 벽지를 바른 벽에서 방탕을 넘어 거의 음란에 가까운 18세기의 판화들을 보고 충격을 받았다. 더더구나 바로 그 옆에는 종교적 장면들이 그려진 아주 오래된 법랑들이 놓여 있었다. 진열장 안에는 오래된 보석과 상아, 미세화가 그려진 코담뱃갑, 작고 세련된 작센 자기가 들어 있었다. 탁자 위에는 금과 은으로 만들어진 값비싼 화장용품들이 놓여 있었다. 밝은 밤색의 작은 개가 긴 의자에 놓인 두 개의 엷은 보라색 방석 사이에서 잠들어 있었다.

마님이 내게 말했다.

"셀레스틴이지, 응? 아! 난 셀레스틴이라는 이름이 전혀 마음에 안 들어. 널 영어로 메리라고 부를 거야. 메리, 잘 기억해 둘 거지? 메리… 그래… 그게 더 나을 것 같아."

어쩌겠는가. 우리 하인들은 우리만의 이름을 가질 권리조차 없다. 왜냐하면 모든 집에는 우리와 똑같은 이름을 가진 딸들도 있고 사촌들도 있고 암캐들도 있고 앵무새들도 있기 때문이다.

나는 대답했다.

"알겠습니다, 마님."

"영어 할 줄 알아, 메리?"

"못합니다, 마님. 이미 마님에게 그렇게 말씀드렸는데요."

"아! 그랬지. 영어를 못한다니, 유감이네. 좀 돌아서 봐, 메리. 내가 볼 수 있게."

그녀는 내 얼굴과 등, 옆모습 등 온몸을 꼼꼼히 살펴보면서 이따금 이렇게 중얼거렸다.

"어디 보자… 나쁘지 않아… 아주 좋아…."

그러더니 느닷없이 이렇게 말하는 것이었다.

"말해봐, 메리. 넌 몸매가 좋지? 아주 좋지?"

이 질문은 나를 깜짝 놀라게 하고 혼란에 빠뜨렸다. 이 집에서 내가 해야 할 하녀 일과 내 몸의 생김새가 무슨 관련이 있는지, 도무지 알 수가 없었다. 그러나 마님은 내 대답은 기다리지도 않고, 손안경을 손에 든 채 내 몸을 머리끝부터 발끝까지 훑어보며 혼잣말을 하듯이 말했다.

"그래, 이 아이는 몸매가 아주아주 좋아."

그러더니 이번에는 만족스러운 미소를 지으며 내게 직접 말했다.

"있잖아, 메리, 난 몸매 좋은 여자들만 주변에 두고 싶어. 그게 더 나을 것 같아."

나의 놀라움은 여기서 끝나지 않았다. 그녀는 나를 계속 면밀히 살펴보다가 별안간 소리쳤다.

"아, 네 머리칼! 난 네가 머리를 좀 다르게 했으면 좋겠어. 지금 그 머리 모양은 우아하지가 않아. 네 머리칼은 아름다운데 말이야. 좀 더 돋보이게 해야겠어. 머리 모양을 어떻게 하느냐는 매우 중요한 문제야. 자, 이런 식으로 한번 해봐."

그녀는 이마로 내려온 내 머리칼을 헝클어트렸다.

"이런 식으로 하면 매력적이야. 자, 봐, 메리, 아주 매력적이잖아. 이게 더 나아."

마님이 내 머리를 톡톡 두드리고 있는 동안 나는 그녀가 머리가 좀 돈 것은 아닌지, 아니면 그녀가 반反자연적인 정념을 품고 있는 것은 아닌지 속으로 생각했다.

내 머리 손질을 끝낸 그녀는 만족스러운 표정을 지으며 물었다.

"이게 네가 가지고 있는 것 중에서 가장 예쁜 원피스야?"

"예, 마님."

"너의 그 가장 예쁜 원피스는 내 맘에 안 들어. 자, 내 걸 몇 벌 줄 테니 줄여서 입도록 해. 아래는 어때?"

그녀는 내 치맛자락을 잡고 살짝 들어 올리며 말했다.

"음, 알겠어. 이건 정말 아니야. 그리고 네 속옷은… 그건 봐줄 만한가?"

그녀가 거침없이 내 몸을 만지자 짜증이 날 대로 난 나는 냉랭한 목소리로 대답했다.

"자꾸 이게 더 낫다, 저게 더 낫다 하시는데, 낫다는 게 무슨 의미인가요? 전 잘 모르겠어요."

"속옷 좀 보여줘. 네 속옷을 가져와 봐. 그리고 좀 걸어봐. 더… 다시 이쪽으로 와봐… 몸을 돌려봐…. 이 아이는 잘 걷는군. 멋진 아이야."

그녀는 내 속옷을 보자마자 얼굴을 찡그렸다.

"오! 이 옷감, 이 스타킹, 이 셔츠, 정말 끔찍해! 그리고 이 코르셋! 난 이런 것들을 내 집에서 보고 싶지 않아! 네가 내 집에서 이런 걸 입고 돌아다니기를 바라지 않아. 자, 메리, 날 좀 도와줘."

그녀는 옻칠을 한 분홍색 장롱을 열더니 향내 나는 헌 옷이 가득 들어 있는 커다란 서랍을 열어 그 안의 내용물을 양탄자 위에 뒤죽박죽으로 쏟아놓았다.

"이거 가져, 메리. 다 가져가. 수선도 해야 하고, 꿰맬 게 있으면 꿰매기도 해야 할 거야. 그건 네가 하도록 해. 이거 다 가져. 없는 거 없이 거의 다 있으니까. 이걸로 옷장을 하나 만들어도 충분할 거야. 혼수로도 적당하지. 이거 다 가져."

정말, 없는 게 없었다. 실크 코르셋, 실크 스타킹, 실크 셔츠와 질 좋은 흰색 삼베로 된 셔츠, 바지, 장식깃, 조잡한 장신구가 달린 속치마. 정원의 꽃바구니처럼 연한 빛깔, 흐릿한 빛깔, 강렬한 빛깔이 영롱하게 빛나는 그 헌 옷가지들에서 강렬한 냄새가, 스페인산 가죽 냄새와 향료 냄새가, 차림새 단정한 여인의 냄새가, 그리고 마지막으로 사랑의 냄새가 올라왔다. 나는 깜짝 놀랐다. 더 강렬한 색감의 리본 조각과 세련된 레이스 조각들이 아직 남아 있는 그 분홍색, 보라색, 노란색, 붉은색의 옷감들 앞에서 만족스럽기도 하고 난처하기도 한 기분으로 바보처럼 서 있었다. 그리고 마님은 여전히 예쁜 그 헌 옷들과 몇 번 안 입은 속옷들을 뒤적이며 내게 보여주었고, 이것저것 추천도 하고 자기는 어떤 게 맘에 드는지 알려주기도 하면서 내게 어울릴 만한 것을 골랐다.

"난 내 시중을 드는 여자들이 멋도 좀 부리고 우아했으면 좋겠어. 좋은 냄새도 좀 풍겼으면 좋겠고. 넌 머리가 갈색이니까 빨간색 속치마를 입으면 정말 잘 어울릴 거야. 뭐든 다 너한테는 너무 잘 어울릴 것 같아. 다 가져."

나는 망연자실했다. 뭘 어떻게 해야 할지 알 수가 없었다. 무슨 말을 해야 할지도 알 수가 없었다. 나는 기계적으로 같은 말을 되풀이했다.

"감사합니다, 마님. 정말 친절하세요! 감사합니다, 마님."

그러나 마님은 생각을 확실히 정리할 시간을 내게 주지 않았다. 그녀는 때로는 허물없이, 때로는 좀 외설스럽게, 때로는 어머니처럼, 또 때로는 여자 포주처럼, 너무나 이상하게 말투를 바꿔가며 말하고 또 말했다.

"이건 위생 관리 같은 거야, 메리. 잘 씻고, 몸을 관리하는 데 각별히 신경을 써야 해. 오! 내가 제일 관심을 갖는 건 몸치장이지. 난 이 점에 관해서는 까다로운 사람이야. 아무렴, 까다롭고말고. 편집증이라 해도 될 정도로 까다로워."

그녀는 '더 낫다'라는 말을 계속 입에 올리면서 내밀하고 세세한 것까지 언급했는데, 사실 내 생각에는 그녀가 이 '더 낫다'라는 말을 아무 데나 갖다 붙이는 것 같았다. 헌 옷을 다 추려내고 나자 그녀가 말했다.

"여자라면, 무릇 여자라면 옷차림이 항상 단정해야 되는 법이지. 메리, 어쨌든 내가 말한 대로 해. 이건 아주 중요한 거야. 내일 목욕을 해. 내가 보여주지."

그러고 나서 마님은 자기 방과 자신의 장롱, 자신의 옷방, 물건 하나하나의 위치를 보여준 다음, 내게는 자연스럽지 않고 이상하게만 느껴지는 견해들을 덧붙여가며 내가 해야 할 일을 알려주었다.

그녀가 말했다.

"자, 이제 자비에 씨한테 가볼까? 넌 자비에 씨 시중도 들어야 하니까. 자비에 씨는 내 아들이야, 메리."

"예, 마님."

자비에 씨의 방은 그 넓은 집의 반대편 끝에 위치해 있었다. 노란색 장식 끈이 달린 푸른색 나사羅紗가 벽걸이처럼 걸려 있는, 멋지게 꾸며진 방이었다. 벽에는 사냥과 경마, 말 한 쌍, 성들을 그려놓은 컬러 판화들이 걸려 있었다. 지팡이 걸이에는, 가운데에는 사냥용 뿔피리가 붙어 있고 양쪽에는 두 개의 작은 우편마차용 나팔이 덧대어 있는 수많은 지팡이들이 걸려 있었다. 벽난로 위에는 많은 장식품들, 담뱃갑들, 파이프들 사이에 수염도 안 났을 정도로 아직 어린 어떤 잘생긴 청년의 사진이 놓여 있었다. 그 얼굴에서는 여성의 우아함 같은 게 어렴풋이 느껴지기도 했고 조숙하고 버릇없는 멋쟁이 같은 모습도 느껴졌는데, 나는 그런 분위기가 마음에 들었다.

마님이 소개해주었다.

"자비에 씨야."

나는 나도 모르게 열띤 목소리로 외쳤다.

"오! 정말 잘생기셨네요!"

그러자 마님도 맞장구를 쳤다.

"그럼, 그렇고말고, 메리!"

나는 나의 감탄이 그녀의 기분을 상하게 하지는 않았다는 걸 알 수 있었다. 그녀가 미소를 지었던 것이다.

그녀가 내게 말했다.

"자비에 씨는 다른 젊은이들이랑 똑같아. 정돈할 줄을 몰라. 그러니까 네가 자비에 씨를 대신해 이 방이 항상 완벽하게 정리돼 있도록 신경 써야 해. 그리고 매일 아침 아홉 시에 이 방으로 와. 그 아이에게 차를 가져다줘. 아홉 시에. 알았지, 메리? 자비에 씨는 종종 집에 늦게 들어오기 때문에 아침에 너에게 짜증을 낼지도 모르지만, 괜찮아. 젊은 남자는 아침 아홉 시엔 일어나야 해."

그녀는 자비에 씨의 속옷, 넥타이, 구두 놓는 자리를 내게 보여주면서 이렇게 말했다.

"우리 아들은 좀 예민한 편이야. 그래도 매력적인 아이지."

또는 이런 말도 했다.

"바지 갤 줄 알아? 오! 자비에 씨는 특히 바지에 신경을 많이 쓰거든."

모자에 관해서는, 내가 아니라 그것을 매일 다림질하는 영광을 누리고 있는 남자 하인이 책임지기로 정해졌다.

남자 하인도 있는데 마님이 굳이 자비에 씨 시중을 내게 맡긴 건 정말 이상하다는 생각이 들었다.

나는 여주인이 무슨 얘기를 할 때마다 계제에 맞지 않게 갖다 붙이는 말을 흉내 내어 속으로 중얼거렸다.

"이상하군. 이건 어울리지 않는 것 같아."

이 이상한 집의 모든 게 내게는 다 이상해 보였다.

저녁때 찬방에서 나는 많은 걸 알게 되었다.

누군가 내게 이렇게 말했다.

"정말 이상한 집이지. 그런데 처음에는 놀라워하다가 시간이 지나면 익숙해져. 집에 돈 한 푼 없을 때가 자주 있어. 그러면 마님이 갔다가, 왔다가, 뛰어다녔다가, 다시 나갔다가, 돌아왔다가 하지. 기진맥진하고 신경이 곤두선 채 욕을 퍼부으면서 말이야. 나리는 전화통을 붙잡고 있어. 전화통에 대고 소리치고, 위협하고, 애원하고, 난리를 피우지. 그리고 집행관이 등장해! 주방장이 자기 주머니에서 돈을 꺼내 더 이상 아무것도 배달하려 하지 않는 가게 주인에게 지불하는 걸 한두 번 본

게 아니라니까. 언젠가는 손님들을 초대했는데 전기랑 가스가 끊긴 적도 있었어. 그러다가 또 갑자기 돈이 비 오듯 넘쳐나는 거야. 그러면 이 집에 재물이 넘쳐나지. 그 돈이 다 어디서 들어오는 걸까? 그건 잘 몰라. 하인들은 자기 월급을 받을 날을 몇 달씩 기다리고 있지. 어쨌든 월급을 받긴 받아. 다만, 월급을 받으려면 격렬한 언쟁과 다툼을 몇 차례씩 하며 악을 써대야 하지. 믿을 수 없는 일이야!"

오, 참 좋은 일자리이기도 하지! 기껏 월급을 많이 받기로 했는데, 내 운은 요 모양이구나.

남자 하인이 말했다.

"자비에 씨는 오늘 밤 아직 집에 안 들어왔군그래."

그러자 여자 요리사가 내게서 눈을 떼지 않으며 대답했다.

"아! 지금쯤 돌아오고 있을지도 모르죠."

남자 하인은 바로 그날 아침에 자비에 씨의 채권자가 또 찾아와 소란을 피웠다고 말했다. 자비에 씨는 추잡한 일을 저지른 것이 분명했다. 아무 말도 못하고 4천 프랑이 넘는 큰돈을 내줘야만 했으니 말이다.

그가 덧붙였다.

"나리께서 화가 머리끝까지 나 있었어. 나리가 마님에게 이러더군. '이런 일이 계속되도록 내버려둘 수는 없어. 그놈이 우리 집안의 명예를 더럽힐 거야. 우리 체면을 깎아 먹을 거야!'"

나름 철학이 있어 보이는 여자 요리사가 어깨를 으쓱하더니 이죽거리며 말했다.

"집안의 명예를 더럽힌다고? 그 사람들, 집안의 명예 따위
는 신경도 안 써요. 자기들이 돈을 물어줘야 하니까 화가 난
거지."

이 대화를 듣고 있으려니 마음이 편치 않았다. 마님의 헌 옷
과 그녀가 했던 얘기, 그리고 자비에 씨 사이에 무슨 관련이
있을 수도 있겠다는 생각이 어렴풋하게 들었다. 그런데 도대
체 정확히 어떤 관련이 있는 것일까?

"자기들이 돈을 물어줘야 하니까 화가 난 거지."

그날 밤 나는 이상한 꿈에 시달리고 자비에 씨를 어서 보고
싶어 안달하느라 거의 잠을 이루지 못했다.

남자 하인은 거짓말을 한 게 아니었다. 이 집은 정말 이상한
곳이었다.

나리는 성지 순례와 관련된 일을 하고 있었다. 정확히는 모
르지만, 회장이나 인도자 비슷한 일을 맡고 있는 것 같았다.
유대인, 신교도, 유랑자, 구교도 중에서 성지 순례를 할 사람들
을 최대한 많이 모집해서 로마, 루르드, 파레-르-모니알에 데
려가는 것이었는데, 이 일로 적잖은 물의를 일으켰지만 돈도
좀 만졌다. 그는 또 '비종교 교육 반대 연맹', '음란물 출판 반
대 연맹', '유쾌하고 박식한 기독교인 협회', '노동자 자녀들에
게 젖을 먹이기 위해 수유기를 모으는 수도회 연합' 같은 단체
에서 정치색을 띤 자선사업을 펼치기도 했다. 그는 고아원과
수련원, 취로사업장, 직업소개소의 일도 맡아 했다. 한마디로

손을 안 대는 곳이 없었다. 그는 수많은 직업을 갖고 있는 것이었다. 그는 키가 작고, 포동포동하고, 매우 생기 있고, 무척 말쑥하고, 면도를 말끔히 했으며, 태도에 있어서는 상냥한 체하지만 냉소적이어서 꾀바르고 익살스러운 사제의 태도를 연상시켰다. 신문에는 그와 그가 하는 일에 대한 기사가 가끔 실렸다. 당연히 한쪽에서는 그의 인도주의적 덕성과 고결한 성덕聖德을 찬양했고, 다른 쪽에서는 그를 늙은 사기꾼이나 더럽고 너절한 인간으로 취급했다. 신문에까지 난 사람들을 모시는 것이 꽤 근사하고 기분 좋은 일이기는 했지만, 그래도 우리는 찬방에서 이 언쟁들에 대해 오랫동안 얘기를 나누며 즐거워했다.

나리는 매주 한 번씩 만찬에 이어 연회를 열었는데, 아카데미 회원과 반동적인 상원의원, 가톨릭교도 하원의원, 완고한 교구 신부, 모사꾼 수도사, 대주교 등 온갖 부류의 사람들이 참석했다. 특히 그중에는 나이가 아주 많은 성모승천 수도회 회원이 한 명 있었는데, 이 위선적이고 독살스러운 인물은 신부인지 아닌지는 잘 모르겠으나 어쨌든 늘 회개하는 독실한 표정으로 악의적인 말만 입에 올렸다. 각 방에는 교황의 초상화가 걸려 있었다. 아! 성하聖下께서는 틀림없이 이 집에서 별난 것들을 많이 보셨을 것이다.

나는 나리가 마음에 들지 않았다. 그는 너무나 많은 일을 하고 있었으며, 너무나 많은 사람을 사랑하고 있었다. 게다가 그가 하는 일의 절반이 무엇인지, 그가 사랑하는 사람의 절반이 누구인지는 여전히 알려져 있지 않았다. 분명 그는 늙고 교활한 개였다.

내가 이 집에 온 다음 날, 내가 외투 입는 그를 도와주는데 그가 불쑥 물었다.

"'예수의 종從' 회원인가?"

"아닙니다, 나리."

"회원이 되어야 해. 꼭 되어야 해. 너를 등록시켜야겠어."

"감사합니다, 나리. 그런데 그게 뭘 하는 협회인지 여쭤도 될까요?"

"미혼모들을 모아서 기독교 교육을 시키는 좋은 단체지."

"하지만 저는 미혼모가 아닌데요, 나리."

"상관없어. 감옥에서 나온 여자들도 있으니까. 회개한 창녀들도 있고. 별의별 여자들이 다 있어. 등록시켜줄게."

그는 주머니에서 정성스럽게 접은 신문들을 꺼내더니 내게 내밀었다.

"숨겨놨다가 읽어봐. 혼자 있을 때. 아주 재미있을 거야."

그러고는 내 턱을 잡더니 혀를 끌끌 차며 말했다.

"음, 이상하게 생겼군. 정말 이상하게 생겼어."

나리가 나간 뒤 나는 그가 준 신문들을 펼쳐보았다. 《세기 말》이라는 신문과 《익살꾼》이라는 신문, 《파리 여자들》이라는 신문이었다. 쓰레기 같은 것들!

오! 부르주아들! 그들은 영원한 소극笑劇을 공연하고 있다!

나는 여러 부류의 부르주아를 보았다. 그러나 그들은 모두 똑같다. 나는 공화주의자 하원의원의 집에서 일한 적이 있다. 이 사람은 사제들을 욕하는 것으로 하루를 보냈다. 물론 그건 허세에 불과했다. 독자 여러분이 그의 얼굴을 봤어야 하는데! 그는 종교, 교황, 수녀에 관한 얘기는 들으려 하지 않았다. 만일 사람들이 그의 이야기에 귀 기울였다면 모든 성당을 넘어뜨리고 모든 수도원을 폭파했을 것이다. 그런 그가 일요일이 되면 멀리 떨어진 교구의 성당으로 몰래 미사를 올리러 갔다. 그는 조금만 아파도 주임신부를 불렀고, 그의 자식들은 모두 다 예수회 교단에서 교육을 받았다. 그는 성당에서 결혼식을 올리는 걸 거부한 동생과는 아예 의절하고 산다. 부르주아들은 다들 자기 나름의 방식으로 위선적이고 비겁하고 역겨운 인간들이다.

드 타르베 부인도 여러 가지 일을 한다. 그녀 역시 종교위원회와 자선협회의 일을 맡고 있고, 바자회를 기획해 열기도 한다. 다시 말해서 집에 붙어 있는 시간이 거의 없다. 그래도 집안은 그럭저럭 돌아갔다. 마님은 어디서 오는 건지는 몰라도 저녁 늦게 집에 들어오기 일쑤였는데, 그때마다 속옷이 다 흐트러지고 온몸에 자기 것이 아닌 냄새가 가득 배어 있곤 했다. 오! 나는 그녀가 귀가하는 모습을 잘 알고 있었다. 나는 그녀가 집에 돌아올 때의 모습만 보면 그녀가 어떤 종류의 일을 하고 왔는지를, 그녀가 주재하는 위원회에서 이상하고 혼란스러운 일이 벌어졌다는 것을 즉시 알아차렸다. 그러나 그녀는 내게 친절히 대해주었다. 나를 거칠게 대한 적도 없고 나무란 적도 없었다. 아니, 그 반대였다. 그녀가 나를 거의 친구처럼 허물없이 대하다 보니, 때때로 그녀는 위엄을 잃고 나는 존경심을 잃어 우리는 함께 바보 같은 말도 하고 허튼 얘기도 했다. 그녀는 내 자질구레한 소지품들을 정리하는 것에 대해 충고해주기도 하고, 내가 우아하게 몸치장을 하도록 격려하기도 하고, 내 팔에 콜드크림을 발라주기도 하고, 얼굴에 화장용 분을 뿌려주기도 했다.

그러면서 그녀는 이런 말을 되풀이했다.

"있잖아, 메리, 여자는 옷매무새가 항상 단정해야 해. 피부도 하얗고 부드러워야 하고. 너는 얼굴이 예쁘니까 그걸 가꾸는 법을 알아야 하고, 몸매가 아주 예쁘니까 그걸 돋보이게 해야 해. 그리고 다리가 정말 미끈하니까 그걸 보여줄 수 있어야 해. 그게 더 나아."

나는 만족스러웠다. 그렇지만 내 마음 깊은 곳에는 어떤 불안이, 어렴풋한 의혹이 여전히 자리 잡고 있었다. 찬방에서 들었던 그 놀라운 이야기들이 잊히지 않았던 것이다. 내가 마님을 칭찬하면서 그녀가 내게 베푼 친절을 하나하나 열거하자 여자 요리사가 말했다.

"그래, 그래, 다 맞는 얘기야. 근데 결말이 어떻게 되는지를 봐야지. 그녀가 원하는 건 네가 자기 아들이랑 자는 거야. 그러면 아이를 집 안에 최대한 붙잡아둘 수 있으니까. 그래서 이 구두쇠들이 돈을 덜 쓰게 되는 거지. 다른 하녀들에게도 이미 그런 방법을 썼어. 심지어 자기 친구들을 집으로 끌어들인 적도 있다니까, 글쎄! 유부녀도 있고, 처녀도 있고. 그래, 처녀도 있어. 한마디로 갈보 같은 여자지. 그런데 자비에 씨는 이런 유부녀나 처녀들한테는 관심이 없어. 매춘부들을 더 좋아하거든. 두고 보면 알 거야. 두고 보라고."

그리고 그녀는 증오와 후회가 뒤섞인 표정으로 이렇게 덧붙였다.

"내가 너라면 돈을 요구해서 받아내겠어. 나 같으면 단 한 순간도 망설이지 않을걸."

이 말을 듣는 순간 나는 찬방에 있는 내 동료들이 부끄럽게 느껴졌다. 그러나 나는 나 스스로를 안심시키기 위해서, 여자 요리사는 마님이 유독 나만 좋아하는 걸 질투해서 그러는 거라고 믿기로 했다.

나는 매일 아침 아홉 시에 자비에 씨의 방으로 차를 가져가서 커튼을 열었다. 이상했다. 그의 방에 들어갈 때마다 항상 가슴이 뛰고 몹시 불안해지는 것이었다. 그는 오랫동안 내게 아무 관심도 보이지 않았다. 나는 내 장점을 최대한 활용해 더 예쁘게 보이려고 애쓰면서 그의 물건들과 옷들을 준비했다. 그가 내게 뭔가 말을 하는 것은 오직 내가 자기를 너무 일찍 깨웠다며 잠이 덜 깬 불만스러운 목소리로 불평을 늘어놓을 때뿐이었다. 그럴 때마다 나는 이런 무관심에 화가 나서, 미리 세심하게 준비한 교태를 한층 더 심하게 부렸다. 나는 일어나지 않고 있는 어떤 일이 일어나기를 매일매일 기다렸고, 자비에 씨의 이런 침묵과 나에 대한 멸시는 나를 극도로 약 오르게 만들었다. 내가 기다리고 있던 일이 실제로 일어나면 어떡하지? 나는 이 질문을 나 자신에게 던지지 않았다. 그냥 그 일이 일어나기를 바랐다.

자비에 씨는 사진으로 본 것보다 훨씬 더 잘생긴 미남이었다. 듬성듬성 난 아치 모양의 황금빛 수염이 그의 입술 윤곽을 또렷이 드러냈고, 두툼하고 빨간 입술은 키스하고 싶은 욕망을 불러일으켰다. 노란색이 총총 박혀 있는 것처럼 보이는 그의 담청색 눈은 기묘하게 매력적이었으며, 그의 몸짓에서는 나태함, 젊은 여성이나 어린 야수 같은, 지친 듯하고 매정한 듯한 우아함이 느껴졌다. 그는 키가 크고 호리호리하고 매우 유연하고 초현대적으로 우아하며, 냉소적이고 타락한 태도에 의해 치명적일 만큼 매혹적이었다. 첫날부터 그가 내 마음에 들었을 뿐만 아니라, 그가 저항할수록, 아니 그가 내게 무관심할수록 그에 대한 욕망이 이내 욕망을 넘어서고 사랑을 넘어섰다.

어느 날 아침, 자비에 씨 방에 들어가 보니 그가 벌써 일어나 맨다리로 침대 가장자리에 앉아 있었다. 나는 살그머니 방에서 나가려고 했으나 그가 나를 불렀다.

"왜 그래? 들어와. 내가 무서워? 남자 처음 봐?"

그는 셔츠 자락으로 무릎을 덮더니, 두 손을 포개 다리 위에 올려놓고 몸을 좌우로 흔들며 나를 한참 빤히 쳐다보았고, 그동안 나는 얼굴을 붉히며 느리고 우아한 동작으로 찻잔이 놓인 쟁반을 벽난로 옆의 탁자에 올려놓았다. 그는 마치 나를 처음 보기라도 하는 듯 이렇게 말했다.

"그런데 당신, 아주 멋지게 생겼군. 우리 집에 온 지 얼마나 됐지?"

"3주 됐습니다, 도련님."

"음, 놀랍군!"

"뭐가 놀랍다는 건가요, 도련님?"

"당신이 이렇게 아름답다는 사실을 내가 지금껏 알아차리지 못했다는 게 놀라워."

그는 양탄자를 향해 두 다리를 길게 뻗더니, 여자들의 허벅지만큼이나 희고 포동포동한 자신의 허벅지를 손바닥으로 치며 말했다.

"이리 와!"

나는 몸을 살짝 떨며 그에게 다가갔다. 그는 아무 말 없이 내 허리를 껴안고 코를 킁킁거리며 내 몸의 냄새를 맡더니 나를 억지로 침대 가장자리에 앉혔다.

나는 발버둥을 치는 척하며 애절하게 말했다.

"오, 자비에 씨! 이러지 마세요. 제발요. 부모님이 보시면 어떡해요?"

그러자 그가 느닷없이 웃기 시작했다.

"우리 부모? 오! 당신이 우리 부모가 어떤 사람들인지 안다면…. 난 진절머리가 나."

그는 이 '진절머리가 나'라는 말을 입에 달고 살았다. 그에게 뭔가를 물으면 그는 "진절머리가 나"라고 대답하곤 했다. 그는 모든 것에 진절머리를 냈다.

그의 손이 성급하게 내 블라우스를 파고들기 시작하자 나는 그에게 질문을 던졌다. 최후의 순간을 조금 더 늦추기 위해서였다.

"궁금한 게 있어요, 자비에 씨. 왜 마님이 베푸는 만찬에서는 자비에 씨의 모습을 볼 수 없는 건가요?"

"당신도 잘 알 텐데, 안 그래? 마님의 만찬은 너무 지루해."

나는 계속 물었다.

"그리고 어째서 집에 있는 방들 중에서 유독 자비에 씨의 방에만 교황님의 초상화가 안 걸려 있는 거죠?"

나의 이 같은 관찰력이 그를 기분 좋게 만들었다. 그가 대답했다.

"이봐, 난 무정부주의자야. 종교, 예수회 수도사들, 사제들…. 오! 맙소사, 난 그들이 지겨워. 진절머리가 난다고. 아빠나 엄마 같은 사람들로 이루어진 사회? 오! 그런 사회는 더 이상 필요 없어."

나는 이제 자비에 씨가 편하게 느껴지기 시작했다. 나는 그에게서 파리를 떠도는 불량배들의 것과 똑같은 악덕과 단조롭고 길게 끄는 억양을 발견했다. 그와 아주 오래전부터 알고 지낸 듯한 느낌이 들었다. 이번에는 그가 물었다.

"말해봐. 나리랑 잤어?"

나는 화가 난 척하며 소리쳤다.

"아버님은… 오, 자비에 씨, 아버님은 성인 같은 분이세요!"

그의 웃음소리가 더 커지더니 결국은 터져버렸다.

"아빠! 아, 아빠! 그 양반은 모든 하녀들하고 잠을 자지. 하녀들한테 심취해 있거든. 이제는 아빠를 흥분시키는 하녀들밖에 안 남아 있어. 그럼 당신은 아직 아빠랑 안 잔 거야? 그거 놀랄 일인데!"

나도 웃으며 대꾸했다.

"아! 아니에요. 그분은 제게 《세기말》과 《익살꾼》, 《파리 여자들》 같은 신문을 주셨을 뿐이에요."

이 말을 듣자 그는 미친 듯이 즐거워하며 더 크게 웃었다.

"아빠가? 그렇다면 아빠도 놀랍군!"

그렇게 외치고 나서 그는 희극적인 어조로 말을 이었다.

"엄마도 마찬가지야. 어제도 엄마는 내게 싸움을 걸었지. 내가 엄마 아빠의 체면을 떨어트린다나. 당신도 그 말을 믿어? 종교와 사회, 그리고 모든 게 다 우스워! 그래서 내가 엄마한테 말했지. '사랑하는 어머니, 무슨 말씀인지 잘 알았습니다. 저도 어머니가 애인들 만드는 걸 그만두시면 견실한 생활을 하도록 할게요.' 어때? 화끈하지 않아? 그랬더니 엄마가 입을 다물더라고. 아! 정말 싫어. 나를 만든 분들 때문에 정말 피곤해. 그들의 잔소리는 진절머리가 나. 그건 그렇고, 혹시 쥐모 알아?"

"모릅니다."

"모를 리가 없는데. 앙팀 퓌모 몰라?"

"모르는데요."

"뚱뚱하고 아주 젊고 안색이 무척 빨갛고 아주 멋지고 파리에서 가장 잘나가는 모임에 속해 있지. 퓌모. 연수입이 300만이나 되고. 타르틀레트 카브리는? 그 사람은 알 텐데."

"모릅니다."

"놀랍군! 그를 모르는 사람은 없는데. 두 달 전에는 법원 명령으로 후견인을 두기도 한 사람인데? 그래도 모르겠어?"

"전혀 모릅니다, 자비에 씨."

"괜찮아, 상관없어! 난 작년에 퓌모와 굉장한 거래를 했지. 정말 굉장한…. 뭔지 짐작이 돼? 짐작이 되냐고?"

"그분을 알지도 못하는데 어떻게 짐작하겠어요?"

"어떻게 된 거냐 하면, 내가 퓌모를 우리 어머니한테 소개해주었지. 자, 이제 감이 와, 응? 정말 재미있는 건, 엄마가 무슨 수를 썼는지 두 달 만에 퓌모에게서 30만 프랑을 받아낸 거야! 아빠는 하늘이 도우신 거나 다름없는 이 돈으로 사업을 벌였고. 좌우지간 그쪽으로는 머리가 비상한 분들이야! 냄새를 기가 막히게 맡는다니까! 하기야 안 그랬으면 우리 집은 벌써 망했을 거야! 빚이 턱밑까지 차 있었거든. 신부들도 우리하고는 더 이상 엮이려 하지 않았을 정도니까. 자, 내 얘기를 들으니 무슨 생각이 들어?"

"자비에 씨는 자기 가족에 대해 정말 이상하게 얘기하시는

군요.”

“대체 내게 뭘 기대하는 거지? 난 무정부주의자라니까. 가족 따위는 진절머리가 나.”

그동안 그는 내게 아주 잘 어울리는 마님의 헌 블라우스의 단추를 다 풀었다.

“오! 자비에 씨, 이러시면 안 돼요. 당신은 정말 나쁜 남자군요.”

나는 건성으로 저항하는 척했다. 별안간 그가 손을 내 입에 살그머니 갖다 댔다.

“조용히 해!”

그러고는 나를 침대에 넘어뜨렸다.

그가 내 귀에 대고 속삭였다.

“아! 당신한테서 좋은 냄새가 나. 엄마 냄새가 나.”

그날 아침에 마님은 유난히 내게 사근사근하게 굴었다. 그녀는 내게 말했다.

“네가 일을 잘해서 아주 좋아. 그래서 월급을 10프랑 올려주기로 했어.”

나는 생각했다.

‘매번 10프랑씩 올려준다는 건가? 그거 나쁘지 않은데. 그게 더 나아.’

아! 지금 그 모든 걸 생각해보면 나 역시 진절머리가 난다.

자비에 씨의 열정, 혹은 열중은 오래가지 않았다. 그는 얼마 지나지 않아 ‘내게 진절머리를 냈다’. 내가 그를 집 안에 붙잡아둘 수 있는 시간은 단 1초도 없었다. 아침에 그의 방에 들어가서 손 안 댄 시트와 텅 비어 있는 침대를 발견한 게 한두 번이 아니었다. 자비에 씨는 간밤에 집에 들어오지 않은 것이었다. 여자 요리사는 그를 잘 알고 있었던 것이었고, 진실을 말한 것이었다. "그는 매춘부를 더 좋아해." 그는 하던 대로 흥청망청 방탕한 생활을 계속하며 쾌락에만 몰두했다. 그런 아침이면 나는 가슴이 미어지는 듯 아팠으며, 하루 종일 슬프고 또 슬펐다.

그 모든 것 중에서 가장 큰 불행은, 자비에 씨에게는 감수성이 없다는 것이었다. 그는 조르주 씨처럼 시적詩的이지 않았다. 나는 오직 '그 짓'을 하는 동안만 그를 위해 존재했다. '그 짓'이 끝나면 나는 더 이상 쓸모가 없었다. 그는 내게 더 이상 아무 관심도 보이지 않았다. 책이나 연극에 등장하는 연인들과 달리 그는 내게 감동적이고 다정한 말을 단 한 마디도 건네지 않았다. 게다가 그는 내가 좋아하는 건 단 하나도 좋아하지 않았다. 그는 자기가 입고 있는 옷의 단춧구멍을 장식한 커다란 패랭이꽃 말고는 꽃도 좋아하지 않았다. 그렇지만 하루 종일 '그 짓'만 생각하지 않고 마음을 어루만져주는 얘기를 서로에게 들려주고, 아무 사심 없는 입맞춤을 나누고, 오래오래 서로의 눈을 바라보는 것도 참 좋다. 그러나 남자들은 너무 거친 존재들이다. 그런 즐거움을, 너무나 순수한 즐거움을 느끼지 못하는 것이다. 정말 유감스러운 일이다. 자비에 씨는 오직 타락밖에 몰랐고, 방탕한 짓에서만 쾌락을 느꼈다. 사랑에서 타

344

락과 방탕이 아닌 모든 것은 그를 피곤하게 만들었다.

"오! 아니야. 알잖아, 그런 건 다 사람을 피곤하게 만들 뿐이야. 시는 진절머리가 나. 작은 푸른 꽃 따위는 우리 아빠한테나 줘버려."

그가 자신의 욕망을 충족시키고 나면 나는 그 즉시 비인격적인 여자로, 그가 명령하고 주인의 권위를 내세우고 유치한 냉소적인 농담을 하며 아무렇게나 막 대하는 하녀로 다시 돌아갔다. 그래서 나는 사랑을 나누는 짐승의 상태에서 예속된 짐승의 상태로 중간 단계 없이 바로 넘어갔다. 그리고 그는 입가에 미소를 띠며, 내 기분을 상하게 하고 나를 모욕하는 그 소름 끼치는 미소를 띠며 이렇게 말하곤 했다.

"아빠는? 정말? 아직도 아빠랑 안 잤어? 놀랍군."

한번은 나는 결국 참지 못하고 울음을 터뜨렸다. 너무 울어 목이 메었다. 자비에 씨가 화를 냈다.

"오! 그러지 마! 정말 사람 피곤하게 하는군! 눈물? 말다툼? 제발 그만둬! 안 그러면 이제 끝이야. 이런 바보짓, 진절머리가 나."

나는 내가 아직 쾌감으로 전율할 때 그 쾌감을 내게 안겨준 남자를 품에 한참 껴안고 있는 걸 좋아했다. 관능의 진동이 끝나면 나는 정숙한 휴식을, 순수한 포옹을, 살을 야만스럽게 물어뜯는 것이 아니라 영혼을 쓰다듬는 것인 입맞춤을 필요로 했다. 이것은 절대적이고 엄청난 필요였다. 나는 또 사랑의 지옥에서, 경련의 광란에서 황홀의 천국으로, 충만함으로, 감미롭고 천진한 황홀의 침묵으로 올라와야만 했다. 자비에 씨는 황홀에 진절머리를 냈다. 그는 나의 두 팔에서, 이 포옹에서, 그로서는 육체적으로 견딜 수 없게 된 이 입맞춤에서 몸을 빼냈다. 우리는 정말이지 내면에서는 어느 것도 뒤섞이지 않은 것 같았다. 우리의 섹스는, 우리의 입은, 우리의 영혼은 단 한 순간도 똑같은 외침, 똑같은 망각, 똑같은 죽음 속에서 뒤섞인 것 같지 않았다. 그리고 내가 그를 내 가슴에, 그의 다리에 힘껏 얽혀든 내 다리 사이에 고정시키려 할 때마다 그는 발버둥을 치면서 나를 거칠게 밀어내고 침대에서 뛰어내리곤 했다.

"아! 싫어. 이러지 마."

그러고는 담배에 불을 붙였다.

내가 그의 가슴에 최소한의 애정의 흔적도, 가장 작은 사랑의 자국도 남겨놓지 못했다는 것만큼 나를 고통스럽게 하는 것은 없었다.

나는 그 건달을 사랑했던 것 같고, 그 모든 것에도 불구하고 한 마리 짐승처럼 그에게 헌신했던 것 같다. 지금도 나는 그의 뻔뻔스럽고 잔인하고 잘생긴 얼굴을, 그의 향기로운 피부를, 그의 잔혹하고 자극적인 색욕을 생각하며 아쉬워한다. 그리고 그의 입맞춤이 품고 있던 시큼한 맛과 불에 데는 것같이 후끈하던 느낌을, 그 이후 수없이 많은 입맞춤에 의해 지워졌을 그 느낌을 자주 생각한다. 오! 자비에 씨, 자비에 씨!

어느 날 밤, 저녁식사 전의 일이었다. 내가 화장실에서 그의 물건들을 정성스럽게 정리하고 있는데 옷을 갈아입으러(정장

차림의 그는 정말 멋져 보였다!) 집에 돌아온 그가 꼭 뜨거운 물을 가져다 달라고 말할 때처럼 망설이지 않고 스스럼없이 거의 명령조로 말했다.

"5루이 있어? 내가 오늘 밤에 꼭 5루이가 필요해. 내일 돌려줄게."

나는 바로 그날 아침에 마님으로부터 월급을 받은 터였다. 그는 그 사실을 알고 있었던 것일까?

"90프랑밖에 없어요."

나는 그의 부탁이 좀 수치스럽다고 느끼며 대답했다. 하지만 내가 가진 돈이 그가 요구하는 액수에 모자란다는 사실이 특히 수치스러웠을 것이다.

그가 말했다.

"괜찮아. 90프랑이라도 가져와. 내일 줄게."

그는 돈을 받아 들더니 "좋아!"라는 짧고 무뚝뚝한 한마디만 툭 내던짐으로써 내 마음을 얼어붙게 만들었다. 그러고는 불쑥 내게 다리를 뻗으며 도발적으로 명령했다.

"구두끈 묶어줘. 빨리. 급해."

나는 애원하듯 슬픈 표정으로 그를 쳐다보았다.

"그럼 오늘 저녁식사는 집에서 안 하시는 건가요, 자비에씨?"

"응. 시내에 나가서 먹을 거야. 서둘러."

그의 구두끈을 매면서 나는 울먹였다.

"그럼 그 더러운 여자들이랑 먹고 마시며 노는 거예요? 오늘 밤에 안 들어오실 건가요? 그럼 전 밤새도록 눈물을 흘릴 거예요. 정말 이러시면 안 돼요."

그러자 그의 목소리가 냉혹하고 악랄해졌다.

"나에게 90프랑 빌려줬다고 그런 말을 하는 거라면 그 돈 가져가. 가져가라니까."

나는 한숨을 쉬며 말했다.

"아니에요, 아니에요. 그것 때문이 아니라는 거 잘 아시면서 왜….."

"좋아. 그럼 날 좀 가만히 내버려둬."

그는 금방 옷을 입었다. 그리고 나를 안아주지도 않고, 말 한마디 없이 나가버렸다.

다음 날, 그는 빌려 간 돈에 대해서는 일언반구도 없었고, 나도 그 돈을 달라고 요구하고 싶지 않았다. 그가 나의 무엇인가를 갖고 있다는 게 내게는 즐거움이었다. 나는 좋아하는 남자에게 푼돈과 작은 선물을 갖다 주기 위해 죽도록 일하는 여자들과 밤에 길에서 지나가는 사람들에게 몸을 파는 여자들, 도둑질을 하는 여자들, 사람들을 죽이는 여자들이 있다는 것을 이해한다. 바로 이것이 내게 일어난 일이다. 내가 이렇게 단언할 만큼 정말 내게 일어난 것이 그런 일이었을까? 아아! 정말 모르겠다. 내가 어떤 남자 앞에서 의지도 용기도 없이 너무나 나약하고 무기력하게… 그렇다, 너무나 무기력하게 느껴지는 순간이 있다!

마님은 얼마 지나지 않아 나에 대한 태도를 바꾸었다. 그때까지만 해도 친절했던 그녀가 엄격하고 까다롭고 못되게 굴기 시작한 것이었다. 나는 어리석은 바보에 지나지 않았다. 나는 잘하는 일이라곤 하나도 없었다. 나는 서투르고, 불성실하고, 예절이 바르지 못하고, 뭘 잘 잊어버리고, 손버릇 나쁜 여자가 되어 있었다. 그리고 처음에는 꼭 친구처럼 너무나 부드러웠던 그녀의 목소리가 이제 날카롭고 신랄하게 바뀌었다. 그녀는 내가 굴욕감을 느낄 만큼 퉁명스러운 목소리로 명령을 내렸다. 잔바느질과 콜드크림, 화장용 백분, 비밀스러운 속내 이야기, 거북하게 느껴졌던 내밀한 충고의 시간은 막을 내렸다. 내가 마음속으로는 전혀 선의에서 비롯된 것이 아니라고 느꼈던 그 수상쩍은 우의의 시간도 막을 내렸다. 그리고 나를 그녀 자신의 악덕으로까지 끌어올렸던 이 여주인에 대한 나의 존경심도 어느새 사라져버렸다. 나는 겉으로 드러나거나 감춰진 이 집의 온갖 비열함을 다 알게 되었으므로 이제는 그녀를 대수롭지 않게 생각했다. 그리하여 우리는 생선 파는 아낙들처럼 마치 서로의 얼굴에 낡고 더러운 행주를 집어던지듯 욕설을 퍼부으며 싸우게 되었다.

그녀가 소리를 질렀다.

"아니, 도대체 우리 집을 어떻게 보는 거야? 지금 여기가 행실 안 좋은 여자네 집이라도 되는 줄 아니?"

참 뻔뻔스럽기도 하지! 나는 대답했다.

"오, 마님 집이야 깨끗하지요! 그건 자랑할 만해요. 하지만 마님은? 그 점에 대해 얘기 좀 해볼까요? 얘기 좀 해보자고요. 그래요, 마님은 깨끗하다고 쳐요. 그럼 나리는요? 오, 세상에! 이웃 사람들은 물론이고 파리 사람들도 마님과 나리가 어떤 사람들인지 다 알아요. 어디 가나 마님과 나리는 악명이 높다고요. 이 집이요? 이 집은 갈보 집이에요. 그리고 이 집보다 깨끗한 갈보 집들은 얼마든지 있어요!"

이러다 보면 말다툼은 최악의 모욕으로, 최고로 비열한 위협으로 악화되기 일쑤였다. 또 사창가나 교도소에서나 쓸 법한 어휘를 동원하는 지경에 이르기도 했다. 그러다가 그게 갑자기 진정되곤 했다. 자비에 씨가 다시 내게 관심을 가지는 것으로 충분했다. 그러나 그 관심은 늘 일시적이었다. 어쨌든 그러면 다시 수상쩍은 친숙함과 부끄러운 공모, 헌 옷 선물, 월급을 배로 올려주겠다는 약속, 내 옷의 세탁, 고급 화장품이 품고 있는 신비의 전수傳受가 다시 시작되었다. 나에 대한 자비에 씨의 행동은 마님의 행동을 조절하는 온도계나 마찬가지였다. 자비에 씨가 나를 애무하면 그 즉시 마님이 내게 호의를 베풀었다. 아들이 나를 팽개치면 바로 어머니가 나를 무례하게 대했다. 나는 이 변덕스럽고 무정한 청년의 단속적斷續的인 사랑의 짜증 나는 파동에 끊임없이 요동치는 희생자였다. 마님은 우리를 감시하고 문에 귀를 갖다 대면서, 우리의 관계가 어느 단계를 통과하고 있는지를 스스로 알아내는 것 같았다. 그러나 아니었다. 그녀는 악덕의 본능만을 가지고 있을 뿐이었다. 그녀는 마치 암캐가 멀리 있는 사냥감의 냄새를 바람

속에서 맡듯이 벽을 통해, 영혼을 통해 쿵쿵거리며 악덕의 냄새를 맡았다.

나리는 이 집에서 일어나는 이 모든 사건들 사이를, 감추어진 이 모든 비극들 사이를 민첩하고 분주하게, 냉소적으로, 희극적으로 깡충깡충 뛰어다녔다. 아침이면 그는 종교 관련 팸플릿과 음란한 신문들로 터질 것 같은 작은 서류 가방을 들고서 호색한의 붉은빛이 감도는 면도한 얼굴로 사라졌다. 저녁이 되면 점잖은 넥타이 차림의 그가 아마도 그날 낮에 수행한 일의 무게 때문인 듯 허리를 구부린 채 기독사회주의로 무장하고 부드럽고 느린 걸음으로 다시 나타났다. 매주 금요일엔 어김없이 우스꽝스러운 장면이 펼쳐졌다.

그는 자기 서류 가방을 내게 보여주며 말했다.

"여기 뭐가 들어 있을 것 같아?"

나는 웃으며 대답했다.

"싸구려 물건들이 들어 있을 것 같은데요."

"천만에. 여기 들어 있는 건 이번 주 음란 잡지들이야."

그는 잡지를 내게 나눠 주고는, 그저 뭔가 공모의 분위기를 풍기며 내게 미소 짓고, 내 턱을 쓰다듬고, 혀로 입술을 핥으며 이렇게 말할 뿐이었다.

"흐흐흐! 당신은 정말 이상한 여자야."

나는 나리가 수작을 부리는 것이 재미있어서 그의 기를 꺾지 않고 가만있었지만, 언젠가는 좋은 기회를 잡아 그에게 단단히 쓴맛을 보여주리라 다짐했다.

어느 날 오후, 세탁물 보관실에서 일거리를 앞에 두고 서글픈 기분으로 혼자 공상에 잠겨 있던 나는 그가 그곳으로 들어오는 걸 보고 깜짝 놀랐다. 아침에 나는 자비에 씨와 격렬한 언쟁을 벌였고, 그때의 느낌이 여전히 가시지 않은 채였다. 나리는 살그머니 문을 닫고 서류 가방을 시트 더미 옆의 커다란 탁자 위에 올려놓더니, 내게로 와서 내 손을 잡고 가볍게 두드렸다. 그의 두 눈이 깜박이는 눈꺼풀 아래서 마치 햇빛에 눈이 부신 늙은 암탉의 눈처럼 이리저리 돌아갔다. 나는 그의 그런 모습이 우스워 죽을 지경이었다.

그가 말했다.

"셀레스틴, 너를 셀레스틴이라고 부르는 게 낫겠어. 내가 셀레스틴이라고 부른다고 해서 기분 상하거나 그런 거 아니지?"

나는 터져 나오는 웃음을 참느라 무진 애를 써야만 했다.

나는 방어 자세를 취하며 대답했다.

"천만에요, 나리."

"음, 셀레스틴, 난 네가 매력적이라고 생각해."

"정말이요?"

"사랑스럽기까지 해. 사랑스러워. 사랑스럽다고!"

"아! 나리."

그의 손가락이 내 손을 떠나 욕망으로 충만하여 내 블라우스를 따라 올라가더니 내 목과 턱, 목덜미를 쓰다듬었다. 그것은 끈적끈적하고 부드럽고 피아노를 치는 것 같은 애무였다.

그가 헐떡거리며 말했다.

"사랑스러워… 사랑스러워!"

그는 내게 입을 맞추려 했다. 나는 피하려고 조금 뒤로 물러섰다.

"가만있어, 셀레스틴, 제발!"

"안 돼요, 나리. 자꾸 왜 이러세요?"

"왜 이러냐고? 이 귀여운 것. 왜 이러냐고? 아! 넌 날 몰라!"

그의 목소리는 더 이상 딱딱하지 않았다. 가느다란 침이 그의 입술에 거품을 만들어내고 있었다.

"내 말 좀 들어봐, 셀레스틴. 내가 다음 주에 루르드에 가거든. 그래, 성지 순례 팀을 루르드에 데려가는 거지. 너도 같이 갈래? 너를 데려갈 방법이 있어. 갈래? 아무도 알아채지 못할 거야. 넌 호텔에 있어. 산책도 하고, 네가 하고 싶은 걸 해. 난 저녁에 호텔 방으로 너를 만나러 갈게. 네 방으로, 네 침대로. 귀여운 것! 오! 오! 넌 날 몰라. 넌 내가 뭘 할 수 있는지를 몰라. 나는 나이 든 사람의 경험과 젊은 사람의 열정을 다 가지고 있지. 두고 보면 알 거야. 두고 봐. 오! 너의 유혹하는 듯한 커다란 두 눈!"

나를 당혹스럽게 만든 것은 나리의 제안 자체(나는 이 제안을 오랫동안 기다렸다)가 아니라 그가 전혀 예측하지 못한 상황에서 이 제안을 했다는 사실이었다. 이 늙은 호색한을 모욕하기 위해서, 그리고 내가 그와 마님의 비열한 계산에 속아 넘어가는 여자가 아니라는 것을 보여주기 위해서 나는 다음과 같은 말로 그의 얼굴을 정면으로 후려쳤다.

"그럼 자비에 씨는요? 자비에 씨를 잊으신 거 아닌가요? 우리가 루르드에서 기독교도들이 낸 돈으로 노닥거리는 동안 자비에 씨는 뭘 하죠?"

그의 눈의 어두운 부분에서 희미하고 비스듬한 빛이, 깜짝 놀란 야수의 눈빛이 빛났다. 그가 더듬거리며 말했다.

"자비에 씨?"

"네!"

"왜 자비에 씨 얘기를 하는 거지? 자비에 씨 문제가 아닌데. 자비에 씨랑은 아무 상관이 없는데."

나는 한층 더 불손하게 쏘아붙였다.

"흥, 그래요? 모르는 척하지 마세요! 저는 자비에 씨랑 자라고 월급 받는 거 아닌가요? 그래요, 안 그래요? 그렇죠, 맞죠? 그래서 전 자비에 씨랑 잔답니다. 그럼 나리는요? 오! 안 돼요. 나리와 자는 건 계약 조항에 없거든요. 게다가 나리는 제 타입도 아니에요!"

그리고 나는 그의 면전에서 웃음을 터뜨렸다.

그는 얼굴이 벌게지고, 두 눈이 분노로 이글이글 타올랐다. 그러나 그는 내가 단단히 무장하고 나선 이 말다툼을 계속하는 것이 자신에게 유리하지 않다고 판단했다. 그는 황망히 서류 가방을 집어 들더니 나의 웃음소리가 울리는 가운데 모습을 감추었다.

다음 날, 나리는 아무것도 아닌 일로 나를 거칠게 질책했다.

나는 격분했다. 마님이 나타났다. 나는 너무나 화가 나 돌아버릴 것 같았다. 우리 세 사람 사이에서 벌어진 언쟁은 너무나 무시무시하고 역겨우므로 나는 그걸 여기서 묘사하는 것을 포기할 수밖에 없다. 나는 그들의 온갖 추잡함과 비열함을 여기에 옮길 수 없는 단어로 비난하고, 자비에 씨가 빌려 간 돈을 돌려줄 것을 요구했다. 그들은 몹시 화가 나서 입에 거품을 물었다. 나는 방석을 하나 집어 나리의 얼굴에 사납게 내던졌다.

"나가! 당장 우리 집에서 나가!"

마님이 손톱으로 내 얼굴을 찢어놓겠다고 위협하며 고래고래 소리를 질렀다.

"널 우리 단체 회원 명부에서 지워버릴 거야! 넌 더 이상 우리 단체 소속이 아냐! 이 미친 년! 갈보 년!"

나리는 서류 가방을 주먹으로 쾅쾅 때리면서 욕설을 퍼부어 댔다.

결국 마님은 내 일주일 치 급료를 공제했고, 자비에 씨가 빌려 간 90프랑은 돌려주기를 거부했으며, 내게 준 헌 옷들도 다 돌려받았다.

나는 소리쳤다.

"당신들은 다 도둑놈이야! 다 뚜쟁이야!"

그러고는 그들을 경찰서와 치안판사에게 신고할 거라고 위협하며 그 집을 나왔다.

"오! 당신들, 험한 꼴 한번 당해보고 싶은가 보지? 어디 두고 보자고요, 사기꾼들 같으니!"

오, 그러나 유감스럽게도 경찰서에서는 이 일이 자기들 소관이 아니라고 주장했다. 치안판사는 나더러 이 일을 그냥 덮으로라고 충고하며 이렇게 설명했다.

"아가씨, 우선은 사람들이 당신 말을 믿지 않을 거예요. 그리고 명심해요. 하인이 주인을 이길 수 있다면, 그 사회가 어떻게 되겠어요? 그러면 사회는 더 이상 존재하지 않을 거예요, 아가씨. 무정부 상태가 되는 거지요."

나는 소송 대리인을 찾아갔다. 그는 대가로 200프랑을 요구했다. 나는 자비에 씨에게 편지를 썼다. 그는 답장을 보내지 않았다. 그래서 나는 가진 돈을 세어보았다. 내게는 3프랑 50상팀과 길거리의 포석鋪石밖에 남아 있지 않았다.

13

11월 13일

하녀들을 위한 일종의 보호 시설인 동시에 직업소개소이기도 한 뇌이이의 노트르담데트랑트시둘뢰르Notre-Dame-des-Trente-six-Douleurs 수녀원이 생각난다. 그곳은 넓은 정원 안쪽에 자리한, 정면이 흰색으로 칠해진 아름다운 건물이었다. 50보 간격마다 성모 마리아 상이 서 있는 정원 안에는 헌금을 모아 새로 지은 작은 예배당이 있었는데, 내부가 화려했다. 키 큰 나무들이 예배당을 둘러싸고 있었다. 한 시간마다 댕그랑댕그랑 종이 울렸다. 종소리를 듣는다는 것은 아주 멋진 일이었다. 그 종소리는 너무나 오래되어서 잊혀버린 것들을 내 마음속에서 일깨웠다. 종이 울리자 나는 두 눈을 감은 채 내가 한 번도 본 적은 없는 듯하지만 즉시 알아볼 수 있는 풍경을, 어린 시절과 젊은 시절의 온갖 변모된 추억들이 배어 있는 무척 평화로운 풍경을, 백파이프를, 그리고 모래톱 가장자리로 펼쳐진 황야 지역을, 축제를 벌이는 사람들의 느린 움직임을 떠올리고 거기에 귀 기울였다. 딸랑 딸랑 딸랑…. 이 종소리는 그다지 유쾌하지 않다. 그건 유쾌함 같은 것이 아니다. 종소리가 울릴 때 내 마음속 깊은 곳은 사랑을 할 때처럼 슬퍼진다. 하지만 나는 종소리를 좋아한다. 파리에서 들리는 것이라곤 지하수를 탐사하는 사람의 뿔피리 소리와 전차의 귀가 멍멍한 나팔 소리뿐이었다.

노트르담데트랑트시둘뢰르 수녀원에서는 지붕 밑에 있는 공동 침실에서 잠을 잤고, 질이 안 좋은 고기와 상한 채소로 변변치 못한 식사를 했으며, 수녀원에 하루에 25수씩 돈을 냈다. 말하자면 우리가 나중에 일자리를 얻었을 때 월급에서 하루 25수씩 계산해 수녀원이 떼어 가는 것이었다. 그러면서도 수녀들은 '무료로 재워주고 먹여준다'고 말했다. 게다가 교도소의 죄수들처럼 아침 여섯 시부터 밤 아홉 시까지 일을 해야 했다. 외출을 한다는 건 불가능했다. 식사와 종교 교육이 휴식 시간을 대신했다. 자비에 씨의 표현을 빌린다면, 수녀들은 결코 진절머리를 내지 않았다. 그리고 그들의 자비는 올가미나 마찬가지였다. 그들은 하녀들을 유인하여 낚은 것이다. 나는 평생 어리석을 것이다. 경험을 통해 얻은 가혹한 교훈과 불행은 내게 아무것도 가르쳐주지 않았고, 내게 아무 도움도 되지 않았다. 나는 항상 소리치고 소란을 떨었지만, 결국 늘 모든 사람의 희생양이 되곤 했다.

다른 하녀들이 노트르담데트랑트시둘뢰르 수녀원의 수녀들에 대해 여러 번 얘기했다.

"백작부인이나 후작부인같이 멋진 사람들만 거기 오는 것 같아. 근사한 일자리를 얻을 수 있을 거야."

나는 그 말을 믿었다. 그리고 힘들 때는 퐁크루아 수녀원에서 보낸 행복했던 시간을 생각하며 위안을 얻곤 했다. 게다가 어딘가에 가 있어야만 했다. 돈 한 푼 없을 때는 자존심을 세우려야 세울 수가 없는 것이다.

내가 그 수녀원에 들어갔을 때 그곳에는 40명 정도의 하녀들이 있었다. 대부분 브르타뉴나 알자스, 남프랑스 등 먼 곳에서 왔는데, 아직 하녀 일을 안 해본 여자들로서 서투르고, 어수룩하고, 안색은 납빛이고, 의뭉스러워 보이고, 눈은 수녀원의 담을 넘어 파리라는 신기루를 보고 있었다. 그 밖의 사람들은 나처럼 일을 그만두고 나온 노련한 하녀들이었다.

수녀들은 내게 어디서 왔는지, 뭘 할 줄 아는지, 자격증 같은 게 있는지, 수중에 돈이 있는지 물었다. 내가 이것저것 좀 과장해서 얘기해주자 그들은 더 이상 캐묻지 않고 이렇게 말하며 나를 받아주었다.

"오, 우리 사랑하는 딸, 우리가 이 딸에게 좋은 일자리를 찾아줍시다."

우리 모두는 그들의 '사랑하는 딸'이었다. 약속된 좋은 일자리를 기다리면서 이 사랑하는 딸들은 각자의 능력에 따라 일을 해야만 했다. 어떤 여자는 요리와 집안일을 했고, 또 어떤 여자는 정원에서 토목공처럼 삽질을 했다. 나는 즉시 바느질을 시작했는데, 보니파스 수녀의 말에 따르면 손가락이 유연하고 분위기가 기품 있어 보여서였다. 나는 우선 부속 사제의 속바지와 그때 예배당에서 피정에 대해 설교하고 있던 성프란체스코회 수도사의 속바지부터 수선했다. 오, 그 속바지들! 결단코 그것들은 자비에 씨의 것과는 하나도 안 닮은 것들이었다. 그러고 나서는 교회와 덜 관련된, 완전히 세속적인 일이 내게 맡겨졌는데, 섬세하고 세련된 속옷을 만드는 이 일을 통해 나는 원래의 내 활동 영역으로 돌아가게 되었다. 나는 수녀원에 관심 있는 자비롭고 부유한 귀부인들이 수녀들에게 주문한 우아한 혼수와 값비싼 배내옷을 만드는 일에 참여했다.

처음에 많은 충격을 받았고, 또 잘 먹지도 못하고, 부속 사제의 속바지를 수선해야 하고, 자유도 별로 없고, 가혹하게 착취당하기도 했지만, 그럼에도 불구하고 나는 이 한적함 속에서, 이 침묵 속에서 실제로 어떤 감미로움을 맛보았다. 나는 너무 깊이 생각하지 않았다. 기도를 하고픈 욕구가 내 마음속에 자리 잡고 있었다. 회한, 혹은 내 과거의 행동에 대한 싫증이 열렬히 회개하라고 나를 부추겼다. 나는 내가 여러 차례 수선해준 더러운 속바지의 주인인 바로 그 부속 사제에게 고해를 했는데, 그래서인지 신실한 신앙심에도 불구하고 내 마음속에서는 무례하고 익살스러운 생각이 떠올랐다. 통통하고,

얼굴이 붉고, 몸가짐과 언어가 세련되지 못하고, 몸에서 늙은 양의 냄새가 나는 이 부속 사제는 정말 이상한 사람이었다. 그는 내게 이상한 걸 물었고, 내가 좋아하는 작가가 누구인지 알고 싶어 했다.

"아르망 실베스트르*의 작품을 읽는다고요? 아! 그는 추잡한 작가인데! 나 같으면 당신에게《모방》대신 그의 작품을 주지는 않을 겁니다. 하지만 그의 책은 위험하지는 않아요. 절대 읽지 말아야 하는 것은 반종교적인 작품이지요. 이를테면 볼테르의 작품들처럼. 볼테르의 작품은 절대 읽으면 안 돼요. 그러면 치명적인 원죄를 저지르게 되니까. 르낭*의 작품도 읽으면 안 되고, 아나톨 프랑스*의 작품도 읽으면 안 됩니다. 그건 다 위험한 작품들이니까."

"그럼 폴 부르제는 어때요, 신부님?"

"폴 부르제? 그 사람은 바른 길을 가고 있어요. 안 된다고 하지는 않겠어요. 읽지 말라고 하지는 않겠습니다. 그러나 그의 가톨릭 신앙은 진지하지가 않아요. 아직은 진지하지 않습니다. 어쨌든 그의 사상에는 여러 가지가 혼합돼 있어요. 당신

- Armand Silvestre(1837~1901). 프랑스의 소설가, 시인, 가극 각본작가, 예술비평가. 외설적인 콩트를 즐겨 썼고 반드레퓌스 진영에 가담했다.
- Ernest Renan(1823~1892). 프랑스의 종교사가, 작가, 철학자. 실증주의와 다위니즘의 영향을 받았고 19세기 후반에 실증주의의 지도자 역할을 했다.
- Anatole France(1844~1924). 프랑스 제3공화국 시기를 대표하는 작가이자 문예비평가. 신랄한 풍자로 유명하며 1921년 노벨 문학상을 받았다. 졸라, 미르보와 함께 드레퓌스 대위의 무죄를 주장하며 반드레퓌스 진영에 맞서 싸웠다.

의 그 폴 부르제가 쓴 책들은 내게 세숫대야 효과를 불러일으
키지요. 그래요, 맞아요, 우리가 아침에 뭐든 씻는 그 세숫대
야. 골고다 언덕의 올리브가 털과 비누 거품 사이에서 떠다니
는 세숫대야. 아직은 기다려야 해요. 위스망스[●]는 노골적이지
요. 너무 노골적이에요. 하지만 전통적 교리에 충실한 작가니
까 뭐."

그리고 그는 이렇게 덧붙였다.

"당신은 몸을 함부로 굴렸지요? 그러면 안 돼요. 결단코! 그
러나 죄를 저지르기 위해 죄를 저지를 거라면 주인이랑 저지
르는 게 낫지요. 주인이 신앙심 깊은 사람이라면요. 혼자서 죄
를 저지르거나, 아니면 자기와 똑같은 신분의 남자와 죄를 저
지르는 것보다는 그게 낫다는 거지요. 그게 덜 심각하니까. 그
러는 게 선하신 신의 감정을 덜 자극하니까. 그리고 아마 주인
들은 사면장을 갖고 있을 거예요. 많은 사람들이 그걸 갖고 있
어요."

내가 자비에 씨와 그의 아버지의 이름을 말하자 그가 소리
쳤다.

"이름은 안 돼요! 난 당신에게 그 사람들 이름이 뭐냐고 묻
지는 않아요. 이름은 절대 말하지 말아요. 난 경찰이 아니까.
게다가 지금 당신이 이름을 밝힌 사람들은 존경할 만하고 돈

● Joris-Karl Huysmans(1848~1907). 프랑스의 소설가, 미술 평론가. 초기에는 졸라
  의 자연주의에 동조했으나, 후기에는 퇴폐적·유미적 경향의 작품을 발표했다.

도 많은 사람들입니다. 매우 종교적인 사람들이지요. 따라서 잘못은 바로 당신이 저지르고 있는 거예요. 도덕과 사회에 저항하는 당신이 잘못하는 거라는 말입니다."

이 우스꽝스러운 대화, 그리고 특히 내가 그 성가시고 너무나 인간적인 모양을 내 마음속에서 지우고 싶어도 지울 수가 없는 그 속바지는 내 종교적 열정과 회개의 열의를 크게 감소시켰다. 그 일 역시 나를 짜증 나게 만들었다. 그 일은 내 직업에 대한 향수를 불러일으켰다. 이 감옥에서 벗어나 화장실의 내밀함 속으로 돌아가고 싶은 욕구가 치밀어 참을 수가 없다. 나는 향기 나는 속옷들로 꽉꽉 차 있는 장롱, 호박단琥珀緞이 부풀어 오르고 만지면 너무나 부드러운 벨벳과 새틴이 바스락거리는 옷장, 그리고 미끈거리는 비누가 황금색 의자 위에서 거품을 내는 욕조를 갈망했다. 그리고 찬방에서 나눈 이야기와 저녁에 계단이나 방에서 벌인 뜻밖의 정사도 생각났다. 정말 이상한 일이다. 하녀로 일할 때는 그런 것들이 나를 역겹게 하고, 하녀 일을 하지 않을 때는 그런 것들이 그리워진다. 일주일 동안 수녀들이 르발루아 시장에서 너무 많이 사와 상해버린 까치밥나무 열매 잼만 먹고 살았을 때도 너무나 질려서 구역질이 났다. 우리 하녀들은 이 성녀들이 쓰레기 더미에서 건져낼 수 있었던 모든 것을 먹어야 했다.

내가 결정적으로 화가 난 것은 수녀들이 너무나 명백하고 뻔뻔스럽게 우리를 지속적으로 착취하기 때문이었다. 그들이 쓰는 속임수는 간단했고, 그들은 그걸 굳이 감추려 하지도 않았다. 수녀들은 자기들에게 도움이 안 되는 하녀들만 취직을 시켰다. 자기들에게 어떤 이익을 가져다줄 수 있는 하녀들은 이 수녀원이라는 감옥에 가두어놓고 그들의 재능과 힘, 그들의 순진함을 이용했다. 기독교적 자비의 절정은, 그들이 자기들에게 돈을 내는 하녀들과 일꾼들을 가질 방법을 알아냈다는 것이다. 이 수녀들은 믿을 수 없을 만큼 파렴치하게, 양심의 가책도 없이, 하녀들에게 일을 시켜서 돈을 번 다음 그들의 보잘것없는 수입과 푼돈에 불과한 저축까지 빼앗았다. 그러면서도 하녀들에게 들어가는 비용은 또 따로 계산해서 다 받아냈다.

나는 처음에는 작은 목소리로, 그다음에는 더 거친 목소리로 불평을 했다. 그러자 그들은 딱 한 번 나를 담화실로 불렀다. 그러나 내 모든 불평에 대해서 그 정숙한 척하는 여자들은 천편일률적인 대답만 했다.

"조금만 더 참아요, 사랑하는 딸. 우리는 당신에게 아주 좋은 집을 소개해주려고 해요, 사랑하는 딸. 당신을 소개할 정말 특별한 집을 찾고 있다고요. 우리는 어떤 집이 당신에게 잘 어울릴지 다 알고 있어요. 그런데 당신에게 찾아주고 싶은, 당신에게 어울릴 만한 그런 집이 아직 안 나타나네요."

여러 날, 여러 주가 흘러갔다. 내게 소개된 집들은 조건이 좋지도 않았고, 내게 어울릴 만큼 특별하지도 않았다. 그러면서 내게 청구될 비용은 계속 쌓여만 갔다.

공동 침실에는 여자 감시인이 있었지만, 생각만 해도 몸이 떨리는 일들이 매일 밤 일어났다. 여자 감시인이 순찰을 마치고 모두가 잠든 것처럼 보일 때면 흰색 유령들이 일어나 닫힌 커튼 아래의 침대 속으로 미끄러져 들어갔다. 그리고 이어서 숨을 죽이고 입 맞추는 작은 소리와 작은 고함 소리, 낮은 웃음소리, 나지막한 속삭임이 들려왔다. 내 친구들은 그다지 부끄러워하지 않았다. 내가 공동 침실 천장의 한가운데 매달려 있는 램프의 희미하고 떨리는 불빛에 비친 격렬하고 서글프고 음란한 장면을 목격한 게 한두 번이 아니었다. 성스러운 여성들인 수녀들은 아무것도 보지 않으려고 눈을 감았고, 아무 소리도 안 들으려고 귀를 막았다. 죄를 저지른 사람은 수녀원에서 내보내야 했으므로 수녀들은 수녀원에서 추문이 발생하는 것을 원치 않았고, 이런 혐오스러운 일이 저질러지는 걸 모르는 척함으로써 그것을 허용했다. 그리고 하녀들에게 청구할 비용은 계속 늘어났다.

내가 더 이상 참을 수 없을 만큼 지독한 권태에 시달리고 있을 때 다행히도 위니베르시테 거리에 있는 집에서 일할 때 알게 된, 내가 클레클레라고 부르곤 했던 클레망스가 수녀원에 들어와 내게 즐거움을 안겨주었다. 클레클레는 장밋빛 안색과 매혹적인 금발의 여성으로 빈틈없고 활발하고 명랑했다! 그녀는 모든 것에 웃었고, 모든 것을 받아들였고, 어디서나 만족해했다. 헌신적이고 충실한 그녀의 단 한 가지 즐거움은 다른 사람들에게 도움이 되는 것이었다. 뼛속까지 타락한 그녀의 방탕은 명랑하고 천진난만하고 자연스러울 뿐 전혀 혐오스럽지 않았다. 그녀는 꼭 나무가 꽃을 피우고 체리나무가 체리 열매를 맺듯 그렇게 방탕을 몸에 담고 다녔다. 예쁜 새의 지저귐을 연상시키는 그녀의 수다는 며칠 동안이나마 나로 하여금 골칫거리를 잊게 해주고 반항을 잠재우게 해주었다. 우리의 침대가 가까이 있어서 우리는 두 번째 날 밤부터 붙어 지냈다. 우리는 무엇을 원했던가? 어쩌면 본보기, 그리고 어쩌면 아주 오래전부터 뇌리를 떠나지 않고 있던 어떤 호기심을 만족시킬 필요. 그건 또한 클레클레가 4년도 더 전에 어느 장군의 부인에게 해고당했을 때부터 갖게 된 강한 집착이기도 했다.

우리가 함께 누워 있던 어느 날 밤, 그녀는 자기가 베르사유의 어느 치안판사 집에 있다가 나왔다고 이상하게 속삭이듯 낮은 목소리로 말했다.

"그 오래된 집에는 동물들밖에 없었어. 고양이들, 앵무새 세 마리, 원숭이 한 마리, 개 두 마리. 그 동물들을 다 보살펴야 하는 거야. 동물들한테야 더 이상 좋을 수가 없지. 우리는 여기서처럼 쓰레기 같은 음식을 먹었는데, 동물들은 남은 닭고기, 크림, 케이크를 먹고 에비앙 물을 마셨다니까! 베르사유에 장티푸스가 유행한다며 그 지저분한 동물들이 에비앙 물만 마셨다고! 그해 겨울에 마님은 뻔뻔스럽게도 내 방에 있는 난로를 떼어다가 원숭이랑 고양이들이 자는 방에 설치했지. 믿어져? 나는 그 동물들을 싫어했어. 특히 개들 중 한 마리를. 코가 검고 납작한 늙은 애완용 개였는데, 내가 아무리 발로 차도 꼭 내 치마 밑으로 기어 들어오는 거야. 그런데 어느 날 아침에 내가 그놈을 때리는 걸 마님이 보게 됐지. 어떤 장면이 펼쳐졌을지, 넌 안 봐도 알 거야. 마님은 그 자리에서 날 쫓아냈어. 오! 그 망할 놈의 개새끼!"

그녀는 터져 나오는 웃음소리를 죽이려고 얼굴을 내 젖가슴 사이에 파묻었다.

그녀가 말을 끝냈다.

"근데 그 개는 인간이랑 똑같은 정욕을 갖고 있었어."

오! 클레클레! 그녀는 정말 재미있고 상냥했다!

하녀들이 얼마나 많은 괴롭힘을 당하는지, 얼마나 집요하게 착취를 당하는지 아무도 모른다. 때로는 주인이, 때로는 직업소개소 직원이, 또 때로는 자선 기관이 그들을 힘들게 만든다. 동료들도 예외는 아니다. 동료들 중에는 정말 비열한 인간도 있기 때문이다. 그리고 아무도 다른 사람에게 관심을 갖지 않는다. 각자 혼자 살아가고, 살이 쪄가고, 자기보다 더 가난한 사람들의 불행을 보며 즐거워한다. 무대도 바뀐다. 배경도 달라진다. 그들은, 서로 다르고 심지어 적대적이기까지 한 사회적 환경들을 통과한다. 하지만 어디 가나 정념은 여전하고, 욕구도 계속된다. 부르주아의 좁아터진 아파트에 가도, 은행가의 사치스러운 저택에 가도, 볼 수 있는 건 똑같은 잡동사니들뿐이고, 부딪치게 되는 건 냉혹함뿐이다. 결국 나 같은 여자가 맞게 되는 결과는, 어디를 가든, 무슨 일을 하든, 미리 패배한다는 것이다. 가난한 사람들이란, 삶의 수확물과 즐거움의 수확물을 키우는 인간 비료나 다름없으며, 부자들은 이 수확물을 추수하여 너무나 잔인하게 우리에게 악용한다.

더 이상 노예 제도는 존재하지 않는다고 사람들은 주장한다. 오! 그런데 이것이야말로 말도 안 되는 억지다. 하인들이 노예가 아니고 뭐란 말인가? 노예 제도가 정신적 비열함, 필연적 타락, 증오를 낳는 반항심을 포함하는 것이라면, 노예 제도는 지금도 분명히 존재한다. 하인들은 악덕을 주인에게 배운다. 순수하고 순진한 상태에서 하인 일을 시작하는 그들은 사람을 타락시키는 습관과 접촉하면서 금세 타락하게 된다. 그들은 오직 악덕만을 보고, 악덕만을 호흡하고, 악덕만을 만진다. 그리하여 그들은 일 분이 지나고 이 분이 지나면서, 하루가 지나고 이틀이 지나면서 악덕에 익숙해진다. 그들은 악덕에 대한 방어책도 갖고 있지 않다. 그 반대로 악덕에 봉사해야 하고, 악덕을 소중히 해야 하고, 악덕을 존중해야 한다. 그리고 저항은, 그들이 악덕을 만족시킬 수 없고, 악덕이 자연적으로 확대되어나가는 것을 가로막는 일체의 속박을 깨뜨릴 수 없다는 사실에서 비롯된다. 아! 이건 정말 놀라운 일이다. 그들은 우리에게 온갖 덕성과 온갖 체념, 온갖 희생, 온갖 영웅적 행동을 요구한다. 그리고 오직 주인들의 허영심을 만족시켜주는 악덕과 그들의 이익에 도움이 되는 악덕만을 요구한다. 이 모든 게 35프랑에서 90프랑 사이인 월급과 멸시를 받기 위한 것이었다. 정말이지 믿을 수 없는 일이다. 우리가 끊임없는 투쟁 속에서, 영원한 불안 속에서, 일하는 집에서의 일시적인 호화 생활과 당장이라도 일자리를 잃을 수 있는 비참한 상황 사이에서 살아가고 있다는 사실을 덧붙이고 싶다. 우리가 어디를 가든지 우리를 지켜보는, 우리가 어디를 가든지 우리 앞에서 문에 빗장을 지르고 서랍을 자물쇠로 단단히 잠그고 병에 표시를 해놓고 쿠키와 자두의 숫자를 세어놓으면서 우리의 손과 호주머니, 트렁크 속을 마치 경찰처럼 유심히 살펴보는 그 모욕적인 의심의 눈초리를 우리가 의식하고 있다는 사실도 덧붙이고 싶다. 왜냐하면 모든 문, 모든 가구, 모든 서랍, 모든 병 등 모든 사물이 우리를 보고 "도둑년이다! 도둑년이다! 도둑년이다!"라고 소리를 지르기 때문이다. 친밀함, 미소, 선물에도 불구하고 우리와 우리 주인 사이에 도저히 건널 수 없는 공간을, 심연을, 음험한 증오와 억제된 욕구와 미래의 복수로 이루어진 어떤 세계를 만들어놓는, 운명지어진 이 엄청난 불평등과 지독한 불균형도 덧붙여야겠다. 이 불균형은 정의도 없고 사랑도 없는, 이 부자라는 사람들의 변덕 때문에, 그리고 심지어 그들의 호의 때문에 시간이 지날수록 더욱더 분명히 느껴지고, 하인들에게 더 큰 수치와 굴욕을 안겨준다. 우리 주인들이 저열하고 역겨운 어떤 것을 표현하기 위해 우리를 인간의 영역 밖으로 너무나 거칠게 내쳐버리는 혐오감을 내비치면서 소리를 지르는 것을 들을 때 우리가 치명적이고 합법적인 증오와 살인의 욕구를 느낄 수도 있다는 사실을 단 한 순간이라도 생각해본 적이 있는가? "그는 하인의 영혼을 갖고 있어. 그것은 하인의 감정이야." 그렇다면 우리는 이 지옥에서 무엇이 되어야만 하는가? 여주인들은 내가 예쁜 옷을 입고, 예쁜 마차를 타고 다니고, 애인이랑 파티를 하고, 하인들을 두는 걸 좋아하지 않는다고 생각하는 것인가? 그들은 우리에게 헌신과 성실함, 충직함을 요구한다. 아! 그러나 우리 하녀들은 이런 것들 때문에 숨이 막혀 죽어버릴 것이다!

캉봉 거리에서 일할 때(오! 나는 정말 많은 집에서 일했다), 주인들이 딸을 결혼시켰다. 파티가 열렸는데, 여기서 이삿짐차를 가득 채울 정도로 많은 선물이 진열되었다. 나는 우스갯소리처럼 남자 하인 바티스트에게 물었다.

"음, 바티스트, 당신 선물은요? 당신이 마련한 선물은 어디 있어요?"

그러자 바티스트는 어깨를 으쓱하며 말했다.

"내 선물?"

"그래요. 말해봐요!"

"불을 붙여 그 사람들 침대 밑에 갖다 놓은 석유통, 바로 그게 내 선물이야."

아주 멋진 대답이었다.

이번에는 그가 물었다.

"당신 선물은 뭐지, 셀레스틴?"

"내 거요?"

나는 두 손을 발톱 모양으로 꽉 쥔 다음 얼굴을 사납게 할퀴는 시늉을 하며 대답했다.

"내 손톱을 그 사람들 눈에 박아 넣는 거요!"

반구형 크리스털 잔에 꽃과 과일을 세심하게 배열하고 있던 주방 하인이 우리가 묻지도 않았는데 차분한 어조로 이렇게 말했다.

"나는 교회에서 그들 얼굴에 황산을 한 병 뿌려주는 걸로 만족하겠어."

그러더니 두 개의 배 사이에 장미 한 송이를 찔러 넣었다.

아, 그렇다! 우리는 얼마나 그들을 사랑했던가? 놀라운 것은, 이 같은 복수가 더 자주 일어나지 않는다는 사실이다. 예를 들어 요리사는 매일매일 주인들의 목숨을 손에 쥐고 있다. 소금 대신 비소 한 줌만 뿌리면, 식초 대신 스트리크닌 한 방울만 떨어뜨리면 모든 게 끝인데! 그런데 그러지 않는 것이다. 우리는 핏속에 노예근성을 갖고 있는 게 틀림없다!

나는 교육을 받은 적이 없다. 나는 내가 생각하고 본 것을 쓴다. 나는 이 모든 것이 아름답지는 않다고 생각한다. 나는 누군가가 어떤 사람을 자기 집에 정착시키면, 비록 그 사람이 아무리 가난하고 평판이 안 좋더라도 그 사람을 보호하고 행복하게 해주어야 한다고 생각한다. 또 나는 주인이 우리를 보호해주지 않고 우리를 행복하게 해주지 않는다면 우리가 그 보호와 행복을 그들의 금고에서, 그리고 그들의 피에서라도 빼앗아 올 권리가 있다고 생각한다.

자, 이 정도면 됐다! 내 머리를 아프게 하고 속을 뒤집어놓는 이런 것들을 생각한 건 잘못이다. 내 사소한 이야기로 다시 돌아가야겠다.

나는 가까스로 노트르담데트랑트시둘뢰르 수녀원을 떠나는 데 성공했다. 클레클레의 사랑에도 불구하고, 그리고 그 사랑이 내게 새로운 감정을 불러일으켰음에도 불구하고 나는 그곳에서 늙어버렸으며, 자유가 몹시 그리웠다. 내가 떠나기로 굳게 마음먹었음을 알게 된 그 친절한 수녀들은 내게 일자리를 여러 군데 소개해주었다. 전부가 나를 위한 일자리였다. 그러나 나는 항상 바보는 아니고, 비열한 짓거리를 가려낼 만한 눈 정도는 가지고 있다. 나는 그 모든 일자리를 다 거절했다. 나는 그 모든 일자리에서 내게 안 맞는 뭔가를 찾아냈다. 그 성스러운 여인들의 표정을 봤어야 하는 건데…. 우스웠다. 그들은 나를 편협한 신앙심을 가진 그 늙은 여자들 집에서 일하게 함으로써 내가 수녀원에서 먹고 잔 비용을 내 월급에서 고리高利로 떼어 갈 수 있을 거라고 계산했을 것이다. 그래서 이번에는 내가 그들을 골탕 먹이기로 했다.

어느 날, 나는 그날 밤에 떠날 생각이라고 보니파스 수녀에게 알렸다. 그러자 그녀는 뻔뻔스럽게도 두 팔을 하늘로 들어 올리며 이렇게 말했다.

"그건 안 돼요, 사랑하는 딸."

"왜 안 된다는 거죠?"

"사랑하는 딸, 당신은 이렇게 수녀원을 떠날 수는 없어요. 당신은 우리에게 70프랑이 넘는 돈을 빚졌어요. 우선 이 70프랑을 내야 해요.”

나는 대꾸했다.

“뭘로 그 돈을 내죠? 난 지금 동전 한 푼 없는데요. 뒤져보시든가요.”

보니파스 수녀는 나를 가증스럽다는 눈길로 힐끗거리더니 엄숙하고 엄격하게 말했다.

“하지만 아가씨, 이게 도둑질이라는 건 잘 알고 있겠지요? 게다가 우리처럼 가난한 여자들에게서 도둑질을 하는 건 도둑질 그 이상의 행동이에요. 이 신성모독 행위를 선하신 신께서 벌하실 거예요. 그러니 잘 생각해봐요.”

그 순간 분노가 나를 사로잡았다. 나는 소리쳤다.

“뭐라고요? 여기서 지금 당신과 나 둘 중에서 누가 도둑질을 하고 있죠? 오, 수녀님들, 정말 기가 막히는군요!”

“아가씨, 그런 식으로 말하면 안 되지요.”

“오! 말도 안 돼! 우리는 당신들의 일을 하고 있어요. 당신들을 위해 아침부터 밤까지 짐승처럼 일을 한다고요! 우리 덕분에 당신들은 큰돈을 벌고 있단 말이에요! 그런데 당신들은 우리에게 개도 안 먹을 음식을 줬어요! 그런데도 우리가 무슨 일이 있어도 돈을 내야 한다는 거예요? 오! 정말 뻔뻔스럽기 짝이 없군요!”

보니파스 수녀의 얼굴이 창백해졌다. 나는 그녀의 입에서 거칠고 상스럽고 격앙된 단어들이 당장이라도 쏟아져 나오려 한다고 느꼈다. 그렇지만 그녀는 감히 그러지 못했다. 그녀가 더듬거리며 말했다.

"입 다물어요! 당신은 수치심도 없고 종교도 없는 사람이에요. 신께서 당신을 벌하실 겁니다. 원한다면 떠나요. 하지만 우리가 당신 트렁크를 압류할 거예요."

나는 도발이라도 하듯 그녀 앞에 똑바로 버티고 서서 그녀의 얼굴을 뚫어져라 쳐다보았다.

"오! 맘대로 한번 해봐요! 내 트렁크를 압류해보라고요! 이제 곧 경찰관이 나타나는 것을 보게 될 테니까. 종교라는 게 당신들의 부속 사제들이 입는 속바지를 수선하고, 불쌍한 하녀들의 빵을 도둑질하고, 매일 밤 공동 침실에서 일어나는 추잡한 일을 당신들에게 유리하게 이용하는 건가요?"

수녀의 얼굴이 파랗게 질렸다. 그녀는 나보다 더 큰 소리로 말하고자 애썼다.

"오, 아가씨!"

"매일 밤 공동 침실에서 일어나는 그 추잡한 일에 대해서 아무것도 모르는 건가요? 그렇다면 내 눈을 똑바로 보고 모른다고 말해봐요! 당신들은 그 일을 오히려 부추기고 있어요! 왜냐하면 우리가 당신들에게 돈을 벌어다 주니까. 그래, 당신들에게 돈을 벌어다 주니까!"

나는 온몸을 떨고 거친 숨을 몰아쉬며 논고를 마쳤다. 목구멍이 타는 듯했다.

"만일 종교가 이 모든 거라면, 만일 종교가 감옥이고 매음굴이라면, 난 종교에 등을 돌리겠어요! 내 트렁크! 난 내 트렁크를 원해요. 지금 당장 내 트렁크 가져와요!"

보니파스 수녀는 잔뜩 겁을 먹은 표정이었다.

그녀가 엄숙한 표정으로 말했다.

"나는 당신 같은 미친 여자랑은 말다툼하고 싶지 않아요. 좋아요, 나가도록 해요."

"내 트렁크 가지고?"

"당신 트렁크 가지고."

"좋아요. 여기서는 자기 소지품을 들고 나가는 데도 허가가 필요하군요. 세관보다 더 고약해."

나는 과연 그날 밤에 바로 수녀원을 떠났다. 너무나도 친절하고 저금해놓은 돈도 좀 있던 클레클레가 20프랑을 빌려주었다. 나는 수르디에르 거리의 여관에 방을 잡았다. 그리고 포르트-생-마르탱 극장의 맨 꼭대기 관람석 표를 샀다. 거기서는 〈두 고아〉를 공연하고 있었다. 그 작품은 거의 내 이야기나 다름없었다.

나는 거기서 즐거운 저녁 시간을 보냈다. 울고, 울고, 또 울면서.

14

로즈가 죽었다. 단연코 불행이 대령의 집을 덮친 것이다. 불쌍한 대령! 흰족제비도 죽고, 부르바키도 죽고, 이제는 로즈의 차례가 온 것이다. 며칠 전부터 시름시름 앓던 그녀는 그저께 저녁에 갑자기 폐충혈 발작을 일으켜 세상을 떠나고 말았다. 오늘 아침 그녀를 땅에 묻었다. 나는 세탁물 보관실의 창문을 통해 장례 행렬이 지나가는 걸 바라보았다. 여섯 명의 남자가 팔로 안고 가는 관은 나이 어린 처녀의 그것처럼 화관과 꽃다발로 뒤덮여 있었다. 엄청나게 많은 조문객들(메닐-루아 주민들이 다 나온 것 같았다)이 긴 검은색 행렬을 이루고 뭔가 열심히 얘기를 나누면서, 군인처럼 꼭 끼는 프록코트를 입고 꽃

꼿한 자세로 걷는 대령의 뒤를 따르고 있었다. 교회 지기가 흔드는 종소리에 멀리서 울리는 교회 종소리가 응답했다. 마님은 장례식에 가면 안 된다고 내게 경고했다. 어차피 그럴 생각도 없었다. 나는 너무나 악의적이었던 이 뚱보 여자를 좋아하지 않았다. 그녀가 죽었지만 나는 아무 관심도 없었고 마음이 흔들리지도 않았다. 그렇지만 언젠가는 로즈가 그리울지도 모른다. 이따금 길에 서 있는 그녀의 존재가 아쉬워질지도 모른다. 식료품점에서는 로즈의 죽음을 두고 또 얼마나 찧고 까불고 할까?

나는 대령이 너무나 갑작스러운 로즈의 죽음에 대해 어떻게 생각하는지 몹시 궁금했다. 주인 내외가 외출 중이었으므로 나는 오후에 산울타리를 따라 천천히 걸었다. 대령의 정원은 왠지 음산해 보였고 아무도 없었다. 땅에 꽂혀 있는 삽을 보니 일을 하다 말았다는 걸 알 수 있었다. 나는 생각했다. '대령은 정원에 안 올 거야. 아마 자기 방에 털썩 주저앉아 추억을 더듬으며 울고 있겠지.' 그런데 별안간 그의 모습이 눈에 들어왔다. 그는 이제 예식용 프록코트를 입고 있지 않았다. 그 대신에 작업복을 걸치고 옛날 경찰 모자를 쓴 채 퇴비를 잔디밭으로 열심히 실어 나르고 있었다. 심지어 그가 콧노래로 나지막하게 행진곡을 흥얼거리는 소리까지 들렸다. 그는 외바퀴 손수레를 버려둔 채 쇠스랑을 어깨에 메고 내 쪽으로 걸어왔다.
그가 내게 말했다.

"만나서 반갑군, 셀레스틴 양."

나는 그를 위로하거나 동정하려고 했다. 그래서 단어와 문장을 찾았다. 그러나 그토록 이상하게 생긴 얼굴 앞에서 감동적인 말을 찾기란 쉽지 않았다. 나는 이렇게 같은 말만 되풀이했다.

"대령님, 정말 불행한 일입니다. 불행한 일입니다. 불쌍한 로즈!"

그가 무기력하게 대답했다.

"그래, 그래."

그의 얼굴에는 표정이 없었다. 그의 제스처는 불분명했다. 그는 쇠스랑으로 산울타리 옆의 무른 땅을 쿡쿡 찌르며 덧붙였다.

"내가 누군가의 도움 없이는 살아갈 수가 없는 사람이라서 더더욱 그렇지."

나는 로즈의 하인으로서의 덕을 강조했다.

"그녀를 대신할 사람을 찾는 게 쉽지 않을 거예요, 대령님."

결단코 그는 전혀 동요하는 것 같지 않았다. 별안간 더 생기있어진 그의 눈과 더 민첩해진 그의 동작을 보니 그가 엄청난 중압감을 떨쳐버린 게 아닌가 하는 생각이 들었다.

그가 잠시 침묵했다가 말했다.

"음! 모든 건 다 대체될 수 있어."

이 체념의 철학에 나는 놀랐고, 심지어 조금 화가 나기까지 했다. 나는 그가 로즈를 잃음으로써 모든 걸 다 잃은 셈이라는 것을 그에게 이해시키려고 애썼다.

"로즈는 대령님의 습관과 취향을 완벽하게 알고 있었어요. 대령님의 기벽奇癖도요. 그야말로 대령님께 헌신적이었지요!"

그가 이를 갈았다.

"흥! 그녀가 안 죽고 아직 살아 있다면 난 더 이상 못 참고 폭발했을걸!"

이렇게 말한 그는 일체의 이의 제기를 거부하는 듯한 동작을 취하며 말을 이었다.

"그녀가 나한테 헌신적이었다고? 당신한테는 사실대로 얘기해주고 싶은데, 사실 나는 로즈에게 질린 사람이야. 그렇고 말고! 우리를 도와줄 소년을 한 명 채용한 뒤부터 그녀는 집 안에서 더 이상 아무 일도 안 했지. 그리고 모든 게 잘못 돌아갔어. 아주 잘못 돌아갔지. 심지어 나는 내 입맛대로 익힌 달걀 반숙도 더 이상 먹을 수 없었어. 그리고 아무것도 아닌 일로 아침부터 밤까지 하루 종일 말다툼이 벌어졌지. 내가 단돈 10수라도 쓸라치면 고래고래 소리를 지르고 비난을 퍼부어대고, 그리고 내가 오늘처럼 이렇게 당신이랑 얘기를 나누면 또 소란을 피워대더군. 그 여자는 질투가 심했거든. 질투의 화신이었지. 아! 그럴 순 없어. 그 여자가 당신을 어떻게 취급했느냐 하면… 그 얘길 당신이 직접 들었어야 하는데. 어쨌든 난 내 집에 있는 게 아니었다니까, 빌어먹을!"

그는 크게 한 번 숨을 내쉬더니, 마치 오랜 여행에서 돌아온 사람처럼 하늘과 정원의 헐벗은 잔디밭, 햇빛을 받으며 서로

얽혀 있는 보라색 나뭇가지들, 그리고 자신의 작은 집을 새삼 스럽게 몹시 즐거운 표정으로 주시했다.

로즈의 추억을 모욕하는 이 즐거움이 이제 내게는 무척 희극적으로 느껴졌다. 나는 대령이 속에 든 이야기를 더 많이 늘어놓도록 자극했다. 나는 나무라듯 말했다.

"대령님은 로즈를 제대로 대우하지 않으시는 것 같아요."

그러자 그가 열을 내며 대꾸했다.

"흠, 그건 너무 당연한 거야! 당신은 잘 몰라. 아무것도 모른다고. 아마 그 여자는 자기가 일으킨 그 온갖 분란과 자신의 독선적인 행동, 질투, 이기적인 행동에 대해서는 당신한테 얘기 안 했을걸. 여기서는 더 이상 아무것도 내 소유가 아니었어. 내 집의 모든 것이 다 그 여자 거였단 말이야. 믿어져? 내 소파, 난 언젠가부터 더 이상 거기 누워보지 못했어. 단 한 번도. 그 여자가 거기 계속 누워 있었으니까. 그 여자는 모든 걸 다 차지했어. 그건 너무나 간단한 일이지. 올리브유를 뿌린 아스파라거스를 더 이상 먹을 수 없었다고 생각하면… 참. 왜냐하면 그 여자가 그걸 안 좋아했거든. 오! 그 여자는 잘 죽었어. 그 여자한테는 차라리 잘된 거야. 나는 그녀를 쫓아내려고 했었거든. 쫓아내려고 했다고! 정말 짜증이 나서 더 이상은 참을 수가 없었어! 지긋지긋했지! 단언하는데, 만일 내가 로즈보다 먼저 죽었다면 그 여자가 속임수를 써서 내 재산을 다 차지했을 거야! 내가 그 여자 앞으로는 아무것도 안 남겨놨거든. 이건 진짜 사실이야!"

그가 미소 짓자 그의 입술이 주름졌다가 마지막에는 심하게 찡그려졌다. 그는 한마디 할 때마다 음습하게 킥킥거리며 말을 이었다.

"내가 그 여자에게 모든 걸 다 준다는, 집도 주고 돈도 주고 연금도 준다는 유언장을 썼다는 건 알고 있지? 그 여자가 분명 당신에게 얘기했을 거야. 만나는 사람마다 다 얘기하고 다녔으니까. 맞아. 그런데 그 여자가 당신한테 얘기 안 한 게 있어. 몰랐으니까. 그게 뭔가 하면, 내가 첫 번째 유언장을 무효로 하고 두 번째 유언장을 다시 작성했다는 거야. 두 번째 유언장은 그 여자한테는 아무것도 안 남기는 것으로 돼 있지. 단한 푼도."

그는 더 이상 참지 못하고 큰 소리로 웃음을 터뜨렸다. 그의 날카로운 웃음소리가 마치 참새들이 짹짹거리며 날아오르듯 정원으로 흩어졌다.

그가 소리쳤다.

"좋은 생각 아니야? 난 아카데미 프랑세즈에 전 재산을 기부했지. 얼마 안 되는 내 재산이 흔적도 없이 사라져버렸다는 걸 알게 된 순간 그 여자가 어떤 표정을 지었을지 상상하면…. 친애하는 셀레스틴 양, 정말이야. 난 재산을 아카데미 프랑세즈에 기부했어. 좋은 생각 아니야?"

나는 그의 웃음이 잠잠해지기를 기다렸다가 심각한 표정으로 물었다.

"대령님, 이제 뭘 하실 거예요?"

대령은 나를 오랫동안, 짓궂게, 사랑스럽게 바라보았다. 그리고 말했다.

"음, 그건 당신에게 달렸지."

"제게 달렸다고요?"

"그래, 당신에게, 절대적으로 당신에게 달렸지."

"그게 무슨 말씀이죠?"

또다시 침묵이 흘렀다. 그동안 그는 장딴지에 잔뜩 힘을 주고 꼿꼿이 선 채 턱수염을 배배 꼬아 뾰족하게 만들면서 나를 유혹의 분위기로 감싸려 애썼다. 그러다가 느닷없이 이렇게 말했다.

"음, 단도직입적으로 말하지. 내가 그래도 군인 출신인데 둘러말할 거 뭐 있나? 로즈의 자리를 맡아줘. 그 자리는 당신 거야."

나는 이 공격을 예상하고 있었다. 그것이 그의 눈 가장 깊숙한 곳에서 시작되는 것을 봤기 때문이었다. 나는 놀라지 않았다. 심각하고 냉정한 얼굴로 그 공격에 맞섰다.

"그럼 유언장은 어떻게 되는 거죠, 대령님?"

"찢어버릴 거야. 암, 그렇고말고!"

나는 핑계를 한 가지 댔다.

"전 요리를 못해요."

"요리는 내가 하지. 내 침대 정리도 내가 할 거고, 당신 침대 정리도 내가 다 할 거야."

그는 대담해지고 쾌활해졌다. 눈에 생기가 넘쳤다. 우리 사이에 산울타리가 있어서 다행이었다. 안 그랬으면 틀림없이 그는 내게 달려들었을 것이다.

그가 쉰 목소리로 소리쳤다.

"요리, 요리, 내가 당신에게 원하는 요리는… 오, 셀레스틴, 난 당신이 그걸 할 줄 안다고 믿어. 요리에 양념 좀 칠 줄 안다고 믿어. 아! 정말 끝내줄 거야!"

나는 냉소적으로 웃으며 마치 어린아이 대하듯 손가락으로 그를 위협했다.

"대령님, 대령님, 음탕하시군요!"

그러자 그가 산울타리 쪽으로 몸을 기울이며 목을 내밀었다. 그의 두 눈에 핏발이 섰다. 그가 낮은 목소리로 말했다.

"셀레스틴, 만일 당신이 우리 집에 오면 음…."

"제가 대령님 집으로 가면 뭐요?"

"음, 그러면 랑레르 부부가 화가 나서 죽으려고 할 거야. 이거 정말 좋은 생각인데!"

나는 아무 말 않고 뭔가 깊은 생각에 잠긴 척했다. 그는 흥분된 표정으로 안절부절못했다. 신발 뒤축으로 연신 산책길의 모래만 파고 있었다.

"이봐, 셀레스틴. 월급은 35프랑, 식사는 주인과 함께 하고, 방도 주인 방 수준의 방을 쓰고, 유언장도…. 이 정도면 괜찮은가? 대답해봐."

"나중에 다시 만나요. 하지만 그동안 다른 사람을 구해보세요!"

나는 이렇게 말하고는, 목구멍에서 으르렁거리는 폭풍 같은 웃음이 그의 얼굴에 휘몰아치지 않도록 자리를 피했다.

그래서 나는 선택에 애를 먹게 되었다. 대령인가? 아니면, 조제프인가? 이런 상황이 의미하는 불확실함을 안고 하녀인 동시에 여주인인 상황에서 살 것인가? 말하자면, 어리석고 거칠고 변덕스러운 남자의 뜻에 따라, 그리고 수없이 많은 힘든 상황과 수많은 편견에 종속되어 살 것인가? 아니면, 결혼을 해 다른 사람들의 통제에서 벗어나고 사건들의 변덕에서 해방된 상황에서 일종의 합법적이고 존경받는 자유를 획득할 것인가? 자, 드디어 나의 꿈 일부가 실현되는구나.

내가 더 웅장한 꿈이 실현되기를 바랄 수도 있다는 건 분명한 사실이다. 그러나 일반적으로 나 같은 여자의 삶에서는 행운이 거의 주어지지 않는다는 사실을 감안하면, 드디어 내게 이 집에서 저 집으로의, 이 침대에서 저 침대로의, 이 얼굴에서 저 얼굴로의 영원하고 단조로운 흔들림이 아닌 다른 그 무엇이 일어났다는 것으로 만족해야 할 것이다.

물론 나는 대령의 계획 따위는 전혀 염두에 두지 않았다. 그와 가장 최근에 나눈 대화를 굳이 떠올리지 않더라도 나는 그가 얼마나 기괴하고 흉포한 사기꾼인지, 얼마나 이상야릇한 인간인지를 잘 알고 있었다. 그는 자신의 육체는 물론 영혼도 장악하지 못했다. 로즈는 이 남자를 확실히 지배한다고 굳게 믿었지만, 그는 그녀를 완벽하게 속였다! 무無를 지배할 수도 없고, 허공에 영향을 미칠 수도 없는 법이다. 이 우스꽝스러운 인물이 나를 껴안고 내가 그를 애무한다는 생각만 하면 여지없이 숨이 막힐 정도로 웃음이 터져 나온다. 심지어 혐오감조차 안 느껴진다. 혐오감은 실현 가능성을 전제로 하는 것이기 때문이다. 그런데 나는 그가 바라는 것이 실현될 수 없다는 확신을 갖고 있다. 혹시 기적이 일어나 내가 그의 침대에 눕는 일이 생긴다 하더라도 분명 내 입은 끊이지 않는 웃음 때문에 그의 입과 항상 떨어져 있을 것이다. 사랑 혹은 쾌락 때문에, 무기력함 혹은 동정심 때문에, 허영심 혹은 관심 때문에 나는 많은 남자들과 잤다. 나는 그게 정상적이고 자연적이고 필연적인 행위라고 생각한다. 나는 그것 때문에 후회를 해본 적도 없고, 거기서 어떤 즐거움을 느끼지 않은 적도 거의 없다. 그러나 대령만큼 비교가 안 될 정도로 우스꽝스러운 남자와 잔다는 건 있을 수 없는 일이다. 어쨌든 육체적으로는 그런 일이 일어날 수가 없다. 나는 그게 자연에 반하는 일이라고 생각한다. 클레클레의 개보다 더 나쁘다고 생각한다. 어쨌든, 그럼에도 불구하고 나는 만족스럽다. 자부심도 느낀다. 비록 저열한 동기에서 비롯된 것이기는 하지만 그래도 그것은 일종의 경의의 표시이고, 내게 바쳐진 이 같은 경의는 나로 하여금 나자신과 나의 아름다움에 대한 믿음을 갖게 한다.

조제프에 대한 내 감정은 이와는 완전히 다르다. 그는 내 마음을 가졌다. 내 마음을 붙잡고, 사로잡고, 따라다녔다. 그는 나를 혼란스럽게 했다가, 매혹했다가, 내게 두려움을 불러일으켰다가 했다. 물론 그는 지독한 추남이지만, 그 못생긴 모습을 분해해보면 그 모습은 거의 아름답다고 할 수 있고, 아름다움 이상이고, 마치 하나의 자연 요소처럼 아름다움을 초월해 있다. 나는, 그의 모든 걸 다 의심해봐야 하고 그에 대해 진짜로 아는 게 전혀 없는 이런 남자와 결혼을 하건 안 하건 같이 산다는 데 따르는 어려움과 위험을 모르지 않는다. 그리고 바로 그 점이 현기증 나도록 강렬하게 나를 그에게로 이끈다. 최소한 그는 아마도 나쁜 짓을 많이 할 수 있는 사람이고, 어쩌면 좋은 일도 많이 할 수 있는 사람이다. 모르겠다. 그는 내게 뭘 원하는 것일까? 나를 어떻게 하려는 것일까? 나는 나 자신도 모르는 사이에 내가 모르는 술책의 도구가 되는 것일까? 그가 품고 있는 광포한 정념의 노리개가 되는 것일까? 그는 나를 사랑하기는 하는 것일까? 사랑한다면, 왜 사랑하는 것일까? 내가 예뻐서? 방탕해서? 영리해서? 편견을 증오해서? 온갖 편견을 공공연히 드러내는 그가? 모르겠다. 낯선 것과 비밀스러운 것에 대한 이 같은 매혹 말고도 그는 나에게 맹렬하고 강력하고 위압적인 힘의 매력을 행사했다. 이 같은 매력은 나에게 점점 더 큰 영향을 미쳤으며, 수동적이고 순종적인 나의 육체를 정복했다. 다른 남자와 접촉했을 때는 결코 흥분하고 열광하지 않던 내 감각이 조제프 옆에 있으면 흥분하고 열광했다. 조르주 씨와의 섹스에 있었던, 살인까지 저지르게 만든 그 욕망보다 더 격렬하고 더 음침하고 더 무시무시한 욕망이 내 안에 자리 잡고 있다. 그것은 내가 정확히 정의할 수 없

386

는 그 무엇으로, 나의 마음과 나의 성기에 의해 나를 완전히 휘어잡고, 내가 몰랐던 본능을, 나도 모르는 사이에 내 안에서 잠자고 있던 본능을, 그 어떤 관능의 흔들림도 깨우지 못했던 본능을 내게 드러내 보여준다. 그리고 조제프가 내게 했던 말을 떠올리면 나는 머리끝부터 발끝까지 몸이 떨린다.

"당신은 나 같은 사람이야, 셀레스틴. 물론 얼굴이 같은 건 아니지! 하지만 우리 두 사람의 영혼은 서로 닮았어. 우리 두 사람의 영혼은 흡사해."

우리의 두 영혼! 그게 가능할까?

내가 느낀 이 감정은 너무나 새롭고 너무나 강압적이고 너무나 집요해서 나를 한시도 가만 놓아두지 않았다. 나는 내 정신을 둔하게 만드는 이 감정의 매혹에 빠져 있었다. 다른 생각에 빠져보려고 애썼지만 소용없었다. 주인 내외가 외출했을 때는 책을 읽거나 정원을 산책하고, 그들이 집에 있을 때는 세탁물 보관실에서 열심히 옷을 수선했지만, 소용없었다! 조제프가 내 마음을 온통 점령한 것이었다. 그는 현재에서도 내 마음을 차지하고 있지만 과거에서도 내 마음을 차지하고 있다. 조제프가 나의 과거와 나 사이에 너무나 자주 개입해서 내 눈에는 오직 그밖에 안 보이며, 그 과거는 못생기거나 매력적인 얼굴들과 함께 점점 더 뒤로 물러나고 퇴색하고 희미해진다. 클레오파스 비스쿠유, 장 씨, 자비에 씨, 내가 아직 얘기하지 않은 윌리엄, 빨갛게 달구어진 인두가 중죄수의 어깨에 흔적을 남기듯 내 영혼에 영원히 지워지지 않을 흔적을 남겨놓은 조르주 씨, 그리고 내가 나 자신을, 떨리는 나의 살을, 나의 고통스러운 마음을 조금, 혹은 많이, 자발적으로, 즐거운 마음으로, 열정적으로 주었던 모든 사람들. 그들은 이미 어렴풋한 형체가 되어버렸다! 이 어렴풋하고 불분명한 형체들은 서서히 사라져 결국은 희미한 추억이 되고, 얼마 안 있어 막연한 꿈이 되었다. 만질 수 없는, 잊힌, 연기가 되어 사라진, 아무것도 아닌 현실. 무無! 이따금 저녁식사를 마치고 부엌에 있을 때 나는 조제프와 범죄의 분위기를 풍기는 그의 입과 눈, 그의 육중한 광대뼈, 그의 짧고 울퉁불퉁하고 불룩 튀어나온 머리를 보면서 생각하곤 했다.

'아냐, 아냐, 이건 있을 수 없는 일이야. 나는 지금 광기에 휘둘리고 있어. 싫어. 이 남자를 사랑하고 싶지 않아. 싫어! 싫어! 이건 있을 수 없는 일이야!'

그렇지만 그건 있을 수 있는 일이었다. 그건 사실이었다. 결국 나는 나 자신에게 고백해야 했다. 나 자신에게 소리쳐 말해야 했다. 나는 조제프를 사랑한다고!

아! 이제 나는 왜 사랑을 조롱하면 안 되는지를 깨달았다. 왜 어떤 여자들이 모든 걸 팽개치고 난폭한 자들에게 키스하려, 괴물들을 껴안으려 달려드는지를, 그리고 왜 히죽히죽 웃는 악마와 염소의 얼굴 위에서 쾌감으로 헐떡이는지를 깨달았다.

조제프는 마님에게서 엿새 동안의 휴가를 얻어냈고, 집안에 일이 있다는 구실로 내일 셰르부르로 떠난다. 분명하다. 그는 그 작은 카페를 살 것이다. 다만 그는 몇 달간은 그 카페를 직접 운영하지 않을 것이다. 거기 있는 믿을 만한 친구가 대신 카페를 봐줄 것이다.

그가 내게 말했다.

"알겠어? 우선 페인트칠을 해야 하고, 수리도 해야 해. 금색 글씨로 '프랑스군 만세!'라고 써서 간판을 새로 달면 아주 멋있을 거야. 아직은 내가 일을 그만둘 수가 없어. 그럴 수가 없어."

"왜요?"

"왜냐하면 지금은 그럴 수가 없으니까."

"그럼 언제쯤 이 일을 완전히 그만두고 떠날 거죠?"

조제프는 목덜미를 긁더니 의뭉스럽게 나를 보며 말했다.

"그건 잘 모르겠어. 최소한 6개월은 더 있어야 될 것 같아. 어쩌면 그 이상이 될지도 모르고. 지금은 모르겠어. 경우에 따라 달라."

나는 그가 말하고 싶어 하지 않는다고 느꼈다. 그렇지만 끈질기게 물었다.

"어떤 경우요?"

그는 대답하기를 망설이다가 뭔가 비밀스러우면서도 좀 흥분된 어조로 대답했다.

"일이 있어서…. 아주 중요한 일이야."

"무슨 일이요?"

"일이 있어. 자, 이제 됐지?"

그는 분노가 아니라 신경질이 느껴지는 목소리로 거칠게 말했다. 그는 더 이상의 설명을 거부했다.

그는 나에 대해서는 얘기하지 않았다. 그래서 나는 놀랐다. 실망하기도 했고 고통스럽기도 했다. 그는 생각을 바꾼 것일까? 나의 호기심과 망설임에 질린 것일까? 그렇지만 나 자신이 성공이나 실패를 함께해야 하는 어떤 일에 내가 관심을 가지는 것은 너무나 당연한 일이다. 그가 꼬마 클레르를 죽였다는 의심을 감추지 못하고 내가 그를 범인으로 지목하자 그가 더 깊이 생각해보고서 나와 결별하기로 결심한 것일까? 가슴이 메어오자, 나는 내가 이미 결심을(그냥 아양을 부리고 짓궂게 구느라 지연되었던 결심을) 하고 있었음을 깨달았다. 자유로워지는 것… 계산대 뒤에 딱 버티고 서 있는 것, 다른 사람들에게 지시하는 것, 수많은 남자들이 나를 쳐다보고 욕망하고 숭배한다는 사실을 아는 것! 이 모든 것이 이루어지지 않는다는 말인가? 그리고 이 꿈이 다른 모든 꿈처럼 내게서 멀어진다는 말인가? 나는 조제프의 머릿속을 들여다보고파 하는 것처럼 보이고 싶지 않았지만, 그가 무슨 생각을 하는지는 알고 싶었다. 나는 슬픈 표정으로 한탄하듯 말했다.

"조제프, 당신이 떠나면 난 이 집에서 더 이상 버티지 못할 거예요. 난 이제 당신에게, 우리의 잡담에 너무나 익숙해져 있어요."

"아!"

"나도 떠날 거예요."

조제프는 아무 말도 하지 않았다. 마구 보관실에서 그저 왔다 갔다 할 뿐이었다. 이마에 수심이 가득했다. 무언가를 골똘히 생각하는 듯했다. 손으로는 푸른색 작업복 주머니에 든 전지용 가위를 조금 신경질적으로 돌리고 있었다. 얼굴 표정이 그다지 좋지 않았다. 나는 그가 왔다 갔다 하는 것을 바라보며 같은 말을 되풀이했다.

"그래요, 떠날 거예요. 파리로 돌아가겠어요."

그는 뭐라고 항의하지도 않았고, 소리를 지르지도 않았고, 애원하는 눈길로 나를 바라보지도 않았다. 꺼져가는 난로 속에 장작을 하나 집어넣었을 뿐이다. 그런 다음 그는 다시 작은 방 안을 아무 말 없이 걷기 시작했다. 도대체 왜 저러는 것일까? 그렇다면 우리의 결별을 받아들이겠다는 것일까? 그걸 원하는 것일까? 나에 대한 믿음, 나에 대한 사랑을 다 버린 것일까? 아니면 그냥 나의 경솔한 언행과 끊임없는 질문을 싫어하는 것일까? 나는 살짝 떨리는 목소리로 물었다.

"우리가 더 이상 서로를 못 보게 된다면 당신은 힘들지 않겠어요?"

걸음을 멈추지도 않고, 나를 곁눈질하지도 않은 채 그가 대답했다.

"당연히 힘들지. 도대체 뭘 원하는 거야? 사람들이 하려고 하지 않는 걸 억지로 하게 만들 수는 없어. 어떤 일을 하고 싶든지, 하고 싶지 않든지, 둘 중 하나야."

"내가 뭘 하려고 하지 않았는데요, 조제프?"

그는 내 질문에 대답하지 않고 하던 말을 계속했다.

"게다가 당신은 항상 나에 대해 안 좋은 생각을 갖고 있어."

"내가요? 왜 나한테 그런 말을 하는 거죠?"

"왜냐하면⋯."

"아니에요, 아니에요, 조제프. 당신은 더 이상 나를 사랑하지 않아요. 지금 당신 머릿속에는 다른 게 들어 있어요. 난 아무것도 거부하지 않았어요. 그냥 생각을 좀 해봤을 뿐이라고요. 그건 너무 당연한 거 아니에요? 평생이 걸린 문제를 생각도 안 해보고 결정할 수는 없잖아요? 당신은 내가 이렇게 망설이는 걸 감사하게 생각해야 할 거예요. 그건 곧 내가 경솔한 여자가 아니고 진지한 여자라는 얘기니까."

"당신은 좋은 여자야, 셀레스틴. 정리정돈을 잘하는 여자."

"그런데요?"

조제프는 결국 걸음을 멈추더니, 여전히 경계하지만 더욱 부드러워진 의미심장한 시선으로 나를 뚫어지게 쳐다보았다.

그가 천천히 말했다.

"그게 아니야, 셀레스틴. 그걸 얘기하는 게 아니야. 당신더러 생각을 해보지 말라는 게 아니야. 암, 그렇고말고! 충분히 잘 생각해봐. 아직 시간이 있으니까. 그 문제에 대해서는 내가 돌아와서 다시 얘기하자고. 하지만 나는 당신이 너무 많은 걸 알고 싶어 하는 건 맘에 안 들어. 여자들이랑은 아무 상관 없는 일들이 있어. 그런 일들이 있다고."

그는 머리를 한 번 끄덕하는 것으로 말을 끝냈다. 그리고 잠시 침묵했다가 말했다.

"내 머릿속에 다른 생각은 없어, 셀레스틴. 난 당신을 갈망해. 당신을 미치도록 좋아해. 이 말은 신이 존재한다는 말만큼이나 진실이야. 나는 언제 어느 때라도 이렇게 말할 수 있어. 그 얘긴 나중에 다시 하도록 할게. 하지만 너무 많은 걸 알려고 해서는 안 돼. 당신은 당신 할 일을 하고 난 내 할 일을 하자고. 그렇게만 하면 잘못될 일도 없고 놀랄 일도 없으니까."

그가 다가와 내 두 손을 잡았다.

"난 돌대가리야, 셀레스틴. 맞아! 그렇지만 그 머리에 들어 있는 건 여전히 그 안에 있고 끄집어낼 수도 없어. 난 당신을 갈망해, 셀레스틴. 당신을 갈망한다고. 작은 카페에서…."

그의 셔츠 소매가 오금까지 똬리처럼 걷어 올려져 있었다. 연접봉連接棒처럼 기름이 칠해진, 포옹을 위해 만들어진 그의 유연하고 엄청난 팔 근육이 하얀 피부 아래서 쾌활하면서도 힘차게 움직였다. 팔뚝과 이두근 양쪽에는 문신이 새겨져 있었다. 화분이 있고, 그 위에 활활 타오르는 심장과 교차된 단도가 있는 문신이었다. 야수와도 같은 강렬한 냄새가 마치 갑옷처럼 넓고 불룩한 그의 가슴에서 올라왔다. 이 힘과 이 냄새에 도취한 나는 조금 전 내가 왔을 때 그가 마구의 구리 부분을 문지르고 있던 작업대에 몸을 기댔다. 잘생기고 좋은 냄새가 났던 자비에 씨나 장 씨, 그리고 다른 남자들도 머리가 작고 얼굴이 잔인한 짐승처럼 생긴 이 중년 남자에게서 풍기는 인상만큼 강렬한 인상을 내게 주지 못했다. 이번에는 내가 그를 껴안았고, 두 손으로 강철처럼 팽팽하고 단단한 그의 근육을 구부리려 애쓰며 낮은 목소리로 말했다.

"조제프, 우리 지금 당장 한 몸이 되어야 해요. 조제프, 나도 당신을 갈망해요. 나도 당신이 미치도록 좋아요."

그러나 조제프는 아버지처럼 근엄한 표정으로 대답했다.

"지금은 그럴 수 없어, 셀레스틴."

"안 돼요! 우리 지금 당장 한 몸이 되어요! 제발, 조제프."

그는 내게서 살그머니 몸을 뺐다.

"그냥 즐기기 위해서라면 그럴 수 있어, 셀레스틴. 맞아. 하지만 진지해야 해. 먼 미래까지 생각해야 한다고. 신중해야 해. 신부님 앞에서 서약하기 전에는 한 몸이 될 수 없어!"

그리하여 우리는 그렇게 마주 서 있었다. 그는 눈이 반짝이고 호흡이 빨라진 채, 나는 머리가 지끈거리고 온몸이 불덩어리가 되어 두 팔을 축 늘어뜨린 채.

15

11월 20일

예정대로 조제프는 어제 아침 셰르부르로 떠났다. 내가 아래
층으로 내려갔을 때 그는 이미 떠나고 없었다. 마리안은 잠이
덜 깨어 부은 눈으로 연신 가래를 뱉어내며 펌프로 물을 푸고
있었다. 부엌의 식탁 위에는 조제프가 방금 먹은 수프 그릇과
다 비운 사과주 술병이 아직 놓여 있었다. 나는 불안하기도 하
고 만족스럽기도 했다. 드디어 오늘부터 내 새로운 삶이 준비
된다고 느껴졌기 때문이었다. 먼동이 트기 시작했고, 공기가
차가웠다. 정원 너머의 들판은 아직 짙게 드리워진 안개 아래
잠들어 있었다. 증기기관차의 아주 희미한 기적 소리가 눈에
안 보이는 먼 골짜기에서 들려왔다. 그건 조제프와 내 운명을

신고 가는 기차였다. 나는 아침 먹는 걸 포기했다. 너무 기름
지고 너무 무거운 무언가가 위를 가득 채우고 있는 듯한 느낌
이 들었다. 기적 소리는 더 이상 들리지 않았다. 안개가 짙어
지면서 정원을 가득 메웠다.

그런데 만약 조제프가 안 돌아오면?

나는 하루 종일 멍하고 날카롭고 극도로 흥분해 있었다. 이
집이 이렇게까지 육중하게 느껴진 적이 없었고, 이 집의 긴 복
도가 이렇게까지 음침해 보이고 차가운 침묵에 잠겨 있는 것
처럼 보인 적이 없었다. 마님의 심술궂은 얼굴과 날카로운 목
소리를 이렇게까지 증오해본 적도 없었다. 일하는 게 불가능
할 정도였다. 나는 마님과 대판 싸웠고, 싸움이 끝났을 때 내
가 떠나야만 한다고 굳게 믿었다. 그러면서 조제프 없이 엿새
동안 뭘 해야 하나 생각했다. 마리안과 단둘이 식사를 해야 한
다는 게 싫었다. 함께 얘기를 나눌 누군가가 반드시 필요했다.

밤이 되면 마리안은 대부분 알코올의 영향으로 완전히 우
둔한 상태가 되어버렸다. 그녀의 뇌는 마비되고, 혀는 끈적거
리고, 입술은 마치 오래된 우물의 닳고 닳은 테두리 돌처럼 반
짝거렸다. 그녀는 슬프다며 질질 짰다. 내가 그녀에게서 얻어
낼 수 있는 것이라곤 불평과 고함, 가냘픈 울음소리뿐이었다.
그렇지만 어젯밤에 그녀는 평소보다 덜 취한 상태에서 끊임
없이 신음 소리를 내며 임신해서 무섭다고 털어놓았다. 마리
안이 임신을 하다니! 정말 어처구니없는 일이었다! 내가 보인

첫 번째 반응은 웃는 것이었다. 그러나 이내 나는 격렬한 고통을, 채찍이 명치를 후려치는 것 같은 고통을 느꼈다. 마리안이 조제프의 아이를 밴 건 아닐까? 내가 여기 처음 온 날 두 사람이 동침하는 사이일지도 모른다고 의심했던 게 기억났다. 그러나 이후 이 어리석은 의심을 증명할 만한 단서는 하나도 나오지 않았다. 오히려 반대였다. 아니다, 아니다, 그건 있을 수 없는 일이다. 조제프가 마리안과 애정 관계를 맺었다면 내가 모를 리가 없다. 벌써 냄새를 맡았을 것이다. 아니다, 그게 아니다. 그럴 수가 없다. 게다가 조제프는 그 방면에서는 탁월한 실력을 가진 기술자다. 나는 물었다.

"임신한 게 확실해요, 마리안?"

마리안은 자기 배를 만졌다. 그녀의 굵은 손가락이 마치 푸석푸석한 고무 방석을 만질 때처럼 배의 주름 사이에 파묻혀 사라졌다.

"확실하냐고? 몰라. 그냥 무섭기만 해."

"누구 애인 거 같아요, 마리안?"

그녀는 대답하기를 망설이다가 별안간 자부심 같은 것을 보이며 대답했다.

"나리!"

이번에는 내가 숨이 넘어가도록 웃었다. 이 양반 참 가지가지 하는군! 마리안은 내가 감탄스러워서 웃은 걸로 잘못 생각하고 자기도 따라 웃기 시작했다.

그녀가 같은 말을 되풀이했다.

"그래, 나리의 아기야!"

그런데 어떻게 나는 아무런 눈치도 못 챘을까? 세상에! 너무나 희극적인 이런 일이 말하자면 내 눈앞에서 벌어졌는데 나는 아무것도 못 보고 의심도 안 했다니? 나는 마리안에게 질문을 퍼부었다. 그러자 마리안은 거드름을 피우며 만족스러운 표정으로 대답했다.

"두 달쯤 전에 내가 세탁실에서 점심 먹은 거 설거지를 하는데 나리가 들어왔어. 네가 이 집에 온 지 얼마 안 됐을 때였지. 나리가 계단에서 너랑 뭔가 얘기를 나눈 직후였어. 나리가 성큼성큼 걸어오더라고. 거친 숨을 몰아쉬면서, 두 눈이 벌게지고. 나는 나리가 금방이라도 뇌출혈로 쓰러질 줄 알았어. 그는 아무 말 없이 내게 덤벼들었어. 나는 그가 뭘 하려는 것인지를 잘 알고 있었지. 나리가 어떤 사람인지 잘 알지? 나는 감히 저항할 수가 없었어. 그리고 여기서는 그런 기회도 거의 없잖아? 한편으로는 놀라웠지만 또 한편으로는 좋았어. 그러고 나서부터는 나리가 날 자주 찾아왔지. 나리는 아주 상냥하고 다정한 사람이야."

"아주 음탕하지는 않나요, 마리안?"

그러자 그녀는 도취한 듯한 눈으로 한숨을 쉬며 대답했다.

"오, 맞아! 참 괜찮은 남자야! 정말!"

살갗이 늘어진 그녀의 통통한 얼굴이 계속 짐승처럼 웃고 있었다. 기름과 석탄으로 더럽혀진 단정치 못한 푸른색 상의 아래로 보이는 그녀의 엄청나게 큰 젖가슴이 들어 올려졌다가 좌우로 흔들렸다가 했다. 나는 다시 물었다.

"어쨌든 만족스러워요?"

"그래, 정말 만족스러워. 만족스러운 것 같아. 이 나이에, 더 이상 아기를 가질 수 없다는 게 확실하다면 그것처럼 슬픈 일이 어디 있겠어?"

나는 최선을 다해 그녀를 안심시켜주었다. 그녀는 내가 뭐라고 얘기할 때마다 고개를 끄덕였다. 그녀가 말했다.

"그래도 골치 아픈 일을 안 당하려면 내일 구앵 부인을 만나러 가야지."

나는 이 불쌍한 여인이 정말 측은하게 여겨졌다. 아! 그녀는 얼마나 우울하고 애처로운가! 도대체 앞으로 그녀에게 어떤 일이 일어날까? 사랑을 하는데도 그녀가 기쁨으로 빛나지 않는다는 건, 우아해지지 않는다는 건 놀라운 일이 아닐 수 없다. 아무리 못생긴 여자도 성적 쾌감을 느끼면 얼굴 주위에 생기게 마련인 그 빛의 후광이 그녀에게서는 보이지 않았다. 그녀는 여전히 무겁고, 축 늘어지고, 뭉실뭉실했다. 그렇지만 나는 아주 오랫동안 남자의 애무를 못 받은 그녀의 부풀어 오른 살덩어리에 분명 생기를 불어넣었을 그 행복감이 나에게서 비롯되었다는 사실에 기쁨을 느꼈다. 내가 나에 대한 그의 욕망을 자극했기 때문에 그가 이 불쌍한 여인을 찾아가 파렴치하게 그것을 충족시켰으니 말이다. 나는 그녀에게 다정하게 말했다.

"조심해야 해요, 마리안. 두 사람이 함께 있는 걸 혹시 마님이 보면 무슨 일이 벌어질지 몰라요."

그러자 그녀가 소리쳤다.

"아! 위험하지는 않아! 나리는 마님이 외출했을 때만 오거든. 게다가 오래 있다 가지도 않아. 만족했다 하면 가버려. 세탁실에는 작은 마당 쪽으로 난 문이 있고, 작은 마당에는 골목으로 난 문이 있어. 작은 소리만 들려도 안 들키고 도망칠 수 있지. 만일 우리 두 사람이 그러고 있는 걸 마님이 보면 어떻게 되는데?"

"마님이 당신을 쫓아낼 거예요, 마리안."

"그럼 어쩔 수 없지, 뭐!"

나는 잠시 침묵하면서 세탁실에 함께 있는 두 사람의 모습을, 그 불쌍한 두 사람의 모습을 떠올려보았다.

"나리는 다정하게 대해줘요?"

"물론 다정하게 대해주지."

"이따금 상냥한 얘기도 해주고 그래요? 뭐라고 그래요?"

마리안이 대답했다.

"나리는 나타나자마자 내게 덤벼들어. 그리고 말하지. '오! 빌어먹을! 오! 빌어먹을!' 그러고는 거친 숨을 몰아쉬어. 거친 숨을. 아! 그는 정말 사랑스러워!"

나는 좀 무거운 마음으로 식당에서 나왔다. 이제 나는 더 이상 마리안을 비웃지 않으며, 비웃고 싶지도 않다. 내가 그녀에게 느꼈던 동정심은 고통스럽기까지 한 진짜 연민으로 바뀌었다.

그러나 내가 특히 측은하게 여긴 것은 나 자신이었다. 내 방으로 돌아오면서 나는 크게 낙담했고 일종의 수치심에 사로잡혔다. 사랑에 대해서는 결코 깊이 생각하지 말아야 할 것이다. 사랑이란 얼마나 슬픈 것인지! 사랑에서 남는 게 도대체 뭔가? 우스꽝스러움이, 씁쓸함이 남는다. 혹은 전혀 아무것도 안 남는다. 벽난로 위의 붉은색 벨벳으로 만들어진 액자 안 사진에서 으스대고 있는 장 씨에게서 이제 내게 남은 게 뭔가? 내가 인정머리 없고 거만하고 바보 같은 남자를 사랑했다는 실망감 말고는 아무것도 없다. 내가 도대체 어떻게 겉멋만 부리는 이 남자를, 허여멀겋고 병적인 얼굴을 가진 이 남자를, 위는 좁고 아래는 넓은 구레나룻을 기르는 이 남자를, 이마 한가운데 가르마를 탄 이 남자를 사랑할 수 있었을까? 이 사진은 나를 짜증 나게 만들었다. 나는 늘 한결같이 거만하고 비열하고 천한 인간의 시선으로 나를 바라보는 그 바보 같은 두 눈을 더 이상 내 앞에 둘 수가 없다. 오, 싫다! 이 사진은 내가 점점 더 혐오스러워하는 이 과거를 즐거움의 불과 회백색의 재로 만들기를 기다리며 내 트렁크 바닥에서 다른 사진들과 만나게 될 것이다.

그리고 나는 조제프를 생각했다. 지금 이 시간에 그는 어디 있을까? 뭘 하고 있을까? 나만 생각하고 있을까? 분명 그는 그 작은 카페에 있을 것이다. 그는 관찰하고, 얘기를 나누고, 방책을 모색하고, 거울 뒤쪽의 계산대에 선 내가 여러 색깔의 술잔과 술병의 눈부심 속에서 어떤 효과를 낳을지를 상상해 보고 있을 것이다. 나는 나를 정복했듯이 셰르부르를 왔다 갔다 하면서 정복하는 조제프의 모습을 상상할 수 있도록 그 도시와 그 도시의 길거리, 그 도시의 광장, 그 도시의 항구를 알고 싶었다. 나는 침대 위에서 몸을 연신 뒤척였다. 나의 생각은 라룡 숲에서 셰르부르로, 클레르의 시신에서 작은 카페로 옮겨 갔다. 고통스러운 불면에 시달리던 나는 결국 눈앞에 어른거리는 투박하고 엄격한 조제프의 모습과 함께, 저 멀리 흰색 돛과 빨간색 활대가 지나가고 물결이 출렁거리는 검은색 배경 위로 뚜렷이 드러나는 조제프의 변하지 않는 모습과 함께 잠이 들었다.

오늘 일요일, 나는 오후에 조제프의 방에 갔다. 두 마리 개가 끈질기게 나를 따라다녔다. 그들은 조제프가 어디 있느냐고 내게 묻는 듯했다. 작은 철제 침대에다가, 큰 옷장 하나, 나지막한 서랍장 하나, 탁자 하나, 의자 두 개가 있었고, 이 모든 것이 다 흰색 목재로 되어 있었다. 긴 봉 위에서 움직이는 초록색 순면 능직 커튼에 의해 먼지가 끼지 않도록 보호되고 있는 외투 걸이도 가구들 중 하나였다. 방이 호화롭지는 않지만 정리정돈이 잘되어 있었고, 또 먼지 하나 없이 깨끗했다. 꼭 수도원에 있는 수도사의 방처럼 엄격하고 근엄한 분위기를 풍겼다. 석회를 칠한 벽에는 데룰레드의 초상화와 메르시에 장군의 초상화 사이에 액자에 넣지 않은 성화들이 걸려 있었다. 성모 마리아, 동방 박사들의 경배, 죄 없는 자들의 학살, 천국의 모습. 침대 위쪽에는 검은색 나무로 된 커다란 십자고상十字苦像이 걸려 있었는데, 성수반으로 쓰이는 이 십자고상을 축성된 회양목 나뭇가지가 보강하고 있었다.

이 모든 것은 분명 우아하지는 않았다. 나는 조제프의 비밀을 일부나마 발견할 수 있으리라는 다소 막연한 희망에서, 그 방을 마구 뒤지고 싶은 격렬한 욕망에 저항할 수가 없었다. 그 방에서는 어느 것 하나 신비스럽지 않았고, 어느 것 하나 감추어져 있지 않았다. 그것은 일체의 분규와 사건으로부터 벗어나 순수한 삶을 살고 있는 비밀 없는 남자의 수수한 방이었다. 가구들과 붙박이장에는 열쇠가 꽂혀 있었다. 서랍도 잠겨 있는 게 하나도 없었다. 책상 위에는 씨앗 봉지들과 《훌륭한 정원사》라는 책이 놓여 있었다. 벽난로 위에는 책장들이 노랗게 바랜 기도서가 놓여 있었고, 또 왁스와 농업용 살균제로 쓰이는 보르도 액液을 만들기 위한 여러 가지 처방, 니코틴과 녹반綠礬의 배합 용량이 적힌 작은 수첩이 놓여 있었다. 어디에도 편지는 없었다. 회계 장부도 눈에 띄지 않았다. 사업이나 정치, 가족, 사랑과 관련해 편지를 나눈 흔적은 일체 보이지 않았다. 장롱 안에는 이제는 안 신는 신발들과 새부리 모양의 낡은 물뿌리개들 옆에 소책자와 《라 리브르 파롤》신문이 산더미처럼 쌓여 있었다. 침대 밑에는 쥐덫이 감춰져 있었다. 나는 옷가지와 매트리스, 속옷, 서랍 등 모든 걸 만져보고 뒤집어보고 비워냈다. 다른 건 아무것도 없었다. 장롱 안에 들어 있는 건 하나도 바뀌지 않았다. 여드레 전에 조제프가 있을 때 내가 정돈했던 그대로였다. 조제프가 아무것도 갖고 있지 않다는 게 정말 가능한 일일까? 한 남자의 취향과 열정, 생각을 드러내는 그 수많은 내밀하고 친숙한 것들을, 한 남자의 삶을 지배하는 것들의 일부를 그가 갖고 있지 않다는 게 정말 가능한 일일까? 아! 어쩌면⋯. 나는 종이에 싸서 끈을 네 번 둘러 단단히 묶어놓은 담뱃갑을 장롱 밑바닥에서 끄집어냈다. 겨우겨우 매듭을 풀어 담뱃갑을 열어봤더니 그 속에는 축성 메달 다섯 개와 은으로 된 작은 십자가 한 개, 붉은색 묵주 한 개가 들어 있었다. 여전히 종교와 관련된 것들이었다.

수색이 끝나자 나는 내가 찾던 걸 단 하나도 발견하지 못했다는 것에, 내가 알고 싶어 했던 것을 단 한 가지도 발견하지 못했다는 것에 짜증도 나고 화도 나서 그 방에서 나왔다. 분명 조제프는 자신이 만지는 모든 것을 꿰뚫고 들어가기 어렵게 만들어놓았다. 그가 소유하고 있는 물건들은 그의 입과 마찬가지로 말을 안 하며, 그의 눈이나 이마와 마찬가지로 뚫고 들어갈 수가 없다. 그의 수수께끼 같은 얼굴이 히죽히죽 웃었다가 퉁명스러워졌다가 하면서 그날 내내 내 앞을 떠나지 않았다. 그가 내게 이렇게 말하는 것이 들리는 듯했다.

"당신은 정말 호기심이 많군. 아! 내 속옷도 뒤지고, 내 트렁크도 뒤지고. 끝내는 내 영혼도 뒤지겠군. 하지만 거기서 아무것도 발견하지 못할 거야!"

나는 그 모든 것을 더 이상 생각하고 싶지 않았고, 조제프도 더 이상 생각하고 싶지 않았다. 머리가 너무 아파서 돌아버릴 것 같았다. 나의 회상으로 돌아가자.

뇌이이의 수녀원에서 나오자마자 나는 다시 직업소개소의 지옥으로 떨어졌다. 더 이상은 직업소개소를 이용하지 않겠다고 굳게 다짐했었지만, 빵 한 조각 살 돈조차 없이 길거리에 나앉으면 방법이 없지 않은가? 친구들, 옛 동료들? 그들은 대답조차 하지 않았다. 신문 광고? 광고비가 만만치 않았다. 계속해서 편지를 주고받아야 했고, 아무것도 아닌 일로 골치를 썩여야 했다. 그리고 위험도 따랐다. 어쨌든 선불을 좀 받아야만 했다. 클레클레가 빌려준 돈은 내 손에서 흔적도 없이 금방 사라져버렸다. 매춘을 해볼까? 길거리에서 손님을 물색해볼까? 나보다 더 가난한 남자를 집으로 데려간다고? 아, 안 돼! 쾌락을 위해서 매춘을 한다고? 그건 그럴 수도 있다. 아니면, 돈 때문에? 그럴 수는 없다. 모르겠다. 난 늘 희생양이다. 심지어 나는 방세와 식비를 내기 위해 내게 아직 남아 있던 작은 보석 몇 점을 전당포에 맡겨야만 했다. 결국 빈곤은 고리대금업자의 사무실과 인간 착취로 이어진다.

아! 직업소개소는 더러운 속임수를 쓰는 곳이다. 우선은 등록비로 10수를 내야 한다. 그러고 나면 안 좋은 일자리를 얻는 작은 행운을 갖게 된다. 이 허술하고 엉망인 소개소들에는 나쁜 일자리가 넘치는데, 말하자면 애꾸눈 암소와 앞 못 보는 암소 정도의 차이가 있을 뿐 다 고만고만하게 나쁜 일자리들이

다. 지금은 쥐뿔도 없는 여자나 다 쓰러져가는 식료품점 여주
인도 하녀를 두고 백작부인 흉내를 내고 싶어 한다. 참 딱하기
도 하다! 논의와 모욕적인 조사와 더 모욕적인 흥정을 거쳐 탐
욕스러운 부르주아들 중 한 사람과 합의를 본다 해도 1년 치
급료의 3퍼센트를 직업소개소에 줘야만 한다. 직업소개소가
구해준 집에서 겨우 열흘밖에 일을 안 한다 해도 어쩔 수가 없
다. 열흘을 일하든, 1년을 일하든, 직업소개소와는 상관이 없
다는 것이다. 칼같이 계산해 수수료를 챙겨 간다. 오! 직업소
개소는 아주 요령이 좋다. 하녀들을 어디로 보낼지를 알고, 하
녀들이 얼마 지나지 않아 다시 돌아오리라는 것을 안다. 그래
서 나는 4개월 반 만에 일곱 군데를 옮겨 다녔다. 우울함의 연
속이었다. 노역장보다 더 고약해서 도저히 일할 수 없는 집들
이었다. 나는 7년 치 월급의 3퍼센트에 해당하는 돈을 직업소
개소에 지불해야만 했다. 즉 등록비 10수에 더하여 90프랑을
줘야만 했다. 그런데 뭐 하나 이루어진 건 없고, 모든 걸 다시
시작해야만 했다. 과연 이게 정당한가? 이거야말로 비열한 도
둑질 아닌가?

　도둑질? 어디를 봐도 보이는 건 온통 도둑질뿐이다. 물론 가
진 게 아무것도 없는 사람들이 모든 걸 가진 사람들에게 가장
많이 도둑질을 당한다. 하지만 어쩌겠는가? 화도 내보고 저항
도 해보지만, 결국은 길거리에서 개같이 죽어가느니 차라리
도둑을 맞는 게 낫다고 생각해버린다. 이 세상이 정말 잘못됐
다는 건 확실한 사실이다. 옛날에 불랑제 장군*이 성공을 거

됐어야 하는데, 정말 유감이다! 적어도 그 장군은 하인들을 사랑했을 것 같다.

내가 어리석게도 등록을 했던 직업소개소는 콜리제 거리에 있는 어느 건물의 4층에 자리 잡고 있었다. 마당 안쪽에 있는 이 건물은 노동자들의 집처럼 어둡고 매우 노후한 곳이었다. 입구를 지나자마자 나타나는 계단은 좁고 가팔랐으며, 계단의 단段 하나하나가 얼마나 더러운지 구두 바닥에 달라붙는 것 같았고, 손을 끈적끈적하게 만드는 축축한 난간을 잡는 순간 얼굴에 악취 나는 공기가 훅 느껴지고 납 냄새, 화장실 냄새가 확 풍기면서 절망감이 들었다. 깔끔한 척하고 싶지는 않지만, 나는 그 계단을 보기만 해도 구역질이 나고 두 다리가 저려오면서 당장 거기서 도망치고픈 미칠 듯한 욕구에 사로잡혔다. 길을 걸어오면서 품었던 희망은 이 끈적끈적하고 갑갑한 분위기와 더러운 계단, 점액으로 뒤덮인 애벌레들과 두꺼비들이 금방이라도 기어 나올 것처럼 물이 배어나오는 벽에 억눌려 즉시 사라져버렸다. 아름다운 부인들이 이 지저분하고 비위생적인 건물을 찾아온다는 게 이해가 안 됐다. 솔직히 그들은 혐오감을 모른다. 지금 이 아름다운 부인네들로 하여금 혐오감

● Georges Boulanger(1837~1891). 프랑스의 군인. 국방장관에 취임한 후 대독對獨 강경 정책을 펴고 군비 강화와 군대 제도의 개혁을 주장하여 대중적인 인기를 누렸다. 1889년 왕정 부활을 꾀하려 쿠데타를 일으켰으나 실패하고 브뤼셀에 망명한 후 자살했다.

을 느끼게 하는 건 뭘까? 그들은 가난한 사람을 도와주러 이런 곳에 가는 게 아니라 하녀를 괴롭히러 갈 것이다.

이 소개소는 폴라-뒤랑 부인이 운영하는 곳이었다. 45세쯤 된 이 키 큰 여자는 살짝 구불거리는 새까만 머리에 앞가르마를 탔고, 탄력이 많이 없어진 살을 코르셋으로 꽉 죄었지만 아름다움의 흔적을 여전히 간직하고 있었으며, 위풍당당했다. 그리고 눈이 하나였다! 세상에! 그러나 그녀는 즐겁게 살았음이 틀림없다! 언제나 검은색 호박단 원피스를 입어 근엄하면서도 우아해 보이는 모습, 풍만한 젖가슴까지 내려뜨린 긴 금 목걸이, 목에 두른 갈색 벨벳 목도리, 핏기가 거의 없는 손으로 인해 그녀는 정말 완벽할 정도로 품위 있어 보였고, 조금 고결해 보이기까지 했다. 그녀는 시청 말단 공무원인 루이 씨와 동거하고 있었다. 우리는 그의 이름만 알았지 성은 몰랐다. 그는 정말 이상한 사람이었다. 지독한 근시에, 몸짓이 작고 항상 말이 없었으며, 닳아 해진 너무 짧은 회색 웃옷을 입은 모습이 매우 어색해 보였다. 우울해 보이고, 소심하고, 아직 젊은 나이인데도 허리가 굽은 그는 행복해 보이지 않고 체념한 듯이 보였다. 그는 우리에게 감히 말을 걸지도 못했고, 심지어 우리를 쳐다보지도 못했다. 직업소개소 여주인이 맹렬히 질투했기 때문이었다. 서류 가방을 겨드랑이에 끼고 들어온 그는 모자를 조금 치켜 올리는 것으로 우리에게 인사를 할 뿐 우리를 향해 고개도 못 돌리고 다리를 약간 끌며 마치 유령처럼 복도로 미끄러져 들어갔다. 이 불쌍한 남자는 금방이라도 쓰러질 것처럼 기진맥진해 있었다! 루이 씨는 밤이면 편지를 쓰고 책을 읽는 등등의 일을 했다.

폴라-뒤랑 부인은 폴라라고도 불리지 않았고, 뒤랑이라고도 불리지 않았다. 그녀는 서로 너무 잘 연결되는 이 두 이름을 지금은 죽고 없지만 과거에 같이 살았으며 직업소개소를 열 돈을 그녀에게 남겨준 두 남자에게서 따온 것 같다. 그녀의 진짜 이름은 조제핀 카르프였다. 직업소개소를 운영하는 많은 여자들처럼 그녀도 하녀 출신이었다. 거드름 피우는 태도와 하녀 일을 할 때 배운 귀부인들의 몸짓을 흉내 내는 것을 보면 한눈에 그 사실을 알 수 있었고, 검은색 비단옷과 금 목걸이에도 불구하고 그녀에게서는 열등한 태생의 땟국이 훤히 드러나 보였다. 그녀는 전직 하녀들이 그렇듯 무례하고 거만했지만 그건 오직 우리 하녀들을 대할 때의 얘기였고, 반대로 자신의 여성 고객들에게는 비굴하게 느껴질 정도로 과하게 예의를 갖췄는데, 이것도 고객의 사회적 지위와 재산에 따라 정도가 달랐다.

그녀가 선웃음을 치며 백작부인에게 말했다.

"아, 정말 요즘 하녀들이란! 온통 사치스러운 하녀들뿐이에요. 요즘 하녀들은 아무것도 안 하려고 한답니다. 생전 일도 안 하고, 정직성이나 도덕성도 보증할 수가 없죠. 자기 직업을 잘 알아서 일도 하고 바느질도 하는 하녀들은 이제 없어요. 전 그런 하녀들을 몰라요. 그런 하녀들을 아는 사람은 아무도 없답니다. 요즘은 그래요!"

하지만 그녀의 사무실에는 늘 고객들이 바글거렸다. 그녀에게는 샹젤리제 구역의 고객이 특히 많았는데, 대부분이 외국인과 유대인이었다. 아! 거기서 그들과 관련된 여러 가지 일이 있었다!

문을 열면 복도가 나왔고, 복도를 따라가면 폴라-뒤랑 부인이 검은색 비단옷 차림으로 자리 잡고 있는 응접실이 나왔다. 복도 왼쪽에는 어두운 구멍처럼 생긴 곳이 있었는데, 그곳은 둥그런 장의자가 몇 개 있고 그 장의자들 한가운데에 퇴색한 붉은색 서지serge 천이 덮인 탁자가 놓인 넓은 대기실이었다. 다른 건 아무것도 없었다. 대기실을 밝히는 건 오직 사무실과 대기실을 분리시키는 칸막이 위쪽에 세로로 들어가 있는 좁은 유리 한 장뿐이었다. 그림자보다 더 음산하게 느껴지는 빛이 이 유리에서 떨어져 내려 사물들과 인간들을 희미한 빛으로 살짝 칠했다.

우리 하녀들과 요리사들, 정원사들과 남자 하인들, 마부들과 주방 하인들은 매일 오전과 오후에 이곳에 가서 함께 우리의 불행에 대해 얘기하고, 주인이 어떤 사람일까 추측하고, 우리를 구해줄 꿈처럼 아름다운 일자리에 보내지기를 바라며 시간을 보냈다. 몇몇 사람은 책이나 신문을 들고 와서 열심히 읽었다. 편지를 쓰는 사람들도 있었다. 때로는 즐겁고 또 때로는 서글픈 우리의 시끌벅적한 대화는 흔히 폴라-뒤랑 부인이 갑작스럽게 들이닥치면서 끝나곤 했다.

그녀는 이렇게 소리쳤다.

"그만 좀 떠들어! 너무 시끄러워서 응접실에서 무슨 얘기를 할 수가 없잖아!"

아니면 찢어지는 목소리로 누구를 부르기도 했다.

"잔 양!"

잔 양이 일어나 머리를 살짝 매만진 다음 폴라-뒤랑 부인을 따라 사무실로 갔다가, 몇 분 뒤에 경멸스럽다는 듯 입술을 찡그리며 나왔다. 그녀가 들고 온 추천장으로는 충분하지 않다는 것이었다. 그들에게는 대체 뭐가 필요한 거지? 몽티옹 상장*이라도 있어야 하는 건가? 장미관*을 받았다는 증명서라도 필요한 거야?

또는 원하는 월급 액수가 서로 안 맞는 경우도 있었다.

"오! 젠장! 정말 깐깐한 여자야! 자기가 직접 시장을 본다니까 떡고물도 없겠어. 게다가 애들이 넷이나 된대! 그런 집엔 죽어도 안 가!"

이 모든 것에는 분노나 불쾌함의 몸짓이 동반되었다.

우리는 폴라-뒤랑 부인의 점점 더 날카로워지는 목소리로 호명되어 한 명씩 사무실로 갔다. 그러는 가운데 밀랍 같은 그녀의 살은 분노로 인해 창백해졌다. 나는 내 앞에 앉아 있는 상대가 어떤 부류의 사람인지도, 그리고 그 일자리가 내게 맞지 않으리라는 것도 즉시 알아차렸다. 그러면 나는 그들의 바

---

* Monthyon. 선행을 한 프랑스 사람에게 준 상.
* Rosière. 품행이 바른 처녀에게 준 관冠.

보 같은 질문을 다 받는 대신에, 재미 삼아 그 귀부인들에게 심문하듯 캐물었다.

"결혼하셨어요?"

"물론."

"아! 자녀가 있나요?"

"물론."

"개는요?"

"있어요."

"부인께서는 하녀에게 철야를 시키시나요?"

"내가 밤에 외출한다면 당연히 그렇죠."

"그럼 부인께서는 밤에 외출을 자주 하시나요?"

그녀의 입술이 오므라졌다. 그녀가 대답을 하려고 했다. 그때 나는 그녀의 모자, 정장 등 그녀의 모든 걸 경멸하는 눈길로 뚫어지게 쳐다보며 거만한 어조로 짧게 말했다.

"유감이지만, 전 부인 댁에서 일하고 싶지 않군요. 부인 댁 같은 집에는 가고 싶지 않아요."

그리고 의기양양하게 사무실에서 나왔다.

어느 날, 지나칠 정도로 머리에 물을 들이고, 입술에 연단鉛丹을 바르고, 양쪽 뺨에 에나멜을 칠하고, 뿔닭만큼 무례하고, 비데만큼 진한 향수를 뿌린 키 작은 여인이 내게 서른여섯 가지 질문을 던진 뒤에 이렇게 물었다.

"행실은 똑바르겠지요? 혹시 애인들을 집에 들이는 건 아니죠?"

나는 놀라지 않고 아주 차분한 목소리로 대답했다.

"그럼 부인은요?"

나보다 덜 까다롭거나, 더 지치고 더 소심한 하녀들은 안 좋은 일자리를 그냥 받아들였다. 우리는 떠나는 그들을 큰 소리로 야유했다.

"잘 가! 곧 다시 만나게 될 거야!"

그렇게 장의자에 주저앉아 무기력하게, 어깨를 축 늘어뜨리고 두 다리를 벌린 채, 생각에 잠겨 있든 멍하게 있든 수다를 떨고 있든 하다 보면, 폴라-뒤랑 부인이 "빅투아르 양! 이렌 양! 쥘마 양!" 하고 계속 호명하는 소리를 듣고 있다 보면, 때로는 우리가 꼭 갈보 집에서 손님을 받고 있는 것처럼 느껴졌다. 그게 재미있는 것 같기도 하고 슬픈 것 같기도 해서 어느 날 나는 큰 소리로 그 느낌을 말했고, 사람들은 모두 웃음을 터뜨렸다. 그러고는 즉시 각자가 갈보 집에 관해 알고 있는 더 정확하고 놀라운 얘기들을 풀어놓았다. 어떤 뚱뚱한 여자가 오렌지 껍질을 벗기며 말했다.

"물론 거기가 더 낫지. 어쨌든 그냥저냥 먹고살 수는 있으니까. 샴페인도 마실 수 있고. 별이 그려진 셔츠도 입고 다닐 수 있고. 근데 코르셋은 안 돼."

이번에는 키가 크고 마르고 머리가 새까맣고 입술이 솜털로 덮인, 몹시 추잡해 보이는 여자가 말했다.

"게다가 틀림없이 덜 피곤할 거야. 난 같은 날 나리하고도 자고, 나리 아들하고도 자고, 문지기하고도 자고, 수석 하인하고도 자고, 정육점 사환하고도 자고, 식료품점 사환하고도 자고, 철도회사 화물 직원하고도 자고, 가스하고도 자고, 전기하고도 자고, 또 다른 것들하고도 잤거든. 같이 잘 사람이 떼로 있어!"

여기저기서 외침이 터져 나왔다.

"아이고, 더러운 년!"

그러자 키 크고 머리가 새까만 그 여자가 뾰족한 어깨를 으쓱하며 대꾸했다.

"무슨 소리! 여러분도 다 나랑 같은 생각이잖아?"

그러고 나서 그녀는 허벅지를 손바닥으로 한 번 쳤다.

바로 그날, 나는 틀림없이 갈보 집 중 한 곳에 갇혀 있을 루이즈 언니를 생각했다. 나는 어쩌면 행복할지도 모르는, 최소한 가난과 배고픔으로부터 해방되어 평온한 그녀의 삶을 떠올려보았다. 그리고 울적하고 피곤했던 나의 젊음에 대해, 계속 떠돌아다녔던 나의 삶에 대해, 미래에 대한 나의 두려움에 대해 그 어느 때보다 더 염증이 느껴져 나 역시 이렇게 생각했다.

'그래, 차라리 그게 더 나을지도 몰라!'

그리고 해가 졌고, 밤이 되었다. 밤이 와도 낮보다 그리 많이 어둡지는 않았다. 우리는 말을 너무 많이 하고 너무 오래 기다린 나머지 피곤해서 입을 다물고 있었다. 복도의 가스등에 불이 켜졌다. 그리고 매일 다섯 시가 되면, 순식간에 스쳐 지나가 모습을 감추어버린 루이 씨의 약간 등이 굽은 실루엣이 문에 난 유리를 통해 얼핏 보였다. 그것은 우리가 사무실을

414

떠나야 한다는 걸 알리는 신호나 마찬가지였다.

우리가 직업소개소에서 나와 길거리로 나서면, 갈보 집의 호객하는 창녀들이나, 꼭 수녀처럼 점잖게 생기고 짐짓 상냥한 표정을 짓는 여자 포주들이 우리를 기다리고 있을 때가 많았다. 그들은 남의 눈에 띄지 않게 조심해서 우리를 따라오다가 경찰들의 눈이 못 미치는 어두운 길모퉁이나 샹젤리제 거리의 컴컴한 덤불숲 뒤편에서 우리에게 접근했다.

"이 집 저 집 다니면서 그렇게 비참하고 지겹게 살지 말고 우리 집으로 와. 우리 집에 오면 돈도 좀 만지면서 즐겁고 화려하게 살 수 있어. 자유롭게 살 수 있어."

내 동료들 중 몇 명은 이 놀라운 약속에 현혹되어 이 사랑의 골동품 상인들이 하는 말에 귀를 기울였다. 나는 서글픈 기분으로 그들이 떠나는 걸 지켜보았다. 지금 그들은 어디 가 있을까?

어느 날 밤, 우리 주위를 어슬렁거리던 여자들 중 한 명(내가 이미 매몰차게 퇴짜를 놓은 적이 있는 뚱뚱하고 살이 축 늘어진 여자)이 나를 원형 교차로에 있는 어느 카페로 데려가 샤르트뢰즈 술을 한 잔 대접했다. 앞가르마를 탄 희끗희끗한 머리, 부르주아 과부처럼 꾸미지 않은 차림, 반지를 여러 개 낀 토실토실하고 끈적끈적한 손이 아직도 생각난다. 그녀는 다른 날보다 더 활기차고 확신에 찬 표정으로 감언이설을 늘어놓았다. 내가 그녀의 온갖 허풍에 아무 관심을 보이지 않자 그녀는 이렇게 소리쳤다.

"아! 당신은 맘만 먹으면! 당신은 두 번 볼 필요도 없이 예뻐요! 이렇게 예쁜 여자를 하녀 일이나 하면서 헛되이 시간을 보내게 내버려두는 건 진짜 범죄나 다름없어요! 당신은 진짜 예뻐. 정말이야! 당신 정도로 매력적이면 금방 큰돈을 모을 거예요! 잠깐 동안에 한밑천 챙길 수 있다니까요. 나는 고급 손님들의 명단을 갖고 있어요. 나이가 있는 신사들인데, 영향력도 있고 무척 관대한 분들이죠. 일은 좀 고되겠지만… 일 얘기는 그만두기로 하고… 하지만 돈을 많이 벌 수 있으니까…. 파리의 잘나가는 분들은 다 우리 집을 찾으시죠. 저명한 장군님들, 유력한 법관님들, 외국 대사님들…."

그녀는 목소리를 낮추며 내게 다가왔다.

"심지어 대통령께서도요. 아무렴, 그렇고말고! 당신도 이제 우리 집이 어떤 집인지 짐작할 수 있을 거예요. 우리 집 같은 데는 이 세상 어디에도 없어요. 라비노 같은 곳은 우리 집에 비하면 아무것도 아니. 어제 다섯 시경에는 대통령께서 너무나 만족하신 나머지 오퇴유에 있는 어느 종교 교육 기관에서 법무 책임자로 일하고 있는 우리 아들에게 상을 내리겠다고 하셨다니까."

그녀가 한참 동안 나의 영혼과 육체를 파고들더니 같은 말을 되풀이했다.

"당신은 맘만 먹으면 큰 성공을 거둘 수 있어요!"

그런 다음 은밀하게 덧붙였다.

"때로는 최고급 사교계의 귀부인들도 남몰래 우리 집을 찾아온답니다. 혼자 올 때도 있고, 남편이나 애인을 데리고 올 때도 있죠. 잘 알겠지만, 우리 집에서는 모든 경우에 다 대비해야 해요."

나는 내가 사랑의 교육을 충분히 받지 못했고, 고급 속옷도 없고, 옷도 없고, 보석도 없다며 사양했다.

그러자 그녀가 나를 안심시켰다.

"그런 거라면 고민할 필요 없어요! 잘 알겠지만, 우리 집에서는 자연미가 화장한 것보다 훨씬 더 나으니까요. 멋진 스타킹 한 켤레만 있으면 돼요."

"네, 네, 잘 알고 있어요. 하지만 아직은…."

그녀는 친절한 표정으로 계속 나를 설득했다.

"다시 한 번 말하지만, 고민할 필요 없다니까요! 아주 세련된 손님들이 많은데, 주로 편집증이 있는 대사들이에요. 그 나이에, 그 정도 돈도 있는데 말이에요! 그 사람들이 제일 좋아하고 가장 많이 요구하는 건 하녀예요. 몸에 착 달라붙는 검은 드레스, 흰색 앞치마, 챙 없는 고급 린네르 모자…. 그리고 화려한 속옷…. 내 말 잘 들어봐요. 3개월짜리 계약서에 서명하면 테아트르 프랑세의 하녀들도 생전 본 적 없는 예쁜 옷들을 챙겨주겠어요. 나는 약속해놓고 안 지키는 그런 사람이 아니에요."

나는 생각할 시간을 달라고 말했다.

그러자 인간의 몸뚱이를 사고파는 이 장사꾼이 충고했다.

"그래요, 그래! 생각해봐요. 주소를 줄 테니, 마음 내키면 언제라도 찾아와요. 당장 내일이라도 대통령께 당신의 존재를 알려드려야겠네."

우리는 잔을 다 비웠다. 그녀가 두 잔 값을 계산하더니 검은색 지갑에서 명함을 꺼내 남몰래 내게 건넸다. 그녀와 헤어진 뒤 나는 명함을 읽어보았다.

레베카 랑베 부인

모드*Modes*

나는 폴라-뒤랑 부인의 사무실에서 놀라운 광경을 많이 목격했다. 불행히도 그것들을 다 기술할 수는 없으므로 나는 매일 이곳에서 무슨 일이 일어나고 있는지를 단적으로 보여줄 수 있는 한 가지만 골랐다.

앞에서 말했듯이, 대기실과 사무실을 분리하는 칸막이의 윗부분에 세로로 유리가 들어가 있었고 그 유리를 통해 대기실로 빛이 흘러나왔다. 유리 한가운데에는 여닫는 작은 창이 끼워져 있었는데, 이 작은 창은 평소에는 닫혀 있었다. 어느 날 나는 그 창이 부주의로 인해 살짝 열려 있는 것을 알아보았고, 그 상황을 좀 이용해보기로 했다. 나는 장의자 위로 올라선 다음, 거기에 다시 의자를 놓고 그 위로 올라가서 턱으로 여닫이 창을 천천히 옆으로 미는 데 성공했다. 나는 사무실 안을 들여다보았다. 다음은 이때 내가 본 장면이다.

어떤 부인이 소파에 앉아 있었다. 하녀 하나가 그 앞에 서 있었다. 한구석에서는 폴라-뒤랑 부인이 서류를 서류함에 정리하고 있었다. 그 부인은 하녀를 구하러 퐁텐블로에서 온 사람이었다. 쉰 살쯤 되어 보였다. 겉으로 보기에 부유하고 성격 까다로운 부르주아 같았다. 정성 들여 화장을 했고, 시골 여인답게 근엄한 표정을 짓고 있었다. 하녀는 허약하고 병약해 보였으며, 자주 굶는데다가 먹는다 해도 영양가 없는 음식을 먹어서 안색이 납빛에 가까웠지만, 환경이 조금만 나았다면 예뻤을 수도 있을 듯한 호감 가는 용모를 갖고 있었다. 검은 치마를 입은 그녀는 무척 단정하고 호리호리했다. 검은색 저지 옷감으로 만든 치마가 그녀의 마른 허리를 있는 그대로 드러냈다. 챙 없는 모자를 쓴 모습이 귀여워 보였고, 곱슬곱슬하게 지진 머리가 이마까지 내려와 있었다.

기분 나쁠 만큼 공격적인 눈길로 오랫동안 그녀를 자세히 살펴본 부인이 드디어 입을 열었다.

"당신은 하녀로 취직하려고 여기 나온 거죠?"

"예, 부인."

"그렇게 안 보이네요. 이름이 뭐죠?"

"잔 르 고데크예요."

"뭐라고요?"

"잔 르 고데크입니다, 부인."

부인이 어깨를 으쓱하며 말했다.

"잔⋯. 그건 하녀 이름이 아니에요. 젊은 여성의 이름이지.

만일 당신이 우리 집에서 하녀로 일하게 된다면 그 잔이라는 이름을 계속 쓰며 거만하게 굴지는 않겠죠?"

"부인께서 원하시는 대로 할게요."

잔은 고개를 숙였다. 그리고 두 손으로 우산 손잡이를 더 세게 눌렀다.

그러자 부인이 명령했다.

"고개 들어요. 똑바로 서 있어요. 그러다가 우산 끝으로 양탄자에 구멍을 내고 말겠네요. 고향은 어디예요?"

"생-브리외크입니다."

"생-브리외크?"

이렇게 말한 그녀는 경멸하듯 입을 삐죽거리다가 돌연 무섭게 찡그렸다. 그녀의 입가와 눈 가장자리가 꼭 식초라도 한 사발 들이켠 사람처럼 찌푸려졌다.

그녀가 같은 말을 되풀이했다.

"생-브리외크? 그럼 브르타뉴 출신? 오! 난 브르타뉴 여자들 안 좋아하는데. 브르타뉴 여자들은 고집도 세고 불결하거든."

그러자 불쌍한 잔이 반박했다.

"저는 정말 청결합니다."

"자기 입으로 자기가 청결하다고 말하는군. 자, 어쨌든 얘기가 다 끝난 게 아니니 계속하자고. 나이는?"

"스물여섯 살입니다."

"스물여섯 살? 수유 기간은 계산하지 않은 거지? 나이가 훨

썬 더 들어 보이는데. 날 속일 필요는 없어요."

"부인을 속이는 게 아니에요. 제 나이가 스물여섯밖에 안 됐다고 자신 있게 말씀드릴 수 있습니다. 제가 나이 들어 보이는 건 아마도 제가 오랫동안 아팠었기 때문일 거예요."

그 말에 부르주아 여인이 엄격한 표정으로 빈정대듯 대꾸했다.

"아! 아팠었다고? 경고하는데, 우리 집 일은 힘들지는 않지만 집이 꽤 크기 때문에 아주 건강하고 튼튼한 하녀가 필요해요."

잔은 자신이 경솔하게 내뱉은 말을 바로잡고 싶어 했다. 그녀가 말했다.

"아! 하지만 다 나았어요. 깨끗이 나았어요."

"그건 당신 문제고. 어쨌든 우리 얘기는 안 끝났으니 계속합시다. 미혼인가요? 아니면 기혼? 어느 쪽이죠?"

"저는 과부입니다, 부인."

"아! 아이는 없겠죠?"

잔이 즉시 대답을 안 하자 부인이 다그쳤다.

"아이가 있어요, 없어요?"

그녀가 들릴 듯 말 듯한 목소리로 대답했다.

"어린 딸이 하나 있어요."

그러자 부인이 마치 파리를 멀리 쫓는 것 같은 동작을 취하며 얼굴을 찡그렸다.

그녀가 소리쳤다.

"오! 집 안에 아이가 있으면 안 돼요. 안 돼요, 절대 안 돼요. 당신 딸은 지금 어디 있죠?"

"고모할머니 댁에 있습니다."

"그 고모할머니라는 사람은 뭐 해요?"

"루앙에서 음료수 가게를 하세요."

"한심한 직업을 갖고 있네요. 음주벽에 폭음에… 어린 딸한테 참 좋은 꼴을 보이는군요! 어쨌든 그건 내 알 바 아니고, 당신 문제죠. 딸은 몇 살인가요?"

"18개월 됐습니다, 부인."

부인이 벌떡 일어났다가 다시 거칠게 앉았다. 그녀는 격분했다. 그녀의 입술에서 으르렁거리는 소리가 흘러나왔다.

"아이라고? 세상에! 제대로 키울 수 없으면 낳지를 말아요! 정말이지, 이 사람들은 치유 불능이라니까! 몸속에 악마가 사나 봐!"

그녀는 몸을 부들부들 떨면서 점점 더 공격적으로, 심지어 사납게까지 느껴지는 어조로, 단어 하나하나에 힘을 주어가며 잔에게 말했다.

"미리 얘기하는데, 당신이 우리 집에서 일하게 되더라도 당신 딸을 우리 집에 데려오는 건 절대 용납할 수 없어요! 우리 집에 한 번씩 왔다 가는 것도 안 돼요. 우리 집에 드나드는 걸 내가 원치 않아요. 안 돼요, 안 돼. 낯선 사람들은 안 돼. 떠돌이들도 안 돼. 우리가 모르는 사람들은 절대 안 돼. 싫다고요, 싫어!"

부인이 그다지 호의적이지 않았지만, 그래도 잔은 감히 이렇게 물었다.

"그렇다면 부인께서는 제가 1년에 한 번, 딱 한 번 딸을 보러 가는 것도 허락하지 않으실 건가요?"

"그래요."

바로 이것이 그 냉혹한 부르주아 여성의 대답이었다. 그리고 그녀는 덧붙였다.

"우리 집에서는 외출은 절대 안 돼요. 이건 우리 집의 원칙이에요. 이 원칙에 대해서는 타협의 여지가 없어요. 난 딸을 보러 간다는 핑계로 남자들 꽁무니나 쫓아다니라고 하녀들에게 월급을 주는 건 아니니까. 그러면 정말 너무 편하겠죠? 우리 집에서는 그렇게 못해요! 추천장 있어요?"

"예, 부인."

그녀는 호주머니에서 구겨지고 더러워지고 누르스름해진 추천서들을 싼 종이를 꺼내 아무 말 없이 부인에게 내밀었다. 부인은 손가락을 더럽히지 않으려는 듯 얼굴을 찡그려가며 손가락 끝으로 추천장을 펴서 큰 소리로 읽기 시작했다.

"'저는 잔 양이…'."

그녀가 갑자기 읽는 걸 멈추더니 사나운 눈길로 잔을 쳐다보았고, 잔은 안절부절못하며 점점 더 불안해했다.

"잔 양? 잔 양이라고? 그럼 결혼을 안 한 건가요? 아이는 있는데 결혼은 안 한 거예요? 이게 도대체 무슨 얘기죠?"

하녀가 설명했다.

"죄송해요, 부인. 전 3년 전에 결혼했어요. 그리고 이 추천서는 작성된 지 6년 됐습니다. 읽어보면 아실 거예요."

"됐어요. 어쨌든 그건 나랑은 상관없는 일이니까."

그녀는 다시 추천장을 읽기 시작했다.

"'…우리 집에서 13개월 동안 일했으며, 일과 품행, 성실함에 있어서 비난할 게 전혀 없었다는 사실을 증명합니다.' 항상 똑같은 문구죠. 추천서는 아무것도 말해주지 않고, 아무것도 증명해주지 않아요. 이건 정보라고 할 수가 없어요. 이 부인한테 편지를 쓰고 싶은데, 어디로 보내야 하죠?"

"그분은 돌아가셨습니다."

"돌아가셨다. 아무렴, 그렇겠죠. 추천서는 있는데, 그걸 써준 사람은 죽었다는 거네요. 당신은 이게 몹시 수상쩍은 추천서라는 걸 고백하는 셈이에요."

이 모든 말에는 상대를 극도로 모욕하고 무례하게 빈정대는 어조가 실려 있었다.

그녀는 다른 추천장을 집어 들었다.

"그럼 이 사람은? 틀림없이 죽었겠죠?"

"아닙니다, 부인. 로베르 부인은 대령이신 남편을 따라 알제리에 가 계십니다."

"오, 알제리! 그렇겠죠. 알제리로 어떻게 편지를 보내죠? 한 사람은 죽었고, 또 한 사람은 알제리에 가 있고. 그럼 정보를 얻으러 알제리로 가야 하나? 정말 기가 막히네요!"

그러자 불운한 잔 르 고데크가 애원하듯 말했다.

"하지만 다른 추천장도 있습니다, 부인. 그걸 보시면 정보를 얻으실 수 있을 겁니다."

"그래요, 그래! 다른 추천장도 많이 있네요. 이걸 보니, 당신이 많은 집에서 일했다는 걸 알겠어요. 너무 많은 집에서요. 당신 나이에 이렇게 많은 집에서 일했다는 건…. 좌우지간 추천서는 여기 좀 놔두도록 해요. 나중에 읽어보게. 이제는 다른 얘기를 해볼까요? 뭘 할 줄 알죠?"

"청소도 할 줄 알고, 바느질도 할 줄 알고, 식탁 시중도…."

"수선도 할 줄 알아요?"

"예, 부인."

"닭이나 오리를 살찌게 하는 법도 알아요?"

"모릅니다, 부인. 그건 제 일이 아니라서요."

그러자 부인이 엄격한 표정으로 말했다.

"당신의 역할은 주인이 시키는 일을 하는 거예요. 당신은 성미가 고약한 사람인가 봐요."

"전혀 그렇지 않아요, 부인. 저는 말대꾸하는 사람이 아닙니다."

"어련하겠어요. 당신이 그렇게 얘기하고 추천서에도 그렇게 씌어 있는데. 어쨌거나, 내가 아까 말했듯이 일이 특별히 힘들지는 않지만 집이 꽤 크기 때문에 다섯 시에 일어나야 해요."

"겨울에도요?"

"겨울에도 물론 그렇죠. 왜 '겨울에도요?'라고 묻는 거죠?

겨울에는 일이 적어지나? 정말 우스운 질문이네요! 하녀는 계단과 응접실, 나리의 사무실을 맡아요. 물론 방도 맡아야 하고, 불도 맡아야 하죠. 여자 요리사는 대기실과 복도와 식당을 맡고. 난 청결을 아주 중요하게 생각하는 사람이에요. 우리 집에 먼지 하나라도 있는 건 용납하지 못해요. 문손잡이는 광이 나야 하고, 가구는 윤이 나야 해요. 거울은 늘 잘 닦여 있어야 하고. 우리 집에서는 하녀가 가끔 사육장을 돌봐요."

"하지만 전 할 줄 모르는데요, 부인."

"배우면 돼요. 비누칠해서 빨고 다림질하고… 나리의 와이셔츠는 빼고… 바느질하고, 이게 다 하녀가 할 일이에요. 난 내 정장 빼고는 밖에다 바느질을 맡기지 않아요. 식탁에서 음식 시중을 들고 여자 요리사를 도와 설거지를 하는 것도 하녀가 할 일이고. 질서가 필요해요, 엄격한 질서가. 난 질서와 청결, 그리고 특히 정직에 관한 한 엄격한 사람이에요. 게다가 모든 것엔 다 열쇠가 채워져 있어요. 필요한 게 있으면 나한테 달라고 해야 해요. 난 낭비하는 게 제일 싫어. 아침엔 뭘 마시죠?"

"카페오레를 마시는데요, 부인."

"카페오레? 마음껏 마셔요. 요즘은 하녀들이 모두 카페오레를 마시더군요. 그건 내 습관이 아니에요. 수프를 먹도록 해요. 그게 위에 좋으니까. 어떻게 생각해요?"

잔은 아무 말 하지 않았다. 그러나 그녀가 무슨 말인가를 하려고 무진 애를 쓰고 있다는 건 느낄 수 있었다. 마침내 그녀가 입을 열었다.

"죄송합니다만, 부인께서는 음료수로 뭘 주시나요?"

"일주일에 사과주 6리터씩 줘요."

"저는 사과주 못 마셔요, 부인. 의사가 마시면 안 된다고 해서…."

"아! 의사가 사과주를 마시면 안 된다고 했군요. 음, 그럼 당신에게 사과주를 6리터씩 주겠어요. 만일 포도주를 원한다면 사서 마시도록 해요. 이건 당신이랑 관련 있을 것 같은데… 월급은 얼마나 원해요?"

"40프랑이요."

부인이 외쳤다.

"40프랑? 왜, 지금 당장 만 프랑씩 달라고 하지? 당신 미쳤군요. 40프랑이라고? 정말 굉장하군! 옛날에는 15프랑씩 줬는데. 그래도 하녀들이 지금보다 일을 잘했지. 40프랑씩 달라고? 닭이나 오리를 살찌우는 법도 모르면서? 아무것도 할 줄 모르면서? 30프랑 주겠어요. 30프랑도 많은 것 같긴 하지만. 당신은 우리 집에서 돈 쓸 일이 전혀 없어요. 난 몸치장에 대해서 까다로운 사람이 아니니까. 게다가 세탁도 해주고 식사도 제공하잖아요. 나도 내 몫의 일은 할 거고."

잔은 물러서지 않았다.

"지금까지 일한 집에서는 다 40프랑씩 받았는데요."

그러자 부인이 일어섰다. 그러고는 냉랭하고 매정하게 말했다.

"그럼 그 집으로 다시 가면 되겠네요. 40프랑이라고? 참 뻔뻔스럽기도 하지! 자, 여기 추천장…. 죽은 사람들이 써준 추천장 여기 있으니 나가봐요!"

잔은 추천장들을 조심스럽게 종이에 싸서 주머니에 넣은 다음 슬픈 목소리로, 들릴락 말락 하는 작은 목소리로 애원하듯 말했다.

"35프랑까지 주시겠다면 합의할 수 있을 것 같은데요."

"30프랑에서 단 한 푼도 더 줄 수 없으니 가봐요! 알제리에 있는 당신의 그 로베르 부인한테로 다시 가요. 가고 싶은 데로 가라고요. 당신 같은 떠돌이는 얼마든지 있으니까. 차고 넘치니까. 나가봐요!"

잔은 슬픈 얼굴로 절을 두 번 한 다음 사무실에서 나왔다. 입술을 물어뜯고 있는 그녀의 눈을 보자 그녀가 울음을 터뜨리기 일보 직전이라는 걸 알 수 있었다.

혼자 남은 부인은 화가 나서 고래고래 소리를 질렀다.

"오! 하녀들이란! 정말 골칫거리야! 이제는 하녀들을 부릴 수가 없게 됐어!"

서류 정리를 다 끝낸 폴라-뒤랑 부인이 위엄 있고 엄격한 태도로 맞장구를 쳤다.

"제가 말씀 드렸잖아요, 부인. 다들 그 모양이라니까요. 아무것도 안 하면서 월급은 터무니없이 많이 받으려고 하죠. 지금은 일 잘하는 하녀를 찾을 수가 없어요. 게으른 하녀들뿐이죠. 내일 제가 괜찮은 하녀를 소개해드릴게요. 아! 정말 유감이에요."

내가 나만의 관측소에서 내려왔을 때 마침 잔 르 고데크가 시끌벅적한 대기실로 들어왔다.

나는 그녀에게 물었다.

"괜찮아?"

그녀는 대기실 한쪽 구석에 놓인 장의자에 가서 앉았다. 머리를 푹 숙이고 팔짱을 낀 채 애통해하고 허기져 하던 그녀는 아무 말도 하지 않았다. 그러는 동안 작은 두 발이 치마 아래서 신경질적으로 흔들리고 있었다.

그러나 나는 더 슬픈 광경도 보았다.

매일같이 폴라-뒤랑 부인의 직업소개소를 찾아오는 여자들 가운데 어떤 여자가 내 눈에 띄었는데, 첫째는 그녀가 브르타뉴 지방의 모자를 쓰고 있기 때문이었고, 둘째는 그녀를 보기만 해도 내가 주체할 수 없이 우울해지기 때문이었다. 끊임없이 서로를 거칠게 떼밀며 사악한 열기에 휩쓸려가는 이 끔찍한 파리를 헤매는 시골 여자보다 더 애처로운 것은 없다. 나는 시골 여자를 보면 나도 모르게 나 자신을 돌아보게 되며, 그럴 때마다 내 마음은 한없이 어지러워진다. 그녀는 어디로 갈까? 어디에서 왔을까? 왜 고향 땅을 떠난 것일까? 어떤 광기가, 어떤 비극이, 어떤 돌풍이 그녀를, 이 슬픈 인생 실패자를 떠밀어 이 으르렁거리는 인간의 바다에서 좌초시킨 것일까? 매일같이 나는 우리와 같이 있으면서도 한쪽 구석에 완전히 고립되어 있는 이 불쌍한 여자를 관찰하면서 나 자신에게 이런 질문들을 던졌다.

그녀는 동정심이 전혀 안 들 정도로 정말 못생긴 여자였다. 그녀의 존재 자체가 자신들에 대한 모욕이라며 사람들이 화를 낼 정도였다. 그녀가 아무리 자연에게 버림받았다 할지라도 여자가 그 정도로 완전하고 절대적인 추함에 도달했다는 건 정말 드문 일이었다. 일반적으로 여자들은 눈과 입, 몸의 굴곡, 허리의 잘록함, 혹은 그런 것들에 비해 덜 두드러져 보이는 것으로서 팔의 움직임, 팔목의 관절, 생기 어린 피부 등, 다른 사람들이 화내지 않고 바라볼 수 있는 무엇인가를 가지고 있다. 심지어 나이 든 여자들도 그렇다. 몸이 변형되고 성기가 죽어도 우아함은 거의 항상 살아남으며, 상처투성이의 살조차 그들의 옛 모습이 어땠는지를 보여주는 것이다. 그러나 그 브르타뉴 여자는 아직 새파랗게 젊은데도 이런 걸 단 한 가지도 갖고 있지 않았다. 키도 작고, 상체도 너무 길고, 너무 여위고, 엉덩이도 너무 평평하고, 다리도 앉은뱅이로 착각할 만큼 너무 짧은 그녀는 그 야만인 처녀들을, 그 들창코 성녀들을, 아르모리크 지방에 서 있는 예수 수난상의 뒤틀린 팔 위로 오랜 세월 외로이 몸을 기울이고 있는 그 형태 없는 화강암 덩어리들을 연상시켰다. 그리고 그녀의 얼굴은? 오! 정말 운이 없어도 너무 없었다! 툭 튀어나온 이마, 마치 행주로 문지른 것처럼 지워져버린 눈동자. 코는 맨 윗부분은 납작하고, 가운데 부분에는 깊게 벤 자국이 있고, 갑자기 높아진 아랫부분에는 두 개의 검고 둥글고 깊고 크고 마치 뻣뻣한 술 장식처럼 털이 늘어진 구멍이 뚫려 있었다. 그리고 그 무엇보다, 비늘로 뒤덮인 회색 피부, 죽은 뱀 같은 피부, 햇빛이 비치는 곳에서 보면 꼭 밀가루를 뿌려놓은 것 같은 피부. 그렇지만 뭐라 형용하기 어려운 존재인 그녀에게도 아름다운 여인들이 샘을 낼 만한 아름다움이 한 가지 있었으니, 바로 머리칼이었다. 너무나 아름다운 그녀의 짙은 다갈색 머리칼은 금색과 자주색으로 반짝거렸다. 그러나 이 머리칼은 그녀의 추한 생김새를 완화해주기는커녕, 돌이킬 수 없을 정도로 더 눈에 띄고 강렬하게 만들었다.

그게 전부가 아니었다. 그녀는 동작 하나하나가 어설펐다. 그녀는 한 걸음만 옮겨도 뭔가에 몸을 부딪쳤고, 걸핏하면 손에 들고 있던 물건을 떨어뜨렸으며, 그녀의 팔이 가구를 툭 건드리기만 해도 그 위에 놓여 있던 것이 다 쓰러졌다. 또 그녀는 걸을 때는 남의 발을 밟고 팔꿈치로 남의 가슴을 찌르기 일쑤였다. 그러고 나서는 투박하고 무뚝뚝한 목소리로 미안하다고 말했는데, 그럴 때마다 사과를 받는 사람의 얼굴에 구린 냄새를, 시체의 냄새를 내뿜었다. 그녀가 대기실에 들어오면 그 즉시 우리에게서 짜증 섞인 탄식이 터져 나오곤 했는데, 이 탄식은 욕설로 바뀌었다가 불평으로 끝을 맺었다. 이 불쌍한 여자는 야유를 받으며 그 짧은 다리로 마치 공이 구르듯이 대기실을 가로질러 가 구석에 있는 장의자에 앉았다. 그러면 하녀들은 여러 가지 의미가 담긴 혐오의 동작을 취하면서, 손수건을 들어 올리고 얼굴을 찡그리면서 뒤로 물러서는 척했다. 그

침울한 여자는 그녀와 우리를 분리시키는 그 방역선防疫線 뒤에 임시로 만들어진 빈 공간에서 불평 한마디 없이, 저항도 없이, 심지어 그 멸시의 대상이 자신이라는 사실도 깨닫지도 못한 채 조용히 벽에 몸을 기대고 있었다.

나는 다른 사람들과 행동을 같이하기 위해 이 잔인한 게임에 이따금 동참하기는 했지만, 이 브르타뉴 여자에게 동정심 같은 것을 느끼지 않을 수 없었다. 나는 그녀가 불행해질 운명을 타고난 여자라는 것을, 무엇을 하든, 어디에 가든 인간뿐만 아니라 짐승으로부터도 영원히 냉대를 당하는── 짐승들에게도 견딜 수 없는 어떤 추함, 어떤 기형적인 모습이 있기 마련이니까 ──존재들 중 하나라는 것을 깨달았다.

어느 날 나는 간신히 혐오감을 억누르고 그녀에게 다가가 물었다.

"이름이 뭐예요?"

"루이즈 랑동이요."

"나는 브르타뉴 출신이에요. 오디에른에서 왔어요. 당신도 브르타뉴 출신이지요?"

그녀는 누가 자기에게 말을 걸었다는 것에 놀란데다가 행여 상대가 자기를 모욕하거나 장난을 치려는 게 아닐까 싶어 얼른 대답하지 않았다. 그녀는 엄지손가락을 깊은 콧구멍 속으로 집어넣었다. 나는 거듭 질문을 했다.

"브르타뉴 어디에서 왔어요?"

그러자 그녀는 나를 쳐다보았고, 내 눈에 악의가 없음을 확인한 듯 마침내 대답을 했다.

"생-미셸-앙-그레브에서 왔어요. 라니옹 근처의…."

나는 그녀에게 무슨 말을 더 해야 할지 알 수가 없었다. 그녀의 목소리를 듣는 순간 불쾌감이 밀려왔다. 그것은 목소리가 아니라, 마치 딸꾹질처럼 걸걸하고 투박한 그 무엇이었다. 그녀의 목소리는 마치 하수구의 물 빠지는 소리처럼 꾸르륵거렸다. 그 목소리를 듣는 순간 동정심이 사라져버렸다. 그렇지만 나는 질문을 계속했다.

"부모님은 다 살아 계세요?"

"예. 아버지, 어머니, 남동생 둘, 여동생 넷. 전 맏이예요."

"아버지는 뭐 하세요?"

"제철공이세요."

"집이 가난해요?"

"아버지는 밭도 있고, 집도 세 채나 있고, 탈곡기도 세 대나 있어요."

"그럼 부자시네요?"

"그럼요, 부자시지요. 아버지는 농사도 짓고, 집도 세놓고, 탈곡기를 갖고 시골로 가서 밀 탈곡도 해주세요. 남동생은 말에 편자 박는 일을 하고요."

"그럼 여동생들은요?"

"레이스 달린 예쁜 머리쓰개를 갖고 있죠. 예쁘게 수놓은 옷도 있고."

"그럼 당신은요?"

"난 아무것도 없어요."

나는 그녀의 목소리에서 풍기는 죽음의 냄새를 느끼지 않으려고 뒤로 흠칫 물러섰다.

"그런데 왜 당신은 하녀예요?"

"왜냐하면…."

"왜 고향을 떠났어요?"

"왜냐하면…."

"행복하지 않았어요?"

그녀는 마치 조약돌 위에 떨어져 구르는 것 같은 목소리로 아주 빠르게 말했다.

"아버지가 나를 때렸어요. 어머니도 나를 때렸어요. 여동생들도 나를 때렸고요. 모두가 나를 때렸어요. 내게 온갖 일을 다 시켰어요. 내가 여동생들을 키웠는데."

"왜 그렇게 때린 거예요?"

"모르겠어요. 그냥 때리고 싶어서…. 집집마다 매 맞는 사람이 꼭 하나씩 있어요. 왜냐하면… 그냥… 모르겠어요."

나의 질문은 더 이상 그녀를 곤란하게 만들지 않았다. 그녀가 나를 신뢰하게 된 것이다.

그녀가 내게 말했다.

"그럼 당신은요? 당신 부모님은 당신을 때리지 않았나요?"

"그럴 리가? 때렸지요."

"물론 그랬겠죠. 원래 그런 거니까."

루이즈는 더 이상 코를 파지 않고, 손톱 끝부분이 잘려 나간 두 손을 허벅지 위에 올려놓았다. 우리 주변에 있던 여자들이 뭐라고 속삭였다. 웃음소리와 말다툼 소리, 불평 소리 때문에 다른 사람들은 우리가 무슨 얘기를 나누는지 알아들을 수 없었다.

나는 잠시 침묵했다가 물었다.

"근데 어떻게 파리에 오게 됐어요?"

루이즈가 얘기했다.

"작년에 파리에 사는 어떤 부인이 아이들을 데리고 생-미셸-앙-그레브에 해수욕을 하러 오셨어요. 그때 제가 그분 댁에서 일하고 싶다고 말씀드렸죠. 그 댁에 하녀가 있었는데, 도둑질을 해서 해고된 참이었거든요. 그래서 그분이 저를 파리로 데려오셨어요. 자기 아버지를 돌봐달라면서. 두 다리가 마비된 노인이었죠."

"그런데 왜 그 집에서 계속 일하지 않았어요? 하기야 파리도 예전 같지 않으니까."

그러자 그녀가 열을 내며 대답했다.

"아니에요! 난 그 집에서 계속 일을 할 수도 있었어요. 그게 아니에요. 내가 그 집을 떠난 건 올바르게 대우받지 못해서예요."

생기 없었던 그녀의 두 눈이 이상하게 환히 빛났다. 나는 그녀의 눈길 속에서 자존심의 섬광이 반짝이는 것을 보았다. 그리고 그녀의 가슴이 쫙 펴지면서 그녀의 몸에서 거의 빛이 났다.

그녀가 말을 이었다.

"난 올바르게 대우받지 못했어요. 그 늙은이가 내게 더러운 짓거리를 했단 말이에요."

나는 이 말을 듣고 일순 아연했다. 그게 가능한 일이었을까? 비열하고 야비한 늙은이의 욕망이라 할지라도 그 욕망이 과연 그녀를, 형태가 완성되지 않은 이 살덩어리를, 이 자연의 기괴한 아이러니를 향할 수 있었을까? 서서히 썩어가는 이 이빨 위에 입을 대고, 이 썩은 내 나는 입김에 자기 입김을 섞어가며 입맞춤을 하고 싶었을까? 오! 남자들이란 도대체 얼마나 쓰레기 같은 존재들인가! 사랑이란 정말 얼마나 끔찍하고 미친 짓인가! 나는 루이즈를 바라보았다. 그러나 그녀의 두 눈에서 활활 타올랐던 불길은 이미 꺼진 뒤였다. 그녀의 동공은 생기 없는 회색 반점 모양을 되찾았다.

나는 물었다.

"그게 오래전 얘기예요?"

"세 달 됐어요."

"그 후로는 일자리를 못 찾은 거예요?"

"날 원하는 사람이 더 이상 없었어요. 왜 그런지 모르겠어요. 내가 사무실에 들어가면 모든 부인들이 나를 보며 소리를 질렀어요. '아니요, 아니요, 저 여자는 싫어요.' 내게 저주가 내린 게 분명해요. 난 못생기지 않았어요. 난 아주 강해요. 하녀 일을 잘 알고, 의지도 강해요. 내 키가 너무 작은 건 내 잘못이 아니에요. 나는 저주를 받은 게 틀림없어요."

"그럼 그동안 어떻게 살았어요?"

"하숙집에서 살았어요. 방마다 청소를 다 해주고, 속옷을 기워줬지요. 그 대가로 짚을 넣은 매트가 깔린 고미다락에서 잠을 자고 하루에 아침 한 끼씩을 얻어먹었어요."

그렇다면 나보다 더 불쌍한 여자들이 있었던 것이다! 이 이기적인 생각이 사라졌던 동정심을 다시 내 가슴속으로 불러들였다.

나는 목소리에 감동과 설득력을 부여하려 애쓰면서 말했다.

"있잖아요, 루이즈, 파리에서 일자리를 구하는 건 정말 어렵답니다. 이것저것 많이 알아야 하고, 주인들도 다른 곳보다 더 까다로워요. 난 당신이 정말 걱정돼요. 내가 당신이라면 고향으로 돌아가겠어요."

그러나 루이즈는 겁먹은 표정이 되었다.

"안 돼요, 안 돼요, 절대 안 돼요! 고향으로 돌아가고 싶지 않아요. 모두들 내가 성공하지 못했고, 아무도 날 원하지 않았다고 떠들어댈 거예요. 날 노골적으로 조롱할 거라고요! 안 돼요, 안 돼요, 그건 안 돼요. 그러느니 차라리 죽는 게 나아요!"

그 순간 대기실 문이 열렸다. 그리고 폴라-뒤랑 부인의 날카로운 목소리가 그녀를 불렀다.

"루이즈 랑동 양!"

루이즈가 몸을 떨며 겁에 질린 표정으로 말했다.

"지금 날 부른 건가요?"

"그럼요, 당신을 부른 거예요. 빨리 가봐요. 그리고 이번엔 성공하도록 해봐요."

그녀는 의자에서 일어나며 팔을 쭉 뻗다가 내 가슴을 한 번 툭 쳤고, 그러고는 내 발을 밟고 지나갔고, 그러고는 탁자에 몸을 부딪쳤고, 대기실에 있던 하녀들이 야유를 퍼붓는 가운데 너무 짧은 다리로 구르듯 걸어가 모습을 감추었다.

나는 사무실에서 어떤 광경이 벌어지는지 보려고 장의자에 올라가 여닫는 작은 창을 밀었다. 폴라-뒤랑 부인의 사무실은 내게 더는 음산해 보이지 않았다. 하지만 내가 그 사무실에 들어갈 때마다 그곳이 내 영혼을 얼마나 얼어붙게 했는지는 오직 신만이 아신다. 오! 원래는 푸른색이었지만 닳고 닳아서 노랗게 변한 천 가구들. 잉크 자국들과 누런 자국들로 얼룩진 푸른색 보로 덮여 있는 탁자와, 그 탁자 위에 마치 배가 갈라진 짐승의 몸뚱이처럼 펼쳐져 있는 등록부. 때가 긴 목재 위에 루이 씨의 팔꿈치에 의해 더 밝고 빛나는 반점들이 생겨나 있는 책상. 장터에서 파는 유리 제품과 대대로 물려받은 식기류가 들어가 있는, 사무실 안쪽에 놓인 찬장. 벽난로 위, 청동 도금이 벗겨진 두 개의 램프 사이에, 빛바랜 사진들 사이에 놓인, 똑딱거리는 소리로 시간을 더 길게 만들어서 우리를 짜증나게 하는 시계. 향수병에 걸린 카나리아 두 마리가 손상된 깃털을 부풀리고 있는, 둥근 지붕의 새장. 욕심 많은 손톱들에 의해 흠집이 난 마호가니 서류함. 그 음울한 방은 너무나 비극적이어서, 불안에 사로잡힌 나의 상상력은 몇 번이나 그 방을 인육이 진열된 죽음의 진열대로 바꿔놓곤 했다. 그러나 나는 내가 너무나 잘 아는 그 방의 가구 목록이나 작성하려고 거기서 그 방을 관찰하는 게 아니었다. 아니다. 나는 노예 상인들과 실랑이를 벌이는 루이즈 랑동의 모습을 보고 싶었다.

그녀는 두 팔을 축 늘어뜨린 채 창문 옆에 역광을 받으며 꼼짝 않고 앉아 있었다. 진한 그늘이 마치 여자들의 모자에 드리우는 불투명한 베일처럼 그녀의 못생긴 얼굴을 뿌옇게 만들어놓았고, 짧고 둔중하고 보기 흉한 그녀의 몸을 압축해 한 덩어리로 뭉쳐놓았다. 또 강한 빛은 그녀의 머리 타래 아랫부분을 환하게 밝혀주고 그러잖아도 볼품없는 팔과 가슴을 한층 더 볼품없게 만들어놓은 다음 그녀가 입고 있는 허름한 치마의 검은 주름들 사이로 사라져갔다. 어떤 나이 든 부인이 그녀를 꼼꼼히 살펴보고 있었다. 이 부인은 적대적인 등과 사나운 목덜미를 내게 보이며 앉아 있었다. 이 나이 든 여성에게서 보이는 것은 우스꽝스럽게 깃털로 장식한 검은색 모자, 안감이 회색 모피로 되어 있는, 아랫부분이 걷어 올려진 검은색 망토, 그리고 양탄자 위에서 동그라미를 그리고 있는 검은색 드레스뿐이었다. 특히 무릎에 올려져 있는 그녀의 한쪽 손이 보였는데, 뼈마디가 굵고 풀솜실로 짠 검은색 장갑을 낀 그 손의 손가락은, 마치 살아 있는 먹이를 채 가는 맹수의 발톱처럼, 뻗었다가 움츠렸다가 옷감을 움켜잡았다가 하기를 반복했다. 폴라-뒤랑 부인이 아주 꼿꼿하고 위엄 있는 모습으로 탁자 옆에 서서 기다리고 있었다.

그건 별일 아니지 않은가? 통속적인 세 사람의 통속적인 장소에서의 만남. 이 평범한 사실에는 특별히 주의를 기울일 부분도, 감동할 부분도 없을 것이다. 그런데 이 세 사람이 거기 모여 침묵 속에서 서로를 바라보고 있다는 것이 내게는 엄청난 비극처럼 보였다. 나는 내가 지금 무시무시하고 불안하고 살인보다 더 나쁜 사회적 비극을 목격하고 있다는 생각이 들었다! 목이 말랐다. 가슴이 격렬하게 뛰었다.

나이 든 부인이 불쑥 입을 열었다.

"잘 안 보이니까 거기 있지 말아요. 잘 안 보여요. 내가 더 잘 볼 수 있게 저 안쪽으로 가봐요."

그러더니 그녀가 놀란 목소리로 외쳤다.

"오, 세상에! 키가 정말 작네!"

그녀는 이렇게 말하면서 의자를 옮겼고, 내게 옆모습을 보여주었다. 나는 매부리코와 입술에서 삐져나온 긴 이, 매의 둥글고 노란 눈을 보게 되리라 기대했다. 그런데 전혀 아니었다. 그녀의 얼굴은 평온하고 상냥해 보였다. 사실 그녀의 눈에는 악의도, 선의도 드러나 있지 않았다. 그녀는 아마도 가게를 하다가 그만둔 것 같았다. 장사꾼들은 특별한 표정들을 꾸며내는 재능을 갖고 있는데, 그런 표정들에서는 그들의 내적 본성이 전혀 드러나지 않는다. 그들이 자신의 직업에서 단련될수록, 부당한 방법으로 빠른 시간에 이익을 얻는 습관에 의해 저열한 본능과 가혹한 야심이 발달할수록, 그들의 얼굴 표정은 부드러워지거나 중립화된다. 그들 안에 있는 나쁜 것, 손님들로 하여금 경계심을 품게 할 만한 것은 그들의 내밀한 부분에 숨겨져 있거나, 아니면 보통 표현적 성격이 없는 신체 부위의 표면으로 피난한다. 이 나이 든 부인의 경우에는 그녀의 동공, 입, 이마, 모든 느슨해진 얼굴 근육에서는 안 보이는 냉혹한 영혼이 그녀의 목덜미에서 확연히 드러났다. 그녀의 목덜미야 말로 그녀의 진짜 얼굴이었고, 그 얼굴은 무시무시했다.

루이즈는 나이 든 부인의 명령에 따라 방 안쪽으로 갔다. 부인의 마음에 들고 싶다는 욕망이 그녀를 그야말로 괴물처럼 보이게 만들었고, 그녀의 태도를 의기소침하게 만들었다. 그녀가 햇빛 속으로 들어가자마자 나이 든 부인이 소리쳤다.

"오! 어떻게 저렇게 못생길 수가 있지?"

그녀는 폴라-뒤랑 부인을 증인으로 삼았다.

"정말이지, 저렇게 못생긴 여자가 이 세상에 있을 수가 있나요?"

폴라-뒤랑 부인은 여전히 엄숙하고 위엄 있게 대답했다.

"아가씨가 예쁘지 않은 건 분명하지만, 꽤 정직하고 성실하답니다."

그러자 나이 든 부인이 대꾸했다.

"그럴 수 있겠지요. 근데 너무 못생겼어요. 저렇게 못생긴 얼굴은 보는 사람에게 불쾌감을 줄 수가 있어요. 뭐라고? 뭐라고 말한 거죠?"

루이즈는 아무 말 하지 않았다. 다만 얼굴을 살짝 붉히며 고개를 숙였을 뿐이었다. 그녀의 눈가가 붉어졌다. 곧 눈물을 흘릴 것 같았다.

나이 든 부인이 손가락을 사납게 움직여 잔인한 짐승처럼 옷감을 움켜잡아 가며 말했다.

"어쨌든 두고 보면 알겠죠."

그녀는 루이즈에게 가족관계와 그 전에 어디서 일했는지, 요리, 청소, 바느질을 얼마나 잘하는지 물었다. 루이즈는 "그렇습니다, 부인!"이나 "아닙니다, 부인!"이라고 쉰 목소리로 헐떡거리며 대답했다. 마치 범죄자를 다루는 듯한 적의로 가득한 면밀한 신문은 20분 동안 계속되었다.

나이 든 부인이 결론지었다.

"그러니까 아가씨 얘기 중에서 가장 확실한 건 아가씨가 할 줄 아는 게 아무것도 없다는 거군요. 내가 처음부터 끝까지 다 가르쳐야겠네요. 서너 달 동안은 아가씨는 내게 아무 도움도 안 되겠어요. 게다가 이렇게 못생겨서 호감도 못 주고. 코에 난 그 상처는 어떻게 된 거죠? 칼이라도 맞은 건가요?"

"아닙니다, 부인. 태어날 때부터 있었어요."

"오! 호감 못 주겠어. 월급은 얼마나 받기를 원하죠?"

그러자 루이즈가 단호한 목소리로 대답했다.

"30프랑이요. 빨래해주고, 포도주 제공하는 조건으로요."

나이 든 부인이 펄펄 뛰었다.

"30프랑? 아가씨는 자기 얼굴도 안 봐요? 말도 안 돼! 뭐라고? 아무도 아가씨를 원하지 않아요. 아가씨를 원하는 사람은 아무도 없을 거예요. 내가 아가씨를 쓰려는 건 내가 좋은 사람이기 때문이에요. 내가 아가씨를 동정해서이기도 하고요! 그런데 내게 30프랑을 요구하다니! 참 대담하기도 하네요! 아마

다른 하녀들이 말도 안 되는 충고를 해줬겠죠! 그 사람들 말은 들으면 안 돼요."

폴라-뒤랑 부인이 맞장구를 쳤다.

"물론이에요. 하녀들이란 다들 제멋대로라니까요!"

그러자 나이 든 부인의 말투가 타협적으로 바뀌었다.

"자! 그러니까 월급은 15프랑 줄게요. 아가씨가 마시는 포도주 값은 아가씨가 내는 걸로 하고. 너무 많이 주는 것 같기는 한데, 아가씨의 못생긴 용모나 궁핍한 상황을 이용하고 싶지는 않아요."

그녀의 표정이 부드러워졌다. 목소리도 어리광을 부리듯 상냥해졌다.

"자, 아가씨, 이건 다시 없을 좋은 기회예요. 난 다른 사람들하고는 달라요. 혼자 살거든. 가족이 없어요. 아무도 없어. 내 가족은 하녀예요. 내가 하녀에게 원하는 게 뭔지 알아요? 그저 나를 조금이라도 사랑해주는 것뿐이에요. 내 하녀는 나랑 같이 살고 나랑 같이 먹죠. 포도주만 빼고. 난 하녀를 애지중지해요. 그리고, 이제 내가 늙었고 자주 아파서 하는 말인데, 나는 죽을 때 내게 헌신하고 시중을 잘 들어주고 나를 정성껏 보살펴준 사람을 잊지 않을 거예요. 아가씨는 못생겼어요. 정말 못생겼어. 너무 못생겼어. 오, 세상에! 아가씨의 못생긴 얼굴도 내게 익숙해지겠죠. 얼굴 반반한 하녀들 중에는 성질 못되고 손버릇 나쁜 하녀들이 많아요! 못생겼다는 것이 때로는 도덕성을 보증해주기도 하죠. 어쨌든 아가씨는 우리 집에 남자들을 데려오지는 않을 테죠, 응? 내가 아가씨에 대해 올바른 평가를 내렸죠? 내가 좋은 사람이라서 가능한 일인데, 이런 조건에서는 내가 제시하는 액수도 대단한 거예요. 그리고 그보다 더 좋은 건, 우리가 가족이 될 수 있다는 거죠!"

　루이즈는 동요하고 있었다. 나이 든 부인의 말을 듣고 그녀의 머릿속에서 낯선 희망이 춤추고 있는 게 분명했다. 시골스러운 그녀의 탐욕이 그녀에게 금덩어리가 가득 들어 있는 궤짝과 엄청난 내용의 유언장을 보여주었다. 이 좋은 여주인과의 공동생활, 그녀와 함께 하는 식사, 작은 공원과 교외의 숲으로 그녀와 함께 외출하는 것, 이 모든 것이 그녀를 경탄하게 했다. 이 모든 것은 또한 그녀에게 두려움을 불러일으키기도 했다. 의심이, 도저히 떨쳐버릴 수 없는 경계심이 이 약속들의 광채에 그늘을 드리웠기 때문이다. 그녀는 무슨 말을 해야 할지, 뭘 어떻게 해야 할지 모르고 있었다. 어떤 결정을 내려야 할지를 모르고 있는 것이었다. 나는 "안 돼! 그 제안 받아들이지 마!"라고 소리치고 싶었다. 오! 나는 틀어박혀 살아야 하는 하녀의 삶을, 사람의 진을 빼놓는 그 일을, 그 가시 돋친 질책들을, 배고픈 하녀에게 던져지는, 살을 다 발라낸 뼈와 상한 고기 따위의 초라한 먹을거리를, 그리고 어디 한 곳 기댈 데 없는 불쌍한 존재들에 대한 고통스러운 영원한 착취를 보았다. "안 돼! 더 이상 그 여자 말 듣지 말고 그냥 거기서 나와!" 그러나 이 외침은 내 입속에서만 맴돌 뿐 입 밖으로 나오지 않았다.

　나이 든 부인이 명령했다.

"조금 더 가까이 와봐요. 아가씨는 날 무서워하는 것 같아
요. 자, 무서워하지 말아요. 이리 가까이 와요. 정말 이상한 일
이네. 아가씨가 덜 못생겨 보여요. 난 벌써 아가씨 얼굴에 익
숙해지고 있어요."

루이즈는 팔다리에 뻣뻣하게 힘을 준 채, 의자나 가구에 부
딪치지 않으려 애쓰며 천천히 그녀에게 다가갔다. 그 불쌍한
여자는 우아하게 걸으려고 무척 애쓰고 있었다. 그러나 그녀
가 가까이 다가가자마자 나이 든 부인은 얼굴을 찡그리며 그
녀를 밀어냈다.

나이 든 부인이 소리쳤다.

"오, 세상에! 이게 무슨 일이야? 왜 아가씨한테서 이런 고약
한 냄새가 나는 거죠, 응? 몸속에서 뭐가 썩고 있기라도 한 거
예요? 끔찍해! 믿을 수 없는 일이야. 아가씨처럼 고약한 냄새
를 풍기는 사람은 본 적이 없어요. 콧속에 종양 같은 게 있는
거 아니에요? 아니면 뱃속에 있나?"

폴라-뒤랑 부인이 우아한 동작을 취하며 말했다.

"제가 미리 말씀드렸습니다만, 바로 이게 이 아가씨의 큰 결
점이에요. 그래서 일자리를 못 찾고 있는 겁니다."

나이 든 부인이 계속 투덜거렸다.

"오, 세상에! 오, 세상에! 이게 있을 수 있는 일인가? 아가씨
는 우리 집 전체를 악취로 물들일 거예요. 그러니 내 옆에 있
으면 안 돼. 오! 이건 아냐. 아가씨한테 연민을 느꼈었는데! 안
돼, 안 돼! 내가 아가씨한테 호의를 갖고 있기는 하지만, 이건

안 되겠어. 없었던 얘기로 해야겠어!"

그녀는 손수건을 꺼내 악취 나는 공기를 자신에게서 멀리 몰아내며 같은 말을 되풀이했다.

"안 돼, 정말이지 이건 안 되겠어!"

폴라-뒤랑 부인이 끼어들었다.

"자, 부인, 좀 참아보시면 안 될까요? 그렇게 해주시면 이 불쌍한 아가씨는 늘 부인께 감사할 거예요."

"내게 감사한다고요? 그건 정말 좋은 거지. 하지만 감사한다고 해서 저 고약한 냄새가 없어지지는 않아요. 자! 나는 결정했어요! 난 저 아가씨한테는 월급을 10프랑밖에 못 줘요! 10프랑밖에 못 준다고요! 10프랑에 일을 하든지 말든지, 결정해요!"

그때까지 눈물을 꾹 참고 있던 루이즈가 깜짝 놀라며 말했다.

"안 돼요, 전 그럴 수 없어요. 그럴 수 없어요. 그럴 수 없어요."

그러자 폴라-뒤랑 부인이 냉랭한 목소리로 말했다.

"이봐요, 아가씨. 부인의 제안을 받아들여야 해요. 안 그러면 난 더 이상 아가씨를 책임지지 않겠어요. 다른 직업소개소에 가서 일자리를 찾아봐도 좋아요. 사실 나도 지겨우니까. 아가씨는 지금 직업소개소에 큰 폐를 끼치고 있는 거예요."

나이 든 부인이 말했다.

"그렇고말고! 그리고 10프랑도 고맙게 생각해야 해요! 내 동정심과 자비심 덕분이니까! 내가 지금 좋은 일을 하고 있다는 걸 어떻게 모를 수가 있죠? 물론 나도 다른 사람들처럼, 이렇게 좋은 일을 해놓고 나중에 후회할지도 모르지만."

그녀는 폴라-뒤랑 부인에게 말했다.

"자, 난 이런 사람이에요. 나는 사람들이 힘들어하는 걸 가만두고 볼 수가 없어요. 누가 힘든 상황에 처한 걸 보면 가만 있질 못한답니다. 이 나이 먹도록 그건 변함이 없어요. 자, 아가씨, 내가 아가씨를 데려가죠."

이 말을 듣는 순간 나는 갑자기 발에 쥐가 나 관측소에서 내려오지 않을 수 없었다. 그 뒤로 나는 루이즈를 영영 보지 못했다.

다음 날, 폴라-뒤랑 부인이 나를 사무실로 부르더니 좀 거북하게 느껴질 정도로 나를 꼼꼼히 살펴본 뒤 말했다.

"셀레스틴 양, 좋은 자리가 났어요. 당신이 일할 만한 아주 좋은 자리예요. 한 가지 문제는 시골로 가야 한다는 거예요. 아, 파리에서 그리 멀지는 않아요."

"시골이라고요? 난 시골엔 안 가요."

그러나 그녀는 집요했다.

"시골에 대해서 잘 모르는군요. 시골에도 좋은 일자리가 얼마든지 있어요."

나는 그녀의 말을 바로잡아주었다.

"오! 좋은 자리라고요? 농담 마세요! 어디에도 좋은 자리는 없어요."

폴라-뒤랑 부인은 아양을 떨며 상냥하게 웃었다. 나는 그녀가 그렇게 웃는 것을 한 번도 본 적이 없었다.

"셀레스틴 양, 미안하지만, 나쁜 일자리는 없답니다."

"천만의 말씀! 내가 잘 아는데, 세상에는 나쁜 일자리밖에 없어요."

"아니죠, 나쁜 하인들밖에 없다고 말해야죠. 나는 당신한테 최고로 좋은 집만 소개해주는데 당신이 그런 집에서 오래 있지 못하고 나와버리잖아요. 그건 내 잘못이 아니라고요."

그녀는 호의적인 시선으로 나를 바라보았다.

"당신이 아주 영리하기 때문에 더더욱 그래요. 얼굴도 예쁘고, 몸매도 예쁘고, 손도 고와요. 일을 했는데도 전혀 망가지지 않았어요. 눈도 호기심으로 가득 차 있고. 당신에게는 행운의 신이 찾아올 수 있어요. 당신은 품행이 단정하니 어떤 행운이 찾아올지 몰라요."

"품행이 단정하지 않으니… 라고 말하고 싶었겠죠."

"그건 보기 나름이죠. 난 그걸 품행이 단정하다고 말한답니다."

그녀는 많이 누그러졌다. 그녀가 얼굴에 쓴 가면이 조금씩 미끄러져 내렸다. 내 앞에 앉아 있는 것은 온갖 비열한 행위의 전문가인 전직 하녀에 불과했다. 그 순간 그녀의 눈은 돼지처럼 탐욕스러웠고 제스처는 맥이 풀려 흐느적거렸으며, 그녀는 습관처럼 입을 핥았다. 모든 뚜쟁이와 레베카 랑베 부인이 그랬었다.

그녀가 같은 말을 되풀이했다.

"나는 그걸 가리켜 품행이 단정하다고 말해요."

"그거라니요?"

"자, 아가씨, 당신은 신참이 아니에요. 인생이 뭔지 잘 알죠. 당신하고는 얘기가 좀 돼요. 나이가 좀 있는 어떤 남자 분의 집인데, 파리에서 많이 떨어져 있지는 않아요. 돈이 아주 많은 분이에요. 그럼요, 큰 부자죠. 당신이 그 집 살림을 해줘요. 말하자면 집사 같은 거죠. 내 말 알아듣겠어요? 이건 아주 좋은 자리여서 찾는 사람도 많고 돈도 많이 벌 수 있어요. 당신처럼 총명하고, 예쁘고, 음, 품행이 단정한 여자에게는 미래가 확실히 보장되는 자리죠."

그건 나의 야망이었다. 나는 내게 푹 빠진 노인을 이용해 빛나는 미래를 얻는 것을 수없이 생각했었고, 이제 내가 꿈꾸던 천국이 내 앞에서 미소 지으며 나를 부르고 있었다. 그토록 원했던 행복이 설명할 길 없는 인생의 아이러니에 의해, 나로서는 도통 이유를 알 수 없는 터무니없는 모순에 의해 드디어 내게 주어진 것이었다. 하지만 나는 그것을 단호히 거부했다.

"늙은 난봉꾼, 오, 싫어요! 난 늙었든 젊었든 남자들은 무조건 싫어요."

폴라-뒤랑 부인은 잠시 어안이 벙벙한 표정이었다. 아마 그녀는 내가 이런 반응을 보이리라고는 전혀 예상하지 못했을 것이다. 엄격한 표정을 지으며 위엄을 되찾은 그녀는 자신이 되고 싶어 하는 부르주아 여성과 나라는 자유분방한 여성 사이의 거리를 넓히며 말했다.

"오, 아가씨! 지금 무슨 생각을 하는 거예요? 날 뭘로 보는 거냐고요? 무슨 상상을 하는 거예요?"

"아무 상상 안 해요. 그냥, 남자들이 지긋지긋하다고요! 그뿐이에요!"

"우리가 말하는 그분이 어떤 분인지 알기나 해요? 그분은 정말 존경할 만한 분이에요. 생-뱅상-드-폴 서클의 회원이시고, 왕당파 국회의원도 지내셨다고요, 아가씨!"

나는 웃음을 터뜨렸다.

"네, 네, 계속 말씀해보세요! 난 그 생-뱅상-드-폴도 알고, 그 빌어먹을 성인들도 다 알고, 국회의원들도 다 알아요. 근데 사양하겠어요!"

그러고는 나는 단도직입적으로 물었다.

"말씀하시는 그 늙은이가 정확히 누군가요? 뭐, 한 명이 더 있든, 덜 있든 매한가지일 테니까."

그러나 폴라-뒤랑 부인은 웃지 않았다. 그녀는 단호한 목소리로 말했다.

"그래 봤자 소용없어요, 아가씨. 당신은 그분에게 필요한 품행 단정한 여자도 아니고 믿을 만한 사람도 아니에요. 나는 당신이 더 적합하다고 생각했는데…. 당신을 보니 안심할 수 없겠네요."

나는 오랫동안 내 주장을 폈지만, 그녀는 물러서지 않았다. 나는 멍한 기분으로 대기실로 돌아갔다. 오, 대기실은 늘 그랬듯이 너무나 음울하고 어두웠다! 장의자에 꼼짝 않고 웅크리고 앉아 있는 저 여인들, 부르주아들의 탐식食에 맡겨진 저 인육 시장. 쓰레기의 밀물, 가난의 썰물이 다시 그들을 그곳으로 데려간다. 영원토록 이리저리 요동치는 난파선의 서글픈 잔해.

나는 생각했다.

'나는 정말 이상한 사람이야! 나는 내가 실현될 수 없다고 여기는 일들을 이것도 바라고 저것도 바라고 하지. 그런데 막상 그 바람이 실현되려 하고 구체화되면 더 이상 그걸 원하지 않아.'

내가 폴라-뒤랑 부인의 제안을 거절한 것은 이런 이유 때문이기도 했지만, 다른 한편으로는 그녀에게 모욕을 주고 싶은 유치한 마음, 너무나 건방지고 오만한 그녀가 내 앞에서 매춘을 알선하다가 창피를 당하는 걸 보고 싶은 마음 때문이기도 했다.

나는 나 자신에게 낯선 것의 유혹과 접근할 수 없는 이상의 매혹을 의미하는 그 늙은이를 택하지 않은 것이 아쉽게 느껴졌다. 나는 그의 모습을 그려보며 즐거워했다. 그 노인은 말쑥하고 손이 부드럽고 말끔히 면도한 분홍색 얼굴로 우아한 미소를 지을 것이며, 우아하고 유쾌하고 관대하고 천진할 것이며, 지나치게 열정적이지도 않고 너무 광적이지도 않아서(라부르 씨와는 달리) 마치 강아지처럼 나에게 끌려다닐 것이다.

"자, 이리 오렴, 이리 와."

그러면 그는 말 잘 듣는 어린애처럼 흥분으로 들떠서 어리광을 부리며 나를 따라올 것이다.

"이제 뒷발로 한번 서봐."

그는 뒷발로 섰는데, 꼿꼿하게 서서 앞발로 허공을 휘젓는 너무 이상한 자세였다.

"오, 우리 착한 멍멍이!"

나는 그에게 설탕을 주었다. 나는 그의 비단처럼 부드러운 척추를 쓰다듬어주었다. 그는 더 이상 내게 혐오감을 주지 않았다. 나는 또다시 생각했다.

'그런데 바보같이! 귀여운 강아지, 아름다운 정원, 아름다운 저택, 돈과 평온한 생활, 보장된 미래… 이 모든 걸 거부하다니! 왜 그랬나 몰라. 나는 내가 뭘 원하는지도 몰라. 내가 바라는 걸 원하려고도 하지 않아. 나는 많은 남자들에게 나를 맡겼어. 그런데 가만히 생각해보면 난 남자들을 두려워해. 더 나쁜 건, 남자들이 멀리 있을 때는 그들을 혐오한다는 거야. 남자들이 옆에 있으면 나는 병든 암탉처럼 쉽게 무너져 별의별 터무니없는 짓을 다 할 수 있지. 나는 오직 일어나지 않을 일과 내가 전혀 모르는 남자에게만 저항할 수 있어. 정말이지 나는 절대 행복해질 수 없을 거야.'

대기실이 숨 막힐 듯 답답하게 느껴졌다. 그 어둠과 그 희끄무레한 빛, 그 늘어앉아 있는 인간들을 보자 내 생각은 점점 더 음울해졌다. 뭔가 무겁고 돌이킬 수 없는 것이 내 위를 떠돌아다녔다. 나는 마음이 무거워지고 목이 메어, 소개소가 문을 닫을 때까지 기다리지 않고 그곳을 떠났다. 계단에서 루이 씨와 마주쳤는데, 그는 난간을 꼭 잡고 계단을 힘겹게 천천히 올라오고 있었다. 우리는 순간적으로 서로를 쳐다보았다. 그도 내게 아무 말 하지 않았고, 나도 그에게 말을 걸지 않았다. 그러나 우리의 눈길이 모든 걸 말해주었다. 오! 그도 나처럼 행복하지 않은 것이었다. 나는 계단을 올라가는 그의 발소리에 잠시 귀 기울이다가 급히 계단을 내려갔다. 불쌍한 남자!

길거리로 나선 나는 잠시 얼이 빠져 있었다. 나는 눈으로 여자 포주들을, 레베카 랑베 부인의 굽은 등과 검은 옷을 찾았다. 오! 만일 내가 그녀를 봤다면 그녀에게 가서 나를 넘겨주었을 것이다. 그러나 아무도 없었다. 사람들이 나의 비탄 따위에는 관심 없다는 듯 바쁘게 지나갈 뿐이었다. 나는 어느 선술집에 들러 화주를 한 병 사고는 좀 걷다가 여전히 망연자실하고 멍한 상태로 여관방으로 돌아갔다.

밤늦게 누군가가 내 방 문을 두드리는 소리가 났다. 나는 술에 취해 혼미한 상태로 반쯤 벌거벗은 채 침대에 누워 있었다.

나는 소리쳤다.

"누구예요?"

"나예요."

"누구요?"

"종업원이요."

나는 일어나서, 젖가슴이 셔츠 밖으로 다 드러나고 머리가 어깨까지 풀어헤쳐진 상태로 그냥 문을 열어주었다.

"왜요?"

종업원이 웃었다. 계단에서 여러 번 마주쳤던, 그때마다 나를 이상한 눈빛으로 쳐다봤던 갈색 머리의 키 크고 건장한 남자였다.

나는 한 번 더 물었다.

"왜요?"

종업원은 당황해하며 다시 한 번 웃더니 기름 자국들로 얼룩진 푸른색 앞치마의 아랫부분을 손가락으로 둘둘 말면서 말을 더듬었다.

"아가씨… 저는…."

그는 나의 가슴과 거의 다 드러난 배, 골반이 시작되는 부분에서 멈춰 있는 내 셔츠를 음울한 욕망이 서린 표정으로 바라보았다.

나는 느닷없이 외쳤다.

"들어와! 이 짐승 같은 인간아!"

그러고는 그를 방 안으로 밀어 넣고 문을 쾅 닫았다.

아! 이게 무슨 꼴이람! 우리는 다음 날 아침에 술에 잔뜩 취해 침대에서 뒹굴다가 발견되었다. 그때 우리가 어떤 꼴을 하고 있었을지는 상상에 맡긴다!

그 종업원은 해고당했다. 나는 그의 이름도 모른다.

나는 폴라-뒤랑 부인의 직업소개소에서 만난 어떤 불쌍한 남자를 추억하지 않고는 그곳에 대한 이야기를 마칠 수가 없

다. 그는 넉 달 전 아내를 잃고 일자리를 찾으러 온 정원사였
다. 나는 그곳을 거쳐 간 수많은 애처로운 얼굴들 가운데 그의
얼굴만큼 슬프고 삶에 짓눌린 듯한 얼굴을 본 적이 없다. 그의
아내는 유산流産으로 죽었다(유산으로 죽다니?). 그들이 두 달
동안 곤궁하게 지낸 끝에 드디어 그는 정원사로, 그의 아내는
가금류 관리인으로 어떤 대저택에 들어가기 바로 하루 전의
일이었다. 운이 없어서인지, 아니면 사는 것에 권태와 환멸을
느껴서인지, 그 불행한 일이 일어난 뒤로 그는 일자리를 찾지
않았다. 이렇게 일을 못하고 놀다 보니 얼마 되지 않았던 저금
이 순식간에 바닥이 났다. 그는 의심이 많은 사람이었지만 나
는 그와 조금 친해지는 데 성공했다. 나는 그의 불행에 마음이
움직인 내가 그에게 평소보다 더 큰 관심을 보이고 평소보다
더 그를 동정했던 어느 날 그가 내게 들려준 너무나 가슴 아픈
비극을 감정적으로 좀 거리를 두며 여기 옮겨보려 한다.

정원, 테라스, 온실, 그리고 정원 입구에 있는, 송악과 능소
화와 야생 포도나무로 뒤덮인 정원사 집을 둘러본 그들은 서
로 아무 말 없이 기대 반, 불안감 반의 마음으로 잔디밭을 향
해 걸어갔다. 잔디밭에서는 금발 머리와 장밋빛 피부의 세 아
이가 여자 가정교사의 감시 아래 놀고 있었고, 백작부인이 사
랑 가득한 눈으로 그 아이들을 바라보고 있었다. 그들은 백작
부인에게서 스무 걸음쯤 떨어진 곳에서 걸음을 멈추었다. 남
자는 챙 달린 모자를 벗어 손에 들었고, 검은색 밀짚모자를 쓰

고 꽉 끼는 모직 상의를 입은 여자는 수줍은 표정으로 가죽 손가방의 끈을 만지작거리면서 침착하려고 애썼다. 무성한 관목들 사이로 정원의 잔디밭이 물결치듯 멀리 펼쳐져 있었다.

백작부인이 그들을 격려하려는 듯 다정한 목소리로 말했다.

"자, 이리 가까이 와요."

남자는 갈색 얼굴, 햇볕에 그을린 피부, 마디가 굵은 흙빛의 손을 갖고 있었고, 연장을 계속 만지다 보니 손가락 끝이 일그러지고 반들반들 윤이 났다. 여자는, 회색빛이 도는 약간 창백한 얼굴에 꼭 뿌려놓은 것처럼 주근깨가 덮여 있었으며, 약간 어색해 보였고, 무척 깔끔했다. 그녀는 이제 곧 다른 주인들처럼 자신을 노골적으로 관찰하고, 온갖 괴로운 질문을 쏟아내고, 자신의 몸과 마음을 흔들어놓을 이 아름다운 귀부인 앞에서 감히 고개를 들지 못했다. 그래서 그녀는 풀밭에서 놀고 있는 세 아이가 이루어내는 한 폭의 아름다운 그림을, 절제된 방식과 미리 세심하게 계획된 우아함을 보여주는 그 그림을 열중해서 바라보았다. 그들은 두 손을 배 위에 교차시킨 채 기계적인 동작으로 천천히 앞으로 몇 걸음 걸어갔다.

백작부인이 물었다.

"그래, 다 봤어요?"

남자가 대답했다.

"백작부인께서는 참으로 친절하십니다. 정말 넓고, 정말 아름답습니다. 오! 정말 웅장한 저택이에요! 할 일이 꽤 많을 것 같습니다."

"미리 얘기하는데, 난 굉장히 까다로운 사람이에요. 매우 공정하지만, 엄청 까다롭기도 해요. 모든 게 다 완벽하게 유지되었으면 좋겠어요. 늘 사방에 꽃들이 피어 있었으면 해요. 그리고 당신에게 여름에는 두 명, 겨울에는 한 명의 조수를 붙여줄 거예요. 그 정도면 충분할 거라 생각해요."

남자가 대답했다.

"아! 일은 걱정 없습니다. 저는 일이 많을수록 좋아하는 사람이니까요. 저는 제 직업을 사랑합니다. 저는 나무와 만물 채소, 모자이크 디자인 등 모든 것을 두루 안답니다. 꽃이야 좋은 일꾼이 애정을 기울여 가꾸고 물을 주고 땅에 좋은 짚을 깔고, 백작부인께 실례가 되는 말씀이지만, 거름과 퇴비를 많이 쓰면 원하는 대로 얻을 수 있지요."

그는 잠시 숨을 돌린 뒤 말을 이었다.

"제 아내도 무척 부지런합니다. 솜씨도 좋고요. 관리 능력도 있습니다. 언뜻 보면 강해 보이지 않지만, 열의도 있고, 생전 아프지도 않고, 가축도 잘 보살피지요. 저희가 전에 일했던 곳에는 암소 세 마리에다 200마리의 병아리가 있었습니다."

백작부인이 알았다는 듯 고개를 끄덕였다.

"살 집은 마음에 드나요?"

"집도 너무 예쁩니다. 저희처럼 신분 낮은 사람들이 살기에는 너무 크다는 생각이 드는군요. 저희는 가구가 별로 없어서 집을 다 채우지도 못할 것 같습니다. 하지만 집을 굳이 다 차지하고 살 필요는 없겠지요. 그리고 집이 성에서 좀 멉니다.

그래야겠지요. 정원사가 너무 가까이 살면 주인들께서 좋아하시지 않죠. 그리고 저희 입장에서도 혹시 폐를 끼칠까 봐 걱정되고요. 이런 식이면 주인님들도 그렇고 저희도 그렇고 각자집에 있을 수 있어서 좋습니다. 모두에게 좋은 거죠. 다만….”

남자는 얘기를 해야 할지 말아야 할지 갑자기 소심하게 망설였다.

“다만… 다만 뭐죠?”

백작부인이 잠시 침묵하다가 이렇게 묻자 남자는 한층 더 거북스러워했다.

남자는 모자를 더 세게 움켜잡았다가 손가락을 넣어 돌렸다가 땅바닥을 더욱 힘주어 눌렀다가 하더니 마침내 용기를 내어 말했다.

“다만, 제가 하는 일에 비해 보수가 충분하지 않다는 말씀을 백작부인께 드리고 싶었습니다. 너무 적습니다. 이 돈 갖고는 아무리 노력해도 입에 풀칠하기가 힘듭니다. 보수를 조금만 더 올려주시면….”

“당신은 내가 집도 주고, 난방도 해주고, 불도 밝혀준다는 걸 잊고 있군요. 채소와 과일도 줄 거고, 일주일에 달걀 한 줄, 하루에 우유 1리터씩 줄 거예요. 이것만 해도 굉장한 거죠.”

“아! 우유와 달걀도 주실 건가요? 불도 밝혀주시고요?”

그러고는 그는 조언을 구하려는 듯 아내를 쳐다보며 중얼거렸다.

“세상에! 그 정도면 상당한 거죠. 그건 부인할 수 없는 사실입니다. 나쁘지 않아요."

여자가 우물우물 말했다.

"확실히… 도움은 되겠지요."

그러고는 거북한 표정을 지으며 떨리는 목소리로 물었다.

"백작부인께서는 1월과 성 피아크르 축일 때 선물을 주시겠지요?"

"아니, 선물은 없어요."

"그건 관례인데…."

"나의 관례는 아니에요."

이번에는 남자가 물었다.

"족제비와 흰담비 고기는요?"

"안 줘요. 가죽은 줄게요!"

백작부인이 딱 잘라 이렇게 말했기 때문에 더 이상 질문이 이어지지 않았다.

그녀가 문득 이렇게 말했다.

"아! 미리 얘기하는데, 정원사가 누구에게든 채소를 팔거나 줘서는 절대 안 돼요. 나는 충분한 양의 채소를 가지려면 좀 많이 키워야 한다는 걸 잘 알고 있어요. 그중 4분의 3은 아무 쓸모 없이 버려진다는 것도 잘 알아요. 어쩔 수 없잖아요! 난 그냥 채소가 내버려지도록 놔둘 생각이에요."

"물론입니다. 잘 알아서 하겠습니다."

"그럼 합의된 거죠? 결혼은 언제 했나요?"

여자가 대답했다.

"6년 됐습니다."

"아이는 아직 없어요?"

"어린 딸이 하나 있었는데, 죽었습니다!"

그러자 백작부인이 무심하게 말했다.

"아! 그거 잘됐군, 아주 잘됐어. 하지만 두 사람은 아직 젊으니까 또 아이를 가질 수 있겠네요?"

"아이를 갖고 싶은 생각은 전혀 없습니다, 백작부인. 하지만 아이는 100에퀴의 연금보다 더 갖기 쉽지요!"

백작부인의 눈초리가 사나워졌다.

"한 가지 더 경고하는데, 난 우리 집에 아이가 있는 건 절대 원하지 않아요. 만약 두 사람에게 아이가 생기면 나는 어쩔 수 없이 두 사람을 즉시 해고할 거예요. 아! 아이는 안 돼요! 그것들은 닥치는 대로 돌아다니면서 빽빽 소리를 질러대고 집 안을 쑥대밭으로 만들어놓는다고요! 또 말들을 겁먹게 하고, 전염병을 퍼뜨리죠. 안 돼요, 절대 안 돼요. 우리 집에 아이를 들이는 건 절대 허용 못 해요. 자, 분명히 경고했으니 알아서들 해요. 조심하라고요."

그때, 한 아이가 넘어졌다가 울며 뛰어와 어머니의 옷 속으로 숨었다. 백작부인은 아이를 품에 안아 상냥한 말을 속삭이며 조용히 흔들고 쓰다듬고 다정하게 입을 맞춰주었다. 그러고 나서 마음이 안정된 아이를 미소를 지으며 다른 두 아이에게 다시 보냈다. 여자는 문득 마음이 무거워지는 것을 느꼈다. 그녀는 울음을 삼킬 자신이 없었다. 그러니까 어머니로서의 즐거움,

애정, 사랑, 모성은 오직 부자들만의 것이란 말인가? 아이들이 잔디밭에서 다시 뛰어놀기 시작했다. 그녀는 그 아이들이 지독하게 미웠다. 그들에게 욕을 퍼붓고, 그들을 때리고, 그들을 죽여버리고 싶었다. 무례하고 잔인한 저 여자도, 이제 막 가증스러운 말을, 지금 가난한 자신의 배 속에서 잠들어 있는 미래의 인간을 못 태어나게 하라는 말을 내뱉은 저 이기적인 어머니도 때려주고 싶었다. 그러나 그녀는 꾹 참고, 다른 경고들보다 더 강압적인 그 새로운 경고에 대해 그저 이렇게 대답했다.

"조심할게요, 백작부인. 시키시는 대로 하겠습니다."

"그래요, 나도 같은 말 여러 번 하고 싶지 않아요. 그건 우리 집의 원칙이에요. 내가 절대로 위반하지 않는 원칙."

그러고 나서 그녀는 갑자기 목소리를 바꾸어 상냥한 어조로 덧붙였다.

"자, 내 말 들어요. 부자가 아닌 사람들은 차라리 아이를 안 가지는 게 좋아요."

남자가 미래의 여주인의 비위를 맞추려고 결론짓듯 말했다.

"물론입니다, 물론입니다. 백작부인 말씀이 옳습니다."

그러나 그의 마음속에서는 증오심이 치밀어 올랐다. 어둡고 사나운 번득임이 전광석화처럼 그의 눈을 스쳐 지나간 것으로 보아 그가 방금 한 말은 마지못해 한 것이었음을 알 수 있었다. 백작부인은 이 살기 어린 번득임을 보지 못했다. 왜냐하면 자기가 방금 애를 갖지 말거나, 혹시 가졌으면 떼어버리라고 강요한 여자의 배에 본능적으로 시선을 고정시키고 있었기 때문이다.

계약은 빠르게 성사되었다. 그녀는 이것저것 지시를 내렸고, 새로운 정원사에게 바라는 바를 아주 세세하게 열거했으며, 그런 다음 오만한 미소를 띠고 두 사람을 돌려보내면서 일체의 말대답을 허용하지 않는 어조로 말했다.

"난 당신들이 종교적 감정을 갖고 있다고 생각해요. 여기서는 모두가 일요일마다 교회에 가서 미사를 드리고 고해를 해요. 두 사람도 꼭 그렇게 했으면 좋겠어요."

두 사람은 그 집에서 나와 매우 심각하고 어두운 표정으로 아무 말 없이 걷기만 했다. 도로는 먼지투성이었고 날은 무척 더웠다. 여자는 다리를 질질 끌며 힘겹게 걸었다. 그러다가 숨이 가빠지자 걸음을 멈추고 가방을 땅에 내려놓은 다음 코르셋을 풀었다.

그녀는 공기를 한가득 들이마셨다. 그러자 오랫동안 억눌려 있었던 그녀의 배가 부풀어 오르더니 독특한 둥근 형체를, 임신의 흔적을, 중대한 결함을 드러내 보였다. 두 사람은 계속 길을 갔다.

그들은 거기서 몇 걸음 떨어진 길가 선술집으로 들어가 포도주 1리터를 시켰다.

여자가 물었다.

"내가 임신했다는 얘기 왜 안 했어요?"

남자가 대답했다.

"그랬으면 그 여자가 우리를 쫓아냈을 거 아냐? 이번에도 쫓겨나면 네 번째잖아.”

“그래 봤자 뭐해요. 당장 내일이라도 알게 될 텐데!”

그러자 남자가 들릴 듯 말 듯한 목소리로 중얼거렸다.

“오늘 밤에라도 당장 위로 할멈한테 가봐. 아기를 떼는 약
초를 갖고 있다잖아.”

여자가 울기 시작했다. 그리고 계속 눈물을 흘리면서 한탄
했다.

“그런 말 말아요! 그런 말 하지 말라고요! 그랬다가는 불행
이 우리를 찾아올 거예요!”

남자가 탁자를 치며 소리쳤다.

“그럼 같이 죽는 수밖에 없군! 제기랄!”

불행이 닥쳤다. 나흘 뒤에 여자는 유산을 했고(유산이라
니?), 그로 인한 복막염으로 끔찍한 통증에 시달리다가 죽고
말았다.

남자는 얘기를 마치고 내게 말했다.

“그래서 지금 나는 혼자가 되었습니다. 이제 내게는 아내도
없고 아이도 없어요. 아무것도 없습니다. 복수하겠다는 생각
도 했지요. 그래요. 잔디밭에서 놀고 있던 세 아이를 죽이겠다
는 생각을 오랫동안 했어요. 난 나쁜 사람이 아닙니다. 그렇지
만 맹세컨대, 그 아이들의 목은 즐거운 마음으로 조를 수 있을
것 같았어요. 정말입니다. 그렇지만 할 수가 없었어요. 우리는
두려워해요. 우리는 비겁해요. 우리는 오직 고통스러워할 용
기밖에 낼 수가 없어요!”

16

11월 28일

조제프에게서는 편지가 한 통도 오지 않았다. 그가 얼마나 신
중한 사람인지 알고 있던 나는 그의 침묵이 그다지 놀랍지 않
았지만 그래도 좀 힘들긴 했다. 물론 조제프는 마님이 내게 편
지를 전해주기 전에 미리 읽어보리라는 것을 모르지 않았으
며, 그러한 위험에 자기나 내가 노출되는 것을 원하지 않았다.
또한 그는 자기가 보낸 편지를 마님이 읽어볼 경우 심술궂게
이러쿵저러쿵 잔소리를 늘어놓으리라는 것도 잘 알고 있었다.
그렇지만 나는 그가 머릿속에 든 게 많은 사람이니 내게 소식
을 알릴 방법을 찾아낼지도 모른다고 생각했을 것이다. 그는
내일 아침에 돌아오는 것으로 되어 있다. 과연 돌아올까? 나

는 불안감이 없지 않았고, 그에 관한 생각을 떨쳐버릴 수가 없었다. 그는 왜 내가 그의 셰르부르 주소를 아는 걸 원치 않는 것일까? 하지만 나는 나를 상심케 하고 열 오르게 하는 이 모든 것을 더 이상 생각하고 싶지 않았다.

이곳에서는 여전히 몇 가지 사건과 점점 더 깊어지는 침묵 말고는 아무 일도 일어나지 않았다. 성당 관리인이 우정을 발휘해 조제프의 일을 대신 맡아 했다. 그는 하루도 빠짐 없이 같은 시간에 나타나 말들을 글겅이질하고 온상을 돌봤다. 그의 입에서 단 한 마디라도 끄집어내는 건 애당초 불가능한 일이었다. 그는 조제프보다 더 과묵하고, 더 의심이 많고, 더 수상쩍었다. 또한 그는 더 평범하기도 해서, 키도 크지 않고 힘도 세지 않았다. 나는 그에게 지시를 전할 때만 겨우 몇 번 그를 볼 수 있었다. 정말 이상한 사람이었다! 식료품점 여주인의 말에 따르면, 그는 젊었을 때 신부가 되려고 공부했지만 부정한 행동과 부도덕한 행동 때문에 신학교에서 쫓겨났다. 혹시 그가 숲 속에서 꼬마 클레르를 죽인 건 아닐까? 이후 그는 온갖 직업을 전전했다. 제과점 점원, 성가대원, 봇짐장수, 공증인 서기로도 일했고, 하인, 시市의 고수鼓手, 시장의 구매자로도 일했고, 집행관 사무소 직원으로도 일한 그는 4년 전부터는 성당 관리인으로 일하고 있다. 성당 관리인은 신부와 조금 비슷하다. 그런데 그는 교회에 사는 쥐며느리처럼 역겹고 비굴하게 행동했다. 물론 그는 지저분하기 짝이 없는 일 앞에서도 물러서지 않을 것이다. 조제프가 그를 친구로 삼은 건 잘못이다.

한데 그는 조제프의 친구일까? 혹시 공모자가 아닐까?

마님은 두통이 났다. 3개월에 한 번씩 두통을 앓는 것 같다. 그녀는 이틀 동안 커튼을 내리고 불도 끈 채 자기 방에 틀어박혀 있었고, 오직 마리안만 그 방에 들어갈 수 있었다. 그녀는 나를 원하지 않았다. 마님의 병은 나리에게는 좋은 기회였다. 그는 이 틈을 이용했다. 그는 부엌을 떠나지 않았다. 이따금 나는 바지 단추도 안 잠근 채 온통 발그레한 얼굴로 거기서 나오는 나리와 마주치곤 했다. 오! 나는 마리안과 그가 함께 있는 모습을 꼭 한 번 보고 싶다. 그들이 사랑을 나누는 모습을 보면 정말 역겨울 것이다.

산울타리 뒤에서 잔뜩 화난 표정으로 나를 쳐다보기만 할 뿐 더 이상 내게 말을 하지 않던 모제 대령은 가족들과, 어쨌든 그의 집에 와서 사는 조카딸 중 한 명과 화해했다. 그녀는 봐줄 만했다. 키도 크고 금발이었으며, 코가 좀 길긴 했지만, 생기발랄하고 날씬했다. 사람들 말로는 그녀가 죽은 로즈를 대신해 살림을 하고 대령을 보살필 것이라고 했다. 이렇게 하면 어쨌든 그 집의 온갖 추잡한 얘기가 밖으로 새어 나오지는 않을 것이다.

구앵 부인으로 말하자면, 로즈의 죽음은 그녀의 일요일 모임에 타격이 될 수도 있었다. 그녀는 앞에 나서주는 사람 없이는 그 모임이 유지될 수 없다는 것을 즉시 깨달았다. 이제는 그 가증스러운 잡화점 여주인이 험담을 주도하고, 메닐-루아의 하녀들로 하여금 이 비열한 식료품점 여주인의 은밀한 재능에 감탄하고 그 재능을 널리 알리도록 유도하는 일을 맡았다. 어제 일요일에 나는 잡화점에 갔다. 그건 정말 좋은 기회였다. 하녀들이 전부 거기 와 있었던 것이다. 로즈에 관한 얘기는 거의 나오지 않았고, 내가 유언장 얘기를 하자 모두 웃음을 터뜨렸다. 오! "모든 건 다 대체될 수 있어"라고 말한 대령이 옳았다. 그러나 잡화점 여주인에게는 로즈와 같은 권위가 없었다. 왜냐하면 품행에 관한 한 그녀에 대해서는 할 얘기가 전혀 없기 때문이었다.

나는 초조한 심정으로 조제프를 기다렸다. 신경이 날카로워져 안절부절못하면서, 내가 운명에 대해 희망을 품어야 할지, 운명을 걱정해야 할지를 알게 될 그 순간을 기다렸다. 더 이상은 그런 식으로 살 수 없었다. 내가 영위하는 그 보잘것없는 삶이, 내가 시중드는 그 사람들이, 시간이 갈수록 내가 점점 더 바보가 되어가게 만드는 그 모든 음울한 허수아비들의 세상이 그렇게 혐오스러울 수가 없었다. 만일 내 현재 생활에 새롭고 강력한 관심을 불어넣고 나를 받쳐주는 그 이상한 감정을 갖게 되지 않았다면, 나는 분명 얼마 지나지 않아 내 주변에서 점차 커져가는 어리석음과 비열함의 심연 속으로 굴러떨어졌을 것이다. 오! 조제프가 성공을 했든 말든, 그가 나에 관한 생각을 바꿨든 말든, 나는 결심을 굳혔다. 더 이상은 여기 머무르고 싶지 않다. 몇 시간만 지나면, 불안스러운 한 밤만 지나면, 나는 결국 내 미래를 응시하게 될 것이다.

아마 나는 마지막으로 옛 추억을 더듬으며 오늘 밤을 보내게 될 것이다. 그것이야말로 현재의 불안을 생각하지 않을 수 있는, 내일에 대한 공상에 너무 빠지지 않을 수 있는 유일한 방법이다. 사실 이 추억은 나를 즐겁게 하고, 나의 경멸감을 한층 더 깊게 한다. 나는 노예로 살면서 이상하고 따분한 사람들을 얼마나 많이 만났던가! 머릿속으로 그들을 떠올려봐도 그들이 진짜 살아 있는 사람이라는 느낌이 들지 않는다. 그들은 오직 그들의 악덕에 의해서 살아 있는, 혹은 최소한 살아 있다고 착각하게 하는 존재다. 그들을 받쳐주는 악덕을 제거해버리면 그들은 심지어 더 이상 유령도 아닐 것이며, 먼지와 재, 그리고 죽음에 불과할 것이다.

오! 예를 들면 내가 시골에 사는 어떤 나이 든 부르주아의 집에 가는 걸 거절한 지 며칠 뒤에 폴라-뒤랑 부인이 온갖 종류의 감탄스러운 참고 사항을 일러주며 나를 보냈던 그 굉장한 집이 있다. 주인들은 아직 젊었고, 돌봐야 할 동물이나 아이도 없었으며, 가구가 멋있어 보이고 실내장식도 호화스러웠지만 집 안이 좋은 상태로 유지되어 있지는 않았다. 사치와 낭비가 느껴졌다. 집에 들어서면서 한 번 힐끗 둘러보기만 했는데도 다 알 수 있었다. 나는 내가 일하게 될 집이 어떤 곳인지 단번에 눈치챘다. 그곳은 내가 꿈에 그리던 곳이었다! 나는 이제 그곳에서 모든 근심거리를 잊기로, 내가 여전히 사랑하고 있던 그 너절한 인간 자비에 씨를, 뇌이이의 수녀들을, 직업소개소 대기실에서의 사람 진을 빼놓는 기다림을, 그 오랜 불안의 나날들을, 그 고독과 방탕의 밤들을 잊기로 했다.

그리하여 나는 어렵지 않으면서 이익도 어느 정도 얻을 수 있는 일을 하며 안락한 생활을 즐길 준비를 하고 있었다. 이 같은 변화에 너무나 행복했던 나는 이 집에 오래오래 머무르기 위해 내 지나치게 격하고 변덕스러운 성격을 고치고 내 솔직함의 격렬한 충동을 억제하기로 다짐했다. 눈 깜짝할 사이에 내 우울한 생각은 흔적도 없이 사라졌고, 부르주아에 대한 증오는 마치 마법에라도 걸린 듯 날아가 버렸다. 나는 다시 미친 사람처럼 명랑해지고 쾌활해졌고, 삶을 열렬히 사랑하게 되었으며, 가끔은 주인들에게도 좋은 면이 있다고 생각하게 되었다. 여자 요리사와 남자 하인 한 명, 나이 든 주방 하인, 그리고 나…. 일하는 사람이 많지는 않았지만, 다들 추려서 발탁한 사람들이었다. 주인 내외가 얼마 전에 말과 마차를 다 없애고 마차를 전세로 빌려 쓰고 있어서 마부는 없었다. 우리는 즉시 친구가 되었다. 그날 밤 그들은 나를 환영하기 위해 샴페인을 한 병 땄다.

나는 손뼉을 치면서 말했다.

"오, 세상에! 여긴 참 좋네요."

남자 하인이 미소 짓더니, 듣기 좋은 소리를 내며 열쇠 꾸러미를 공중에서 흔들었다. 그는 지하 술 창고의 열쇠를 비롯해 모든 열쇠를 갖고 있었다. 그는 이 집에서 신뢰할 만한 인물이었다.

나는 우스갯소리로 그에게 물었다.

"저한테 그거 좀 빌려주면 안 돼요?"

그는 나를 다정한 눈길로 바라보며 대답했다.

"나랑 친하게 지내면 빌려줄 수도 있지. 우선 나랑 친하게 지내야 해."

오! 그는 여자들에게 어떻게 말해야 하는지 아는 근사한 남자였다. 그의 이름은 윌리엄. 멋진 이름이었다!

길어진 식사 시간 중에 나이 든 주방 하인은 많이 먹고 마시기만 할 뿐 말은 한마디도 하지 않았다. 아무도 그에게 신경 쓰지 않았다. 치매 기가 좀 있어 보였다. 윌리엄으로 말하자면, 그는 매력적이고 정중하고 배려심이 있었으며, 남몰래 은근히 내게 추파를 던졌고, 함께 커피를 마실 때는 자기 주머니에 수북하게 들어 있는 러시아산 담배를 내게 권했다. 그러고는 나를 끌어당겨(나는 담배 때문에 약간 얼떨떨하고 약간 술에 취한 듯하고 곱슬한 머리칼이 풀린 상태였다) 자기 무릎에 앉힌 다음 내 귀에 대고 대담한 얘기를 속삭였다. 아! 그는 정말 뻔뻔한 사람이었다!

요리사 외제니는 이런 말을 듣고 이런 장난을 봐도 화를 내지 않았다. 불안하고 공상적인 성격의 소유자인 그녀는 목을 문 쪽으로 길게 뺀 채, 누군가를 기다리는 듯 조그만 소리에도 귀를 쫑긋 세우곤 했으며, 초점 없는 눈으로 잔에 포도주를 가득 따라 벌컥벌컥 마시곤 했다. 그녀는 마흔다섯 살 정도 됐는데, 풍만한 가슴, 두툼하고 관능적인 입술, 사랑의 슬픔을 호소하는 듯한 열정적인 눈을 가졌고, 한편으로는 무척 친절해 보이고 다른 한편으로는 우울해 보이는 사람이었다. 드디어 밖에서 누군가가 찬방의 문을 조심스럽게 몇 번 두드렸다. 외제니의 얼굴이 환해졌다. 그녀는 벌떡 일어나 문을 열어주러 갔다. 나는 찬방의 관례를 아직 몰라서 더 예의 바르게 자세를 가다듬으려 했지만, 윌리엄은 나를 더 강하게 얼싸안더니 더 세게 포옹했다.

그가 차분하게 말했다.

"괜찮아, 아이가 온 거니까."

그러는 사이에 거의 아이 같은 청년이 찬방 안으로 들어왔다. 비쩍 마르고, 머리는 진한 금발에 피부는 수염 하나 없이 새하얀 그는(이제 겨우 열여덟 살이었다) 사랑의 신처럼 사랑스러웠다. 그는 상체의 가늘고 섬세한 윤곽을 드러내는 우아한 새 웃옷을 입고 장밋빛 넥타이를 매고 있었다. 그는 이웃집 문지기의 아들로, 매일 저녁 이곳에 오는 것 같았다. 외제니는 그를 너무나 좋아했다. 하루도 빠짐없이 그녀는 죽이 가득 담긴 그릇과 얇게 자른 질 좋은 소고기, 포도주 병, 실한 과일, 케이크를 커다란 바구니에 담아 따로 챙겨놓았고, 청년은 이 바구니를 자기 부모에게 가져갔다.

외제니가 물었다.

"오늘은 왜 이렇게 늦게 왔어?"

청년은 단조롭고 길게 끄는 목소리로 대답했다.

"수위실을 지키고 있어야 했어요. 엄마가 시장에 가서요."

"어머니, 어머니…. 오! 이 나쁜 녀석, 사실대로 말 안 할래?"

그녀는 한숨을 쉬더니, 두 손을 청년의 어깨에 올려놓은 채
그의 눈을 똑바로 쳐다보면서 언짢은 목소리로 말을 이었다.

"네가 늦으면 난 무슨 일이 있는 게 아닌지 늘 걱정한단다.
난 네가 늦는 걸 원치 않아. 이런 일이 계속된다면 아무것도
안 주겠다고 네 어머니한테 말해."

그녀의 콧구멍이 가볍게 떨리고 온몸이 전율로 흔들렸다.

"넌 정말 사랑스러워! 오! 너의 이 잘생긴 얼굴…. 난 이런
너의 얼굴을 다른 사람들이 갖는 게 싫어. 왜 그 멋진 노란색
구두를 안 신고 왔니? 난 네가 우리를 만나러 올 때 진짜 멋지
게 차려입었으면 좋겠어. 그리고 이 눈, 이 커다란 눈…. 틀림
없이 이 눈은 다른 여자를 쳐다봤을 거야. 그리고 네 입, 네 입!
그 여자는 또 이 입을 어떻게 했을까?"

그는 웃음을 띠고 가냘픈 엉덩이를 살랑살랑 흔들면서 그녀
를 안심시켰다.

"이런! 정말이에요, 니니. 거짓말하는 게 아니에요. 엄마가
장 보러 가셨어요. 진짜로요!"

외제니는 같은 말을 여러 번 되풀이했다.

"나쁜 녀석! 나쁜 녀석! 난 네가 다른 여자를 쳐다보는 게 싫
어. 너의 작은 얼굴도 내 거고, 너의 작은 입도 내 거고, 너의
커다란 눈도 내 거야. 너, 나 좋아하지, 응?"

"오, 그럼요! 그렇고말고요!"

"한 번 더 말해줘."

"아! 좋아하고말고요!"

그녀는 그의 목에 매달리더니, 목구멍에서 헐떡거리는 소리를 내고 사랑의 단어들을 더듬더듬 쏟아내며 청년을 옆방으로 데려갔다.

윌리엄이 내게 말했다.

"저렇게 애를 놔주질 않아! 그래서 저 아이 밑으로 돈이 많이 들어가지. 지난주에 또 옷을 새로 해 입혔다니까. 당신은 나를 저런 식으로 사랑하면 안 돼!"

이 장면은 내게 깊은 인상을 남겼고, 나는 이 불쌍한 외제니에게 자매의 정을 품었다. 그 청년은 자비에 씨와 흡사했다. 어쨌든 이 쓰레기 같은 두 미남에게는 도덕적 유사성이 있었다. 이런 식의 접근은 나를 슬프게 했다. 내가 자비에 씨 방에서 그에게 90프랑을 주었던 그 저녁의 광경이 떠올랐다. 오! 너의 작은 얼굴, 너의 작은 입, 너의 큰 눈! 청년의 눈은 자비에 씨의 눈처럼 차갑고 잔인했으며, 청년의 몸은 자비에 씨의 몸처럼 구불거렸다. 같은 악덕이 청년의 동공에서 번득였고, 마치 독을 바른 듯 여자 요리사의 입을 마비시켰다.

나는 점점 더 대담해지는 윌리엄의 품에서 빠져나왔다. 그리고 약간 냉랭한 말투로 말했다.

"안 돼요, 오늘 밤에는."

"나랑 친하게 지내기로 약속하지 않았던가?"

"오늘 밤은 안 돼요."

나는 이렇게 말하고서, 뒤죽박죽이 된 머리와 구겨진 치마를 매만졌다.

"더 이상 시간 낭비 하지 말아요."

물론 나는 이 집의 관례나 근무에서 뭘 바꾸고 싶은 생각은 전혀 없었다. 윌리엄은 어떤 규칙에 얽매이지 않고 청소를 했다. 여기 비로 한 번 쓸고 저기 먼지 한 번 털면 그걸로 끝이었다. 나머지 시간은 수다 떨고, 서랍이나 장롱을 뒤지고, 집 안 여기저기 굴러다니는 편지를 주워 읽으며 보냈다. 나도 그를 따라 했다. 가구 위와 밑에 먼지가 쌓이도록 내버려두었고, 응접실과 방의 무질서에 손을 대지 않도록 조심했다. 내가 주인이라면 그렇게 어수선한 집에 사는 걸 부끄러워했을 것이다. 그러나 그 주인 내외는 명령을 할 줄 몰랐고, 소심해서, 행여 말다툼이라도 생길까 봐 두려워서 감히 아무 말도 하지 못했다. 그런데 청소를 안 한 게 눈에 확 띄거나 그것 때문에 거추장스러워지면 용기를 내어 이렇게 중얼거렸다. "지금 여기 청소가 제대로 안 된 것 같은데…." 그러면 우리는 단호함 속에 무례함이 섞인 말투로 이렇게 대답하기만 하면 되었다. "마님, 죄송합니다만, 잘못 생각하고 계신 것 같은데요… 만일 마음에 안 드신다면…." 그러면 그들은 더 이상 고집 피우지 않았고, 얘기는 그걸로 끝이었다. 나는 자기 하인들에 대해 그렇게 권위가 없고 어설픈 주인들은 생전 만나본 적이 없다. 그들은 정말 어리석은 사람들이었다.

윌리엄은 다른 많은 하인들처럼 한 가지 취미를 갖고 있었는데, 그건 바로 경마였다. 그는 모든 기수와 모든 말 조련사, 모든 마권업자를 알고 있었을 뿐만 아니라, 그가 이따금 근사한 정보를 갖고 있다는 걸 알고서 그에게 어느 정도 호의를 표하는 몇몇 세련된 신사들, 남작들, 자작들도 알고 있었다. 이 취미를 즐기고 만족시키려면 자주 외출을 하고 시외로 이동해야 하는 만큼, 이 취미는 자유가 거의 없이 집 안에 머물러 있어야 하는 하인과 같은 직업에는 어울리지 않았다. 그런데 윌리엄은 그 취미에 맞게 자신의 생활을 조정했다. 그는 점심식사가 끝나면 옷을 차려입고 외출했다. 흰색과 검은색의 체크무늬가 있는 바지, 니스 칠을 한 구두, 담황색 외투, 모자. 그의 모습은 정말 멋졌다. 오! 윌리엄의 모자는 깊은 물의 색깔을 띠고 있었고, 그 모자에는 놀랍게도 하늘, 나무, 길거리, 강, 군중, 경마장이 연속적으로 비쳤다. 그는 주인이 옷 입는 것을 시중들 때만 집에 돌아왔다가 저녁식사가 끝나면 영국인들과의 중요한 약속이 있다며 다시 외출하곤 했다. 그리고 밤늦은 시간이 되어서야 항상 칵테일에 살짝 취해서 집에 돌아왔다. 그는 매주 친구들을 저녁식사에 초대했다. 마부들, 하인들, 기수들이었다. 이 기수들은 다리는 뒤틀리고 무릎은 기형이었으며, 저속하게 냉소적이고 남자인지 여자인지 애매모호해서 우스꽝스럽기도 하고 음산하기도 했다. 그들은 말과 경마장과 여자를 화제로 이야기했고, 자신들의 주인과 관련된 유쾌하지 못한 얘기를 서로에게 들려주었으며(그들의 얘기에 따르면, 그들의 주인은 하나같이 호모였다), 술기운이 오르면 이번에는 정치를 공격했다. 윌리엄은 무시무시할 정도로 폭력적이고 완강한 반동주의자였다.

그가 소리쳤다.

"내가 지지하는 사람은 카사냐크*야! 만만치 않은 인물이지. 단호하고 정력적이고. 그들은 카사냐크를 두려워해! 그의 글이 충격을 주니까! 그 비열한 놈들더러 이 정력가하고 한판 붙어보라고 해!"

그런데 소란이 최고조에 달했을 때 갑자기 외제니가 평소보다 더 창백한 안색으로 눈을 반짝이며 자리에서 일어나 문 쪽으로 뛰어갔다. 청년이 처음 보는 사람들과 빈 술병들, 식탁에서 벌어진 광적인 약탈에 놀라워하며 들어왔다. 외제니는 그를 위해 샴페인 한 잔과 달콤한 디저트 한 접시를 따로 남겨두었었다. 그들은 옆방으로 사라졌다.

"오! 너의 작은 얼굴, 너의 작은 입, 너의 커다란 눈!"

그날 밤에는 청년의 부모에게 가져다줄 바구니에 더 크고 좋은 것들이 담겼다. 이 선량한 사람들도 파티 덕을 좀 봐야 하지 않겠는가?

어느 날, 청년이 늦게까지 안 오자 뚱뚱하고 냉소적이고 도벽이 있고 파티 때마다 꼭 나타나는 마부가 불안해하는 외제니를 보고 이렇게 말했다.

"괴로워하지 말아요. 그 호모, 곧 올 테니까."

그러자 외제니가 벌떡 일어나 온몸을 부들부들 떨면서 분노

---

* Paul de Cassagnac(1842~1904). 프랑스의 언론인, 우파 정치인. 1886년 신문《로토리테 L'Autorité》를 창간했고 왕정복고를 주장했으며 반드레퓌스 진영에 속했다.

를 터뜨렸다.

"지금 뭐라는 거야, 응? 호모라고? 그 귀엽고 예쁜 아이가? 말도 안 돼! 당신, 지금 그 말 책임질 수 있어? 당신 눈으로 직접 봤느냐고, 응?"

마부가 끈적끈적하게 웃으며 대꾸했다.

"그 아인 분명 여자 역할을 하는 호모예요. 내 말이 안 믿기거든 위로 백작님 댁에 가서 물어봐요. 그분은 여기서 5분도 안 걸리는 마르브…."

그는 말을 미처 끝내지 못했다. 외제니가 그의 뺨을 철썩 때렸던 것이다.

바로 그 순간, 청년이 문 뒤에 나타났다. 외제니가 그에게 달려갔다.

"오! 내 사랑, 어서 와. 저 불한당들이랑 같이 있으면 안 돼!"

그래도 나는 그 뚱보 마부의 말이 맞았다고 생각한다.

윌리엄은 보그스하임 남작의 그 유명한 조마사인 에드거에 대해 내게 여러 번 얘기했다. 그는 에드거를 아는 것을 자랑스러워했으며, 카사냐크에게 감탄하는 것만큼이나 그에게도 감탄했다. 에드거와 카사냐크야말로 그가 살면서 열광한 두 사람이었다. 나는 이 사람들에 관해 농담을 하는 것은 물론이고 심지어 이들에 관해 그와 토론을 하는 것도 위험한 일이었으리라 생각한다. 윌리엄은 밤늦게 돌아올 때마다 내게 이렇게 말하며 사과했다. "에드거랑 같이 있었어." 에드거와 함께 있

었다는 건 그의 입장에서는 핑계일 뿐만 아니라 영광이기도
했다.

나는 어느 날 그에게 물었다.

"당신은 왜 그 에드거 씨 집에 저녁식사 하러 갈 때 날 안 데
려가는 거죠? 어떤 사람인지 한번 보고 싶은데."

윌리엄은 나의 이 생각에 화를 내며 거만하게 대답했다.

"오, 말도 안 돼! 당신은 에드거 같은 사람이 당신 같은 일개
하녀와 저녁식사를 할 거라고 생각해?"

윌리엄은 모자에 광택을 내는 독특한 방법을 에드거에게 배
워 왔다. 언젠가 오퇴유 경마장에서 젊은 플레랭 후작이 에드
거에게 접근했다.

후작이 그에게 간청했다.

"에드거 씨, 좀 가르쳐주세요. 어떻게 해야 당신 모자처럼
만들 수 있지요?"

경마와 노름에서 속임수를 쓰는 데 일가견이 있던 그 젊은
플레랭은 당시 파리 사교계에서 가장 널리 알려진 인물이었
으므로, 에드거는 우쭐해져서 대답했다.

"제 모자 말인가요, 후작님? 아주 간단합니다. 그래도, 우승
마를 알듯이 그 방법을 알아야 하겠지요. 자, 그럼 말씀드리지
요. 매일 아침 저는 우리 집 하인을 15분 동안 달리게 합니다.
그러면 그가 땀을 흘리겠지요? 그런데 땀에는 기름이 포함되
어 있습니다. 그는 아주 얇은 실크 스카프로 이마에 난 땀을
흡수해서 그걸로 모자에 광을 냅니다. 그런 다음 다림질을 하

면 끝이지요. 그렇지만 깨끗하고 건강한 사람의 땀이어야 합니다. 특히 머리가 밤색인 사람이 좋아요. 금발인 사람은 냄새가 너무 강한 경우가 많거든요. 그리고 모든 땀이 다 적당한 건 아니에요. 작년에는 이 방법을 웨일스 왕자에게 가르쳐주기도 했지요."

젊은 플레랭 후작이 에드거에게 감사를 표한 뒤 은밀히 그와 악수를 하자 에드거가 비밀 이야기를 하듯 이렇게 말했다.

"발라되르를 선택하세요. 그가 이길 겁니다, 후작님."

결국은 나도 윌리엄이 이런 사람과 알고 지낸다는 사실에 우쭐해졌는데, 지금 생각해보면 정말 우습다. 내게도 에드거는 마치 독일 황제나 빅토르 위고, 폴 부르제 같은 인물들처럼 감탄스럽고 접근할 수 없는 굉장한 존재로 느껴졌다. 그래서 나는 윌리엄이 내게 해준 이야기에 근거해 이 에드거라는 인물이 어떤 사람인지 기록해보려 한다.

에드거는 런던에 있는 어떤 공포스러운 싸구려 술집에서 위스키에 의한 두 번의 딸꾹질 사이에 태어났다. 아이였을 때 그는 떠돌아다녔고, 구걸했고, 도둑질했고, 감옥에도 갔다. 나중에는, 요구되는 신체적 기형과 저속하기 짝이 없는 본능을 갖춘 덕분에 마부로 고용되었다. 경마장 대기실에서 명문가에서 일하는 하인들의 온갖 교활함과 탐욕, 갖가지 악덕을 배운 끝에 결국 그는 이튼에 있는 종마 사육장에서 경마용 말을 돌보는 마부가 되었다. 그는 스코틀랜드 기수모騎手帽와 노란색과 검은색 줄무늬 조끼, 허벅지에서는 부풀고 장딴지에서는 착 달라붙은, 무릎에 나선형 계단 모양의 주름을 만들어주는 환한 색깔의 바지 차림으로 으스대며 걸었다. 성인이 된 그는 팔다리는 가느다랗고, 얼굴에는 주름이 잡히고, 광대뼈는 붉고, 관자놀이는 노랗고, 해진 듯한 입은 늘 찡그리고 있고, 듬성듬성한 머리칼은 반지르르한 소용돌이 모양으로 귀 위에 모아 놓은 모습이었고, 그래서 그는 성인이 되자마자 키 작은 노인처럼 보였다. 말똥 냄새에 황홀해하는 사회에서 에드거는 이미 노동자나 농부보다는 평범하지 않은 사람, 중요 인사가 되어 있었다. 신사라고 불릴 만한 사람이 된 것이다.

이튼에서 그는 자기 직업을 완전히 배웠다. 그는 값비싼 말들의 글겅이질을 어떻게 하는지, 말이 아플 때 어떻게 돌보는지, 말의 털 색깔에 따라 달라지는 세심하고 복잡한 치장을 어떻게 그 말에 어울리게 하는지를 잘 알고 있었다. 또 그는 경주용 말의 가치를 한층 높이고 사랑의 말처럼 아름답게 꾸미는 은밀한 부분의 세척과 세련된 닦음질, 숙련된 발 치료, 기발한 화장의 비밀에 대해서도 잘 알고 있었다. 바에서 그는 존경할 만한 기수들과 유명한 말 조련사들, 배가 나온 영국 준準 남작들, 그리고 이 지저분한 곳의 중추이자 말똥 냄새가 진동하는 곳의 정수라고 할 수 있는, 사기꾼이나 깡패와 다름없는 공작들과 알고 지냈다. 에드거는 기수가 되고 싶어 했는데, 어떤 속임수를 써야 하는지, 어떤 일을 해서 돈을 벌어야 하는지를 이미 계산하고 있었던 것이었다. 그러나 그는 너무 커버렸다. 두 다리는 여전히 비쩍 마르고 활 모양으로 구부러져 있었지만, 위가 커지고 배가 나왔다. 몸무게도 너무 늘었다. 기수의 짧은 조끼를 걸칠 수가 없었던 그는 마부의 제복을 입기로 결심했다.

이제 에드거는 마흔세 살이었다. 그는 사교계에서 감탄사와 함께 거론되는 대여섯 명의 영국, 이탈리아, 프랑스 조마사 중 한 사람이었다. 그의 이름은 스포츠 신문뿐만 아니라 사교계와 문학계 잡지의 가십난에서도 유명세를 떨쳤다. 현재의 그의 주인인 보그스하임 남작은 그를 무척 자랑스러워했다. 아마 10만 명의 문지기를 몰락시킬 정도의 금융 거래보다 그를 더 자랑스러워했을 것이다. 그는 마치 그림을 수집하는 사람이 "나의 루벤스!"라고 말하듯이 거드름을 피우며 우월감이 잔뜩 어린 목소리로 "나의 조마사!"라고 말했다. 사실 이 행복한 남작은 그를 자랑스러워할 충분한 이유가 있었다. 에드거를 소유한 이후 그는 이름이 한층 더 알려지고 더 큰 존경을 받게 되었던 것이다. 에드거 덕분에 오랫동안 들어가고 싶어 했지만 잘 되지 않았던 살롱에도 들어갈 수 있게 되었다. 그는 에드거를 통해서 자기 같은 사람에 대한 사교계의 모든 저항을 무너뜨렸다. 클럽에서는 사람들이 '남작이 영국에 거둔 승리' 운운했다. 영국은 우리에게서 이집트를 빼앗아 갔지만, 남작은 에드거를 영국인들에게서 빼앗아 왔다. 그러면서 다시 균형이 이루어졌다. 설사 그가 인도를 정복했다 해도 이보다 더 환호와 갈채를 받지는 않았을 것이다. 그렇지만 이 같은 감탄에는 강한 질투가 동반되었다. 그에게서 에드거를 빼앗아 오려는 사람들이 나타나면서 그의 주변에서 음모와 계략과 매수, 그리고 아름다운 여성을 상대하듯 환심 사기가 시도되기도 했다. 신문들은 경의를 표하며 열의를 다하는 가운데 결국 에드거와 남작 중에서 누가 감탄스러운 조마사이고 누가 감탄스러운 재력가인지를 정확히 알지 못하는 지경에 이르게 되었다. 두 사람은 공통의 신격화로 서로를 영광스럽게 하며 뒤섞이고 만 것이다.

만일 당신이 호기심 때문에 수많은 귀족들 사이를 지나가 봤다면, 틀림없이 가장 눈에 띄고 그들이 가장 소중하게 생각하는 듯이 보이는 에드거를 만났을 것이다. 그는 중간 키에 영국인의 그 희극적인 추함을 갖춘 굉장한 추남이었으며, 엄청나게 긴 코는 이중으로 왕의 곡선을 그렸는데, 그 곡선이 셈족의 곡선과 부르봉 왕가의 곡선의 중간쯤 되었던 것이다. 무척 짧고 젖혀진 입술은 썩은 이들로 인한 까만 구멍들을 드러내고 있었다. 그의 안색은 노란 색조 안에서 밝아졌고, 그의 광대뼈에는 가느다란 진홍색 자국이 남아 있었다. 그는 옛날의 위풍당당한 마부들처럼 지나치게 뚱뚱한 것이 아니라 보기 좋고 균형 있게 살이 약간 찐 정도라서 꼭 뼈의 돌기에 지방을 채워 넣은 것처럼 보였다. 그리고 그는 상체를 약간 앞으로 숙인 채 팔꿈치를 규칙적인 각도로 벌리면서 탄력적인 걸음걸이로 걸었다. 유행을 따르는 걸 경멸하고 오히려 유행을 퍼뜨리는 사람이 되려 한 그는 화려하고 기발하게 옷을 입었다. 깃이 물결무늬 천으로 되어 있고 몸에 짝 달라붙는, 너무 새로운 푸른색 프록코트, 영국에서 맞춘 너무 환한 색깔의 바지, 너무 하얀 넥타이, 너무 큰 보석, 향수 냄새가 너무 많이 나는 손수건, 광을 너무 많이 낸 구두, 너무 반짝거리는 모자…. 젊은 멋쟁이들은 그가 쓴 모자의 기괴하고 눈부신 광택을 오랫동안 부러워했다!

　아침 여덟 시가 되면, 저고리만큼이나 짧은 담황색 외투를 걸친 에드거는 단춧구멍에 큼지막한 노란색 장미를 꽂고 작고 둥근 모자를 쓴 다음 자신의 자동차를 타고 남작의 저택까지 가서 내렸다. 글겅이질이 막 끝나 있었다. 마당을 언짢은 눈길로 힐끗 한 번 쳐다본 그는 마구간으로 들어가서 한편으로는 불안해하고 다른 한편으로는 존경스러워하는 표정의 마부들이 뒤따르는 가운데 시찰을 시작했다. 제자리에 놓여 있지 않은 양동이, 쇠 굴레에 생긴 얼룩 하나, 은제품과 동제품에 생긴 긁힌 자국 등 그 어느 것도 에드거의 의심 많고 음험한 눈길을 벗어나지 못했다. 그는 전날 마신 술 때문에 잔뜩 쉬고 가래가 끓는 목소리로 투덜대고, 화를 내고, 위협했다. 그는 말이 한 필씩 들어가 있는 마구간 한 칸 한 칸을 일일이 다 들어가서 흰색 장갑을 낀 손으로 말의 갈기와 목, 배, 다리를 만져보았다. 그리고 장갑에 더러운 것이 조금만 묻어나도 마부의 얼굴을 후려쳤다. 이어지는 것은 상스러운 말들과 모욕적인 욕설, 노기등등한 손짓 발짓이었다. 그런 다음 그는 말의 발굽을 세심하게 살펴보고, 대리석 사료 통 속에 담긴 귀리의 냄새를 맡아보고, 짚더미를 손으로 만져보고, 말똥의 형태와 색깔, 단단한 정도를 오랫동안 살펴보았다. 말똥은 웬만해서는 그의 마음에 들지 않았다.

"이게 똥이야, 응? 이건 삯마차 끄는 말이나 누는 똥이지! 내가 내일 또 이런 똥을 보게 된다면 이걸 너에게 처먹이고 말겠어!"

이따금 남작이 자신의 조마사와 얘기를 나누고자 나타나곤 했다. 에드거는 주인이 와 있어도 거의 의식하지 않았다. 주인이 머뭇거리며 뭘 물어보면 그는 퉁명스러운 목소리로 짧게 대답했다. 그는 결코 '남작님'이라고 말하지 않았다. 반대로 남작은 '마부님!'이라고 말하고픈 유혹을 느꼈다. 그는 행여 에드거를 짜증스럽게 할까 봐 마구간에 오래 머무르지 않고 슬그머니 물러갔다.

마구간과 마차 차고, 마구 보관실 순찰을 마치고 군인들이 명령을 하달하는 것 같은 말투로 지시를 내린 에드거는 다시 자동차에 올라탔다. 그리고 빠르게 샹젤리제로 달려가 우선 작은 바에 잠깐 머물면서 경마와 관련된 사람들과 정보원들을 만났다. 호기심이 무척 많은 이들은 수수께끼 같은 말을 그의 귀에 흘려주고 비밀 전보를 그에게 보여주었다. 오전의 나머지 시간에는 그는 납품업자들을 찾아가 새로 물건을 주문하거나 수수료를 챙겼으며, 말을 사고파는 상인들을 찾아가 다음과 같은 식의 대화를 나누었다.

"아, 에드거 씨!"

"아, 풀니 씨?"

"남작님 소유의 적갈색 마차를 사겠다는 사람이 있습니다."

"그건 파는 게 아니에요."

"당신에게 50파운드 드리지요."

"파는 게 아니라니까요."

"그럼 100파운드 드리겠습니다."

"생각 좀 해보지요, 풀니 씨."

"그게 다가 아닙니다, 에드거 씨."

"또 뭐죠, 풀니 씨?"

"남작님이 타시면 좋을 멋진 밤색 말 두 마리가 있습니다."

"우리는 그런 말 필요 없습니다."

"당신에게 50파운드 드리지요."

"필요 없다니까요."

"그럼 100파운드 드리겠습니다, 에드거 씨."

"생각 좀 해보지요, 풀니 씨!"

여드레 뒤에 에드거는 남작의 적갈색 마차를 적당한 선에서 고장 내고는 남작에게 그걸 급히 처분해야 한다고 말한 뒤 풀니에게 팔아넘겼고, 풀니는 에드거에게 멋진 밤색 말 두 마리를 팔았다. 풀니는 적갈색 마차를 잘 고쳐서 아마도 2년쯤 뒤에 다시 남작에게 팔아넘길 것이었다.

에드거는 정오에 근무를 마쳤다. 그는 윌레 거리에 있는 자기 아파트로 돌아가 점심식사를 했다. 왜냐하면 그는 남작의 집에서 살지도 않고, 그를 모시지도 않았기 때문이다. 그의 아파트는 1층에 있었는데, 수를 놓은 야한 색깔의 플러시 천으로 장식되어 있었고, 벽에는 사냥과 장애물 경주, 유명한 인기 마를 새겨놓은 영국 석판화와 웨일스 왕의 초상화 여러 점이 걸려 있었다. 그리고 지팡이와 채찍, 사냥용 채찍, 등자, 재갈, 여우 사냥용 나팔이 일습을 이루어 배열되어 있었고, 그 한가운데에는 흙으로 빚어 구워 색깔을 칠한 빅토리아 여왕의 거대한 반신상이 두 개의 금빛 박공 사이에 서 있었다. 이때부터 에드거는 온갖 근심에서 해방되어 몸에 꽉 끼는 푸른색 프록코트 차림에 머리에는 랜턴을 쓰고 하루 종일 일과 쾌락에 열중했다. 그가 할 일은 많았다. 그는 클럽 회계원, 마권업자, 말 사진 찍는 사람과 동업 중이었고, 샹티이 근처에서 말 세 마리를 훈련시키고 있었기 때문이다. 그는 쾌락을 즐기는 일도 게을리하지 않았다. 매춘부들은 윌레 거리로 가는 길을 알고 있었고, 거기에 가면 궁핍할 때 항상 자기들에게 차를 대접하고 5루이를 빌려주는 사람이 있다는 것도 알고 있었다.

저녁이면 에드거는 실크 깃이 달린 연미복을 입은 단정한 차림으로 앙바사되르 극장과 시르크 극장, 올랭피아 극장에 모습을 보인 뒤 '앙시앵' 술집으로 가서 신사인 척하는 마부들, 마부인 척하는 신사들과 함께 오랫동안 술을 마셨다.

윌리엄은 이런 이야기들을 내게 한 가지씩 해줄 때마다 감탄스러워하면서 이렇게 끝맺음을 하곤 했다.

"아! 에드거는 진짜 남자라고 말할 수 있어!"

우리 주인 내외는 파리의 상류 사회라고 부르기로 합의된 세계에 속한 사람들이었다. 즉 나리는 무일푼인 귀족이었으며, 마님이 어느 계층 출신인지에 대해서는 정확히 아는 사람이 아무도 없었다. 마님의 출신과 관련해서는 한결같이 듣기 거북한 수많은 이야기가 떠돌아다녔다. 상류 사회에 떠도는 험담을 아주 잘 아는 윌리엄은 마님의 부모가 원래는 마부와 하녀였는데 부당한 방법을 쓰고 나쁜 짓을 해서 어느 정도 자본을 만든 다음 파리의 어느 외진 동네에서 고리대금업을 시작했고, 주로 매춘부들과 하인들을 상대하며 큰돈을 벌었다고 했다. 운이 좋은 사람들이었다!

솔직히 마님은 겉으로 보기에는 우아하고 얼굴도 무척 예뻤지만, 우스꽝스러운 행동을 하고 천박한 버릇을 갖고 있어서 나를 몹시 불쾌하게 만들었다. 그녀는 삶은 소고기 요리와 돼지비계를 넣고 삶은 양배추 요리를 좋아했고, 삯마차를 모는 마부들처럼 포타주*에 적포도주를 부어 먹는 것이 그녀의 즐거움이었다. 나는 그러는 그녀가 창피했다. 나리와 싸울 때 그녀는 툭하면 자제심을 잃고 "빌어먹을!" 하고 소리치곤 했다. 이런 순간이 되면, 분노가 치밀어 올라, 최근의 사치로도 제대로 씻어내지 못한, 그녀의 존재 밑바닥에 가라앉아 오랫동안 사라지지 않고 있던 가족의 앙금이 위로 떠올랐고, 더러운 침과 함께 상스러운 단어들이 그녀의 입술로 올라왔다. 오! 그것

---

* potage. 고기와 야채를 넣고 진하게 끓인 수프.

은 숙녀가 아닌 나 같은 사람도 말해놓고 후회할 만한 단어들이었다. 하지만 알고 보면, 천사의 입과 별의 눈을 하고 3천 프랑이나 하는 드레스를 입은 여성들이 자기 집에서는 거친 말을 내뱉고, 상스러운 행동을 하고, 자기 자신의 천박함에 혐오감을 느끼는 경우가 얼마나 많은가! 사실 그들은 하급 매춘부들인 것이다.

윌리엄은 이렇게 말하곤 했다.

"귀부인들은 최고급 요리의 소스 같은 사람들이야. 그 소스가 어떻게 만들어지는지 봐서는 안 돼. 그랬다가는…."

윌리엄은 듣는 사람을 환상에서 깨어나게 만드는 경구를 많이 알고 있었다. 그렇지만 그는 여자에게 몹시 정중한 남자였으므로 내 허리를 껴안으며 이렇게 덧붙였다.

"당신 같은 귀염둥이는 연인의 자만심을 덜 충족시키지만, 더 진지하지."

마님이 항상 나리에게만 분노를 터뜨리고 욕설을 퍼부었다는 말을 해야겠다. 다시 한 번 말하지만, 그녀는 우리에게는 수줍어하며 소심하게 굴었다.

마님은 자기 집의 무질서와 낭비로 인한 과도한 손실을 참고 견디다가도 전혀 예상치 못한 순간에 매우 기묘한 인색함을 드러내곤 했다. 그녀는 요리사가 샐러드를 만드는 데 2수가 필요하다고 하자 그 돈을 깎으려고 인색하게 굴었고, 하인들의 옷을 세탁하는 데 드는 비용도 줄였으며, 3프랑짜리 영수증을 보고도 뭐가 이렇게 많이 나왔느냐며 꼬치꼬치 따졌고, 집배원이 소포 하나를 배달해주면서 부당하게 15상팀을 받아 갔다며 계속 항의하고 편지를 보내고 협상한 끝에 기어코 그 푼돈을 받아냈다. 삯마차를 탈 때도 마부에게 팁을 안 주는 건 물론이고 어떻게든 돈을 떼어먹을 방법을 찾아내 마부와 실랑이를 벌이곤 했다. 그렇지만 벽난로의 장식 판자 위와 가구 위에는 그녀의 돈과 보석, 열쇠가 굴러다니고 있었다. 그녀는 값비싼 옷과 고급 속옷을 아무런 이유도 없이 엉망으로 만들었다. 그녀는 사치품을 파는 사람들이 자신을 속이도록 그냥 내버려두었고, 윌리엄이 내미는 청구서의 금액을 나리가 아무 말 없이 지불하듯이 나이 든 주방 하인이 내미는 청구서의 금액을 눈 하나 까딱 않고 지불했다. 그 청구서가 얼마나 엉터리인지는 오직 하느님만 아실 것이다! 나는 이따금 윌리엄에게 말했다.

"이건 말도 안 돼요! 당신은 너무 많이 빼돌리는 것 같아요! 이러다간 언젠가 당신도 당할 거예요!"

윌리엄은 전혀 동요하는 기색 없이 대꾸했다.

"내버려둬. 나는 내가 할 수 있는 만큼만 하는 거야. 주인들이 저 사람들처럼 바보 같을 경우에는 그걸 이용 안 하는 게 오히려 범죄일 수도 있어."

그러나 그는 기막힌 정보들을 갖고 있었음에도 돈을 따지는 못하고 계속 마권업자의 배만 불려줄 뿐이어서, 이런 좀도둑질에서 남는 게 거의 없었다.

나리와 마님은 5년 전에 결혼했다. 그들은 처음에는 사교계 모임에도 자주 나가고 만찬도 베풀었다. 그러다가 자신들이 서로를 질투한다는 생각에서, 외출과 접대의 횟수를 점차 줄이며 거의 자기들끼리만 살았다. 마님은 나리가 여자들과 시시덕거린다며 나무랐고, 나리는 마님이 남자들을 지나칠 정도로 쳐다본다고 비난했다. 그들은 서로를 너무 사랑했다. 말하자면 프티부르주아 가정처럼 하루 종일 다투었던 것이다. 사실 마님은 사교계에서 성공을 거두지 못했고, 행동거지로 인해 수많은 모욕을 받았다. 마님은 자신이 사교계에서 인정받도록 해주지 못했다며 나리를 원망했고, 나리는 친구들 앞에서 자신을 우스꽝스럽게 만들었다며 마님을 원망했다. 그들은 자신들이 품고 있는 쓰라린 감정을 고백하지 않은 채, 그냥 자신들이 사랑 때문에 이렇게 사이가 안 좋은 거라고 치부하는 것이 더 간단하다고 생각하게 되었다.

매년 6월 중순이면 그들은 마님이 큰 성을 가지고 있는 투렌 지방의 시골로 떠났다. 그곳에서는 고용인이 추가되었다. 마부 하나, 정원사 둘, 하녀 하나, 그리고 가금 사육장을 관리하는 여자들. 그곳에는 암소, 공작, 닭, 토끼가 있었다. 얼마나 좋을까! 윌리엄은 씁쓸하고 언짢은 표정으로 연신 투덜대며 그곳에서의 생활이 어떤지를 내게 상세히 설명해주었다. 그는 시골을 전혀 좋아하지 않았다. 풀밭과 나무, 꽃 가운데에서 보내는 생활이 지겹다는 것이었다. 그로서는 바, 경마장, 마권업자, 기수가 있어야만 자연을 견딜 수 있었다. 그는 천생 파리 사람이었다.

그는 내게 곧잘 이렇게 말했다.

"마로니에 나무보다 더 바보 같은 건 세상 어디에도 없어. 에드거같이 근사하고 우월한 사람이 시골 좋아하는 거 봤어, 응?"

나는 흥분했다.

"아, 그렇지만 넓은 잔디밭에 꽃이 피어 있고 작은 새들이 지저귀고!"

윌리엄이 비웃었다.

"꽃? 그건 모자에 꽂혀 있을 때나 예쁘고, 여성용 모자 가게에 있을 때나 예쁘지. 그리고 작은 새? 어디 그 얘기 좀 해볼까? 새 때문에 아침에 잠을 잘 수가 없어. 꼭 아이들이 큰 소리로 떠들어대는 것 같다고. 아, 싫어, 싫어. 난 시골 생활이 진저리가 나. 시골을 좋아하는 건 농부들뿐이야."

그리고 그는 위엄 있게 가슴을 쫙 펴더니 오만한 목소리로 말을 맺었다.

"난 운동을 해야 해. 난 농부가 아니야. 난 스포츠맨이라고."

그렇지만 나는 행복했고, 조바심을 내며 6월이 되기를 기다렸다. 오! 초원에 핀 데이지 꽃, 바람에 흔들리는 잎사귀 밑으로 난 작은 산책로, 오래된 벽을 뒤덮고 있는 담쟁이덩굴과 그 아래 감추어져 있는 새 둥지, 달밤에 들려오는 밤꾀꼬리 노랫소리, 인동덩굴이 뻗어 나가고 고사리와 이끼가 뒤덮여 있는 우물 테두리 돌에 몸을 기댄 채 서로 손을 잡고 나지막한 목소리로 나누는 얘기, 김이 모락모락 나는 우유를 부어놓은 사발, 커다란 밀짚모자, 어린 햇병아리들, 종탑이 있는 마을 교회에서 올리는 미사. 이 모든 것은 마치 카페의 음악회에서 울려 퍼지는 아름다운 연가戀歌처럼 나를 감동시키고, 나를 매혹하고, 내 마음을 사로잡았다.

나는 우스갯소리를 좋아하긴 하지만, 원래는 시적인 사람이다. 늙은 목동, 말린 건초, 이 나뭇가지에서 저 나뭇가지로 옮겨 다니며 서로를 좇는 새들, 노란 앵초, 황금색 조약돌 위에서 노래하는 개울, 마치 아주 오래된 포도나무의 포도알처럼 햇볕에 얼굴이 자줏빛으로 그을린 잘생긴 소년들, 튼튼한 팔다리와 힘찬 가슴을 가진 잘생긴 소년들. 이 모든 것이 나로 하여금 유쾌한 꿈을 꾸게 한다. 이런 것들을 생각하다 보면, 나는 마치 보슬비가 태양에 너무 시들고 바람에 너무 말라버린 어린 꽃을 적시듯 순진함과 천진함이 내 영혼을 가득 채우고 내 마음에 생기를 불어넣는 가운데 다시 어린 시절로 돌아가게 된다. 나는 침대에서 윌리엄을 기다리며, 순수한 즐거움으로 가득 찬 이 모든 미래에 흥분되어 시를 한 편 지었다.

오, 너, 작은 꽃,
나의 동생,
너의 향기가
나를 행복하게 해주나니…

오, 너, 개울이여,
멀리 보이는 작은 언덕이여,
물가의
가냘픈 관목이여,

황홀 속에서 내가
무슨 말을 할 수 있으랴?
난 너희에게 감탄하고
너희에게 속삭이노니…

사랑이여, 사랑이여…
하룻밤의 사랑이여,
그리고 영원한 사랑이여!
사랑이여, 사랑이여!

윌리엄이 집에 돌아오자마자 시정詩情은 사라져버렸다. 그
는 바의 그 갑갑한 냄새를 묻혀 왔고, 진 냄새가 나는 그의 입
맞춤은 내 꿈의 날개를 금세 꺾어버렸다. 나는 내가 쓴 시를
절대 그에게 보여주고 싶지 않았다. 그래 봤자 뭐 하겠는가?
그는 나를, 내 시에 영감을 불어넣은 감정을 비웃을 것이다.
그리고 틀림없이 이렇게 말할 것이다.
"에드거같이 멋진 사람이 시 쓰는 거 봤어?"
내가 시골로 떠나기를 초조하게 기다린 것이 꼭 나의 시적

본성 때문만은 아니었다. 내 위는 오랫동안 먹을 걸 제대로 못먹어 상할 대로 상해 있었는데, 이제는 윌리엄이 억지로 권하는 스페인산 포도주와 샴페인 등 너무 풍성하고 자극적인 음식 때문에 또다시 고장이 나 있었다. 나는 정말 고통스러웠다. 아침에 침대에서 일어날 때 현기증이 나곤 했다. 낮에는 다리가 내 의지와 상관없이 꺾이곤 했다. 꼭 망치로 얻어맞은 것처럼 머리가 지끈지끈 아팠다. 몸이 좀 회복되려면 정말 한적한 생활을 해야만 했다.

아, 그러나! 이 모든 행복과 건강의 꿈은 다시 한 번 사라지게 되었다.

아! 빌어먹을! 마님도 이렇게 말했었지.

나리와 마님 간의 언쟁은 언제나 마님의 화장실 안에서 시작되었고, 항상 하찮은 동기, 아무것도 아닌 것에서 비롯되었다. 동기가 하찮으면 하찮을수록 싸움은 더 격렬했다. 그들은 마음속에 오랫동안 쌓아두었던 온갖 쓰라린 감정과 분노를 다 쏟아버리고는 몇 주일씩 서로 토라져 있었다. 나리는 자기 사무실에 틀어박혀 수집한 파이프들의 배열을 바꾸었고, 마님 역시 자기 방에 틀어박혀 긴 의자에 드러누워서 연애 소설을 읽거나, 아니면 그러다가 문득 책 읽는 걸 멈추고서 꼭 약탈이라도 하듯 맹렬한 기세로 장롱과 옷장 정돈에 뛰어들었다. 두 사람은 식사 때만 얼굴을 마주쳤다. 나는 처음에는 그들의 괴벽에 대해 전혀 몰랐기 때문에 두 사람이 서로의 얼굴에 접시,

칼, 병을 마구 집어 던질 줄 알았다. 그런데 웬걸! 바로 그 순간에 그들은 더할 수 없이 고상했고, 마님은 사교계 여성처럼 보이려고 무진 애를 썼다. 그들은 아무 일도 없었다는 듯, 평소보다 더 격식을 갖추고 평소보다 조금 더 냉랭하고 과장되게 예의범절을 갖추어 이런저런 얘기를 나누었다. 꼭 시내에서 식사를 하는 것 같았다. 그러고는 식사가 끝나면 근엄한 표정으로 무척 위엄 있게 슬픈 눈을 하고 각자 다시 자기 방으로 올라가는 것이었다. 마님은 다시 소설을 읽고 서랍을 정돈했고, 나리는 끈질기게 파이프들을 다시 배열했다. 나리가 이따금 클럽에 가서 한두 시간 보낼 때도 있었으나, 그런 일은 매우 드물었다. 그러나 그들은 심장이나 암탉 모양으로 접은 연애편지를 열심히 나누었는데, 내가 편지를 전달하는 일을 맡았다. 나는 하루 종일 마님의 방에서 나리의 사무실까지 왔다 갔다 하면서 두 사람에게 무시무시한 최후통첩과 위협, 애원, 용서, 눈물을 전달하는 우편배달부 노릇을 해야만 했다. 포복절도할 일이었다!

며칠이 지나면 그들은 핏대를 올리며 싸울 때 그랬던 것처럼 뚜렷한 이유 없이 화해했다. 그럴 때마다 울음이 터져 나왔고, "오, 나쁜 남자!", "오, 나쁜 여자!"라든가 "이제 끝났어… 왜냐하면 끝났다고 내가 당신에게 말했으니까…" 같은 말이 이어졌다. 그들은 작은 파티를 하러 식당으로 갔고, 다음 날에는 사랑을 나누느라 피곤해서 무척 늦게 일어났다.

나는 이 두 불쌍한 엉터리 배우들이 그들 자신을 위해 이 희극을 공연한다는 것을 즉시 알아차렸고, 그들이 헤어지자고 서로를 위협할 때도 그것이 본심에서 나온 말이 아니라는 것을 아주 잘 알게 되었다. 나리는 이해관계에 의해, 마님은 허영심에 의해 서로에게 묶여 있었다. 나리는 마님에게 돈이 있어서 그녀를 붙들고 있었고, 마님은 나리에게 귀족의 지위가 있어서 그에게 매달려 있는 것이었다. 그러나 사실상 그들은 자신들을 묶어놓는 바로 그 협잡 때문에 서로를 증오하고 있었으므로 서로에게 그걸 말하고, 자신들의 실망과 원한과 경멸을 자신들의 영혼만큼이나 역겹게 표현하고픈 욕구를 느끼고 있었다.

나는 윌리엄에게 물었다.

"이렇게 사는 게 도대체 무슨 소용이 있죠?"

그 어떤 상황에서나 적절하고 결정적인 단어를 사용하는 그가 대답했다.

"나에게 소용이 있지."

이 말을 즉시 구체적으로 증명하기 위해 그는 호주머니에서 바로 그날 아침에 훔친 시가를 꺼내더니, 끝을 잘라내고 흡족하고 차분한 표정으로 조심스럽게 불을 붙인 다음 향내 나는 연기를 내뿜으며 말했다.

"주인들의 바보짓에 불평을 늘어놔서는 절대 안 돼, 셀레스틴. 오직 그런 바보짓만이 우리의 행복을 보장해주니까. 주인들이 어리석을수록 하인들은 더 행복해지는 법이야. 고급 샴페인이나 한 병 가져다줘."

그는 흔들의자에 반쯤 누워 두 다리는 들어 교차시킨 자세로 시가를 입에 물고 마르텔 샴페인 병을 손이 닿는 곳에 둔 채《로토리테》신문을 차근차근 천천히 펼치더니, 감탄스러울 만큼 친절한 어조로 말했다.

"이봐 셀레스틴, 자기가 모시는 사람들보다 강해져야 해. 모든 건 거기에 달려 있어. 카사냐크가 만만치 않은 사람이라는 건 분명한 사실이야. 이 키 큰 사람의 사상이 내게 딱 맞고, 또 내가 그에게 감탄한다는 것도 분명한 사실이지. 하지만 난 무슨 일이 있어도 그의 집에서는 일하고 싶지 않아. 에드거에 대해서도 그렇게 말할 수 있어! 내 말을 잘 기억했다가 써먹어 봐! 우리 머리 꼭대기에 서 있는 머리 좋은 사람들 집에서 하인으로 일하면 반드시 속아 넘어가게 돼 있다고, 알겠지?"

그러고는 잠시 침묵하더니 시가 향을 맡으며 덧붙였다.

"주인들을 헐뜯고 귀찮게 하고 위협하면서 평생을 보내는 하인들이 있는데, 생각이 없는 거지! 주인들을 죽이고 싶어 하는 하인들도 있어! 그들을 죽인다고? 그다음엔? 그건 우리에게 우유를 주는 암소를 죽이고 양털을 주는 양을 죽이는 거나 마찬가지야! 능숙하고 부드럽게 암소의 젖을 짜고 양의 털을 깎아야 하는 거야."

그러고 나서 그는 아무 말 없이 보수적인 정치의 비밀들 속으로 빠져들었다.

그동안 외제니는 사랑의 번민 때문에 축 처진 모습으로 부엌을 어슬렁거리고 있었다. 그녀는 2층에 있는 그들로부터도,

우리로부터도, 자기 자신으로부터도 멀리 떨어진 채 자기가 맡은 일을 기계적으로 하고 있었다. 그녀의 눈은 우리와 그들이 벌이는 터무니없는 짓은 아예 안 보이는 듯 초점을 잃고 멍해 보였고, 그녀의 입은 여전히 열렬하지만 고통스러운 사랑의 말을 소리 없이 되뇌고 있었다.

"너의 작은 입, 너의 작은 손, 너의 커다란 눈!"

이 모든 것이 나를 슬프게 만들었다. 이유는 잘 몰랐지만, 눈물이 날 정도로 슬펐다. 그렇다. 늘 말이 없는 늙은 주방 하인과 윌리엄, 외제니, 그리고 나 자신 등 모든 존재들이 꼭 유령들처럼 불안하고 공허하고 활기 없어 보이는 이 너무나 이상한 집에서 뭐라 표현할 수 없을 만큼 무거운 우울이 풍겨 나왔다.

내가 마지막으로 목격한 말다툼은 특히 이상했다.

어느 날 아침 나리가 화장실에 들어갔는데, 마침 마님은 거기서 새로 산 코르셋을 입어보는 중이었다. 그것은 새틴 천으로 만든 얇은 보라색 코르셋으로, 노란색의 잔 꽃무늬가 있었고 노란색 실크 끈이 달려 있었다.

마님이 짐짓 나무라는 어조로 물었다.

"뭐예요? 이렇게 노크도 없이 여자 방에 들어와도 되는 거예요?"

그러자 나리가 속삭이듯 말했다.

"오! 여자라고? 당신은 여자가 아니야."

"내가 여자가 아니라고요? 그럼 나는 뭐죠?"

나리는 입을 둥글게 만들더니(세상에! 그는 바보처럼 보였다) 아주 다정한 목소리로, 아니, 아주 다정한 척하는 목소리로 말했다.

"당신은 나의 아내야, 나의 사랑하는 아내, 나의 사랑하는 아름다운 아내. 사랑하는 아내의 방에 들어가는 건 잘못된 게 아니라고 생각하는데…."

나리가 바보 같은 연인 흉내를 내는 것은 마님한테서 돈을 타내기 위해서였다. 마님은 여전히 미심쩍어하며 대꾸했다.

"아니요, 잘못된 게 있어요."

그녀는 애교를 부렸다.

"사랑하는 아내라고요? 사랑하는 아내? 내가 당신의 사랑하는 아내라는 건 별로 확실하지 않은 것 같은데요."

"아니, 어떻게 그런 말을. 별로 확실하지 않다니?"

"흥! 어떻게 알아요? 남자들은 진짜 이상한 사람들인데."

"내가 말했잖아. 당신은 나의 사랑하는 아내라고. 소중한… 나의 단 하나뿐인 사랑하는 아내… 오!"

"그리고 당신은… 나의 아기예요. 나의 큰 아기. 그의 사랑하는 아내에게는 단 하나뿐인 큰 아기. 자!"

나는 거울을 보면서 아무것도 걸치지 않은 팔을 들어 올린 채 양쪽 겨드랑이의 수북한 털을 번갈아 만지고 있는 마님의 코르셋 끈을 묶어주었다. 나는 정말 웃고 싶었다. '나의 사랑하는 아내'니, '나의 큰 아기'니 하는 말을 듣고 있으려니 곤혹스러웠다. 그들 두 사람은 정말 바보 같았다!

나리는 화장실 안에 들어와 속치마와 스타킹, 타월을 뒤집어놓고, 솔과 단지, 유리병을 흩트려놓은 뒤 화장실에 굴러다니는 패션 신문을 한 장 집어 들더니 플러시 천으로 만든 의자에 앉았다.

그가 물었다.

"이번 호에는 그림 수수께끼가 나오나?"

"그래요, 이번 호에는 그림 수수께끼가 있는 것 같아요."

"당신, 수수께끼 풀었어?"

"아니요, 못 풀었어요."

"아! 그럼 내가 한번 풀어볼까."

나리가 이마를 찌푸린 채 수수께끼를 푸는 데 열중하는 동안 마님이 약간 냉랭한 목소리로 물었다.

"로베르?"

"응."

"당신, 아무것도 못 알아챘어요?"

"아니. 뭘? 그림 수수께끼에서?"

그녀는 어깨를 으쓱하더니 입술을 깨물었다.

"아니요, 그림 수수께끼 얘기가 아니에요! 그럼 당신은 아무것도 못 알아차린 거예요? 맞아요, 당신은 절대 아무것도 못 알아차리는 사람이에요."

나리는 눈을 동그랗게 뜨고서 방 안을 양탄자에서 천장까지, 화장실에서 문까지 얼빠진 표정으로 훑어보았다. 정말 희극적인 광경이었다.

"정말 모르겠는데. 뭘 가지고 그러는 거야? 그러니까 내가 알아차리지 못한 뭔가 새로운 것이 지금 이 방 안에 있는 거야? 맹세코 내 눈엔 아무것도 안 보이는데!"

마님은 잔뜩 슬픈 표정을 지으며 울먹였다.

"로베르, 당신은 더 이상 나를 사랑하지 않아요."

"뭐라고? 내가 더 이상 당신을 사랑하지 않는다고? 말이 좀 심한 것 같은데?"

그는 일어나서 패션 신문을 흔들어대면서 같은 말을 되풀이했다.

"뭐라고? 내가 더 이상 당신을 사랑하지 않는다고? 아니, 그걸 말이라고 하는 거야? 도대체 왜 그런 말을 하는 거지?"

"당신은 나를 더 이상 사랑하지 않아요. 당신이 여전히 나를 사랑한다면 한 가지를 알아차렸을 테니까요."

"도대체 뭘?"

"내 코르셋 말이에요!"

"무슨 코르셋? 아, 그래! 이 코르셋! 음! 정말 그걸 알아차리지 못했군! 난 바보 같은 놈이야! 오! 하지만 그 코르셋은 정말 예쁘고 매혹적이군!"

"그래요, 이제야 말하는군요. 당신은 내가 뭘 하든 관심이 없어요. 난 너무 어리석어요. 난 예뻐 보이려고, 당신 맘에 드는 걸 찾아내려고 갖은 애를 다 쓰는데. 당신은 내가 그러거나 말거나 관심이 없어요. 난 당신한테 뭐죠? 아무것도 아니죠. 아니, 아무것도 아닌 것보다도 못한 존재죠. 당신은 여기 들어

왔어요. 그리고 뭘 봤죠? 저 지저분한 신문? 당신은 무엇에 관심이 있죠? 그럼 수수께끼에 관심이 있죠! 오! 당신은 참 내게 멋들어진 인생을 만들어주는군요! 우리는 아무도 만나지 않아요. 아무 데도 안 가고요. 꼭 늑대들처럼 살고 있다고요. 가난뱅이들처럼."

"자! 자! 제발 부탁이야! 화내지 마. 뭐가 가난뱅이들처럼 산다고 그래?"

그는 마님에게 다가가 허리를 껴안고 입을 맞추려 했다. 마님은 짜증을 내며 그를 사정없이 밀어냈다.

"싫어요. 날 좀 가만 내버려둬요. 짜증 나요."

"아니, 여보, 왜 이래? 내 사랑하는 아내…."

"당신 때문에 짜증 난다고요! 내 말 안 들려요? 날 좀 가만 내버려두라고요. 내게 가까이 오지 말아요. 당신은 정말 이기주의자예요. 둔하기는 또 얼마나 둔한지. 당신은 날 위한 걸 아무것도 할 줄 몰라요. 당신은 더러운 인간이야!"

"왜 그런 말을 하는 거지? 말도 안 돼. 자, 그렇게 화만 내지 말고… 그래, 그래… 내가 잘못했어. 내가 저 코르셋을 바로 봤어야 하는 건데. 저 예쁜 코르셋, 내가 어떻게 저걸 바로 못 봤지? 이해가 안 가네! 나를 좀 봐. 나를 보고 좀 웃어봐. 세상에, 정말 예뻐! 당신에게 정말 잘 어울려!"

나리는 너무 멀리 나갔다. 이 말다툼에 아무 관계가 없는 나조차 짜증이 날 정도였다. 마님은 점점 더 신경질을 내며 양탄자 위에서 발을 구르고 난리였다. 그녀는 입에 핏기가 싹 가신 채 두 손을 부들부들 떨며 빠르게 말했다.

"당신 때문에 짜증 나, 짜증 나, 짜증 난다고! 알겠어요? 당장 여기서 나가요!"

나리는 이제 화가 났다는 기미를 보이며 계속 중얼거렸다.

"여보, 이건 합리적이지 않아. 겨우 코르셋 하나 갖고…. 내가 코르셋을 못 본 거랑 당신이 이러는 건 아무 상관이 없다니까! 자, 여보, 나를 좀 봐. 나를 보고 좀 웃어봐. 코르셋 하나 때문에 이러는 건 바보 같은 짓이야."

그러자 마님이 세탁부의 목소리로 퍼부어댔다.

"당신, 정말 나를 귀찮게 하는군요! 정말 귀찮게 해! 당장 꺼져버려요!"

나는 여주인의 코르셋 끈을 다 매주었다. 나는 이 말을 듣고 몸을 일으켰다. 이 두 멋진 영혼의 맨 얼굴을 뜻밖에 보게 되어, 또 그가 나중에 나를 보면 쥐구멍에라도 숨고 싶은 심정이 될 거라고 여겨져 몹시 기분이 좋았다. 그들은 내가 거기 있다는 걸 잊어버린 듯했다. 나는 이 장면이 어떻게 끝을 맺을지 알고 싶어서 아무 말 않고 가만있었다.

이번에는 오랫동안 꾹 참고 있던 나리가 폭발했다. 그는 신문을 뭉치더니 있는 힘을 다해 화장실에 던졌다. 그리고 소리쳤다.

"빌어먹을! 제기랄! 지겨워! 늘 이런 식이야! 무슨 말만 해도, 무슨 짓만 해도 개 취급이야! 변덕스럽기는 또 얼마나 변덕스럽고, 무례하기는 또 얼마나 무례한지! 꼭 시장에서 생선이나 파는 아줌마 같다니까! 자, 내가 사실대로 말해줄까? 당신의 그 코르셋, 그래, 그 코르셋은 역겨워. 창녀들이나 입는 코르셋이라고!"

"치사한 인간 같으니!"

그녀는 눈에 핏발이 서고 입에 거품이 인 채, 주먹을 꽉 쥐고서 위협적인 표정으로 나리를 향해 걸어갔다. 그녀는 너무나 화가 나, 으르렁대듯 말이 튀어나왔다.

"치사한 인간! 당신이 감히 내게 그런 식으로 말할 수 있어? 당신이? 아니, 이건 있을 수 없는 일이야. 당신, 빚을 못 갚아서 클럽에 이름까지 고시된 걸 내가 구해줬을 때는, 빚의 똥통에 빠진 걸 내가 구해줬을 때는 이렇게 오만을 떨지 않더니! 오, 당신의 그 잘난 이름? 당신의 그 대단한 작위? 당신의 그 이름과 작위는 어찌나 깨끗한지 고리대금업자들이 심지어 단돈 100수도 안 빌려주려고 했지, 아마? 당신, 그거 다시 가져가서 뒤를 닦아도 돼! 응, 그래! 내가 돈을 주고 산 나리, 내가 먹이고 입히고 재워준 나리께서는 자기가 귀족이라고 얘기하고 자기 조상님들에 대해 얘기하겠지? 귀족, 그딴 거 나한테는 아무것도 아니야! 그딴 거 필요 없어! 그리고 당신의 그 사기꾼 조상님들한테 물어봐! 그 용병들과 시종들의 낯짝을 걸고 단돈 10수라도 빌릴 수 있는지! 절대 못 빌려! 절대 못 빌린다고! 당신, 도박장으로 돌아가! 가서 다시 사기꾼 노릇이나 해! 그 매춘부들한테 돌아가, 이 기둥서방아!"

그녀는 소름이 끼칠 정도로 무서웠다. 그녀의 입에서 야비하기 짝이 없는 말이 폭포처럼 쏟아지자 나리는 우물쭈물하다가 몸을 바들바들 떨며 뒷걸음질 쳤다. 그는 문 쪽으로 가다가 나를 보자 도망치듯 방에서 나갔다. 마님은 복도까지 나가서 아까보다 훨씬 더 거칠고 무시무시한 소리로 고래고래 소리를 질렀다.

"기둥서방! 더러운 기둥서방!"

그러고는 갑작스러운 신경 발작이 일어난 듯 긴 의자에 털썩 주저앉았고, 나는 결국 에테르 냄새를 맡게 해서 그녀를 진정시킬 수 있었다.

그러고 나서 마님은 다시 연애 소설을 읽고 서랍을 정리하기 시작했다. 나리는 그 어느 때보다도 열심히 파이프 수집품을 점검하기 시작했다. 그리고 편지 교환이 다시 시작되었다. 그들은 처음에는 주저하며 뜸하게 편지를 교환하다가 얼마 지나지 않아서 열심히 많은 편지를 주고받기 시작했다. 나는 심장이나 암탉 모양으로 접은 편지를 들고 나리의 방에서 마님의 화장실로 뛰어다니느라 녹초가 되었다. 그러면서 얼마나 웃었는지 모른다!

말다툼이 있고 나서 사흘 뒤, 나리가 자신의 문장이 그려진 분홍색 편지지에 써 보낸 편지를 읽던 마님이 창백해지더니 숨을 헐떡이며 내게 물었다.

"셀레스틴, 정말 나리가 자살하려 한다고 생각해? 나리가 손에 무기 들고 있는 거 봤어? 오, 세상에! 나리가 자살을 할까?"

나는 마님의 면전에서 웃음을 터뜨렸다. 나도 모르게 터진 그 웃음은 점점 더 커지더니 폭발하고 빨라졌다. 나는 이 웃음에 숨이 막혀서, 내 가슴속에서 폭풍처럼 일어나 목구멍을 멈출 수 없는 딸꾹질로 가득 채운 이 망할 놈의 웃음에 목이 졸려서 죽는 줄 알았다.

마님은 이 웃음 앞에서 잠시 경악한 표정이었다.

"무슨 일이야? 무슨 일이냐고? 왜 그렇게 웃는 거지? 입 다물어! 입 다물라니까. 버릇없이!"

그럼에도 웃음은 멈추지 않았다. 웃음이 더 이상 나를 놓아주려 하지 않았다. 나는 두 차례의 헐떡임 사이에 이렇게 외쳤다.

"오, 세상에! 마님 얘기가 너무 우스워서요! 정말 바보 같아요! 오, 세상에! 오, 세상에! 정말 바보 같아!"

당연히 나는 그날 저녁에 그 집을 떠나 다시 한 번 길거리에 나앉게 되었다.

개 같은 직업! 개 같은 인생!

타격은 상당히 컸고, 나는 다시는 이런 일자리를 얻지 못할 거라고 생각했지만 이미 늦은 일이었다. 그 집에서 나는 괜찮은 월급과 온갖 종류의 금전적 이득, 쉬운 일, 자유, 쾌락 등 모든 걸 갖고 있었다. 그 집에서는 살 만했다. 나보다 덜 미친 여자라면 거기서 돈도 꽤 많이 챙기고, 아주 우아한 혼수품과 예쁜 옷, 아주 근사한 살림 도구를 조금씩 장만했을 것이다. 누가 알겠는가? 5, 6년만 지나면 결혼을 할 수도 있고, 작은 가게를 열 수도 있고, 궁핍과 악운에서 벗어나 귀부인처럼 내 집을 장만해 행복하게 살 수도 있었다. 이제 나는 일련의 불행을 다시 시작해야 하고, 우연의 모욕을 다시 감당해야 한다. 나는 이 사고에 분한 마음이 들고 감정이 격앙되었다. 나 자신에 대해, 윌리엄에 대해, 외제니에 대해, 마님에 대해, 모든 사람에 대해 화가 났다. 설명이 안 될 정도로 이상한 것은, 내가 마님 같은 사람과 달리, 내 자리에 매달리고 집착하는 대신 뻔뻔스럽게도 나의 바보짓에 점점 더 몰두해 결국은 회복될 수 있었던 것을 아예 회복되지 못하게 만들어놓았다는 사실이다. 참 이상하게도 어떤 때는 우리 안에서 이런 일이 일어난다. 정말 이해가 안 된다. 어디서 나타났는지, 왜 나타났는지 알 수 없는 광기 같은 것이 우리에게 달려들어 우리를 움켜잡고, 우리를 뒤흔들고, 우리를 흥분시키고, 우리로 하여금 억지로 소리 지르고 욕을 퍼붓게 한다. 나는 이 광기에 사로잡혀 마님을 심하게 능욕했다. 나는 그녀의 아버지와 그녀의 어머니, 그녀의 삶에 숨어 있는 어리석은 거짓을 비난했다. 나는 그녀를 창녀보다 못한 여자로 취급했고, 그녀의 남편 얼굴에 침을 뱉기까지 했다. 그 일을 다시 생각해보니 무서워진다. 너무나 자주 내 이성을 비틀거리게 만들고 나를 고통과 흉행兇行으로 내모는 그 비열함 속으로의 갑작스러운 하강, 그 치욕스러운 도취가 새삼스레 부끄럽게 느껴진다. 어떻게 그날 나는 그녀를 죽이지 않을 수 있었을까? 어떻게 그녀의 목을 조르지 않을 수 있었을까? 모르겠다. 그렇지만 내가 나쁜 여자가 아니라는 것을 신은 알고 계신다. 지금 내 머릿속에는 그 불쌍한 여자의 모습이, 너무 비굴한, 너무 슬프도록 비굴한 남편과 사는 크게 고장 나고 너무 슬픈 그녀의 삶이 다시 떠오른다. 그녀가 너무 불쌍하다. 나는 그녀가 용기 있게 그와 헤어져 지금은 행복하게 살고 있었으면 좋겠다.

그 격렬한 언쟁 이후에 나는 찬방으로 내려갔다. 윌리엄은 러시아산 시가를 피우며 은그릇을 설렁설렁 문지르고 있었다.

그가 최대한 낮은 목소리로 물었다.

"무슨 일이야?"

나는 거친 숨을 몰아쉬며 대답했다.

"오늘 밤에 이 집에서 나가야 해요."

말을 하기가 힘들었다.

그러자 윌리엄이 아무런 감정의 동요 없이 말했다.

"떠난다고? 왜?"

나는 마님과 다툰 일을 짧은 문장과 뒤죽박죽된 손짓 발짓으로 이야기해주었다. 윌리엄은 무척 냉정하고 무관심한 태도로 어깨를 한 번 으쓱할 뿐이었다.

그가 말했다.

"정말 바보 같은 짓을 했군. 바보 같은 짓을 했어."

"당신은 내게 해줄 말이 그것뿐이에요?"

"내가 무슨 말을 더 해주길 바라는 거야? 바보 같은 행동을 했다니까. 다른 할 말은 없어."

"그럼 당신은 어떻게 할 거예요?"

그는 나를 비스듬히 쳐다보았다. 그의 입이 냉소를 띠었다. 오! 그 비탄의 순간에 그의 눈길은 너무 추했고, 그의 입은 너무 느슨하고 보기 흉했다.

"나?"

나의 그 물음에는 그에게 간청하는 뜻이 담겨 있다는 것을 일부러 모른 척하며 그가 말했다.

"그래요, 당신. 당신은 어떻게 할지 묻는 거예요."

"하긴 뭘 해. 난 앞으로도 쭉 이렇게 살 거야. 하지만 당신은 돌았으니 그러고 싶지 않겠지!"

나는 폭발하고 말았다.

"그러니까 당신은 내가 쫓겨난 집에 계속 남아 있겠다는 건가요?"

그는 자리에서 일어나더니 꺼진 시가에 다시 불을 붙이고는 냉랭하게 말했다.

"아! 우리 싸우지는 말자고, 응? 난 당신 남편이 아니니까. 당신은 당신이 원해서 바보 같은 짓을 한 거야. 난 거기에 대해 아무 책임이 없다고. 도대체 뭘 원하는 거야? 바보 같은 짓을 했으면 결과를 감내해야지. 인생은 그냥 인생이야."

나는 화가 났다.

"그럼 당신은 나를 놓아버리는 거예요? 한심하고 너절한 인간, 다른 남자들하고 똑같아, 알아요? 아느냐고요?"

윌리엄이 미소를 지었다. 그는 정말 오만한 인간이었다.

"그런 쓸데없는 말 하지 마. 우리가 함께할 때 난 당신에게 아무 약속도 안 했어. 당신도 내게 아무 약속 안 했고. 사람들은 우연히 만나서 좋아하다가 헤어지고 다시 만나는 거야. 인생은 그냥 인생이야."

그는 거드름을 피우며 이렇게 덧붙였다.

"셀레스틴, 인생에서는 지휘가 필요해. 내가 '관리'라고 부르는 게 필요하다고. 당신은 인생을 지휘하지도 않고 관리하지도 않아. 그냥 당신의 신경질에 끌려가는 거지. 우리 같은 직업을 가진 사람들에게 신경질은 아주 나쁜 거야. 이 말을 기억해. '인생은 그냥 인생'이라는 말을!"

눈물이 흘러 너무나 팽팽해져 있던 나의 신경을 한풀 꺾으며 부드럽게 만들어주지 않았더라면 나는 그에게 달려들어 그의 얼굴(그 무감동하고 비겁한 얼굴)을 손톱으로 인정사정없이 긁어놓았을 것이다. 나의 분노는 가라앉았고, 나는 애원했다.

"오, 윌리엄! 윌리엄! 사랑하는 윌리엄! 난 너무나 불행해요!"

윌리엄은 낙심한 내게 다시 활력을 불어넣기 위해 애썼다. 그가 자신의 설득력과 철학을 있는 대로 동원해 애썼다고 말하지 않을 수 없다. 낮 동안 그는 나를 위로하기 위해 진지한 경구와 고상한 생각들을 내 귀에 쏟아부었는데, '인생은 그냥 인생이야'라는 말이 계속 등장해 나를 짜증스럽게 하기도 하고 나의 슬픔을 위로해주기도 했다.

그를 올바르게 평가해야겠다. 그는 이 마지막 날에 조금 지나칠 정도로 점잔을 빼고 있기는 했지만, 그래도 제법 매력적이었고, 여러 가지 일을 했다. 저녁식사를 마친 뒤 그는 내 트렁크를 삯마차에 싣고 나를 자기가 아는 하숙집에 데려다주었으며, 호주머니에서 일주일 치 하숙비를 꺼내 치렀고 주인에게 나를 잘 보살펴달라고 부탁하는 것도 잊지 않았다. 나는 그가 그날 밤을 나와 같이 보냈으면 싶었다. 그러나 그는 에드거와 약속이 있었다.

"당신도 알겠지만, 난 에드거와의 약속을 어길 수가 없어. 어쩌면 그 사람이 당신 일자리를 알아봐 줄지도 모르잖아? 에드거가 소개해주는 자리는 정말 근사할 거야!"

나와 헤어지면서 그는 이렇게 말했다.

"내일 다시 올게. 얌전히 있어. 바보짓 하지 말고. 그래 봤자 아무 소용 없으니까. 그리고 셀레스틴, 인생은 그냥 인생이라는 진리를 마음속에 깊이 새기기를 바라."

다음 날, 그를 기다렸지만 헛일이었다. 그는 오지 않았다.

나는 생각했다.

'이게 인생이야.'

그러나 그다음 날엔 그가 너무나 보고 싶어 결국은 집으로 찾아갔다. 부엌에는 뻔뻔스럽고 예쁜, 나보다 더 예쁘고 키가 큰 어떤 금발 여자밖에 없었다.

나는 물었다.

"외제니 없어요?"

그 키 큰 여자는 쌀쌀맞은 목소리로 대답했다.

"없어요."

"그럼 윌리엄은요?"

"윌리엄도 없어요."

"어디 갔어요?"

"그걸 내가 어찌 알겠어요?"

"좀 만나고 싶은데. 가서 내가 만나고 싶어 한다고 좀 전해 줘요."

여자는 나를 경멸하는 표정으로 쳐다봤다.

"뭐라고요? 내가 당신의 하녀인 줄 알아요?"

나는 모든 걸 알아차렸다. 싸우는 데는 신물이 났으므로 나는 그냥 그 집에서 나왔다.

"이게 인생이지 뭐."

그 집에서 멀어지면서 나는 그곳에서 나를 환대해주었던 때를 우울한 기분으로 떠올려보지 않을 수 없었다. 같은 장면이 펼쳐졌을 게 틀림없었다. 필수적으로 샴페인 병을 땄을 것이다. 윌리엄은 아까의 그 금발 여자를 자기 무릎 위에 올려놓고 그녀의 귀에 이렇게 속삭였을 것이다.

"나랑 친하게 지내야 해."

같은 말, 같은 동작, 같은 애무…. 그동안 외제니는 문지기의 아들을 탐욕스럽게 쳐다보다가 옆방으로 데려가겠지.

"너의 작은 얼굴! 너의 작은 손! 너의 커다란 눈!"

나는 망연자실해 얼빠진 사람처럼 걸었다. 그러면서 마음속으로 어리석을 정도로 집요하게 같은 말을 되풀이했다.

"그래, 이게 인생이야, 이게 인생이야…."

한 시간도 넘도록 나는 윌리엄이 나오거나 들어가기를 기다리며 집 앞의 보도를 서성거렸다. 식료품점 여주인, 두 개의 상자를 든 여성용 모자 가게 주인, 루브르의 배달원이 들어가는 것을 보았고, 배관공이 나오는 것을 보았다. 또한 누군지 모를, 뭔지 모를 형체들, 형체들, 형체들…. 이웃집 문지기를 찾아갈 엄두는 나지 않았다. 틀림없이 그녀는 나를 쌀쌀맞게 대할 것이었다. 게다가 내게 무슨 말을 퍼부을지 몰랐다. 그래서 결국 나는 그 집 앞을 떠났지만, '이게 인생이야'라는 거북한 말은 계속 나를 쫓아왔다.

길거리는 견딜 수 없을 만큼 음울해 보였다. 지나가는 사람들이 꼭 유령처럼 보였다. 어떤 남자의 머리 위에서 어둠 속의 등대 같은 것이, 태양 아래의 둥근 금빛 지붕 같은 것이 빛나는 것을 보는 순간 나는 소스라치게 놀랐다. 그러나 그것은 결코 윌리엄이 아니었다. 주석 빛깔의 낮은 하늘에서는 그 어떤 희망도 빛나지 않았다.

나는 모든 것에 넌더리를 내며 내 방으로 돌아갔다.

아! 정말이지, 남자들이란! 마부든, 하인이든, 멋쟁이든, 신부든, 시인이든, 다 똑같다. 다 천박한 사기꾼들이다!

나는 이것이 내가 회상하는 마지막 추억이라고 굳게 믿는다. 그렇지만 다른 추억들도 있다. 많이 있다. 그러나 그 추억들은 비슷비슷한 것들이며, 늘 같은 이야기를 쓰고, 같은 얼굴들, 같은 영혼들, 같은 유령들이 똑같이 지루한 회전화回轉畵 속을 줄지어 지나가게 하는 건 피곤한 일이다. 그리고 나는 더 이상 그럴 마음이 없다고 느낀다. 왜냐하면 이 과거의 재灰에 대한 관심이 나의 미래에 대한 새로운 심려로 서서히 바뀌고 있기 때문이다. 파르댕 백작부인 집에서의 추억에 대해 얘기할 수도 있을 것이다. 하지만 그래 봤자 무슨 소용이 있겠는가? 나는 너무 지쳤고, 또한 너무 의기소침해 있다. 그 같은 사회적 현상들 한가운데는 어떤 허영심이 있었다. 그것은 다른 허영심들보다 더 내게 혐오감을 불러일으키는 허영심으로, 바로 문학적 허영심이다. 그리고 다른 바보짓들보다 더 바보 같은 짓은 바로 정치적 우행이다.

자, 나는 명성 드높은 폴 부르제 씨를 만난 적이 있다. 더 말할 필요가 없다. 아! 과대포장, 시시한 지성, 그리고 온통 꾸며낸 것뿐이고(우아함, 사랑, 요리, 종교적 감정, 애국심, 예술, 자비, 그리고 예의범절과 문학을 구실로 요란한 옷을 입고 성스러운 가면을 쓴 악덕 그 자체) 본심에서 우러나온 욕망뿐인(그 꼭두각시들의 우스꽝스러움에 더 가증스럽고 더 사나운 무엇인가를 덧붙이는 돈에 대한 악착같은 욕망) 그런 사회의 거짓에 어울리는 사람이 바로 이 철학자, 시인, 모럴리스트다. 그런 사람이 되어야만 그 불쌍한 유령들을 살아 있는 인간 존재로 만들 수 있는 것이다.

자, 나는 심리학자이기도 하고 모럴리스트이기도 한 장 씨를 알고 지낸 적이 있다. 찬방의 모럴리스트이고 대기실의 심리학자인 그는 그의 분야에서 응접실을 지배할 때보다 더 출세한 것도 아니고 더 순진한 것도 아니다. 장 씨는 방에 있는 요강을 비웠고, 폴 부르제 씨는 영혼을 비웠다. 찬방과 응접실 사이에는 우리가 생각하는 것만큼 노예 상태의 차이가 존재하지 않는다. 그러나 내 트렁크 바닥에 장 씨의 사진을 넣어두었으므로, 그의 추억은 내 마음속 깊은 곳, 두터운 망각의 층 아래 여전히 묻혀 있을 것이다.

새벽 두 시다. 내 방의 불이 꺼질 것이고 램프가 검게 그을릴 것이다. 나무도 더 없고 기름도 더 없다. 자러 가야겠다. 그러나 뇌 속에 열이 너무 많아서 잠을 이룰 수가 없다. 내게 다가오고 있는 일에 대해 생각해봐야겠다. 내일 일어날 일에 대해 생각해봐야겠다. 집 밖의 어둠은 침묵에 싸여 고요하다. 별이 반짝반짝 빛나는 하늘 아래서 강추위가 땅을 단단하게 만들어놓는다. 그리고 조제프는 이 밤에 어딘가를 여행하고 있다. 나는 허공에서 그를 본다. 그렇다, 기차간에 앉아 심각한 표정으로 깊은 생각에 잠겨 있는 그의 거구를 진짜로 본다. 그는 나를 보고 미소 짓는다. 내게 다가온다. 나를 향해 온다. 마침내 그는 내게 평화와 자유와 행복을 가져다준다. 행복을?

나는 내일 그를 만나게 될 것이다.

17

여덟 달 동안 일기를 단 한 줄도 못 썼고(다른 할 일들이 있었고, 생각할 것도 있었다), 정확히 석 달 전에 조제프와 나는 셰르부르 항구 근처의 작은 카페에 자리를 잡았다. 우리는 결혼했다. 장사는 잘된다. 이 직업도 마음에 든다. 행복하다. 나는 바다에서 태어났고, 바다로 돌아왔다. 바다가 그립지는 않았지만, 바다를 다시 보게 되어 기쁘다. 셰르부르는 오디에른처럼 풍경이 황량하지도 않고, 해안이 한없이 음산하지도 않고, 모래톱이 죽음의 신을 부르며 무시무시하고 장엄하게 절규하지도 않는다. 이곳에는 슬픈 것이 아무것도 없다. 아니, 오히려 반대로 모든 것이 행복을 약속한다. 군사 도시의 즐거운 소리가 들리고, 사람들은 생동감 있게 움직이며, 군항에서는 다양한 활동이 펼쳐진다. 먼 곳으로 떠났다가 돌아온 사람들은 다시 먼 곳으로 떠나기 전에 서둘러 즐거움을 만끽한다. 구경거리는 얼마든지 있어서 보고 있노라면 기분전환이 된다. 나는 고향에서 맡았던 콜타르와 해초 냄새를 여전히 좋아하며 들이마신다. 어린 시절에는 그게 기분 좋은 냄새라고 생각해본 적이 없지만 말이다. 나는 군함에서 근무 중인 고향 사람들을 만났다. 우리는 얘기를 나눠본 적이 한 번도 없고, 나는 그들에게 오빠 소식을 물을 생각도 하지 않았다. 너무 긴 시간이 흘렀다! 내게 오빠는 죽은 사람이나 다름없었다. 안녕, 좋은 하루… 좋은 저녁… 건강히 잘 지내. 그들은 만취해 있지 않을 때는 너무 바보 같았다. 그리고 바보 같지 않을 때는 만취해 있었다. 그리고 그들의 얼굴은 영락없이 늙은 물고기 같았다. 그들과 나 사이에는 아무런 감정도 없었고, 심정의 토로도 없었다. 그리고 조제프는 내가 그 보잘것없는 선원들과, 돈 한 푼 없어서 '36'[•] 한 잔에 얼근히 취해버리는 그 브르타뉴 사람들과 친해지는 걸 바라지 않았다.

그러나 우리가 르 프리외레를 떠나기 전에 있었던 사건에 대해 간략하게나마 얘기해야겠다.

르 프리외레에서 조제프는 마구 보관실 위에 있는 별채에서

• 알코올 도수가 85도인 독주.

잠을 잤다. 여름이건 겨울이건 그는 항상 새벽 다섯 시에 일어
났다. 그런데 그가 셰르부르에서 돌아온 지 정확히 한 달 후인
12월 24일 새벽에 그는 부엌문이 활짝 열려 있다는 것을 발견
했다.

그는 생각했다.

'벌써들 일어났나?'

그러는 동시에 그는 누군가가 안으로 팔을 집어넣을 수 있
게끔 유리칼로 유리문의 자물쇠 근처를 네모 모양으로 잘라
냈다는 것도 알아차렸다. 자물쇠는 능숙한 솜씨로 망가져 있
었다. 작은 나뭇조각 몇 개와 비틀어진 작은 쇳조각들, 유리
파편들이 포석 위에 흩어져 있었다. 안으로 들어가 보니 매일
밤 마님이 지켜보는 가운데 자물쇠를 철저히 채우는 모든 문
이 다 열려 있었다. 뭔가 무시무시한 것이 그리로 지나간 것
만 같았다(이것은 조제프가 경찰서에서 진술한 내용이다). 크
게 놀란 조제프는 부엌을 지나 복도를 따라갔다. 복도 오른쪽
에는 과일 저장실과 욕실, 대기실이 있었고, 왼쪽에는 찬방과
식당, 작은 응접실이 있었으며, 맨 안쪽에는 큰 응접실이 있었
다. 식당은 말 그대로 약탈이라도 당한 듯 완전히 뒤죽박죽이
었다. 가구들은 엎어져 있었고, 찬장은 밑에서 위까지 구석구
석 들쑤셔지고 서랍들이 양탄자 위로 빠져나와 있었다. 식탁
위에는 빈 상자들과 값싼 물건들이 뒤죽박죽 섞여 있었고, 그
가운데서 구리 촛대의 초가 다 탄 채 꺼져 있었다. 그러나 보
는 사람을 기절초풍하게 만든 것은 특히 찬방이었다. 앞에서

언급했던 것 같은데, 찬방에는 오직 마님만 여는 법을 아는 매우 복잡한 자물쇠로 굳게 잠긴 깊은 벽장이 있었다. 그 안에는 그 유명한 오래된 은그릇들이 가로대와 쇠로 만든 쐐기들로 보강된 세 개의 무거운 궤짝 속에 담겨 들어 있었다. 궤짝들은 바닥이 나사로 판자에 고정되고, 쇠로 만든 견고한 쬠쇠로 벽면에 고정되어 있었다. 그런데 감실에서 뜯겨져 나온 이 불가침의 비밀스러운 궤짝들이 텅 빈 채 방 한가운데서 아가리를 벌리고 있었다. 그걸 본 조제프는 경보를 발령했다. 계단에서 있는 힘을 다해 소리친 것이다.

"마님! 나리! 빨리 내려와 보세요! 도둑이 들었어요! 도둑이 들었어요!"

갑작스러운 눈사태가, 무시무시한 추락이 일어난 것 같았다. 마님은 세모꼴 숄로 어깨를 가리는 둥 마는 둥 하고서 속치마 차림으로 계단을 내려왔다. 나리는 속바지의 단추를 잠그면서 뛰어내려 왔는데, 속바지 밖으로 셔츠 자락이 삐져나와 있었다. 두 사람은 마치 악몽을 꾸다 깨어난 사람들처럼 흐트러진 머리, 창백한 안색으로 얼굴을 잔뜩 찡그린 채 나타나 소리쳤다.

"무슨 일이야? 무슨 일이야?"

"도둑을 맞았어요! 도둑을 맞았다고요!"

"뭘 훔쳐 갔는데? 뭘 훔쳐 갔느냐니까?"

식당에 들어간 마님이 비명을 질렀다.

"오, 세상에! 이럴 수가!"

그동안 나리는 입을 일그러뜨리며 계속 소리를 질렀다.

"뭘 훔쳐 간 거야, 응?"

조제프의 뒤를 따라 찬방으로 들어간 마님은 세 개의 궤짝이 뜯겨 있는 걸 보고 손짓 발짓을 해가며 고래고래 소리를 질렀다.

"내 은그릇! 세상에! 어떻게 이런 일이! 내 은그릇!"

빈 궤짝들을 이리저리 뒤집어보던 그녀는 너무나 놀라고 겁에 질려 마룻바닥에 털썩 주저앉았다. 그러다가 어린아이 같은 목소리로 가까스로 이렇게 중얼거렸다.

"다 가져갔어! 다 가져갔어! 다… 다… 다 가져갔어! 루이 16세의 기름 그릇까지!"

마님이 꼭 죽은 아이를 바라보듯 그렇게 텅 빈 궤짝들을 바라보고 있는 동안 나리는 목덜미를 긁고 험상궂은 눈을 굴리며 고집스러운 목소리로, 심신상실자 같은 얼빠진 목소리로 한탄했다.

"맙소사! 오, 맙소사! 맙소사, 맙소사!"

조제프 역시 얼굴을 심하게 찡그리며 소리쳤다.

"루이 16세의 기름 그릇까지! 루이 16세의 기름 그릇까지! 오, 도적놈들!"

그러고 나서 비극적인 침묵의 순간이, 오랜 낙담의 순간이 이어졌다. 그 침묵은 죽음과도 같았고, 무시무시한 몰락의 굉음이 울리고 큰 재앙을 알리는 천둥이 우르릉대고 나자 존재들과 사물들은 깊은 허탈 상태에 빠졌다. 조제프의 손에서 흔들리는 초롱의 불길하고 떨리는 붉은빛이 이 모든 것을, 죽은 것 같은 얼굴들과 배가 갈라진 궤짝들을 비추고 지나갔다.

나는 조제프가 부르는 소리를 듣고 주인 내외와 동시에 내려갔다. 이 재난 앞에서, 그리고 그 얼굴들의 우스꽝스러움에도 불구하고 내가 느낀 첫 번째 감정은 동정심이었다. 이 불행은 내게도 닥친 것 같았고, 나도 이 가족의 일원으로서 시련과 고통을 함께해야 할 것 같다고 생각했다. 마님의 낙담한 표정을 보고 마음이 짠해진 나는 그녀에게 위로의 말을 해주고 싶었다. 그러나 이 같은 연대의 느낌, 혹은 노예 상태의 느낌은 금세 사라져버렸다.

범죄는 폭력적이고 장중하고 사법적이고 종교적인 뭔가를 가지고 있어서 내게 두려움을 안겨주기도 하지만, 또한 내게서 감탄을 불러일으키기도 한다(이걸 어떻게 표현해야 될지 모르겠다). 아니, 감탄은 아니다. 감탄이란 정신적 감정이자 영적 흥분 상태이지만, 내가 느낀 것은 오직 내 몸에만 영향을 미치고 내 몸만을 흥분시켰기 때문이다. 고통스러운 동시에 감미로운 무엇인가가 갑작스레 동요하며 나의 육체적 존재를 뚫고 지나가는 것 같기도 했고, 내 성기가 겁탈당하면서 고통과 황홀의 감정이 동시에 느껴지는 것 같기도 했다. 그건 야릇하기도 했고, 특별하기도 했고, 어쩌면 끔찍하기도 했지만(나는 이런 이상하고 강렬한 감정들이 생기는 진정한 이유를 설명할 수가 없다), 내게서는 모든 범죄가(특히 살인이) 사랑과 은밀한 관계를 맺고 있다. 그렇다! 멋진 범죄는 나를 사로잡는

다. 멋진 남자가 나를 사로잡듯이.

　내가 빠졌던 잠시의 생각이, 처음에 까닭 없이 나의 마음을 흔들었던 동정심에 뒤이어 찾아온 그 장중하고 잔혹하고 강렬한 범죄의 즐거움을 돌연 쾌활한 명랑함으로, 어린애 같은 만족감으로 변형시켜버렸다는 말을 해야겠다. 나는 생각했다.
　'여기 두더지처럼, 애벌레처럼 살아가는 두 존재가 있어. 이들은 마치 자발적으로 감옥에 들어간 사람들처럼 적대적인 벽으로 둘러싸인 감옥에 자발적으로 갇혀 살지. 이들은 삶의 즐거움과 집의 미소를 만들어주는 모든 것을 마치 불필요한 것을 없애버리듯 그렇게 없애버렸어. 이들은 자신들의 부를 정당화해주고 자신들의 인간적 무익함을 용서해줄 수도 있을 만한 것을 오물을 피하듯 피하고 있어. 그들은 너무 인색해서 가난한 사람들의 배고픔을 덜어줄 줄 모르고, 마음이 너무 메말라서 고통받는 사람들의 고통을 위로할 줄 몰라. 심지어 그들은 행복도, 자신들의 행복도 절약하는 사람들이야. 그런 그들을 내가 동정해야 하나? 아! 아니야. 정의의 신이 그들에게 벌을 내린 거지. 그들이 가진 재산 일부를 그들에게서 빼앗음으로써, 숨겨져 있던 보물에 공기를 불어넣음으로써 그 선한 도둑들이 균형을 잡아준 거야. 아쉬운 건, 그 도둑들이 이 두 해로운 존재를 완전히 발가벗기고 비참하게 만들지 않았다는 거야. 수없이 그들 집에 찾아와 구걸해도 아무것도 얻을 수 없었던 떠돌이들보다 더 가난하게 만들지 않았다는 거야. 감춰지고 저주받은 그 부富에서 몇 발자국 안 떨어진 길 위에서 죽어가는 버려진 사람보다 더 병들게 만들지 않았다는 거야.'

주인 내외가 배낭을 짊어지고서 남루한 누더기와 돌길을 걷느라 피가 나는 발을 질질 끌며 못된 부자의 절대 안 열리는 문 앞에 서서 손을 내밀 수도 있었겠다는 생각은 나를 매혹하고 즐겁게 만들었다. 진짜로 죽은 것보다 더 죽은 것같이 텅 빈 궤짝들 옆에 주저앉아 있는 마님의 모습을 보고 있으니 더 직접적이고 더 강렬하고 더 증오에 찬 즐거움이 느껴졌다. 그녀는 우리 영혼을 숭고하고 값지게 만드는 우리의 즐거움과 변덕, 우리의 자비와 사랑 등 너무나 소중한 것들을 돈으로 평가하는 것밖에 사랑해본 적이 없는 인간이 의식할 수 있는 가장 무시무시한 죽음을 의식하고 있었다. 이 부끄러운 고통, 이 천박한 실의失意는 그녀가 한마디 할 때마다, 그녀가 눈길을 던질 때마다 내가 느꼈던 모욕과 몰인정함에 대한 복수였다. 나는 이 감미로우면서도 거친 기쁨을 한껏 맛보았다. "정말 잘 됐어! 정말 잘됐어!"라고 소리치고 싶었다. 그리고 특히 탁월한 솜씨를 가진 이 감탄스러운 도둑들이 누구인지 알아내어 모든 거지들의 이름으로 감사를 표하고, 형제처럼 껴안아주고 싶었다. 오! 선한 도둑들이여, 정의와 동정의 소중한 얼굴들이여, 나는 당신들 덕분에 일련의 강렬하고 감미로운 감정을 맛볼 수 있었다.

마님은 얼마 지나지 않아 정신을 차렸다. 그녀의 호전적이고 공격적인 본성이 갑자기 난폭하게 깨어났다.

그녀는 분노와 경멸이 가득한 어조로 나리에게 말했다.

"당신 지금 여기서 뭐하는 거죠? 왜 여기 있느냐고요? 빵빵하게 살찐 얼굴에, 삐져나온 셔츠 자락에, 참, 우스워서 못 봐주겠네! 여기 이러고 있으면 도둑맞은 은그릇이 돌아올 거라고 생각하는 거예요? 자, 움직여요. 머리를 좀 써보라고요. 가서 경찰이랑 판사를 좀 불러와요. 그 사람들, 벌써 오래전에 여기 와 있어야 하는 거 아니에요? 오, 세상에! 이런 사람을 남편이라고 믿고 살아야 하다니!"

나리가 구부정한 모습으로 찬방에서 나가려 하는데 마님이 그에게 말했다.

"어떻게 당신은 아무 소리도 못 들을 수가 있죠? 도둑놈들이 집을 완전히 뒤집어놓았는데. 문을 박살 내고 자물쇠를 부수고 벽하고 궤짝에 구멍을 냈는데 어떻게 아무 소리도 못 들을 수가 있느냐고요? 도대체 당신은 어디에 쓸모가 있는 거죠? 이 둔해 빠진 뚱보 같으니!"

그러자 나리가 용기를 내어 대답했다.

"그렇지만 당신도 아무 소리 못 들었잖아."

"나요? 그건 다르죠. 이건 남자의 일이잖아요? 아이, 짜증 나니까 빨리 가요!"

나리가 옷을 제대로 입으러 2층으로 올라가는 동안 마님은 이번에는 우리를 질책하며 우리에게 분노를 발산했다.

"그리고 당신들은? 왜 그렇게 짐짝처럼 서서 나만 멀뚱멀뚱 쳐다보고 있는 거지? 주인들이 이렇게 털려도 아무렇지 않은 거지, 응? 당신들도 아무 소리 못 들은 거야? 나는 참 운도 좋지! 이런 사람들을 하인으로 데리고 있으니, 참! 당신들은 그저 먹고 잘 생각만 하지. 몹쓸 인간들 같으니!"

그녀는 조제프에게 직접 물었다.

"왜 개들이 안 짖은 거죠? 말해봐요. 왜 안 짖은 거예요?"

조제프는 이 질문에 일순 당황한 듯했다. 그러나 재빨리 정신을 되찾았다.

그는 자연스러운 말투로 대답했다.

"모르겠습니다, 부인. 근데 정말 그러네요. 개들이 안 짖었네요. 아! 그거 정말 이상하네!"

"개들을 풀어놨어요?"

"물론 풀어놨죠. 개들은 매일 밤 풀어놓습니다. 그거 정말 이상하네! 정말 이상해! 도둑들이 집안 사정과 개들에 대해 잘 아는 사람인 게 틀림없어."

"조제프, 평소에 너무나 헌신적이고 성실하던 당신이 어떻게 아무 소리도 못 들은 거죠?"

"그러게 말입니다. 전 아무 소리도 못 들었어요. 정말 석연치 않긴 합니다. 제가 잠귀가 어둡지 않은 편이거든요. 고양이가 정원을 가로질러 가는 발소리까지 듣죠. 이건 뭔가 이상해요. 그리고 특히 그 망할 놈의 개들은 왜….

마님이 조제프의 말을 가로막았다.

"자, 그만해요. 당신들은 전부 다 몹쓸 인간들이에요! 마리안은? 마리안은 어디 있지? 왜 여기 안 나타난 거지? 또 깊이 잠든 게 틀림없어."

그녀는 계단 쪽으로 나와 마리안을 불렀다.

"마리안! 마리안!"

나는 궤짝을 쳐다보고 있는 조제프를 바라보았다. 표정이 심각했다. 그의 두 눈에 비밀 같은 것이 어려 있었다.

나는 이날 일어난 여러 가지 일과 모든 터무니없는 행동을 기술하려 애쓰지 않겠다. 전보를 쳐서 부른 경찰이 오후에 와서 수사를 시작했다. 조제프와 마리안, 그리고 내가 차례로 심문을 받았다. 그런데 경찰은 조제프와 마리안에게는 그냥 심문하는 시늉만 했지만, 내게는 정말 기분 나쁠 정도로 적대적이고 집요하게 캐물었다. 그는 내 방에 들어와 내 서랍장과 트렁크를 뒤졌다. 내 편지도 한 장 한 장 다 읽어보았다. 감사해야 마땅한 어떤 우연 덕분에 내 일기장은 경찰의 수사망을 벗어났다. 사건이 일어나기 며칠 전, 내게 다정한 편지를 보내온 클레클레에게 일기장을 보냈던 것이다. 그렇게 하지 않았더라면 경찰들은 조제프를 고발할 이유를, 최소한 그를 의심할 이유를 내 일기장에서 발견했을 것이다. 그 생각만 하면 지금도 몸이 떨린다. 경찰이 발자국과 가택 침입의 흔적을 찾아내기 위해 정원의 오솔길과 화단, 담, 산울타리의 틈, 골목길 쪽으로 난 작은 마당을 샅샅이 조사했음은 말할 것도 없다. 그러나 땅은 단단하고 건조했다. 거기서 아주 작은 흔적이나 단서라도 발견하는 것은 불가능했다. 철문, 담, 산울타리의 틈은 조심스럽게 자기들의 비밀을 간직하고 있었다. 숲 속에서 살인 사건이 일어났던 때처럼 이번에도 이웃들이 증언을 하겠다며 밀려들었다. '생긴 게 영 마음에 안 드는' 금발의 남자를 봤다는 사람도 있었고, '행동이 이상한' 갈색 머리 남자를 봤다는 사람도 있었다. 간단히 말해서, 수사에는 아무 진전이 없었다. 단서도, 용의자도 찾지 못했다.

"기다려야 해요. 어쩌면 파리 경찰이 범인을 찾게 해줄지도 모르죠."

경찰은 이렇게 알 듯 모를 듯한 말을 남기고는 그날 밤에 떠났다.

나는 왔다 갔다 하느라 정신이 하나도 없고 피곤하기만 했던 이날 낮에는 음울했던 르 프리외레에 처음으로 활기와 생동감을 불어넣은 이 사건의 결과에 대해 생각할 여유를 거의 갖지 못했다. 마님은 우리에게 단 1분도 쉴 틈을 주지 않았다. 아무 이유도 없이 이리 뛰고 저리 뛰어야만 했다. 마님이 좀 제정신이 아니었기 때문이다. 마리안으로 말하자면, 아무 생각이 없는 것 같았고, 집 안에서 충격적인 사건이 일어난 바 없는 것처럼 행동했다. 슬픈 외제니가 그랬듯이, 그녀는 오직 자기 생각만을 따라가고 있었으며, 그녀의 생각은 우리의 관심사와는 너무 거리가 멀었다. 나리가 부엌에 나타나기만 하면 그녀는 별안간 술에 취한 사람처럼 되어 초점 없는 눈으로 그를 보며 말했다.

"오! 너의 큰 얼굴! 너의 큰 손! 너의 큰 눈!"

침묵 속에서 저녁식사를 마친 뒤에야 비로소 나는 곰곰이 생각을 해볼 수 있었다. 조제프가 이 대담한 약탈과 무관하지 않다는 생각이 즉시 떠올랐고, 이제 그 생각이 굳어지고 있었다. 심지어 나는 그의 세르부르행과 대담하고 나무랄 데 없이 완벽하게 실행된 이 일의 준비 사이에 분명한 연관성이 있었으면 하고 바라기까지 했다. 그리고 나는 그가 떠나기 전날 내게 했던 대답을 기억해냈다.

"경우에 따라 달라. 아주 중요한 일이 있어."

그가 자연스러워 보이려고 무진 애를 썼음에도 나는 그의 제스처와 태도, 그의 침묵에서 평상시와는 다른 어색함을 느꼈는데, 그 어색함은 오직 나만 느낄 수 있는 것이었다.

이 같은 예감은 나를 너무나 만족시켰기 때문에 나는 굳이 그걸 떨쳐버리려 하지 않았다. 오히려 나는 환희를 느꼈다. 마리안이 잠시 우리 두 사람만 부엌에 남겨놓고 나간 것을 틈타 조제프에게 다가간 나는 뭐라고 설명할 수 없는 감정에 북받쳐 애교 섞인 부드러운 목소리로 물었다.

"말해줘요, 조제프. 당신이 숲 속에서 꼬마 클레르를 강제로 범했다고. 말해줘요, 당신이 마님의 은그릇을 훔쳤다고."

이 말에 깜짝 놀라 어안이 벙벙해진 조제프가 나를 쳐다보았다. 그러더니 아무 대답도 하지 않고 느닷없이 나를 잡아끌어 꼭 망치질을 하는 것처럼 내 목이 휘어질 정도로 세게 목덜미에 입을 맞추고는 이렇게 말했다.

"그 얘기는 하지 마. 당신은 나랑 같이 그 작은 카페에 갈 테니까. 그리고 우리는 똑 닮은 영혼의 소유자니까!"

파르댕 백작부인 집의 작은 응접실에서 무시무시하고 잔인할 정도로 아름다운 힌두교 우상 같은 걸 봤던 기억이 난다. 그 순간의 조제프는 그 우상과 흡사해 보였다.

하루 이틀이 지나가고, 한 달 두 달이 지나갔다. 물론 경찰은 아무것도 발견하지 못해 결국 수사는 완전히 중단되었다. 그 범죄는 파리의 전문 절도 조직의 소행이라는 것이 그들의 의견이었다. 파리가 죄를 대신 뒤집어쓴 것이었다. 자, 그럼 그곳에 가서 닥치는 대로 범인을 찾아보시라!

마님은 이 부정적인 결과에 분개했다. 그래서 자신의 은그릇을 찾아주지 못하는 경찰들에게 한바탕 욕을 퍼부었다. 그렇다고 해서 조제프가 말한 '루이 16세의 기름 그릇'을 찾을 수 있다는 희망을 버린 건 아니었다. 그녀는 매일같이 괴상한 범행 계획도를 새로 그려서 경찰들에게 보냈고, 경찰들은 이 무의미한 짓거리에 넌더리가 나서 더는 대답조차 하지 않았다. 결국 나는 조제프에 관해서는 마음을 놓게 되었다. 그에게 무슨 큰일이 나지나 않을까 늘 두려웠던 것이다.

조제프는 다시 과묵하고 헌신적인 사람으로, 가족 같은 하인으로, 보기 드문 인재로 돌아갔다. 나는 은그릇을 도둑맞은 그날 응접실 문 뒤에서 우연히 듣게 된, 키가 작고 비쩍 말랐고 입술이 얇고 안색이 누렇고 꼭 검의 날같이 예리한 윤곽을 가진 경찰과 마님 사이에 오간 대화를 생각할 때마다 웃음을 터뜨리지 않을 수 없었다.

경찰이 물었다.

"같이 사는 사람들 중에 의심 가는 사람은 없습니까? 마부라는 사람은 어때요?"

그러자 마님은 버럭 화를 내며 대꾸했다.

"조제프요? 그는 15년도 더 전부터 우리 집에서 너무나 헌신적으로 일하는 사람이에요! 정말 성실하고 정직한 사람이란 말이에요! 보석 같은 사람이죠! 우리를 위해서라면 불구덩이 속에라도 뛰어들 사람이에요!"

그녀는 이마를 찌푸린 채 생각에 잠겼다.

"그 하녀밖에 없어요. 난 그 여자에 대해 잘 몰라요. 어쩌면 그 여자는 파리의 진짜 나쁜 사람들을 알고 있을지도 몰라요. 파리에 자주 편지를 쓰거든요. 식탁의 포도주를 마시고 우리 자두를 먹다가 나에게 들킨 적이 한두 번이 아니에요. 하나를 보면 열을 안다고, 자기 주인의 포도주를 훔쳐 마실 정도면 무슨 죄를 저지를지 알 수 없죠."

그러고 나서 그녀는 이렇게 중얼거렸다.

"파리에서 하녀를 데려오면 안 되겠어요. 정말 이상한 여자예요."

어찌 이런 터무니없는 얘기를!

의심 많은 사람들은 매사가 다 이런 식이다! 모든 사람을 의심한다. 물론 자기 물건을 훔쳐 간 사람은 의심하지 않는다. 나는 조제프가 이 사건의 주범이라고 점점 더 깊이 확신하게 되었다. 이미 오래전부터 나는 적대감 때문이 아니라 호기심에서 그를 감시해왔고, 이 충실하고 헌신적인 하인이, 이 유일한 인재가 이 집에서 자기가 훔칠 수 있는 건 전부 다 훔쳤다고 확신하게 되었다. 그는 귀리, 석탄, 달걀, 그리고 원래 주인이 누구인지 들키지 않고 팔 수 있는 자질구레한 것들을 훔쳐냈다. 그리고 그의 친구인 성당 관리인도 저녁때 아무것도 아닌 일로, 단지 반유대주의가 주는 혜택에 대해서만 이야기를 나누려고 오는 것은 아니었다. 신중하고 끈질기고 빈틈없고 체계적인 조제프는 매일같이 조금씩 도둑질을 하다 보면 1년후에는 큰돈을 만들 수 있다는 것을 모르지 않았고, 나는 그가이런 식으로 돈을 세 배로, 네 배로 불려 적지 않은 액수에 이르렀다고 확신했다. 물론 이 같은 좀도둑질과 12월 24일 밤에일어난 절도 사건 사이에는 큰 차이가 있었다. 그것으로 미루어 그는 크게 한탕 하는 것도 좋아한다는 걸 알 수 있었다. 그렇다면 조제프는 범죄 조직의 일원인지도 몰랐다. 오! 그런지 아닌지, 꼭 알고 싶다.

　그의 입맞춤이 내게 범죄의 고백처럼 느껴졌던 그날 밤, 그가 내게 신뢰감을 느끼며 욕정을 분출했던 그날 밤 이후 그는 줄기차게 부인했다. 그를 달래고, 어르고, 덫을 놓고, 달콤한말과 애무로 유혹했지만 그는 넘어가지 않았다. 그리고 그 역시 마님처럼 터무니없는 희망을 품었다. 그래서 범행 계획도를 만들어 세세한 부분까지 재구성해보았으며, 짖지 않은 개들을 두들겨 팼고, 마치 도둑들이 지평선으로 도망치는 것을

보기라도 한 것처럼 얼굴 한번 본 적이 없는 도둑들을, 가상의
도둑들을 주먹으로 위협했다. 나는 도저히 속을 알 수 없는 이
남자를 어떻게 생각해야 할지 알 수가 없었다. 어느 날은 그가
범죄자라는 확신이 들고, 또 어느 날은 그가 결백한 사람이라
는 생각이 드는 것이었다. 그건 정말이지 짜증 나는 일이었다.

예전에 그랬던 것처럼 우리는 저녁에 마구 보관실에서 만
났다.

"조제프?"

"아, 셀레스틴! 왔어?"

"왜 나한테 말 안 해요? 날 피하는 거 아니에요?"

"당신을 피해? 내가? 오, 세상에! 말도 안 돼!"

"피하고 있잖아요, 그날 아침부터."

"그런 말 마, 셀레스틴. 당신은 나쁜 생각만 하고 있어."

그러고는 그는 슬픈 표정으로 머리를 가볍게 흔들었다.

"이봐요, 조제프, 그냥 웃자고 한 소리라는 거 알잖아요? 당
신이 범죄를 저질렀다면 내가 당신을 좋아하겠어요? 우리 조
제프…."

"그래, 그래, 당신은 감언이설로 나를 유혹하는군. 이러면
안 돼."

"우리 언제 떠나죠? 여기서는 더 이상 살 수가 없어요."

"당장은 안 돼. 아직 더 기다려야 해."

"왜요?"

"왜냐하면 지금 당장은 그럴 수가 없으니까."

살짝 삐진 나는 조금 화난 말투로 말했다.

"정말 이러기예요? 당신은 날 가지고 싶은 생각이 없는 게 틀림없어요. 서두르는 기색이 없잖아요?"

그러자 조제프가 얼굴을 잔뜩 찡그리며 소리쳤다.

"내가? 절대 그렇지 않아! 나도 당신을 갖고 싶어 미치겠어. 미치겠다고!"

"그럼 우리 떠나요."

그에게서 더 이상의 설명은 나오지 않았다. 너무나 당연하게도 나는 이렇게 생각했다.

'어쨌든 이러는 게 맞긴 맞아. 만일 저 사람이 은그릇을 훔쳤다면 지금 당장 이 집을 떠나 셰르부르에 자리를 잡을 순 없을 거야. 의심을 살 수 있으니까. 시간이 흘러 사람들이 이 수수께끼 같은 사건을 잊어버릴 때까지 기다려야 해.'

어느 날 밤에 나는 이렇게 제안했다.

"있잖아요, 조제프. 여기서 떠날 수 있는 방법이 한 가지 있어요. 마님이랑 싸움을 해서 마님이 우리 두 사람을 쫓아내지 않을 수 없게 하는 거예요."

하지만 그는 손사래를 치며 내 제안을 거부했다.

"아냐, 아냐, 그건 안 돼, 셀레스틴. 정말 안 돼. 난 우리 주인들을 좋아해. 그들은 좋은 주인들이야. 그들이랑 좋은 관계를 유지하다가 떠나야 돼. 정직한 사람들이라는 얘기를 들으면서, 성실한 사람들이라는 얘기를 들으면서 이 집을 떠나야 돼. 우리가 떠나는 걸 보며 주인들이 아쉬워하고 난처해하고 슬퍼하게 만들어야 한다고."

그는 빈정대는 기색은 전혀 없이, 슬프고 심각한 표정으로 말을 이었다.

"여기를 떠나게 되면 난 슬플 거야. 여기서 일한 지 15년 됐어. 이 집에 애착이 안 갈 수 없잖아? 셀레스틴, 당신은 힘들지 않을 것 같아?"

나는 웃으며 대답했다.

"전혀요! 그럴 리가 있나요?"

"그러면 안 돼. 안 돼. 자기 주인들을 사랑해야 해. 주인은 주인이니까. 자, 내가 몇 마디 충고할게. 친절하고 상냥하고 헌신적으로 행동해. 일도 열심히 하고. 대꾸도 하지 마. 셀레스틴, 주인들하고 좋은 사이가 되어 헤어져야 해. 특히 마님하고."

나는 조제프가 충고하는 대로 르 프리외레에 머무는 몇 달 동안 모범적인 하녀가, 보기 드문 인재가 되기로 마음먹었다. 나는 내 두뇌와 배려, 섬세함을 모두 이 집에 바쳤다. 마님은 나와 더불어 조금씩 인간다워졌고, 정말 나의 친구가 되었다. 나는 내가 마음을 쓴 것만으로 마님의 성격이 변했다고는 생각하지 않는다. 마님의 자존심, 그리고 심지어 그녀의 삶의 이유까지도 큰 충격을 받았다. 마치 엄청난 고통을 겪은 듯, 사랑하는 존재를 하루아침에 잃어버린 듯, 그녀는 더 이상 싸우지 않고 자신의 정복당한 신경과 모욕당한 자존심을 쇠약하게 만드는 데 몰두하는 듯했다. 그리고 주변 사람들로부터 오직 위안과 동정, 믿음만을 구하는 듯했다. 르 프리외레의 지옥은 모두에게 진짜 천국으로 바뀌어갔다.

이렇게 가족적인 평화와 가정적인 즐거움이 무르익고 있던 어느 날, 나는 아침에 마님에게 일을 그만두게 되었다고 알렸다. 나는 소설 같은 이야기를 지어냈다. 고향으로 돌아가 오래 전부터 나를 기다리고 있는 착한 남자와 결혼을 해야 한다는 것이었다. 나는 감동적인 말로 떠나는 나의 아픈 마음과 아쉬움, 마님의 친절 등을 표현했다. 마님은 깜짝 놀랐다. 그리고 나의 감정과 이해관계에 호소해 나를 붙잡으려고 애썼다. 월급을 올려주겠다고도 했고, 3층에 있는 큰 방을 내주겠다고도 했다. 그러나 그녀는 나의 굳은 결심 앞에서 결국 포기했다.

그녀는 한숨지으며 말했다.

"난 이제 너에게 너무 익숙해졌어! 아! 내가 운이 없는 거지 뭐."

그러나 일주일 뒤에 이번에는 조제프가 자기는 나이도 너무 많고 너무 힘들어서 이제 일을 그만두고 쉬어야겠다고 말하자 상황이 더욱 심각해졌다.

마님이 소리를 질렀다.

"조제프, 당신도? 당신도 그만둔다고요? 말도 안 돼. 르 프리외레에 저주가 내리는군. 모든 사람이 날 저버리네. 모든 사람이 날 저버려."

마님이 울었다. 조제프도 울었다. 나리도 울었다. 마리안도 울었다.

"우리의 모든 섭섭함도 가져가요, 조제프!"

저런! 조제프는 섭섭함만 가져간 게 아니었다. 그는 은그릇
도 가져갔다!

일을 그만두고 나오자 나는 당황해서 어쩔 줄을 몰랐다. 조
제프의 돈, 훔친 돈을(아니다, 그렇지 않다. 훔치지 않은 돈은
어떤 돈이란 말인가?) 쓰는 것에 대해서는 양심의 가책을 전
혀 느끼지 않았지만, 내가 느끼는 감정이 일시적인 호기심에
불과한 건 아닌지 걱정이 되었다. 조제프는 어쩌면 지속되지
않을지도 모르는 영향을 나에게, 내 몸과 마음에 미쳤다. 그리
고 어쩌면 그것은 내 감각의 일시적인 이상에 불과할지도 모
른다. 또한 내 눈에 비친 조제프가 나의 상상력이 만들어낸 모
습은 아닌지, 그가 실은 교양도 없고 그런 기가 막힌 범죄를
저지를 능력도 안 되는 일개 농부에 불과하지는 않은지 자문
해보는 순간들이 있었다. 이런 생각은 나를 큰 불안에 빠뜨렸
다. 게다가 이제는 다른 사람들의 집에서 하녀 일을 할 수 없
다고 생각하니 후회가 막심해지는 것이었다(정말 설명하기
힘든 일 아닌가?). 옛날에는 내가 자유를 얻게 되는 날을 쌍수
를 들어 환영할 것이라고 생각했었다. 그런데 아니었다! 하녀
는 타고나는 것인가 보다. 부르주아들이 사치스러운 생활을
즐기는 정경이 문득 그리워지면 어떡하지? 노동자의 집과 흡
사한 나의 검소하고 차갑고 작은 집이, 그 모든 예쁜 것들을,
만지면 너무 부드러운 그 모든 예쁜 천들을, 그리고 내가 즐거
운 기분으로 준비하고 장식하고 치장하고 마치 향기로운 욕조
에 몸을 담그듯 빠져들었던 그 모든 악덕을 박탈당한 나의 삶

이 막연하게 예감되었다. 그러나 더 이상 물러설 데가 없었다.

아! 내가 우중충하고 음산하고 비까지 내리는 날 르 프리외레에 도착했을 때 나를 경멸하듯 훑어보았던 그 과묵하고 무뚝뚝하고 이상한 남자와 남은 인생을 같이하게 될 줄 누가 알았겠는가?

이제 우리는 이 작은 카페에 와 있다. 조제프는 젊음을 되찾았다. 그는 더 이상 구부정하지도 않고 서투르지도 않다. 그는 이 테이블에서 저 테이블로 왔다 갔다 하고 이 방에서 저 방으로 종종걸음을 치는데, 그때 그의 무릎은 유연하고 척추는 탄력적이다. 나를 두렵게 했던 그의 어깨가 이제는 왠지 듬직하게 느껴진다. 이따금 무시무시하게 느껴졌던 그의 목덜미도 이제는 아버지의 목덜미처럼 편안하고 안정되게 느껴진다. 늘 말끔하게 면도한 얼굴, 마호가니 같은 반짝이는 갈색 피부, 베레모, 말쑥한 청색 작업복. 그는 꼭 왕년에 기상천외한 것들을 보고 놀라운 나라들을 떠돌아다닌 노련한 뱃사람처럼 보인다. 내가 그에게서 감탄하는 점은 그의 정신적 차분함이다. 그의 눈길에서는 더 이상 불안감이 느껴지지 않는다. 그의 삶은 견고한 바탕 위에서 이루어진다. 그는 그 어느 때보다 더 열렬하게 가족, 재산, 종교, 해군, 군대, 조국을 사랑한다. 그는 내게 놀라움을 준다!

나와 결혼하면서 그는 내게 만 프랑을 떼어주었다. 한번은 해양경찰이 난파선 잔해를 만오천 프랑에 그에게 넘겨주었는데, 그는 이 금액을 현금으로 지불한 뒤 이 잔해를 큰 이익을 남기고 되팔았다. 그는 소규모 은행업도 하는데, 말하자면 어부들에게 돈을 빌려주는 것이다. 그리고 그는 벌써부터 이웃집을 사서 가게를 넓힐 생각을 하고 있다. 그렇게 해서 콘서트 카페를 열 생각인 것 같다.

나는 그가 이렇게 돈이 많은 것이 마음에 걸린다. 도대체 그의 재산은 얼마나 되는 걸까? 알 수가 없다. 그는 내가 그 얘기를 하는 걸 좋아하지 않는다. 그리고 우리가 하인이었던 시절에 대해 얘기하는 것도 좋아하지 않는다. 그는 모든 걸 싹 잊어버린 것 같다. 그리고 그의 삶은 그가 이 작은 카페의 주인이 된 날로부터 시작된 것 같다. 나를 괴롭히는 질문을 그에게 던졌을 때 그는 내가 하는 말을 잘 이해하지 못하는 것 같았다. 그리고 그 순간, 옛날에 그랬듯이 그의 눈이 무시무시하게 번득였다. 나는 조제프에 대해서도, 그의 삶이 안고 있는 비밀에 대해서도 절대 알 수 없을 것이다. 그리고 나를 그에게 강하게 붙들어놓는 것은 어쩌면 바로 이 '알 수 없음'인지도 모른다.

그는 집 안에 있는 모든 것에 신경을 쓰기 때문에 어디 한 군데 손볼 곳이 없다. 우리는 웨이터 세 명을 고용해 손님들을 상대하게 하고, 하녀 한 명을 고용해 부엌일과 집안 살림을 시키고 있는데, 이들을 다루는 게 쉽지 않다. 그래서 석 달 동안 하녀를 네 명이나 바꿔야 했다. 셰르부르의 하녀들은 까다로운데다가 손버릇도 안 좋고 자유분방하다!

나는 계산대 뒤에 서서, 채색된 유리병들이 빼곡한 가운데에서, 돈 상자를 지킨다. 내가 거기 있는 것은 또한 과시와 잡담을 위해서이기도 하다. 조제프는 내가 화려하게 차려입기를 바란다. 그는 나를 아름답게 만들 수 있는 것이면 뭐든 다 사주고, 밤에 내가 목, 어깨, 가슴이 드러나는 옷을 입고 선정적인 모습을 보여주는 걸 좋아한다. 손님들을 유혹하고, 계속 손님들을 즐겁게 해주고, 손님들이 계속 나를 욕망하도록 해야 한다. 벌써 두세 명의 뚱보 보급 장교와 매우 유식한 두세 명의 함대 기계공이 내 환심을 사려고 집요하게 애쓰는 중이다. 당연히 이들은 내 마음에 들려고 돈을 많이 쓴다. 조제프는 이들에게 특별 대접을 하는데, 이들이 말술을 벌컥벌컥 들이켜는 술꾼들이기 때문이다. 우리는 하숙생도 네 명 두었다. 그들은 우리랑 같이 식사를 하며, 매일 밤 마시는 포도주에 대해서는 따로 돈을 지불한다. 그들은 나를 꾀려고 무진 애를 쓰고 있으며, 나는 최선을 다해 그들을 자극한다. 그러나 나의 방법이 상투적인 추파와 애매모호한 웃음, 헛된 약속 이상이 되어서는 안 될 것이다. 애당초 나는 그 이상 나아갈 생각이 아예 없었다. 나는 조제프로 충분하다. 설사 해군 대장과 바람피울 기회가 생긴다 해도, 내 입장에서 보면 그건 손해 보는 장사다. 그는 거친 남자다. 정말 이상한 일이다. 나의 조제프가 꽤 못생기긴 했지만, 나는 그처럼 잘생긴 사람을 본 적이 없다. 나는 그에게 깊이 빠져버렸다. 오! 늙은 추남! 그는 나를 완전히 가졌다! 그리고 그는 모든 사랑의 비책을 알고 있으며, 그걸 만들어내기도 한다. 그가 시골을 떠난 적이 없고 평생 촌사람으로만 살았다는 것을 생각해보면, 그가 어떻게 그 모든 방탕 행위를 알게 되었는지 궁금해진다.

그러나 조제프가 특히 뛰어난 분야는 정치였다. 조제프 덕분에, '프랑스군 만세!'라는 간판이 낮에는 굵은 황금색 글씨로, 밤에는 굵은 붉은색 글씨로 온 동네에 환히 빛나는 우리 카페는 이 도시의 저명한 반유대주의자들과 엄청나게 시끄러운 애국자들의 공식적인 약속 장소가 되었다. 이들은 잔뜩 취해서 흥청거리며 육해군 하사관들과 형제처럼 지낸다. 이미 유혈이 낭자한 난투극이 여러 번 벌어졌고, 하사관들은 아무것도 아닌 일로 검을 빼 들어 가상의 매국노들을 죽여버리겠다고 위협했다. 드레퓌스가 프랑스로 돌아온 날 밤, 나는 우리 카페가 "프랑스군 만세!"라든가 "유대인들을 죽여라!" 같은 함성에 무너져버리는 줄 알았다. 지금은 이미 이 도시의 유명 인사가 돼 있는 조제프는 그날 밤에 엄청난 인기를 얻었다. 그는 테이블로 올라가 소리쳤다.

"그 매국노가 유죄라면 다시 배에 태워 보내고, 무죄라면 총살시킵시다!"

사방에서 고함이 터져 나왔다.

"옳소! 옳소! 그자를 총살시키자! 프랑스군 만세!"

이 제안은 열광을 절정으로 끌어올렸다. 카페 안에서 들리는 건 검들이 부딪치는 소리와 대리석으로 된 테이블을 주먹으로 내려치는 소리뿐이었다. 어떤 사람이 무슨 말인가 하려다가 큰 소리로 야유를 받았고, 조제프는 그에게 달려들어 단한 주먹에 그의 입술을 터뜨리고 이를 다섯 개나 부러뜨렸다. 칼등으로 맞아 얼굴이 찢기고 피투성이가 되어 반쯤 죽은 것처럼 보이던 그 불쌍한 남자는 여전히 "프랑스군 만세! 유대인들을 잡아 죽이자!"라는 외침이 계속되는 가운데 길거리에 쓰레기처럼 내던져졌다.

살육의 분위기 속에서 알코올과 살인으로 무거워진 이 짐승 같은 얼굴들에 둘러싸여 있으면 정말 무서워질 때가 있다. 그러나 조제프는 나를 안심시킨다.

"아무것도 아니야. 이건 다 사업을 위한 거라고."

어제 시장에서 돌아온 조제프는 손을 비비며 무척 즐거운 표정으로 말했다.

"나쁜 소식이야. 영국하고 전쟁을 할지도 몰라."

나는 소리쳤다.

"오, 세상에! 그럼 셰르부르도 폭격당하겠네요?"

조제프는 히죽히죽 웃으며 대답했다.

"그래, 그래! 그런데 한 건이 떠올랐어. 아주 큰 건을 할 생각이야."

나는 나도 모르게 전율했다. 그는 뭔가 엄청난 일을 벌일 모양이었다.

"당신을 보면 볼수록 브르타뉴 여자가 아니라는 생각이 강하게 들어. 아니, 당신 얼굴은 브르타뉴 여자의 얼굴이 아냐. 알자스 여자의 얼굴이지. 시대가 이러니, 그게 더 나을지도 몰

라. 아주 멋진 알자스 전통 의상을 입는 게 어때, 응? 그러면 인기 만점일 것 같은데?"

나는 실망했다. 조제프가 내게 엄청난 걸 제안할 줄 알았던 것이다. 나는 아주 대담한 계획에 참여하게 되었다고 생각하며 내심 자랑스러워하고 있었다. 그가 깊은 생각에 잠겨 있는 걸 볼 때마다 내 생각에는 즉시 불이 붙곤 했다. 나는 비극과 어두운 밤의 가택 침입, 약탈, 칼집에서 꺼낸 칼, 숲의 히스가 무성한 곳에서 거친 숨을 몰아쉬는 사람들을 상상했다. 그런데 그건 평범하고 하찮은 제안에 불과했다.

그는 두 손을 호주머니에 넣고 푸른색 베레모를 쓴 채 이상하게 몸을 좌우로 흔들었다.

"알겠어? 전쟁 중에는 아주 예쁘고 잘 차려입은 알자스 여자가 사람들을 열광시키고 애국주의를 자극하는 법이야. 그리고 사람들을 취하게 만드는 데는 애국주의만 한 게 없지. 자, 어떻게 생각해? 난 당신을 신문에도 등장시키고 포스터에도 등장시킬 거야."

나는 조금 냉랭하게 대답했다.

"난 그냥 점잖은 숙녀로 있고 싶어요!"

우리는 그 문제로 말다툼을 벌였다. 그리고 처음으로 서로에게 폭언을 퍼부었다.

조제프가 소리쳤다.

"당신, 아무 남자하고나 막 잘 때는 그렇게 얌전 떨지 않았잖아!"

"그러는 당신은요? 날 가만두는 게 좋을걸요. 거기에 대해서는 내가 할 말이 많으니까."

"창녀!"

"도둑놈!"

손님이 들어왔다. 말싸움은 중단되었다. 그리고 밤이 되자 우리는 입맞춤을 하며 화해했다.

나는 벨벳과 실크로 만든 아름다운 알자스 전통 의상을 입기로 했다. 사실 나는 조제프의 뜻을 거스를 힘이 없다. 내가 종종 반항심을 발휘하기는 하지만 조제프는 마치 악마처럼 나를 휘어잡아 소유하고 있다. 그리고 나는 내가 그의 것이라는 게 행복하다. 나는 그가 내게 바라는 모든 일을 하고, 그가 가라고 하는 모든 곳에 가게 될 것 같은 예감이 든다. 심지어 그가 범죄를 저지르라고 해도 망설이지 않을 것이다!

1900년 3월

옮긴이 **이재형**

한국외국어대학교 프랑스어과 박사 과정을 수료하고 한국외국어대학교, 강원대학교, 상명여
자대학교 강사를 지냈다. 옮긴 책으로 《걷기, 두 발로 사유하는 철학》, 《패자의 기억》, 《꾸뻬 씨
의 사랑 여행》, 《사회계약론》, 《시티 오브 조이》, 《군중심리》, 《마법의 백과사전》, 《지구는 우리
의 조국》, 《밤의 노예》, 《최후의 성 말빌》, 《세월의 거품》, 《신혼여행》, 《레이스 뜨는 여자》, 《눈
이야기》 등이 있다.

어느 하녀의 일기

지은이	옥타브 미르보
옮긴이	이재형
펴낸이	김현태

펴낸날	초판 1쇄　2015년 8월 10일
	초판 4쇄　2016년 4월 20일

펴낸곳	책세상
주소	서울시 종로구 경희궁길 33 내자빌딩 3층(03176)
전화	02-704-1251(영업부), 02-3273-1334(편집부)
팩스	02-719-1258
이메일	bkworld11@gmail.com
홈페이지	www.bkworld.co.kr
등록	1975. 5. 21. 제1-517호

ISBN　　978-89-7013-936-4　03860

* 잘못된 책은 바꾸어드립니다.
* 책값은 뒤표지에 있습니다.

이 도서의 국립중앙도서관 출판시도서목록(CIP)은 서지정보유통지원시스템 홈페이지
(http://seoji.nl.go.kr)와 국가자료공동목록시스템(http://www.nl.go.kr/kolisnet)에서
이용하실 수 있습니다.(CIP제어번호 : CIP2015020425)